CONSTELADO

千 里 远 景 ， 如 在 尺 寸 之 间 。

百年中国工人戏剧史

剧作卷 I

新民主主义革命时期（1921-1949）

郭富民 主编

中国工人出版社

图书在版编目（CIP）数据

百年中国工人戏剧史·剧作卷Ⅰ 新民主主义革命时期（1921–1949）/郭富民主编. -- 北京：中国工人出版社, 2024. 12. -- ISBN 978-7-5008-8534-4

Ⅰ. I230

中国国家版本馆CIP数据核字第202411GY03号

百年中国工人戏剧史·剧作卷Ⅰ 新民主主义革命时期（1921–1949）

出 版 人	董 宽
责任编辑	李 骁
责任校对	张 彦
责任印制	黄 丽
出版发行	中国工人出版社
地 址	北京市东城区鼓楼外大街45号 邮编：100120
网 址	http://www.wp-china.com
电 话	（010）62005043（总编室） （010）62005039（印制管理中心） （010）62379038（社科文艺分社）
发行热线	（010）82029051 62383056
经 销	各地书店
印 刷	北京盛通印刷股份有限公司
开 本	880毫米×1230毫米 1/32
印 张	24.375
字 数	590千字
版 次	2025年2月第1版 2025年2月第1次印刷
定 价	108.00元

序　言

在中国戏剧史上出现工人戏剧，是近一百年的事。

在中国共产党的政治纲领和治国理念中，工人是主体，是主导力量。中国人能否生存，要看农业，而中国社会能否发展，要看工业，要看工人阶级的状况。从工人阶级的社会地位、经济状况和精神面貌可以看出一个国家的发展水平。因此，关于工人阶级的精神文化建设，历来是头等大事之一。

中国工人戏剧随时代而发展，为世人所瞩目。仅初步考察，二十世纪的工人戏剧作品就有500部以上，题材来自工业领域的各个方面，可见其规模之大，波及面之广。这里面有大量工人作者的作品，还有大量戏剧名家之作，比如曹禺、老舍、夏衍、田汉、陈白尘、丁玲、李伯钊、沙可夫等人都写过工人戏剧，其中有的还是工人戏剧的领路人和指导者。因此，中国现代工人戏剧的专业性和艺术性不可小觑。中央戏剧学院作为中国戏剧教育的最高学府、戏剧研究的权威机构，一向非常重视工人戏剧。1962年由中国工人出版社出版过一本由中华全国总工会宣传部编选的《工人戏剧选》，就是时任中央戏剧学院院长的欧阳予倩作的序，他对中国工人戏剧的成就做了充分肯定，认为工人的作品都是源于生活，有感而发，台词都比较生活化，同时也指出普遍存在的问题是对生活提炼不够，但是可以看出在不断进步。欧阳予倩对工人戏剧创作的未来抱有很大希望，可惜当年他就去世了，未能看到此后进一步的发展。在这前后，各地的工会组织也编辑出版过一些当地当时的工人戏剧作品，但是从未出版过一套比较全面、比较系统的百年中国工人戏剧集，这与中国工人的社会地位、影响力和工人戏剧的发展状况是很不相称的。

工业文明是现代社会的基础，工人阶级是现代社会的主导力量。工人在不断更新技术，技术也在不断更新工人队伍。信息时代的工人群体与蒸汽时代、电气时代的工人群体已经完全不可同日而语。从当今世界的产业发展趋势、经济发展趋势看，智能机器人正在大规模地代替人类从事程序化的劳动，替代传统的工人。而那些更多涉及精神文化层面的、机器无法替代的社会劳动，对未来的工人提出了很高的要求。在全面工业化、数字化、智能化、自动化的情况下，工人这个身份将意味着扎实的专业知识和专业技能，意味着身心健康的极佳状态。所以，党和国家现在非常重视工人阶层的精神文化建设，而精神文化建设最有效、最有活力的方式之一是——戏剧。

过去一百年，中国工人戏剧在中国戏剧史上留下了光辉的一页。工人戏剧给我们留下了不少艺术精品，这些作品记录了中国工人阶级成长的历程，也是我们当代中国工人乃至当代中国人的重要精神食粮。此外，工人戏剧作品给我们提供了丰富的创作经验；工人戏剧运动多种多样的形式给我们提供了大量可资借鉴的样板，对我们的戏剧思维有多方面启发。因此，现在出版一套“百年中国工人戏剧史丛书”，恰逢其时。

从大量现存的工人戏剧作品看，它的独特价值不可替代，它的思想内容不可替代，它的艺术价值也不可替代。

从思想内容看，在新民主主义革命时期，工人戏剧与政治运动、阶级斗争、民族解放运动、反侵略战争密切相关，它是被压迫者的呼号与反抗，它是呐喊的艺术，是反抗的艺术；它与左翼思潮密切相关，它是底层社会躁动不安的写照，是推翻旧政权、打破旧秩序的意志展示，是战争年代的杀伤性武器。

二十世纪二三十年代工农革命武装的兴起与工人运动密不可分，而工人运动的主要精神支柱之一就是工人戏剧运动，戏剧是开展革命活动的重要手段。三十年代最有影响力的工人戏剧运动组织是蓝衫剧社，蓝衫剧社旗下的戏剧活动在当时覆盖了很大一部分地区，分支机构和剧团名目繁多，非常活跃。

早期到工人中间去开展戏剧运动的人，基本上都是中共地下党组织派出的。金山在《回忆蓝衫剧社》一文中，详尽叙述过他在1932年至1933年间，接受中共上海地下党的任务，到松湖铁路机厂开展工人戏剧活动的经历。金山的经历自身就很有戏剧性。他从铁路机厂的学校入手展开工作。学校的校长对共产党的活动自然有高度的警觉，但是这校长却是个戏剧爱好者，同时又是个官迷，他希望借助戏剧把学校办得有特色，让自己在厂里有更高的地位和更大的影响，在仕途上更有竞争力。这时候，本来对戏剧一窍不通的金山，被学校的进步人士推举到校长面前，说是请来的戏剧专家，可以帮助学校搞戏剧。金山的工作就在这样的背景下展开了。此时的金山，虽然不懂戏剧，但是他本能地有个看法：演戏就是以夸张的动作在台上大喊大叫，并且作为导演，必须以身作则，一招一式都要给演员做出样子来。于是他和他的演员们的排戏就成了纯粹的体力活，一场戏排下来，所有人的嗓子全都喊哑了，并且所有人的招式和叫喊方式都跟导演金山一模一样。首场演出有田汉编剧的《一致》，一开场就是一群涂满油腻与煤烟的赤裸的奴隶，蓝光打在身上像饿鬼一样沉默，对面是按照金兀术脸谱化妆的奴隶主，手持金银怒视着奴隶们，这时一个年少的女奴被拖到奴隶主面前，奴隶主随心所欲地侮辱、蹂躏她，女奴苦苦求饶，奴隶主身边的丞相不但不帮助女奴，反而拿皮鞭抽打女奴，要她恭顺地配合奴隶主的折磨。在这过程中奴隶们渐渐躁动起来，发出低沉的呻吟，随着皮鞭的抽打，奴隶们的呻吟渐渐变成了怒吼，最终全部挣脱了锁链，扑向奴隶主和丞相，尽情地痛打。此时此刻，台上台下的喊打喊杀声混成一片，随即是雷鸣般的掌声。这部戏本来是要连演三场，但是首场之后无法为继了，因为所有演员的嗓子均已喊哑不能出声，扮演奴隶主和丞相的两位演员也都被打得遍体鳞伤，需要治疗休养几天。这次演出效果之好，远远超出预期。

金山从此走上了戏剧道路，后来成了载入中国话剧史和电影史的人物。

这是工人演剧的普遍情况：初心是要在工人群众中进行政治宣

传，演戏只是宣传的方式而已，同时也是掩护政治宣传的手段，但是在这过程中，工人群众自身的戏剧天性被激发了出来，他们在观演关系中发自内心地倾诉、表达自己的情感和意志，表情和动作渐渐纳入了戏剧表演的形式，随着后来的专业进修和专业指导、学习提高，他们这些人反倒成了对表演最有心得体会的一批人，而戏剧的种子也在工人群众当中逐渐传播开了。

在战争年代，戏剧不仅被用来做宣传鼓动，甚至直接用作对敌斗争的战术。在世界反法西斯的中国战场，一开始就形成了军事斗争和文化宣传两个战线，戏剧成了文化战线的生力军。正如张惠良在《导演工人演剧的兴趣及方法》（《抗敌周刊》）中所写："话剧跟着敌人的炮火在突飞猛进着。它从一般唯美的艺术家和享乐主义者们的手里挣脱出来，投入了大众的怀抱。舞台上固然演剧，铺板搭成的草台也演剧；没有台的街头巷尾还是演剧。有钱的看戏，没有钱的一样看戏。更进一步的是一向只有从事戏剧工作的人才演戏，而如今是连观众甚至是一般知识低落的劳苦大众也跟在一块儿演戏了。这戏不是咖啡、可可，而是一种武器！宣传民众、组织民众、教育民众的一种武器！"

二十世纪三十年代初，很多戏剧家在指导工人演剧的同时，也深为工人群众自身的戏剧天分所激动，一些工人不仅能表演，也能编剧。在一次讨论会场，很多人谈了自己的感受。戏剧家丁晧说，有一次在工厂，有个年轻女工被工头搜身，刻意地在身上乱摸，引起骚动，随后这个女工又被日本监工毒打，整个车间的工人停工抗议，日本监工受到震慑，只好赔礼道歉。工人们随即把这件事编成小戏上演，全厂工人看得群情激昂。另一次，为纪念五卅演剧，演一个工人家庭的生活，演出形式像化装演讲一样，没有剧本，只是分派了角色：谁是糊涂老太婆、谁是“好人”老头子、谁是明白的姑娘、因为什么事情发生了矛盾、后来如何全家都觉悟了。上台后大家演得有声有色，入情入理，观众都看不出舞台上是现场发挥，并没有剧本。

在参加工人演剧的活动中，内行经常需要向外行学习。崔巍谈到自己的见闻时说，“有一次到浦东高桥去演《工人之家》，演得极好，台上哭了，台下的农民倒哈哈大笑起来”。专业的戏剧工作者往往打不破与观众的隔阂，而工人自编自导自演的戏，往往大受欢迎。他甚至说，现在“女工的演技真了不起，我想有公开的机会来卖卖票的话，真会骇倒有组织有训练的演员的”，所以要向工人学习。他后来编过一个有象征色彩的哑剧，全用动作表现，必要时用简单的声音来表示，这样观演之间没有方言的障碍，效果不错。在农村演话剧，特意用旧戏的手法，打破四堵墙的拘束。工农观众一般都有观看旧戏的传统，所以更容易接受。

在新中国建设时期，戏剧又是鼓舞工人劳动热情、促进生产的重要手段。二十世纪五十年代初，戏剧家凤子曾经著文记录了北京市工人戏剧演出的盛况（《记首都十八单位工人联合演出》）：

“从十月十六日至廿一日，参加工厂有十八个单位。演出节目有歌咏、话剧、秧歌、活报剧、快板剧、腰鼓、霸王鞭、工人舞等。六个晚上，在只容几百人的小礼堂，前后观众几达五千人，而百分之九十是工人。此外文艺界戏剧专家前辈们欧阳予倩、田汉、赵树理、丁玲、王亚平等几十位，都担任了评判委员。”

上海的工人演剧历史悠久，中华人民共和国成立后更是风起云涌。解放初期，全市就迅速成立了一千三百多个工人业余剧团。二十世纪五十年代后期工人话剧团激增，戏曲组织更多。国棉十五厂、申新九厂这样的工厂，戏剧组织甚至已经按车间和生产班次建立起来了。戏剧成了工人们生产、生活的一部分。天然饭店演出过一部叫作《服务态度》的小戏，几乎是全体职工上台表演他们服务态度的变化，他们自己说：“我们每演一次这个戏，等于我们的服务态度做一次深刻检查。”演剧成了工作回顾、工作总结，在游戏中提高了工作效率和服务质量。

二十世纪五十年代上海的戏剧会演也很多。1953 年 5 月，举行了工人文艺观摩演出，包括话剧、戏曲、音乐、舞蹈、杂技等项。1954 年 12 月，又举行第二次工人文艺观摩演出，形式繁多，百花齐放。1958 年 5 月，15 个区和海员、铁路、医务三个产业工会举行话剧会演，有 300 多个单位、450 多个剧目参加，70% 以上是由工人创作的。在各区会演选拔的基础上，由上海市工会联合会从 6 月 2 日到 17 日，举行工人话剧（活报、朗诵）展览周。演出的 57 个话剧和活报中，有 52 个是由工人创作的。同年 12 月，又举行了 1958 年上海市群众文艺创作会演。有些活报剧充满着浓郁的生活气息，朴素、明朗、自然、亲切，各有其独具的风格。有些演出从真人真事的活报剧，发展到艺术加工较为完整的独幕剧，艺术上更为成熟了。工人演剧虽然都是业余行为，但是并不满足于业余水平，有的演出还能运用不同的题材，吸收民族传统，有所革新。如一〇六工厂的

《伙食房大跃进》，把相声和戏剧结合；国营第一毛纺织厂的《拷花大衣呢》，用拟人手法把呢绒形象化，吸收戏曲的传统，配合敲击乐器，展开故事情节，并且自如地用了独白、走圆场、自报家门等旧程序表现新生活。有的演出随着内容和形式的变化，时而是快板剧，时而是相声剧，时而演变成方言话剧、塑像剧、朗诵剧，有的是话剧加唱、话剧结合戏曲，各尽巧妙。工人阶级在生产劳动中的智慧，在戏剧舞台上也得到了充分发挥。

武汉的工人演剧直接、明确地提出了“工人演工人”“工人演生产的事迹”的口号，工人在戏剧舞台上也当上了主人。1950 年 5 月 2 日起至 6 日止，第一次工人献剧观摩会演上，全部已实行了“工人演”“演工人”，有 28 个工人单位参加演出，近千名工人做了演员，从 34 个节目中，有 14 个剧本是经过改编的，12 个是工人自编的。在日常生活中，各工厂间的文娱活动也蓬勃地发展起来：秧歌剧、快板剧、歌剧、话剧、京剧。在随后的几次观摩会上，演出内容越来越丰富，参加的单位也更多，自编自导自演的比重越来越大。工人们自豪地说，咱们工人在生产上做模范，在舞台上也要做个能手。

仅以以上几个城市为例，可见 1949 年后，演剧已经在工人群众中被广泛地普及，并且成了工人阶级日常生活和生产劳动的组成部分。

与此同时，行业演剧也在如火如荼地进行。中华人民共和国成立后的最初十年，就已经成立了专为各业工人服务的中华全国总工会工人话剧团、中国铁路文工团、中国煤矿文工团、中国建筑歌舞剧团和中国地质部文工团。这些剧团上山下乡，哪里有工人，他们就到哪里演出。中国铁路文工团跑遍全国各铁路线，甚至到小兴安岭的深山密林里，为修建共青团铁路的工人演出。在零下四十摄氏度的严寒里，他们经常背起服装乐器，步行十几小时，为森林工人和铁路工人跳舞演戏。建筑歌舞剧团为建筑工人演出。有一次，刚下火车他们就遇上八级大风，刮得昏天黑地，伸手不见五指，鹅毛大雪扑面飞来，气温降至零下三十摄氏度，但他们仍坚持演出；晚上就跟工人同住在窑洞里，工人把他们当作中央派来的亲人看待，纷纷给他们送大衣、被窝御寒。中华全国总工会工人话剧团在三门峡的现场上，即时把现场的新人新事编成节目登台表演，工人看了戏说："感谢文工团，献礼有两样：五百光脊梁，六十万斤汗。"中国地质部文工团长年累月到深山荒野去为勘探工人演出。在柴达木盆地一带，有些地方是苦水区，有些地方甚至是无水区，每天早上每人只能有一碗水漱口洗脸。他们有一次到镜铁山去慰问勘探队，白天在帐篷里演出，热得喘不过气来，晚上却穿上皮袄还感到冷，他们就在大雪纷飞的夜里在广场上演出。中华全国总工会工人话剧团曾上吕梁山为山上的炼钢工人演出。工人们跑出几里路迎接剧团，又放鞭炮又喊口号，锣鼓喧天。剧团白天参加劳动，晚上在庙台上演出。演出《把一切献给党》的时候，由于台子太小，演员一不留神摔下舞台，观众七手八脚把他抬到台上，继续演出。山上天气冷，下着小雨，观众一面烤着火，一面打着伞看戏，台上演出不停，台下观众不走。

北京举行的铁路职工业余文艺会演中，张家口铁路业余文工团的话剧《火焰千里》获得一致好评，后来才知道编剧之一是一个售票员。剧本虽然还不够完整，但气势磅礴，生活气息浓郁，所反映的生活和人物的精神面貌都真实、生动，很有感染力。表演上，也突破了一般的业余演出水平。虽然还是工人演工人，但他们已不完全是本人上台，依靠生活本色感人了，他们有意识地塑造不同的人物形象，有些形象已经具有一定的艺术表现色彩。

二十世纪四十年代末至五十年代初，大连船渠锻工厂工人王水亭自编自导自演的三幕三场秧歌剧《二毛立功》受到广泛欢迎，出了单行本，还被收到了劳动出版社出版的《戏剧集》里。

中华人民共和国成立的最初十余年，在政府的主导下，工人戏剧已经从零散的演剧活动发展成大规模的、大范围的、普及全国的戏剧艺术运动。中国的工人阶级已经不再是牛马一般的苦力，而是享受丰富精神生活的新型劳动者，不仅是欣赏文艺的主人，并且渐渐学会了掌握戏剧这个工具，成了舞台艺术的创造者。同时，专业戏剧工作者也在努力适应新社会的新生活，有的作品既能适应时代要求，又能在舞台上久演不衰，比如鲁煤等人创作的《红旗歌》，生活气息浓厚，人物个性鲜明，台词也很有时代特色。此剧在北京、天津、南京、重庆、兰州等城市陆续演出，受到观众，特别是工人观众的热烈欢迎，在上海居然能连续演出将近二百场，在南京的演出也突破了当地话剧演出的卖座纪录。

“文化大革命”中，虽然社会处在大动荡之中，但是工人演剧并未停顿。除了一系列《海港》这样专写码头工人的戏剧外，二十世纪七十年代的几次全国性的文艺会演，也给工人演剧提供了大量机会。这一时期，舞台演出的内容和形式都比较单一，普及程度却前所未有，戏剧的生命力，包括民众的戏剧天性和热情、戏剧适应社会环境的灵活性，都是难以磨灭的。

二十世纪七十年代后期至八十年代，随着思想解放、文化复苏的浪潮，工人演剧出现井喷式的发展，并产生了巨大的社会反响。《报春花》（1979 年发表，编剧崔德志）、《灰色王国的黎明》（1980 年发表，编剧中杰英）、《谁是强者》（1980 年发表，编剧梁秉堃）、《我肯嫁给他》（1980 年发表，编剧洪晖、杨欣）、《血，总是热的》（1981 年发表，编剧宗福先、贺国甫）、《双人浪漫曲》（1983 年发表，编剧王正）、《阿混新传》（1983 年发表，王辉荃执笔）、《黑色的石头》（1987 年发表，编剧杨利民）等作品都曾长演不衰。这些作品如“反映处于改革、调整时期工业战线沸腾生活的《血，总是热的》《谁是强者》《灰色王国的黎明》等剧，摆脱了抽象地描述方案之争、上马下马的俗套，敏锐地抓住了因社会变革所激发起来的错综复杂的现实矛盾，紧紧地把握住现实生活的各种复杂现象和内在本质的有机结合，着力去表现规模宏伟的历史进程中的各个不同侧面”。对于这样的作品，剧作家、评论家林克欢给了很高的评价。

二十世纪八十年代以后，工人戏剧与其他领域的戏剧一样，市场意识日渐浓厚，更强调主旋律，主旋律戏剧也在努力追求市场效应。与此同时，工人戏剧的民间团体也开始崭露头角，由“民工、农民工、打工人”演变而成的“新工人”，成为这种民间演剧的主力军。他们做音乐、做电影，也做戏剧。城市新工人在戏剧活动中展示自己对现实生活的观察视角，表达自己对生活的态度和对未来的憧憬，同时也以戏剧的方式解放自己的身心，焕发争取美好生活的激情。

新世纪以来，工人戏剧掀起了一股新浪潮，在社会影响面、影响力度和艺术品质方面都有了进一步的发展。2015年北京人艺作为春节贺岁档在首都剧场演出的《食堂》（苑彬编剧），受到新华社、《光明日报》《中国艺术报》等多家媒体的赞誉。此剧最大的贡献是对当代工人语言的发掘、整理与呈现，戏剧情境中人物的语言处处弥漫着生活的烟火气、工厂的油烟气，声口毕肖，粗砺而俏皮，可以说是一部替工人阶级“代言”的戏剧作品。在此之前，上海话剧艺术中心演出了《中国制造》（贾鸿源编剧，王晓鹰导演）。作品再现了中国制造业寻求转型、打造民族品牌的艰难历程，主人公刘子义痛心疾首地说“我们输给老外的地方已经太多了”，中国工业必须浴火重生。贾鸿源本是印刷厂工人，但是在长期的戏剧实践中，已经成长为一个成熟的、有相当影响力的戏剧编剧。辽宁剧作家黑纪文也是工人出身，他的《工匠世家》（2018年演出，辽宁人民艺术剧院创排，宋国峰导演）写东北重装集团两个工匠世家的故事，构思新颖，情真意切，成为叫好又叫座的工人戏剧。2018年另外一部写工匠的舞台剧《工匠的天空》也受到广泛关注。这部剧根据真人真事改编而成，劳动模范杨建业编剧并导演，北京市东城区总工会出品，隆福剧场演出。其中工艺大师神乎其技的景泰蓝艺术，技术钻研，艺术创造过程的艰辛与快乐，带给观众特别的享受。2018年还有一部写工匠的大戏，由林蔚然编剧、吴晓江导演，2018年5月在包头市金狮剧场演出的《大国工匠》。这部剧讲述了三代军工人奋斗、牺牲与创造的故事，为观众展示了中国兵器工业的现代风貌和工匠精神的代际传承。此外，由唐栋、蒲逊、甄进编剧，傅勇凡导演的《苍穹之上》，以我国第四代隐形战机自主研发历程为题材，写几代航空人的奋斗历程；阿莹编剧的《红箭 红箭》，写导弹研制的故事；孙德民编剧的《塞罕长歌》通过林业工人营造绿水青山良好生态的故事，展示当代工人精神文明的新境界。2023 年 8 月，甘肃酒泉剧院演出了由肖生科编剧、余燕妮导演的《永远的铁人》，这部剧的特别之处是由玉门油田 43 名职工出演。进京汇报演出后，此剧赴大庆油田、大庆石化、大庆炼化、辽河油田、兰州石化等单位巡演，演出数十场，吸引了百万观众线上观看，受到多家权威媒体的关注。从这部剧的创作和演出情况看，早年石油工人王进喜的“铁人”精神在新世纪依然能引起广大工人群众的共鸣。此外，中华全国总工会文工团文艺工作者持续深耕‘工’字题材，在舞台艺术中打造‘工’字品牌。2024 年上演的音乐剧《逐梦》，是其中令人瞩目的成果。《逐梦》由主体三幕及序和尾声构成，以中国高铁研发为背景，讲述了项目负责人陈雨虹带领技术团队，在事业与家庭、合作伙伴与竞争对手，以及师徒、同事、父女、夫妻、母女等重重矛盾当中，克服千难万险，坚持自主创新，最终让中国人自己的时代列车畅行无阻的故事，展现了中国铁路从蒸汽时代到高铁时代跨越式发展的辉煌历史。该剧 2024 年 5 月至 6 月在中央歌剧院首演五场，场场爆满，后来在第二十三届中国上海国际艺术节演出，受到行业内外观众的一致好评。

新世纪这些工人戏剧，尤其是工匠戏剧，紧扣时代主旋律，对现实的观察视野更为广阔，题材、主题、故事情节和人物精神面貌更强调国际背景和大国博弈的意识，从而也更具家国情怀，有更为鲜明的时代特色。

“百年中国工人戏剧史丛书”所收的戏剧作品，主要是工人题材的作品，有工人创作的，也有戏剧专业工作者创作或者编剧、工人联合创作的。一百年来，工人戏剧创作演出活动的资料浩如烟海，选目难免有遗漏，民国时期的资料由于年代久远，战乱频仍，散佚比较严重，因此搜罗不易。万事开头难，此事尤其难，但是也必须有人开这个头。这套“百年中国工人戏剧史丛书”算是抛砖引玉，希望此书的出版能被学界、戏剧界和工人群体所关注，能在资料上有新贡献，并且对当代工人戏剧运动能有借鉴和启发。

有一首传唱已久的歌叫作《咱们工人有力量》，历史早已证明了这一点，而未来还将继续证明这一点。戏剧将助力工人群体在未来社会始终处在主人翁的地位，始终是世界的主人，同时也是自己的主人。

工厂的灵魂是技术，在技术迭代日新月异的大背景下，生产方式、工厂的面貌、工人的面貌、工人群体的构成都有可能发生颠覆性的变化。比如说，未来工厂、工人的主体可能是人形机器人，机器人进化到后来必定会具有情感和意志，未来的工人戏剧中可能出现机器人工人形象，未来的戏剧情境中，机器人可能会成为不可缺少的构件，矛盾冲突也可能不止于原初的人与人冲突，可能会有机器人介入。原初工人与机器工人之间掌控与反掌控，对智能机器工人自行繁衍的限制与放任，对智能机器人行为规范的制定，机器人工会的审批，机器人合法权益的保护等，可能都会进入议事日程，这些都可能成为未来工人戏剧创造面临的基本问题。甚至，智能机器人这种“新工人”当中如果出现了“工人剧作家”，出现了“新工人”自己的剧本甚至演出，那又将是什么场景？

技术的研发与迭代已经形成千帆竞发、百舸争流的局面，“工人”这个概念正在不断被最前沿的科技所重新定义，“工人戏剧”这个概念，必将在戏剧领域成为最有科技含量、最能引领艺术超滤的概念。在未来社会，工人阶级必将真正成为，再次成为社会进步的先锋队、推动历史前进的火车头。

目录

蜂起

叶沉

作者简介

叶沉，原名沈学诚，笔名沈西苓，1904年出生于浙江省湖州市德清县，是20世纪30年代著名的电影导演与戏剧艺术家。叶沉曾赴日留学，专攻绘画，在此期间对戏剧产生兴趣，1928年回国后执教于上海美术专科学校和中华艺术大学。1929年，叶沉组织建立上海艺术剧社，并参与美工工作和演出活动；1930年，参加“中国左翼作家联盟”在上海的组建工作，为发起人之一；1932年，参与建立“左翼戏剧家剧团联盟”，该组织后来发展为左翼剧联、左翼美联，叶沉负责剧联；同年合作创办中国最早的左翼电影理论刊物《电影艺术》。1933年起，叶沉开始执导电影，代表作有《女性的呐喊》《女儿经》《船家女》《十字街头》和《中华儿女》等。

在戏剧表演和创作方面，他先后出演《炭坑夫》《西线无战事》《怒吼吧，中国！》等，并参加流动演剧队，执导话剧《醉生梦死》《武则天》《保卫卢沟桥》《民族万岁》《塞上风云》等。

剧情梗概

资本家汪白潭是一个利欲熏心、贪得无厌的丝厂老板。为了使自己的工厂不受战乱影响，他采纳了工头李勾材和黄色工会代表的建议，不惜扣薪加时来盘剥女工。不堪欺压的女工们在工人领袖汤劲新和刘瑛等人的带领下，团结一致，集体罢工，并向汪白潭提出了“不准虐待工人、不准开除工人、每天加工资三分、减少工作时间”等条件。为此，厂方对刘瑛和部分女工做出除名和罚款处理，此举激起了公愤。女工们坚定立场，要求汪白潭立即答应她们的条件。汪白潭请来表面支持工人、实则帮助资方的黄色工会代表。汪白潭想借他的花言巧语继续骗取工人的信任，掩盖自己的罪恶。觉醒的女工们不再为诡计所蒙骗，齐心协力坚决与资本家进行斗争。最终，汪白潭在声声讨伐中答应了女工们的条件，女工们胜利地欢呼。

时　间

现在

地　点

都会，丝厂附近

人　物

厂　主——汪白潭，猪一样的人物

李勾材——獐头鼠脸的人

黄色工会代表——滑头式

刘　瑛——女工领袖，有血气的女子

汤劲新——领导者，刚强的女子

女工一

女工二

女工三及多数

〔字幕——蜂的胜利，便是他们能团集得坚牢。

〔工场经理处。（字幕可用纸写）

〔厂主汪白潭正和黄色工会代表互让着水烟管，对坐着。

厂　主　啊，请，请，请。

黄色工会代表（以下简称为“黄工代”）　不敢，不敢。

厂　主　啊，那一次真全靠你老兄，不然我的这几根富贵的胡须都会被他们拔光了。

〔厂主揉着他嘴上的仁丹式胡子。

黄工代　哪里，哪里，都是为国家出力，国家哪里容得住这样的浑蛋胡闹。

厂　主　想起了，还有些怕，那些浑蛋的东西，居然会那样地联合起来……加工钱，八小时工作……哼！哼！（揉胡子立起）

黄工代　（吃不来水烟，拿出自己的雪茄烟来）你老兄这几个月来生意可好？

厂　主　（急骤地皱眉，憔悴）就是这一关打不通呵！外面连年打仗！打得来大家都不敢穿丝织的衣服，做出来的货，价钱定高了，便连销也销不出去，定低了，老哥，你想我还有什么好处呢？

黄工代　哦，那倒是一个很讨厌的问题。（细声地）喂，老兄，要发财，就在工人身上呵！

厂　主　对呵，可是——

黄工代　只教重重地扣他们的工钱，那不是货色可以卖贱来了吗，那不是可以畅销了吗？（会意地笑）哈哈哈——

厂　主　（感激状）啊，不错，不错，多得老兄提醒，且叫勾材来商量一下。

〔厂主按铃。

〔仆人上。

厂　主　快去叫李勾材先生来。

〔仆人鞠躬退去。

厂　主　这个勾材，想老兄也已见过面，做事的确也还老练，只是——哦（卷胡子），我只嫌他不灵巧了一点。

黄工代　哈哈——几时我给老兄介绍一个来，包你称心如意的……

〔李勾材上场，很恭敬地行了一个礼。

李勾材　老板——唤勾材——

厂　主　咄！你在干什么？叫了你这半天还是不来的！

李勾材　是，是，老板！我正在看他们烘茧，我们那台新来的烘茧机器真不错，老板，他们都说要烘快一点好，但是我总要慢慢地烘，果然我的意见不错，这样的茧子容易做。

厂　主　喂，我问你这些话了吗？（作势）

李勾材　（作惊）是，是，老板。

厂　主　你要知道，吃我的饭，干我的事，你应当为我尽心尽力地干。

李勾材　是，是，我哪有不干的道理，哪有不为老板尽力的道理。

厂　主　那么，你知道我现在的烦恼吗？

李勾材　是，是，哪里有不知道的？（献媚地）我早已在给老板打算了，连夜里做梦也这样……

厂　主　（微现笑容）那才对得起我。

〔厂主将一只脚搁起。

厂　主　勾材，你且说来。

李勾材　（卑鄙地）现在的时势，最要紧的第一便是要工人甘心诚服地替我们当牛马。第二便是要工人相互妒忌，不致联合起来对付我们。第三，我们便好从中取利。（一笑）

厂　主　（摇摆着身子）哦！快说！

李勾材　是，是，所以我现在想了一个好法子。

厂　主　快说！

李勾材　是，是，所以我现在想——

厂　主　喂，要你快说！

李勾材　（吃惊似的）所以——我现在想定了主意，定下了比前更重的赏罚。老板你听：每绞超过份两，罚工资一天。条纹不正，罚工资一天。每天不做到十桶茧子，一天白做。请假三天，便永远不许再来——老板，她们是最怕这些了。

厂　主　（瞪眼）要你快说，多嘴什么的？

李勾材　是，是，便所不能去五分钟，每天不能去三次，犯者罚工钱半天。不得交头接耳，犯者罚工钱半天。不得离座位，犯者罚工钱半天……还有……

厂　主　浑蛋，你是不是还要她们来拔我的胡子呢？你这蠢家伙……（起立作势）

李勾材　（退后）哪里！老板，我还没有说完呢！（高声地）有赏必有罚，有罚必有赏。三年不请假一天，赏金牌一块，一年无罚工资，赏金牌一块。

厂　主　（跳起）你这……这浑蛋的家伙，你……你以为你的老板开了金子铺了吗？

李勾材　老板，老板，不要忙，且听我勾材慢慢地说来！（高声地）迟到一天便取消资格，罚过一次便取消资格——老板这样，老板的金牌尽可放在老板娘娘的箱子里，只要我勾材本领大，泰山上休想动一些土……哈！哈！

黄工代　……哦！这倒也是一个新发明。

厂　主　还不快去看着那些牛。

李勾材　是，是。

〔李勾材鞠躬似的退出。

黄工代　哈哈哈哈！——

厂　主　哈哈哈哈！——

黄工代　你老兄倒真有福气，有那么一个忠臣。

厂　主　哪里，哪里，这不过是其中的一个罢了。

黄工代　（摸表看）噢！时间不早了，附近的一个铁工厂里，还得请我去演讲。

〔黄工代起身整衣。

厂　主　那个铁工厂听说不是有罢工风潮吗？

黄工代　真是为了这个缘故，要我去演说呢，哼！只要凭我这三寸不烂之舌，包管工人帖帖服服地仍旧去做牛。——哈哈，老兄不必，不必送……

厂　主　哪里，哪里，很怠慢了……

黄工代　大家老朋友，不必客气……

厂　主　是，是，几时再过来叨教……

黄工代　是，是，再见，再见……（退场）

〔一星期后。

〔资本家正抽着水烟享福，李勾材很得意地上来，狗头狗脑地望了一望他的主人。

李勾材　（上前，献媚地）老板，你老人家得得欢喜吧。

〔李勾材从身边衬衣袋里摸出一个包来，打开，里面是一沓纸币，他慢慢地一二三四……一张一张地数给他主人看。夹着得意的表情，数至二十一张。

李勾材　一五得五，二五成十，总共一百〇五块钱……老板，这便是赏罚新章的利息，一星期内便有这么多。……老板一个月便有四百块的进款，你看我勾材的本领不错吧。

厂　主　（接过了纸币，细细地又数了一遍，这才笑嘻嘻地说）那都才不错呵！勾材你做事倒真不错，明年得加你薪水才行——哦！一百零五元一礼拜，哦，这五块钱赏给你吧。可是要更加勤谨才行！

李勾材　噢！不敢，谢谢老板。

厂　主　下礼拜能再加上一点时更好。（指示纸币）

李勾材　是，是，愿尽我的狗命。

〔李勾材很高兴地退去。

〔厂主仍在数这几张纸币，最后现着深刻的微笑……

〔舞台暗。

〔放工。女工们放工出来。

女工一　那个勾材，活死鬼，天天罚罚罚的，我们难道便不要命了？

女工二　他的娘死了少了棺材钱吧。

女工三　他的爸爸少了官司钱吧。

女工一　姐姐，我这个月还只拿到了五块钱——吃饭也不够，这活死鬼，杀头鬼。

女工三　这狗皮狗骨头，生瘟病死了才称心。

女工二　我们便那样地让他作弄吗？

女工一　我们大家约齐了去打他一顿出通气。

女工二　光是打一顿又有什么用呢？

女工三　哼，你打他，他不来作弄到你好了。

女工一　怕什么，只要我们齐心。

女工二　对了，只要我们大家齐心。我们总得想个法子要他不敢再作弄我们。我们罢工——我们到工会去请愿——

女工三　放屁的帮资本家的黄色工会。

〔一群女工乱杂地说着，刘瑛出来。

女工二　噢，刘家姐姐来了。刘家姐姐一定会给我们想办法的。

女工一　对了，刘家姐姐！

刘　瑛　什么事，你们？

女工二　你没有吃那个活死鬼勾材的亏吗？我们是饭钱也都扣光了。

女工一　我这个月扣了四块。

女工三　我五块。

女工一　刘家姐姐！快请想个法子。

女工二　是的，只有刘家姐姐是最会设法的。

女工三　我们要打那勾材……

〔大家围住刘瑛。

刘　瑛　是的，我早就想对诸位姊妹说了。不过，我犹恐诸位姊妹不听我话呢！现在时候到了，诸位姊妹也知道苦楚了——对的，我们要打那些专门剥削工人血汗钱的资本家和资本家的走狗，但是我们尤其要记牢。我们怎样一来，使他们不敢来压迫我们。我们须得……（突然看到了她对面的汤劲新）汤姊姊，你来得正好，告诉你我们现在的工头和厂主的凶恶……

〔刘瑛走过去轻轻地说，这边的女工一半骂着工头，一半望着她们。

汤劲新　（走近女工们前面）诸位姐姐，听了刘姐的话知道你们厂里有这样压迫工人、榨取工人的资本家、资本家的走狗——诸位，想诸位姊姊现在一定都有勇气来打倒压迫我们、榨取我们的人们。

众　人　（齐声）拿出勇气来！

汤劲新　那么我们得首先开一个大会，派出代表，要本厂主：一、不准虐待工人；二、不准开除工人；三、每天加工资三分；四、减少工作时间。诸位姐姐，他依了我们便罢，若不依我们，那么我们得用最后的手段——

众　人　（齐声）罢工。

汤劲新　对了！我们齐心一力地罢工，现在在这生丝上市时，厂主愿意停工吗？诸位，所以只要我们齐心，我们便可以得到胜利的。

〔大家拍手叫呼。“明天开会！”“明天开大会！”“打倒资本家！”“打倒走狗李匀材！”

汤劲新　诸位姊姊，今天是迟了，做了一天工也得休息休息了，但是不要忘记了明天的事情，我们的切身的事情。

众　人　不会忘记，我们要加工钱！我们要不准开除，我们要减少工作时间……

汤劲新　那么，诸位姊姊我们明天在你们厂里开会，可是你们知道，刘家姐姐是做事很老练的，你们都得听她的话。

众　人　对了！我们听刘家姊姊的话。

刘　瑛　诸位姊姊，我们大家去约朋友去。明天的会上，务必齐心一力地干去！干去！

〔群众的欢呼声。舞台暗。

〔三天后的工厂。

〔群众都聚在告示下面，群众的情绪是万分的愤怒，汹汹地纷攘着。

〔告示上写着的：

汪桂花

徐阿囡

刘瑛

朱阿兰

五阿宝

陆金凤

以上六名实行暴动，有碍工厂秩序，即行除名。

王月瑛

刘月花

江小囡

姚三子

以上四名有暴动行为，应罚工钱四十天。

王月霞

吴宝儿

李小花

李阿金

胡贵香

以上五名有暴动嫌疑，应罚工资四天以儆！

厂主　汪白潭

女工一　胡家姐姐，你认得字，你读给我们听听。

〔女工二读，群众愈形纷乱，骂声。

女工三　（勇敢地跳在一爿小凳上）诸位姊姊，时期已经到了这种田地，刘家姊姊已经为了我们被开除了，（群众的哮吼声）王家姐姐为了我们被罚四十天的工钱。（群众的哮吼声）诸位姊妹，我们要不要活命，要不要饭吃？我们肯任那些资本家、资本家的走狗压迫我们吗？尤其我们肯忍心让刘家姐姐去受苦吗？（用力地）可曾记得昨天，刘家姊姊的话？我们要得到最后的胜利，我们要一条心！坚持到底！……诸位，诸位姐姐，现在，现在正是我们奋斗的时期了！……

众　人　罢工！坚持到底！

〔李勾材急急上来。

李勾材　这……这是怎么一回事？快去做工，快去做工。

〔群众不听。

女工三　你们看这李勾材来了。榨取我们血液的便是这个走狗。

群　众　打！打！打！

〔有几个女工上前动手打。

李勾材　你们干什么？（急骤地软下来）啊了不得，了不得，造反了！……啊唷！……啊唷！……啊唷！……叫警察……救命……救命啊！

〔李勾材倒下。

女工三　诸位姊妹，现在得仔细我们的行动，我们去叫厂主汪白潭来，要他立刻答应我们的条件，我们不用怕，只要一条心，团结起来……干下去——

〔厂主汪白潭和黄色工会代表急急上。

厂　主　什么事？什么事？有话可以慢慢地说，用不到胡噪……

〔女工们仍不理。

〔厂主与黄工代做眼色，怪相。黄工代摸摸领结，整整头发走上一步。

黄工代　（咳嗽）哦，诸位姊妹，兄弟有几句话……

〔人群中传来叫声：放屁，滚开去。

黄工代　（高声地）诸位姊妹，我们工人，应该晓得工人是神圣的。劳工神圣，我们用不到胡闹，哦，我们都是中国人，我们都是自己人，资本家没有工人是没有饭吃的……（人群中传来叫声：你没有工人是没有衣穿的）嗳，工人呢，没有资本家，也是找不到饭碗的……（人群中传来叫声：放屁）……嗳，所以我们都是自己人，我们要和气……诸位姊妹：我们要知道帝国主义才是我们的敌人……（人群中传来叫声：帝国主义的走狗）我们要打倒帝国主义。我们便得要资本家工人都联合起来。劳资协调……哦！这就叫作劳资协调……所以你们不应当反抗胡闹，吃一点苦有什么要紧。——不然工厂一关门，你们吃什么？——

〔一个女工突然上——是刘瑛。

刘　瑛　诸位姊妹，听清楚他的话。他叫我们再去做牛去，他叫我们忍耐着再去做牛去，好使资本家老爷们多榨取些钱来，多吃点鱼翅火腿，多讨几个姨太太。我们的钱是血肉做出来的，我们拿我们的血肉来供养这些猪吗？还要拿工厂关门来恐吓我们。打倒帝国主义，先要打倒帝国主义的走狗……来！诸位姊妹，现在是我们的时候了，不要胆小。左右是个饿死，来！我们不要放走了汪白潭，要他立刻承认我们的要求。来！

〔群众的呼声，刘瑛下凳，走去捉住汪白潭的胡子。群众拥上，黄色工会代表逃伏到桌下。李勾材躲在门角后面。“打！打！”的声浪。

汪白潭　（动弹不得）这，这是岂有此理，你……你们反了吗？反了吗？啊唷啊唷，有话好说……

女工一　要追回被开除的女工。

女工二　增加工资三分。

女工三　取消扣罚工资的规则。

女工一　减少工作时间。

〔汪白潭被打。

汪白潭　啊唷，啊唷，都承认，都可以！

〔在大家的欢呼中幕下。

〔幕上，刘瑛着工人服立正。

刘　瑛　诸位姊妹，最后的一句话，只要我们工人一条心，坚持到底，便什么也不用怕，归根胜利总在我们的手里！

〔诸女工拥抱上来。

〔幕下。

〔歌声。

这一篇剧在三一八的那一天已上演过一次，用的是上海话。我希望不仅只在上海，在其他各地，也能同样地用他们的方言来上演。

作品赏析

《蜂起》刊登于上海艺术剧社出版的文艺戏剧综合性刊物《沙仑》（1930 年 6 月第 1 卷第 1 期）。叶沉还结合自己的创作经验和观剧体会，在该刊发表评论文章《戏剧运动的目前误谬及今后的道路》，指出艺术剧社演出不成功的根本原因是“演的戏不能深入大众”，并认为今后应通过新的内容和形式来深入、浸透大众生活。王莹也在同期发表的《南通归途》中提出，若要在内地或工人区域内演戏，最忌用没有民众基础的外国剧本，需要从大众身边获取题材，挑选或创作与他们身份、经历、思想文化、教育相符的作品。《蜂起》的创作扎根于最广大的工人生活之中，以工厂女工作为主要书写对象，契合了上述文章中的观点。

该剧以工厂罢工为背景，揭露并嘲讽了黄色工会和资产阶级蛇鼠一窝，企图愚弄广大工人的不耻行径。作者还聚焦于女工的生存现状，展现了她们所面临的种种困境：恶劣的工作环境、不公平的工作条件、低薪酬，以及健康和福利保障的缺失等。在剧中，不堪重压的女工们在又一次被压迫后决定不再沉默，万众一心，为自己的利益奋力反抗，不达目的誓不罢休。该剧在上海的演出也鼓舞并激发了更多工人勇于争取自己的权益，引起了一定范围内的社会讨论。

在人物塑造上，作者着重刻画了趋炎附势的工头李勾材和不畏强权的女工代表刘瑛。李勾材獐头鼠目，他本是工人阶级，却坚决同资本家站在同一阵线，思老板之所思，想老板之所想，积极为汪白潭出谋献计。他溜须拍马，巧言令色，主动提出方案，主张打破工人的内部团结，并制定严苛的惩罚制度，榨取工人们的血汗钱。而刘瑛与李勾材则形成了鲜明的对比。她身先士卒，在女工们苦不堪言、群龙无首时，义无反顾地站出来，一针见血地指出了解决当下困境的办法就是团结一致、争取权益。正是在刘瑛的带领下，女工们才不再退缩，将起义坚持到底。

《蜂起》的创作鼓舞了当时的广大民众，坚定了大家抗争的决心，为戏剧在工人阶级群体中的普及起到了不可磨灭的作用。但由于作者之前的创作多为电影创作，该剧在幕场选择等方面并未完全遵循戏剧的创作原则；该剧也存在人物形象脸谱化、未深入挖掘人物内心、对戏剧情境和场面深度的开掘不够深入等问题。

火之跳舞

田汉

作者简介

田汉（1898—1968），湖南长沙人，字寿昌，曾用笔名伯鸿、陈瑜、漱人、汉仙等。他是现代杰出的戏剧家，是中国现代话剧的开拓者和戏曲改革的先驱，是中国戏剧运动的奠基人之一。田汉早年留学日本，1922 年回国后，创办了《南国》半月刊，组织南国电影剧社，开始从事话剧创作和演出活动。在这个时期创作了《咖啡店之一夜》《获虎之夜》《苏州夜话》等充满浪漫主义气息的话剧作品。1927 年与欧阳予倩、周信芳等举办艺术鱼龙会，他创作的《名优之死》大获成功。同年成立南国社和南园艺术学院。1928 年至 1929 年间，率南国社先后在上海、杭州、南京、广州、无锡等地举行话剧公演和其他艺术活动，同时期也创作了大量剧本。1930 年加入“左联”，写下了《我们的自己批判》，创作从浪漫主义转向现实主义，先后创作了《年夜饭》《乱钟》《顾正红之死》《回春之曲》等剧作。1939 年后，在桂林主编《戏剧春秋》月刊，对京剧、汉剧、湘剧等戏曲进行了改革，创作了不少戏曲剧本，如《江汉渔歌》《岳飞》等。1944 年与欧阳予倩组织了西南戏剧展览会。抗战胜利后，创作了《丽人行》《忆江南》等剧作。中华人民共和国成立后，又先后创作了话剧《关汉卿》《文成公主》《十三陵水库畅想曲》等，并整理戏曲《白蛇传》《谢瑶环》等，在历史剧的创作和改编方面达到了新高度。

剧情梗概

在一条河的两岸，居住着工人和资本家两个阶层。贫困潦倒的工人无法忍受妻子被欺凌调戏，与收租人发生争执，扭斗中壁灯坠落着火，收租人阻拦救火，导致大火吞噬了工人们居住的茅屋。河对岸的工厂主们毫无怜悯之心，甚至把大火当作烟火观赏，拒绝了工人的救火请求。不料大火继续蔓延，最终将工厂烧毁，工厂主重金悬赏抓捕纵火者，火灾中受伤的工人自觉无力养活妻子和生病的孩子，想用自己换取高额赏金，为工友们重建家园。工友们拒绝了，一旁窥视的侦探却立即行动起来，要抓捕工人去领赏。失去一切的工友们终于忍无可忍，决定联合起来一起斗争。

第一幕

◉时 间

现　代

◉人 物

工　人

工人之妻

工人之子

收租人

邻　妇

布　景　茅屋内。

〔工人之妻坐在床头，床上睡着病儿，盖着被。邻妇与工人之妻谈着。

邻　妇　……所以我说我们这些人真是用不着活呢。世界上最使人伤心的事就是明明知道另外还有法子，却因为没有钱只好叹了一声气……

工人之妻　是呀。

邻　妇　就拿我丈夫说，他被机器轧伤了的时候，医院里说只要出五十块钱开一次刀就可以好。可是我们家里哪来那五十块钱？一块钱也没有。所以就只好叹一声气眼睁睁地看着他变成残疾。现在不单不能养活我，还要我去养活他……

工人之妻　所以我们都说你好呀！大嫂。

邻　妇　什么好，没有法子啊。比方你要有法子你也肯在家里吃这样的苦吗？几天还不起一次火的。

工人之妻　可是我也只要家里人都好，我什么也忍耐得下去；只要我丈夫不至于受伤，小孩子不会生病，就是冻死饿死我也甘心。

邻　妇　咳，二嫂，你又和我从前一样地在说梦话了。你想生在我们这个圈子里，做我们丈夫的怎么能够不受伤，做我们小孩子的怎么能够不生病呢？站在机器旁边的随时要预备给机器吞起去，生在我们家里的要么和贱狗似的不病，一病可就要随时预备他给阎王捉起去。

工人之妻　（甚厌恶她这样不客气的预言）那也不见得。越是随时可以死的人越不容易死啊。我要是和那千金小姐们一样不早就死了吗？你看我去年病得多么厉害，我不单不能调养，每天还要照样地去做工。就是我怀着这孩子的时候也还是每天做工。恰好那时我丈夫因为爱闹，被厂里把生意辞退了。若是别人就不病死，急也就急死了。可是我一直结结实实地活到现在。我有时真望阎王快些把我勾起去倒好，不过阎王好像不肯那样放松我们，偏要让我们多在阳世上受些苦呢。

邻　妇　（自悔失言）这自然也是真的。各人的话都照各人自己的境况说的，像我这样的命苦的人，丈夫是那样变成了残疾，大小孩又是那样病了几天就死了，怎么不说那样的话呢？哪里比得你有这样又刚强又能干的丈夫，和这样聪明的孩子。二嫂，我时常同人家说你将来的命比我好得多呢！

工人之妻　咳，还讲什么命好，只要人好就得了。这孩子（指榻上）平常有点什么病，隔不了一天就好了。这一趟恐怕是星数大了一点，病了快五天了，还不见好。可怜他就是我的命了。

邻　妇　二嫂，你放心好了！这病虽然不小，可是你孩子的命好得很呢。你看他这样天庭饱满，地角方圆的，将来发达起来，一定能够替我们争一口气呢。

工人之妻 唯愿得这样才好。

邻　妇 （摸孩子的头）嗳呀，烧得这么厉害！

工人之妻 是呀。我摸都不敢摸他，好像就烧着我自己的心一样。

邻　妇 是呀，小孩子生了一分的病，做娘的心上就得了十分二十分的病呢！不过也得快些替他诊了。小孩子身体嫩，哪里经得起这样的烧呢？

工人之妻 可是他有时候又嚷着冷。冷得发抖，盖一铺被还不够，盖上我这件棉袄还不够……

邻　妇 那恐怕是疟疾啊。

工人之妻 他爸爸也说他是疟疾，说散了工就给他买金鸡纳霜呢。

邻　妇 是呀。据说金鸡纳霜治疟疾是再好没有的了。阿土就是这东西治好的。

工人之妻 可是不知道他为什么老是不回。孩子是这样病着，今天又是月底，有许多账要还，第一就是房租快四个月没有给了。从前那个收房租的还和气一点，现在这一个可真凶，来一次就要闹大半天，前天小孩子正睡着了，他在这里大闹，我求他别闹，说我们孩子病了，怕听这么大的声音的。他说你们怕听这样大的声音就该给房租啦。可恶的那个东西！听说他从前也和我们一样的穷，这会儿巴结上了周家，替他们家里收房租，就这样的凶，不认得老百姓了……

邻　妇 世界上这样的人很多哩！祖宗不积德才生出这样的坏蛋来。他上个月在我家里不也是一样？我把家里的东西几乎当光了，才算得了一刻子的清静。

工人之妻 大嫂嫂，像你，修得娘家好，还有些东西可当，像我们家可几乎一样值钱的东西也没有了。要不是还剩下了这条棉被，你看小孩子冷起来没有被盖可怎么得了？

邻　妇　你愁什么？人就是钱呀。我家里虽然还有几样东西，常言道“坐吃山空”，也总有一天要完的。不像你现在有又刚强又能干的丈夫，将来还有聪明的孩子，这才真是用不尽的钱、当不尽的东西呢。

工人之妻　话虽是这么说，可是你要知道越是刚强的丈夫越不管家里的事了。

邻　妇　那是怎么说。难道二哥这样的人还荒唐吗？

工人之妻　不是荒唐，是太明白了！他把许多人的担子都弄到他一个人身上担了。有了工夫先做别人的事，有了钱先给人家，因此他哪有许多余力来管到我们呢？

邻　妇　难道连自己儿子病到这样子都不管吗？

工人之妻　怎么不管？那样连别人的事都不能不管的人，对于自己人的事自然是更要管，不过他力量不够，所以更加着急得厉害。今天早上他天还没有亮就急急忙忙地要去想法子，我还劝他别那么着急呢。

〔病儿忽在床上哭起来。

工人之妻　嗳呀，孩子，怎么啦？怎么啦？

工人之子　妈妈！妈妈！

工人之妻　怎么啦？孩子！

邻　妇　这孩子烧得说梦话呢。怎么啦？小侄侄！

工人之子　妈妈，我刚才跟着爸爸、你一道上山，那山不知道多么高，我们走到半路，口里干极了。身上的衣也汗湿了。刚走到山顶上，爸爸忽然把我们一摔，我同妈妈就由山上一直滚下来滚到山脚下的池子里啦。嗳呀，那池子里的水多么冷呀。

工人之妻　傻孩子，那是做梦呀。

工人之子　妈妈，池子里的水冷得很啊。

工人之妻　孩子，你睁开眼睛看，你哪里是摔在池子里，你看，你看，你在屋子里，你睡在床上，枕着这个小枕头，盖着被，妈和伯妈坐在床边，哪里什么池子里的水冷呢？

工人之子　不，妈妈，冷得很。

工人之妻　（慌急）孩子，不要把娘吓唬坏了。

邻　妇　这一定是疟疾。刚才那么烧，这会儿又发冷呢。

工人之妻　唯愿是疟疾才好。……咳，也是平常我们太没有工夫管他了。每天总是让他野狗似的在外面干一脚湿一脚地跑。只望他也和野狗似的无灾无难，哪知道也毕竟是要生病的。

邻　妇　小孩子不好生招扶怎么不生病？好容易得成一个大人啊，不过是疟疾还不大要紧。吃点儿药也就可以好了。……好，我要回去了。我去问问我的娘，看从前给阿土吃的那金鸡纳霜丸还有没有。要是有也就不必买了。

工人之妻　大嫂嫂，谢谢。那么，你快点替我去问外婆罢。我真是着急得要死。

邻　妇　不要着急。着急更加不好了。……小侄侄，还冷吗？

工人之子　（望之）伯妈，冷得很。

邻　妇　再盖上我这条围巾就不冷了。

工人之妻　大嫂嫂，那怎么好？你不要吗？

邻　妇　不要紧，我并不冷。回头我再拿吧。好，我去了。

工人之妻　拜托拜托。（邻妇下）

〔暂时的清静。

工人之妻　（伏在床上）孩子，好些了没有？不冷了罢？

工人之子　啊，妈。还是冷得很，这池子里的水真冷啊！妈，你不觉得冷吗？

工人之妻　这样的天气，怎么会冷呢？

工人之子　为什么我觉得很冷呢？妈妈，你不是和我一道摔在池子里的吗？为什么你不冷呢？

工人之妻　孩子啊，别这么吓你的娘了。你娘是不禁吓的呀。……不过，咳，孩子，我们真好像是被这个世界摔在深的池子里哪。别人摔在池子里就有人赶快去救，我们呢，就好像是应该这样似的。他们不单不来救我们，我们想要爬出去他们还要把我们推下去。你要是生在有钱的家里你又怎么会害这样的病？就是害了病他们也有许多医生看护妇伺候他们，也怎么会像这样只把你娘的心急得乱跳呢？

工人之子　妈，你不要着急，你不要皱着眉头，我不喜欢你皱着眉头啊！

工人之妻　好，我不皱着眉头啦！

工人之子　妈，你的眼睛里怎么有眼泪呢？我不喜欢你的眼睛里有眼泪。

工人之妻　（拭泪）那么娘就不流眼泪了。

工人之子　妈妈，池子里的水好冷啊。

工人之妻　儿子，你醒一醒，你睡在床上啊，什么池里的水冷不冷呢！

工人之子　（醒）啊，我睡在床上……

工人之妻　是呀，孩子，你睡在床上，你睡在你妈的手臂上，看见了没有？

工人之子　看见了。……（发抖）可是妈，我冷得发抖啊。

工人之妻　不要紧，你睡在娘的怀窝里来，娘虽然没有吃饭可是胸口还很热的。你看再盖上被，盖上你娘的棉袄，盖上你伯妈的围巾这可就不冷了。是不是？

工人之子 可是，妈，还冷呀。

工人之妻 孩子呀，你别冷了罢。再冷，娘可就没有办法啦！

工人之子 好，妈，我不冷了。可是妈妈你不饿吗？

工人之妻 不，不饿，娘一点儿也不饿，娘只要你快好，就十天半个月不吃饭也不饿。

工人之子 （四望）妈，爸爸呢？

工人之妻 爸爸上厂里去了，一会儿就要回来的。

工人之子 爸爸带钱回来吗？

工人之妻 是呀，爸爸今天一定带钱回来买好东西给你吃，你一吃了病就要好的。

工人之子 好，我病好了，就发奋读书，长大了赚钱给爸爸用。

工人之妻 是呀，好孩子，你将来也该帮一帮你的爸爸啦。

工人之子 妈，我什么时候才会长大呢？

工人之妻 再有十年也就是半个大人了。

工人之子 好，我赶快长大。可是娘，没有饭吃怎么长得大呢？

工人之妻 别傻了，孩子，饭总是有的吃的。天生一个人总是有一分粮的。

工人之子 那么为什么我们总是没有饭吃呢？

工人之妻 ……你将来发奋做工总是有饭吃的。

工人之子 爸爸和妈妈不是一天做到晚吗？为什么还是没有饭吃呢？

工人之妻 是呀，咳，所以我刚才说我们好像给世界丢在深的池子里似的。

工人之子 难道真爬不出这个池子吗？

工人之妻 孩子，那除非靠你们这一辈子，你爸爸妈妈这一辈子是没有希望了。

工人之子 是呀，妈，我想快些长大啊。可是，妈，这池子里多冷啊！冷冷冷！

工人之妻　孩子，抱紧些。这么一来就不冷了。

〔外面敲门。

工人之子　妈，外面什么人来了？

工人之妻　准是你爸爸回来了。

〔外面的人——收租人，昂然闯入。

收租人　（奸笑）对呀，正是你爸爸来了！

工人之妻　哦，请坐。

收租人　不要坐。房租怎么样！

工人之妻　对不起，我们当家的还没有回来。

收租人　你不是约了今天一定给吗？

工人之妻　是呀，当家的今天一早就出去弄钱去了，这会儿还没有回来，回来想一定有的，请你明天来罢。

收租人　明天？有几个明天？你晓得吗，该了四个月了。房东老板是对你客气，才许你们挨到今天，要不然早不许你们住了。要给就是今天，明天给也不收了，请你们上公堂去给。

工人之妻　先生，请你慈悲一点罢。实在是困难得很。当家的病了几个月才到厂里去，这会儿小孩子又病了。

收租人　（挨近床边）这小把戏病了吗？

〔病儿发出呻吟声。

工人之妻　病得很可怜，快四天没有吃东西了。

收租人　怎么不请医生来看看呢？

工人之妻　哪来的钱？

收租人　想法子啊。

工人之妻　这年头穷人简直没有活着的份儿，有什么法想呢？

收租人　（奸笑）法子自然多得很，只是你不去想啊。

工人之妻 （诚意地）真是，先生你教给我一个法子罢。只要我有钱诊治我的孩子，做什么苦工，我都是愿意的。

收租人 谁要你做苦工，这事情松活得很。

工人之妻 （如得救援）先生，是怎么一件事呢？你修个阴骘替我介绍介绍罢。

收租人 好，我一定替你介绍。不过用不着介绍了，你在这样的地方真是糟蹋你了。你是这样的漂亮，我是这样的喜欢你，你简直跟了我去，好不好？

〔工人之妻，随手一巴掌。

收租人 （一退，仍涎皮地）我跟你好好地说，你怎么打人呀？

工人之妻 （愤恨之极）你，你是哪里来的混账东西！

收租人 怎么你还要骂人吗？

工人之妻 骂你？我恨不得打死你。

收租人 好嘛！你打死我，你打死我！（挨近去）

〔工人之妻，又是一下。

工人之子 （睡在床上哀求地）妈妈，别和他闹啊。

工人之妻 你妈要打死这个东西，你妈妈不要活了！

工人之子 妈妈，我病了啊。

工人之妻 啊，孩子，怨你的命罢，你怨这个世界罢！

收租人 你打死我，你打死我！

〔工人之妻，又打。

工人之子 妈妈，来呀，我冷呀。

〔工人不经意地进来。

工人之子 （在床上见其父归大喜）爸爸，快来帮妈妈啊。

收租人 （急扬声）打罢，请你打死我罢。欠了四个月房租不给还要打人，看这是哪里来的王法。

工人之妻 （见其夫归，平添勇气）嘴巴就是我们的王法。

工　人 （制止其妻）怎么打人？你疯了吗？

工人之妻 （急问）钱弄到了没有？

工　人 （颓丧地）……

工人之妻 有没有？有就赶快打发他出去罢。

工　人 上个月我不是病了吗？他妈的，把我这个月薪水都扣掉了。

工人之妻 ……

工　人 先生，我刚才向一位朋友那里去想法子，他答应我明天有，请你明天再来一趟罢。

收租人 明天再来？不要说闲话。欠了四个月房租不给，好好地来收租，开口就骂，动手就打，还要我明天来，世界上可有这样的好事？今天高低请你给了房租，再来讲别的话。

工　人 先生，对不起，我的女人脾气最坏，又不懂事，说话不晓得轻重，得罪了你，请你看我的份上马马虎虎些罢。我改天请你吃酒。真是，（对其妻）你，怎么这样不懂事。账房先生来了，怎么不好好请坐。……（对收租人）钱，我想明天怎么样我也想法子付一两个月。

收租人 没有那样便宜的事，今天非付不可！

工　人 凡事要讲三分人情。你看我家里一家三口靠我一个人做工，上个月我病了，这个月的工钱又给扣掉了。家里饭也没有吃，孩子也病得这样子，东西当得精光，你逼着我这一刻子有什么法想呢？

收租人 没有法想也得想！

工　人 真是你看我们家里就只剩下床上一铺棉被了。难道这你也要吗？

收租人 （泼皮式地）也要。

工　人　也好，只要你要，你就拿去罢。

收租人　你道我不敢要？

工　人　谁说你不敢要，只要你有那么狠的心！

收租人　你们的心也够狠了。不给房租还要打人！

工　人　我的女人对不起，我已经赔过礼了，要房租请明天来。

收租人　今天非要不可！

工　人　没有。

收租人　没有就不客气地拿被窝。

工　人　（威严地）你敢！

工人之子　（不安）爸爸！

收租人　（利用其弱点）我敢了这一回。（掀起被窝）

工人之子　（抖得哭）爸爸，我冷啊，冷冷冷啊！

工　人　（怒目视其妻）你怎么要得罪这种小人！

工人之子　爸爸，怪不得妈妈，这个人要妈妈同去啊！嗳呀，救命呀，我冷啊。

工人之妻　（急紧抱之哭）孩子，苦命的孩子，没有被窝不要紧，你还有娘呢。娘的怀里就是你的被窝啊！

工　人　（两目被怒火燃烧到顶点。喷出两个字）畜生！（一拳打倒收租人）

〔收租人起来扭打，打至灶门。壁灯坠地，茅草大燃。

工人之妻　（抱其子）嗳呀，怎么得了，要发火了。

工人之子　妈妈，冷呀，冷呀！

工人之妻　别打了。要发火了！嗳呀，天哪。

〔两人如不闻，尚扭打不止。火光照人。

——幕　落——

第二幕

◉时 间

紧接第一幕而起之时

◉人 物

老主人

老主妇

子——老主人之子，诗人

媳——老主人之儿媳

女——老主人之女

孙——老主人之孙

女 友

男 友——Intelligentsia[1]

医 生

男 仆

女 仆

布 景 前有露台之富丽的客厅。

〔老主妇带其小孙在灯下看画册。诗人与男友坐露台上。女与女友坐右侧沙发上谈话。

1 知识分子。

女　友　（一若重有忧者）……咳，我真是不想活了。

女　（慰之）Miss 俞[1]，别这么愁罢。愁坏了身子可怎么办？

女　友　……

女　我不常说吗？人生本是这样的，Oh.c'est la vie！[2]

女　友　可是我不能像你这样把人生看得那么随便。

女　我也何尝不把人生看得很 serious[3]，不过有时候要是不能自宽自解，简直便没有法子过下去。

女　友　总归我没有他，简直活不了啦。（要哭似的）

女　（万分的同情）是呀，我早就知道你一定很难过了。不过你得忍耐些，现在虽然失去了，也许终究要给你找回来的。

女　友　找？到哪里去找？我是决计不找他了。

女　好啊，你自己不高兴去找他，我替你去找他罢。

女　友　找也是白找了。任到哪里你也找不到的。

女　怎么会找不到？

女　友　我把几个公司都跑遍了，可没有看见一双那样颜色的袜子。那么好的绿丝袜子给她弄破了，你看气不气人？

女　（惊）哦呀，Miss 俞，你原来是为着那双绿丝袜子吗？我以为是为着你和 L 解除婚约的事呢。

女　友　哦，你以为我是为着和 L 解除婚约的缘故吗？哼，那我才不难过呢。

女　（圆睁着眼）怎么那倒不难过？你好狠的心，前儿我在跳舞场碰

1　俞小姐。

2　哦，这就是生活。

3　严肃认真的。

到了L，L说他是怎样的悲哀怎样的失望，说到后来，拉着我的手哭，连我也哭了哩。

女　友　得了，你别被他骗了，他的哭是没有眼泪的。

女　怎么没有眼泪？他说他为着你，心都破了呢。

女　友　让他去破罢。你别替他担心，再隔几天，再拉着别的小姐们的手哭几次就补起来，他们的心容易破也容易补，但是我的丝袜子一破了可不容易补，补起来也不好看了。真是气死人！

女　可是也别气了，无论为着什么，气坏了身子总是不合算的。这样可气的事情多着呢。（起指壁上一张狗的照片）你看这是多么可爱的一条狗。

女　友　（起看）这不是你带到南京去过的琳琳吗？

女　可不是！它在这里的时候我当性命似的爱它，每天亲自买牛肉喂它，买牛奶给它吃，又替它缝了一件衣裳，又教木匠特别替它做了一间小屋子……胡小姐问过我要了几次我都没有给呢。可是千不该，万不该，不该把它带到上海来……

女　友　怎么啦？

女　有一天我出去走人家，忘了把它锁起来，它走到街上就不见了。

女　友　嗳呀，那真是可惜。我正要问为什么没有看见琳琳了呢。

女　我回来气得要死，把老妈子骂了一顿，小丫头打了一顿，又在中国报和外国报上登了好几条寻狗的广告。……可是后来一点消息也没有。

女　友　那总是被人家偷去了，不肯还你罢？

女　偷去了倒好，可是据S说恐怕是因为没有照会给巡捕捉去打死了哩。

女　友　……

女　我一想到那么可爱的狗给那样冷酷无情的巡捕捉去打死的时候，

我也真是对于人生的价值怀疑起来了，啊，人生是多么没有趣啊。……啊！我真是不能再想了。（泪涔涔欲下）

女　友　（急慰之）嗳呀，叶小姐，别这么难过了，过去的事想它做什么？

女　可是教我怎么不想？我还不曾遇见一个比琳琳对我再忠实的哩。我要它做什么就做什么，要它跪就跪，要它站起来就站起来……

女　友　好了，别想它了……你这样地想它，不又要引起我想我那破了的丝袜子吗？……去弹弹 piano[1] 罢。

老主妇　（由画册里抬起头来）是呀，别为着那些小事在那里愁了，愁坏了身子又害得娘着急。弹弹钢琴，要不然开开话匣子罢。

〔孙儿丢了画册跳起来。

孙　好，开话匣子。

女　我听厌了，不要开了。

孙　不，要开要开。

〔孙争着开话匣子，祖母助之。

老主妇　唱什么呢？

孙　唱杨延辉坐宫院。

〔老主妇清出该片开起来。“杨延辉坐官院自思自叹。想起了当年事……”

〔坐在露台上的子跟着唱“好不惨然”。

女　友　二爷，你还活着吗？一直没有听得你们响，我以为你们死

1　钢琴。

了哩。

子 我们哪里像你那样容易死，我们是黄金。

女　友 别把自己的价值抬得那么高。

子 哪里是我们自己抬高自己，Maeterlinck[1]不说过吗？会说话是白银，沉默是黄金。像你们那一见了面就不停嘴的，不过是白银，要我们这样沉默寡言的才是黄金，才真有价值。

女　友 得了。你们的话匣子一开，可也就够有价值的了。

男　友 “你们”？俞小姐，请你说话清楚一点，我可从不爱说话的。实在我们生在这一个世界还有什么话可说？政治是这样的没有上轨道，经济是这样的不安，教育是这样的没有宗旨，艺术是这样幼稚……我们还有什么话可说？我从前在外国的时候也是很有心救国的，我很想把我所学的拿来改造中国的政治、中国的教育……中国的一切，并且我可不像别的留学生一样老爱口里说说，笔下写写，不去实行的。我是很想做个改造中国的实行家。我要知行合一，你们知道我是很私淑王阳明的。王阳明不是主张知行合一的吗？可是我一回到中国来不由得大大失望了。这样的政治、这样的经济、这样的教育、这样的艺术……简直没有一样可以拿来和西洋比较的。所以我气得一句话不想说了。

女　友 那么，你怎么不去改造它呢？

男　友 改造也白改造了。我回到中国来住了好几年才知道中国的改造简直没有希望，所以我只好守着我家里几亩田、几间屋子

1　梅特林克（1862—1949），比利时戏剧家、散文家及诗人，曾获1911年诺贝尔文学奖。

过过安闲的日子了。那样抱着改造中国的希望的我，一旦变成这样消极这样的颓废，你可知道我是多么悲哀多么的……

女 （以手止之）得啦，胡先生，你的话匣子再开下去我的头可要晕了。

男　友　我不过谈谈我对于改造的失望。我……

女 哼，改造？胡先生，你哪里想把中国改造，中国真要改造了，你那几百亩田、几十所房子恐怕早不是你的啦。

男　友　不，我多年前就想把它分给穷人，可是从前因为要出洋求高深学问回来改造中国，不能够没有钱，所以没有分，回国之后，也屡次想放弃它，可是，一想时机没有到就把它放弃了，回头人家还要怪我。并且我的爸爸也不赞成我的主张，我一想到连他老人家也不赞成我的主张，我就把这种改造的勇气丢了。这真是改造者的悲哀啊。

女　友　可是，胡先生你在另一方面改造的勇气倒不小哩！

男　友　（得意地）你说我哪一方面？

女　友　我说你改造太太的勇气倒不小哩。你一回国来不就换了一个太太了吗？

男　友　那是父母给我定下的婚姻，我自然是要反对的呀。

女　友　那么为什么你父母给你遗下的财产你又不反对呢？

男　友　那因为……那因为……（窘）

子 你看，多好不说话。尤其是多好不同女人说话。窘得这么汗流浃背的何苦呢？（替他汗）

〔远远的警钟有。

子 （回头望天上）哦呀，哪儿发火！

孙 （急至露台）哦呀，真正，发这么大的火啊！

众 （争起）发火？哪里发火？（争至露台）

老主妇　（合掌）嗳呀，阿弥陀佛！又不知道要烧掉多少东西呢？（跟着去）在哪里？

众　（指）在那一边。

老主妇　哦呀，烧红了半边天了！烧掉东西还不要紧，还怕烧坏人呢。（急担心自己的事）啊，徐妈！徐妈！厨房里弄干净没有？小心火烛呀。（急自下）

女　嗳呀，好大的火，不会烧得到我们这里来罢？

子　怕什么！远得很呢。

男　友　远倒不远，不过是河那一边罢。

女　友　那么一定对河那些穷人家的房子起火。

男　友　穷人家容易起火，就和穷人家的女人容易生孩子一样。

子　是呀，老胡，你结婚好几年了，也该有一个孩子了。为什么一直没有消息呢！

男　友　那就和有钱的人家不容易起火一样啊。

孙　啊呀，你看那里又红起来了。

女　看这样子还有一会儿烧呢。

女　友　索性把沙发搬到露台上来，咱们俩坐着看好不好？

女　好。哥哥、胡先生，替我们来搬沙发呀。

子　没有工夫。

女　友　没有工夫？Mr. 叶[1]你记好了，回头你要我陪你去散步的时候我也没有工夫了。

子　好，来了，来了。

1　叶先生。

〔子与其友替女去搬沙发。

女　对呀，这才是好孩子，boys[1] 本来应该服侍 ladies[2] 的。

子　不错，（一面）只要你们的江山坐得稳。

〔救火车的警铃哐啷啷地响过。

女　友　哦呀，救火车去了。

子　刚才还去过一部呢。

女　友　河那一边起火，去不也是白去了吗？

子　是呀，不过河那一边也有救火会的。

〔听差的数辈也赶上来看。

男　仆　大少爷！到台上去还要好看些。

子　不，这里也好看。

〔老主人上。

老主人　哪里发火啊？近不近？

子、女　（指）不要紧，远呢；在对河。

老主人　对河？（至露台）唔。不错，是在对河。不过火势可不小啊。

女　爸爸，你老人家坐下看罢，这个位子很好。

老主人　真是小孩脾气，看火也好像看戏似的。

女　比看戏还要有趣啊！爸爸。

子　可是这又怎么比得尼罗皇帝火烧罗马的时候有趣，喂，你去弹琴，我唱一唱那首歌罢：

千年豪华的罗马，

1　男孩子们，男仆们。

2　女士们。

全为烈焰所包；

君王戴着桂冠，

拥着美人的纤腰。

一边弹着箜篌；

一边喝着葡萄。

诗兴与狂飙竞发，

豪情和烈焰齐高。

啊，烧！烧！烧！

谁管他万众哀号，

只要得美人一笑！

老主人 好诗！这是谁作的？

女 这是哥哥作的诗，我给作的曲子。爸爸你听好不好？

老主人 好得很。你们一个会作诗，一个会作曲子，总算有出息了。

孙 姑姑，你看火小得多了。

女 嗳呀，果然小得多了。

〔媳急上。

媳 哪里发火？

女友 嫂子，你怎么这会儿才来？

媳 刚才我躺在床上睡着了，妈妈告诉我，我才知道。

孙 妈妈，你又不早来，刚才好大火啊。

女 真是，嫂子你早来一刻儿就可以看见大火了，这会儿小得多了。

媳 嗳呀，可惜，可惜！我早醒一会儿就好了。

男友 嗳呀，好风，起了风了，只怕火还要大起来呢。

媳 （喜形于色）还会大起来吗？

女 风大起来了，说不定火也要大起来呢。

〔小孩子因为露台上的冷风打喷嚏。

老主人　孩子，快进去，看你，你打喷嚏受了寒了。

媳　快进来，孩子，你站在外面受了凉。

孙　不，妈妈，我不进去，我要看。

媳　火有什么好看？快进去。

孙　你又为什么要看呢？

媳　你还要强，再不进去，公公要骂人的。

孙　我不进去，我要看。

女　友　（夸其预言之幸中）哦呀，你看果然大起来了。回头不会烧到府上的工厂那边去罢。

老主人　不，还隔得远呢！孩子，进去。再不进去公公要骂人了。

孙　我就不进去。

老主人　（摸其头）你看，他的头上有些发烧了。

媳　（拖其子进去）还不听话？

孙　（要哭）我要看，我不进去。

老主人　（无可如何）那么快叫他添一件衣罢。

媳　方妈！方妈！

〔女仆登场。

女　仆　少奶奶什么事？

媳　快到我房里把小少爷的大衣拿来。

〔女仆下。

〔男仆上。

男　仆　老爷，陈先生来了。

老主人　哪个陈先生？

男　仆　陈九先生。

老主人　啊，那个做医生的？

男　仆　是。

老主人 倒茶，请他等一等。小孩子回头请陈先生开个方子，吃点药。生了病不是玩的。

媳 是。

〔老主人下。女仆拿大衣上。媳接衣替其子穿。

孙 我不穿，我不冷。

媳 不冷，回头冻了，又要害得娘怄气。

孙 哦呀，妈妈，你看火越发越大了。

女 嗳呀，好呀，你看真是越烧越大了。

〔哐啷啷的救火车过去，又过去。

男　友 火真是有趣的东西，晚上看火尤其是奇观。我在日本住的时候，几乎每天有火，日本人管东京的大火叫“江户之花”。

女 日本人很笨，可是这句话却聪明得很。晚上看火，真和灯下看花一样的有趣。

子 我就觉得像灯下看美人一样的有趣！来，美人！（走向女友）咱们跳舞罢。我今晚忧愁得很，难得有这样的大火使我的神经刺激起来，我们要不跳舞也对不起这样的好火了。

女　友 好呀，咱们跳罢。

〔子急走到留声机边，选张 Fox trot[1] 的片子，开了，子与女友抱着跳起舞来。

男　友 （对女）我们也来一个罢。

女 （起身）好呀！（女抱着男友跳）

孙 妈妈，我们也来跳罢。

1　狐步舞。

〔媳也笑抱其子跳起来，他们舞兴正酣中，父与医生登场。

老主人 哦呀，你们在这里跳舞吗？

〔大家都停止了。

老主人 跳呀！

〔众继续跳舞。

医　生 少爷小姐们真是高兴得很。（曲终握手）

老主人 年轻的人应该是爱玩的。

医　生 听说您平常也爱上跳舞场，你也时常跳舞吗？

老主人 （掀须而笑）老了，坐在旁边看看消磨日子，哈哈。（注意窗外）嗳呀，今晚的火可真不小了。

医　生 真是稀有的大火，据说是在河那一边，这边的救火车去也是白去了。

老主人 那一边也有救火车，不过太少了些。

医　生 该不至于烧到府上工厂那一边去罢？

老主人 不会的。还隔得远，并且我们厂里也有救火车的。

医　生 不过看这样子一会子还打不熄哩，风又这么大。

老主人 唔。（颇引起担心）该不会烧到我那边厂里去罢。现在我剩下的就只那个厂了。要是也给烧了，那我就快完了。

医　生 那是不会有的事情，您的运气从来是很好的。

老主人 是呀，从前我们的厂还在河这一边的时候，不也有过一次大火吗；那附近的房子大部分都烧了，我们的厂一点也没有损失。

〔其间片子又开起来了，他们又跳起来了。救火车又过。

男　友 哦呀，火越发越大。

女 你听那种哗啦啦的声音。

男　友 这一下恐怕不是烧草屋子了，烧草屋子没有这么响。

子 管他烧草屋子也好，木屋子也好，我们跳我们的罢。

孙 妈妈，好大火呀，不会烧到我们这里来罢？

媳 蠢孩子，在河那边呢，怕什么？

〔救火车又过。

男 友 救火车真响得怕人。

子 你怕救火车吗？我却最爱听它那种哐啷啷、呜——呜——像野兽似的声音，并且我最爱看它那种红色，第一我就爱它的速度。（仍继续跳）

〔电话铃响。媳接电话。

媳 唔，在家，等一等。爸爸，请你老人家接电话。

老主人 哪里的电话？

媳 厂里来的。

老主人 厂里来的？！（一惊）

〔大家听得老主人吃惊，都停止跳舞。

老主人 （一面接听筒一面）你们跳你们的。

孙 哦呀，火越发大了。哗，哗！

子 越大越好，跳呀。

老主人 （打电话）唔。我啊。……唔，怎么样？不要紧吗？……唔？烧到后面的华兴厂了。我们厂里不要紧吗？……还不要紧？……唔。教他们当心。（打下电铃）

医 生 您别着急，不要紧的，不要紧的。

男 友 陈先生，你真说惯了这句话。我看你替人家看病总是说不要紧的，不要紧的。有一次听说张老二的娘死了一天了，人家问你，你还说不要紧，不要紧呢。

医 生 是不要紧啊，张老二的娘死了有什么要紧呢？

男 友 该死，该死，那么您自己的老太太有病你才要紧罢。

医　生　更不要紧，家母有病她赶快就请别的大夫去了，根本就请不到我。

男　友　哈哈，您老太太也不相信您的医道吗？

老主人　哈哈，别开玩笑了，陈先生要生气的。至少我是相信陈先生的医道的。刚才我的小孙受了一点寒，头上有点发热，请陈先生看一看罢。

医　生　哦，孙少爷有点什么不舒服吗？（视孙）

孙　不要紧，不要紧。

媳　你瞧，他也学了陈先生的不要紧了。

〔电铃又响，老主人急往接电话。

老主人　（惊）唔。我。……哦？！中厂着了火了。……黄技师呢？……他过江来了？……该死！……什么？什么？听不清。……（掩着听筒大骂儿女们）不要跳了！不要跳了！你们不知死活的东西！你晓得你们在什么上面跳吗！……（着急重听电话）唔，怎么？由华兴厂延烧来的。

〔众皆停声注意地紧张地听。

老主人　（电话）赶快灌救呀。……四面都有火？

男友女友等　哦呀，又大起来了，刚才火是红的，这会儿又转白了，看见火光了。

〔救火车之声。人嘶马闹之声。轰然之声。

老主人　（电话）怎么？什么？唔。知道是哪一家起火？……唔，……也许是乱党放火？……这还了得！……唔，我就来了！……哦？完了完了！

子、女　怎么了？爸爸？厂里着了火吗？

老主人　（怒叫）阿二！阿二！混账东西。

〔听差急上。

老主人　赶快预备汽车，预备汽油船，老爷要过江了。

医　生　不要紧罢。不要紧罢。

老主人　（怒斥）还是不要紧！（急下）

〔听差跟着急下。

家　人　（很担心地望着火）嗳呀，怎么得了，越烧越大了。

老主妇　（急上）怎么啦？烧到我们工厂里了吗？

媳　中厂和后厂都着了火了！

母　嗳呀，阿弥陀佛，那怎么得了？

子　管他呢，咱们跳罢。

老主妇　（怒怨视之）你还跳！……嗳呀，越烧越大了！

——幕　落——

第三幕

◉时 间

大火后翌日午前

◉人 物

甲——工人

乙——工人

丙——工人

贫 女

工人之妻

工人之子

工 人

收租人

汽车夫

子

女

媳

孙

男 友

女 友

侦 探

探伙甲、乙

布　景　火场烧红了的断垣犹立，上有告示。

〔许多工人围着看告示。几个贫女坐在地上新搭的草棚下。识字的工人甲念着。

甲　“此次大火，延及工厂，损失极大，显系有奸人纵火。”

乙　什么？什么？“奸人纵火”？

甲　是呀，“奸人纵火”，就是说“一定有歹人放火”。

乙　哈哈，火不是从我们的茅屋子那边烧起来的吗？有什么人放火？

丙　是呀，他们厂里早一点派水龙出来救救，也早没有事了。

乙　对呀，刚发火的时候他们早点派水龙出来救，何至于烧到这么宽。他妈的！

甲　听说有人到工厂里去请救过呢。他们说那是他们的“私龙”。

乙　所以人不可以存私心。

丙　喂，念下去！是放火又怎么样？

甲　“凡能拿到放火之人审明定罪者赏洋五百元，知音报信因而拿获者赏洋二百五十元。”

丙　这钱向什么地方去领呢？

甲　怎么，你想去发这笔洋财吗？

丙　你想五百块钱，不算少啊！至少也有二百五十块。

甲　是呀，不少，我们梦都没有梦见过。可是你知道那个放火的人吗？

丙　谁知道！谁也不知道，并且哪有人放火！

甲　那么，你又说什么呢？你又为什么想去领这笔钱呢？

丙　先生，五百块钱呀。

甲　你那样想钱吗？我告诉你一个法子。

乙　什么法子呢？

甲　你去学张老大一样让外国兵打死，回头就可以领得五百块钱安葬费。

丙　嗤！我以为你真有什么好法子啦。

甲　我有好法子早自己去发财啦，还来告诉你。

乙　这主意一点也靠不住，从前何长清给外国人打死了，学堂里的学生闹了好些时候，用了多少钱，外国人理都不理呢。

甲　咳，真是我们卖命都不值钱。

乙　谁说你值钱。真是怨我投错了人胎。

丙　难道你还想投狗胎吗？

乙　可不是！投到外国人家里做狗比做中国人享福得多，也值钱得多哩。

丙　别说闲话了，我们真没有法子得这五百块钱吗？

甲　你这不安分的东西，想钱真想疯了呢！

丙　难道你不想钱？

甲　想是想钱，可是我不打冤枉主意。

丙　我告诉你罢。这年头不打冤枉主意，一辈子也积不了钱。你看那些阔佬的钱哪一个不是打冤枉主意来的？像这样老老实实做苦工，顶多敷衍了这张口，活着多做几天牛马。我是想透了。

甲　那么你怎样去打冤枉主意呢？难道你去诬告一个人说他放火吗？

丙　干吗要诬告？去把那火主找出来就得了。

甲　找出来就把他卖钱，是不是？没有良心的东西！

丙　这怎么叫“没有良心”？难道他不可恶？烧掉这些个房子，害得我们都没有地方安身。

乙　咳，实在这趟火烧得太凄惨了。烧掉他们的工厂，他们河那边还有的是房子，就是他们的工厂也是保了险的，吃亏得有限，只有我们烧得真可怜，像我简直把一家五口的窝巢都取消了。

丙 还有烧得苦的呢。陈老二家里死了两口猪。胡阿金家里连被窝也没有救一铺出来。顶惨的是张大嫂和她那残疾的丈夫一起烧死了。

乙 那真是可怜。说起来张大嫂真是个烈女。她多久就说要和她丈夫一道死，这趟可如了愿了。

丙 赵二嫂的第二个女儿也烧死了。

甲 烧死了？不是说救出来了吗？

丙 救出来了。可是到今天早晨也就死了。（闻哭声）你听！赵二嫂还在那边哭呢。所以我觉得抓了那个火主去领赏也不算没有良心。

甲 你晓得那火主是谁吗？

丙 谁也不晓得。因为你知道发火的时候谁也不在家。等到大家知道发火了，已经烧了好几家了，不过据说火是由徐二哥家的那一带烧起来的。

甲 你难道当徐二哥是火主吗？

丙 谁多心徐二哥。并且徐二嫂是个谨慎不过的人，他们家里怎么会起火。我们都疑心是住在他们后面的阿花。那个婆娘，平常家里总是一塌糊涂，又老爱走人家，我想一定是从她家里起火，若不然她为什么马上跑掉了呢。

甲 跑掉了吗？

丙 跑掉了。谁也没有看见她了。

乙 恐怕是烧死了罢。

甲 对呀。不是说她的屋子前面有一个尸首吗？那恐怕是她的尸首哩。

甲 不，那尸首像一个男的。

乙　是谁呀！

丙　谁也不认识，烧得一塌糊涂了。有的人说恐怕是她的情人阿牛，阿花近来又勾搭上了朱老七，阿牛气愤不过，时常去找她闹呢。

乙　他怎么还不死心。那样的女人也那样的舍不得。

甲　别说人家了，你自己呢？人一遭了那个瘟，是不容易好的。

乙　这次的火也许是阿牛放的罢。他迷了心了。

甲　唔，也许。

丙　所以只要找到阿花一问就得了。（望着悬赏）啊，五百块钱。你说，到哪里去领？

甲　你看，你这东西真是给钱迷了心了。好像这五百块钱已经到了荷包似的。老弟，钱到了手千万别忘记了老朋友，请我喝一顿酒。

丙　喝酒？那算得了什么。

乙　那么，请我们吃一顿饭。

丙　你们真是些祖传的穷鬼。五百块大洋的用处就只能喝一顿酒、吃一顿饭吗？用处还多着哩。第一就请你们去坐一趟汽车，叫车夫拣着有灰的地方开起飞跑。

甲　拣着有灰的地方？那为什么呢？

丙　因为平常我们老是吃那班坐汽车的屁。我们也要报报这个吃屁之仇。

乙　什么是叫吃屁之仇？

丙　你不看那些坐汽车的东西，也不管街上有没有人，一点急事也没有，却像充军似的开快车。车子走了好久，还要让我们吃大半天的灰，现在我要叫他们吃吃我们的灰了。

甲　得了，你这主意也是自个跟自个过不去。

丙　为什么跟自个过不去？

甲　当然啊，我们就坐汽车，他们也还是坐汽车，只有我们的穷朋友们依然是坐两脚轿。吃我们汽车的灰的不是那些坐汽车的，还是我们穷朋友呀，这岂不是和我们自己过不去。

丙　这话也对……（汽车喇叭呜呜之声）

乙　啊呀，你看坐汽车的来了。

丙　（探望）唔，还有漂亮的小姐呢。喂，二姑娘你平常最爱漂亮的，和她们比一比。

贫　女　我哪里比得上。

甲　唔，这是厂里的少爷小姐们来了，像煞有介事的。

〔第二幕中的子、女、媳、男友、女友、孙随着汽车夫来了。

女　哦呀，就是这里吗？

汽车夫　就是这里。你看，那板墙就是原先事务室的壁。

女　友　（高跟鞋踏在断瓦上一摔）哦呀！

男　友　（急忙扶之）小心一点，这里比不得你们家里的地板呢。

子　那边不是第二厂吗？

汽车夫　对呀，那边是第二厂，现在只剩下几根柱头了。

子　（感慨系之）啊，这简直成了罗马的废墟了。

男　友　早几个月你带我参观的时候，不还有好几百个工人在那里做工吗？

子　还有许多女工哩。

男　友　对呀，你不指着一个穿着蓝竹布短衫、长长脸儿、打着前刘海、梳着一条辫子的姑娘，说是你顶爱的吗？

子　是呀，她真是个可爱的姑娘，为着她我恨不得也到厂里来做工。可是现在她不知道到哪里去了。

媳　啊，怪不得你常爱到厂里来玩，原来是找你的爱人来的。烧得好！烧得好！

男　友　哦呀，该死，该死，没有想到嫂嫂也在这里。

媳　真是，你怎么不早些告诉我？早些告诉我，我或许早把那姑娘请到家里来了呢。

子　那姑娘的脸长得比什么人都俊，她简直是工厂里的一朵百合花。我对工厂里那单调的、吃人的、猛兽似的机器的声音，从来是厌恨的，那真是太机械的、太不诗的了，但是我自从发现了那朵百合花，我不觉地爱起工人来了，爱起工厂来了，甚至爱起机器的声音来了。可是现在呢？高大的现代的宫殿变成一堆瓦砾了，吃人的、猛兽似的机器仅仅留着几副残骸一声也不响了，男工女工也不见了，连我那好容易发现的百合花也不知到哪儿去了。

男　友　也许是烧死了吧。听说烧死了不少的人呢。

子　咳，你这恶魔，凭这一点，凭你敢做这样残酷的想象，你就该堕地狱了。她怎么会烧死？你想象一朵被烧死的百合花吗？啊！她生就一副清俊得像百合花似的脸儿，可是她的手多么粗大啊。比你们任哪一个的都要粗大，比我的也要粗大。

〔贫女看一看她的手。

子　啊，百合花啊，我可怜你那双手，我恨了你那双手，尤其是怕了你那双手，你好像一掌就可以把我打倒。但你也终于被火的舌子吞去了吗？百合花也和其他的东西一样终于要被毁灭吗？和其他的人一样要归于土吗？和罗马的豪华一样要变成瓦砾吗？……啊……

媳　得了，快走罢。他又要发神经病了。

女　友　真是大不该来，你看把我一双新鞋弄脏了。

女　你看，我的旗袍上面也弄了一块黑的了。

男　友　那么走罢。

媳 走呀，这里真是脏极了。（催少爷）

孙 妈，快回去，祖母等着我吃饭呢。

媳 是呀，快回去，这里的气味多难闻，太阳又大，回头弄出病来，可了不得。快走啊。

子 你看，那里还出着一缕缕的白烟。那许是那百合花的灵魂罢。啊，可怜的百合花，你本应该生在上帝的花园，不应该生在这人间的火宅的啊。

媳 这么大的太阳底下别活见鬼罢。快走，快走，到 Miss 张[1]家里去吃 ice cream[2] 去。

子 啊……

男友 好，行了，行了。吃过 ice cream 我们再来哭她罢。

女友 不，让他这会儿哭个饱，吃过 ice cream 他心里一凉，就不要哭了。

媳 阿二，开车子去。（拖着少爷）走呀。

〔许多人跟着下。又闻喇叭呜呜声。一阵烟灰，汽车走了。

丙 写意哩。

乙 我不懂他们说的是些什么外国话。

甲 那女的说那说怪话的男子是神经病哩。

乙 我看他们都有些神经病。

丙 （忽见贫女）啊，二姑娘，你呆呆地望着他们干什么？你眼热他们的衣服吗？

贫女 （摇头）……

1 张小姐。

2 冰激凌。

甲　啊呀，对哪，长长脸儿、打着条辫子、蓝布短衫……（对二姑娘）了不得，那个神经病爱上了你了。

贫　女　（红了脸）……

甲　少奶奶还要接你去呢。

乙　他以为你死了，还哭你呢。

贫　女　难怪他每次到厂里来老望着我。

甲　他爱上你了，你爱不爱他？

贫　女　（微笑）爱是爱他！

甲　那么刚才隔得这么近，他又在那里哭着你，你怎么不叫他呢？

贫　女　我叫他？叫也是叫不应的。他虽然站在我的面前，可是他和我中间的墙隔得太厚了。

乙　什么墙？

贫　女　一板很厚的铁墙。他们是墙里面的，我们是墙外面的。

甲　他们是打伞的，我们是晒太阳的。

丙　他们是坐汽车的，我们是吃灰的。

乙　他妈的，让我把这板墙推倒罢。

丙　不，上面有赏格，五百块钱啊。

甲　你还想那五百块钱吗？

〔侦探上。

侦　探　对呀，五百块钱这不算少啊。你晓得那放火的人不？

丙　晓得怎么样？

侦　探　晓得就告诉我啊。

丙　我晓得干吗要告诉你！我不会去领钱吗？

贫　女　哦呀，你看徐二嫂来了。二嫂！

〔徐二嫂由墙后携儿出现。

工人之妻　哦，菊姑娘，你在这里吗？妈妈呢？

贫　女　妈妈到河那边找亲戚去了，叫我守着这一点点的东西。你带起桂生到哪里去？

工人之妻　去找他爸爸。你看见他爸爸没有？

贫　女　没有看见，哦呀，可怜的桂生他昨天不还有病吗？

工人之妻　刚才还发热呢。昨天家里还剩下了一条棉被，现在棉被也烧掉了。我抱着他在周大婶的床上躺了一阵。才出来找他爸爸。我今天要找不着他的爸爸，也真不要活了。

工人之子　妈妈，你要招扶我呀。

甲　喂，二嫂，二哥到哪里去了？

工人之妻　昨晚……起火之后，他还和一个人打架，我从床上抱着桂生逃出来就冲散了。有人说他到对河去了，真的吗？你们看见他没有？

甲、乙　没有看见，恐怕他也是找你们去了罢。

工人之妻　是啊，所以我现在也去找他。你们要看见他请你们告诉他。

工人之子　妈妈，冷啊。又要发冷了。

工人之妻　你们若看见他的爸爸叫他到周大婶那里找我们罢，这孩子他又发病了。我想依然带到周大婶那里去睡一会儿。

甲、乙　好。

丙　嗳呀，病得这样。昨晚没有受伤真是万幸。

工人之妻　差一点儿就要学他张家伯妈一样的烧死了。听说她也是为着救他张家伯伯才烧死的。真是可惨。

甲　（出几毛钱）谁说不是，我们刚才还在这里叹息呢。桂生，好孩子，这个你拿去买糖吃，以后留神别弄病了，害得你妈妈操心。

工人之子　（踌躇接钱目视其母）……

工人之妻　这何必费心呢。

甲　小意思。算得什么。我也不是有钱的人。

工人之妻　快说“谢谢伯伯”。

工人之子　谢谢伯伯！

工人之妻　好，我又要带他去找他爸爸了。（*匆匆去*）

乙　真是个可爱的孩子。

甲　这孩子要是能够念点书一定有出息。

乙　何必读书？还是让他从苦里头熬出来的好。我倒怕他念好了书倒没有出息了，有许多人在念书的时候，我们以为他将来一定能对我们有些好处，及至他把书一念好，早把我们忘得干干净净了。

丙　当然也还是念点书的好。像我一个字也不认识，要不是刚才老大哥给我念赏格，我还不知道有这么一批财喜呢。

甲　得了，你们这种人认识了字专打冤枉主意害人，还是让你瞎着眼睛的好。

丙　得啦，老大哥，别老开我的教训了。我要真肯打冤枉主意，早不在这板破墙下和你们小百姓饿着肚皮胡扯了。

甲　啊呀，对呀，我忘了我还没有吃饭呢。

乙　唔哼！你这一下倒提醒我了。我也没有吃饭，你呢？

丙　我？我说“饿着肚皮”，你以为太文雅了吗，你不懂吗？那就是“没有吃饭”的意思。

乙　那么我们到底是老朋友、老同志，说没有吃饭，就大家没有吃饭。

丙　这不如干脆地说“没有饭吃，就大家没有饭吃”。

乙　管他哩，反正是一样。

〔徐二哥——工人，没气力地上。

工　人　（出其不意地）对呀，反正是一样。

甲　哦呀，徐二哥，你还活着吗？你的老婆带着桂生满处找你呢。

乙　你到哪儿去来？

工　人　我，我上我岳母那里去来。

贫　女　二嫂带着桂生满处找你，你没有碰着吗？

工　人　没有。

乙　你太不对了，你孩子病得那个样子，你老婆找得你好苦。

工　人　咳，我也在这里找他们哩。

丙　昨晚发火的时候你不在家吗？你怎么丢了他们不管？

工　人　在家。那时我正和一个人打架。

甲　和谁？

工　人　（犹有余愤）一个混账东西。火快烧到桂生睡的床上来了，我的老婆抱着桂生往外跑，我正要去招扶他们，那个混账东西，拖着我死也不放，定要我打死他。

甲　那么你打死他好啦。

工　人　打死他可不要吃官司？及至我脱身起来，火已经大起来了，女人和孩子不知逃到哪里去了。

甲　你那右手上为什么捆着带子？

工　人　伤了，桌子一倒把这里压伤了，一使劲就痛，要不然我早跑出来了……一想我的女人也许抱着孩子到岳母家里去了罢，今日到岳母家里一问，没有去，她平日本不爱回娘家的。我的岳母只爱嫁在对河一个财主家里的第二个女儿，从来不理会我们。

乙　难道你的姨子也不理会姊姊吗？

工　人　姨子？那更不用说了。她们姊妹小时候本来很好；后来两个人越走越远。她母亲把她嫁给财主少爷的时候是瞒着那财主的，说她虽然有姊姊但已死去多年了。并且也瞒着我们。

甲　为什么要瞒着你们呢？

工　人　不瞒着我们，恐怕我们到财主家里去借钱或是去吃饭，这多使他们麻烦而又多没有面子。

乙　他妈的！

丙　你晓得你姨妹子嫁的是哪一家？

工　人　谁要晓得！我从来不曾安排打听过。

丙　她嫁的一定就是厂里的大少爷，刚才他们坐汽车来看火烧场，那同来的少奶奶很像你的老婆呢。我想一定是的。

工　人　管她是不是哩，我们又不要去找她。

丙　可是在这个时候干吗不去找找亲戚，让他们没有面子一下？他们要面子就得出钱了。

甲　你又打冤枉主意！

丙　啊，五百块钱！

甲、乙　哈，哈，他又在那里想五百块钱。你别想疯了哩。

工　人　什么“五百块钱”？

甲　你看这墙上的赏格。

工　人　（看了一遍忽有所思）……唔，“储款以待决不食言”。

甲　他听了这个赏格，就一心心想打这五百块钱的主意，一心心想害人。可见钱这个东西，真不是好东西。

丙　老二，你想五百块钱不算少啊。

工　人　哼，用得好，也是一笔巨款。……你晓得这放火的人吗？

丙　不晓得。你晓得不晓得？你晓得的时候，这注财就让你发了罢。老二，咱们哥儿俩还用得着争吗？

工　人　唔，我想这注财还是让你们去发了罢。不过假如你们发了这注财又安排怎么个用法呢？

〔侦探也注意。

甲　他说，第一就请我们去坐汽车。

工　人　我是说正经话的。你们要是这个样子胡闹，一辈子也休想发这注财。

丙　那么要怎样用法呢？

工　人　你们得照我的做。

丙　一定照你的做。

工　人　现在不是大家都弄得没有房子住吗？我们拿起这五百块钱去造几所大一点的、清洁一点的茅屋子让大家住。

甲　对，这倒是个好法子，还是你能替大家想。

工　人　自然也不是什么很好的法子，这不过是没有法子。

丙　那么那个放火的人是谁呢？你该晓得啊。

工　人　（苦笑）我也不晓得。自己辛辛苦苦搭起的几间茅屋子谁又愿意烧掉它呢？

丙　那么不还是和我请大家坐汽车一样的说说开心？

工　人　谁说着开心？我告诉你罢，那放火的是我，你们把我捉起去罢。

丙　是你？瞎说。

工　人　明说也好，瞎说也好，把我做放火的人捉起去领赏，大家有房子住，不就得了吗？

丙　啊，我们住房子，让你去坐牢受罪，是不是？你难道真当我是老大所说的专打冤枉主意的人吗？

工　人　这又不是单为着你一个人，这是为着大家。你想他们烧掉了工厂有公馆，烧掉了公馆有别庄，我们烧掉茅屋子就得晒太阳。晒太阳还好受，下起雨来可不好受，所以我才想出这个主意来。一个人一生一世也很不容易找到替大家做些有益的事的机会，我想这也是个好的机会。

乙　你是开玩笑的罢。你专替大家想固然好，你的老婆呢？孩子呢？那样跟着你吃苦的老婆，那样聪明的孩子，你好丢了不管吗？

工　人　我替你们大家帮了忙，难道你们不帮我的忙。

乙　那是当然的。你就是不这么做，我们也是要帮忙的。

甲　得了，得了，别饿着肚皮说闲话，穷开心了。

工　人　我不是说闲话，我是真这么想。老大。

甲　你真这么想？

工　人　真这么想。我想我们反正是拿血汗阳寿在这里零卖的。我们的血汗阳寿已经是不大值钱的了。现在可更要不值钱了。你看我这只右手一动就要痛。今天我特地到熟识的胡医生那里请他看了一看。他说："里面的骨头已经断了，这只手只怕是要废了。"你想我手好的时候尚且时常没有饭吃，假若我的右手再要废了，岂不是要了我的命，要了我一家的命！所以我听得胡医生那么一说，我忍不住哭起来了。我想起那跟着我吃苦的老婆和病了的孩子，他们怎么得了。我一面到处找着他们，一面又不忍见他们了。老大哥真是把我捉起去领赏吧，我想我的罪名顶多也不过是十年监禁罢，但是像现在的我在外面做十年的苦工也不见得积得起五百块钱。同一是卖命也只要卖得合算，何况这一趟的大火烧了这么些房子，死了好几个人，我也是很难过的。

甲　不要寻这样的短见了。我告诉你这是短见！右手断了还有左手，左手断了还有两只脚，两只脚断了还有一张嘴，死的日子还早着呢。

工　人　坐牢也不一定是死的啊。

甲　一个有用的人坐在牢里去干什么？

工　人　我只要大家有房子住。

乙　房子？谁真愿意住你这样的房子？拿起你这五百块钱起的房子能住几个人？是不是所有没有房子住的人都住得下？你是个明白的人，怎么这样糊涂起来了。我告诉你，你这是感伤，这是短见！我们现在要打整个的更彻底的主意了。

〔侦探走拢来。

侦　探　喂，朋友你姓什么？

工　人　（不在意地）唔，我姓徐。

侦　探　你叫什么名字？

工　人　我叫阿二……你问我干什么？

侦　探　我问你晓不晓得这放火的人？

工　人　不晓得。

侦　探　你为什么说这趟大火烧了这么些房子，死了这么些人，你很难过……

工　人　我难过关你什么事？

侦　探　我看你就是这个放火的人！

工　人　你凭什么知道我是放火的人？

侦　探　我自然知道，你跟我到局里去。

〔收租人出现在墙壁之间。

工　人　你有什么资格叫我到局里去？

侦　探　你瞎了眼瞧瞧我的符号。

工　人　啊，狗！

侦　探　你敢骂人！走！（出手枪）

甲　（怒）你没有证据，敢叫他走！

收租人　（跳出）我就是证人！这次火就是他放的！

工　人　谁说的，哦，你！这个畜生！我饶了你的狗命，你还要来血口喷人！

收租人 （对侦探）快把这个乱党捉起去！

工　人 好！（跳起去打收租人）

〔两人又打在一起。

甲 （对乙）快到周大婶那里把二嫂叫来。（对丙）快把他们叫来。

〔工人最初忘记自己的手痛，一下就把那收租人压伏了。侦探受着甲的威严的监视不敢帮助。

〔但工人究竟手骨折断为收租人所乘，渐受压迫。

侦　探 （捉住工人的痛臂）不许动，动就折断你的——喂！你姓什么？

收租人 我姓方。

侦　探 叫什么名字？

收租人 我叫方金生，周成记的收租人，这个人住了周成记的房子四个月没给房钱，他还要打人，我说他抗租不交，岂有此理。他说“不交房租还算看得起，我还要烧掉他们的房子”哩。

侦　探 啊。

工　人 谁说的！

收租人 你说的！

工　人 丧绝天良的东西！你仗着收房租——调戏我的女人——小孩子病在床上——发疟疾——冷得可怜——你揭他的被窝——我打你，你打翻我家里的炉子——发起火来——我要起来救——你死拖着我——我本要打死你——想起你也是有父母——有妻子的——饶了你——你现在说我是放火的！你来做证人！假如让你这样的东西得势，这个世界还成世界吗！

甲 这话是真的？

工　人 难道兄弟还骗你。

甲　（一拳打倒收租人）……

侦　探　唔，你们都是一党。都要捉起去。（警笛一吹，来了两个探伙）监视这个人。让我来捆起他！（出手铐及铁链，加之工人。工人手痛不能反抗）

〔丙引工人之妻及小孩急上。

工人之妻　怎么啦？你怎么被他捆起来了？我哪里不曾找你！

工人之子　打呀！打呀！爸爸！

工　人　（含泪）孩子！爸爸不能打了。爸爸的右手的骨头昨晚打架的时候被桌子倒下来压断了。

工人之子　爸爸……

工人之妻　先生，你是局里的吗？对不起，我是他的妻子，这个是他的小孩。大火把我们家唯一的财产——一铺被窝也烧掉了，我们也没有钱送给你老人家，我只能够带着这害了病的小孩子跪下来求你老人家的情。

侦　探　走开，不要多说闲话。你丈夫是个放火的犯人。还有什么说！

工人之妻　放火的人？冤枉，先生，你知道这是多么的冤枉。假如那算是放火，那么那放火的罪人不是我的丈夫，却是这个人，他戏弄我，他揭我孩子的被窝，他打翻我们的炉子，他不许我丈夫救火……

侦　探　有话到局里去说。

工人之妻　说的，到哪里我也要说的。先生，你知道我们母子两个人是完全靠着他生活的。你老人家把他捉去不要紧，我们母子两个可是死定了。我死了也不要紧，你看这个孩子，他刚七岁，很聪明，正是用得他父亲的帮助的时候，可是他这几天又病了。你老人家宁可伤我的心，难道忍伤一个小孩子的心吗？先生，你老人家家里也一定是有太太、有少爷的罢，你老人家一定知道一个做妻子、一个做儿子的看见她的丈夫、他的爸爸这样捆起来，是多么凄惨的事。先生，这是不能的。

侦　探　不能？你看我捆给你看！

工　人　（触着痛手叫起来）嗳哟！

工人之子　先生，你不要这样捆我爸爸啊，他昨天晚上保护我的妈妈，跟那个人打架把手也打断了。你那样捆他，爸爸是多么的痛啊。你放了我爸爸罢，我爸爸是个好人，你为什么把他捆起来呢？你把他捆起去了，谁买东西给我玩呢？谁赚钱养活妈妈和我呢？我病了谁给药我吃呢？房子烧掉了，谁找房子给我们住呢？先生，可怜我妈妈罢！可怜我罢！

侦　探　（以脚踢之）小把戏滚开！

工　人　什么！你敢对这个小孩子这么凶！

侦　探　对小孩子凶，怎么样？

工　人　你敢凶！

侦　探　我偏要凶！（打小孩）

工　人　狗！你好大胆。你可以欺负我们的现在，你可不能欺负我们的将来，你可知道现在你虽然凶，将来可是我们的！

侦　探　你们有什么将来？我偏要欺负他。小孩子给我滚！

工人之妻　啊，孩子！

甲／乙／丙　（气起来吼）岂有此理！

工　人　哼！（咬牙切齿地死命地挣脱手铐去打侦探倒地）弟兄们、大家死命挣脱我们的枷锁罢。能够解放我们的是我们自己的力量！

探伙甲／乙　你敢反抗！（将开枪）

甲／乙／丙　（急前夺住）你敢开枪！

〔四面工人越集越多。

收租人 这还了得，我去报局里去。

〔工人一把抓住收租人，放翻在地上。

甲/乙 二哥，闯了祸怎么办，我们逃了罢。

丙 我们去找杨老板想法子去。

工人之子 爸爸!

工人之妻 真是，我们快逃罢。怎么得了!

工　人 逃？他们有钱的说逃就逃，我们逃到哪里去。弟兄们！结合起来干罢。挣脱我们的一切的枷锁罢！今天才知道我有这样大的力量，能解放我们的是我们自己。

乙/丙及所有的群众 干！干起来。你看对河起火了！他们侦探杀了侦探。

——幕　落——

作品赏析

1929年，南国社参加广东公演，收获社会各界的批评，使田汉意识到“我们当认清我们的路始终是民间的”，决心“回到平民”。故此，田汉为南国社第二期公演创作了这一部带有明显“左转”倾向的三幕“社会剧”，将关注点从知识分子转向了普通民众。

《火之跳舞》第一幕描写火灾的起因，以对话直切主题，清晰地勾勒出工人家庭穷困潦倒、难以维生的处境，同时又以极为简洁的笔触，描绘了工友之间相互的关爱和帮助，这一点善意纵使无助于问题的解决，却也能稍微抚慰面对儿子的病情陷入绝望的工人之妻。不过，以工人家庭和收租人之间的对立激发矛盾，这一戏剧性的建构并不新奇；作者对工人阶层处境的感受和理解也没有更加深刻。和同时期同题材的其他戏剧作品相比，第一幕并无新颖之处。

但到了第二幕，田汉笔锋一转，让第一幕那场意外的大火不断蔓延，吞噬工人们居住的茅房，正是这一幕的处理，让这部作品显得特别：田汉将火灾这一更能表现苦难、挣扎和绝望的场面推到了暗场，而在明场安排了一众“隔岸观火”的工厂主。这一幕的核心事件其实仍旧是这场火灾，但这样一个轻巧的视角转换，便使得两个阶层生活状况的差异、立场的差异、思想的差异极为客观、清晰地呈现了出来。对穷人而言是致命的、残酷的火灾，对富人而言，却只是谈资，一场具有审美意味的烟火。感性的女士们可以为破掉的丝袜而伤感，为走失的狗而落泪，理性的男士们可以畅谈社会变革的理想，却丝毫不会为火灾中呼号的穷人动容，甚至还会讨论坐哪里更能欣赏这一场大火的盛况。

和第一幕的平淡无奇相比，第二幕堪称神来之笔，两幕合在一起成为同一个社会事件的两面，让我们深刻地意识到，阶级之间、贫富之间横亘着永远无法沟通、无法弥合、无法渡过的“一条河”。田汉在第一幕里对底层劳工生活的描写，由于缺乏底层生活经验，还存在不够深入、具体、典型，停留在想象层面的问题。但是到了第二幕，我们必须承认，田汉对资本权贵阶层，尤其是生活优渥、受过高等教育的所谓知识分子的描绘，却是画虎画骨、入木三分的。第二幕中女人们的对话让人啼笑皆非的同时，又觉出有钱人生活的空虚与荒谬；男人们的对话则更是透过斯文体面的外表，让我们窥见了他们内在的冷漠与残忍。

在第三幕里，工人阶层和权贵阶层有了交集，是第一幕和第二幕生活内容往前推进的结果。但这所谓的交集，对两边都没有任何影响。一边是工人们在为失去的家园悲哀挣扎，寻求出路却无计可施；一边却是来看热闹的少爷附带想起了一个曾让自己多看了两眼的女工，假模假样地吟诗哀悼这朵被大火烧毁了的百合花，殊不知这朵百合花正好端端地站在一旁，比任何时刻都清醒地意识到自己和少爷们之间隔着世间最厚的一堵墙。这亦是田汉笔下极为精彩的戏剧性时刻，让贫富阶层以最具体的个体形象出现，以各自对情感的态度——对富人而言是点缀和装饰，对穷人而言是珍贵而奢侈——让两个阶层的差异具体而微地客观呈现。这一情节显示出的戏剧性和批判性，由于落在情感上，甚至有了超越前两幕的张力。其中尤为使人难忘的，是少爷一边赞美着那朵开在工厂里的百合花，一边厌恶着百合花偏偏长了一双因劳作而异常粗大的手，感喟着为了保持美感，真想把这双粗大的手砍掉——田汉在雕琢戏剧情节时的细腻敏锐、不动声色，真大家手笔也！

换上新的

龚冰庐

作者简介

龚冰庐（1908—1955），本名龚持平，笔名冰庐、樱影、持平等，江苏崇明（今上海市）人。曾就读于南通大学纺织科，毕业后，便前往上海纱场担任技师，后赴日本留学，研究美学。归国后，他出任了一所煤矿子弟学校的校长。龚冰庐对工人子弟及煤矿工人的生活有着深入的了解，这为他日后的创作提供了坚实的基础。1927 年，他在《洪水》第 29 期中发表了首篇以矿工为题材的小说《炭坑里的炸弹》，随后又创作了一系列以矿工为主题的作品，这些作品均被收录在他的短篇小说集《炭矿夫》中。在话剧创作领域，他是左翼话剧团体——上海艺术剧社的发起人之一，创作了话剧作品《莘庄镇》《换上新的》《阿珍》《独白之什》等。他于 1930 年创作的话剧《阿珍》，在艺术剧社上演后广受好评。

剧情梗概

1927年冬天，大都会的一家纺织厂，终日在地底工作的水管工甲在完成修理工作后，看见了正站在高处接电线的电线工人。两人互慰道彼此工作的不易与辛劳。此时，年轻的水管工人乙加入了他们的对话，三人聊起了最近频发的全市工人罢工事件。三人今天之所以会在此相遇，就是因为被工会代表告知，他们今天来的这家纺织厂老板已经答应了工人们提出的条件，明天将要复工，因此需要修好设施。

正当三人感叹团结力量大时，纺织厂突发暴动。原来，一切都是假的。工会代表早就被资本家所收买。而电线工人刚修好的电线，竟成了厂方作案的帮凶——厂方打通电话后，立刻叫警察前来镇压罢工运动。得知真相后，电线工人当机立断，重新剪断了电线。三人坚决与广大工友们站在同一阵线，立誓要组织新的、真正属于工人们自己的工会。

时　间

一九二七年的冬天

地　点

大都会

人　物

水管工人甲——近五十岁

水管工人乙——壮健的青年

电线工人——中年人

纺织工人——中年人

〔纺织工厂的边门左进。

〔在舞台的后方，显出一道红砖的厚墙，墙内是高大的厂房。舞台正中靠近墙壁处直立着一根电杆。电杆前面的马路上有一个掘开的方窟，有修理水管的工人在里面操作着。马路上安着一张木凳、一面红旗和写着“前有危险！各车慢行”的红牌子。

〔修水管的工人爬在地底下工作，修电线的工人蹲伏在电杆的顶上。因为舞台没有这样高，电杆的三分之一是观众所看不见的。所以当幕开时，台上简直看不见一个人，只听见他们工作的声音。

〔舞台空着一分钟光景。水管工人甲从地底下爬上来。他是一个年老而驼着背的人，带着一脸的泥泞和湿淋淋的衣裤。他爬上了地面，回转身来重新向着地下说。

水工甲 总之要换新的才行哩！

〔他转过方向来，带爬地从地上站起，拍了二三下身上的泥土，再跑向木凳旁边坐下来，从身上抽出一支旱烟袋来吸着。

〔静默了片刻，他抬起头来忽然看到电杆木上还有一个电线工人在工作着。他惊异地观察着他，抬着的头半天不低下来。

水工甲 嗨，朋友！不错呀，这个倒是舒服的事体。在上面呢，在高高的……太阳永远是照顾着你的，风永远是撩着你的头发，真舒服呢，站在上面什么都好张一张看。……像我们，成天钻在地底下的，我活了这么大了，我还不曾做过人呢！真是一个鬼样儿！身子是永远洗不清的肮脏，头永远是抬不直的。太阳照不到我们那里来，空气不会到底下来流动。钻向地底下来的只有阴森森的冷风，下雨的时候水就直往身上倒来。……这真不是人干的事体啊！……嗨！朋友！你觉得是不是？

〔电线工人没有回答。沉默有顷。

水工甲 假使我可以爬到上面来就好呢！我的背脊骨总要伸一伸直呢！……朋友！你在忙着什么？……你为什么不说话呢？……没有人向这里走来，把工作稍稍停一下，讲几句话也是我们应有的权利呵！

电　工 天气真是太坏啦，不下雪就得发风，站在这么高的地方，这样大的风，手都要冻僵了。再在这里站下去，或则就会这样死去也难说。……高处没有避风雨的地方，夏天给太阳晒起来还要难受呢！……这真不是生意经，要是能够到地面上来才好呢！

水工甲 是啦！那么你快下来吧，我们谈谈心。

电　工 不要性急，朋友，还有几根支线让我一块儿收拾了它就完啦。要是走了下去，我真不愿意再上来呢！

水工甲 下来呵一呵手、活一活血再上去打什么紧！在上面冻僵了真是犯不着呢。……朋友，下来吧！

〔电工的背上驮着一包笨重的东西，慢慢地搬动着一封踏脚板从电杆上下来，走到半中间。

电　工 下面真好得多呢，到这里，风已经小了许多！

水工甲 是呀，总之还是地面上最好，刚才我还以为你比我好得多呢！

〔电工下到地上，把背着的东西丢在电杆旁边了，走向水管工人甲。

电　工 算啦吧，一天到晚要做十来个钟头的生活，站在哪里都还是一样，你想，谁比谁好呢？

〔水管工人乙从地底下爬出来。他是一个年轻的果敢的人。当他在地面上露出半身的时候，就大声喊了起来。

水工乙　你想，埋在地底下的水管子哪里会有冻裂的呢。这一定是有人故意把它炸毁了的！坏了那么长，不干夜工今天是不会弄得好的！

电　工　谁说不是炸毁的呢？你看那电线，那是剪断的呢！

水工乙　怎么哩，发生了意外吗？

电　工　怎么你们还不知道这一回事呢？

水工甲　哪里会不知道呢，闹得这样惊天动地的大罢工！只有他不知道罢了，前几天他还病在家里。

水工乙　大罢工，是怎么一回事？

水工甲　罢工是怎样起因的哩？我可不十分明了，不过我知道他们还打死过人呢！……

水工乙　哪里，就是这家纺织厂吗？（他着急地追问着）

电　工　是呀，就是这家纺织厂。可是罢工的还不仅是这一家呢！

水工乙　呵！

电　工　这真是一个高兴的年头啊，简直是什么人都发了疯了！全市的工厂都罢起工来，工人们都集合到街上去做示威运动、喊口号。……总之这里工厂里的烟囱，在那时候没有一个是冒着烟的。我们都集在一起，不管是哪一个工厂，做哪一种工作的，我们都是一伙儿的兄弟，大家帮着大家的忙！……不是这样，怎么会有胜利呢？你们不是也加了薪水，年功双薪了吗？……不大家一齐动手来干是什么也不会成功的。

水工乙　怎么我会一点也不知道的呢？报纸上都不登起来，否则我虽则在外埠，也总会有人告诉我一点，让我喜欢喜欢！

水工甲　报纸，造谣言的狗报纸，他们假使识相一点，我们早就不去捣毁他们了。

水工乙　还捣毁报馆吗？

水工甲 还捣毁写字间、打伤狗警官呢！

水工乙 （他完全听出神了）呵！后来怎样呢？

电　工 我们一致坚持到底，不达目的誓不撤手。那就完啦，我们胜利了！

水工乙 了不起的！这样才出得我一口冤气！……总是这一场鸟病害了我，否则大家一起来一下多么痛快！

水工甲 留着吧，小伙计，干的时候有着呢！

电　工 （指纺织厂）那一家纺织厂就是刚结束的，明天才预备上工呢。

水工甲 看来他们也胜利了！说起来他们还是靠我们大家的帮忙呢。

电　工 当然咯，这些事情全靠着大家来帮忙呢。老板那么样凶，你们一个两个地方罢工，他真不放在心上啦。他们只要喊几个警察一排枪就把你们打下来了。打死了可以再找新的。……不是大家联络起来，我和你也休想加工钱，领双薪。

水工乙 要这样才好，否则给他们打死了也无法申冤。

水工甲 可不知道他们纺织厂的条件怎么样讲定的？

电　工 当然是胜利了！有一家得不着好处就大家都不上工。……否则他们明天要复工，谁来给他们接电线、修水沟？我是从工会里拿了条子来的，工会告诉我这里已经完全解决了。

水工甲 我说的是条件是不是完全答应了？

电　工 当然是完全答应的了，全体工厂都罢工了，而且我们是这样坚决着的，老板他们还能有什么办法？……这样一下以后，我们可以晓得，无论要干什么事情，只要大家来干是不会不成功的。东零西碎呢，那就什么也不会成功的！

水工乙 要干当然大家干，我最讨厌这种自私自利的狗东西。鬼头鬼脑的，东也要讨好，西也要讨好。我们上他们的当，真不是一次了！……我要先来打死这些狗东西！

水工甲 在马路上呢，你想打什么人去？不要过于兴奋了，年轻人！

电　工 告诉你吧，这就是我们要团结起来的理由。总之，个人千万不能顾到他自己个人！

水工甲 不，我反对这个，我就是常常要顾到我自己的。……想想吧，你还好，我们每天每天佝偻着背钻在地底下，实在已经够受了。我总想，我什么时候总要做做人才行！……当我钻进地底下去的时候我就要这样想——我怎么样才可以成为人了？……可是不行呢，年纪一天一天大起来了，人还没有做得成，一直到现在仍然是一双牛马！……

水工乙 老头儿，你讲得不错。薪水加了一点，我们还是好不到哪里去。

电　工 朋友，我也这样想的呢！这倒并不是为自己，实在是大家苦得够了，大家要想做做人的。你只要想着我们大家，大家一起干就成了！……朋友，慢慢来呢。这一回的胜利告诉我们，以后我们什么事情都可以做得到的。

水工乙 对啦，我们慢慢地正可以干下去啦。

水工甲 我总想，我怎么样可以做人？唔，就说“我们”吧！

电　工 你倒来说说看，你要怎么样做人呢？

水工甲 你在开玩笑了！（大笑。再装上旱烟吸烟）

电　工 横竖我们在谈心，不妨让大家知道知道，看我们的意见同不同。

水工甲 同不同？……

水工乙 我们谁不知道谁的事情，在朋友的面前害什么羞！让我来先说吧。

水工甲　好呀，那么你说说看！小伙计。

水工乙　我常常要向我自己问，我究竟为了什么而要做工的呢？为什么做工，为什么做工？我想来想去想不出一个缘故来。他妈的，说起来真是笑话……在去年年底，那时我还在营造公司里呢，那一次因为我们几个人闹了写字间，我就给他们开除了。……开除了一个星期多点，我的钱花光了。事情又找不着。那时候真是苦呢，住的地方因为没有房钱付，给他们赶了出来。……没有饭吃，没有房子住，还真是要命的事体。走到吃食店的玻璃窗前面，偏会有这些好东西来惹我的嘴馋，可是又不能打开了玻璃窗抢个来充充饥。晚上睡在马路角里，偏会有汽车走过来，车轮滚到水槽里时，水沫溅得你满身浸透。……没有别的好方法想，只有东也问问，西也问问，哪里有事情好干，免得饿死。……从此以后我就知道了，做工是为了吃饭！仅仅为了吃饭！……

〔水管工人甲和电线工人看着他那副率直的脸色失笑起来。

水工乙　这有什么好笑呢？难道做工不是为了吃饭吗？

水工甲　你讲下去，伙计！

水工乙　（站起来，从衣袋里搜索了半天，摸出半截纸烟，点上吸着）后来就找到了这劳什子的工作。（他从地下拾起带泥的铁铲，向旁边丢开了一点）饭是吃得饱了，晚上也不再睡在马路角里了。不过一天要做十来个钟头工，做得不好要给工头打，更要刻刻小心着，一个错，开除了又会饿死。……做工了，做了工不过是不饿死就完了，还有什么呢？……所以我现在又苦起来了，仅仅吃饱了饭还不够，还应该有个什么啦！……除了吃饭外，我想一定还有个什么！……否则我们太傻了，吃了饭为他们做工，做了工去吃饭，我们像个机器一样了，吃饭好比添油，添油是为了要做工。这对于我们自己真是一点好处也没有！我想这一定是我们太傻的缘故！我们真太傻了！

水工甲 讲得不错，伙计！

电　工 很好，讲下去吧。

水工乙 可是，除了吃饭外还有什么呢？只有吃饱饭才可以不饿死，别的就没有多大关系，因为没有性命进出的。那么，我们必得要维持这条命干什么呢？维持这条命是为他们做工！……我的意思就是说除此之外，我们还应该有个什么！有个值得我们活下去的，和吃饭一样重要的东西……这是一定要有的，你们懂吗？懂我说的意思吗？

电　工 懂得！

水工甲 懂得，讲下去！

水工乙 这是什么东西呢？这个值得我们活下去的是个什么？……这就是我所不懂得的！

水工甲 这个吗？这个据我想来就是我刚才所说的要做一个“人”！人！牛马的生活是不值得我们过下去的。

水工乙 （大叫）是呀，做“人”！

电　工 “人”！

水工甲 可是怎么样的“人”呢？据我看来……

电　工 对了，现在轮到你说。

水工甲 ……我活了这么大了，饭是天天在吃的，只有人可不曾做过。我想吃饭是算不得做人的，吃饭只不过是保住了这条老命。

水工乙 那么做人呢？

水工甲 做人是吃饭以外的事。除了吃饭外，我们就应该还要做个“人”！

电　工 那么，你究竟还需要什么呢？

水工甲　娱乐，娱乐！

水工乙　是呀，娱乐！

水工甲　我所说的娱乐，当然不是他们有钱人的玩意儿。女人啦，跳舞啦……这些东西在我看起来也觉得够肉麻了。我要的是能使我们快乐起来的事儿。……我不曾读过书，我不会说好听的话，可是，你们总该会懂得我的意思吧？

电　工　要是除做工之外，再给我们几个钟头娱乐的时间就好啦！

水工乙　这是必要的，否则真要闷死了！

水工甲　可是我们怎样可以得到娱乐呢？……戏院啦，音乐会啦，图书啦，书本子啦……这些那些都不是我们的。……有一天晚上，一家电影馆里叫我进去接个水管子，我就顺便瞧了一眼。那一个大房间里坐着有一千多个人，他们看着电影里演的一个凶恶的绅士鞭打一个仆人。那个仆人哭起来了，一千多个人笑了起来！这些东西，这些不要脸的东西，假使我有这个力气，我早就把这电影撕了下来。……从这次以后，我就知道，他们这些东西成天关在屋子里面在作弄我们！……而这些水管子、电线，甚至屋子……这些倒都是我们给他们做的啦！他们用了我们的气力而就来作弄我们，我们真是太傻了，太傻了！

电　工　他们是不为我们的！

水工甲　而且还要作弄我们！

水工乙　他妈的，放他一把火。

水工甲　他们的东西，完全是我们给他们做的啦，就说水管子吧……

电　工　那就不给他们做！

水工甲　不给他们做！

水工乙　不给他们做！

电　工　而且还要为我们自己做。

水工乙　是的，要为我们自己做，做起一个新的，关于我们的东西来！

水工甲　假使我们做起来，我们要把这些浑蛋东西的不是处一齐做出来，给我们的兄弟们看看，并且要告诉我们的兄弟们，我们是受不住了，我们再不能这样忍耐下去了！……我们也要鞭打他们——这些浑蛋东西！……（他做着鞭打的手势，三人狂笑起来）

电　工　我们要告诉同伴们，我们是有能力的，我们什么东西都可以做！

水工乙　是呀！

电　工　只要我们干起来，这个世界就是我们的了！什么都是我们的了！

水工乙　干！

电　工　只要大家一起来，什么都会成功的！

水工甲　（他站了起来，喜得眼泪都落下来了）我从来也不曾这样喜欢过。

水工乙　我也这样！

〔忽然听到墙内有许多人在争吵的声音。其实这声音已经起了一刻了，他们这时候才注意到罢了。

电　工　（倾听着）听！什么？

〔大家倾听着。

水工甲　怎么，吵起来啦！

〔吵声愈闹愈大。

水工乙　好像打起架来了！

电　工　（指着左方）看！

水工甲　呀，究竟是怎么一回事？

电　工　一定又闹出什么乱子来了！

水工乙　看，看！（向着左方看）又是一队！警察呢，他妈的，警察呢！

水工甲　警察！

水工乙　看，看他们进去了，进纱厂去了！……一个、两个、三个……他妈的，不少啦！

电　工　一定又是闹了什么乱子啦！

水工甲　又是一大批的刽子手，又要杀人了！

水工乙　啊，究竟是什么事呢？

水工甲　朋友，还是你爬上去看看。究竟是怎么一回事，看了告诉我们。

电　工　刚给他们接上电话线，却便利了他们唤警察。

〔他说着，连忙爬上电杆木去。

〔静默片刻。

水工甲　看见了吗？

水工乙　怎么样？……没有看见？……什么？……我听不见。……哦！怎么啦？很多人？哦，听见啦。闹起来了！打架！

水工甲　他在讲什么？我一点也听不清楚，耳朵越弄越糟啦！

水工乙　（气愤地）他妈的，纺织厂里又打起架来了。他们好像在打写字间，许许多多工人包围在院子里……什么？（仰起头来）哦，真凶……是的，是的！……打进去了吗？……怎么？包围起来啦？……

水工甲　怎么样？

水工乙　工人给警察包围起来了，他们预备冲进写字间去！（仰起头）哦！……演说？……（向水管工人甲）警察队长演说啦！……（仰起头）哦！……放屁！……走狗！……什么？……哦！滚他妈的蛋，打他！……猪猡！……（向水管工人甲）警察长说，你们不安定的时候要一起把来打死！加工钱、发双薪的事他不管。总之，工人总要安安分分做工。随便是什么事情不准工人闹。谁闹谁就坐牢！

水工甲 放屁！

水工乙 （仰视）哦，还在演说？

水工甲 （拖水管工人乙）看，看！（向左方指）

水工乙 （向左方看）好，好！大批的工人来帮忙了！来呀，（高声）来冲进去！（仰视）大队人马来了！……怎么了？……动手了，好！……哦！……哦！……痛快！……你说什么？……（向水管工人甲）大家动起来了，他们把警察长拖下了演讲台来了！

水工甲 早就应该拖他下来了，谁要他来演讲？他能有什么好话说出来！老板出钱买他来打工人的！这些浑蛋！拖他出去！

水工乙 （仰视）……痛快，痛快！……打，该打！……（向水管工人甲）他们在打那个警察长了！

水工甲 上一回打死我们厂里两个同伴的也是这些狗！……打，该打！打死他！

水工乙 （仰视）哦！……哦！……

〔突然听见几声枪响。

水工甲 怎么啦！

水工乙 怎么啦！

水工乙 打起来了，警察开枪了！

水工甲 可怕啊！

水工乙 （仰视）你在干什么？……剪断了！……好！好！一齐剪断它！……好！好！……（向水管工人甲）他在上面把电线又剪断

了！这样，他们电话就打不通了！

水工甲 做得好！

水工乙 （仰视）怎样？……打死人吗？……看不见？

〔纺织厂工人怒气冲冲地从左边跑来。

纺织工 谁请你们来做工的？……（仰视）怎么你又把电线接上了呢？大家议决了同盟罢工的，人家还不曾弄妥当，你们倒先复工了！是不是你们领到了双薪，工贼！你们卖了同伴了！

工人甲 息怒点吧，朋友！他已经把电线又剪断了！

水工乙 （仰视）怎么？……下来了？……

电　工 （从上面下来）又是这一回事，他妈的！

纺织工 谁叫你来修电线的？

电　工 对不起，同伴，我们上了当了！是我们的工会要我们来的。工会干事告诉我们说你们明天复工啦，一切的条件都讲妥当了，而且你们也胜利了。他说大家都已经决议是明天复工！

纺织工 放屁！

电　工 现在我知道是受骗了，受了工会的骗了。你看，我已经把接好了的电线重又剪断了，我决不是出卖朋友的人！

水工甲 原谅我们吧，我们的确是受骗了！

纺织工 工会里做的事情越发糟糕了！这一次我们也几乎受了骗！

电　工 你们是怎么啦？

纺织工 也是他妈的骗人的工会。常务委员会这些走狗，他们告诉我们说，条件都已经讲妥了，厂方什么都答应了！全市的工人开过大会议决明天全体复工。……起先我们倒还信以为真，我想，我们是胜利了，大家预备着明天要复工了。……幸亏有几个聪明的提议，今天先要厂方把条件签了字再复工。今天本来是派代表来接洽签字的，可是条件一个也不答应。……就这样，我们闹了起来，要冲进写字间去。……这就害在你身上（指电线工人），正巧你把电话线已经接上了，他们就打电话叫了警察来！现在总算还不曾糟透。假使明天真的大家复了工，那就什么都要由老板调度了，那我们大家都失败了！

水工乙 呀，几乎上了工会的当，我们的双薪也还没有领到手呢！

电　工 工会都给老板收买去了。工会的委员都得了老板的钞票了，他们在出卖工友！他们欺骗工友！……险些上了他们的当，把我们全体的事情弄糟了！

水工乙 我们反对工会，我们打倒造谣言的出卖工友的工会。

电　工 我们要自己来重新组织工会！

纺织工 朋友们的消息一点也不知道，什么事情都给他们欺骗了！

水工甲 受骗了！

水工乙 （指左方）看，看警察把人捉了去了。看呀，一个一个押着走呢！

纺织工 他妈的，这是我们的代表，

〔纺织工追向左方去，下场。

电　工 真危险呀！几乎受了骗，我们的双薪还没拿到手呢，谁知道我们不也是同样地受了骗？

水工乙 不坚持到底是不行的。假使你上工了，他也上工了，结果是谁也得不着好处，谁都会受了骗！

水工甲 当然，要干就大家干到底，无论什么事情都是要大家帮忙的。……我要想做个“人”呢，假使大家东零西碎，那是永远没有出头的日子了，我要做个“人”呢！做个“人”呢！

电　工 （收拾用具）快回去吧，回去报告同伴们，我们要坚持到底，我们不要受骗了！

〔水管工人甲也去收拾用具，水管工人乙跑向那个窟洞去，他

预备跳下去。

水工乙　他妈的，我去把这些水管子一齐抽它出来！

水工甲　算啦吧！……旧的总是不中用了，要换上新的才行呢！

〔一阵嘈杂的人声。

电　工　看！

——闭　幕——

一九三〇年一月

作品赏析

《换上新的》于1930年3月16日刊登在《艺术》第1卷第1期。作者龚冰庐深谙工人的日常生活与内心世界，在创作该剧前，已出版过不少反映工人阶级生活的小说。《换上新的》是他创作的第二部戏剧作品。

在该剧的时间选择上，作者将其设定在了1927年的冬天。1927年是中国新民主主义革命时期工人运动的转折点。这一年，以城市为中心的工人运动高潮迭起，取得了一定的胜利。大革命失败后，在中国共产党的领导下，工人运动也开始探索新的发展道路。剧中的三位工人通过所发现的罢工真相，意识到仅仅靠工人们的团结是不够的。他们认识到，社会需要变革，需要“换上新的”。他们的这一思想转变体现了当时广大工友对变革的迫切渴望和坚定信念。

在内容上，作者在反映罢工的同时，还聚焦于工人们的心声以及对精神生活的向往。在半殖民地半封建社会中产生的中国工人阶级，深受帝国主义、封建主义和资本主义的三重压迫和剥削，长期处于极端贫困的生活境况。超长的劳动时间、恶劣的劳动条件和低廉的工资收入，构成了工人们的生存现状。贫困使他们每天疲于为温饱而斗争，精神文化生活极度匮乏，也无精力和财力来发展基本的社会文化生活。剧中的三人，是广大底层工人的代表。在如机器般完成了工作后，他们坦露心声，发出质疑，不甘于再过被压迫的生活。他们思考着做人的意义是什么，什么才叫作人。他们意识到，现在所过的生活根本不能称为生活。做人应该有娱乐，有娱乐的时间。而当今社会，娱乐却仅属于少部分的有钱人，这些人永远不会顾及工人的利益，只将一切都视作服务他们的工具。因此，工人们需要为自己发声。剧中人物对精神世界的追求代表了工人阶级心灵的觉醒和对尊严生活的渴望。

在人物塑造上，剧本塑造了三个性格迥异且对于时事有着不同认知与态度的底层工人形象。电线工人行事果决，对生活和当下的局势都有着自己的看法——在水管工人甲与他比较谁的工作环境更好时，他一语道破："一天到晚要做十来个钟头的生活，站在哪里都是一样。你想，谁比谁好呢？"他们需要改变的是工作时长和生存现状，而非进行幼稚的比较。在发现今天的上工原来是被工会欺骗后，为避免形势恶化，他毅然决然地剪断了刚接上的电线，和其他工友站在一起，共同战斗。水管工人甲年近五十，对当下的工作状态和生活状态很是不悦，他满是抱怨，愤世嫉俗，却从不付诸行动，无计可施。罢工真相被揭露后，在电工的鼓舞下，他开始找寻到了前进的道路。水管工人乙年轻果敢、性格冲动，对当下的局势一知半解，是最容易被煽动、被蒙蔽的那一群人。在经历了生活的历练后，他也慢慢成长，并坚定了要做一个真正的"人"的决心。

《换上新的》在创作上也存在一定的问题。首先，剧本的情境设置过于简单，将萍水相逢的三人聚在一起后，便展开关于生活意义的探讨，对个体人物的塑造并不充分，较为脸谱化。其次，剧中对罢工一事的始末和进程并未完全交代清楚，仅仅是为了讨论而讨论。另外，该剧对冲突的构建仅停留在表面，并未深入挖掘。

但不可否认，作为一部急就章，它真实再现了工人们的内心苦闷与挣扎，鼓舞了工人阶级的士气，找到并激发了他们起来斗争的原动力。

工场夜景

袁　殊

作者简介

袁殊（1911—1987），原名袁学易，又名袁学艺，原籍湖北蕲春（今湖北省黄冈市蕲春县）。出生于一个没落的书香门第。由于家庭经济困窘，袁殊幼年即随母亲到上海投靠亲戚谋生。12 岁时，他被送进一家印刷厂做学徒工，后因机缘巧合得以免费进入上海立达学园读书。大革命时期，他参加北伐军。“四一二”事变后，他离开部队，到上海参加进步文化活动。1929 年，袁殊前往日本留学，主攻新闻学。回国后，他主持创办了周刊《文艺新闻》，并与左翼文学界关系逐渐密切起来。1931 年，袁殊发表《报告文学论》，从理论上对报告文学进行了系统论述并给出了定义。除此之外，他还出版了《学校新闻讲话》《新闻法制论》《集纳文稿》和《记者道》等专著。他于 1931 年出版的戏剧作品《工场夜景》被郁达夫赞誉为一部可与高尔基的《夜店（在底层）》相媲美的力作。

剧情梗概

1931年，东三省某地。夜幕降临，手工铁工场的炉子上燃着熊熊的烈火，工人们挥汗如雨。年迈的打铁工四爷看着身强力壮的年轻小伙小喜子，自叹年老体弱，担心自己将被辞退开除。四爷曾在日本工场工作，因不愿做压榨工友的“恶人”，当众被厂长打了巴掌并被开除。前日，现在所在工场的日本股东又因他手脚慢，而打了他耳光。这两段屈辱的经历令他终生难忘。这时，小喜子告诉四爷，工友们恨透了日本场主和仗势欺人的中国工头及账房，想要报复。四爷担心众人闯祸，极力劝阻。另一位工友阿森因家乡水灾，母亲下落不明，来投奔他的弟弟又被关进收容所，借酒浇愁，醉醺醺地被工友李二哥扶来上班。一位工友匆匆赶来，告知四爷的工头领着日本兵去了四爷家。四爷担心青姑娘，十分焦急。小喜子去探听消息，又被日本兵开枪打伤。所幸小喜子顺利逃回，女工青姑娘也在邻居麻皮的帮助下躲过一劫，赶来工场。原来一切祸事皆因青姑娘在上次的大罢工谈判中不肯退让，让工场代表碰了钉子。这次，工头便以抓捕革命党为由，派日本兵抓她。阿森和李二哥等工友决心抵抗，做了一辈子顺民的四爷也终于看清了真相，“有钱有势的人不管中国外国，他们都是一伙的”，决定和大家一同反抗到底。

时　间

一九三一年，水灾、失业恐慌、日军占领东三省

地　点

夜的手工铁工场

炉子上正燃着熊熊的烈火，炉边有一个烧水的壶，壶里的水沸腾着，热气从壶嘴冲出，工场里一切凌乱的器具和制作物

人　物

幼年铁工——小喜子

老年铁工——四爷

青年铁工——阿森

李二哥

麻皮

四爷的女儿青姑娘

一个青年纱厂女工

其他劳动者之群

〔幕开，小喜子坐在地上正打着一个车轮的圆架。四爷在加煤。

〔静场片时，只有小喜子打铁的声音。

四　爷　咳——这炉子就和一个人一样，时时刻刻地把这成块的煤朝肚里吞……烧着，烧着，红的热的火从炉口向上喷，这火力，可以把凉水烧得热沸沸地跳，又能把生铁烧成水……（拾理什物，准备工作）到底是年纪大了，才上工就觉得没力气了，这样困！妈的，这老命总快完了吧！一生一世拿着一把铁锤，连日连夜赶着做，看着炉子里的煤烧成煤屑，看着自己也一天一天地不中用了……

小喜子　四爷，人总是要老的，你又发什么牢骚？

四　爷　不，不是发牢骚，小喜子！看你们小伙子们做事比我强，我心里就不好过。

小喜子　啊，我晓得了，你不是又想起了前天的事呀？——过去了，还想它干吗呢？四爷！做工的生来就不是人，当老板的要把你当猪骂、当狗打那还不随他的便吗？！不过，我看您也别常记在心里。

四　爷　不是说常放在心里呀，你说我在这厂里也做了好几年，从前在永泰厂里也做过二十二块洋钿一个月——唉，这是我一生做到顶高的工价——那时我本来也是年轻有力气，做了三四个月以后，你说怎的——那东洋大班把我叫到写字间里去，他说："你很规矩，生活做得好；现在我加三块半钱一个月，叫你做'那摩温'吧。"——起先我倒很吓怕，东洋大班叫你到写字间去总不是"小"事。后来给他那鼻子下长着小乌毛的鬼脸一笑，我才放了心——他叫我当"那摩温"，他说要是谁闹罢工、捣蛋，就去告诉他，总会有好处的。我那时候想，做"那摩温"？

叫我管理工友；工友做错了事好去报告他，学生意的学徒偷懒，我就得拿鞭子去抽，这是叫我去做恶人呀。我想，我王老四靠力气做工过活，恶人可不愿做，让人家叫我“赤佬”。所以，我就说不干。小喜子，你说怎么着？他站起来就照我脸上一巴掌！他骂起来：“猪猡，不识抬举！给我滚！”啊，滚！我就歇生意了。这是第一次。再说前天，哪知道碰鬼碰到什么说是股东来视察了，那我不过是比大伙儿手脚慢些个，赤佬就说我做工打瞌睡，我不是明明在取那铁板上的螺丝钉吗！他走过来就一记耳光——唉，这两次，我死了都不会忘记的！

小喜子　我老实告诉你吧，不要难过了。前天晚上，阿森和李二哥带我去洗澡，他们俩商量过，说几时总要把那赤佬做一顿才好；还有，发工钱的时候老是打着算盘，说这个那一天罚五分、那个那一天罚一毛的账房，也得把点颜色给他看……

四　爷　傻东西，这事能干吗？干了要停生意的。不平的事儿我也看得太多了！

小喜子　可是，四爷，这话你可不好说出去的呀。李二哥说过，要是我说给别人听了，他就先得打我……

〔阿森吃醉了酒，李二哥扶着他上场。

阿　森　十二月里个梅花……香……（出台）我爱四爷的青姑娘……

李二哥　四爷，你看他多糊涂，家里给水淹了，他的娘逃难逃到山上，叫他的老弟跟赈灾的到上海来找他，他老弟和逃灾的人，被关在高昌庙一个什么地方，话不懂，路又不识；警察都守着灾民不许出来。上半天他的亲戚去找熟人，看见他的兄弟，跑来告诉他。你说，他一下就急疯了……

阿　森　王八蛋，谁说老子疯了，老子要把娘接到上海来，还要和四爷的青姑娘拜天地做喜事……

李二哥 瞧！就这样，就这样把棉袍子送到押店去当了一只老洋，独个儿上酒店去吃了一个醉，立在马路上拦着汽车要寻死，又说要跳黄浦，阿七跑来告诉我，我把他拉到家里，买了两个铜板的醋给醒醒酒。七说八说，才说好了些。想想厂里生活忙，又扶着来；不来的话，歇了生意就更触霉头了。

四　爷 生活忙，生活忙，妈的反正这还不是东洋人的生活吗？

阿　森 怎么？东洋人？老子要打死东洋人，东洋人的军队在东三省杀了好多在兵工厂里做工的，在那里，二哥？你不是说东洋人老是杀中国人的吗？打！去打去！打……

小喜子 阿森哥，东洋人不在这里，你要喝水吗？

阿　森 啊，要！小喜子好老弟，我的兄弟比你小一岁，你今年不是十七吗？我的弟弟是属狗的。

〔小喜子倒一杯水给阿森，接着不吃。

四　爷 从前常听人说，天下一百年一大乱，现在可不是吗？——水灾！水是从哪儿来的？政府有钱不筑堤，山水暴发了，没有法救，乡下人的田地房屋冲淹了，这些劫数都是叫穷人够受的！

阿　森 啊啊，我家里的房子淹到屋顶了，我的娘，我的妈妈，她老人家苦了一世，咳，有什么法子呢？（哭）穷人不能过活，穷人只有死！二哥，你告诉我，快告诉我！我怎样去救我的母亲呢？我的母亲怕已经淹死了哟……

李二哥 阿森，静一静，伤心有什么用处呢？

小喜子 赈灾的总会有办法的。

李二哥 屁！别做梦！救灾的发的是烂了臭了的馒头，给你吃了该是叫你生病！逃到上海来的那些灾民，又是犯人样的叫你坐牢！

四　爷　救灾，那天没有听见吗？——救灾会里的什么鸟科长坐汽车轧死了人，要他拿出二十块洋钿买棺材他都不肯，后来又听说那家伙就是专门做赈灾生意的。

小喜子　赈灾是救人，怎么好做生意呢？

四　爷　小孩子！那就是说他把赈灾的事，当官做，为自己捞钱，把大伙儿灾民的性命当玩意儿！

阿　森　丧尽天良的禽兽，吸血鬼！去杀死他！去！

四　爷　阿森，我说你还是安静些吧？要是给赤佬来看见了，那可触霉头，家里的事没法子，只好慢慢来，自己歇了生意就更不得了呀！

小喜子　四爷！你老是说歇生意，歇生意的，难道我们靠自个儿的气力吃饭，这家不做不会到别家去吗？

四　爷　傻小子，又说呆话了，我老四做二三十年工，见到听到的，已经是够多的了。这一家歇了生意，好容易就找到别家去！我起先不是给你说过吗，那一次我在永泰厂给东洋人打了一记耳光歇了生意，后来就找了好几家，都不肯要我。他们都说：你从前一定是偷东西，不会做生活，不然怎么会歇下来呢？我只好自认晦气。走到别家，咳，你说怎么着？——他们说一定是干工会的，到处闹罢工，所以人家开除你，我们这里也不要别家开除出来的人。这样，我后来生病了，真奇怪，人一没有生意，病也来了……你看麻皮，他现在不是没有生意做，人也病倒了吗？

李二哥　就说现在吧，纱厂一家一家都生意清淡，本来是两个人管一架车的，后来改为一个人管一架，慢慢地那些王八蛋看看堆存的货太多，销不出，竟改为一个人管两架；现在，可更不是样儿了，一个人要管三架车，夜工停做！你想，这一趟一趟被歇下来的人怎么办？就是碰额角头运道好的，仍留在里面做，工钱也比从前少，也只够自家一个儿的半饱，他家的妻子爷娘可不是挨饿，还想活命吗！

四　爷　小喜子你小孩子真不懂事，就说那些厂家过些日子生意好起来，老工人也还是别打算再进厂，他一定不要你的了。你看乡下来了这些逃难的，那些大老板一定会出更少的工钱找他们来做生活的。这事情在四年前是有过一次的。

小喜子　那乡下来的不是生手吗？怎么会做呢？

李二哥　难道教不会吗？现在这帮有钱人真厉害，他妈的，就是没有乡下人来做，他就专找小孩子，小孩子不但工钱少，不闹事，还怕鞭子打！

小喜子　四爷，你说，咱们要怎么着对付呢？

阿　森　一股脑儿箍他奶奶的一个干净！小喜子，我的好老弟，你是有种的，跟阿森哥拉着手去！

四　爷　……

李二哥　别发疯，要干不是咱两三个人的事，得大伙儿齐心！

小喜子　没有种的不是人，反正都是为着自己要活命！

四　爷　……这日子总会来到吧……

〔劳动者之群，紧张、严肃、静穆地陆续上。每一个的脸都凄惨、沉痛！

四　爷　这日子总会来到吧……

阿　森　我等不及了！我一定要跳黄浦去！从前我老是打量着我要老老实实地做工！就是我爸死的时候也叮咛过我，说："别学坏，做工要巴结！"我老是把这话放在心里，后来，我看见青姑娘，从头到尾地欢喜她。四爷！你不也是说我这孩子有出息，把我当自己的儿一般看待吗？青姑娘也待我好，她常说没有阿哥，要被别人欺侮，放工的时候，总有不三不四的人盯梢，所以，她也要把我当自己的阿哥一样看！呵，我满想好好做工，积下一些钱好和青姑娘做喜事——四爷！你不是答应了要把青姑娘配给我的吗？

四　爷　……唔……

阿　森　把我娘接出来，大家过安稳快活的日子。可是现在！完了！完了！他妈的什么都完了！我是做梦，做了梦！我做了梦呀！

小喜子　王八蛋，谁压得咱们不能动弹？！……

A劳动者　轻些个儿，赤佬要来的！

阿　森　他来就做死他！老子反正不要命。

B劳动者　做？还不晓得吗？他早给东洋兵在一块了哟！

李二哥　怎么？

A劳动者　怎么？我们就是为这事来的；现在到处检查日货，大家都不许买东洋货，但是咱们厂里的大班还是和那东洋兵鬼啾啾的……今朝上午小瘌子看见他在码头上和东洋人在窸窸窣窣地一个说什么要五百,一个说什么只有三百五十……到夜里，码头上又来了一个小火轮，东洋兵也不许人走去看，小瘌子溜得去吃了几下东洋火腿哭地跑回了。

D劳动者　这些时日日夜夜满街只看见东洋兵，一个不对劲就打，还要用刺刀戳……

A劳动者　将才有人看见一队东洋兵忙来些地跑到四爷住的那弄堂里去了，我们不知道什么事儿？就跑到这里来……

四　爷　……

阿　森　不行！咱们得去干，去打东洋兵！青姑娘可别让她受了惊骇！……去，你不去我一个人要去！

李二哥　别忙！到底什么事还没弄清楚。（拉着阿森）

A劳动者　啊，有人说还看见咱们大班在里头，咱们的那摩温赤佬在做带路的……

四　爷　小喜子你去张张看吧？

小喜子　我去，你们听回信……

李二哥　老弟，得小心点儿。

小喜子　着。（匆急下）

A劳动者　二哥，你说对不对，咱想四爷是个老好人，给咱们在一块做生活，总肯帮咱们的忙，你说，我们可别让他吃东洋鬼子的亏，对不？

阿　森　他吃亏，就是咱们吃亏，我要去！（李二哥仍然拉着他）二哥，你不是好汉，为什么不让我去，我要去！（他挣扎。大家都拉着他）啊……

B劳动者　咱们的工会也没有了……

〔病着的麻皮和青姑娘惊惶地上。

阿　森　啊，青姑娘，你来啦，东洋兵怎么着？

四　爷　麻皮，怎么着？

李二哥　你们让他好好地说！麻皮到这里坐着说吧。

阿　森　青姑娘，你坐……

麻　皮　也不晓得那是几点钟，青姑娘放工回来……呵，青姑娘你说吧。

青姑娘　我放工来的时候，厂门口有三四个着西装的东洋人和大班立在一起，老远大班就对我指手画脚的，不晓得说些什么，我走他们身边过，才听得大班说：就是她，就是她，看看只这么一个小姑娘，捣乱可来得厉害。东洋人说：好个，好个……我想这一定是上次罢工的事了！和我一块走的阿英说：阿青，东洋人看中你了啊！她和我打蹦，倒是隔壁阿毛的娘说：青姑娘，走快些吧，这东洋鬼不是好心思。我也害怕就赶跑回来了。

麻　皮　她一进门就叫她爸，我睡在阁楼上说，你爸做夜工去了，她就跑到我床边来告诉我。我叫她快打开水把冷饭泡得吃了，夜里不要出去，早些睡觉。青姑娘这孩子真听话，她看热水瓶里该有剩下来的茶，水也不打了，一个人连萝卜干都没有买，就吃了茶泡饭，后来我听得她又洗了衣裳，就上楼去了。

李二哥　后来，怎样？

阿　森　我们老是没有好日子过呀！……

李二哥　阿森，听麻皮说。

麻　皮　后来……咳！人真倒霉，没有工又害病，因为前几天我老表来说，乡下水都淹了，所以心里老是记挂着乡下的老婆和孩子，自己睡不着，吃不下东西，也没有东西吃……

C劳动者　麻皮你说快些。

麻　皮　是呀。我在床上翻来覆去，口渴得厉害，我总想熬着睡去，要是平常，我就喊青姑娘弄些水喝，今天我总不愿再叫她出去。可是后来，我实在忍不住了，头涨得痛，口里干得舌头都要破了，实在没有法子，我才喊青姑娘下来，我叫她……

阿　森　谁给麻皮爷叔倒点水？

〔劳动者之一倒水给麻皮，麻皮接着喝了一口。

麻　皮　我叫她，我说青姑娘，你到晒台上去，喊喊隔壁的阿毛替我打两根筹的开水吧。

青姑娘　我看麻皮爷叔白开水喝得太多了，泡了来他也不过喝一口两口，就叫阿毛一起顺便买两个铜板的冰糖。

阿　森　咳，青姑娘真好，就是上趟我发寒热，她也是照拂得周周到到的。我说，青姑娘我将来怎样谢你呢？她说我们穷人有了病不靠朋友靠谁？要谢干吗呢？我说不，我一定要谢你，等我发了财给你穿绸穿缎，坐汽车吧！可是她就，“呸！谁稀罕？当婊子的女人才穿绸穿缎！”……

青姑娘 阿森，你又忘记了？……

阿　森 啊啊，记得，记得，青姑娘和我说的话她是不许我对别人说的。

李二哥 阿森，听麻皮说下去。

麻　皮 是呀，阿毛就去买冰糖打开水，他一到南货店去就碰到瘌痢头，瘌痢头叫阿毛快回来告诉四爷，说大班带东洋兵要来搜革命党了，阿毛这小子就连水壶都忘在老虎灶里，跑回告诉我。天呀，我们穷人饭都没的吃，他们老是说我们不是什么党，就是反动的。不过，管他娘的，我也没有法子好去找那些王八蛋说明，听了青姑娘放工时候说的话，晓得这反正不是好事……

青姑娘 那么，那么，麻皮爷叔就连忙起来，叫我从晒台上爬到隔壁去——我正要睡觉了，打算明天早些起来烧好饭去上工，我爸做了夜工回去，肚子总是饿的。

麻　皮 青姑娘爬过去，我叫她从隔壁后门的小弄堂出去在品芳茶楼等我。我就把门锁了出来，一走到弄堂口，真的来了十几个东洋兵，枪上都上了刺刀，瘌痢头小声地告诉我，东洋兵是来捉青姑娘的，说她是革命党。

A劳动者 青姑娘这祸一定是上回大罢工时候闯下来的。那回罢工，他们厂里的工人，看她为人心肠好，肯为大家出力，要叫她做代表，去跟代表开谈判。那大班好像对青姑娘说：“我情愿给你三百块钱，只要你不当这代表。”青姑娘没有答应，怕就是为这事儿得罪了大班。

青姑娘 我不答应，总为的是大家呀！我想我这事没有做坏。

四　爷　坏自然不是坏。不过，老二，这总是借了题目来做文章的。

李二哥　说的是呀！

D劳动者　世界上的事真不讲理！

B劳动者　这时候在跳舞场里抱着女人跳洋戏[1]的那些王八羔子才来得个讲理！

阿　森　（怒喊）我们只有死路一条！啊啊，眼前什么都是黑漆漆的！

李二哥　闹有什么用处？我们得商量。

四　爷　小喜子去看去了。

〔远远一片群众骚动的声音。

四　爷　世界是到天翻地覆的时候了……

〔啪！……近处一声枪响，接着是人奔跑的声音。

〔小喜子负伤奔上。劳动者群惊惶立起。

小喜子　四爷！四爷！东洋兵开枪打我！开枪打我！我跑……到你的……家……弄堂里站……满了东洋兵……他们问我……王老四……哪里去了……我……说不知道……问我青姑娘在哪里，我说不知道……大班也在那里，他指着打我……踢我，他说你小鬼一定知道，快说出来……我不说……他一定要我带他找青姑娘……走到弄堂口……我……放开脚……就逃……东洋兵在……后头……追……他东洋兵开枪打我……

李二哥　这事情，刀在我们的颈上了！

阿　森　我们去拼命！生死只有一条路！

1　舞。

〔四爷抱着小喜子，老泪纵横……

李二哥 我急，我……们要大家齐心，要去和那些丧尽天良的去拼命，大家要齐心！这是我们大家的事！

四　爷 我做了一辈子工人，我们做了一辈子的奴才，什么苦我都吃过，什么不平的事我都见过；我从来没有做过作恶的事，可是给他们欺侮的总是我们不作恶的人！我不相信什么了！现在，是凶到极顶了，说不定这也是他们最后的日子了！起先我总以为中国人和外国人总是分开的，我们想要救国。现在，我知道了！有钱有势的人不管中国外国，他们都是一伙的！

阿　森 一伙的杀人强盗！

——幕　落——

作品赏析

独幕剧《工场夜景》通过细腻的笔触，描绘了1931年在日军占领东三省后上海一个工场的夜晚景象，展现了这一特定历史背景下的中国社会面貌。袁殊通过工人的对话，表现了即将失业的工人的困顿与希望，揭示了日商和日军对百姓的欺辱与压迫、灾后“救灾会”的丧尽天良等社会现象，让人们看到了日本帝国主义残酷统治的真实面目，深刻地反映了当时的社会矛盾和冲突，并刻画了底层百姓在极度贫困和不公中顽强求生的不屈精神。1931年9月，蓝衣剧社在上海工厂区域进行该剧的巡回演出，受到了广大民众的热烈欢迎，并获得高度好评。

作者通过丰富的人物设定塑造了一系列鲜明的人物形象，呈现了一个社会的缩影。小喜子、四爷、阿森、李二哥、麻皮以及青姑娘等人物各具特色，代表了工人阶级内部的不同面貌。通过他们各自的经历和对话，反映了工人阶级内部的差异、矛盾以及团结互助的精神。其中，四爷的形象尤为突出，从最初的忍耐和自艾自怜，到最终的觉醒和呐喊，这一转变过程不仅是他个人的成长与转变，更是那个时代广大民众觉醒与反抗的象征。另外，作者巧妙地将个人的苦难与集体的抗争紧密结合。随着铁工场内外事件的逐渐升级和矛盾冲突的爆发，剧情层层递进。尤其是结尾处，当小喜子被东洋兵开枪追赶、负伤上场时，更是将冲突推向高潮。当外来侵略和内部压迫同时袭来，人物内心不得不做出选择。这一处理具有强烈的戏剧张力和情感冲击力，表现出作者对历史的深刻观察。

该剧语言质朴、真实、充满生活气息。工人们的对话既表达了他们对生活的看法，也反映了他们的精神面貌和价值追求。此外，剧中多次使用戏剧独白，不仅增强了人物形象的立体感，也使情感传递更为深刻。

但在下述方面，该剧也略显不足。首先，该剧整体的故事线相对简单，作品在表现社会复杂性和人性多面性方面略显单薄。其次，作者对于人物内心世界的刻画过度依赖直接的语言表达，过于口号化，减弱了人物内心的丰富和挣扎。此外，在戏剧结构上，有些场景的转换和情节的推进不够自然，在一定程度上影响了故事叙述的流畅性。

总而言之，《工场夜景》一剧因其深刻的主题、鲜明的人物塑造、紧凑的情节构建和朴实有力的语言，在当时产生了广泛的影响，获得颇多关注。它不仅展现了当时社会的真实面貌，也表达了普通民众对变革的期盼和救国的决心。

顾正红之死

田　汉

作者简介

田汉（1898—1968），湖南长沙人，字寿昌，曾用笔名伯鸿、陈瑜、漱人、汉仙等。他是现代杰出的戏剧家，是中国现代话剧的开拓者和戏曲改革的先驱，是中国戏剧运动的奠基人之一。田汉早年留学日本，1922 年回国后，创办了《南国》半月刊，组织南国电影剧社，开始从事话剧创作和演出活动。在这个时期创作了《咖啡店之一夜》《获虎之夜》《苏州夜话》等充满浪漫主义气息的话剧作品。1927 年与欧阳予倩、周信芳等举办艺术鱼龙会，他创作的《名优之死》大获成功。同年成立南国社和南园艺术学院。1928 年至 1929 年间，率南国社先后在上海、杭州、南京、广州、无锡等地举行话剧公演和其他艺术活动，同时期也创作了大量剧本。1930 年加入“左联”，写下了《我们的自己批判》，创作从浪漫主义转向现实主义，先后创作了《年夜饭》《乱钟》《顾正红之死》《回春之曲》等剧作。1939 年后，在桂林主编《戏剧春秋》月刊，对京剧、汉剧、湘剧等戏曲进行了改革，创作了不少戏曲剧本，如《江汉渔歌》《岳飞》等。1944 年与欧阳予倩组织了西南戏剧展览会。抗战胜利后，创作了《丽人行》《忆江南》等剧作。中华人民共和国成立后，又先后创作了话剧《关汉卿》《文成公主》《十三陵水库畅想曲》等，并整理戏曲《白蛇传》《谢瑶环》等，在历史剧的创作和改编方面达到了新高度。

剧情梗概

大群的工人围在日华纱厂厂部事务室外，等待进去谈判的工人与工厂大班交涉的结果。他们议论着那个代表李阿根能否坚持工人的利益，同时诉说着工人的苦难生活。这时，顾正红从人丛中站了起来，讲解着资本家剥削工人的道理，号召工人起来斗争，说明组织团体的重要："谁欺负我们中间的哪一个……我们就大家一条心起来反对他，打倒他。这个才叫作有组织的阶级！"顾的演说得到了工人的喝彩和热烈响应。等到事务室的门开了，李阿根出来告诉大家，大班说所提条件他不能做主，要开董事会才能决定哪些可以接受、哪些不能接受。李阿根让大家都回车间做工，等待明天的答复。工人们见李不能代表他们的利益，转而推顾正红做代表，大家一拥而上，要冲进事务室去。这时，武装警察举枪瞄准，日本大班、翻译、警长一起从屋里出来，和群众形成紧张的对峙。日本大班故作冷静谦和，他告诉工人，先去做工，等待答复，是最好的办法；如不安分，老板关厂回国，大家都没饭吃。顾正红愤怒地揭露他，说明日本人是看上中国油水多、工资低才来办厂的，绝不是来做慈善事业的，"除非老板关厂回国，不然就请回答我们的条件"。工人热烈响应自己的代表顾正红。警察要捉顾正红，工人又拥上去抢自己的代表，直到大班拔枪向顾射击，顾正红倒地，他还在呼唤工人起来斗争。最后，大班吩咐埋伏的警察开枪，工人纷纷中弹倒地，但仍有大群的工人高呼着"不要走了凶手"，向前冲去。

人　物

顾正红

工人代表A、B、C、D、E、F、G……

女工A、B、C、D、E……

童工A、B、C、D……

养成工A、B、C……

大班——日华纱厂日监督

警长

厂警1、2、3、4……

李阿根——黄色工人

翻译

〔工人代表A、B、C、D、E、F……包围设在数层台阶上的事务室。

〔室门紧闭，有厂警数人木然不动地荷枪实弹守护。一警长携手枪严肃而狡猾地在廊上，监视群众。

工人A 我们的代表怎么进去这样久还不出来？

工人B 快些给我们答复，不然，让我们都进去。

工人C 或是叫大班出来当面回答我们。

工人D 妈的，他怎么单要李阿根几个人进去？

工人E 李阿根同大班有点要好。

工人D 我们刚才为什么叫他去代表我们？

工人C 不要管，听他出来怎么说！

工人E 对的，说得不对，叫他吃生活。

工人D 说得不对，我们换一个。

工人B 还是爽爽气气大家一道进去。

工人C 不，叫大班出来！

女工A （愤然）叫大班出来，把我的孩子还给我。我的孩子病了，向他领那点点存工去吃药，他定规不肯，把我的孩子活活地害死了。（哭叫）死东西，出来，还给我孩子，那样好的孩子！

工人A 不要哭，这不是哭的时候！

女工B 你的孩子才满三个月，死了还好想一点，我的妹妹十四岁了，给机器轧死了，他一个铜板也不给，还骂我们不当心。外国人真没有天良！

工人B “天良”？什么叫天良？“人有天良，狗不吃屎！”

童工A 那个没有天良的拿马温仗着东洋人的势力，随便就下毒手打人。金生的头打得这样肿起来。

工人A 打肿了头还不怎么伤心。我一瞧到你们五六个孩子全都十七八岁了，还老是这么高，老是长不大，才真是叫人伤心哩。

女工B 对呀，他们几个都是同年。都是八九岁做起的。

工人B 他妈的，拿起他们和有钱的资本家的十七八岁的小开比一比只怕还不够他们一半高哩。

工人C 他们要真是资本家的小开，这个时候应该在大学堂闹他妈的什么恋爱了。

工人E 不要提我们中国人，只瞧瞧铃木那矮鬼吧。进厂的时候瘦得和猴子似的，现在不过五六年工夫就胖得像个肥猪了。四十多岁的人了，头上一根白头发也没有。

工人F 听说东洋人现在这几年都变了种了，从前我们中国人骂他们矮鬼的，现在他们一年年变得又高又大了。我们中国人倒像金生他们一样，变成这样矮小了，再隔一两代只怕东洋人倒要反过来骂我们作矮鬼哩。

童工们 （悲惨地叫）我们要高起来！我们不愿意做矮鬼。

工人G （他年纪有点老了）咳，孩子，这也是我们命该如此……我们这一辈子是做定了矮人了……

〔顾正红从人丛中站起来。

顾正红 为什么我们命该如此？为什么我们这一辈子做定了矮人？为什么我们不可以高起来？为什么忘记了我们在两个月以前的胜利？

工人A （见了他很欢喜）顾正红，站到这里来说。

工人B 说到我们的代表出来为止，我们等得不耐烦了。

顾正红 （站在一个木箱上）兄弟们！我们为什么变成这样了？因为我们的血汗都给东洋资本家吸去了。我们每天不管是做日班或是夜班，也不管是男工、女工、童工、幼年工，都得在机器旁边整整地站十二个钟头。我打听得清清楚楚，我们每天要替东洋资本家赚五六块钱。东洋资本家给我们多少酬劳呢？顶多的不到一块钱，顶少的只有廿几个铜板。我们三四家人家合住一小屋子，吃的是喂猪喂狗的东西。每天下午六点钟，或是早上六点钟筋疲力尽地从车间回到工房，吃了几口饭，死人一样地躺在又脏又臭的阁楼里，第二天早上五点四十五分或是下午六点钟，又回到车间里去吃纱尘子，去卖命……我们的血汗是这样，被东洋资本家的机器一天天地吸去了。我们的血汗，一天天变成雪白的大洋钱飞到东洋去了，飞到东洋资本家的荷包里去了，变成了他妈的什么牛锅，变成他们的汽车、洋房了，变成他们的军舰、大炮了，变成他们的大学校了、运动场了；不但使他们自己更加肥胖了，他们的子弟也一年年更加聪明、更加高大起来了。但是，兄弟们，不要以为东洋人现在都享福了，都聪明了，都高大了。从东洋回来的同乡们告诉我，他们国内的工人生活还是和从前一样的苦，一样的读不到书，一样的矮小。不，除了他们中间一小部分贵族工人得了一些好处，其余的大部分工人比从前生活得更加苦，更加受不到教育，更加矮小了。

工人 B、C 他们为什么不吼起来？

顾正红 自然，东洋的我们的弟兄也吼起来了，他们比我们还要早地就组织工会，和资本家斗争了。他们的斗争越厉害，东洋资本家愈加慌起来，他们就只好愈加到我们中国来打主意，愈加拼命地剥削我们的血汗了。

工人 A、B、C 等 说得对！顾正红。

工人 D、E、F 及女工们、童工们 我们中国工人们也要吼起来！

顾正红 对的，兄弟们，我们中国工人也要吼起来！东洋资本家，把我们当猪当狗，我们不是猪狗，我们要叫他们认识我们是一个个的人。但是，我们一个个的工人，无钱无势，不是资本家的敌手，尤其不是东洋资本家的敌手，我们要叫他们认识我们是有组织的一个阶级。

工人们 对的，我们是有组织的一个阶级！

顾正红 我们不是没有帮手的，全上海的工人、全中国的工人、全世界的工人都是我们的帮手。连东洋的工人也是我们的帮手。现在我们工人阶级已经有了最初的国家苏联，苏联的工人是我们最大的帮手！

〔大喝彩。

警　长 （把手枪比着顾）过激党，你再要说下去我就要开枪。

工人们 （狂吼）妈的，你开枪试试！顾正红，不要怕，讲下去。

〔工人越集越多。都叫："讲下去！"

顾正红 兄弟们，我们该记得两个月以前的事吧。该记得我们从二月九号到三月一号这差不多一个月的大罢工吧。谁都晓得这次的大罢工是因为内外棉第八厂粗纺部的工人，被资本家无故歇了生意不发工钱还要拘捕工人才引起来的。为什么为着他们几十个人引起了我们七万多工人的大罢工呢？就因为我们工人不是一个个的没有帮手的可以任人家欺负的人，我们工人是一起的。谁欺负我们中间的哪一个，就是欺负我们大家，我们就大家一条心起来反对他、打倒他。这个才叫作"有组织的阶级"！

工人们 （大喝彩）讲下去！讲下去。

顾正红 两个月以前的罢工，我们得到了什么呢？我们大家提出的那七个条件虽然没有条条做到，但也做到了好几条了。我们在那一个月的斗争里面得了很多的经验，我们有了自己的工会。因为那样大的罢工，是上海从来不曾有过的事。不但是东洋资本家被我们吓得发抖，连全上海中外的资本家都不敢小瞧我们了。我们的地位忽然就高起来了。兄弟们，这是一定的，只要我们的组织一天天严密，我们的战斗力一天天强大，我们的地位总是一天天要高起来的，那么可见得我们的八字完完全全操在我们自己的手里，为什么可以说“我们命该如此”，为什么可以说“我们这一辈子做定了矮人”呢？

工人们 （大喝彩）对的，顾正红！

童工们 （欢跃地）我们要高起来，我们不愿意做矮人。

顾正红 是的，东洋资本家是想要把我们中国全变成金生们这样的矮人的。不，他们是想把我们中国人变成一种很合他们用的特别人种。体格像牛一样的结实，手脚像猴子一样的灵便，性子像蜜蜂一样的勤快，脑子像猪一样的蠢。这样一来，我们可以一年到头不请假，一心一意地替他们做工，替他们增加利润，又不会弄坏他们的机器、糟蹋他们的原料，又不会负伤生病要他们花钱，又不管吃得多坏、穿得多薄、住的地方多脏多窄，东洋人多么狠毒地打我们、骂我们、扣我们的工钱，我们都可以一声不响，听天由命，再也不想和他们反抗。兄弟们，这难道是我撒谎的吗？东洋大班不每天对我们恭维这样的人吗？他不说都要学这样才是好的中国人吗？东洋厂里为什么都有什么“养成工”，不是为的养成这一种专会替他们赚钱的贱种吗？不是为的养成将来破坏我们斗争的工贼吗？

养成工A、B、C 顾正红，谁不是没有法子到东洋厂里来做工，我们谁愿意做什么贱种！

顾正红 不愿意做贱种的都加入到我们的工会里来。

养成工A、B、C 来的，来的。谁不来谁就是贱种。

工人们 好的，顾正红，说下去！

顾正红 兄弟们！我们……（正要说下去）

〔事务室的门一开，李阿根等出来站在廊上，扬手对大家。

李阿根 喂，我们不要聚在这里，等明天再来听信。

工人 A （和大家一道急转过头来）我们的条件怎么样了？你怎么进去了这样久？

工人 B 大班怎样答复我们的？

李阿根 我们再三和大班说情，大班说他不能做主。

顾正红 妈的，我们向资本家提出要求，谁要你说情？浑蛋！

工人 C 叫大班出来当面答复我们。

李阿根 大班说，他一个人不能做主，要等他开过董事会才能做主。

顾正红 回答我们的要求不能做主，为什么压迫我们的工会、无故开除我们工友、克扣我们的工钱又能做主？

女工 B 对啊，为什么虐待我们女工童工又能做主？

女工 A 为什么不发存工、害死我的孩子又能做主？叫他还我的孩子来！

女工 B 叫他还我的妹妹来！

童工 B 叫他医好我的头！

童工 A 我们要读书要休息。

工人 A 我们男工只做十个钟头，女人小孩子只做八个钟头，这能算是过分的要求吗？

李阿根 你们都这样乱七八糟的！静下来听我说。大班说他是很体恤我们的，明天开董事会的时候一定替我们好好地说，我们的条件但凡可以承认的，没有不承认的。

工人 A 那么，哪一条不可以承认呢？

李阿根 他没有说。

工人 B 是不是都不可以承认呢？

李阿根 他没有说。他叫我们暂且回到车间里去好好地做工，等到明天自然有答复的。

工人 E 不，我们不信他的骗。

工人 F 马上就要他答复我们。

工人 D 我不能饿着肚皮等他明天后天再回信。我们爽爽气气都拥进去，和他当面交涉。

李阿根 你们都这样不讲道理，我不做你们的代表了。

工人 A 谁不讲道理？

工人 B 谁要你做代表？

工人 C 谁要你代表我们？

工人 E 谁不知道你和东洋老板要好，才单叫你进去谈这么许久？

工人 D 叫这个“东洋老板的代表”滚开，我们另派一个。

一部分工人 叫顾正红做我们的代表！

工人们 （一齐）赞成！顾正红，你去交涉。

〔顾正要上去。

〔李阿根拦阻他。

李阿根 不成，东洋老板只承认我是你们的代表。

工人们 （一齐）我们不承认。滚下去！

工人 E 汉奸！

工人 C 工贼！

李阿根 （奸笑）你们爱骂的只管去骂。这个厂里一万多工人都承认我。你们几个人不承认也没有用。

顾正红 （挥拳击一颊）打死你这汉奸！

工人们 打得好！

李阿根 （以手掩面奸笑）哼，好是好，你瞧着吧。（他踉跄地退到事务室去。警长跟进去）

工人 E 我们一道拥进去！不知道这汉奸进去说些什么去了。

工人们 （一齐）拥进去！

〔警士们方欲举枪瞄准。

〔事务室门砰然而辟，日本大班随翻译及警长昂然出，怒目视群众，一时上下空气异常紧张。

〔大班见群众情绪激昂，故装冷静谦和，喁喁对翻译耳语，在翻译口译中他仔细观察群众。

翻　译　大班说，你们的要求看见了，他要说的话已经告诉你们代表了。

顾正红　我们不承认他是我们的代表。

工人们　（一齐）我们举顾正红做我们的代表。

翻　译　（和大班耳语了一会儿）大班说，不管谁是你们的代表，你们只有快些回到车间等明天的回答是最好的办法。（大班又说了几句）你们今天的情形已经不是本厂规则所能许可的，若非大班是提倡中日亲善的人早已把你们都开除了。（大班又说了几句）大班说我们日本老板在上海开工厂，并非为着想赚钱，实在是因为你们中国穷人太多，来替你们解决生计问题的，你们若是安安分分地做工，老板就怎样赔钱也愿意维持下去，不然他关厂回国，你们就都没有吃饭的地方了。

一部分工人　（喁喁耳语）……

顾正红　（决然）撒谎！谁不晓得因为你们外国老板看上了我们中国油水多，才千方百计把我们害得这样穷，谁又不晓得你们看上了我们穷人多，工价低，才到我们中国来开工厂，好剥削我们更多的血汗。我们不要听好听的话，除非大班关厂回国，不然就请回答我们的条件。

工人们　（齐声）顾正红的话不错！快给我们回答。

翻　译　（又听了大班的话）大班叫你们不要信过激党的话，好好地回到车间里去，他不见责你们……

工人A　我们是好好地要求……谁是过激党！

工人B　谁是过激党？

翻　译　（一边耳语，以手指顾）他就是过激党！

大　班　（对警士）彼奴ヲ缚し！[1]

〔警士捉顾，顾反抗。

工人们　谁敢捉我们的代表！（拥上去抢）

大　班　（愤怒，用中国话）你们要怎么样？要怎么样？

工人们　我们要回答。快回答我们的条件。回答我们的条件！

顾正红　（奋然）给我们回答！或是给我们死。

大　班　哈哈。（拔枪击顾）这就是我的回答！

顾正红　（倒地犹奋呼）把事务所包围起来！不要紧，我们不是没有帮手的，用全国的大罢工回应东洋资本家的屠杀！

工人A、B、C、D　……（不等他说完）不要走了凶手！

男女工人　（潮水似的涌上去）不要走了凶手！

大　班　（回头望埋伏的警士）开枪！（旋由大门遁去）

〔弹如雨下，工人群众纷纷倒地。

李阿根　（从窗上伸出头来，奸笑）哈哈哈。

〔群众蜂拥而上。

工人们　打死李阿根那汉奸！

童工们　不要走了凶手！

女工们　不要走了凶手！

——幕落——

1　日语：把这家伙抓起来！

作品赏析

一场剧《顾正红之死》原是为纪念“五卅”惨案所计划创作的《黄浦潮》中的一场，该剧高度还原了现实中真实发生过的“顾正红事件”。

现实中的顾正红，1905 年出生于江苏阜宁（今滨海县）。1921 年家乡遇水灾，他随母亲流落到上海。1924 年，他先在日商内外棉纱九厂做工，后到上海日商内外棉纱七厂当工人。1924 年夏天，他开始参加中国共产党在上海举办的工人夜校和沪西工友俱乐部的活动，接受党的教育。1925 年 2 月，在内外棉纱工厂工人举行的罢工中，他被选为工人代表，成为第一批工人纠察队队员，并加入中国共产党。2 月罢工后，由于日本资本家背信弃约，继续克扣工人工资和无理开除工人，同年 5 月，工人再次举行罢工。日本资本家试图通过关厂停工来破坏工人斗争，顾正红带领工人进行交涉，被该厂日籍职员枪杀，年仅 20 岁。这一事件激起广大人民的愤怒，成为“五卅”运动的导火线。著名工人运动领袖邓中夏曾说过：“‘五卅’运动以后，革命高潮，一泻汪洋，于是构成 1925 年至 1927 年的中国大革命。”顾正红作为工人阶级的先锋，在反帝反封建的斗争中英勇牺牲，但他的精神激励与鼓舞了当时的工人阶级，进而推动掀起了由中国共产党领导的上海工人大罢工。此后，上海总工会与全国学联、上海学联、各马路商界总联合会共同组成的上海工商学联合会宣告成立，上海各界民众结成了反帝联合战线。上海的工人阶级成为组织严密、纪律严格的反对帝国主义的主力军，在斗争中发挥了中流砥柱的作用。

也正是因为真实发生的“顾正红事件”，让“顾正红”作为典型人物，作为工人阶级的觉醒者与代表出现在了同时代的几部话剧中。例如田汉的这部《顾正红之死》和闽浙赣省新剧团集体创作的二幕剧《纱工》。在这两部剧中，顾正红都是以工人阶级的觉醒者与领导者的正面形象出现的。所不同的是，《顾正红之死》是为了纪念“五卅”运动，以塑造顾正红这个人物形象为主；而《纱工》则是以塑造 20 世纪 30 年代受尽压榨的穷苦的底层工人形象为主，其中，顾正红是作为领导工人运动的一个次要人物出现的。因此，结合这两部剧，20 世纪 30 年代中国工人所处的时代背景、生活状态、思想状况都可以很好地体现。

田汉创作的这部《顾正红之死》展现了那个时代工人阶级觉醒并付诸行动的壮举。剧作虽然结局悲壮，却充分展现了那个时代中国工人阶级的状态，他们已不再是过去为资本家、帝国主义所压榨的沉默者，相反，他们是以觉醒、以反抗、以血肉之躯，为自己争取合法正当地位的革命者。从某种意义来讲，这种思想的觉醒和为之抗争的精神应该是这部剧最大的意义。

时至今日，顾正红的精神依然在影响着其家乡的人民。顾正红的故居是“江苏省青少年德育教育基地”和“盐城市爱国主义教育基地”，当地村委和学校每年都会定期开展主题活动，学习烈士精神，让红色基因代代传承。这也是田汉创作这部一场剧《顾正红之死》的一种期许吧。

纱工

闽浙赣省新剧团集体创作

作者简介

闽浙赣省新剧团集体创作，具体人员不详。二幕剧《纱工》创作于1931年左右，演出于江西苏区。这个时期是中共领导的革命根据地工农兵戏剧的最初阶段，创作的剧本大多短小，适合流动演出。据统计，这一时期苏区的剧本多达数百个，但流传至今的只有三十多个。这一时期苏区的戏剧基本是由工农剧社集中编审或创作，戏剧题材以反映革命斗争、根据地各项建设、抗日反帝、城市工人阶级斗争和生活等为主。《纱工》属于反映城市工人阶级斗争和生活的作品。该剧本在1959年由江西省贵溪县“迎接国庆十周年”文艺创作运动委员会办公室整理印发，后收录于“中央苏区文艺丛书”中的《中央苏区戏剧集》，于2017年由长江文艺出版社出版。

剧情梗概

过年了。纱厂工人吴寿松和妻子李秀兰愁眉苦脸地坐在家里，望着吵吵闹闹的孩子，没钱买新衣，“连明天吃的米都不知道在哪里”。资本家马其山的儿子高兴地抱着洋娃娃跑到吴家，来邀吴寿松的孩子玩。本来就被穷困压得喘不过气的吴家一下子骚动起来，孩子哭，父母骂，姐姐劝。罢工领导人顾正红来找吴寿松，见此情状也不知如何劝慰，告诉他要摆脱贫穷就要革命。吴寿松决心参加革命，跟着顾正红去联络工人，组织罢工。吴寿松一走，马其山带着狗腿子来到吴家逼交房租。秀兰交不出房租，马其山就指挥狗腿子将他们的女儿吴雪梅强行拉去抵债。吴寿松回到家中，见女儿被抢走，愤怒地骂“无耻的资本家”是“吃人的野兽”。（第一幕）

马其山的会客室里，坐着正在商量镇压罢工工人对策的日本和英国的资本家。吴雪梅被抢来后，在马其山家当用人，借机站在门外窃听。街上罢工工人的游行队伍路过窗前时，高呼着“打倒帝国主义！实行‘三八制’”的口号，令会客室密谋的马其山等人惊慌失措。雪梅见了游行队伍，想溜出去加入，一转身正碰上顾正红和她爸爸等七个工人代表走了进来。他们从雪梅口中得知，马其山正和日本、英国资本家密谋镇压工人运动，于是让雪梅佯装送酒，叫开客厅的门，工人代表乘隙而入，举起手枪对着资本家，工人群众蜂拥而上。吴寿松一见马其山，怒不可遏，走上前打了他几个耳光。顾正红将事先写好的增加工资、实行“三八制”的条件，交给马其山，要他立即签字。马其山正犹豫，顾正红将材料摊在桌子上，严厉地斥问他：“你到底签不签？”马其山愁苦地、无可奈何地答应：“好……我……我签……”（第二幕）

地　点

上海

时　间

一九三〇年

人　物

吴寿松——上海工人，在日本纱厂做工，四十余岁

李秀兰——吴寿松之妻，四十岁左右

顾正红——共产党员，革命领导者

吴雪梅——吴寿松女儿，十八岁

马其山——上海资本家

吴小红——吴寿松之子，十二岁

吴小平——吴寿松之次子，七岁

马留子——马其山之子，十岁

工人——若干人

狗腿子——马其山的狗腿子

日本人

英国人

第一幕

布　景　吴寿松的家，一个贫苦工人的家庭摆设。

〔幕启：吴寿松和他的妻子、儿女一家人，在年关的日子里，愁眉苦脸地待在家里，孩子叫叫闹闹，要爸爸给他买玩具，要穿新衣。

马留子　（高兴地抱着洋娃娃跑到小平家，骄傲地）小平，你看，你有吧？啰啰啰！啰啰啰！

吴小平　（向爸爸娇哭着）爸爸！我要，我要洋娃娃，给我买一个，爸爸！

吴雪梅　（有志气地骂小平）小平，你看到别人有什么就要什么，家里过年都没有办法，你还在这里吵。

〔小平继续在轻轻地哭。

吴寿松　（热爱地）唉！孩子，你怎么这样不懂事呀！（全家人注视着父亲）爸爸在日本纱厂做了一年工，每月的工资还不够每月买米吃，哪里还有钱给你买洋娃娃呢？好孩子别哭了，叫哥哥（指小红）带你玩去。

〔小红带着弟弟下。

李秀兰　在工厂里辛辛苦苦地累了一年，现在连过年的钱都没有，这日子怎么过得下去呀！

吴寿松 这种时代，真是一个吃人的社会，资本家像吃人的野兽一样疯狂，这个月我们整个工厂的工人都没得工资，还有很多因向他要工资都被开除了，如今安家的地方都没有，（愤怒地）这简直就是惨无人道的疯狂的野兽！

顾正红 （在门外就招呼）老吴，你好！

吴寿松 老顾，你好！有什么事？

顾正红 没什么事，来看看你办了些什么年货呀！

李秀兰 唉！别说年货了，连明天吃的米都不知道在哪里？这世道真是没法再过了。

吴寿松 老顾，我们厂里这个月工资都没有发，我做工已做了二十多年了，就没过过一个好年，生活一年不如一年，你看今后我们怎样去寻找出路呀！

顾正红 老吴，这不仅是你一家如此，像你这样的还不少呀！我们工人阶级，整天生产，连自己的生活都顾不上，这不是那些资本家给我们造成的吗？我们要寻找出路，只有一条。

吴寿松 什么出路？

顾正红 只有我们工人团结起来，把资产阶级推翻，把那些帝国主义赶出去，让我们自己来掌握政权，把工厂都变成我们工人阶级自己的，到那时，我们的生活才有保障。这就是说要革命。老吴你看怎样？

吴寿松 对，只有参加革命才是我们的出路，我坚决参加革命去！

顾正红 老吴，最近几天来，工人运动发展得很快，我们准备组织一次罢工运动，你是不是也参加？

吴寿松 我要参加。

顾正红 （肯定地）好吧！你今天晚上到我那里去参加开会去，另外英国制灯厂那里，已去了很多失业工人，他们都是我们自己的人，我们现在先去和他们联系一下吧！

吴寿松 好！走吧！（二人下）

李秀兰 去了要早点回来，（目送二人下，然后叫唤着孩子）小红！小平！

〔小红、小平跳跳蹦蹦地回来。

吴小红 妈妈！

吴小平 妈妈，别人家都过年了，我们也过年吧！

吴雪梅 你还要吵，爸爸去买东西了，别闹了。

〔马其山和狗腿子上。

李秀兰 啊！马先生来了，请坐！

马其山 别客气了，吴寿松呢？

李秀兰 不在家，出去了。

马其山 出去了，你是吴寿松的妻子吧？

李秀兰 是。

马其山 （指雪梅）这是谁呀！

李秀兰 是我的女儿，你找寿松有什么事吧？

马其山 什么事？你家的房租交了没有，今天是什么日子了？

李秀兰 对！我家的房租还没有交，今天家里没有钱，你宽容一下，让我稍迟一点好吧？

马其山 迟一点还迟到哪一天呀！不行，有也得交，无也得交。

李秀兰 求求马先生帮帮忙，再过两天我们想办法。

马其山 没有钱吗？哈哈！事情也好解决，（用手一指）就给我你的女儿吧，这就不很好吗？哈！哈！哈！

李秀兰 马先生，这，这不行。（把女儿拦住）

马其山 不行，不行就交钱，不就拉走，（向狗腿子示意）拉去！

李秀兰　马先生，不，不能这样做！

狗腿子　（拉着雪梅）走，走吧！

吴雪梅　（被拉着走了）妈呀！妈妈我不去！

吴小红、吴小平　（哭着）姐姐！姐姐！妈妈！

李秀兰　（拖着雪梅）马先生，请放她吧！不能走，不能走呀！

马其山　（将秀兰一脚踢倒）拖什么？

吴雪梅　妈妈，来呀，来呀！（拖拖拉拉地下，秀兰慢慢爬起来，抱着二子哭）

〔一会儿，吴寿松和工人群众一齐拥上，顾正红同时上。

吴寿松　秀兰，你怎么了？

李秀兰　（上气不接下气地）雪梅，被马其山抢走了。

群　众　（惊奇地）啊，雪梅被抢走了！

吴寿松　（愤恨地）野兽，吃人的野兽，无耻的资本家！

顾正红　同志们！这就是资产阶级对付我们工人阶级的态度。

〔工人群众一齐愤怒。

——**幕　落**——

第二幕

布　景　马其山的家，一个资产阶级的家庭。

〔幕启：日本人、英国人、马其山等坐在会客室里开会，会场上一阵哈哈大笑。

马其山　两位先生，如今我们厂里实在有点困难，工人都不干活了。（雪梅站在门外听）

日本人　你们中国人实在太不文明了，我们日本人谁不听命令就要杀头的，他们不做工，可以派警察去平乱。今年我们工厂要给我们日本人生产价值20万美元的产品，不然的话，你这个厂长就当不成了！

马其山　是！

英国人　（对马）我们英国人的资本有的是，只要给我们多生产商品，那就好了，不然的话，你要考虑考虑。（罢工工人队伍示威游行，走过马其山窗前高呼口号："打倒帝国主义者""打倒资本主义者""实行'三八制'。"在开会的英、日、马等人表现得惊慌失措，雪梅在门外边，想往外跑，刚转身走就碰见顾正红和她的爸爸等七个工人来了。这时房内三人仍在谈话）

吴雪梅　（轻声地）爸爸，你来了，顾叔叔也来了！

吴寿松　里边有人吗？

吴雪梅　有！

顾正红　有什么人？在干什么！

吴雪梅　英国、日本的老板，还有马其山，他们在商讨怎样来镇压工人运动。

顾正红　怎么进去呢？

吴雪梅　让我来，你们先准备好。（梅走到门边装送酒的叫门）老爷，送酒来了，请开门吧！（马走来开门）

顾正红　（门一开向前举枪）别动，举起手来。（工人一拥而上，搜查了三人的身，吴寿松打了马其山几个耳光，工人越来越多）

马其山　（被打了一顿后，还嬉皮笑脸地）唉！兄弟，别生气了，请坐吧！

顾正红　（严肃地）我们要增加工资，要求实行"三八制"！

马其山　好吧，等我们研究一下吧！

顾正红　不行！（群众也叫嚷，不行，不行）马上就答应！

马其山　好吧！我答应，我答应。

顾正红　那么，在这上面签字吧！（将事先准备好的材料摊在桌上）

马其山　这……这我得和……和他们……

顾正红　（严厉地）你到底签不签？

工人众　你到底签不签？

马其山　（愁苦地、无可奈何地）好……好……我……我签……签。（签字状）

——幕　落——

作品赏析

《纱工》是苏区建立初期以工人斗争和生活为题材的较早的一部剧。苏区成立之前，戏剧大多以反映革命斗争、根据地各项建设、抗日反帝为主。苏区建立后，中国共产党人逐渐意识到工人阶级是当时革命形势不可忽视的一股力量，必须发挥工人阶级在革命统一战线中的作用。于是，一批反映工人斗争和生活的剧目出现。这个时期的工人剧目较为短小，以独幕剧为主。《纱工》为一出二幕剧，尽管篇幅不长，排练上演后，依然以其鲜明的特色深受欢迎。

《纱工》是一部贴近工人生活的现实主义剧作。故事发生在1930年上海的一个普通工人家庭里，围绕在日本纱厂做工的工人吴寿松在年关的遭遇展开。春节将至，本该一家人欢聚迎接新年，而吴寿松尽管辛苦工作，却难以维持一家人最基本的生活，更别提过年给孩子买衣服、交房租。为抵房租，上海资本家马其山及其狗腿子将吴寿松的女儿吴雪梅强行抢走，由此引发工人阶级与大资本家及其背后势力的一系列矛盾和冲突。最后，以吴寿松、顾正红所代表的工人阶级取得胜利而结束。

该剧表现了吴寿松所代表的普通工人在1930年时局动荡的大环

境下，面对时局变化所发生的思想上的觉醒。该剧戏剧冲突强烈、结构紧凑，剧中人物性格鲜明立体，是对中国20世纪二三十年代中国普通工人真实生活的成功的艺术凝练和创造。

敌同志

白薇

作者简介

白薇（1893—1987），小名碧珠，本名黄彰、黄鹂，字素如，湖南省资兴县人（原兴宁县）。9 岁成为童养媳，13 岁进入父亲创办的两等二度高等小学，但 16 岁时被迫成亲。经抗争，于 1914 年入衡阳第三女子师范学校，其间因带头状告新任校长任用英美传教士入校而被除名。1916 年，入长沙省立第一师范学校，1918 年毕业并考中日本官费留学，因求学受阻而孤身逃往日本。在日九年，勤工俭学，入东京御茶之水高等女子师范，修生物学，兼学历史、教育及心理学，自学美学、佛学、哲学，后改攻文学。1922 年创作了戏剧处女作三幕剧《苏斐》，自演主角。1925 年在商务印书馆出版诗剧《琳丽》，因受陈西滢推崇而成名。此后相继出版《打出幽灵塔》《炸弹与征鸟》《蔷薇酒》《姨娘》等作品。1930 年，白薇参加了“左联”“艺术剧社”和“剧联”，成为《北斗》《文学月报》主要撰稿人，发表《爱网》《莺》《北宁路某站》《敌同志》《火信》《悲剧生涯》等作品。1938 年参加“中华全国文艺界抗敌协会”，此后专注于诗歌和散文创作。1949 年 4 月被地下党委任为湘南游击队司令部第三大队顾问，直接参与解放资兴县的斗争。1950 年，周恩来总理亲自将白薇调入青年剧院工作，此后多从事报道和通讯类写作。1987 年 8 月 27 日，逝世于北京协和医院，享年 94 岁。

剧情梗概

工人苏大姐爱上了假装激进的陆安怡，抛弃爱人阿葛跟陆安怡同居，生下两个孩子，从此被困在了家庭之中。淞沪战争结束后的第一天，苏大姐的小儿子毛毛重病，而十天前她的母亲刚被日本飞机炸死，三岁的大儿子在街上被日本兵刺死。阮小妹受义勇军委派来找苏大姐去问话，带来了更让她震惊的消息：闸北江湾中国兵全部撤退，难民开始逃离，民众报纸被封。苏大姐这才意识到自己已经和时代脱节了，阮小妹更尖锐地指出陆安怡可能危害义勇军。谈话回来的苏大姐在面对几日未归的陆安怡时，几经动摇，再度相信了他。直到阿葛带领工人们借苏大姐家开会，卜拓生从前线死人堆里逃回，描述了巡捕包探如何屠杀义勇军，指控陆安怡在指挥着日本的便衣队，陆安怡用自己的委任状栽赃诬陷阿葛，以致阿葛被巡捕抓走。刚刚失去小儿子的苏大姐这才如梦方醒，拼死要为阿葛报仇，结果被陆安怡开枪击中，陆安怡又被卜拓生反击杀死。最终，失去一切的苏大姐，决定重新回到民众之中。

时　间

一九三二年沪战告终第一天

地　点

沪西工厂区

人　物

苏大姐

阿葛

陆安怡

熊三

卜拓生

阮小妹

顾婶娘

男女工人数人

武装巡捕数人

〔工厂区陆安怡之家，一间颇大的厅子，正面一大窗，窗下置小书桌，报纸文具散乱桌上，左方置餐桌、条凳数张。左下一门通街，右方上手一户通卧房，沿户而下置碗橱，再下靠右壁有煤炉，卧房门开着，赤儿在卧房啼哭，是病重又惊又无力的哀啼声。年轻的母亲在骗儿安息的声音，声惨而倦。

儿　声　啊呀！……啊呀……呀！……啊呀……（这样反复啼哭）

母　声　啊！……毛毛睡啊！……啊……啊……毛毛乖哦……

〔这样反复数分钟。

〔外面叩窗声，呼着。

呼　声　苏大姐……苏大姐！

〔苏大姐走出厅来，半高苗条身材，姿容可爱，但憔悴，穿蓝布旗袍，显得有思想又宁静，约二十三岁，开了窗。

苏大姐　啊，顾婶娘，早！

顾婶娘　（在窗外）早！……你的小孩子好些吗？

苏大姐　一点也不见好……请进来！（吹灭灯，快去开门）

顾婶娘　（进来，是一个老女工，很忠挚，提一壶）昨天晚上我很对你不住！我说替你到刘麻子那里讨个秘方来给你小孩子喝，哪晓得一去了就碰着东洋便衣队在那里捉人，吓得我不敢回来。我急得很，只好在刘家里把方子煎好才带了来。（示壶）

苏大姐　（关好门，接壶）啊，真费你的心！

顾婶娘　炉子里有火吗？温一温快给他喝。

苏大姐　有的。（把壶放在炉上）

顾婶娘　看这方子喝下去会对吗？

苏大姐　再不对真没有办法，他昨天就不晓得喝奶了。

顾婶娘　菩萨爷会开恩，喝了这方子一定会好的。

〔同苏大姐坐炉前板凳上，赤儿仍在微哭。

苏大姐 为着这小孩子病，我什么事都不能去做，若是这小孩子不会好，我真太心痛了。

顾婶娘 心痛你是很心痛的，十天前，你妈妈被东洋飞机丢炸弹炸死了，过了两天，你的一个大孩子又给东洋兵杀在马路上。那么好玩的一个小孩子，亏了你和你妈妈辛辛苦苦养到他三岁了。(叹气)

〔苏大姐咽泣。

顾婶娘 不过你要想开些，闸北江湾那些打仗的地方，一家几口，不都是被杀的杀，被烧的烧死了吗？（望望苏大姐，独语地）东洋兵真不要道理！我们穷小百姓干他什么事！他们要天天放火、杀人，我们天天有几百人、千把人死在他们手里。（拿了药壶和碗进卧房去，苏大姐随入。）

〔砰砰敲门的声音，苏大姐出来开了门。

阮小妹 （青春，刚强，圆胖的脸，配着一双粗眉。头发剪短像男孩，穿女工服，忽忽走进，急遽地）苏大姐，不得了！闸北江湾不见一个中国兵，战区的难民，像潮水一样在逃命。

苏大姐 啊！（惊）中国打败了吗？

阮小妹 不晓得怎么样，上前天江湾有三十几架日本飞机丢炸弹，中国兵死了不少，但这两天在庙行，中国兵又打胜仗了，日本兵死了千多，被中国俘虏几百。（紧张地来回走着）

苏大姐 那么，闸北江湾为什么没有一个中国兵呢？

阮小妹 陆安怡怎么样说？

苏大姐 阿陆三天都没有回来了。

阮小妹 那家伙真奇怪！（跳跳地）我们也好几天不见他的影子了。

苏大姐 一定为报纸忙，或者在苏州会馆吧。

阮小妹 你在做梦！（大不满）苏州会馆民众义勇办事处早就被封

了，我们的报纸，也被禁止出版了。

苏大姐 （惊极）啊！……报纸被禁了？！（声高而身震颤着，赤儿在内，呱呱哭）

阮小妹 （本在回走，见苏大姐这样，好笑）哈哈哈！你这家伙！……你现在只晓得在家里养小孩子，外面什么事，你都不晓得哪！……哈哈哈！（笑得怪）

苏大姐 （羞恼）不要这样怪笑，我难过极了！

阮小妹 你有什么难过？你男人会赚钱，你坐在这里有福享。

苏大姐 （昂愤，跳向阮小妹）该死，小妹！你在说什么鬼话！

阮小妹 要不然，你怎么老不上工去？

苏大姐 我是时时刻刻想去工作的，只怪我倒霉，十天前我母亲给东洋飞机打死了，跟着我的大儿子又被东洋兵杀在马路上，现在我的小儿子又病到要死了。这些麻烦的事，把我弄得乱七八糟，使我不能去工作。

阮小妹 你把念头转过来，把工作看得要紧些，你就不会安心坐在家里了。

苏大姐 小孩子病这样重，我怎么能够抽身出去？

阮小妹 你也可想想上海这么打仗，每天要死几千人，你一个半岁不到的小孩子，就那样宝贝吗？

苏大姐 （锐利地）小孩子是可爱的，小孩子是要完成我们的工作，建设新世界的。我不能丢开他不管！

阮小妹 （攻击地）你这做母亲的心理我真不懂！丢掉自己的工作不干，要等小孩子长大了才来替你干吗？（迫向苏大姐）

〔苏大姐沉默。

阮小妹 我对你说，你要当心些，不要糊里糊涂，给别人说你的空话才好。（睁圆眼睛逼视苏大姐）

〔苏大姐伤心，沉默低头。

阮小妹 你男人不是好家伙，你心里要放清白些！

苏大姐 喂，小妹！你到底是说什么呀？你再明白一点说吧。

阮小妹 陆安怡是个靠不住的家伙，现在有许多人发现他做了坏事，今早在一百〇三号开会，大家要审查他。阿林，阿葛，要我来叫你去谈话。

苏大姐 （很难过，牵阮小妹同坐书桌前）你对我说，阿陆什么地方不对？

阮小妹 你比我晓得他多，我们干部正要叫你去谈话。

苏大姐 我只晓得他天天去工作，他这一晌都不大回来。

阮小妹 他在什么地方工作，你晓得吗？

苏大姐 上海打仗以来，他不是一面在替工友办报，一面在组织义勇军吗？

阮小妹 他在组织义勇军！可是天晓得他近来在义勇军里面是怎样捣鬼。

苏大姐 （惊跳）吓！

阮小妹 后来天天解散义勇军，大捕组织义勇军的工人和学生，别人说陆安怡在里面捣鬼。

苏大姐 （惊一大跳，痛心地悲叫）啊，奸细！……我……我不晓得他有这样坏。（泣）

阮小妹 他一面在干组织部的事，一面甘心做帝国主义的走狗，派些人假冒民众义勇军的名义，到各处反日工会去演讲，劝别人不要反日。并且打电话报告巡捕房，把激烈一点的工人捉去几卡车。

苏大姐 （气得不晓得怎样说才好）啊……我在做梦！……（恨心地）为什么我一点也不晓得他？！

阮小妹 听说他还和保卫团的人一道在开会，闸北的民众在马路上贴标语，他叫保卫团捉去了几个。

苏大姐 （兴奋如狂地站起来）他……他真的吗？……该死！……为什么你们不早告诉我？

阮小妹 阿葛不许我们告诉你，他怕你晓得了更受刺激。

苏大姐 但是我非晓得不可，我怎么还能够同这样的人在一道呢？（难过极）啊，天……（悲泣，发震）

〔苏大姐伤心，沉默低头。

苏大姐 （想定了地，推阮小妹）快……快些想法子干掉他！

阮小妹 我们已经派了许多人找他去了，今早在一百〇三号开会，就要审查他，你要去。

苏大姐 好，就走吧。（狂热地去，忽折至卧房门口）顾婶娘，费你的心，请你替我再看看小毛毛，我要出去一下。

顾婶娘 （站在房门口）好的，你放心去！（苏大姐挽阮小妹驰步退场，顾婶娘缩入卧房）

〔熊三，麻皮工人，约三十岁，狡猾有干才，鬼头鬼脑走进，偷步四望，至卧房口。

熊　三 （笑嘻嘻）啊，是顾婶娘哪。

顾婶娘 （出来）啊，熊三！（冷淡）

熊　三 苏大姐呢？

顾婶娘 她刚刚出去了。

熊　三 上哪里去了？（巧笑）

顾婶娘 阮小妹刚才来过，她们一道出去的。（不大睬他）

熊　三 （猜疑）阮小妹来过？……她说了些什么？

顾婶娘 我不晓得，我刚才来。（冷淡）

熊　三 （赶快跑出大门，吹声口笛）

〔赤儿在哭，顾婶娘折入卧房。

〔陆安怡，身体魁伟，脸白，有书生气，气洋洋，活泼泼，穿长棉袍，入室。

陆安怡 苏大姐不在家吗？（拿出一把报，丢在书桌上）

熊　三 她刚才出去。

陆安怡 （走至卧房前）啊，顾婶娘！苏大姐就回来吗？

顾婶娘 她刚刚出去的，哪得就回来！（赤儿在哭）

陆安怡 呀，我三晚没有睡觉了，现在真想睡。（欠伸，凭桌而睡。赤儿仍呱呱哭）

顾婶娘 哦，上去睡不好吗？

陆安怡 小孩吵得很，这怎么好睡呢！（停）顾婶娘，很对你不起，你把小孩子抱到你家里去，这里让我睡一睡好吧？（欠伸，倦极地）

顾婶娘 你小孩子的病很重，能够在外面吹风吗？

陆安怡 不要紧的，我睡一觉就去叫你抱他回来。（推顾婶娘走）

〔顾婶娘不高兴地去抱，以棉被紧裹赤儿去。

陆安怡 （送顾婶娘）对不起！（关了大门，向熊三）好极了！

熊　三 （摸袋）你的薪水替你拿来了，一百块钱，是你这三天的薪俸。（交钱）

陆安怡 我三天的薪俸，哪里有一百块钱呢？

熊　三 恭喜你高升了！请你看这封信。（交信）

陆安怡 （欢极地收下钱，看信，读着）"大日本便衣队D队队长朱启秀，近日因努力工作，帮助大日本的胜利不少，除明令奖励外，特将薪俸每日加至三十五元……其工作专为破坏支那之反日运动。又每天须发展队员十二名。兹送来一百元，是你这三天的薪俸，前天你取去五元，有会员徽章十二条，请查收。"

（微笑，摆头）唔唔，原来这样！

熊　三　这条路走得不错吧？

陆安怡　谢谢你老朋友帮忙！

熊　三　我老早就对你说，想挣钱，还是帮东洋人做事好。

陆安怡　但是从前因为我的地位，总不好脚踏两边。

熊　三　现在你干脆地干这一边，包你事情会做得好。

〔陆安怡聪明地一笑。

熊　三　东洋人很佩服你的干事才。（提高嗓子）太田说："用你一个人，比用五个东洋人的破坏力还大，尤其是捣毁民众义勇军的组织，和破坏民众反日团体，这些工作，你真是能干极了！"

陆安怡　那当然，东洋人现在还不能打进我们这些组织里面来，我现在是利用熟悉这些组织，去实行政治的破坏。

熊　三　不错，你能干！……朱启秀先生，恭喜你出运了！

陆安怡　喂！（惊愕）你别叫我朱启秀！若是给苏大姐晓得了，她要和我拼个你死我活。

熊　三　你就为了一个老婆！但是那样的女人，你发财了，还能够要她吗？

陆安怡　为什么不要她？她那么漂亮。

熊　三　（大声讽笑）哈哈哈！英雄难过美人关！

陆安怡　（微笑，在吸烟，二人沉默了一会儿）太田那里你去过没有？

熊　三　去过的。太田要你今天上午做三个报告：第一关于十九路军撤兵，反日民众的行动怎样；第二是十九路军退兵的情形，和那些不肯退的兵士的状况；第三是浏河的地图，和浏河到底能驻多少日本兵。

陆安怡　第三个报告我已经弄好了。（摸出报告书看）不过依目前的

情势，日本尽可以不必多派兵去浏河。（取笔修改）

熊　三　怎么啦？

陆安怡　因为十九路军已经放弃浏河，让日军五百多人在浏河上岸了。日本军队要从浏河上岸的目的，无非是想从后面袭击十九路军，使十九路军害怕腹背受敌，不得不总退却，以便日军占领上海、吴淞。（写着）现在十九路军已经奉命让开上海、吴淞，退到南侧方面去了，十九路军是再不会和日本打了。日军用不着再派重兵去浏河。但太田既然要我的报告，你还是拿去交给他。（交熊三一报告表和地图一方）

熊　三　哦，我一定送去。（当心收好）

陆安怡　可是头两个报告，今天上午我来不及，因为都是临时发生的事体。

熊　三　对，民众现在还多半不晓得十九路军已经撤退了。昨晚深夜撤兵的，现在才早晨七点钟。

陆安怡　不过今早是非常严重的，民众听了撤兵，一定会大闹起来。我们为着要预先布置镇压民众的暴乱行为，所以我们此刻的工作，也还是很要紧的。

熊　三　不错，马上就要训练便衣队，分路活动，还要通知巡捕房、保卫团。

陆安怡　这我已经办好了，天刚刚亮，我就派了两批人出动了，一批参加今天反日的民众团体，一批在闸北江湾各战区，防御反日的暴动分子。

熊　三　我想应该派些人到难民里面去活动，否则，那几千几万的难民，简直会被反日的暴动分子利用去。

陆安怡　我晓得这层，我已经派人进去了。

熊　三　（击桌）你做事真周到！难怪东洋人都赏识你。

陆安怡 老胡已经把我这一队的便衣队集中在闸北，你快点去帮他的忙。

熊　三 是。

陆安怡 （自怀中取出信示熊三）这封信请你送到保卫团，当面交给X团长。（交信）

熊　三 是是。（想起）啊，太田的意思，是要保卫团多尽点力。（收好信）

陆安怡 那当然，我的办法，就是要中日一致努力，消灭反动分子。在十九路军还没有退的时候，保卫团就有准备了。今早保卫团已经派出了几百钢铁队伍，到闸北、江湾、大场去，防止民众义勇军的捣乱，禁止民众开会、贴标语，和一切非法的反日运动。

熊　三 那好极了！这样一来，我估量民众是干不出什么东西的。

陆安怡 民众本是没有力量的东西，好，你去吧！那边的事就拜托你，我要在上海各反日团体、沪西工会，来对付他们。

熊　三 好，那我去。

〔熊三退场。

陆安怡 （送出熊三，关好大门，取了钱，郑重地对好藏至碗橱背后的壁孔内，又将桌上的报纸字纸扯碎投炉中焚化，室中静寂一会儿，忽然，敲门声，陆安怡开了门。）

苏大姐 （进来）好，是你！（不安地，关好门，走至厅中）你这几天哪里去了？怎样老不去办事？

陆安怡 谁说我没有去办事？（不好的声色）

苏大姐 阮小妹说，多久没见你了。

陆安怡 她晓得什么！

苏大姐 若是你在那里干，为什么许多人都在说你的空话？

陆安怡 你要听他们的空话吗？（暴声）

苏大姐 别人说你很不好哩。（愁闷）

陆安怡 你要听别人的话，那我是没有法子的。（走开）

苏大姐 我是不敢相信你变坏了……（颤声，凄凉）因为你从前很热心，肯干。（壮着胆，逼向陆安怡）但是现在他们要检查你，你晓得吗？

〔陆安怡镇定地坐在餐桌前尽吸烟，不睬苏大姐。

苏大姐 （看不下去，激情地拿住他）喂，你到底干了些什么不对的事？

〔陆安怡骄傲的堂皇的神态，不睬苏大姐。

苏大姐 喂，你怎么不作声呀？（推他，有气）

陆安怡 你要我说什么？（傲绝地，起身走着）

苏大姐 你这晌到底做了些什么事？（扭他，逼视）

陆安怡 告诉你你也不晓得，因为你不愿意晓得我。（推开苏大姐）哦，别人不理解我，连你对我也不理解！（仓然凄绝）亏了你还是我的同志……同志！所谓同志，是一闪就过去的吗？（悲号，怒狠狠地握着拳头对桌上猛击）呀！无谓，无谓！（狂叫，拼命摇头）

苏大姐 （呆默一会，走向他，温存地）你何必这样呢？若是你做得对，你努力做给别人看好了。

〔陆安怡喘急，没有气力的样子。

苏大姐 （看得不忍，温柔）怎么咧，你肚子饿了吧？昨晚顾婶娘送给我两块烤红薯，我没有吃，特为留着等你回来吃。（往橱前拿红薯来）你吃，这时候沪西几千失业工人都没有东西吃，我们家里也没有一粒米了。顾婶娘还有这样的烤红薯吃，总算很好了。

〔陆安怡不睬苏大姐，眼望别处。

苏大姐 红薯是冷的，倒杯开水给你咽吧？（倒开水）

〔陆安怡喝开水。

苏大姐 我很想知道你这晌干了些什么事情，你说点给我听！

陆安怡 讨厌……你真爱啰里啰唆！（推苏大姐于很远）

苏大姐 （气了，变强）你怎样把我当路人看待？

陆安怡 不晓得谁把谁当路人看待！（反过来，凶暴绝）

苏大姐 （愤）哎呀！你真会冤枉人！

陆安怡 不晓得谁冤枉人！……不是冤家不碰头，碰着你这种女人，是没有理解的！（暴气）

苏大姐 （气极，发跳）喂，阿陆！可不要胡说八道！你怎么能怪我不理解你？！是要真正的同志，才会有很深的理解。是要站在同一个阶级里面，互相的理解才有意思。我不晓得你变成怎么一个人了，我也不晓得你把我看成什么人！

陆安怡 你老不把我看成什么人，我今天才明白了！

苏大姐 今天以前，我当然把你看成同志……

陆安怡 说什么同志！（暴得很）横竖你是不愿意理解我的！（拼命走出，开了门）

苏大姐 （追到门口，一把拿紧他，拖了回来）我好像真不理解你了，阿陆！（悲泣）

陆安怡 （眼睛闪着凶光）你不理解我，为何还和我吵？

苏大姐 为着以前我们是互相理解的。（停）虽然起初我认识你的时候，你是在摇动，没有决定你的思想。可是你后来变了，并且越变越好了，你做了我们的同志，还是同志中最勇敢最肯干的一个。（表回忆的愉快）那时候我心里是多么喜欢，多么喜欢你这勇敢肯干的人啊！为着你，我对万事都勇敢了，觉得我的力量加倍了。（稍停）我是多么高兴你变成了一个同志呵，阿陆！（甜蜜的兴奋，双手握陆安怡）若是你永远做我的同志，我们站在一条战线上打出光明的路来，那我是最幸福、最快乐的。假若我们有一个人变了，那我们就是一对敌人。（严肃神采）

陆安怡 哈哈哈！（大笑）你把我当敌人待了，还和我吵死！（扭苏大姐一掷，逃遁）

苏大姐 不能走，要把话说清楚。（拖回他）

陆安怡 喂，你要我说什么呀？（抛开苏大姐，逃）

苏大姐 （活跃地张开手拦阻他）这晌你不是帮日本人做侦探吗？

陆安怡 呸！（暴绝，拿起凳要打苏大姐）娘格×！……是哪个猪猡说的？！

苏大姐 （也举凳向陆安怡打来，凳与凳交锋）你怎么要做那样不要面孔的事？（丢了凳，急搂住他）陆，你太使我伤心了，你改悔吧，你快转变过来！（抱着陆安怡的头，急情地又摇他又亲他）从前你常对我说，我们决定了把我们的生命献给伟大的革命，我们决定把我们的身体，为伟大的工作牺牲。陆，那时候我是多么尊敬你，多么爱你啊！我们俩是同志中最好的同志。所以我牺牲阿葛和你一道了。陆，陆！（投他怀中）你体贴我的心吧！你要和从前一样勇敢，永远和我做最好的同志。（悲美的眼光，凝视着陆安怡）

陆安怡 （满腹暴怒顿消状，看着苏大姐，微笑）啊，我明白你的心！（爱抚）你的心和你的相貌一样美，（抚摸苏大姐的脸）你的心有使我杀尽一切敌人的气概！（站起，挥臂，做出英雄姿态）苏大姐，你相信我，我永远是你的同志。（握苏大姐）但是你要晓得——在和敌人斗争最激烈的时候，是敌人的什么情形我们都要晓得才好。（昂昂骄傲）我自信是比别人勇敢，我是探险家哩。（向苏大姐乐笑）只有胆量小的人，才怕到敌人里面去探险。

苏大姐 （似疑似信，仿佛地）那么，你在敌人里面干什么？

陆安怡 太严重太秘密的问题，照规矩是不能对谁说的，只是你那样不理解我，那样误解我，真使我太伤心！

苏大姐 说我误解你，别人都误解你吗？总之，你现在是处到很嫌疑的地位。

陆安怡 什么嫌疑！那些家伙都蠢透了！他们只晓得走一条硬路，哪怕他们走的路已经是死路了，他们都不晓得想个活办法。

苏大姐 你的活办法，他们都不知道吗？

陆安怡 自然有人知道，一个革命者的行为，总归是大众的意思。

苏大姐 你骗我。（怀疑，强调）

陆安怡 我几时骗过你？（媚笑）

苏大姐 如果你是骗我的，我要打死你。（握拳向他，发笑）

陆安怡 好，我可以买把手枪给你。（乐笑，去抱苏大姐）只怕你不会打我哩。

苏大姐 （拒绝他抱，严肃地）为什么不能？

陆安怡 因为你爱我。

苏大姐 爱……我现在不能盲目地爱一个敌人。若是你变成一个敌人了，我还会爱一个敌人吗？（决然的口调）

陆安怡 唔，你很好，你是理想的女同志！（拍掌）

苏大姐 我决不能看我有力的爱人，变为一个有力的敌人。倘若毕竟会弄到这样不幸，我要想方法把我的敌人感化过来。感化的法子不成功了，我一定要杀死这敌人为止。

陆安怡 我听你这话很高兴，苏大姐。（双手握苏大姐）你是我的路，你是我的光，我的前途，我的行动，决定依照你的意思去

干。我要努力干！（敏捷地吻苏大姐一下，逃走）

〔苏大姐朦胧地抱着自己的脸，惊急地跑进卧房，大声高呼着出来：呀……我的小孩子呢！

顾婶娘 （用小被裹了赤儿来，悲愁状地）小孩子惊风了。

苏大姐 （惊骇，怪悲）呀！……你怎样把毛毛抱了出去？

顾婶娘 是陆先生叫我抱出去的。（难为情相）

苏大姐 （痛心，抱儿）毛毛！……啊……毛毛呀……（哭了）

顾婶娘 抱他到里面房里去吧！（推苏大姐，苏大姐抱儿入，顾婶娘亦随入，苏大姐呜呜的哭声中，一个工人匆忙跑来）

工　人 苏大姐大姐，苏大姐大姐！（走至卧房前）不好了……

顾婶娘 怎么了？（探头出来）

工　人 有几百个武装巡捕，拿起棍棒在街上走，一百〇三号恐怕不能开大会了，我们要借这里开小组会。

顾婶娘 苏大姐的小孩子病很重，恐怕……

〔哗啦哗啦的人声由街上闹近来。

〔阿葛，健壮的工人，约二十七岁，体格意志都如钢铁般，一股劲儿，很兴奋地跑来。

阿　葛 苏大姐！苏大姐不在吗？（粗气，锐声）

顾婶娘 在这里呀。

阿　葛 苏大姐！（走向卧房）停战了，中国撤兵了。

苏大姐 （惨淡带惊地走出）怎么？撤兵了吗？！

阿　葛 闸北、江湾、庙行、大场，所有的前线军队，昨晚上都撤退了。

苏大姐 啊……中国！……中国……！（惊极变色，双眼突出）我们……（强烈地颤抖，发晕）

〔这时男女工人六七人纷纷登场，都惊苏大姐的状态。

顾婶娘 呀，真可怜！（扶苏大姐，阿葛也帮顾婶娘扶苏大姐）

〔工人们都兴奋，狂跃，叫嚣地。

工人A 阿葛，到底为什么撤兵呢？

工人B 中国兵昨天在庙行还打了胜仗，听说昨天东洋兵死了千多，被十九路军俘虏了几百人，为什么忽然要撤兵？

工人C 不是昨天东洋的飞机大炮太厉害了吗？

工人D （即最初来借会场的那个）哪里的话！十九路军是不管东洋的飞机大炮有多厉害，他们总要抵抗到底的。他们已经发誓要和战壕共存亡。这回退兵，我想绝不是因为东洋的飞机炮太猛烈，一定还有别的缘故。

女 工 那么为了什么缘故要撤兵？阿葛，你快说吧！

〔男女工人又来一帮，吵吵嚷嚷登场。顾婶娘扶苏大姐入卧房。

工人E （新来的一个）喂，阿葛！巡捕在街上对一批一批走路的工人，检查，一百〇三号多半开会不成功了，我们这一组，决定了马上开小组会，就在这里开好吧。

阿 葛 好，快把门关上。

〔两个工人去关门。

女 工 快说呢，阿葛！什么缘故要撤兵？（急得跳）

〔男女工人十多个，热烈地围拥阿葛。

阿 葛 （站在小凳上）各位兄弟们，姐妹们！……为什么撤兵，我想这大家都很明白的。（雄声激昂地）这回十九路军抵抗日本帝国主义占领上海，我们民众，我们工人，欲帮助十九路军的士兵，要抵抗到底！但是帝国主义的走狗，是始终不要抵抗的。（工人全体悲愤，高叫打倒帝国主义的走狗！）政府只晓得天天通电，统共有三十六通电报，日本帝国主义却天天调兵来，飞机、大炮、坦克车，总司令也连换了三个！帝国主义各国都是明里暗里帮助日本帝国主义的！兄弟们，姐妹们，这是多么够叫我们气死？是多么够叫我们愤怒啊！现在十九路军战胜的功劳，白白地完了。闸北、江湾、吴淞，统统让给日本帝国主义了。可是诸位，我们上海的老百姓却没有地方可退，我们要和日本帝国主义拼一个死活！

工人们 （全体）好！……再和日本打……（高叫）要打才有出路！……我们武装起来！（激昂，兴奋到绝点）

阿　葛 对，正是这话！我们要武装起来救上海，我们要武装起来，冲破日本帝国主义的进攻！

工人们 （奋绝高叫）喂，喂，我们要赶快想办法。

工人 D 那么我们赶快干起来！（挥拳蹈足，粗猛地叫着）马上到战区去！组织起来，把那几千几万的难民救出来！……我们要团结一致！

女　工 快去！我也去！（跳着）组织伟大的民众义勇军！

阿　葛 要去就越快越好，因为中国兵虽然撤退了，日本军队还不敢到我们的阵地来，我们要趁着这时候赶到前线去。我们的前线，不能让日军滚进来！

工人 C 八点钟不开大会了吗？总得要在大会上讨论一下办法吧。

工人 A 在大会上讨论办法，这话是不错的。但是，第一，大会好像开不成了。第二，我们来不及等开大会。我们还是在这里决定办法。

阿　葛 大会是绝对开不成功了，因为有许多汉奸在那里捣乱……好，我想就开始讨论办法。

〔砰砰敲门声，陆安怡跑进来，容色极憔悴，但精神很兴奋，像煞有介事的一副情热的样子。

陆安怡　啊啊，你们！……一百〇三号在开会了，你们都躲在这里干吗？……去去，赶快去！（驱逐工人走）

阿　葛　（恬静地步向陆安怡）那里能安静地开会吗？

陆安怡　啊，阿葛！（笑融融地）无论如何，我们总要把今天的大会开成功。我们不能因为可怕的压迫，就放任自己的事不干。今天我们的口号是：

——反对停战！

——反对撤兵！

——反对出卖上海！

——劳苦群众武装起来保护上海！

——沪西丰田纱厂协和纱厂的罢工工人，和全上海的工人，一致起来到闸北去！

〔工人们看陆安怡这样狂热踊跃，又集拢来，但工人D和阿葛，突呈愤怒难堪的面孔向陆安怡走近，势欲拘拿陆安怡的样子。

〔阮小妹引卜拓生急遽登场，冲破了这种严重的空气。因卜拓生裸身赤脚，仅穿短裤，脸部身上，尽是伤痕血迹，但他年轻、刚敏、纯洁诸点，还能从他愁惨的面部看出。陆安怡乘机躲入房中。

阮小妹　啊，阿葛！（又惊又喜，活泼情热地走向阿葛）卜拓生从前线逃回来，他差一点就被打死了。（入卧房，适逢苏大姐惨绝地走出）

阿　葛　怎么啦，卜？（大惊喜，急抱卜拓生）

卜拓生　前线撤兵了……（弱声地说了这句，忽变刚声）那里有几百逃兵——都是不肯退的勇士，又有几千难民——都是依靠着十九路军保护的，一些穷得逃不出的难民，他们在战区，都恐慌得不成样子，不知道要往哪里跑。我们为着要暂时维持他们，等大批的民众义勇军来援救，所以我们马上演讲，教他们不要慌，不要跑，大家联合起来，最好是和民众义勇军组织游击队，再和日本打……哪晓得有许多巡捕、包探跑来了，他们不管三七二十一，就把我们赶开，对我们开枪，说我们是汉奸……

众　人　（同声高叫，愤极）说你们是汉奸？！

卜拓生　是，不但他们，并且教那里的民众也骂我们是汉奸。那些难民不懂，把我们又打又蹴，结果是把我们的人拿了十几个去枪毙了。

阿葛及数工人　啊，真冤枉！真糊涂！枪毙了哪些人呢？……可恶的走狗真瞎了眼睛！

卜拓生　崔光、阿范、何世承，我是看着枪毙了的，其余的人我不知道，因为枪一开来一颗子弹擦过我的耳朵，我就倒在地上了。

阿　葛　啊！……你幸而还好，还得回来了。

卜拓生　我是倒下装死的，那些家伙把我乱踢乱滚一阵，我总不动，连呼吸都不敢，他们以为我真死了，后来拖起我的脚，把我拖了两三里路，统共拖去我们十多个打杀的人，大概是拖了去埋。忽然听到日本兵来了，他们才脱下我们的衣裳，穿起来逃跑了。

〔大家听得愤怒又悲，苏大姐听得如狂又抖。

阿　葛　啊，那你又怎么跑出来了呢？

卜拓生　我趁着日本兵还没有到，就爬起来猛跑，战场上尽是些打碎了的炮弹、泥土、死尸，我跑了好几里路才碰着她。（指阮小妹）

阮小妹　我看见他的时候，他全身都是泥土，脸上破得使我差不多不认识了，我才找了点水替他洗干净了。但是他满身都是伤痕，还在出血。（指卜示人）

工人A 老卜，（握手）你真是九死一生。（笑）

阿 葛 真糟糕！（非常愁）前线弄到这样了吗！

工人D 昨晚上才退兵，怎么那些汉奸就去得那么快？

陆安怡 （从房中跑出，难过地）小孩子死了哩。（对顾婶娘，顾婶娘默退场）

卜拓生 哼，昨晚刚刚退兵，闸北就有便衣队在活动了。那些便衣队真是狗娘养的！他们替日本人做走狗……（忽指陆安怡）呀……这个人在指挥便衣队，他……他在指挥日本的便衣队！

众 人 （惊绝，怒盛，狂叫）啊，可是真的吗？（仇视陆安怡）

陆安怡 （企图逃走又想打卜）

卜拓生 把他烧成灰我都认得，（跳向陆安怡，欲猛打状）陆安怡！

陆安怡 猪猡！（猛扑卜，卜倒）

〔阿葛、阮小妹、苏大姐，及数工人高骂汉奸！捉陆安怡。

〔陆安怡想脱走，逃窜着，工人十多双拳头怒狠狠对陆安怡，想痛打陆安怡，场面混乱。

阿 葛 喂喂，不要这样，不要这样！（阻工人，拿陆安怡）

〔工人马上静起来。

工人F 一个汉奸，我们不应该对付他吗？

阿 葛 不是这样对付法，他的嫌疑……我们大家来审查。

陆安怡 妈勒格×！我有什么嫌疑？（毒狠狠地打阿葛，工人愤）

工人D 猪锣！你能这样野蛮吗？（加进去打陆安怡）

〔陆安怡和阿葛在地下打成一团，滚滚旋转。

〔一群武装巡捕闻进，对工人们弹压。

〔苏大姐看酣打的陆安怡、阿葛大声惊叫，愤极欲撕开陆安怡，被巡捕拉开，并换巡捕一拳。

巡捕B 做什么？……为什么打呀？

阮小妹 一个汉奸……(急极地)快捉起那个汉奸!(指陆安怡)

巡捕A (摆起臭架子)唔,谁是汉奸?

陆安怡 这家伙!(指阿葛)他们在我家里开会。(又打阿葛)

〔巡捕等把陆安怡阿葛扯开,卜拓生乘机逃走。

苏大姐 呀……陆安怡!(疯了般揪住陆安怡的头发)你……你……

陆安怡 替我滚开!(把苏大姐重重地一抛)

阮小妹 (承抱苏大姐,向陆安怡蹬脚)老陆,你这混账王八!你自己是汉奸,还冤枉别人吗?!(愤绝地视陆安怡)

巡捕B (捕阮小妹,苏大姐倒地晕去)到底谁是汉奸?

巡捕A 把他们都捉起来,搜他们身上看!

〔在场工人全被捕,搜身,巡捕在阿葛身上搜出一把东西,一看,大叫。

巡捕C 这是什么东西?(解下来,一条条的红布)

阿　葛 (惊愦)我不晓得,这不是我的东西。

巡捕D 自然不是你的,这些红布条,是要你分给别人的。

巡捕A 唔,(检看)布条上都有日本的太阳徽章,你还能说你不是汉奸吗?(将红布条给巡捕E)

〔工人都大震惊,想脱离捕缚,起来斗争。

巡捕E 一、二、三、四、五、六、七、八、九、十、十一、十二,总共十二条。啊,这是日本便衣队的徽章!你们看!(交巡捕B)

巡捕A 还有这个……(看信,朗读)"大日本便衣队D队队长朱启秀,近日因努力工作,帮助大日本的胜利不少,除明令奖励外,特将薪俸每日加至三十五元……"

〔工人们大吵,那是假的,不是阿葛的!我们相信阿葛没有这东西!

巡捕A （停读，大笑）哈哈哈！朱启秀先生，你做汉奸的本事真大。（全体巡捕都得意笑着，对葛拳脚交加）

〔工人抗叫，愤骂，场面混乱极。

巡捕A 好，都到巡捕房去！（巡捕拿，工人退场混乱）

巡捕F （指晕倒刚爬起的苏大姐）还有这个女人哩？

巡捕A 哦……（伸出另一手去拿苏大姐）

陆安怡 （面作春风笑）吓，这是我的内人，她刚刚死了小孩子，有点难过。

数　捕 对不住！……对不住！（向陆安怡点头，并做着眼色，一面拖着工人驰退，工人反抗着）

苏大姐 （清醒了，追出）喂，弄错了……

陆安怡 （拼命追去拉苏大姐，拖进她，关好大门）你疯了吗？

苏大姐 坏东西！你害了阿葛，把那些东西放在阿葛身上！（蹬足）

陆安怡 胡说！（猛扑苏大姐）

苏大姐 （闪身避开）我亲眼看见的，我亲眼看见的！你一边跟阿葛打架，一边从你身上搜出一把东西，这样对阿葛身上一塞。（做手势）

陆安怡 鬼话！你想造这种谣言谋害我哪！（怒极，毒打苏大姐）

苏大姐 哼！（挺身向陆安怡）你谋害同志，谋害中国，谋害革命。敌人！汉奸！（和陆安怡拼命）

陆安怡 哎呀，你这恶妇！（扭苏大姐一掷，奔入卧房）

顾婶娘 苏大姐，不得了，不得了！（在窗外急跳）来了许多人，要抄你们的家。（急煞）

苏大姐 （爬起，向窗前）为什么？

顾婶娘 那里开会不成，中国巡捕、外国巡捕、包打听，统共有几百人包围会场，把盒子炮、机关枪，对着去开会的工人学生乱

打，有人说这是陆先生捣乱的，大家要来拿……拿陆先生。你快走呀！（伸手来拖苏大姐）

陆安怡 （自卧房换了工人服出，狠狠地对顾婶娘）老太婆，说什么！说什么！……走！（砰然把窗一关）

〔远处起喧嚷的人群声。

苏大姐 你又做了这样的坏事吗？（冷峻地面对陆安怡）

陆安怡 你要相信你只管多信一些！（拿开碗橱，从壁孔中取出比先前更多的钞票、现洋，忙对身上塞进去）

苏大姐 （看得出火，猛跳向陆安怡）这些钱从哪里来的？

陆安怡 为着你……要用的。（笑）

苏大姐 狗屁！

陆安怡 真是为着你，你美丽又可爱，（抚她）但这晌你太悲痛了，我想和你到别处去休养半年来。（搂苏大姐）去，你快跟我走！……现在我有三百多块钱。

苏大姐 走，不要脸的东西！（打开陆安怡）钱能买得你的心去，亏你对得我住！（取菜刀向陆安怡）

陆安怡 去，别胡闹！（抢了苏大姐的菜刀丢了很远）快跟我走！（拿钱塞苏大姐身上，迫她同走）走！

苏大姐 浑蛋！谁和你走？！（撒掉他的钱）

陆安怡 我不由你不走，（横抱苏大姐）你是我的，我不放你！

〔外面的喧嚷声迫近，听得到“打倒帝国主义！捉拿陆安怡！”等口号，陆安怡魂胆俱落。

苏大姐 （冲出了陆安怡的横抱）好吧，大家都来了，他们会给你一路走。（紧扭陆安怡对门口冲）去！

陆安怡 不要这样，不要这样残酷！（慌极，哀求）你跟我走……（把剩的钱和苏大姐抛出的钱忙对身上塞，战战栗栗，现洋琅琅

落地）不然，你就放我走，给我从窗上走。（狼狈极，图跳窗，启窗正跳）

苏大姐 （急拖住跳窗的陆安怡，陆安怡的手枪坠窗下，苏大姐拎起）啊，我给你一条路。（对陆安怡试枪）

陆安怡 （打落苏大姐的手枪）你疯了！（举枪对苏大姐）

苏大姐 手枪给我！这会儿你正要送手枪给我。（拼命夺枪）

陆安怡 不要发疯！（抢手枪）枪给我，快让我走！（狂蹴苏大姐，急得无魂地又去跳窗。窗外卜拓生严厉地立着，一跃抓住陆安怡，夺陆安怡手枪，活跳跳追击陆安怡。外面喧声越近，口号越明了，此时卜拓生已穿上短布衣，自窗外跳进，站在桌上观战。陆安怡慌极，拼命夺回手枪，对苏大姐开枪。卜拓生一跃骑陆安怡背上，猛击陆安怡头。陆安怡还在挣扎，狠狠地对苏大姐开枪——啪！苏大姐倒地，额上流血，晕过去了，卜拓生奋勇，猛扑陆安怡，陆安怡翻身将卜压倒，和卜拓生格斗，怀中现洋琅琅落地。卜拓生飞跃自如，重击陆安怡，终夺陆安怡手枪）

卜拓生 （对陆安怡）你这坏蛋！你是我们民族义勇军的干事。你却一面捣毁我们的组织，一面去当日本帝国主义的走狗。专门跟我们捣蛋！（恨绝，开枪）

〔陆安怡敏捷地欲从卜拓生手中抢夺，二人遂打成一堆。

〔卜拓生使力移枪口对陆安怡，开枪，——啪啪！陆安怡中枪倒地，滚几下而死。苏大姐带血爬起，战战兢兢地向陆安怡，蹲下去看，卜呈着做完了一件大事的松快，走向苏大姐。苏大姐立起来，伸手紧握卜，眼含威佩又辛烈的凄光。

卜拓生 打死了一个敌人，一个敌同志。

苏大姐 不错，（惊心夺魄地）一个敌人……一个敌同志！！（伤绝，

惨笑惨泣）哈哈！哈哈哈……！原来是一个敌同志！（泪猛流，如狂人）原来是一个敌同志！！（惨绝，伤心地哭）

卜拓生　（不忍看）哭什么！（抚她）你若不被他害得七颠八倒，你是很能够多做点工作的。

苏大姐　（一阵酸楚掠过，突放觉悟的光辉）是，我错了，我把我的爱给敌人骗去了！……我为他损失太大了！（眼放巨光，决然地）但是，这错误使我更深刻地认识……啊，我要努力，做你们更深切的同志！！（举臂，闪着无限悲美的泪光）

卜拓生　好极了！我们很希望你这样。（紧握苏大姐）

〔群众已到门外，高呼各种口号。

卜拓生　走吧，同志们已经来了……他们还要到闸北去，到真茹去，打破一切艰难，把日本帝国主义的军队赶走。

苏大姐　走！（决然走两步，忽向内回看顾婶娘，慌忙不知所以地）啊，我的孩子！……（向内走又停步望望陆安怡尸）啊，阿陆！（伏下抚陆安怡）再会了！（惨愁泪淋）

〔凶猛的敲门声，“打倒走狗陆安怡！打倒帝国主义！大家到前线去！民众武装自己！民众的力量万岁！”的口号如雷震。

〔突然啪啪啪的手枪声，嗒嗒嗒嗒的机关枪声在屋外周围猛作。屋外群众的号喊声，混乱声。

卜拓生　（急至窗前望外）呀！日本军队来了，在打我们的群众！

苏大姐　（自地上跃起）哦，打……打出去！（和卜向外奔去）

——幕　落——

作品赏析

独幕剧《敌同志》发表于《现代》第二卷第一期，以“一九三二年沪战告终第一天”为背景。作者在工人苏大姐和陆安怡的情感主线中，精心地编织进积极抗日的工农义勇军和破坏抗日的汉奸的斗争，戏剧场面勾连精巧，以小见大，以家庭投射社会，展现出了那段波澜壮阔的大历史，揭示出敌我斗争的尖锐与残酷，同时也指出，在时局动荡的时刻，每一个人都不应该囿于个人和家庭生活的痛苦之中。

白薇的戏剧创作具有独特的个性，她常常赋予笔下的女主人公以深沉复杂的情感和极致果敢的个性，即使是在这样一部明确的“主题先行”的“抗日剧”中，依然能读到极富戏剧性的、令人战栗的情感细节的描写。本剧女主人公苏大姐是一个具有典型性的时代女性，白薇在剧中细致刻画了她两次情感的剧烈波动起伏，颇为真实动人。

苏大姐身上同时具有时代特征和个性特征。在20世纪30年代的中国上海，即使是工农阶级的女性，也已经开始受到了思想解放、恋爱自由等时代思潮的影响，因此，苏大姐意识到自己越来越被“有书生气”、对信仰愈加坚定并热烈追求着自己的陆安怡所吸引时，她便果断地做出选择，离开了“体格意志都如钢铁般”的工人阿葛。

但生下两个孩子之后，苏大姐便回归了家庭，逐渐脱离社会，而成为家庭妇女，她忙于照顾孩子，为自己的家庭所遭遇的不幸而悲戚，却深感无力，这时的苏大姐精神是衰弱的，她依附于陆安怡，甚至不知道他每天在外面忙些什么。但苏大姐坚毅果断的个性，在她得知陆安怡可能成为汉奸时，还能推动着她迅速做出反应，在经历了惊讶、痛心、愤怒和悲伤等情绪转变之后，干脆地说出："快些想法子干掉他！"白薇在对话中层层递进，有序地勾勒出苏大姐的情绪变化起伏，使得人物始终在自己的性格逻辑和情感逻辑里，因此能在短时间内完成人物的陡转而不显得生硬。

谈话回来后的苏大姐，虽然已经大致确定陆安怡做了汉奸，但在面对突然回家的陆安怡时，却还是因为爱他而心存侥幸，希望他能告诉自己一切都是误会。整段对话的心理情绪从"不安地"到"愁闷"，再到"凄凉"，直至"壮着胆"逼问，等看到陆安怡被自己的步步紧逼问到要发疯，责怪自己不相信他时，又不忍地转为"温存""温柔"，这是一次情绪的完整起伏，但这时，两人的对话还在继续，陆安怡坚决不回应苏大姐的询问，导致她从充满关切和爱意的询问，再度转为"气了，变强"，进而"气极，发跳"，而当陆安怡企图要横离开时，她又抓住他，态度再转为"哀伤地"，回忆起曾经相爱的往事……

这两段情感起伏不但构成全剧重要的情节，推动故事往前发展，同时，剧作家也通过对话，完成了对众人，尤其是苏大姐的性格塑造，清晰地展现了在戏剧中，性格如何在人物的命运发展过程中产生至关重要的作用。白薇能细致入微地观察到爱情中的女性的心理变化，尤其是在描写女性在面对"爱错人"时的不可置信、绝望和最后的悲怆时，落笔细腻深沉，情感真挚，使得她的作品富有强烈的艺术感染力。

红光在前

集体创作

作者简介

集体创作。该剧于 1932 年前后由佚名作者创作，后由中央苏区工农剧社在江西苏区演出，1959 年由江西省贵溪县“迎接国庆十周年”文艺创作运动委员会办公室整理印发。1960 年 5 月，正式发表于江西人民出版社出版的《红色戏剧》。

剧情梗概

“九一八”事变后，在沈阳打工的日本工人陈天慈兰因要求老板按时发放工资而被开除。苦闷的他决定回日本当农民。他的中国朋友刘细明和邵义安慰他，并邀请他到工厂工作，但因对资本家失去信心，陈天慈兰坚持回国。临走前，他向二人保证，作为目睹过日军暴行的人，他决不参与侵华战争。

回到日本后，陈天慈兰向妻子讲述了自己回家的艰辛经历，但妻子并不理解。不久，日本官兵闯入家中，强征入伍，陈天慈兰只能无奈接受。

刘细明一家计划逃往内地，然而还没来得及逃离，就遭到了日军的袭击。刘细明的未婚妻失去父亲，并被日军带走。此时，陈天慈兰已成为日军士兵，他目睹这一切，内心充满内疚与不忍。在一次混乱中，陈天慈兰险些遭到刘细明家人的攻击，幸好刘细明及时阻止，辨明身份。面对好友，陈天慈兰羞愧难当，欲以死谢罪。刘细明劝解他，重申了他们之间的阶级情谊。最后，一道红光照进屋里，大家一同立下誓言，要在光明的引导下携手前进。

时　间

“九一八”事变后

地　点

沈阳

人　物

陈天慈兰——日本工人，男

刘细明——中国工人，男，二十来岁

邵义——中国工人，男，二十三四岁

陈妻——即陈天慈兰的妻子（穿木屐围裙），日本的一个家庭妇女

刘妻——即刘细明的未婚妻子，中国家庭妇女

刘岳——刘细明的岳父，一个老农

刘妻兄——刘细明妻子的哥哥，青年农民

日官——日本军官

日兵甲、乙、丙、丁

酒店招待员一人

陈孩——陈天慈兰的孩子，八九岁

第一幕

〔一个酒店的陈设。

〔幕启，陈天慈兰从左侧上。

陈天慈兰 （失意地徘徊着）真是岂有此理，天天做工，从早累到晚，晚上还要加班加点，却没有半文工资到手，我要求及时发工资，这不是正当的要求吗？为什么要开除我？（徘徊少刻）罢了，别的工厂也是那班有钱人办的，到别的工厂去也不会有什么好处！我还是回国去做个农民吧！

〔刘细明、邵义右侧上，刘走在前。

刘细明 陈天慈兰，几天不见了！

邵　义 你好！

陈天慈兰 （分别与二人握手，显得有些不快活）你们好！

刘细明 陈天慈兰，你好像有点不高兴？

陈天慈兰 （叹气）还不是我们平时讲的吗？做了工没有钱，我向厂长要求发工资，他就说我是煽动工人，把我开除了！

邵　义 咦，那才怪呢！工厂是你日本人开办的，你又是日本人，日本人为什么要开除日本人呢？刘细明，你说这是什么道理？

刘细明 你才问得怪，那么我问你，你邵义是中国人，蒋介石也是中国人，那他为什么要出卖中国人呢？

陈天慈兰　不管什么中国人、日本人，反正我们这些工人都是被那些厂长欺负的！

刘细明　对！因为那班资本家本来就是我们的对头。

邵　义　刘细明，我看陈天慈兰被开除了，是不是请我们厂里把他雇进来做工，免得他生活……

陈天慈兰　这个工人我也当够了，猫屎狗屎一样臭，难道你那个工厂会比我这个工厂讲道理些？

刘细明　那么，你打算怎么办呢？

陈天慈兰　我想回国当农民去！

邵　义　当农民不见得比当工人好！

陈天慈兰　虽然不比当工人好，但我能和家里人在一块，免得两头牵挂。

邵　义　（点头）也说得是！

刘细明　那你什么时候走呢？

陈天慈兰　没有钱我哪能久待在这里，我想明天就回去。

刘细明　邵义哥，陈天慈兰要回国了，我们是不是到酒店里去饮几杯酒，畅谈一会儿？

邵　义　好！

〔三人同进酒店，唤酒店招待员，把酒食摆来，招待员下，随即把酒食摆上，三人边饮酒边谈。

邵　义　刚才你两人说的，资本家对我们工人，不管是中国人还是日本人，都一律看待，那么，还有什么国家的区别呢？

陈天慈兰　当然，对工人阶级来说，是没有什么国家的区别，如果有国家的区别，你们两个怎么还会请我喝酒？

刘细明　邵义哥，你要晓得那班资本家，只顾自己发财，赚到钱就算，还管是赚中国人的钱呢，或是日本人的钱呢？

邵　义　这样看来，我们这班穷人，算是一边，他们那班有钱的人又是一边啰！

陈天慈兰　不是什么一边一边，这叫作两个阶级，他们有钱的人是资产阶级，我们没有钱的穷人是无产阶级，我们不应该有国家分别，只有阶级分别，这就叫作阶级斗争，站在阶级立场上，就要打破国家观念。

邵　义　啊！原来是这么一回事，那么，你们日本人为什么要打我中国人呢？

陈天慈兰　不是日本人打中国人，比如说，我就没有打你，而是日本的资本家和军阀嫌在本国赚钱还赚不够，就向外侵略，就来打中国人！

刘细明　（对陈）说起日本人侵略中国，我又有句话奉劝你，你们日本兵，在我们中国烧杀抢掠你是看见的，你回国后切莫当日本兵来杀我们中国人。

陈天慈兰　我们日本兵在中国蛮不讲理，烧屋、杀人、强奸……这都是我所看到的，我也晓得中国这些受苦的人都是无产阶级，我难道还愿当日本兵来屠杀中国的无产阶级吗？杀我的头、砍我的脑，我都不当日本兵，杀本阶级弟兄。

邵　义　如果你能照你的话去做，就真是一个本阶级的人了。

陈天慈兰／刘细明　对！无产阶级不打无产阶级。

〔刘付酒钱，三人出酒店下。

——幕　下——

第二幕

〔陈天慈兰的家，一个简陋家庭的陈设。

〔幕启，陈妻带小孩席地而坐，在补衲衣服。

陈　妻　陈天慈兰出外几年了，最近却没有钱寄回来，也不写个信回家，不知现在情况怎样，真叫人挂心！

〔陈天慈兰衣服褴褛上。叫门。

陈　妻　谁呀！

陈天慈兰　是我！

陈　妻　啊！夫君，你回来了！（连忙迎接，陈妻搀扶，陈妻见陈衣服褴褛，未免有惊奇）你怎么搞成这个样子？

陈　孩　爸爸！你回来了，昨晚我眠梦都梦见你。（偎在爸爸怀里）

陈天慈兰　（进门）唉！不要讲啦，磨死我啦！

陈　妻　（让陈席地坐下，仍将门关上）到底是什么事？

陈天慈兰　说来话长。我……我，被工厂……开除了。

陈　妻　（急追问）你为什么被开除的呢？

陈天慈兰　最近几个月，我们全厂的工人，一个工钱都没有领到，因此我就到厂长那里要求按月发工资，谁知道那个万恶的厂长竟说我是煽动工人，想闹罢工，就把我开除了。

陈　妻　那个工厂开除了，不可以到另外一个工厂去做工吗？

陈天慈兰　到处都一样，哪个地方能好些？

陈　妻　那怎么办呢？

陈天慈兰　因此，我便回国，回到家里来，打算种种地，做个农民，赚到碗饭吃就算了。

〔陈妻沉默。

陈天慈兰　可是从中国回到自家，真不容易，我身边一点钱也没有，只好做做零工，或是讨些饭，因此搞成这个样子。

陈　妻　你搞成这个样子，当然我也很难过，不过，你不该回来，回来就使我更难过了。

陈天慈兰　在家种田收入不多，生活当然是苦的，但是做工也是苦，种田也是苦，同样是个苦字，在家种田还能经常在家，你为什么要难过呢？

陈　妻　原来你还不知道，你以为回了家可以自由自在种田吗？

陈天慈兰　难道经常有人来欺负我们吗？

陈　妻　不用经常，只一次就使你够受了。家里这几个月来，天天都在抓兵，要是青壮年，不管双子独子，都要抓去当兵。

陈天慈兰　要那么多兵干什么？

陈　妻　听说是要打中国，他们说，中国人多，土地大，我们如果兵少，一来不容易打，二来就是打下了也没有那么多人去占领，所以见人就抓去当兵。

陈天慈兰　当别的兵还勉强可以，要我当日本兵去杀人，杀我的头我都不当，我不杀阶级兄弟！

陈　妻　什么阶级兄弟，我不懂。

陈天慈兰　我们去打的是中国的穷人，我们本身也是穷人，穷人都是无产阶级，无产阶级打无产阶级不是兄弟打架吗？

陈　妻　你是在哪里学会讲这个话的？（门外有人喧嚷，陈妻惊慌急对陈）快躲起来，恐怕又是抓兵的来了！

〔陈躲入内房。

外　声　开门！开门！（拍门）

陈　妻　谁呀！（欲开门又回顾内房）

外　声　（拍门）快开门！快开门！

〔陈妻正欲自己开门，门已被打破了，日官和日兵甲、乙上。

日　官　陈天慈兰在家吗？

陈　妻　他在中国东北工厂里当工人，怎么会在家呢？

日　官　放屁！明明有人看见他回家，你赶快说出他在哪里！

陈　妻　他的确没回家。

日　官　（大怒，打了陈妻一记耳光）妈的皮，你还会说！（对兵甲、乙）给我搜！

〔兵甲、乙，正待进房搜索，陈天慈兰从内房赶上。

陈天慈兰　你为什么打人？

日　官　（喝叫兵甲、乙）给我捆起来，送到兵营里去！

〔兵甲、乙来捆陈。

陈天慈兰　我不当你们的侵略军！（挣扎）

日　官　（用皮鞭抽陈）快走！

〔兵甲、乙押陈下，陈妻哭，陈孩哭。

——幕急落——

第三幕

〔一个农民家庭——刘细明的岳父家。

〔幕启，刘细明的未婚妻和哥哥正在锤稻草，准备做草鞋，刘妻翻草，刘妻兄拿锤，不时发出哼哼的声音。

〔刘细明背包袱上。

刘细明 舅舅！

刘妻兄 （回头看）啊！妹婿来啦？（放下锤，跑过去接伞和包袱）

刘　妻 （有点羞涩站起来，端凳）坐吧！

刘细明 好！岳父在家吗？

刘　妻 在后面。

刘妻兄 等我去喊爸爸来！（下）

刘细明 （看看刘妻）打稻草做什么？

刘　妻 做草鞋！

刘细明 （笑）看你不出，你还会做草鞋呢？

刘　妻 （低头有点不好意思）学嘛！

〔刘岳、刘妻兄上。

刘　岳 细明来啦！

刘细明 （站起）岳父！

刘　岳　从家里来的吗？

刘细明　不！从厂里来。

刘　岳　请假来的吗？

刘细明　请假？现在还请假呢？鬼子打来了，我们中国人在那里生活过得够苦的，特地来这里和你们商量一下，是不是一齐逃到内地去？

刘　岳　我也听到这消息，正准备和你商量呢！

刘妻兄　你不见我们在做草鞋吗？正准备走啦！

刘细明　那好吧，我帮你们做，做两双草鞋好走路！（刘做草鞋、刘妻添稻草）

刘　岳　那我和你舅就去收拾东西！

〔刘岳、刘妻兄下。

刘细明　（对妻）你们做了几双草鞋啦？

刘　妻　还只做了三双呢。

刘细明　那么，做一双凑，一人一双，做多了时间来不及。

〔远远有枪声响，刘岳、刘妻兄匆匆上。

刘　岳　细明，你听到枪响了吗？

刘细明　（侧耳静听，枪声稍近）是枪响。

刘　岳　敢是鬼子来了，你和你舅先躲起来吧？

刘妻兄　往哪儿躲？（枪声逼近）

刘　岳　现在往外面跑是跑不了啦！你俩暂时还是躲到房子里去吧！

〔刘细明、刘妻兄急下，刘妻正在局促不安和刘岳想到房门口看看二人躲好了没有，日军即冲了进来，日官、日兵甲、乙、丙、丁上，陈天慈兰跟在后头，刘妻躲在刘岳身后。

日兵甲　（持枪对准刘岳）不许动！

日　官　（大声吆喝）老头子！有花姑娘吗？

刘　岳　（颤抖）没……没……没什么花……花姑娘。

日　官　（觑见刘妻大怒）妈的，你还会支吾！（一刺刀将刘岳杀死）

刘　妻　（见父死，跪在地上哭）爹！爹！你死得好苦呀！

日　官　（狞笑）哈哈！花姑娘！（逼近刘妻）

刘　妻　（爬起，往后退，盯住日官，作恐慌状）爹！爹！

日　官　（视兵众）把她带去！

〔日兵甲、乙、丙、丁拥上，将刘妻捉住，刘妻挣扎不脱，惊叫，陈天慈兰不忍观望。

日　官　走！（同众兵下去至门前，忽然停步）啊！我的刀还在屋里！陈天慈兰，你去给我拿来，我先到营盘里去。

〔众兵推拥刘妻下。

〔陈天慈兰慢吞吞地进门拾刺刀，见刘岳尸，惨不忍睹，只顾摇头啧声。

刘妻兄　（忽地从房内跳出）鬼子兵，吃我一刀！（用菜刀砍陈）

陈天慈兰　（吃了一惊，连忙用刀格，却被尸首绊住脚跌倒了）唉呀！不好！

〔刘妻兄见陈跌倒，连忙赶上一刀砍去，却被刘细明从房内跳出一手拖住。

刘细明　（对刘妻兄）且慢杀！（对陈）你不是陈天慈兰吗？（连忙把陈天慈兰扶起）

陈天慈兰　（羞愧万分，露出无可奈何的愁苦神态）细明哥，是我没有照着你的话去做！你叫我不要当日本兵，可是我却又当了这个倒霉的兵，并且杀了阶级兄弟，做了本阶级的罪人，我还有什么面目见你。（拿刀刺向自己喉头，欲自杀）

刘细明　（连忙夺刀）陈天慈兰，我的岳父是被你们杀了，我的未婚妻是你们日本兵拉去强奸了。但是我晓得你虽是日本人，你是不愿意这样做的，刚才我在屋里的壁缝里，早就瞧清楚了。（对刘妻兄）他是我们无产阶级的亲弟兄，望你不必愤怒。（转向陈）我们都是无产阶级的人，无产阶级不打无产阶级，你不愿意杀害阶级弟兄，难道我们能杀害你吗？（后台现出红光）看！红光在前，我们向着红光，携手前进吧！

陈天慈兰 / 刘妻兄　对！红光在前，我们携手前进吧！

——幕　落——

作品赏析

三幕话剧《红光在前》诞生于江西苏区的工农剧社，它既是一部宣传剧，更是一部教育剧。该剧从一个在华务工的日本工人的视角，揭露了日本侵略者的种种罪行，以及“九一八”事变后，中国东北和日本普通民众在战争阴影下的苦难生活。同时，该作品歌颂了中日两国人民之间的深厚情谊，揭示了全世界无产者须团结一致，才能共同反抗侵略、推翻帝国主义的真理。

作者通过对不同背景、不同国籍人物的深入刻画，展现了在战争与社会动荡的背景下，个体命运的交织与碰撞。陈天慈兰是一个在中国受到资本家欺压并被迫返乡的日本工人。他的经历让观众意识到，敌对国家的普通民众也是战争与资本主义压迫的受害者。而陈天慈兰最后的选择也表现出他阶级意识的觉醒和人性中的善良。剧中的另一位主要人物刘细明所展现的则是一位普通中国工人在战争中的坚韧与智慧。刘细明与日本工人陈天慈兰之间的友谊，跨越了国籍，消泯了仇恨，体现了被压迫阶层的普通民众之间的爱与理解，以及他们对无产阶级共同理想的追求。

在场景选择上，作者巧妙地将陈天慈兰在日本的家与刘细明岳父家进行对比。陈天慈兰被迫参军，刘细明的家人遭到日军杀害，这些场面直观地再现了战争对人性的摧残和对家庭的破坏。该剧结尾的处理更是画龙点睛，它没有停留在对苦难生活的描述，而是通过预言——“（后台现出红光）看！红光在前，我们向着红光，携手前进吧！”——传达了人民对抗争的呼唤和对未来的希望，富有浪漫主义色彩。

不可否认的是，该剧也存在不足之处。首先，某些情节处理得过于理想化和简单化，削弱了剧作挖掘现实问题的深度。其次，人物之间的对话富有一定的启发意义，但还是稍显直白和教条，对人物内心冲突的表现不足，也缺乏足够的戏剧张力。另外，该剧对具体时空环境的描绘和对社会细节的表现也较为单薄。

总的来说，《红光在前》成功展现了战争时期普通人民的生活困境和阶级斗争的力量，是一部具有深远影响的剧作。它充分发挥了戏剧的战斗作用和教育功能，使话剧这一新兴戏剧形式扎根在人民群众的土壤之中。

月光曲

田　汉

作者简介

田汉（1898—1968），湖南长沙人，字寿昌，曾用笔名伯鸿、陈瑜、漱人、汉仙等。他是现代杰出的戏剧家，是中国现代话剧的开拓者和戏曲改革的先驱，是中国戏剧运动的奠基人之一。田汉早年留学日本，1922 年回国后，创办了《南国》半月刊，组织南国电影剧社，开始从事话剧创作和演出活动。在这个时期创作了《咖啡店之一夜》《获虎之夜》《苏州夜话》等充满浪漫主义气息的话剧作品。1927 年与欧阳予倩、周信芳等举办艺术鱼龙会，他创作的《名优之死》大获成功。同年成立南国社和南园艺术学院。1928 年至 1929 年间，率南国社先后在上海、杭州、南京、广州、无锡等地举行话剧公演和其他艺术活动，同时期也创作了大量剧本。1930 年加入“左联”，写下了《我们的自己批判》，创作从浪漫主义转向现实主义，先后创作了《年夜饭》《乱钟》《顾正红之死》《回春之曲》等剧作。1939 年后，在桂林主编《戏剧春秋》月刊，对京剧、汉剧、湘剧等戏曲进行了改革，创作了不少戏曲剧本，如《江汉渔歌》《岳飞》等。1944 年与欧阳予倩组织了西南戏剧展览会。抗战胜利后，创作了《丽人行》《忆江南》等剧作。中华人民共和国成立后，又先后创作了话剧《关汉卿》《文成公主》《十三陵水库畅想曲》等，并整理戏曲《白蛇传》《谢瑶环》等，在历史剧的创作和改编方面达到了新高度。

剧情梗概

1932年的中秋夜，上海，王茂林和汽车公司铜匠间的工人施有贵在王茂林家商量继续罢工斗争的相关事宜。这时，林二姐的弟弟林德润突然造访，由于他是汽车公司老板为对付罢工而招的新工人，王茂林对他如见仇敌。但此时的林德润已了解到资本家的真实面目，且深刻认识到争取工人权益和罢工的必要性，他此次前来的目的就是希望能将新老工人联合起来，共同为罢工努力，这让王茂林倍感欣慰。后来山东帮工人的领头人张国良也来到王茂林家，告知王茂林已成功联络开车的工人们。就在他们商讨之际，追踪张国良而来的巡捕们到达弄堂口，王茂林迅速领着张国良从后门转移，成功躲过巡捕的搜捕。屋中只剩林二姐和孩子，中秋节的夜晚，弄堂外传来歌声和鞭炮声。风吹烛灭，水银似的月光泻入户内，照着这对母子。

时　间

一九三二年的中秋夜

地　点

上海

王茂林家

人　物

王茂林——前外商公共汽车卖票工人

林二姐——他的妻

阿金——他的女儿

小毛——他刚一岁的孩子

林德润——他的内弟，外商公共汽车新卖票工人

张国良——山东帮的前卖票工人

施有贵——山西人，铜匠间工人

二嫂——被捕工人陈阿二之妻

包探

巡捕

〔王茂林和施有贵靠着桌边，低声谈着什么。王茂林手弄着茶碗，似乎非常忧烦的样子，听了施有贵说的几句话又振作坚决起来。小孩子哭得厉害，妨碍他们的谈话。

王茂林 别哭！（生气地向他的女儿）阿金，拍一拍他呀，干吗去了？

阿　金 （放下手中的活计，赶忙拍小孩）小弟弟睡觉觉，哦……哦……哦……

王茂林 （回头对施有贵）好，只要你们肯帮忙，我们还是可以胜利的。

施有贵 帮你们就是帮我们自己嘛。我去邀邀春山他们，让开车的也参加。明天早上我们在大上海茶馆见。（起身）

王茂林 吃过饭去不好吗？（自笑）不过，我老婆没回，还不知有没有晚饭米呢。

〔弄堂里放鞭炮。

施有贵 今天是中秋。

王茂林 就在我这里过一个穷节，怎么样？

施有贵 别客气。我顺路去找找春山，晚了怕要回不去。后天就是“九一八”，听说打今晚起戒严呢。

王茂林 好，那么你先走。我随后也要到会里去。

〔施有贵戴帽子，匆匆下楼。

王茂林 （送到楼边）不送了，再见。（折转来到床边逗了逗小孩）小毛！

〔小孩又哭。

王茂林 （拍拍）哦……哦……哦……别哭了，妈一会儿就回来的。

阿　金 弟弟要吃奶了。

王茂林 给他吃点奶糕得了。

阿　金　（指桌上的筒）没了。

王茂林　饭呢？泡点软饭喂喂他吧。

阿　金　（起身）好。

王茂林　啊……毛毛别哭，姐给你弄饭饭去了。（忽停着叫他女儿）哦，阿金！到晒台上去瞧我的衣裳干了没有？

阿　金　好。（转到晒台上去）

〔二嫂上楼来。敲门。

王茂林　谁呀？（门开）哦，二嫂子，进来请坐。

二　嫂　（含着寂寞的笑进来）今天在家里过节，茂林哥？

王茂林　哪里，还过节哩！一会儿就要出去的。

二　嫂　大嫂呢？

王茂林　出外老半天了。（稍停）等她弄米回来吃晚饭哩。

二　嫂　（苦笑）对不起，我也是来借晚饭米来了。

王茂林　你不来我也要给你送去的。今年这个中秋过得很坏，二嫂子怕有些埋怨我们吧。

二　嫂　干吗要埋怨你们？又不是为着你们才罢工的。爸爸说得好，“老二在牢里倒是安安心心地过一个好节哩”。苦的还是我们这些在牢外面的，老的小的一家子等着要吃；天凉了，还得给农农的爹送衣服进去；叫我一个女人怎么办？

王茂林　是啊……上半天碰了石润生的老婆，她也这么说。罢委会正在设法请律师替被捕的同志们辩护，一面募款援助家属。

二　嫂　那可好了。不过，你看咱们这次还有指望吗？

王茂林　是啊。外国赤佬欺负我们没有政府支持，一开始就强硬，抓去了我们好几位得力的同志，收买了大批走狗，破坏我们的团结。上海失业的又多，他们快招到三百多名新工了，皮尔那家伙亲自训练，现在各路的车子恢复得差不多了。

二　嫂　难道咱们就这样完了吗？（她愤恨得快要哭出来）

王茂林　没有完！二嫂，胜利还是咱们的。现在就看咱们战术对不对头，能不能坚持到底。

二　嫂　我相信跟他们没有完。不过，茂林哥，现在真是为难啊。

王茂林　谁说不是呢！

〔女儿阿金拿衣服进来。

阿　金　（对二嫂行礼）哎呀，陈伯妈。

二　嫂　阿金姐，你今天没有上厂吗？

阿　金　我做晚班了，一会儿就要去的。妈还没回，没有人招扶小弟弟哩。

二　嫂　阿金姐真能干，现在赚钱养家了。

王茂林　原想送她上小学多识几个字。没有法子呀，穷人哪念得起书？只好让她暂时帮帮我。

二　嫂　我女儿要有阿金姐这样大就好了。

〔阿金把衣折好交给她父亲。小毛哭。

王茂林　（一面换衣）阿金，你拍拍小毛。

〔阿金拍弟弟，但他还是哭。

二　嫂　小侄子要吃奶了。刚才阿贵嫂给了我些奶糕，冲点给小侄子吃吧。（自己起身冲奶糕）

王茂林　谢谢你，二嫂子。

二　嫂　得了，还客气哩。

王茂林　哎呀，毛儿娘回来了。

〔林二姐，提着一袋米、一小篮子菜进来。

林二姐　今天的菜贵得要死。

二　嫂　（半玩笑地）嗳呷！一开口就是死，忘了今天过节吗？

林二姐　就因为过节才把菜都买贵了呀。

王茂林 一早去还好一点，这时候自然更贵了。怎么样，当了多少？

林二姐 瞧你！有客人在这儿。

二　嫂 我这样的客人还会笑话你？这年头有东西当，还算阔气哩。怎么样，大嫂子，你们米有富裕的话，分给我一点儿成不成呢？

林二姐 成！哎呀，谢谢你给孩子冲奶糕，奶糕不是没了吗？

二　嫂 阿贵嫂刚才给了我一点。

林二姐 呀，那怎么好呢？

二　嫂 有什么不好的？不许我疼疼小侄子吗？

林二姐 这么说，我也该疼疼小农农了。（笑着分米）我们也实在没有什么好当的了。包了他那件没有缴去的号衣，跑了好几家才当掉。别家都不要，要的又只肯出一块半。说了半天好话，说“要过节呀，没有法子”，这才当了两块洋。

二　嫂 你把号衣给当了吗？我们家的那套被黄老板催逼了好几回，缴还给公司了。

王茂林 哪一个黄老板？

二　嫂 黄元茂杂货店的老板，就是替农农爹作保的那个人。他说公司催逼得紧，不缴去就得问他要。

王茂林 我们这里也催过好几次了。我不管，当了吃几顿再说。

林二姐 好了。二嫂子，分给你两升救救急吧。以后慢慢儿想法子，反正咱们是吃一顿算一顿的。

二　嫂 行了。这又能过两天了。（放下奶糕碗，提起米袋要走）好，茂林哥、二嫂子回见。

王茂林 吃过晚饭去吧。我们早点弄饭。

二　嫂 不。

林二姐　再坐会儿。

二　嫂　不坐了。家里老人家不放心。再说，小农农今天过出世以来第一个中秋节哩，他爸爸在巡捕房里关着，当妈妈的也好不在家吗？

林二姐　那么说，你就快回去吧。我也送点东西给小农农。（从篮子里拿两只香蕉给她）

二　嫂　（接过）啊呀，香蕉！太好了！小农农这几天有点上火，屎也拉不出，尿全是黄的，正好让他吃点这个。谢谢你啦。

王茂林　不要谢。明天来看你们。

林二姐　走好，拜上老伯伯，回头给他老人家拜节去，二哥的事甭着急，大家会想法子的。

二　嫂　晓得了。这吓不倒我们。再见。（她下去了）

〔阿金喂小孩子奶糕。

林二姐　阿金，洗米去。吃了饭好上工。孩子我来喂。唉，实在走得有些累了。

〔王茂林换衣。

林二姐　怎么你又要出去？今晚待在家里不成吗？

王茂林　不，情形这样，我得找老黄商量商量去。

林二姐　（一面喂孩子，有些怨恨地）不在家吃饭吗？

王茂林　唔。吃过饭去也好。老张说要来看我的。

林二姐　哪一个老张？

王茂林　就是那个山东人。

林二姐　那个叫张国良的？他不是挺反对咱们的吗？

王茂林　起先没有举他们山东帮的当罢委，他们不惬意，听信了坏分子的挑拨，定要另外组织罢委到市政府请愿去，我们说请愿是没有用的，他们不信，我们就陪他们去请愿，果然市政府老爷们敷衍了我们一通，一点具体办法也没有，他们这才相信我们是对的。又把山东帮的人举了几个参加罢委，现在他们都靠拢我们了。

林二姐 听说他们帮口蛮紧的。

王茂林 是啊。定要打破这种帮口，我们的组织才能发展。可是目前还不能不适当利用这种关系。

林二姐 我不讨厌山东人，倒有点讨厌山西人。今天来收房捐的那家伙就是个老西，二房东徐先生不在家，徐太太病了，要我跟他说几句。我说今天过节，请他改一天来。他气势汹汹地说："外国人不过中国节，非要不可。"他拿外国人吓唬人。

王茂林 （笑）你这也是帮口观念嘛。只要是资本家的走狗，哪地方的人也好不了；只要觉悟高，讲义气，哪一省也有好人。铜匠间的施有贵就是山西的，可他就是我们挺好的同志，他正在发动铜匠间的工人支援我们。我们要能早跟他联系就好了。这趟我们没有发动铜匠间和开车的工人参加也是失败的原因之一。

林二姐 那姓施的——

阿　金 （遮住他们的对话）妈，米淘好了，火也生好了。我来不及了，吃一点泡饭就走。

林二姐 好吧。饭我自己来烧。反正也没有什么菜。（回头一望她丈夫）你刚说的那施有贵来过吗？

〔小孩子吃过东西，慢慢地就睡着了。

王茂林 他刚走。

林二姐 我昨天碰见他，说要来看你的。……哦。还告诉你，我兄弟也要看你。昨天来过一次，你不在家。

王茂林 哪一个兄弟？德纯吗？

林二姐 不是，是德润。

王茂林　德润！他要来看我？看我干吗！

林二姐　他说他要来向你解释。他刚从广东来不晓得这边的情形，又没有找着我们……

王茂林　得了！你对他说，没有什么解释的。叫他谨防再挨揍！

林二姐　（很悲切地）他也是没有法子才去投考的呀，他又不晓得你在厂里。见了他好好地教育他得了，干吗那样打他呢？不管怎么样他总是你的亲戚啊。

王茂林　他是我们的敌人！什么亲戚！

林二姐　那你就不认他做亲戚了？

〔王茂林不语。

林二姐　干脆连我也别认得了。

王茂林　（冷然地）这有什么奇怪的？哪一天你做我们阶级敌人，哪一天我就不认你做老婆！

〔林二姐停住拍小孩的手，哇地哭出来。

〔新卖票工人林德润穿着号衣突然跑进来。

林德润　（一把握住王茂林的手）茂林哥，我——我不是你们的敌人，是你们的战友。

王茂林　（把德润用力推开）妈的，你是我们战友？！你这破坏罢工的工贼！

林德润　茂林哥，你听我说！

王茂林　没有什么说的，你走！不然我就揍死你。

林德润　茂林哥，揍吧，你应该的。不过听我说完。

林二姐　（哀求地）真是，不好听他说完吗？

王茂林　好，你讲！

林德润　当时我也有我的苦处。我从中学毕业，满望找一点什么事做，从家里跑到武汉，从武汉跑到广州，到处都是失业的人群。

回到上海来又找不到你们，住在小客栈里，一点办法也没有。碰上这边公司招新工，有人劝我投考，只好去试一试，自然很容易就考取了。当时说工资比旧工人的二十三块还要加一成，我想，暂时算找着生路了。

王茂林 （愤然）你们有了生路，别人就被你们害得活不下去，知道吗？

林德润 后来知道了。起先我不明白情形，只觉得有点问心不过，及至见你们组织了决死队，到处打汽车，我也被你们拖下来揍了一顿，才晓得事情比我想的要严重得多，我想宁可饿死也不能做工贼。

王茂林 那你现在为什么还穿着号衣？你没有想到这是从我们身上剥去的吗？别狡辩了，滚吧！

林德润 听我说完。因为晓得事情严重，我安排不干了。可是单我一个人洁身自好，能有什么益处呢？对资方能起什么风浪呢？我们三百多人都是为了没有法子生活才考进去的呀，资方今天能这样对付你们，明天就不能这样对付我们吗？要不干就大家都不干！

王茂林 （渐感兴趣）你们同情我们？

林德润 与其说同情你们，不如说也为着我们自己的利益。

王茂林 （重复鄙夷地）哼，公司对你们不是挺优待的吗？每个车子上不还加派武装巡捕给你们保镖吗？不还答应给你们加工钱吗？

林德润 恰恰相反，茂林哥。我们新工也被开除了五六十人了。本来答应加我们工钱的，可是这个月发下来的照样还是二十三块。那些高丽查票员在你们罢工的时候不是拒绝代你们卖票吗？现在也都被开除了，换上了一大批白俄。公司还发给他们每人一根皮鞭子，碰上我们有揩油的，或是“请客”的，他们就用鞭子抽我们。瞧我脸上！我只忘了卖一张票，他就当我“请客”，一鞭子甩过来。茂林哥，你们那天把我揍得好厉害，可是我一点也不埋怨你们，我是对不住你们嘛，应该受你们制裁的嘛。可是这些白俄，这些帝国主义的死狗，竟把我们不当人。这一鞭子的仇恨我是一辈子也忘不了的。不但我，我们三百多人没有一个肯在白俄皮鞭子下干活的。我们前天开了一次大会，向公司提出了几个要求：首先非要赶走这些狗娘养的白俄查票员，其次是不许开除工人，要求增加工资到四十块，中秋节要发节赏。

王茂林 （重感高度兴趣）唔，这跟我们罢委会的要求大体是一样的，那么，你来找我干吗？

林德润 我们想跟没有缴掉号衣的老同事联合起来，厂里厂外打成一片，他们说你不也是没有缴掉号衣的吗？

王茂林 （苦笑）没有缴给公司，可缴到当铺里了。唔，（热心地）你们的条件已经提出去了没有？

林德润 今天一早提出去了。

王茂林 资方不答应你们的条件呢？

林德润 有人主张再去请愿。

王茂林 再去请愿？我们的经验不够你们学习的吗？

林德润 是的，我们反对请愿。倘使公司不接受条件，我们决定罢工！

王茂林 （眼色）罢工？（低声）小声点。公司的走狗刘阿四就住在间壁。——（严肃地）唔。倘使公司照样强硬到底，把你们全部开除，另招新工呢？

林德润 我们也想到这一点，我们已经决心了。外国人强硬到底，我们也强硬到底，他们要再招新工，我们组织纠察队打死那些上工的。

王茂林 哈哈，你们也痛恨人家破坏罢工吗？

林德润 （有愧色）不过，任凭他们再招多少次新工，斗争也没有完的。

王茂林 对，不管外国赤佬多凶，斗争是不会停止的。——唔，可是铜匠间呢？开车的弟兄们呢？都接过头了没有？

林德润 派人接头去了。（小声）今晚何桂秋家里请吃节饭就是商量这件事的。

〔有人敲门，王茂林急止住德润，起身开门。

〔张国良进来。

王茂林 老张啊，吓了我一跳。

张国良 当我包打听，是不是？哈哈哈，我是专诚来给你们拜节的哩。

王茂林 不敢当，请坐，请坐。你还是第一次上我家，替你介绍一下。这是我老婆，这是我亲戚。这是我大女儿，这是我小孩。

张国良 啊呀，你好福气。

林二姐 还福气哩。就是没吃的。（倒茶）张伯伯喝茶。

张国良 谢谢。（接过茶）我说嫂子你别着急，吃总是有的吃的。俗话说得好，“天生一个人，必有一份粮”嘛。今天我请你们吃月饼。（打开毛巾包月饼）

王茂林 干吗要这样费事呢？

张国良 过节嘛，就不许我们乐一乐？我原籍山东，家是住在安东的。“九一八”以后老婆孩子的消息全断了。现在剩下我一个光杆儿在上海，到了过年过节总免不了要想他们。

林二姐 是吗？以后张伯伯过年过节上我们这儿来得了，只要不嫌我们招待不好。

张国良 哪儿的话，我一定来。我见你们有儿有女的不知怎么就眼热，我女儿也该像你们大姑娘这样高了。

林二姐 就让阿金做你的干闺女好不好？阿金，快过来拜干爸爸。

〔阿金真的走过来拜张国良。

阿　金 爸爸！

张国良 （急扶阿金）啊呀，请起，请起。真是个聪明姑娘。干爹是不能白当的呀，今天没带礼物，怎么办呢？

王茂林 要什么礼物，月饼不就是礼物吗？（拿一个给阿金）快谢谢干爹。

阿　金 （接过）谢谢干爹。

张国良 不要谢。这怎么成，改天干爹给你买点衣料吧。

林二姐 别费事了。

阿　金 （收拾饭篮向林德润、张国良）舅舅、干爹，多坐会儿，我走了。

张国良 上哪儿去，孩子？

阿　金 上厂里去。（匆匆下去）

〔林二姐跟林德润低声谈着什么。

张国良 （对王茂林）怎么她也在厂里吗？

王茂林 她在左近一家丝厂里。今年丝生意不好，原关了门，最近才开的。

张国良 真是好孩子，就能帮家里了。

林二姐 我们这样人家哪能有闲人啊。

〔外面鞭炮又响。天暗，王茂林起身点洋蜡。

张国良 我老婆在安东原也是在一家柞丝厂做工的。你知道关外出柞蚕。

林二姐　听说过。张伯伯干吗把家搬那么远呢？

张国良　是我祖父那一代搬去的。

林德润　（插口）山东人有好些到关外甚至朝鲜去谋生的。

张国良　对。因为官府剥削得厉害，靠种地、打鱼很难过日子，多有冒险过海到辽东和朝鲜的，前年日本鬼子挑拨朝鲜人杀中国人，我们邻近的人就有好些吃了亏的。怎么？（望林德润）你到过山东吗？

林德润　没有。以前在学校里听得先生说起过。

张国良　对不起，没有请问你高姓？

林德润　敝姓林。

王茂林　他是阿金的舅舅。

张国良　（打量他的号衣）林大哥也是我们老同事吗？

林德润　（带愧地）不是。

王茂林　（俏皮地）他是新同事。

张国良　怎么，新同事？

王茂林　他不但是新同事而且是挨过我们揍的。可是老话说的“不打不成相识”，现在已经变成我们的新同志了。

张国良　那是怎么回事？

〔王茂林走近张国良，耳语。

林二姐　（对林德润）弟弟，你到老虎灶去打一壶开水来好不好？阿金上工了……（给他水壶）

林德润　好。（接过壶，出去）

林二姐　（叫他）弟弟等一等。去买点东西。（交钱给他，嘱咐了几句）

〔林德润出门，林二姐转到厨房去了。

张国良　（笑着点头）唔，这很好。我也有事情要报告你的。新工里面我们同乡不少，这个线索也给我找着了。他们答应跟我们一块儿干。

王茂林 那太好了。老张，我知道你是有办法的。你在你们同乡里头有威信，不过别停留在同乡关系上面，得让他们知道，不管是哪一省、哪一地方的工人都是属于一个阶级。只有整个工人阶级的利益才是我们的利益。过去他们破坏我们的罢工是错的，现在厂内的新工和厂外的旧工人联合起来，跟外国资本家斗争才是对的。这一趟是我们的最后关头，不能再失败了。首先得争取罢工的领导权，克服前次罢工所犯的一些错误，得把开车的铜匠间的弟兄们都联合起来跟我们一致行动。只有这样才能使我们得到胜利。你说对吗?

张国良 一点不错。开车工人里面的同乡我也联络好了。这趟准能大家一条心。

王茂林 那就好了。施有贵，你知道的，刚才跟我谈了好半天，他答应去发动铜匠间的弟兄们。（低声）明天一早我们到大上海茶馆见面吧。

〔林德润匆匆上，一手提开水壶，一手提一包腊菜，他先把腊菜搁在桌上。

林德润 （急低声向王茂林）姐夫，外面弄堂口来了好些巡捕、包打听，看样子是上这里来的。

〔隔壁在拉胡琴。

王茂林 他妈的，一定是刘阿四告的密，我早想搬家，就因为没有钱，搬不动……

张国良 不，我晓得了，准是我刚才给带来的。来的时候我总觉得后头有谁跟着似的。果然不错。他们大约从昨晚起就跟上我了。

〔林德润故意把开水壶搁在路上。

王茂林　怎么，昨晚贝当路的车子是你们打的吗？

张国良　是的。开车的是阿余那走狗。我实在气不过，才把他拖下来揍了一顿。——（他拍拍胸膛）“好汉做事好汉当”，今晚中秋佳节，别连累了你们，让我去自首吧。

王茂林　（拦住他）哪儿的话。我们新的斗争刚开始，正需要得力的同志，这不是你一个人当英雄的时候了。我们走吧，这里有一张后门通民德里，晓得的人很少。你们跟我来。（随手丢一顶帽子给张国良）

〔隔壁正有人唱：“八月十五月光明。”

王茂林　（在壁上打了一拳）你这走狗！还“月光明”哩，今晚有“月蚀”！

〔他们匆匆下去。

〔林二姐拿了碗筷进来，预备摆在桌子上。碰了开水壶，烫了脚。

林二姐　（握着脚）哎唷，德润真不能做事，慌里慌张地把开水壶摆在路上。——咦！他们都上哪儿去了？饭快好了，怎么人又走了？

〔床上孩子哭。

林二姐　（急把开水壶拿起放在桌子上）别哭，别哭，妈就来了。（当她回头一看，门口早站着几个巡捕和包探，她很冷静地抱起哭着的孩子喂奶。一面向巡捕、包探们点头说）请进。

〔巡捕们轻轻进来，用手电照了一阵，无所发现。

〔外面弄堂里鞭炮声，歌唱声。

林二姐　（随手倒了几杯茶）好热闹的节！各位先生辛苦了，喝杯茶吧。

包　探　（点点头）谢谢侬，勿要客气。

〔小孩又哭。

林二姐　（换一个奶）哭什么？哪有许多奶给你吃，妈自己还没有吃的呢。

〔包探用目光搜索有顷，示意巡捕，轻轻退去。

林二姐　（目送他们出去）还是让你吃点饭吧。（把孩子放在床上让他哭，匆匆到厨房端饭菜来。一面喂孩子，一面自己吃几口，叹了一声）今晚就是你陪我过中秋了，孩子，快点儿长大吧。（她继续喂着孩子）

〔鞭炮声，歌唱声。

〔风吹烛灭。水银似的月光泻入户内，照着这对母子。

——幕　落——

一九三二年作

作品赏析

《月光曲》写于1932年中秋时节，同年9月发表于《文学月报》第1卷第3号，1933年收入现代书局版《田汉戏曲集》第二集。该剧取材于当时的真实事件——公共汽车罢工，字里行间渗透着作者强烈的政治热情。它通过描写上海一个工人家庭的生活片段，展现了社会现实以及人民的苦难与抗争。

前外商公共汽车卖票工人王茂林是剧中主要人物。失业的他承受沉重的生活压力，但他并未自艾自怜，而是积极寻找出路，联合工友，试图打破困境。面对眼下的不利情况，王茂林一针见血地指出工友们必须里应外合，要打破地域和帮口概念，团结一致，坚持到底。林德润是王茂林的妻弟，更是与王茂林等人站在对立面的"新工人"。这种对立关系构成了两人关系的基础。随着剧情的发展，王茂林得知林德润不是单纯的"叛徒"或"敌人"，他此前的选择皆受当时的特定环境和个人境遇所限。林德润对王茂林表达了苦衷和无奈，同时明确了自己对工人阶级团结抗争的支持和愿意为之牺牲的决心。这一改变令王茂林对他刮目相看，体现在共同的阶级斗争面前，个体间解决分歧、消除误解的可能。林德润和王茂林的矛盾冲突和关系变化是本剧的重点，既展现了复杂的社会矛盾与个人的道德挣扎，也展示出工人阶级内部的多样性与复杂性，以及在共同的阶级斗争目标面前，理解、宽容和团结的重要性。

月光作为象征意象贯穿全剧。中秋夜的月光本应寓意团圆和美好，却在剧中映照出工人家庭的苦难与分离——罢工被捕被迫别离的陈阿二夫妻、因躲避抓捕而无法团聚的王茂林一家、为了生计深夜上工的阿金。同时，月亮的阴晴圆缺也隐喻了社会动荡和时局的不确定性，尤其是剧末对“月蚀”的提及，象征了黑暗势力的暂时胜利和工人阶级面临的挑战。

诚如田汉自己所说，剧本也存在不足之处，如：由于作者缺乏生活体验，现实题材处理得不够熟练和深刻；剧中人物的说话方式不符合人物身份，过于知识分子化；对剧中其他人物的刻画略显单薄等。但无论如何，该剧因其深刻的主题、独特的艺术表现力和强烈的社会批判性，在观众和读者中产生了积极的影响，表现了作者对工人阶级团结抗争和追求光明未来的支持和信心。

我们自己的事

沙可夫

作者简介

沙可夫（1903—1961），谱名宜敏，更名陈维敏，号伯燥。曾用名微明、明，笔名克夫等。浙江省海宁市人。翻译家、文艺理论家、戏剧家。1932 年，任中央苏区中国工农政府机关报《红色中华》主编，并参与筹建革命根据地第一所艺术学校蓝衫剧团学校（后改名为高尔基戏剧学校）。1933 年，任中华苏维埃大学副校长，与毛泽东、林伯渠、梁柏台、潘汉年组成大学委员会。其间创作了二十余首革命歌曲，以及八部戏剧作品。大型话剧《我——红军》上演后，苏区报纸纷纷赞扬这出戏“打响了第一炮”，“是苏维埃文化与工农大众艺术的开端”。1937 年抗战爆发后，赴延安任新华通信社主任。后致力于戏剧活动，连续创作出《广州暴动》《血祭上海》《团圆》等大型话剧，在延安演出，受到毛泽东等中央领导的好评。1938 年，筹建延安鲁迅艺术学院，任副院长兼党组书记。1939 年秋调至华北解放区。此后八九年间，先后担任中共中央晋察冀分局文委书记、晋察冀边区文联主任、华北联合大学文艺学院院长等职。组织创作和排演《穷人乐》《熬着吧》《王七》《弃暗投明》《打特务》等剧目。大部分作品收入《沙可夫文集》。中华人民共和国政府成立后，历任全国文联秘书长，中央戏剧学院党委书记、副院长。

剧情梗概

在沿平汉路的一个车站，列车已经几天未开，挑夫等车无望，与路工丁闲谈，交换听来的消息，说避暑胜地鸡公山已被红军打下，现在红军进武胜关了。这时，一对官僚夫妻和一个外国牧师也来车站候车，他们惶恐不安地谈论着共产党打来、火车要停开的可怕消息。他们没有见过共产党，谈“共”色变。路工丁酣睡梦呓，狂喊“这是我们自己的事”，吓得众人以为共产党来了，仓皇逃走。挑夫把路工丁叫醒，告诉他今晚有军车路过的好消息。担任查票员的女流是警长的姘头，因过军车无须查票，便过来与路工丁打情骂俏，想探听工人的消息。路工甲、乙、丙找丁商量拆掉铁轨以堵住军车的办法，路警和站长见他们聚集在一起，试图干涉，而他们说：“我们工人自己的事，和你没有什么相干。”（第一场）

午夜，月明星稀，站台隐约可见，路工甲、丙摸索着向桥头走去，行进中发现丁还未到，担心他与女流鬼混，会不小心泄露秘密，于是丙在车站等，甲去找丁。不一会儿，丁匆匆赶来，原来他被女流缠住，借故有要事才得以脱身。路工甲、乙、丙都觉得不妙，认定警察会来捉拿他们，立即离开车站往铁路深处走去。果然，他们刚离开，女流便带着路警来到车站。虽然不见路工，但听见桥头有脚步声，便去报告警长。路工们很快拆掉了桥头的铁轨，正往回走，警长带着路警赶来了，他们问路工们来干什么，路工们回答：“是我们工人自己的事。”（第二场）

军车停在车站。白军士兵都惊慌地挤在月台上，谈论共军破坏了桥梁，快要打到这里来了。他们刚在广水被红军打败，惊魂未定，又要送去“剿匪”，人人心神不安。正在这时，白军军官和警长带着士兵、警士，押着昨晚破坏铁路的工人走了过来。他们把路工们绑在电杆上，准备枪毙。这时，路工们向白军士兵和警士高喊：“大家都是工农出身，不能枪杀自己人，应该把枪对准国民党军阀和帝国主义走狗。”在这危急的关头，一个士兵高呼：“弟兄们，为了我们自己的事，全体向后转，杀死国民党军阀，大家当红军去。”随着口号声，枪声四起，军官倒下，秩序大乱，路工、士兵一起高呼：“团结起来，暴动起来，迎接红军，打到武汉去！”（第三场）

时　间

一九三二年

地　点

沿平汉路的一个车站

景物：舞台便是一个车站的月台，台上排着几条有靠背的长凳，一边是头、二等待车室（有一块招牌挂着，望进去有一人），另一边是月台下铺有轨道的铁路，远远望去，可以看到旗杆与红绿灯的讯号处。

人　物

铁路工人甲、乙、丙、丁

女查票员（女流）

挑夫

站长

路警二人

警长

白军士兵若干人

白军官一人

美国传教牧师

国民党官僚夫妇二人

第一场

〔幕启：太阳下山时光，舞台上充满着苍茫的暮色、沉寂的空气。幕开时，路工丁躺在凳上，口唱小调，他年纪不过二十三四岁，但苍老得有三十多岁样子了，爽直而粗暴，有时很糊涂。他唱得兴致正浓时，挑夫上场，这是在车站上替旅客掮挑行李的人，曾做过小本生意，破产后才改行当挑夫，他是一个羔羊般的懦弱者，这挑夫带一根扁担两束绳，蹒跚地走近路工丁，挨着坐下，路工丁停唱。

挑　夫　老四，你倒自由自在，怪乐意的。

路工丁　（坐起，面孔板起）你管得我，吃了饭，不要做工，有什么不乐意呵！

挑　夫　（叹气）只是我们可倒了霉，又是七八天没客车了，弄得我一点进账也没有，再要这样下去，我只得把我的娘妻儿出卖了。

路工丁　要卖娘妻儿也只得卖，愁什么？我们也不是一样，如果客车长此停下去，我们这碗饭也是吃不成的。

挑　夫　到底什么时候才有客车到呢？又为什么客车停开了这么多天？

路工丁 哪个知道？！听说……

挑　夫 听说什么？

路工丁 听说红军把外国人、有钱人避暑的好风景的鸡公山也打下了，已经进了武胜关，很快就要下来了。

挑　夫 呵，那么红军害了我们啦！

路工丁 嘿，你这个家伙，哪里是红军害了我们，人家都说，红军与国民党军队不同，好得多咧！

挑　夫 谁知道，你又没见过红军，怎么知道好不好？

路工丁 不相信算了，你看吧！红军总有一天要到来的。

〔沿铁路的远处，有人前来。

挑　夫 前面有人来了，不要再讲红军了，这几天风声很紧，留心自己的脑袋吧。

路工丁 管他妈的，这样怕讲，你把头缩进乌龟壳里去吧。

〔路工丁重新躺下，又哼起小调，音节由高而缓，以至于停息。挑夫弯下背，两臂搁在腿上，低着头做冥想状。这时一美国传教牧师，身穿黑衣长袍，胸前挂着金十字架，是个六十余岁懂得说几句中国话的耶稣教徒，后面随着一对国民党官僚夫妇，都是二三十岁模样，服装带一点洋气，一望而知是信教的中国国民党官僚分子。他们三个人一面走，一面议论，由铁路上月台登场。

官　僚 走累了吧！请坐，请坐！（指着路工丁对面的一个凳子，很恭顺地问着牧师说）

牧　师 （点头示意）一边走，一边谈，倒也不觉得疲劳。

妇　人 为什么不到头等待车室里去休息呢？（指着挂着一块“头贰等待车室”的招牌处说）这里多么脏呵！（瞅了一下路工丁与挑工）

牧　师　外面空气好，就到这里坐吧！

官　僚　泼里斯，赛。[1]

〔牧师坐下，官僚站在一旁，妇人靠近月台旁的墙壁，看着上面贴的火车时刻表与布告。

牧　师　客车停开有几天了？

官　僚　（屈指计算）总有一个礼拜了，赛。

牧　师　哟！对了，对了，就在前个礼拜天，我们正在福音堂里做礼拜的时候，一个可怕的消息传来说……

官　僚　共党吗？

牧　师　呵，是的，说共党打来了，火车也停开了，所以那天我们没祷告完就散了，阿门！（在胸前画十字）靠上帝保佑，共党不会到临，阿门！（又连画十字）

官　僚　（亦画着十字）听说鸡公山也遭了难呢？

牧　师　（摇头，叹气，画十字）南京政府那么多军队往哪里去了，这样不中用！假使共党打到这里，那武汉也就危险了！

官　僚　也斯[2]，赛。刚才车站站长说，今晚有车开到，是八十八师的队伍上来剿共。

牧　师　今天晚上就可以开来吗？

官　僚　也斯，赛。

牧　师　（点头）很好，很好。不过那个八十八师不是已经让共党打败了吗？

官　僚　也斯，赛。现在已经整顿好，而且这次有铁甲车呢！

1　英语意即“请，先生。”

2　意即“是”。

牧　师　噢！各得[1]。愿上帝赐福，为了你孩子们自己的事，把共党消灭得一个不留，阿门。（仰天祷告画十字，官僚亦随着做）

〔牧师与官僚说话时，路工丁一声不响地入睡了，挑夫却很注意地听着，这时，路工丁突然从梦中狂乱喊起来，牧师与官僚大吃一惊，妇人奔过来，三人诧异地瞧着路工丁，远而避之，挑夫也弄得莫名其妙，推醒路工丁。

妇　人　我们走吧！这个暴徒可怕得很！

牧　师　这就是共党吗？咦，可怕，可怕，走吧！

官　僚　也斯，赛。

〔路工丁又突然跳起，吓得三人奔逃退场，路工丁一把抓住挑夫的胸襟，声势汹汹，一直推至台前。

路工丁　（呓语）这……是我们……自己的事……要你……管什么？

挑　夫　（莫名其妙）喂……干什么，老四，喂！

〔挑夫用力挣扎，路工丁几乎倒地，放手，神志清醒过来。

路工丁　（失笑）哟呀呀，弄错了！

挑　夫　真是见鬼，太阳还没有下山，怎么会睡得乱梦颠倒呢？

路工丁　嘻，他妈的，从来都没做过这样的梦，真是奇怪，我想这样的梦一定有道理，说不定凶多吉少！

挑　夫　到底怎么回事呵？

路工丁　刚才做了这样一个梦，我和老大、老二好几个人，好像是在“五一”节的一天，大家都照着电杆木贴口号标语，过一会儿就立刻有他妈的警察来干涉，他用着木棍要打我们，我就一

1　意即“好”。

把抓住他，对他说：“这是我们自己的事，用不着你管！”哪里知道却把你抓住了，呵！哈哈！（笑）

挑　夫　算了，老四，告诉你，我刚才得到了个好消息。

路工丁　什么好消息，讲呵！

挑　夫　刚才来了一个外国传教的，同着一对中国夫妻，看上去是在国民党里做什么官的吧！他们坐在对面那只凳上，说今晚有车子开到了。

路工丁　有车子开到？什么车？

挑　夫　有兵车！

路工丁　兵车，那有什么好消息？

挑　夫　通得兵车，不是也通得客车吗？

路工丁　呸，你真见鬼来了，那个兵车一定是从汉口或者广水那里开来的，是去打红军的，哪里会有客车？

〔女流穿着制服登场，她本来是个小商人的妻，丈夫死了便破了产，在车站上充当查票员。

女　流　（问挑夫）呵，你在这里哪，我正找你啦！

挑　夫　什么事？

女　流　今晚有车子开到呢，你有生活了。

挑　夫　嗤！（回头就走，下场）

女　流　（不懂状）怎么一回事？！（回顾路工丁）

路工丁　是兵车哪！

女　流　呵，是兵车，他真倒霉，（稍停）你在这里干吗？等什么人来开会吗？

路工丁　不！（媚笑）耍着玩，散心，来，我们这里坐一会子吧！（指凳子）

女　流　不，我想回家做饭去，今晚开到的是兵车，那么我们查票员还是没有事做，明天还不知有没有客车到，闲惯了，不想做事了。

路工丁　你近来进账很好吧！

〔两个人正坐着时，路工甲、乙、丙上场，甲是坚强的共产党员，工人领袖；乙是赤色工会会员，情绪消沉，他们都已是将近三十岁的人了，丙却是个活泼勇敢的青年团员。他们一面商量着什么事，一面走近台前，丙看见了丁与女流。

路工丙　喂，老四，豆腐好吃吧？（甲、乙掉头过去看着丁；丁与女流忙着起来，不好意思，女流下场）

路工甲　（问丁）你真糊涂，我们找了你好久不见，你却在这里弄娘儿吃豆腐，喂，你得留心啦，这个女人是警长的姘头，是个女暗探呢！

路工乙　好吧！我们就在这里把事情商量一下吧，现在这里没有什么人，（问丙）小哥子，你到那待车室瞧瞧有没有人。（丙过去探望，甲、乙、丁也四面环顾了一下，大家重新聚在一起）

路工丁　快谈吧！你们找我有什么事？

路工甲　（问丁）你知道今晚有兵车开到吗？

路工丁　知道的，刚才听说的，这是开去打红军的。

路工甲　是的，这一定是的，因为现在红军的一部分部队已经沿着平汉路下来了，武汉国民党大起恐慌，东也调兵，西也遣将，这次听说是从广水开来的八十八师的残部，现在我们应该怎样来应付这事情？

路工乙　我看是没有什么办法的，我们又没有枪，不好和白军打仗，红军没到，我们也不能投红军去。

路工丁　可以的，白军开到时，我们可以先去把路警的枪缴了，拿来打白军。

路工丙　对了，老四的话说得对，我们一定可以和白军拼一拼。

路工甲　不，不对。老二说的简直是死路一条，照他那样说，我们只好在旁边闲看着白军用铁甲车、飞机大炮，去进攻红军，去屠杀我们自己的工农弟兄，要知道红军的事就是我们工人自己的事呵！

路工丁　对啦！为了我们工人自己的事，所以我们要拿起枪来帮助红军打白军。

路工甲　不，这是行不通的，你就把路警的枪完全缴了，也不过十二条，我们这一个小小的车站里统共也不过二十一个工人，你怎么可以和装了十几辆车的全副武装的白军抵抗？结果是我们送死，白军还是要开上去打红军。

路工丙　那么，老大哥，你说该怎么办呢？

路工甲　我说，今晚十二点钟以前我们趁查票的路警不在的时候，拿了家伙把靠那一头的小桥一段铁轨拆掉，使得兵车不能再往前开，那些白兵就得在我们站上下来。这样，一来可以耽搁白军的时间，二来我们可以在白军群众里做宣传鼓动工作来瓦解白军，并且要组织兵变，来迎接红军。就是这样，好不好？

路工丙　好的，我同意老大哥的话，老四说的是做不到的话，老二说的是消极派的话。

路工甲　（问乙、丁）你们以为怎样？

路工乙 / 路工丁　（齐声）同意，同意老大的！

路工丁　这样干确实好些。

路工甲　那么，大家不要忘了，还要通知张三、王小牛他们在今天晚十二点以前就在那个小桥边等好，小哥子在后面放哨，见查的来了，就马上通报，等大家都到齐了，我就招呼大家动手。

路工乙 / 路工丙 / 路工丁　（同声）行！

〔站长上场，一面叫“当班的警士”！路警从另一处上场，答应：“在这里，先生！”他们瞧见路工们围拢在一起，两人走过去。

站　长　（厉声）你们聚在这里干什么？

路　警　（手持木棍，做敲击状）站长问你们在这里干什么？（路工们怒目对之，甲挺身而出）

路工甲　（有力地说）我们工人自己的事，和你没有什么相干！

站　长　（讨个没趣，愤然走开）浑蛋东西！（对路警）你得留心他们呢！

〔路警连声诺诺，尾随站长后面下场。

路工同声　国民党狗仔！

——幕　落——

第二场

〔午夜时分，月光清晰，车站月台隐约可见，远处有路。甲、丙上场，暗中摸索。

路工甲 喂，小哥子，他们都到桥头去没有？

路工丙 哎！老大哥，他们都去了，张三与小牛子都不能来，只是老四不知为什么还不见来。

路工甲 老四总是这样糊涂，恐怕又是找那个婊子去了。

路工丙 那不是糟糕了吗？老四又是心直口快的人，说不定他会把我们今晚的事在那个女人面前给泄露了。

路工甲 是的，快十二点钟了，我们马上要动手了，你在这里看好罢，要小心！

路工丙 好，你赶快去吧！

〔甲往铁道深处下，丙在台上徘徊，东张西望，丁咳嗽着上场，丙吃惊，凝望片刻，知是丁。

路工丙 喂，老四，是你吗？怎么到这个时候才来，这样糊涂。

路工丁 （支吾）我……

路工丙 你说罢，你从哪里来？是不是从女查票员那里来？

路工丁　是的，我给他妈的缠住了。

路工丙　那么你又怎么撇开了她来了呢？

路工丁　我……我说有要紧的事，我就溜走了。

路工丙　唉！真糟糕，你这样的话不使她疑心我们有什么事吗？你走了以后，她一定通风报信去了，真糟糕，我们赶快去报告吧！说不定一会儿就有警察来。

路工丁　（强硬起来）警察来，他妈的，老子同他拼。

路工丙　不要多讲了，出了事就来不及了，走吧！

〔丙、丁两人往铁路远处下场，一会儿女流探头探脑上场，路警甲随之上场，他手持棍，背着枪，腰间有手枪，身上还挂着个电筒。

女　流　嗳，怎么不见了，刚才我看见他往这里跑来的，我想他们一定又要在这里开什么会了，今天天还没有黑的时候，我见老大与小哥子们都来这里，不晓得他们干什么。

路　警　那一定是他们要闹什么乱子啦！

女　流　（手指铁路远处）喂，你听，那边小桥头不是有脚步声过来吗？那边一定有人，我们过去吧！

路　警　不，慢点，他们走近来了，反正那边没有路，他们一定要过这里来的。

女　流　那么我们躲在一边吧！

〔路警与女流在待车室台躲着，路警意图调戏女流，脚步声更大了。

女　流　你规矩些，扭得人家好痛！

路　警　好在没有人，给我搂一搂吧？

女　流　不要作声，他们过来了，我再去通报警长去，你不要放走他们。

路　警　再给我开心一会吧！

〔女流挣脱下场，路工甲、乙、丙、丁上。

路工甲　稍微歇歇吧！总算是快的，一下子成功了。

路工丁　这样的事我一个人也干下来了！

路工丙　可是你一看到女查票员的肚皮，可就不中用了，什么天大的事也会给忘得精光。

路工乙　哈哈，（笑）老四这个家伙真糊涂！

路工丁　老二，你可不要笑我，你连女查票员的肚子也爬不上去。

〔三人同笑。

路工甲　走吧！这是什么时候，还开玩笑！

路　警　（大声）慢来，不要走！你们干吗来？

〔路工们吃了一惊，但很镇静地走过去。

路工甲　老兄，和你不相干的，是我们工人自己的事！

路工乙 / 路工丙 / 路工丁　对啦！我们自己的事！

路　警　我以前还不是这个车站的路工，但是现在吃这一碗饭，就没有办法，只得这样做！

路工甲　你也是个工人出身，那你就不应该来压迫工人呵，工人阶级应该为自己的事团结起来，求得解放呵！

路工丙　（对警）但是你却做了资本家的狗腿子，来对付我们。

路工乙　警工老兄，想想清楚吧！为的是我们工人自己的事呵！

〔路警无言，甲、乙、丙、丁同下场，路警望着他们走下去，才吹哨，一会儿，另一路警、警长与女流上场。

女　流　（问路警）他们呢？警长来了！

警　长　他们在哪里？

路　警　（木然不知所答）他们，他们为着自己的事情走掉了！

警　长　糟了！

——幕　落——

第三场

〔清晨，阳光熹微地照着月台，月台上凌乱地铺着禾草、破席、棉絮、衣被等物。在月台上有八个白军士兵，这时躺着、坐着、站着、徘徊着谈话，他们都有武装，枪支子弹都放在一边。

士兵一 不知怎的，又停下来了！

士兵二 我看前面就是共军吧？

士兵三 共军说不定就在我们四周围，你看，那个小桥都给共军拆断了。

士兵四 哪里的事，那个桥听说给这个车站上的工人拆掉的。

士兵一 那么那几个工人抓住了没有？

士兵四 谁知道呢？！

士兵二 好好的工人又为什么捣我们的蛋，帮共军的忙？

士兵三 是啊，工人干吗要做犯法的事，逮住了还不是连性命也没有！

士兵四 你们都是新兵不知道，告诉你们，共军并不是什么匪，他们都是工人、农民呵！

士兵三　是工人、农民？不是匪？

士兵四　对啦，我和他们打过几次仗，知道得清楚。

士兵二　那么我们干吗要去打他们呢？

士兵三　是呵，我们也都是工农出身的人，为什么要去打自己人。

士兵四　我本来早就想投红军了，没有机会，逃不过去。

士兵一　说话小心点，不要把脑袋一下子掉了。

士兵四　怕什么，现在又没有狗官长在这里。

士兵一　在路上车子里，不是为了几个人在一块讲了话，就打了靶？

士兵二　打靶就打靶，反正开上去一样是送死，听说红军厉害得很，随便什么陈继承的、李默庵的，那个的部队都打了败仗，是不是？（问士兵四）

士兵四　是的，就是在鸡公山保护洋鬼子的马鸿逵的精干队伍，一碰到红军就垮了。听说鸡公山上歇养的洋鬼子也给红军抓了好几个去。

士兵三　那我们真是去白白送死去了。

士兵四　可不是吗？兄弟们！为了我们自己的事，还得找出路吧！马上就有人来了，不要再讲了。

〔官僚夫妇上场。

妇　人　啊！这些兵就是昨夜开到的吗？

官　僚　是的。

妇　人　这里弄得更脏了，臭气难闻，枪毙人有什么好看呵！

官　僚　不，我要看看枪毙的到底是哪些人，枪毙共党，我从来没有看见过啦！

妇　人　站长说，昨夜拆路抓住的就是这个车站上的几个工人！

官　僚　是呵，工人很多是共产党！

〔吹哨声，士兵都站住，官僚夫妇避在一边，军官上场，随着站长、女查票员、警长以及警士甲、乙押着路工甲、乙、丙、丁上场。

军　官　（向士兵）站队，快！（士兵排成一排）立正，报数，稍息！（士兵依着动作）站长先生，（向站长）就执行吗？

站　长　（与官僚夫妇招呼做耳语回顾军官）是的，还要问几句话以后，马上执行枪决。（向警长）拉过来！（警长与警士甲、乙把路工推过来）你们破坏路轨，阻止列车行进，犯了军法得死罪，所以就地枪决。（向警长）绑过去！

〔警士们把路工们推走，远远绑在几根电杆木上。

路工甲　（向士兵）弟兄们！你们都是工农出身，为什么要打死你们自己的弟兄啊！

军　官　（向士兵）立正，对着四个犯人，预备！放！

路工丁　弟兄们，你们不要把枪头对着你们自己的人哟！

路工丙　掉转枪头去打国民党军阀，打帝国主义走狗哟！

军　官　（阵阵催促）瞄准！瞄准！（士兵们举起了枪，枪头总是垂下，仍平举起来，士兵四突然站出来，对着其余的士兵们）

士兵四　弟兄们，为了我们自己的事，全体向后转！杀死国民党军阀，大家当红军去。

〔路工甲、乙、丙、丁怒吼着革命口号，枪声起来了，军官倒地了，有的准备奔逃，台上秩序大乱，这时路工甲、乙、丙、丁已被释，跑过台前来，甲站在群众面前。

路工甲　（大声喊）同志们，团结起来，暴动起来，迎接红军，打到武汉去。

——幕　落——

作品赏析

一幕三场剧《我们自己的事》是沙可夫在中央苏区工作期间创作的话剧作品之一。该剧取材于铁路工人的实际生活，讲述的是白军士兵和铁路工人团结起来，为了“我们自己的事”，杀死国民党军官，一起去当红军的故事。剧中塑造了铁路工人、女查票员、挑夫、白军士兵等众多鲜明的人物形象，生动表现了剧中人物的心理状态。

从内容上看，这部剧以铁路工人为主要表现对象，反映的是工人阶级的当前战斗。它不同于那些表现市民阶层爱恨情仇的戏剧作品，而是选择了与广大群众更为接近、熟悉的工人阶级生活，拉近了与广大群众的距离。

从语言上看，沙可夫有意识地使用铁路工人经常使用的俗语和行话来推动情节，使得戏剧更加贴近工农大众的生活；同时，也让大众在观戏的同时仿佛置身其中。剧中的方言词和语气词，不仅生动地将人物形象勾画了出来，而且能使苏区民众迅速产生情感认同。众多劳苦群众在观看了戏剧演出之后，纷纷投身红军，为革命英勇奋斗，便是在无意识间，接受了党的思想政策的宣传与鼓舞。

从剧名上来看，《我们自己的事》中的“我们”，也拉近了与工农群众的距离，激发了他们当家做主思想的觉醒。在沙可夫所创作的剧本中，“我”和“我们”是高频词，如《我——红军》《我们自己的事》《用不着归还我们》《我的祝词》《我们红军》《最后胜利归我们》等，这一点与中央苏区和延安时期其他革命作家不同。从这些剧目名称也不难看出，沙可夫写“我”和“我们”时，充满自信和自豪，希望能震醒几千年来沉睡在封建道德伦理牢笼中的工农兵，激励他们相信自我、解放自我，只有摆脱奴性，有了自主意识，才会真正具有当家做主的思想。

《我们自己的事》在创作思想、内容、形式等方面都充分展现了沙可夫形成于中央苏区时期的大众文艺思想，他强调文艺服务于“工农兵”，认为文艺是无产阶级的一部分，文艺作品的创作和文艺活动的开展都应当结合现实革命的需要，他的创作切实实践了“文艺大众化”的构想。该剧于1933年创作完成后，便发表在《红色中华》副刊。时任《红色中华》主编的沙可夫借助报刊这个文化战场，宣传党的政策、思想，联系广大的知识分子和工农兵，也为文艺的大众化提供了有效途径，在一定程度上折射出了革命文艺发展的历史轨迹。

洋白糖

石凌鹤执笔
洪深、起予、凌鹤、张庚集体创作

作者简介

石凌鹤（1906—1995），原名石联学，笔名凌鹤、丹枫。江西省乐平市后港大田村人。我国著名戏剧家、电影评论家、诗人、作家。1919 年五四运动爆发，波及鄱阳，尚在念书的石凌鹤受新文化运动的感召，参加学校排演的活报剧《火烧赵家楼》，后又自编自演了话剧《劝放脚》，用以宣传妇女解放，从此与戏剧结缘。1929 年春，石凌鹤在日本东京神田町的一所美术学校念书，参加神田町青年会业余话剧团排演的高尔基作品《夜店》，首次登上正式舞台，并获得成功。同年 10 月，因参加中国留学生示威游行，被驱逐回国。回到上海后，经徐幸之介绍，加入夏衍等人组织的上海艺术剧社，排演《炭坑夫》等剧目。1930 年 3 月 2 日，经夏衍介绍，参加“中国左翼戏剧家联盟”，1932 年，加入“剧联”成立的影评人小组，主持“电影专刊”编辑工作，撰写大量影评。1933 年，加入夏衍领导的电影小组，并创作了第一个戏剧剧本《血》，自此开启戏剧创作之路，之后又创作了《高贵的人们》《黑地狱》《洋白糖》《上前线去》《死去的欢笑》等剧，其中《黑地狱》被全国剧团多次演出。此后的数十年中，石凌鹤笔耕不辍，创作范围包括但不限于话剧、戏曲、小说、诗歌等，但因战争、离乱、时代变迁，所存不多。除剧本创作外，石凌鹤还独立或联合导演了《扬子江风暴》《赛金花》等舞台剧。

剧情梗概

江南某镇的南货店中，老板李德生正因外国商人向国内倾销私货洋白糖而苦恼，决定联合聚集其他南货店老板，一起商议如何抵制私货。而李德生在上海念书的女儿李华英也恰好在家度暑假，她早已加入由进步学生组成的缉私队。就在几家商铺的老板来到李家所开的德茂南货店举行协商会议时，李华英的同学张亦鹏也来到店中找寻李华英，并约她到火车站集合。原来，学生们对前来商议抵制私货的老板们早有提防，疑心他们当中有人在主导私糖的运送和分销。基于此种怀疑，李华英在协商会议进行过程中细心观察与会众人，果然在会议进行过程中发现有一个火车站的职员来店中找寻裕隆南货店的王老板，两人似有密谋。紧接着，协商会议照常进行，几家店铺老板开始商议种种缉私的办法，准备推举王老板担任缉私委员会的会长。王老板正要欲拒还迎地答应下来的时候，却被来到德茂南货店退货的买家打断。买家声称自己能够买到更便宜的私货洋白糖，便要求退还在德茂南货店购买的白糖。李德生无奈只得同意退货，而此时，与会者中有人建议跟随买家，找寻私货洋白糖的源头。王老板听后，赶忙好言劝阻，试图遮掩自己倾销私货洋白糖的罪行。奈何机智的学生们已找出端倪，大闹火车站，虽然起了冲突，却成功找到罪证，使众人看清知道了王老板的真面目。最后，学生们慷慨陈词，感动民众，大家约定永远不再吃洋白糖。

时　间

一九三六年七月下旬，下午

地　点

江南某铁路沿线小市镇，德茂南货店

人　物

李德生　德茂南货店老板，四十八岁

李妻　四十五岁

李华英　李德生的女儿。在上海回来度暑假的学生，十八岁

王老板　裕隆南货店的老板，四十岁

刘老板　某南货店老板，四十五岁

高荣堂　某南货店的小老板，二十六岁

张亦鹏　男学生，亦自上海回。与李华英是朋友，二十一岁

店员　德茂店员，三十岁

学徒　十五岁

职员　火车站的职员，三十五岁

学生，市民，农民群众多人　年龄不详

布　景　舞台后面，四分之三是店堂的围壁，凸进来不少地方。其余左面的四分之一却是凹往后面去的。平面的是L的形式。左面的极后方有门通街。门上贴有大“财”字。右方，和通街的门同一方向的有通店堂的大的半圆门。从这门望出去，可见店堂的柜台以及装糖的大缸一二口。极右的侧面有门通内室和厨房。正中的壁上挂有“松鹤遐龄”的中幅，两旁有一副对联：上联是“生意兴隆通四海”，下联是“财源茂盛达三江”。这是客厅。屋的正中摆有大的八仙桌和桌四围的凳子。字画的前面有一茶几和两椅，左方靠墙也是同样的陈列。总之，完全是中国旧式的式样。

〔幕启，李华英和其母在剥莲子和百合。她们坐在中间的桌旁，桌上摆有碗盆茶物。

李　妻　（摇蒲扇，放下手里的百合）哎呀，今天真太热。……阿媛，上海也是这样热吗？

李华英　跟家里差不多。

李　妻　真不知道你爸爸是什么主意，店里的生意没有，还要请客人来吃这样吃那样。这样地煮几碗莲子百合，就要花好多钱。

李华英　那也不能这样说，市面闹得这么坏，大家再不想个办法，那不是更不成吗，在上海……

李　妻　你就偏相信你爸的话，不，也许是你爸信了你的话，市面不好，那能单怪什么私货？不想想今年的茧价这样低，乡下人都穷得跟干蛤蟆一样，哪里还有钱上街买货呀？

李华英　正是这个道理。大家穷了，所以要买的东西，也就贪便宜买私货了。

李　妻　好了，好了，你的嘴是在上海练就了的，我不跟你说。你看，只讲话，生活也不会做。莲子的心是要这样顶出来的，（从头上拔下银针做给女儿看）你这样两块分开，回头浮在碗里不难看？阿媛，多在洋学堂读了书，连家常生活也不会做了。你已经是十八岁的大姑娘了，看你怎能做人家的媳妇！

李华英 （佯怒）讨厌的，不要你说。

李德生 （急从左面通街的门入，揩着头上的汗）点心弄好了？

李　妻 哪能这样快呀？莲子百合要慢慢地剥出来呀。

李德生 快快，他们一下子就要来的。（少停，喝了茶）阿媛！王老板做人倒很爽气。我跟他说了我的意思，他就满口答应，一下一定来，还说他去邀刘老板。后来我又去和高老板商量，他也很赞成。

李华英 爸爸，你说哪一个王老板？

李德生 不就是那裕隆南货店里的，你小的时候，他们祥龄和你……

李　妻 什么王老板、刘老板，别人都晓得取巧、玩花样，只有你是阿木林？做生意像你这样的，那就只好蚀老本！

李德生 那不行！玩花样，没有好结果，就和做强盗打抢一样。我们家祖上几代，都是规规矩矩做生意的，良心摆在中间。假如不爱国，（望了女儿一眼）黑良心的发横财，就是后代子孙也不会兴旺的。（他捧着水烟袋走近通店堂的门。见店员在门口，便喊住他）上半天生意？

店　员 还不是天天一样顶多是一两块钱。

李德生 糖呢？

店　员 等我记记看。嘿，只有一个老太婆来买了两毛钱糖以外，还有买几个铜板的也有几个人。

李德生 唔，（自言自语）开年的时候进了几包糖，到现在还没有卖到一小半。阿媛的话讲得对，只要大家不卖私货，只要大家不拿走私糖来跟我抢生意，糖总有人要买的。

店　员　（低声）我想这事情很难办。听说王裕隆有点蹊跷，说不定他会趁机会买进一票。

李德生　王老板？他不会，他很懂得道理。（少停）哦，不过你回头不要忘记，等客人来了之后，你要时常拿铜板撒一下，让他们听见，店里有生意，要不是他们会疑心我，因为生意不好，所以要想法……

店　员　（会意地笑）好！

李德生　别忘记。

店　员　我知道。（少停）不是说上海来了许多学生吗？（对李华英）你知道吗？那叫作什么？查私……

李德生　是叫缉私队。

李　妻　（笑着说）小孩子能做得什么，还不是一时的高兴。

李德生　一时高兴吗？谁爱在这大热天气到街上走。

〔钟鸣二下。

李德生　好了好了，不要多说啦。你们快把这些拿进去剥罢。两点钟的火车也快到了，他们说好了两点多钟来的。

学　徒　（自通店堂的门入）外头有一个客人。

李德生　来了，来了，快进去。

〔妻女都慌乱着。

学　徒　是一个年轻的先生，找师姊的。

李华英　哦，是张亦鹏来了，阿三，你请他进来。

〔学徒自通外面的门出，立刻偕张亦鹏上。学徒下。李华英见张亦鹏很洒脱地招呼。她的母亲见女儿如此也觉得看不入眼，父亲也有点局促不安。张殷勤地和李夫妻招呼。

李华英　怎么样？全通知好了吗？

张亦鹏　全说好了，回头到火车站集中，你也得一会儿就去。

李华英　好，我回头就去。

李　妻　去什么地方呀？阿媛！

李华英　您不是早知道了吗？什么小孩子的一时高兴。

李　妻　不要去，女孩子在外面跑来跑去像什么？

李华英　（笑）您别管。

李　妻　不要去！家里客人来，你也得帮帮忙。

李华英　（作娇）你早说过，念了书，家里的事什么也不会做了。

李　妻　（被驳住了，可是不服气地）你，老是嘴凶。——客人面前跟妈斗嘴。

〔华、张禁不住笑了。

学　徒　（高声）什么？老板！（店员闻声即去店堂）

〔高荣堂自通外面的门上，见李华英很高兴地招呼，有点土头土脑。见李老板。

高荣堂　李伯伯，家父有点小事，在店里走不开，要我来一下。伯伯有什么事，家父一定赞成。

〔李妻在此时争捧盆碗等从内室的门下。

李德生　很好，很好，请坐。

高荣堂　（对李华英）回家了好几天了罢？

李华英　唉，差不多一个礼拜了。

高荣堂　没有请到小店去坐坐！

李华英　是的，很失礼，还没有去看高伯伯哩！

高荣堂　上海很好玩儿啦！

李华英　唉，住久了也不觉得什么。

高荣堂　看到《申报》上说有一个少奶奶姘了一个汽车夫，这事是真的吗？

李华英　（笑）我倒没有留意。（回头瞟了张亦鹏一眼）

张亦鹏　你过一会儿就来，我先去罢。

李华英　还早吧。

高荣堂　（眼望着问张亦鹏）这位是？

李华英　哦，这是我的同学。（王老板和刘老板同自通外面的门上。李老板急趋前招呼，高荣堂亦跟去。趁此机会，她低声和张说）他们要商量关于走私货的事。你先去，我听听他们说话就来。

李德生　二位辛苦了辛苦了，大热天要劳你们驾。

王老板　哪里哪里！

张亦鹏　（走到门口）马上就来呀。

李华英　好！

〔大家望着他的背影。

李华英　（向刚来二位客人招呼）请坐！

王老板　（望着李华英）喔，阿英长得这么大啦，路上遇见会不认得啦。

刘老板　唔，日子过得真快！

李德生　好，大家都到了。阿媛，泡茶。

〔李华英自通内室的门下。李德生给大家递纸烟，自己吸水烟。

刘老板　王老板到小店来，谈起李老板的意思，我想这样很好，大家商量一下。

李德生　市面上有许多风声，说有许多洋白糖在偷卖，价钱不及市价的一半，这样下去，生意很难做，所以……（咳）

〔李华英托了四碗茶上，分给大家。

王老板　好罢，大家谈一谈！李老板，你把你的意思说一遍。

李德生　我没有什么意思……就是刚才……刚才的意思……我是说

东洋人的做法太厉害，处处害我们中国。譬如，私货，价钱便宜，抢掉我们的生意，我们规矩生意人，做他们不过，所以，我刚才……我不会说话……我的意思是……

李华英 （忍不住）爸爸我来替你说。爸爸的意思是说，东洋人侵略我们，占据东三省，杀了很多中国人，要我们做亡国奴。现在又要贩卖私货，使我们不能做生意。我们商人都是中国人，都应当爱国，要凭良心不卖私货。至于怎样才能够做到大家不卖，怎样大家一条心地禁绝私物，那就要大家来商量一个顶好的办法。

高荣堂 （很给李华英的话感动着，不自禁地嚷起来）不错！

王老板 唔，说得好。我们商人都应该有良心，都应该良心救国！

刘老板 到底是在大码头读书的人，说话有道理。

王老板 但是市面上是不是真有私货呢？这还不能弄明白啦！

李德生 有的有的。旁的不说，单说走私的洋白糖就有很多很多。

〔店堂中不绝地有铜板声。

王老板 那么是从哪儿来的呢？火车站上听说查得很严。

〔火车的汽笛声。

李德生 要说是从什么地方来的，这可说不定。

李华英 爸爸，不是说就是那些盐枭贩卖的吗？

李德生 唉，说是这么说，可是也不能完全说定。

高荣堂 （傻头傻脑地）说不定东洋人用飞机从天上运来的！

王老板 哪有的事。

〔大家笑了。

刘老板 假使真是盐枭，那倒很难对付。

李华英 现在不管是盐枭还是什么，假如店家大家都不卖，不是他们没法销吗？今后大家卖中国糖，提倡国货，也是商人应该做的事。

刘老板 我想我们还是不谈大题目的好。提倡国货，自然是好事，可是中国糖的黄糖、白糖，没有卖相，买主不要，也是没有办法的事。还有太古糖、荷兰糖也不是国货……

李华英 我的意思不是这样，我是说抵制走私的洋白糖，并没有说抵制一切的外国糖。

高荣堂 对，我们现在只谈走私的洋白糖。

王老板 荣堂你有什么办法吗？

高荣堂 （瞪目不知所对，可是想了一想，很直率地）查出了哪一家卖私货，就捉起来戴枷示众！

刘老板 怎能查出来呢，况且……我想……

王老板 我想，像我们这样正正经经的店里，大家都不会卖私糖的。卖私货的一定是些小店家，贪小利，做出这种事情来！像在座的各位，这种鬼头鬼脑的生意，从来就不会做。

李德生 那还消说，不过那些小店也不能让他们卖……

李华英 一方面不准卖，另一方面还要查明私货的来路……

高荣堂 （抢着说）对呀，我们第一要查清楚，谁卖谁不卖，我主张大家派人去查一下。

李华英 这很好，上海就有商人自己组织的缉私委员会。

高荣堂 好哇，我们也来一下，这叫什么名目？（向李华英）什么……你说……

李华英 缉私委员会。

李德生 我想，我想……（店堂里铜板撒得很响，妨碍了他的说话，便大声喊）阿三，轻一点，说话也听不见了。

王老板 宝号的生意倒不错。

李华英 （忍住了笑）爸，说下去啊。

李德生　不……还好，马马虎虎。

王老板　缉私委员会，唔，荣堂，你来领头，好不好？

李德生　不过，那一定要王老板……

李　妻　（在内喊）阿媛！

李华英　哎！

李　妻　你来一趟呀。（李华英自通内室门下）

高荣堂　王老板，我们就去！先查城里。

刘老板　（被他那种性急的态度引笑了）别性急，事情要慢慢来。

李德生　我们先商量这个会的……

刘老板　唔，（李华英托点心上）我倒无所谓，随便大家……哦，李老板，你太客气，还要这样破费！

李德生　不成样子的。请！

王老板　谢谢！

高荣堂　多谢，（对李华英）辛苦辛苦。

刘老板　德生哥真好福气，有了这一位能干的大小姐……

王老板　（一面吃一面说）一件事，不做就不做，要做就要好好地准备，不能马虎干一下就算数。要禁绝私货，单靠我们几家不行，一定要大家不卖。假使你劝他们不卖罢，那也是没有用的。他们嘴里答应不卖，可是暗地里卖了，谁也不会知道，你又不能一天到晚地守住他。所以最好的是检查，查出来了就对他不起。

〔铁路员工自通外面的门上。

职　员　啊，王老板，你在这里哪，我哪里都没有找到。

李德生　请坐，怎么有工夫过来玩玩？两点半钟的一班车还没有开罢？

职　员　早开了。

李德生　早开了？怎么没有听见放气？

王老板 （见他来了，有局促之色，但是极镇定）怎么？有什么事吗？

职　员 唔，有点要紧的事。

王老板 （偷偷地对他使眼色）我现在这里有点事走不开，等一下我到站上来找你。

职　员 不，你过来一下只说几句话。

〔王无奈，只好听职员的耳语。先颇欢喜，后发愁，再后又喜悦。李华英很注意他们的行动，但别人都很坦然。

王老板 很好，很好，就照着你的意思办罢。

〔职员沉默。

王老板 好好，等一下我就去关照。

职　员 那么我失陪啦。

李德生 啊，不坐一下去？随便吃一点点心。

职　员 不，不，谢谢，再会！

〔铁路职员原路下。

刘老板 有什么重要事情吗？

王老板 没有什么……刚才我的话还没有说完。我们商人组织缉私委员会是极好的办法。不过这不能单靠我们做南货生意的人，还有布店、茧行，都应该有人加入，因为走私货不单是我们南货业的海味、洋白糖，还有花洋布、人造丝，也是大批地偷运到中国来。

〔在这时间，职员去了一会儿之后，李华英不给人注意地从通街的门出去。

高荣堂 对，这个意思真好！幸亏你想到。

王老板 还有，我们也不能单在这几街上查，我们还要到乡下去查，因为乡下的小南货店一定都贪便宜卖走私的洋白糖的。

高荣堂　不错。

李德生　不过……

刘老板　不过，这样大的事，缉私委员会谁做会长呢？这是很要紧的。

李德生　这个人很重要。

刘老板　我看这也只有王老板才能担得起这样大的担子！（很镇静地望着王）

王老板　现在还谈不到这个上头来。会也没有成功，怎么就谈得上做选？不过公益事情，兄弟只要做得到，一定……（店堂里吵闹声打断）

李德生　吵什么？

〔女人的声音："不管，不管，退钱给我！"店员的声音回："哪有这样不讲理的。"店员捧了一包洋白糖上。

店　员　你看，一个老太婆，上午买了两毛钱洋白糖，现在要来退货了。

李德生　哪有这样的事？

店　员　我也是说，哪有这样的事？

李德生　为什么要退？

店　员　她说别人家一毛钿也有这样多，我们卖得太贵。

李德生　那么你就告诉她便宜糖都是私货呀！

店　员　我说了。可是她说，我不管什么私呀公的，只要糖卖得便宜。

李德生　（着急了）那么你告诉她，前几天《申报》上登过了，私糖会吃死人的，东洋人放了毒药在里面，要害死中国人。

店　员　我也说了。可是她说死不死不关你的事。一定要退钱还她。

李德生　（愤怒）好，好，退钱给她罢。（店员下）哦，你们看这样的生意叫我怎么做？

高荣堂 （站起来）王老板，立刻跟着这老太婆去查，问她便宜糖从哪儿买。

李德生 （坚决地）对，先要去查！市面上再有走私的洋白糖，我们的生意就不能做了！

王老板 好了李老板，你先坐下来，我们不能性急，先要和别帮人商量一下，再拣一个日子，多请些人谈一谈。

高荣堂 不，此刻就去查！

李德生 你们说的我都赞成，不禁绝私货，我们开南货店的全关门！

〔外面突然有嘈杂的人声。声甲：“火车站出毛病了！”声乙：“什么事？什么事？”声甲：“哦，大毛病，大毛病！打伤了人！”

王老板 啊！什么？火车站出了毛病！

〔众人静听，声甲：“学生和警察打架！”声乙：“快去看，快去看！”声甲：“到底为什么？”声乙：“我也不知道，听说是为了查私货。”

〔王老板色变。李妻自通内室门闯入。

李　妻 阿媛，阿媛！（问李老板）阿媛呢？

李德生 阿媛不是在里面吗？

李　妻 哎呀阿媛！不在里面呀？阿三，阿三……哎呀！她一定是到火车站去了。你这老鬼，你为什么让她去的呀！

〔学徒急入。

李　妻 阿三，你看见阿媛吗？

学　徒 我看见她一个人出去了的。

李德生 到底是为什么？

李　妻 老鬼死糊涂！火车站在打架呀，那些学生查私货，阿媛一定也在里面的呀！

高荣堂 这……

李德生 这……这怎么办呢？

〔在混乱中，王老板已偷偷地从通街的门出。

李　妻 怎么办！老鬼，还不去拖她回来！

李德生 这怎么拖得回来？这些年轻人，真没有办法。

高荣堂 我去罢，我去叫她回来！

李　妻 好好，荣堂还是你去一趟！快！

〔高欲下，外面人声嘈杂中，学生、市民、农民群众捉了职员上来。店员学徒亦先后从店堂门入。

市民甲 裕隆的王老板在这里吗？

李德生 在。（环顾周围）啊？他走了！

高荣堂 什么时候走的？

市民甲 不在？

刘老板 不知道。

市民甲 （怒视职员）你说在这儿的，怎么又不见了？

职　员 我刚才还在这儿看见他的。

市民乙 老实说，那些洋白糖，是不是全是王老板买的？

职　员 我说过是的，他答应晚就来运去。可是操那娘，他害我！

市民丙 害你！你们都是一伙的！汉奸！跟东洋人做走狗！

李德生 啊？王老板也卖走私糖！（目瞪口呆）

市民丁 一大堆，总有好几千斤！

李　妻 （问群众中一人）阿祥，看见我们阿媛吗？（那人不理）

刘老板 到底是怎么一回事呢？

市民丁 一大堆洋白糖，藏在他房里，给我们查出来了，他还要喊强盗，要警察抓人！

市民甲　我们不能在这儿说了，快带他去捉姓王的，不要让他逃走了！

市民乙　去，去！

李　妻　喂，你们看见我阿媛没有？

市民丁　带他去！带他去！

李华英　（头上负了微伤，手里拿了一小扎人造丝急上，和张亦鹏一同）大家看！不单是洋白糖，还有很多的人造丝！

市民甲　从哪儿查出来的？啊？

张亦鹏　也是在他房里。

李　妻　（看见了女儿受伤）阿媛！你怎么了呢？这许多血！

李华英　这不要紧的，破了一点皮。

高荣堂　什么，谁打了你？（走近她）哪个狗养的？

李德生　哦！还有人造丝！

李　妻　（掏出手帕来）快来，阿媛！包起来罢。我教你不要跑出去的哪！头也打破了！

李华英　（不让母亲给她包头）跟你说不要紧的，姆妈！（站在群众中间）大家听我说，这人造丝是我们乡下人蚕丝的死对头！有了便宜的人造丝，大家都买人造丝，我们蚕丝，就没有人买了！

市民戊　啊！难怪今年的茧子这样卖不出钱！

李华英　这就是要我们乡下人都死！

市民己　原来茧子卖不起价，都是这些走私的人造丝害了我们！

张亦鹏　这是一定的，我们禁不了走私货，中国人就没有活路。

市民戊　（打职员）原来是你们这些狗东西害死我们，打死你这狗养的！

〔群众中传来“打！打死他”的声音，市民己很出力地打职员，许多农民群众都挤上去。

职　员　好，打，你们打……哼……哼……

市民己　打死狗东西。（又打）我要你这狗先死！

市民甲　得了，不要打他了，我们要他带我们去捉那姓王的！

市民乙　好！带他去！

高荣堂　姓王的早逃了，还捉得到吗？

刘老板　捉到他又有什么用呢？

李德生　（向职员）怎么的啦？喂，你怎么做这样的生意？到底是哪个叫你做的呢？（职员不答）

市民丙　那还不就是他自己。

高荣堂　他是穷光蛋，没本钱。

李德生　不，他是一个小职员，他怎么敢！

张亦鹏　对，一定还有人在后面主使他。

市民己　不，我们带他去查人造丝，要他自己招出来。把那些人造丝，全放火烧掉！

张亦鹏　等一等，要他说出来谁是主使的！

高荣堂　对，我们要彻查！

市民戊　不，先查了人造丝再说！

〔农民群众拖职员下，学生和市民们想阻止，但来不及。

刘老板　算了罢，算了罢！

高荣堂　为什么？

刘老板　这种事是不能再追究上去的！

〔大家觉得他的话中有意思，静了一会儿。

李德生　王老板真厉害！主张缉私最起劲，自己就贩私货。

高荣堂　查，一定要立刻查，大家同去查！王老板方才要慢慢地查，我们偏要查得快！

李华英　现在大家明白了，东洋鬼拼命地推销走私的人造丝，就是要我们每一个乡下人都穷！

张亦鹏　同样，我们再吃走私的洋白糖，也就是要我们都穷！都死！

市民丁　先烧人造丝！人造丝是我们的死对头！

张亦鹏　洋白糖也一样，洋白糖多了，大家都……不但是中国糖没有人要，中国人的钱都让鬼子拿去了，我们要……

李华英　对，我们不吃洋白糖！

市民甲　我们赌咒不吃洋白糖！

李德生　可是，正路的洋白糖……

市民丁　不管走私不走私，大家不吃洋白糖。

李德生　不，不走私的还不要紧。

市民丙　可是我们怎么认得呢？我们买糖的时候，我们说是走私的，他们说不是走私的。

高荣堂　那么中国的红糖、黄糖总是认得的，大家买红糖、黄糖吃好了。

李华英　对，大家以后都吃中国糖！

李德生　（决然）好，我们可以牺牲，我们南货店以后不卖洋白糖，不管走私不走私，我们全不卖！我店里屯的洋白糖，我也可以封起来，大家不准卖！谁卖洋白糖谁就是……（口噤）

李华英　谁就是汉奸！

李德生　对！

高荣堂　那还是照我们先说的，我们商人自己来查货。

刘老板　我的糖也封起来，谁再卖洋白糖，谁就算不得中国人！

张亦鹏　我们大家都不吃，大家都不卖！看他们运来了有什么用！

高荣堂　不错，大家不吃，大家不买，大家不卖！

〔大家同声，不吃洋白糖！永远地……

——幕　落——

作品赏析

独幕剧《洋白糖》于1936年8月发表在《光明》第一卷第五期，由石凌鹤执笔，张庚、洪深等人参与集体创作。该剧依托当时的时代背景，呼吁抵制洋货，支持国货。

该剧的创作虽以宣传为首要目的，但并未放弃对戏剧悬念的构建。戏一开场，裕隆南货店王老板还未出现，便借由李德生一家的对话交代王老板这一人物的存在，之后又借店员的口，埋下“王老板也许会参与倾销私货洋白糖”的伏笔。伏笔埋下后，却又不急着接续，而通过李德生之口暂时打消王老板的嫌疑。紧接着，看似宕开一笔，去写李德生的女儿李华英与上海来的同学张亦鹏相约在火车站集合，自然而然地将观众的关注点引到火车站，消减了对王老板的怀疑。而之后张亦鹏的下场，高荣堂的上场，以及李华英代替父亲李德生在几位与会老板面前慷慨陈词，又轻而易举地将观众的目光聚焦到李华英这一主要人物身上，使观众短暂地忘却对王老板的怀疑。恰在此时，王老板说了一句“火车站上听说查得很严”，配合着火车的汽笛声，再次勾起观众的疑虑。尤其是那一声火车汽笛的运用，几乎将王老板不光彩的身份铁板钉钉，而剧中人物似乎毫无觉察，没有对王老板生出提防之心，仍旧将王老板看作自己人。就在这样紧张的时刻，火车站职员的出场及其与王老板的“密谋”

行动更是将王老板参与倾销私货洋白糖的罪证坐实，观众已然认定王老板是幕后黑手，剧中人物却还要推举王老板担任缉私委员会的会长。剧演至此，正是利用一种观众和剧中人物的信息不对称，制造出悬念和紧张感，这种悬念和紧张感跟随剧中人物的动作，逐渐逼至极限，让人不得不提心吊胆。于这样的时刻，剧作者仍旧没有抛出最后的结局，而是用购买便宜私货洋白糖的买家来要求退货这一桥段，来“逗弄”观众本就悬着的一颗心，使悬念的力度在原有的基础上再增一成。直到最后终于到不得不爆发的时候，才巧妙地与之前看似无关的情节相勾连，用缉私队学生们在暗场中的动作来揭开事件的真相。此处，也正是技巧性的明暗场安排，才使得悬念的构建和解开，恰得其时。

总而言之，《洋白糖》该剧虽是中国话剧早期发展阶段中，以宣传某种思想观点作为主要目的的创作，但因创作者对戏剧悬念的有效构建、对戏剧节奏的很好把握，该剧仍旧具有相当的可看性。

到明天

左明

作者简介

左明（1902—1941），陕西省汉中人，原名廖新，字佐民，乳名菊阳（后曾以此为笔名发表诗文）。1920年入汉中联立中学，1921年由祖父做主成亲，1924年徒步至西安转火车到北京求学，后又到浦东中学、上海大学学习，在《汉钟》发表诗文。1925年入国立艺术专科学校戏剧科，同年加入中国共产党，家人与之断绝关系，遂改名左明，与张寒晖创办第一个红色剧社“五五剧社”，编《戏剧》月刊。1927年入上海艺术大学，1928年参加“南国社”，年底在《我们的戏剧运动》一文中提倡“戏剧艺术应为民众所有”。1929年与周扬、郑君里、吴作人等组织摩登社，参与筹建“上海戏剧界联合会”，后在此基础上成立“左翼戏剧家联盟”。1937年参与组织“上海文艺界抗日救亡协会”，任抗日救亡宣传队第五队队长，经南京、开封到西安，一路巡演。再从西安抵达延安，提议并参与筹建鲁迅艺术学院，任戏剧系主任。1940年秋为躲避追捕返乡，1941年秋因肺病，于南郑县牟家坝家中去世。创编剧本有《到明天》《夜之颤》《王八蛋才逃》《放下你的鞭子》《大义灭亲》《神枪手》《军火船》等50余部，《爱国一片心》（未完成）为最后遗作。

剧情梗概

《到明天》描写工会组织的大罢工即将到达最后一天的前夜。黎明时分，风雨交加，已经三天没有食物的一对父子在等待着大罢工最后的结局。父亲（革命者）责备儿子为了追求一个欺骗了他的女人而被工会开除，又病又饿的儿子虽然为自己的爱情辩解，但也不得不承认在眼下，面包比一切都重要，希望自己能撑到明天，和工友们战斗到底。儿子的话激起了父亲的情感，他不顾风雨，冲出门去为儿子寻找食物。这时，一个逃亡中的少女闯入，她又冷又饿，痛诉自己因为不愿被帝国纱厂的老厂主霸占，不得不杀人出逃的经历，儿子同情地接纳了她。父亲要到一个面包回到家里，听完少女的倾诉，把面包一分为二，递给两个少年人，鼓励他们明天去参加大罢工，替自己活下去，然后含笑而逝。

时　间

现代

地　点

在一个工业发达的都会郊外

人　物

老翁　七十六岁，老革命家

少年　老翁之子，年轻的工人

少女　使女

〔一个工人的庭房，后方有大门，左前方有一小窗，右前方有木床，床旁有木桌、木椅等物，桌上灯正燃着。

〔幕启，此时天将黎明，外面狂风暴雨，雷电交加，少年卧病床上，老翁颓然坐其侧，风雨将窗门打开，老翁急上前将窗门关好，风雨声转低，电光仍闪耀于窗口。此时少年在床上转辗呻吟，老翁至床侧抚慰之。

老　翁　孩子，安静一点吧。再闹下去，我真要急坏了！你知道，我不是也是三天没吃一点东西吗？

少　年　爸爸，我实在不能支持了！我……我快……快要……

老　翁　孩子，忍耐一点吧！在这种没有办法的时候，我们只好忍耐呀。

少　年　我不是已经忍耐了这样久长的时候了吗？

老　翁　但是我们还得忍耐下去呵！

少　年　那么，我们到底要忍耐到什么时候为止呢？

老　翁　大概不久了。早上李大哥不是来说过吗，说这次的大罢工准备在明天做最后的斗争，成功失败，都在明天可以决定了。

少　年　明天，（老翁点头）呵，明天！不过可惜我已被工会开除了！

老　翁　不要紧的。李大哥对我说过，工会很原谅你，说你这次的过失，完全是因为你太年轻，受了一个女人的欺骗。只要你以后努力就好了。

少　年　（愤慨地）爸爸，我觉悟了，我以后再也不会受女人的欺骗了。

老　翁　孩子，你也应该觉悟了。当初我劝告你的时候，你还说我是老顽固，其实我何曾是老顽固呢，你只要用心地想一想，你就会明白一切了，孩子，我是用心想过的，而且也想过六七十年了。

少　年　爸爸，我也用心想过的。

老　翁　那么你为什么还不顾一切去追求一个女人，而且去追求那样一个女人？

少　年　爸爸，这是爱情教我这样做。

老　翁　爱情！哈哈，你现在的爱情呢？我告诉你我们现在第一要紧的是去争面包！

少　年　（感动地）爸爸！

老　翁　况且在现在的社会里，一般人所讲的爱情，那便是一种高价而且畅销的商品。

少　年　爸爸，我明白了，女人们脸上的微笑、嘴里的甜蜜的言语，和那迷人的眼波、那醉人的腰肢、那一切美貌和妖艳，都是高价的商品。

老　翁　孩子，你说得不错，那些都是的，至少在现社会是这样。试问你有能力去购买这种高价的商品吗？

少　年　那么，爸爸，我们工人是永也没有讲恋爱的机会了吗？

老　翁　永也没有。你们只有一种自然的需要，可是这种需要比面包还不容易得到啊。

少　年　（着急地）那么……

老　翁　孩子，别着急呀！这时间不久了，况且那些丑的老的，不易销去的商品，是会留给你们的。

少　年　呵！爸爸，请别再说了，我现在不需要女人了，我只需要面包啊！

老　翁　是的，面包，谁不需要呢！可是这时候在哪儿去找面包呢？

少　年　爸爸，现在什么时候了？

老　翁　大概天快亮了吧！夜为什么是这样的长远呢！（慢慢走至窗口，开窗外望，风雨怒号，急将窗关上）外面的风雨激怒得好似要摧毁了这黑暗的世界！

少　年　唉！为什么要有这样的狂风暴雨呢？

老　翁　孩子，别诅这狂风暴雨吧，这狂风暴雨之后，就是光明的明天了。

少　年　爸爸，什么时候才到光明的明天呢？

老　翁　快了，大概快了，你看那黑暗不是在狂风暴雨中发抖了吗？

少　年　明天！恐怖的明天！伟大的明天！爸爸！我只要能够到明天就好了，在明天的最后的战争上，敢保我是一个勇敢的忠实的战士，我要同工友们共同奋斗到底。可是我怎么能够到明天呢？我要再不吃一点东西，我快要饿死了。

老　翁　孩子，再忍耐一点，人只要有志气就行了，环境绝不能把我们的志气夺去的。孩子，再忍耐一点吧！

少　年　爸爸，不行了，我……啊！我的肚皮里好似燃烧起来一样的难受，我……我要死了！我……（在床上乱滚起来）

老　翁　这怎么了呢！（一面抚慰少年，一面起身在屋内乱转，到处查看，结果在床下拿出一个装食物的空盒，看了良久，失望地放下）唉！这个盒子我已经看过三次了，但是三次它给我的都是失望。（颓然地走到床侧）

少　年　爸爸！爸爸！（疯狂地抓住老翁，老翁力将少年按住）

老　翁　孩子，别急！我去给你找吃的去。

少　年　爸爸，你不能去，你不是也是三天没吃一点东西了吗？（抓住不放）

老　翁　不要紧，我这几根老骨头还能够支持，你是有病的人，你不要动，况且明天的战争，还等着你的努力呢！你好好地睡一会儿，我一会儿就回来。（力将少年按住睡下，急走至门前，刚一开门，外面风雨猛地打了进来，老翁退了几步，又急上前将门关上，只得倒门上发呆了）

少　年　爸爸，你不要出去了，外面是那样大的风雨。爸爸，让我去吧！我的病现在好了。

〔老翁猛一振精神，眼中发出一种可怕的火光，一转身，只听见门“砰”的一声，老翁不见了。

少　年　爸爸！爸爸！爸……爸！（颓然倒下）

〔此时外面风雨渐止，远远闻鸡鸣犬吠声。一会儿一丝微光从窗口射入，光幅慢慢移至室之一角，落在上墙挂的微笑着的一个时髦女郎的相片上面。少年目光随光幅亦落在相片上面，顿时怒从中来，将被单掀开，踉跄地走至相片下，猛地将相片拉下，熟观良久，忽狞笑地将相片撕成粉碎，向空中撒去，状似疯狂，既而颓然倒地。静一会儿，鸡声又起，天微明，忽一女郎从外奔入，急将门关好，依门舒气。就她惊慌的形状看来，知道她曾受过很大的惊恐，披头散发，遍体濡湿，手脸皆有血痕，衣服被抓多破处，她忽然看见屋中倒睡的少年，急上前查看少年胸口尚温，即坐下揽少年于怀，慢慢将少年摇动，少年回过气来。转睛见一少女，因倦眼昏花，误以为女即抛弃了他的情人，怒视良久，猛捏少女的咽喉，少女骇，甚力挣脱。

少　女　（已骇昏了，以为少年是来追她的人）这这……这不能怪我呀！

少　年　哼！不能怪你！

少　女　这是她来追我——（忽清醒了）不，你……你把我当成什么人了？

少　年　我把你当成什么人？你还来问我！我弄到今天这个样儿，完全是为了你呀！

少　女　为了我？这是什么意思？我从来不认识你呀！你不要认错了人，我是好人呀。

少　年　你是好人？你们女人当中也有好人吗！

少　女　你疯了吗？你仔细看看，你仔细看看，你就会知道你是认错了人了。

少　年　（真的仔细看了一会儿）你是谁？

少　女　我，我是来逃难的，而且我有三天没有吃一点东西了。

少　年　啊！你是来讨东西吃的，好极了，这才来得巧呢，告诉你吧，我也是三天没有东西吃了。

少　女　那么让我在这里休息一会儿吧，你知道外面的风雨是那样的猛烈，逼得我气都透不过来。

少　年　（用怜惜的眼光望着她）唔！

少　女　从那……呵！可怕。

少　年　怕什么？

少　女　啊！我跑过那狂啸的海边，灰白色的浪花笑着向我打来，好似表示欢迎的样子，可是我始终没有勇气趋近它。我又跑过了黑暗似地狱的森林，在那里有高山巨石、怪兽，闪电的光猛地透进来，一切恐怖的幻影，在追随着我，我几次昏倒，我听到他们来追我的呼喊的声音，我看见他们拿着火把，拿着刀剑在林中寻我。我骇得呼吸几乎都停止了，我紧紧地缩着一团，躲在一株古树根下，他们过去了，我又趁着电光向前奔跑，一直到天微明，风雨停止的时候，我才跑出了那个可怕的森林。

少　年　（不耐烦地）你到底为了什么？

少　女　我？！我？！请你别问这个，让我在这儿休息一会儿吧！你救了我！我是永也不会忘记你的。

少　年　我能够救你？

少　女　你能够救我。你只要让我在这儿休息一会儿，到了明天……

少　年　到了明天？

少　女　是的，到了明天我就可以走了。——看，天微明了，我还是去吧！（起身欲走）

少　年　（急止之）你别忙！你不是说你三天没有吃点东西了吗？

少　女　怎么，难道你还有什么东西给我吃吗？你不是说你也三天没有东西吃吗？

〔少年颓然无语。

少　女　（同情地）你为什么也三天没有东西吃呢？

少　年　我们吃的东西被人抢去了。

少　女　你们为什么不夺回来呢？

少　年　是的，我们要去夺回来的，明天就是我们夺回面包最后的战争。可是你为什么要在这样的黑夜里跑出来呢？你怎么不告诉我呢？

少　女　我……我捏死了一个人。

少　年　你！

少　女　是的，你看我手上的血痕，我这抓破了的衣服。

少　年　你为什么要捏死她呢！

少　女　因为她不让我跑。

少　年　她为什么不让你跑？

少　女　是人家教她看守我的。

少　年　人家？

少　女　是的，她不过是人家一个可怜的老佣妇。

少　年　这为什么？

少　女　没有什么。你知道我是一个没有妈妈的可怜的孩子。

少　年　谁个有妈妈，我不是同你一样吗！

少　女　爸爸因为贫穷把我卖给人家做丫头。

少　年　我的爸爸也是因为贫穷才送我到工厂去做工。

少　女　后来……

少　年　后来怎么样？

少　女　后来我十八岁了。

少　年　十八岁怎么样？

少　女　那个可恶的畜生！

少　年　你说的是谁？

少　女　那个帝国纱厂的老厂主。

少　年　他？

少　女　他……他要娶我做小。

少　年　他要娶你做小？

少　女　他拿衣服、首饰和金钱来引诱我，他又拿骇诈的手段来欺骗我，我都不肯，他气了，三天前他把我关起来，不许给我东西吃，并且叫那个可怜的老婆子不分日夜地看守着我。

少　年　不要骗我了吧，你的主人有的是金钱，有的是美丽的衣服和首饰，有的是一切豪华和舒适，你还不要嫁给他吗？哼，谁相信呢。

少　女　你不要把女人都看得那样坏，我至少不是那样的人，我宁肯为争自由而死，我也不愿受他那不合理的侮辱。

少　年　（冷酷地）那么你只好去死了！

少　女　可是侥幸得很，我还没有死。你看，我不是已经跑出来了么？呵！好容易我才在昨夜狂风暴雨的时候找到一个逃跑的机会，呵——那个可怜的老婆子她偏偏又给看见了，呵——我把她——呵……可怕呀！

少　年　你为什么……

少　女　可是这不能怪我，她拼命地抓着我不放，我要救我自己，我就捏死了她，其实她平时同我也是满好的，就是这次的事她也常常拉着我的手哭起来。我求她把我放了，她说她放了我她就活不了了。她是被那淫威的老厂主害死了的。我要替她报仇。

少　年　原来我们都是同志。

少　女　你有什么仇人？

少　年　我的仇人就是你的仇人，我们都是一样的可怜的被压迫者。

少　女　那么好了，我可以在这里多休息一会儿了。

少　年　可以，就是永久留在这儿也可以的。

少　女　永久留在这儿？

〔少年望着少女，多久说不出话来，默默将头垂下。

少　女　不过怎么办呢？我现在实在饿得不能支持了，要再不吃一点东西，我真要……（倒椅上）

少　年　（上前抚慰）再忍耐一点，只要到明天就好办了。而且明天你也要……

老　翁　（踉跄自外入，少女见老翁奔入，以为是追她的人来了，骇得急躲在少年身后。）孩子，好……好极了，我在李大哥那儿讨来一个面包，我们可……可以……（颓然倒下）

少　年　（急上前扶起）爸爸，你怎么了？你在外面跌伤了吗？为什么这样衰颓呢？

老　翁　没有，我这样衰颓完全是太老了的缘故，而且我也饿得不能支持了，你为什么爬起来了，你——（抬头忽见少女）呵！你……你这个不长进的东西，在我不在家的时候，你在哪里又弄来这样一个女孩子？

少　年　是她自己来的。

老　翁　是她自己来的？（向少女）你跑到这儿来干什么？还不给我滚出去！

少　年　她是来逃难的。

老　翁　她来逃难的？混账东西，不许你说话。

少　女　老伯伯，我确是来逃难的，请你别错骂他了，你要不高兴我，我就走。（欲走）

少　年　（急止之）别走！（向老翁）爸爸，她才从那狂风暴雨中奔跑来的，呼吸还没有转过来。你可怜可怜她，让她再休息一会儿吧！

老　翁　（气犹未平地）她有什么事？

少　年　她是一个可怜的丫头，她的老主人要娶她做小，她不肯，主人把她关起来，不给她东西吃，在刚才狂风暴雨的时候，她才跑了出来。

老　翁　（感动地）唔？

少　年　看守她的老婆子不许她跑，她用力把她捏死了。

老　翁　（向少女）这是真的？

少　女　这是真的，不信请看我这手上的血痕，我这抓破了的衣服。摸摸我这到现在还在狂跳着的心。

老　翁　（向少年）这是真的？

少　年　这是真的，而且她也是一个没娘的可怜的孩子。

老　翁　（向少女）你是……

少　女　我是没娘的可怜的孩子，我们都是没娘的可怜的孩子。

老　翁　呵！（默默查看他们二人，他们倒不好意思起来）

少　年　爸爸，我求你保护她吧！

少　女　老伯伯，你别赶我出去了吧！

老　翁　（仁慈地）我……我不赶你，别怕，孩子。

少　女　我刚才跑过那狂啸着的海，那包含着一切恐怖的森林，我的心几乎骇碎了。并且……

老　翁　（拥少女入怀）别怕了，好孩子，现在在我们这里，没有什么东西敢来伤害你的。

少　女　并且我有三天没有吃一点东西了，我饿得实在不能支持了！（如受了委屈的孩子，倒在她慈母的怀中哭起来了）

老　翁　你们都是这样饿吗？（二人默默点头，老翁把他们熟视良久，又看了看手中的一个面包，微微一笑，坚决地将面包分作两半）好，你一半，你一半。

少　女　老伯伯，你呢？

老　翁　我？我现在不饿了。

少　年　爸爸，你的肚皮不也是空空的吗？

老　翁　我的肚皮现在充满了比面包还要真实、还要伟大的东西。

少　女　老伯伯，无论如何你总得吃一点东西才行。

老　翁　我不需要吃什么了，我只需要最后的……

少　年　不，爸爸，我们三人分着吃吧。

老　翁　不用！你们把这两份面包吃了，就可以忍耐到明天了，明天，明天等着你们呵！要是三人分着吃，那么我们三人不到明天，一齐都要饿死的。（停顿）死本来是可怕的、冷酷的。可是在死之前，做了一件比生还要光荣，还要伟大，还要有意义的事，那么死也是一种可慰安的事了。（愤慨地）在这七十六个年头中，没有一刻我不恐怖着死，因为我还有许多事未做完，而且明天……呵！只可惜我太老了！虽然我这老朽的身躯里面还蓄藏着一颗比青年人还要勇敢，还要活泼，还要热烈的生命，可是有什么用呢？有什么用呢！我现在连走路也走不动了！我知道，我知道得很明白，我活着对于你们，对于社会，对于明天的战争不但没有益处，而且还有许多妨害。可是我总想多活一天，多教导你一天，使你以后不致走错了路。现在是时候了。

少　年　爸爸，你别这样兴奋，这于你身体有妨害的。

老　翁　（似未听见一样，仍兴奋如前）孩子，你来！你知道我是一个干什么的？

少　年　你是一个革命者。

老　翁　我为什么要革命？

少　年　你为一切被压迫的人类争自由。

老　翁　好的！还没有忘记我时常给你的教训，好的！你还得记住一句话，这就是我最后给你的一句话。就是生在现在这个不合理的世界上，不是一个革命者，便是一个懦夫。一个懦夫！记住了吗？

少　年　记住了，爸爸。

老　翁　好的，现在我好似什么事情都完了一样。（略一筹思）是的，什么事都完了。最后我把我这老朽的身躯里久蓄藏着的这颗年轻而热烈的生命交给了你。

少　女　（在旁边着急地）那么我呢？

老　翁　（望了望，满意地笑了）好，也交给了你吧。在明天的战场上，不要忘了我最后给你们的嘱咐！努力杀贼！（少女也满意了）孩子，（一手拉着少年）孩子，（一手拉着少女）你们两人勇敢地、坚决地、快愉地接受了我给你们的一切，连这两份面包也在内。（二人默默地点头，老翁显出一种满意的骄笑）好，好，我现在什么都满足了，我只等待死神来与我握手了。（放开二人的手）

少　年　爸爸，你不要死，你要活着。

老　翁　是的，我要活着，而且永久地活着。

少　女　那么你为什么要死呢？

老　翁　因为我的生命已经在你们两人的身上永久活着了。

少　年　不，爸爸，你要是死了，我们也活不下去的，而且决不能我们有东西吃却看着你去饿死的。

老　翁　唉，又傻了，你这种不彻底的感情，只是一种虚伪的装饰品，我们是用不着的，而且我就吃了这一整个面包，我又能够活多久呢！自然的伟力是没有人能阻挡得住的。

少　女　老伯伯，我不要你死，我要你活！

老　翁　你不要我死？哈哈，孩子，你有这种力量，只有你才有这种力量。（笑着握少女的手）

少　女　老伯伯，你的手为什么颤抖，你很难过吗？

老　翁　（衰颓地）不，不，我很平静。（默默查看他们二人，微微一笑，颓然地退了几步，少年急上前扶着）不要紧，不要紧。（兴奋地）好，现在是时候了，来！（将二人的手握在一处，二人对看了一下，不好意思地垂下头去，老翁看着他们的情形，好似更勇敢了许多）你们两个勇敢地到……明……天！哈哈……

〔老翁声音渐低，明天二字几不能听见，随即在笑声中软瘫地倒下。二人伏身痛哭，良久，慢慢立起，先二人对看了一会儿，又回头看了看各自手中的面包，再同时看了看地下已死的老人，再抬头对看了一会儿，才勇敢地、坚决地、愉快地同声喊出到——明——天！

〔一个长时间的握手，红日已照耀在窗口，幕徐徐下。

作品赏析

《到明天》是一部较短的独幕剧，主题清晰，指向明确，是一部以戏剧为宣传工具、鼓舞号召无产阶级团结起来，为生存、为未来而斗争的作品。一般而言，这样的作品非常容易出现僵化和概念化的问题，但左明除了是一位左翼运动家，也是情感充沛的诗人和技巧娴熟的戏剧家，他以大段诗意的台词、各种富有寓意的意象和精心构建的戏剧性，冲淡了这类作品很难避免的说教性，使其不仅实现了预设的政治宣传意图，同时也富有戏剧艺术的情感感染力和很强的可读性。

剧中只有三个人物，虽然未被赋名，但各有特点，编剧在每一个角色身上赋予了较深的寓意。

老翁是坚毅的老革命者，他深沉地爱着自己的儿子，痛心于儿子的身心疾病，对他充满理解和怜悯，但更希望他可以振作起来完成自救。

儿子是年轻的工人，尚在成长之中，曾经怀着对爱情的憧憬而被欺骗，造成过失，被工会开除，他懊恼于失败，也愿意从挫折中吸取教训。父亲提醒他说："在现在的社会里，一般人所讲的爱情，那便是一种高价而且畅销的商品。"他能接受父亲的说法，意识到对于三天没有食物的人来说，只有面包才是当下最迫切的需要。

在老翁出门为儿子觅食的时候闯入的逃亡少女是一个需要被救赎的人，但同时她又成为儿子的救赎者。这个人物的设定其实是对“主题先行”的一种打破。

从前文儿子和父亲的对话中我们能看到，儿子初次爱情的失败其实和他的身份相关，和工会的职责相关，经历过被欺骗、被开除和连续三天的饥饿，儿子对于女性和爱情的态度是愤怒的、消极的、冷酷的，但当他听少女诉说了自己为逃避被老厂主霸占而不得不杀人逃亡之后，他的态度开始动摇，最终对少女产生了同情，继而说出了那句：“原来我们都是同志……我们都是一样的可怜的被压迫者。”

可以说，少女的出现开解并安抚了儿子的焦躁情绪，使他更加清楚，被压迫者只有抗争才能获得面包和自由。当他坚定了要继续抗争的决心后，少女和他之间便产生了一种微妙的情感，这种情感的产生并不突兀，与其说是爱情，不如说是一种在同类人中自然产生的相濡以沫。

戏剧之动人，未必在跌宕起伏的情节之中，可能在细节中。左明在《在明天》里这样描写饥饿：父亲从床底下拿出一个装食物的空盒，看了良久，叹气说，这个盒子他已经看了三次了，三次都令人失望。饥饿到极点后，人会对不可能的事产生不切实际的幻想，这样的描写异常真实，令人恻然。

铁砂

胡绍轩

作者简介

胡绍轩（1911—2005），现代作家。原名胡汉华，字绍轩。湖北大冶人，1932 年毕业于湖北省立高级师范学校。曾创作以“九一八”为背景的群众歌诵剧《斗争》，并组织剧社，自任导演和主演，进行公演。1935 年，与魏绍征成立武汉文艺社，合办《文艺》月刊。1938 年，参与筹组“中华全国文艺界抗敌协会”，并任常务理事、总务部干事。武汉沦陷后，随“文协”迁重庆，先后任国民政府教育部及国立中央民众教育馆编辑。抗战期间，创作《当兵去》《长江血》《卢沟桥》《马灯的恐怖》《第七号人头》《长江血》《我们不做亡国奴》等 20 个戏剧作品，致力于实践和推广抗战街头剧、茶馆剧。抗战胜利后回武汉，在《武汉日报》任职。1949 年，举家迁昆明，任《中央日报》副刊编辑。1952 年，任云南省文联编辑。1957 年，因受“胡风案”牵连被划为右派，后来在劳改农场当农工、在煤建公司当工人、在饺面馆做店员等。“文化大革命”后平反，出版作品《现代文坛风云录》等。

剧情梗概

《铁砂》以抗战时期敌后方为背景，描写日军在侵华期间实行“以华制华”“以战养战”的战略阴谋，他们利用不平等条约，控制湖北大冶铁山，大肆掠夺铁矿资源，制造枪炮，用以屠杀中国军民；还偷盗儿童，为日本伤兵输血。以何崇为首的敌后工作者，联合爱国的大冶官矿局职员吴海清、“维持会”会长之女李亚萍以及广大铁矿工人、码头工人等，和日军及汉奸势力展开了艰苦卓绝的斗争，最终拯救了百余个儿童的性命，把堆放在长江边黄石港码头的铁矿石全部沉入江底，粉碎了敌人的阴谋；但是，他们也付出了惨重的生命代价，吴海清自杀，何崇、李亚萍牺牲。

总时间

一九三九年春

总地点

湖北省大冶县

各幕时间

序幕——民国八年阴历除夕黄昏后

第一幕——民国二十七年除夕黄昏前

第二幕——民国二十八年一月十五日上午十一时

第三幕——一月十八日下午五时

第四幕——一月二十三日黎明前

各幕地点

序幕——大冶县城

第一幕——下陆

第二幕——黄石港

第三幕——铁山

第四幕——石灰窑

各幕布景

序幕——普通书房

第一幕——路边茶棚

第二幕——华丽客厅

第三幕——矿山洞口

第四幕第一场——月夜山头

第四幕第二场——宅院门前

第四幕第三场——同第一场

人　物

何崇　沦陷区域工作者，二十八岁

吴海清　大冶官矿局职员，三十三岁

李亚萍　珞珈山畔某大学女生，二十二三岁

铁锤　铁矿王人，二十九岁

陈根　铁矿工人，三十岁

刘大个　汉冶萍公司矿厂工头，年约四十岁

毛良　沦陷区域工作者，三十岁

李祖应　汉冶萍公司矿厂厂长兼伪“石黄维持会”会长，五十一岁

黄俊　汉冶萍公司矿厂运股股长兼伪“石黄警察局”局长，四十余岁

杨三　流氓，敌军官的走狗，年三十六七

洪四　市井无赖，李祖应之走狗，三十多岁

老张　李宅听差，年四十余

吴妈　李宅用人，三十余岁

罗妻　罗老板的妻子，年约四十

魏大哥　矿工，年约四十，矿区秘密社会中之洪门头脑

刘老幺　矿工，三十余岁，洪门弟兄

矿工甲、乙、丙、丁、戊、己、庚、辛　除丁有五六十岁外，其余年龄自二十岁至四十岁不等

矿工修路者甲、乙、丙、丁、戊　年龄自二十岁至四十岁不等

修路矿工工头　年三十余

一个女人　年三十六七

其他矿工一群

序幕

◉时间

民国八年除夕

◉地点

大冶县城

◉人物

祖父　父亲　母亲　表叔　海清　二毛　三毛　何先生

王先生　陆宗舆　曹汝霖　日置益

布　景　一个中等人家的书房。正中有一个窗户，窗下是张黑漆的方桌，桌上很整齐地放着几部有函套的线装书以及一个书案上所应有的纸砚和笔墨。除外就是一把铜质的水烟袋。桌旁有一太师椅。舞台右后有一门通外面的堂屋，左前有一门通内室。左后角有四块很大的火砖，火砖上放着一摞三五个如同木箱子般的旧式书柜。两边各有两把椅子和一个茶几。两边墙上都挂有字画。正中稍许靠右前方一点，有一火盆；火盆后斜放着一帆布躺椅。旁有一圆凳，凳上置一小茶壶。

〔幕启，火盆上火正熊熊，是腊月三十的晚上。祖父，一个年近古稀的老头，发须斑白，戴着眼镜，穿着青绸面狐皮袍、青缎马褂、灰布裤腿、白布袜和双梁棉靴，微笑着从外面走了进来，他拿起茶壶，坐入躺椅，喝了一口茶。接着举起左手，摸了一下胡须，轻松地嘘出一口气。

〔母亲，他的儿媳，一个年约三十六七的妇人，长长脸，不是很瘦。穿着银灰色镶浅蓝宽边的上衣和紫黑色的绸裤。上衣长近两膝，高领。她打开内室的门，略略在门口站了一下，接着就走近祖父。

母　亲　爷爷，茶冷了吧！要不要换一点？

祖　父　不不，还很热。老二呢？

母　亲　他在房里同表叔们聊天。

祖　父　牌局？

母　亲　没有成功，三缺一。

祖　父　（微笑）怎么闹了半天，还是三缺一？你们干吗不去请隔壁何先生来？

母　亲　海清请走啦。

祖　父　哦，（略停）二毛三毛呢？

母　亲　也一道儿玩去啦。

祖　父　我说哪！怎么老半天没见这群孩子，我还以为他们都去睡觉了。

母　亲　睡觉？哪儿肯。他们前天就说哪，年三十晚上是要玩一通宵的。

祖　父　玩一通宵！吓吓！这群孩子真有趣？……（忽然想起）哦！海清今年有？

母　亲　他丁未的。

祖　父　丁未，今年己未，一十三……喔，开年他就有十四岁哪。

母　亲　可不是，三毛到明天，不是也有八岁了吗？

祖　父　不错不错，我记得三毛是民国二年生的。（扳着指头数）二，三，四，五，六，七，八，对哪，明年他就有八个年头了。那时候你大哥还在黄石港开吴宏发布店，我记得有一天晚上，长发气喘喘地跑去报喜讯。他——

母　亲　他说那天没有赶上火车。

祖　父　是的，他说还没有走到下陆，就听见火车拉汽笛，等他跑过去，车早开了。他想等第三班车子，又怕太晚了。所以就——咳咳！（咳了两声）就一连跑了六十里路。他刚跨进门就喊着我说——

〔内而透出一片笑声，祖父的话被打断。接着父亲、表叔和王先生等笑着走了出来。

〔父亲，年约四十，蓄着短短的胡须，穿着一件皮袍子，外面罩着一件蓝布长衫。说话时像他的脸一样，总是一圈和气，因之，在教经馆的时候，不但大点的学生，就是年纪小的学生也不怕他。表叔比他小几岁，身段略矮一点，没有胡子，为人很老练。这次由乡下进城来，就被他姑父留下了过年。穿着青袍子外套和一件大花青马褂。王先生在县城里开着布店，和祖父等说起来还是远亲。长袍、马褂、瓜皮帽，年龄不大，和表叔相仿，长长身段圆圆脸，下巴上有一个像豌豆般大的黑痣，痣毛很长，走在父亲和表叔的后面，赔着笑。

父　亲　哈哈……

表　叔　（在后喊）姑父，姑父！

祖　父　（慢慢站起）什么？

父　亲　爸爸，你听！三表弟劝我明年改行。

〔祖父微笑。

表　叔　姑父，你别笑。我也有我的道理的。第一，自从今年——不，应该说是去年。自从去年阳历五月四日，北京的学生闹事以后，这半年来他们不是在开什么“白话文”吗？我看，二表兄的经馆，终究是会给他们推翻的。

父　亲　我不相信，“白话”还能成为“文”！

祖　父　不教书又干什么？

父　亲　他劝我贩卖猪鬃。

祖　父　哈哈！教书先生卖猪鬃！

表　叔　这个，我也有道理的。（祖父还在笑）姑父，你别笑，听我说。第一，哦，该说第二。第二，贩卖猪鬃比教书赚钱。猪鬃的销路大半是日本，何况我们这大冶县，日本人来来往往的又很多呢，我们不必到汉口去，只在黄石港开一个行店就成。

王先生　我主张开一个山货行，牛皮杂皮都收。

表　叔　不不，我反对，第一，开山货行非到汉口不成。你不知道，牛皮和杂皮多半还是销美国同英国。——姑父，你请坐。自从大表兄去世以后，那间吴宏发的铺子——

祖　父　早租给人了。

王先生　老伯，我看就这样。在黄石港单开一个猪鬃行也好，不过，在这“县城”里最好再来一个大屠宰行。

父　亲　唉！仲文，你这成什么话？三表弟不过叫我贩卖猪鬃，你倒叫我当起屠户来了。

表　叔　不呀，你只做老板呀，谁教你自己动手杀猪呢？（通外面的门被推开了，接着走进一个人来）

父　亲　（声音很快地）得了吧！得了吧！云山来了，我们打牌去。

〔云山是何先生的外号。他就住在隔壁。年龄也不很大，有三十五岁。二十六岁的那一年，生了一个儿子，儿子现在才九岁，名叫何崇，很活，颇有组织的能力，常常在街上带着一群孩子打野仗。因为只有这一个孩子，所以云山虽然讨厌他，但更爱他。云山个子不大，身体很结实，穿着长袍马褂。爱静，不大笑。但今天例外，因为是过年，一走进门就笑嘻嘻的。

何先生　什么？

父　亲　没什么，他们拿我开玩笑。

何先生　老伯，我今天陪你打几牌。

祖　父　不成不成，你瞧！我这双眼睛——唉！

母　亲　何先生，海清呢？

何先生　在后面。海清这孩子真乖，我那个小孩简直像匹野马。饭还没吃完，就放了筷子跑哪。

祖　父　孩子们活泼一点也好。

表　叔　云山，你今天准备多少钱输？

何先生　输！难道你就准赢吗？！我不相信。

父　亲　来吧！来吧！别多费口舌了！

表　叔　好！我给点本领让你们瞧瞧。

何先生　（转对王）仲文兄，听见吗？

王先生　哈哈！领教，领教！

〔父先下，王、何及表叔等笑着随入。

祖　父　（坐下，对儿媳）火盆搬进去！

母　亲　你不冷？

祖　父　（摇摇头）不冷。

〔母亲搬走火盆。海清及其妹二毛上。

〔海清才十三岁，过了年就有十四岁了。在私塾里读书，很用功，性情直爽，不大爱动。由于静则多思的缘故，所以家乡的一切，也常常会引起他的注意。情感很浓，心窄，动不动就流眼泪。他今天穿着一件深绿色的小花绸袍子，外套一件大圆花的青马褂，戴着瓜皮帽子，穿着棉靴，背上同他的弟妹一样，背着一根葱和一本第二年的书。这是此地的风俗，说是象征着孩子们的增寿和聪明。他妹妹拖着一条辫子，穿着红褂子、绿裤子、青袜、绣花鞋，颜色的深浅配合得很合适。她从出门到进门，老是跟在她哥哥吴海清的后面。

海　清　爷！何叔叔来了吗？

祖　父　来了。三毛呢？

海　清　在长发伯伯那儿。

祖　父　你们手里是什么？

二　毛　红枣。

祖　父　哪儿来的？

海　清　隔壁何婶娘给的。（走上前，递上纸包）爷爷！你吃？

祖　父　不，你们留着吃吧！红枣健脾养血的。

海　清　养血？

祖　父　是的。据医书上说，红枣不但健脾，而且养血。你想，如果一个人身上少了血哪还成？所以——（三毛匆匆上）

〔三毛的穿戴和他的哥哥一模一样。所不同的是性情比较活泼。

三　毛　（一边走一边喊）爷爷，爷爷！

祖　父　干吗？

三　毛　你猜我手里是什么？（两手背在身后停立在祖父的面前）

祖　父　（不加思索地，而且带着微笑）哈哈！我知道，是红枣。

三　毛　不是。

祖　父　（略惊）不是！喔——年糕。

三　毛　也不是。

祖　父　是什么？

三　毛　你猜。这东西才好哩。

祖　父　我猜——哦！我知道哪！我知道哪！

三　毛　是什么？

祖　父　你说！

三　毛　（笑）干吗要我说呢？干吗要我说呢？那么你还是不知道呀？（说着，跳着脚步跑到左端）

祖　父　（转过脸去盯着他）我猜，一定是吃的东西。

三　毛　（大笑）哈哈！（低声自语地）吃的东西！（对祖父）偏巧这东西不能吃。（拿出右手）啰！一块石头。

二　毛　（在旁边）石头有什么稀罕！

三　毛　（注视手中）才好玩呢，黑的。

祖　父　我瞧！

三　毛　（走近前）长发伯伯说，这是“铁”。（递给祖父）

祖　父　喔！这是——（抬头问）哪儿来的？

三　毛　长发伯伯给我的，他说他前天到黄石港办年货的时候，担子不称肩，就在路上捡了一些铁回了。还有两大块哩。

祖　父　不，这不是铁。

三　毛　是什么？

祖　父　这是“铁砂”。

海　清　怎么叫作铁砂？爷爷。

祖　父　铁埋在山上就叫作铁矽，铁矿开下来一块的就叫作铁砂。

海　清　铁砂有什么用呢？

祖　父　铁砂可以制成铁呀。

海　清　铁呢？

祖　父　铁又可以炼成钢。

二　毛　钢呢？

祖　父　钢呀，钢的用处多着哪，譬如可以做钢刀，可以造钢炮，可以修铁路，可以造兵船，可以——

二　毛　（想起刚才三毛说的话，连忙）哦哦，爷爷，我问你，干吗扔在路上呢？

海　清　（几乎同时）爷爷，听先生说我们大冶的铁矿很多，真的吗？

祖　父　真的。我们大冶的铁矿很多。不但铁矿，而且铜矿、金矿、银矿都有，唐宋的时候就有人设炉炼金、炼铁。前清时开采也很多，现在开采的，大的有“铁山”和“狮子山”。这些开下来的铁砂，都由火车运到石灰窑江边，再由轮船运到日本去。

海　清　（皱起眉头）干吗运给日本呢？

祖　父　这——唉！（轻轻地叹了一口气，放下了那块铁砂）这说来话长。（拿起茶壶）

海　清　（请求地）爷爷，你告诉我。

〔二毛从外面搬来一条矮凳，三毛等同坐着。

祖　父　（喝了两口茶）这一说来话长哩。（放下茶壶，轻轻地咳了一声）还是光绪年间的事。——光绪十六年，有一位姓张的，张之洞先生做两广总督。他想开设铁厂，就叫驻英公使薛福成转请英国一个工厂代为计划。等到一切机器都定好的时候，张之洞先生就被调到我们湖北来了。继任两广总督的是李翰章先生。李翰章不赞成在两广开设铁厂。张之洞没有办法，只好把那些买来的机器都移到湖北来。刚巧那时候有一位姓盛的盛宣怀发现我们大冶有很多铁矿，就跑去告诉张之洞，张之洞听了这个消息，非常高兴，就在第二年——哦！我记得好像就是光绪二十一年吧——在汉阳建筑了一个大铁厂。然而光有铁矿，没有焦煤，铁还是不能炼。钱又用了很多，大家都在骂他，张之洞他自己也感觉非常为难。说是再向户部——那时候的户部就是民国时代的财政部。说是再向“财政部”要钱吧。又不好开口，就是开口要，部里面的人肯不肯给还是一个问题。没有办法，就在第二年，张之洞奏请皇上，交盛宣怀招商承办。照章程应该招商股一百万两。第二年盛宣怀又添招商股二百万两。他自己就做督办。后来又听德国矿师的话，借德款四百万马克——一马克听说要合中国银子七钱八分。四七二八,八四三二,四百万马克就要合三百一十二万两银子。就用这三百多万两银子，经营湖南萍乡的煤矿。（略略停了一下，右手伸进左手的袖笼里摸出一条手帕来，轻轻地揩了一下嘴巴。接着——）燃料刚刚给弄好，谁知道——

海　清　（担心地）怎样?

祖　父　谁知道还是不能出铁。

海　清　为什么?

祖　父　铁是能出，只是因为张之洞原先向英国所买的钢炉，和我们大冶的铁矿，性质不合。所出的铁轨，含杂质太多不纯粹，卖给京汉铁路，京汉铁路不要。

海　清　怎么办呢?

祖　父　偏巧那时候日本要买铁砂，盛宣怀就向日本借日金三百万元。讲明以每年所产的铁砂作为抵押。日人见势就故意要挟，规定砂价每吨三元，十年内不准改价。我记得光绪三十四年就正式组织了“汉冶萍公司”，完全改归商办。后来又继续向日本借款。民国二年，汉冶萍公司向日本一次就借了日金一千五百万元。借款合同规定，在四十年内要供给日本八百万吨生铁和一千五百万吨铁砂。生铁的价钱每吨二十六元，铁砂还是每吨三元。定价低廉不用说，还规定不准卖给其他国家。自从这次不平等的契约签订以后，我们大冶的铁矿，差不多整个都断送给他们日本了。

海　清　日本人就这样狼心吗？

祖　父　哼！狼心！这个还不算哪！四年前，他还提出二十一条来，想要整个灭亡中国。我记得那二十一条上，就有两条是关于我们大冶铁矿的……（他顺手又拿起了茶壶）

〔当他把茶壶嘴送到唇边的时候，暗转。

〔一间很讲究的会议厅，室内周围都挂上布幔或绸幔。（请注意，可在原景周围拉上布幔或绸幔）由于左前面一道灯光的照射，我们只看到正中为一张铺有白色台布的方桌，以及方桌后和左边两个坐着的半身人像。坐在左边的是日本公使日置益，坐在后面正中的是外交总长陆宗舆。他们都穿着大礼服。捧着一张条文在读。

陆宗舆　第三号，日本政府及中国政府以现在日本资本家与汉冶萍公司有密约关系，愿增进两国共同利益，兹议定条款如左，一、两缔约国互相约定，俟将来相当机会，将汉冶萍公司作为两国合办事业，并允如未经日本政府同意，所有该公司一切权利产业，中国政府不得自行处分，亦不得使该公司任意处分。二、中国政府允准所有属于汉冶萍公司各矿之附近矿山，如未经该公司同意，一概不准该公司以外之人开采。并允此外欲措办，无论直接间接，恐于该公司有影响，必须先经该公司同意。第四号……

日置益　（不耐烦地站起，右手握拳向桌上不很重也不很轻一击）陆总长，你别念了，好不好？

陆宗舆　（低声下气地）贵公使别生气呀！我们大家来研究研究。

日置益　还要研究吗？这二十一条，我们是一月十八号送来的。到今天五月九号，足足有一百一十来天了。难道（向左边走出一步，又急忙回过头来）……哎，陆总长，我们现在什么话都不必说了。你看，为了这点“小事”，就要我来往交涉三十多次。（看表）告诉你，四十八小时，现在是最后的两小时了。（生气地坐下，眼望着前方）

陆宗舆 你别急呀！签字是不成问题的。不过，这第五号……（内门响，曹汝霖也穿着大礼服，由内室走了出来）

日置益 （回过头去，不耐烦地）曹次长，究竟怎样？

曹汝霖 （笑容可掬地向日答礼，接着对陆宗舆）总长，大总统叫拿进去。

〔陆起身，持条约急下，暗转。

祖　父 （放下茶壶，叹了一口气，接着以前的谈话）……唉！那才毒辣哩。照条约规定，汉冶萍公司以后一切都要受他管，中国“永远”不能翻身。他们看准了袁世凯想做皇帝，所以硬逼着他签字。

海　清 （担心地）签了字没有呢？

祖　父 签了。

海　清 签了吗？

祖　父 签是签了，不过——我的烟袋呢？

海　清 在这儿。

〔海清急忙跑去拿烟袋，并且还替祖父燃一根纸捻。

〔祖父开始抽了一口烟。慢慢抬起头，好像在回忆在幻想什么。当其在回忆在幻想的时候。灯暗。

〔舞台漆黑。后面透出一片声音。

一个人 （急）这边来！这边来！

另一人 （指挥地）大队都到这边来！

又一人 （喊）否认二十一条！

全　体 （和声）否认二十一条！

——还我青岛！

——还我青岛！

——打倒卖国贼曹汝霖！

——打倒卖国贼曹汝霖！

——打倒章宗祥！

——打倒章宗祥！

——中华民国万岁！

——中华民国万岁！

——万岁！

——万岁！

——万万岁！

——万万岁！

（不知谁喊了一声）

——警察！

大　家　（惊惶地）警察！

警察！

警察！

〔警笛声。

〔开始凌乱的脚步声。

〔枪声。

〔风起云涌的吼声。

某　甲　（命令地）不要动！不要动！

某　乙　（一个女子尖声地）不、要、怕！

大　家　（杂乱地）打倒陆宗舆！

打死出卖山东的章宗祥！

否认二十一条！

打倒曹汝霖！

打到曹汝霖家里去！

打！

打！

烧他的家！

〔接着从舞台后，远远地现出一片火光。灯亮。

祖　父　（吐了一口烟）……不过，中国人民没有答应。在今年五月——哦，照阳历应该说是去年，去年五月四日那一天，北京的学生，成千成万地结队游行示威。打倒卖国贼，否认二十一条。（停了一下）但是，话又说转来了。那不平等的条约，虽然我们四万万老百姓都不承认，然而因为袁世凯签了字，现在国家又太弱，所以还没有明白地取消。汉冶萍公司也就因之一天一天地亏本，一天一天地欠债。他们不准我们向别的国家借款，又不准我们将铁砂卖给其他国家，更不准我们的铁砂涨价。所以弄得我们大冶的铁矿，只一天天地、一年年地从铁山，从狮子山，从一切大小的矿山上开下来，用火车运到石灰窑江边，再由轮船，一船一船地运到日本去……

〔窗外一声巨响，祖父的话被打断。

祖　父　（猛抬头望着窗口）什么？

〔三毛等跑到窗下，二毛爬上桌椅，海清低着头，快快地踱入内室。

祖　父　是什么？

二　毛　（向窗户望了望）是隔壁何崇，带着一群小孩在放鞭炮。

祖　父　（微笑）嗯！何崇，这孩子真有趣。

〔接着外面有一群小孩唱歌和鞭炮声，由远而近，又由近而远。

〔二毛爬下桌椅，母亲从内室走了出来。

母　亲　爷爷！海清干吗哭呀？

祖　父　（似乎没有听清）什么？

母　亲　他跑进房里，就伏在床上哭起来了。

祖　父　谁？

母　亲　海清。

祖　父　（略惊）海清！（反问地）为什么，好好的为什么哭呢？（慢慢站起而且面带微笑）哦！今天过年。海清！（举起右手向室内召唤）海清！别哭！别哭——（慢慢地向内室移动着脚步）

——幕　落——

第一幕

◉时 间

民国二十七年除夕

◉地 点

下陆

◉人 物

吴海清　陈根　罗妻　刘大个　铁锤　毛良

矿工修路者甲、乙、丙、丁、戊　工头　一个女人

布　景　大路边的一家商店，内面是客栈，外面是茶棚。茶棚前是一条已经被破坏而现在又在积极修筑的铁路。从下面看去，这茶棚只看到五分之三四的光景。因之，在舞台上这茶棚也只占了左边十分之七的地位。剩下的十分之二三是一片竹篱，围着几棵小树，因为路是向舞台的右后方去，所以茶棚的地位也略略倾斜。茶棚内有三张方桌，一置茶棚的正中，一置茶棚的右前角，一置茶棚的左前角，但左前角的一张在舞台上只看到一半。桌旁有些条凳，桌上光光的，只有右边的一张茶桌上放着一个高大的瓦壶和两只饭碗。还有一只饭碗就当着壶盖。茶棚内是一道墙，靠右——就是舞台的正中有一窗。

〔幕启，吴海清穿着便服，正伫立窗前向内窥视。时近黄昏，从舞台右传来一片筑路者锤路的歌声和石块落地的声响：

我们大家一起用力提呀！嗬——吠！（砰）

我们大家一起用力锤呀！哎——嗨！（砰）

为了吃饭大家用力提呀！嗬——吠！（砰）

为了活命大家用力锤呀！哎——嗨！（砰）

我们大家一起用力提呀！嗬——吠！（砰）

我们大家一起用力锤呀！哎——嗨！（砰）

团结一起我们用力提呀！嗬——吠！（砰）

日落西山我们用力锤呀！哎——嗨！（砰）

〔近处的歌声停止，可是远处也有同样的歌声。当远处的歌声听见一两句的时候，近处的路工甲、乙、丙、丁、戊等穿着做工的短衣服，拖着石锤由右边跑上来了。但是，在他们前一步，陈根从左边也走了上来。陈根年龄不大，只有三十来岁。瘦瘦脸，长长的个子，穿着一件老棉布的青色长棉袄，也可说是一件短棉袄，因为它的长度，仅仅盖着两个膝头。腰间系着一条灰不灰白不白的长腰带，其实那是一条三尺多长尺来宽当洗澡、洗脚或揩汗用的白布巾。赤脚穿着一双布鞋子。鞋子跟着他总没有休息的时候，就犹如那两片嘴唇跟着他从早到晚都感觉很吃力一样。因为他爱动，好说话，常常把甲地的话带到乙地里来，向人家报告“消息”。他生来很秀气，老远看去好像不是教书先生也至少是一个商人，其实，他是一个矿工。他走进茶棚就望着路工甲。

路工甲 （向内喊）罗老板，罗老板！

路工乙 （对内）老板娘！我们把石锤放在你这儿，等一会儿吃了饭就来。

陈　根 好，好。你们就放在这儿吧！

路工丁 （他的衣服与众不同，在右肩上有一个特别令人注目的大补丁，而且说话还有点口吃。他望着陈根）陈陈，陈根，就，就，就拜托你。

〔路工丁收拾桌上的碗壶，随甲等由左下。陈根注视吴海清的背影。少顷。

陈　根　吴先生。

〔吴摇手止之，仍窥视窗内，这时候，舞台被一种沉寂的空气所包围，远处，犹闻歌声。一会儿，远处歌声停止。吴海清转过身来。

〔吴海清现在有三十二三岁了。性情还是和往常一样：心窄，感情浓，而且比从前更刚直。十几年来他有一个心愿，他想发展中国铁矿事业，所以他参加了大冶官矿局的工作。由一个小小的职员，逐渐升到采矿课课长的职务。做事很勤，很谨慎。中等身材，穿着蓝布长棉袍和深绿色的薄棉裤。酱色袜子青布鞋，两只裤脚各系着一条寸多宽的青带。一切都显得很朴素。脸和陈根差不多，瘦瘦的，不过没有那么黑。而那两道常常会皱起的眉毛，和在发愁时就会落在深思里的一双眼睛，是在陈根的脸上寻不出的一个特点，他这时候又愁眉苦脸地望着陈根。

吴海清　她哭了。

陈　根　谁？

吴海清　老板娘。（慢慢地走了出来）

陈　根　哦！为什么？又是——

吴海清　在敬神。我刚来就由窗户外面看见她在慢慢地铺摆供饭，在燃点蜡烛，燃香，磕头，口中不知道在念些什么，忽然，就哭起来了。现在在烧钱纸——

〔室内传来磬声。

陈　根　在敲磬!

〔磬声继续着。

吴海清　(听，惊)怎么!敲了六下?(急忙回到窗前，窥视)

陈　根　怎样?

吴海清　(回转身)她坐在桌子旁边哭了。

陈　根　我去劝她。

吴海清　不!(又走出)你别理她，让她哭个够吧!你要知道，一个人在最伤心的时候，是要让她哭够的。因为“哭”可以减轻她心里的忧伤和烦闷。我记得——哦!现在说起来已经有十九年了!十九年前，那时候我还是一个小孩，有一天，对了，也是阴历腊月三十晚上。我，同我妹妹和弟弟，三个人听祖父讲述我们大冶铁矿的故事，我听了心里非常难过，没有等他讲完，我就偷偷地跑进另外一个房间里哭了。我母亲、父亲、祖父、表叔，还有住在我们隔壁的何先生和另外一位王老板，他们都劝我，劝不住。那一次，我足足哭了一个钟头，后来，我哭够了，自自然然地就不哭了。心里也好过了。——所以我劝你让她哭够。

陈　根　你刚才说的何先生是不是——

吴海清　对了，就是何崇先生的父亲，何崇先生也讲起，是吗?

陈　根　是的，他昨天听见罗老板说到你，他很高兴。他说你们小时就住在两隔壁。

吴海清　他不知道我在官矿局里做事吧?

陈　根　好像不知道。

吴海清　我和他有十多年没见面了。自从民国十五年起，他的家就搬到了武昌。

陈　根　他说——

吴海清　哦！老板娘来了！（对内）老板娘！

罗　妻　（对外）是吴先生吗？（慢慢走出）

〔罗妻，年约四十岁。宽宽脸，穿着一套宝蓝棉布的衣服，虽不新也不旧，样式都很老，上身的衣摆宽，裤脚大，这些时因为丢掉一个独生儿子的缘故，头发蓬乱，两眼失神。身体本来很结实的，但近来都消瘦得颇厉害。她走出来的时候，似乎还在抽噎着，但又可以看出她在尽力制止住悲哀。她有气无力地停住步，望着吴海清。

罗　妻　吴先生，你来了好半天了吧？

吴海清　不，刚来一会儿。罗老板不在家吗？

罗　妻　同你先生一道儿出去了，还没有回。陈根，你看见他们了吗？

陈　根　在后面山上。

罗　妻　饭老早就熟了。

陈　根　好，我去找他们来。（下）

吴海清　老板娘，你心放宽些，别难过呀！

罗　妻　（揩了一下眼泪，勉强露出微笑）是的，我不难过。吴先生，今天没什么好东西吃，请你来空坐一会儿，陪陪何先生。

吴海清　何先生是昨天来的吗？

罗　妻　可不，昨天晚上到的。就歇在我们客栈里。是咱们同乡哩。还有一位毛先生，是外乡人。（轻声地）哦！吴先生，我告诉你们一件事——（急忙走到路边，向两旁望了一望。忽然看见右边的石锤。走到右边）这些死猪，真该死，干吗收工不把石锤带走呢，谁给管哪。

吴海清　恐怕他们还没有收工吧。

罗　妻　天不是快黑了吗？

吴海清　（走出，望望天）对哪！太阳已经下山了。

罗　妻　太阳已经下山，干吗——

吴海清　说不定他们还要燃起马灯开夜工哪！

罗　妻　（转过身，望着吴）哦！干吗这样急！今天不是腊月三十吗？

吴海清　腊月三十！年初一又怎么着？“他们”管你过年不过年。

罗　妻　“他们”不是有命令，叫我们老百姓还是照从前一样的过年吗？

吴海清　但是“他们”也有命令，叫铁厂的那八千工人，在阴历正月初五以前，要把这条铁路（指面前的大路）修好呀！

罗　妻　初五！

吴海清　对呀，初五！

罗　妻　（自语地）今天是三十。

吴海清　就只有五天了。你想，这条铁路从铁山到石灰窑有六十里长；他们前天才开工，限期八天就要完成，不开夜工怎么办？

罗　妻　难怪！今天他们锤路的声音，一天都没有停止哩。

吴海清　所以啰！还谈得上过年——我看哪！如果一定要初五成功，那么初三就要开始铺铁轨，初二以前就要修好路基。

罗　妻　修路基比铺铁轨还难吗？

吴海清　那当然！铁路全靠路基，如果路基不稳固，火车就会常常出轨。

罗　妻　早知道这样，我们军队退的时候——

吴海清　（急忙）不，假使那时候我们光破坏路轨，不破坏路基，恐怕现在在铁山，狮子山，和尖山山脚下的那几十万吨铁砂，老早就给他们运跑了！

罗　妻　哦！吴先生，听说堆在石灰窑和沈家营的铁砂，老早就给——（向外望了望，接着把声音压得低低地）给"日本鬼子"运走了，是吗？

吴海清 谁说不是？他妈的，这儿十月沦陷，十一月，堆在江边的铁砂，就给他们用黑铁船装走哪。哎，想起十九年前……（伤心地，又皱起两道眉尖退坐在左边桌旁的板凳上）

罗　妻 难道说我们官办的，也给他们运走了吗？

吴海清 可不是！

罗　妻 （走近前一步）一共有多少哇？

吴海清 （回转头）起码有三十七八万吨，光说我们官矿局运到沈家营堆着的，就有六万三千七百多吨啊，他们商办的每年出产，差不多有我们官办的五倍，五六三十，三五一五，至少也有三十一万五千多吨，一吨两千斤，你算吧！……（站了起来）不说别的，就说这两个码头的卸铁工人。我们住在沈家营一带的卸铁工人，只有七百二十多人，他们住在下窑一带的卸铁工人，就有三千六百多。瞧！现在修这条铁路的，不就是那些工人吗？

罗　妻 那五六千开矿的工人呢？

吴海清 听说他们也在准备开矿！

罗　妻 还是公司里开吗？

吴海清 现在什么公司不公司，反正是鬼子们的世界。

罗　妻 官矿呢？

吴海清 还不是随他！有什么办法。不过今早铁锤跑去告诉我，他说何先生——

罗　妻 哦！对哪，刚才我的话没有说完。（轻声）吴先生，告诉你，铁锤、陈根，还有小狗的爸，他们昨天同何先生、毛先生俩谈了一个晚上。

吴海清　哦！

罗　妻　我只听见一句话，他们说，我们这地方很，很——

吴海清　很重要，是不是？

罗　妻　对对，我一时说不上来了。

吴海清　那当然哪！我们这儿是一条铁路和一条公路的中心，你说重要不重要？别说从铁山到石灰窑要过我们这下陆，就是从大冶县城到黄石港也要从我们这下陆经过。你瞧，（指着左前方）那不是公路和铁路交叉的十字路口吗？

罗　妻　（跟着望过去）那是谁？

〔吴海清也好像看见远处有人。

罗　妻　喔！好像是罗老板！对了！三个人。啰！那中间一个穿长衫的就是何先生。后面那个就是姓毛的。哟！怎么？

吴海清　他们又转了弯，向那一头走了！

罗　妻　干吗不回来吃饭呢？菜凉了！

吴海清　哦！老板娘，我问你一句话。

罗　妻　什么？

吴海清　你刚才是不是在敬神哪？

罗　妻　是呀！

吴海清　我好像听见你敲了六下磬。

罗　妻　（微笑）可不，今年过年，不是禁止放鞭炮吗？我就“多”敲了三下磬。

吴海清　（笑，微微点头）嗯！这倒是个办法。希望菩萨保佑你。

罗　妻　（伤心地）我心里老惦着我的孩子！

吴海清　老板娘，你放心吧！他会回来的。

罗　妻　（掏出一条手帕，擦眼泪）吴先生，我看他不会回来了，他已经十天不见了哪！

吴海清　你别伤心吧！他会回来的。小狗不是已经有十一二岁了吗！

罗　妻　是呦！过了年，他就是十二进十三了！

吴海清　可不是，孩子也不算小，他一定会找回来的，恐怕，是走错了道儿。

罗　妻　不不，他那几天没有上什么地方去嘛！怎么会走错道呢？从前倒常常跟他爸爸上黄石港和县城里去。那一天不知怎么，一下子，就不看见了（想了想，叹了一口气）唉！不会的，不会的，他一定不会回来了。（哭泣着，走进内室）

吴海清　（也跟着走了几步）老板娘，你别伤心！他会回来的。

〔吴海清伫立在角落里，望着里面轻轻地摆着头，似乎在可怜她不幸的命运。她的哭声还没有停止。铁锤同刘大个从右边走了上来。

〔铁锤，今年才二十九岁，比陈根要小，但看上去却比陈根老得多。陈根是瘦瘦脸，长长身子，白白的。他却恰恰相反，圆圆脸，黑黑的，个子虽不比陈根矮多少，但因为长得很结实，所以单独看去就好像矮得多。而且，穿的衣服也和陈根不同，上身穿着一件青色短棉袄，下身穿着一条布夹裤，赤脚，草鞋。衣服和那些修路的工人一样，也有不少补丁，短袄是对襟裁的，一排有七对扣子，但一颗也没有扣上，他很简单地连内面一件白布衬衣一起，将左襟扯过来，斜斜地压在右襟上，腰系着一根蓝布腰带。短棉袄的袖子原来就很短，但又卷得很高，露出两个粗壮的手膀来，在空中挥动，配合着洪亮的声音，使他在说话时增加了不少力量。而且常常还要显示他的拳头。因之人们都叫他“铁锤”。铁锤性极粗暴，但如若碰着某件特殊的事情，他也知道小心。他和刘大个感情很好。

〔刘大个个子大，团团脸，下巴上有几根稀稀疏疏的胡须。人极忠厚老实，年纪也有四十来岁，所以矿山上的朋友都称他为刘大哥。只有年纪比他大或者是地位不同的人才称他为刘大个子，或简称“刘大个”。刘大个是矿山上的工头，对于矿山上的掌故知道得很多。虽然做事稳重，不多讲话，但几年来外国人给他的刺激也相当深，使他在内心里甚为难过。他平生只有一个缺点，就是遇事不大十分有主见，说是糊涂吧，也说不上。大概由于太稳重的缘故，所以说话也比较迟缓。可是自从大冶沦陷以后，他的性情却有点变样，话也比较多，他今天穿着一套深灰色的短棉袄和棉裤，手拿着一尺多长的粗旱烟杆，跟着铁锤走了进来。

铁　锤　怎么，她又哭了？

吴海清　（回转身）她惦记她的孩子。

刘大个　铁锤，你去劝劝她。

〔铁锤下。

刘大个　吴先生，恐怕你有很久没有下山了吧？

吴海清　唔！差不多有半个月一个人住在庙里，心里倒还宁静。有什么事老是铁锤和陈根跑去告诉我。

刘大个　铁锤和陈根这两个人倒有点骨气。你看他们穷得那个样子，都不愿意去做工。

吴海清　那当然哪！哪一个黄帝的子孙没有一点骨气！只有那些甘心做亡国奴的野种，才肯在这个时候还替他们（学着工人们腔调）“我们大家一起用力提呀！嗬——吹！”地做工。

刘大个　不瞒你吴先生说，我刘大个子在汉冶萍公司里做了八九年工头，“没有吃过猪肉，也看见猪走路”——不认识字，可也懂得一点经书上的道理。叫我这时候还去替他们开矿，哼！那我可不干。

吴海清　可不是，听说他们这些时要找我去开官矿，所以我躲在深山里，宁可吃草、吃树根，我都不出来。

刘大个　对对，吴先生，我们厂里不是有位魏大哥吗，他就和你的见解一个样，听说他现在把圈子里面的弟兄们，带了三五百人待在东乡里组织自卫军，他就常说，我们宁可吃草、吃树根，也不继续替鬼子们做工。

吴海清　是呀，所以我躲在庙里不出来。

刘大个　今天到这儿来的意思，先生知道吧。

吴海清　不大清楚。今早铁锤去的时候，因为有八个不认识的人在庙里，所以没有详谈。他只偷偷地告诉我说，罗老板请吃晚饭，有一位何崇先生来了，要见见我。

刘大个　我也是铁锤告诉我的。他说除何先生以外，还有一位毛先生。另外还有一位徐先生在南乡游击区里，今天不知道能不能赶来，听说他们准备在这儿计划一件事情，要找你我两人帮忙。因为你是官矿局的课长，对于官矿比较熟悉。我呢，不用说，因为常在山里跑、洞里滚，对于公司里的大小铁山，哪一个山能出磁铁，哪一个山能出褐铁，哪一个洞有多深，哪一个洞有多少年，我都摸得一清二楚，（略停）总之，一句话——唉，吴先生，你是知道我的，我不做亡国奴，不做汉奸。他们最近可不是也在找我吗。

〔铁锤自内出。

吴海清　铁锤，劝好了没有？

铁　锤　有什么好不好，她这几天不是老这么疯疯癫癫的。

刘大个　听！

吴海清　又是谁在哭？

〔远处有女人哭声。

〔接着有一个年三十六七岁的女人，哭泣地喊着一个小孩的名字从左边走了上来，疯疯癫癫地顺着大路又从右边走了下去，吴、刘、铁等都望着她。

刘大个　这是谁的女人？

铁　锤　不知道。

刘大个　干吗哭呀？

铁　锤　你别问，反正又是丢了小孩。（转对吴）真的，吴先生，你看最近一两个月来，干吗光丢小孩呀？连前次一共恐怕要丢一两百个。

吴海清　哦！有那么多吗？

刘大个　恐怕还不止哪。前不久听铁山堡来的一个朋友说，他那儿有一天就不见了三十多个。（点燃火，抽着旱烟）有的是神不知鬼不觉的，小孩就看不见了。有的是眼睁睁地看见小孩给鬼子们抢走的。真不明白他们弄去干什么用。

铁　锤　你不是说——

刘大个　（吐了一口烟）说是有人那么说呀！

吴海清　怎么说？

刘大个　有人说是鬼子们弄去扫烟囱。

吴海清　扫烟囱！

刘大个　是呀！他们说兵船上的烟囱是要常常扫的，大人钻不进去，只有小孩才能进去。

吴海清　难道真有这回事吗？从前倒听见前辈的人说，捉小孩的常常把小孩捉去卖给外国人扫烟囱。

刘大个　我倒很相信，你看，最近鬼子们的兵船，不是在我们扬子

江上来来往往的很多吗？（又继续抽烟）

铁　锤　（想了想）依我看，恐怕是敌人弄去做种去了，听说他们这次打仗，死了七十多万人？

刘大个　（吐出一口，还没有主见地）做种吗？也有道理。可不是，他弄去的都是十一二岁的男孩。

吴海清　不不，不会，鬼子们决不会的。他们不会那么傻，要我们中国人做种，他们国内将来不都变成了中国人了吗？

铁　锤　要不他们一定是把小孩——

〔罗妻走了上来。吴海清示意，铁锤急忙止住话。

罗　妻　他们还没有回吗？

铁　锤　没有。

罗　妻　铁锤，你刚才说什么？

铁　锤　（窘）我，我没有说什么。

罗　妻　你说什么——小孩？

铁　锤　哦！我说你的小孩，是一定会回来的。

罗　妻　一定！

铁　锤　一定，我敢打赌。

〔罗妻不言语，摇着头，快快地回转身，伤心地，拖着无力的脚步走了进去。

〔沉默一会儿。

吴海清　不是鬼子们弄去做药去了。他妈的鬼子们是挺没良心的。我从前见人家说，捉孩子的常常把小孩捉去，卖给外国人，挖下眼睛来做药。

刘大个　做药吗？嗯！也有道理。

吴海清　（站了起来）总之，那群孩子是没有希望了。罗老板的孩子也不会回来了。

刘大个 恐怕不会回来了。

铁　锤 什么"恐怕"?"一定"不会回来了。

刘大个 一定?铁锤,一定,我敢打赌。

〔内面传来一片打破碗的声音。

吴海清 (吃惊地)什么?

〔铁锤急忙跑了进去,又很慌张地跑了出来。

铁　锤 一摞饭碗打破了。刘大哥!我们进去看看。

〔毛良由左上。

〔毛良,三十来岁,外省人,性极爽直。同何崇关系极好,虽对大冶矿区地理不甚熟悉,但因了何崇的关系,很愿意前来忙工作。瘦瘦的,很有精神,穿着一青色长袍子,戴着瓜皮帽,老远看去好像一个小商人,他一走进来,就望着铁锤。

铁　锤 哦!毛先生来了。毛先生,这位是吴先生;吴先生,吴先生陪陪毛先生吧。刘大哥,咱们进去看看。

〔拉刘下。

吴海清 毛先生,何先生同罗老板还没有回来呢?

毛　良 他们到前面镇上去找找几个朋友去了,马上就会回来的。

吴海清 毛先生从前没有到过此地吧?

毛　良 没有。这地方太重要了。

吴海清 可不是。

毛　良 不过,很奇怪,怎么没看见一个日本兵呢?

吴海清 是的,在下陆这个地方很少看见日本兵,三个月来,只有几次整队的日本兵打这儿经过,但从来没有驻扎。我想大概有两个原因,第一,他们兵力有限,分配不过来。第二,他们把铁山、大冶县城、黄石港和石灰窑,这四面一占领,此地——啰!(向前走了几步,站在路边。指着左前方)那头是铁山,

（回头指右后方）那头是石灰窑，（复指左后方）那头是大冶县城，（又回指右前方）那头是黄石港。从这儿去，差不多都只有三十里左右。再说呢，从黄石港到石灰窑有十来里是长江水路，从大冶县城到铁山又是鄂南公路。此地可说是四通八达，（退回室内）可是，大冶县城、黄石港、石灰窑和铁山这四个地方给他一占领，此地，这儿下陆不就成了包子心？

毛　良　象鼻山靠近铁山吗？

吴海清　象鼻山比较远，尖山就在铁山附近。

毛　良　吴先生在官矿局很久了吧？

吴海清　有——唔！混了十来年。

毛　良　那么吴先生对于采矿的经验，一定很丰富哪。

吴海清　（客气地）没什么。

毛　良　担任哪一方面？听说还有一个龙角山没有开采，是吗？

吴海清　是的，我们大冶的铁山很多，小的不算，大的一共有五个。就是铁山、狮子山、象鼻山、尖山和龙角山，龙角山还没有开采。象鼻山和尖山是官办，属湖北省建设厅；铁山和狮子山是商办，属汉冶萍公司。可惜，自从订了什么二十一条以后，主办虽是中国人，但监督却是日本人。

毛　良　那只怪袁世凯想做皇帝。——哦！吴先生，我请教你，这些铁山每年可以出产多少铁砂呢？

吴海清　我们官矿出产不多，就以象鼻山说吧！每日只能出产七十二吨，每年只能产一万七千五百二十吨。他们商办的就多啦，铁山每日可产一百四十四吨，每年可产五万一千八百多吨。狮子山每日可产二百八十八吨，每年可产八万九千六百多吨。

毛　良　汉冶萍公司不是在上海吗？

吴海清　是的，总公司在上海。在这儿负责的是新厂厂长。

毛　良　新厂在——

吴海清　袁家湖，石灰窑下面五六里。厂里面分机械、起卸、运矿、采矿四股。

毛　良　工人很多吧？

吴海清　唔——不少。光讲采矿的工人，我们有一千多，他们有五千多。如果起卸、搬运和修理机械的工人都算在内，两边一共有一万多人。真气人，花了这么多的人力，把铁开出来，白白地送给那些日本鬼子。

毛　良　他们公司里的职员有多少？

吴海清　在这儿的有四百多。

毛　良　薪水呢？

吴海清　薪水呀！顶少的每月都有七八十块，也有每月拿一千块的，最普通的都是几百块，别说了吧，毛先生。他妈的，给鬼子们养成一群大小奴隶。最可恨的，是这班工人，也不争气。平日每天拿四角钱工资，还要二八回扣，只落得四八三角二分钱；可是现在，还有劲给他们修路。

毛　良　这不能怪他们，昨天晚上何先生也同我谈到这个问题。他们要吃饭哪！

吴海清　（气愤地）吃饭！要吃饭就去当汉奸吗？

毛　良　吴先生，话，不是这么说？你想，人有这么些，一下子也不容易走开呀！

吴海清　那么，如果这条铁路给他们修成功，堆在那几个山脚下的三十多万吨铁砂，不是又会很容易地给鬼子们运走了吗？

毛　良　所以呀，我们大家要商量一个办法。

〔铁锤急上。

铁　锤　（声音急促地）糟！糟！吴先生，你快进去瞧瞧。她打碎了一摞饭碗不说，又在疯疯癫癫地哭起来了，我和刘大哥劝了半天都不成。

吴海清 怎么哪？

铁　锤 毛先生，也请你进去劝劝。

毛　良 哎！真可怜！她又只有这一个孩子。

〔吴、毛等随铁锤下。

〔路工甲、乙、丙、戊等由左上。丙手中提着一只马灯，他们走到右边桌旁。甲提起石锤的一根绳索。

路工甲 走！

路工戊 忙什么，老张还没有来。

路工乙 等等！坐一会儿。

〔路工乙坐在上面凳上，戊就近坐在左边凳上，丙站在左后方的桌角里，右脚跷起，拦在乙坐的板凳上，手中仍提着马灯。甲则站在最右的道路边。

路工戊 我活了四十多岁了！一生没有干过年三十夜还要做工的。

路工丙 那有什么办法，谁叫你要“耕沙”[1]？

路工甲 对哪！要“吃饭”就不能不咬着牙根干。俗话说得好，“捧了人家碗，就服人家管”。

路工戊 管！难道年也不准过吗？

路工甲 你要知道，现在是什么时候？

路工戊 现在是三十夜呀！

路工丙 （插入，自语地）他妈的，谁不知道是三十夜。

1　耕沙即吃饭的意思，本是洪门术语，现在成为一个很流行的名词。

路工甲 （世故地）我是说现在是鬼子们的世界！是汉奸们的世界！

路工戊 不是出了布告，叫老百姓照样过年吗？

路工甲 可是“他们”也有命令，在初五以前要把这条铁路修好呀。

路工乙 （冷冷地）只有叶老五就好。

路工丙 真的，叶老五呢？这两天没有见他做活。

路工乙 他说他发了一笔财，捡了一包“洋钱”。

路工甲 他妈的，那倒不错。哪一天老子也去捡一包。

路工丙 （笑着，把脚放了下来。望着甲，准备向内移动脚步）哈哈……老庚！咱们要“八刀”[1]的吧。

路工甲 那当然哪！分，二一添作五。

〔丙往内走。

路工甲 （喊住）喂喂！你上哪儿去？

路工丙 借火柴点灯呀！

路工甲 来来来！我这儿有。（伸手摸火柴，玩笑地）人家男人又不在家。哈哈，你进去干吗？

路工丙 （走回来）笑话，你把我看成什么人？

路工甲 走走，等一会工头来了，又会——

路工戊 怕什么，老子不干了。

路工甲 你不干，人家可要吃饭哪！走，走！老张也来了。

〔路工丁上。

路工丁 你，你，你们先去吧！我，我，我肚子痛，要要要要歇一会。（坐在左边桌旁的板凳上，旋又伏在桌子上）

1 “八刀”即分的意思。

路工甲 （把绳子一扔）怎么哪？你们都不想活了。

路工丙 （玩笑地）老庚，咱们哥儿俩捡洋钱去。

〔下面传来一个声音：喂，喂！你们做活呀！

路工甲 （回头向右边望了一眼）啰啰！头脑来了。

〔工头上。

工　头 （恶狠狠地）快做活呀——一群懒猪！

〔路工甲等抱着石锤由右上，“老子不干了”地下，戊也站起来懒洋洋地跟了下去。

工　头 （望着他们下去以后，又回过头来，冲到丁的跟前）你怎么着，你？

路工丁 （无力地站起）头，头，头脑？我，我，我肚子有，有，有点痛。

工　头 肚子有点痛？谁听你这一套。他妈的，滚！

路工丁 （央求地）实实实在的，头头脑！我求求你，让让让我歇歇一会。

工　头 不成，不成。（推丁）滚滚滚——

路工丁 实实在在的，头头，头头脑，我，我，我，我——

工　头 （学腔）我我我，我你妈的，（照丁的背上捶一拳头）你走不走？（又是一拳）

路工丁 哎呦！

工　头 你走不走的？“皇军”有命令，要赶快，你们偏……（举起拳头拟打）

路工丁 （痛苦地）你你你别打呀！我我我我走。（走了一两步又回头，手按着肚子央求地）实实实在的，头头头脑，我我我我——

工　头 他妈的，厂长给你三角钱一天干吗的？（走过去又照丁的背上一拳头，接着就猛力向右边一推）

路工丁　（跌在地上，痛呼）哎哟！……

〔铁锤从内面冲了出来。

铁　锤　谁！

工　头　我。

〔刘大个和吴海清、毛良等也由内继上。

铁　锤　干吗打人？

工　头　你管不着。

〔路工戊等也跑了回来，站在路口。戊气愤地想上前讲话，但被甲拉住。

铁　锤　老子要管！（一拳头打在中间的方桌上）揍你这个龟孙子！

工　头　（走拢一步）你骂谁？

铁　锤　（卷起袖子）老子骂你！

工　头　你骂我？（也卷起袖子）好，好！

刘大个　（走上前排解）算了吧！算了吧！（轻轻地将工头往外推）

工　头　哼！（回转身看见甲等，移怒地）你们干吗又跑转来了？给老子滚！

〔戊仍欲上前讲话，甲等把他拖下。

〔路工丁还在呻吟，刘大个走去将他扶起，他痛苦地向下移着脚步。

〔陈根出现在左端。

铁　锤　（犹愤愤不平）过几天你看老子——（话未说完，吴海清在后面拉他的衣服，他急忙停住）

工　头　（要走的人又回过身来，真是棋逢敌手）过几天怎样？你？

铁　锤　过几天你看老子揍你的拳头。（示拳）狗娘养的！

工　头　（又准备捋袖子）你来！你来！

刘大个　（把工头推开）走，走！

工　头　哼！（漫步下，在内）你小心你的骨头，老子认得你！

铁　锤　你认得老子怎样？（冲到右边）

陈　根　（走近前）算了吧！算了吧！进去，进去！何先生和罗老板马上就回来了。

〔远处渐闻锤路的歌声。

我们大家一起用力提呀！嗬——吠！（砰）

我们大家一起用力锤呀！哎——嗨！（砰）

〔吴海清、刘大个、毛良、陈根等陆续下。

铁　锤　（望着远方，良久）狗娘养的！（一拳头打在右边的方桌上）

——**幕　落**——

第二幕

◉**时 间**

国民二十八年阴历正月十五上午十一时

◉**地 点**

黄石港

◉**人 物**

李亚萍　何崇　李祖应　杨三　黄俊　洪四　老张　吴妈

布　景　在一个小客厅里。正中放一长沙发，两边各放着沙发椅和茶几，茶几上放着花瓶，花瓶中插有鲜花；右边的茶几除花以外，还有一个烟盘和一包纸烟。正中墙壁上挂着一幅山水画和一副对联，两边各挂着一块织锦书的铁柜。一切布置虽不顶时髦，但颇讲究。舞台的右后角有一衣架，左后角有一门通大厅，左前角有一门通李亚萍的卧室，右前角有一门通走道，走道外就是通李公馆的后门。

〔幕启，通前面大厅的门正开着，李亚萍从通后门的门走了进来。李亚萍，一个二十二三岁的女人，瘦瘦脸，披着长长的头发，头发上还压着两条小辫子，辫子上结着两个赫大的黑绸蝴蝶，走起路来那两个蝴蝶就时时想飞，眼不小，也不很大，放着光，眉毛细而长，好像添上了一点人工的改造，脸上薄薄地敷上一层粉，腮板上也有一点土红色胭脂的痕迹。穿着半高跟的黄皮鞋，青丝袜，深红色的紧身长袍子，外套一件青缎夹披肩。一切都很秀丽。假使她笑起来，在她的嘴角上还可以看见两个媚人的酒窝。可是她近来不大笑，而且有时候还要发发脾气。她是一个大学生。也是一个娇生惯养的富家小姐。自从抗战以后，她也知道爱国，很想参加各种救亡工作，但是她又要爱她的父亲，她父亲首先是叫她别管闲事，只读书，后来就索性叫她回家。她是她父亲的独生女儿，性子也不坚定，于是就在学校迁移之前，糊里糊涂地搬回了家。回家以后，一天天地看见事情有点不对劲，又很想出去。她父亲哪儿肯呢？她自己没有勇气，只好让苦闷陪着她度过安静的日子，谁知这两三个月来，连一个安静的日子也不让她好过了，她整日听见炮声、枪声和鬼子们的笑，内心感到非常难过。她到底是读过大学受过高等教育的人，虽然性子弱，但是她很想像火山一样，找着一个缺口，爆发它的浓烟。同时，她又很想躲在屋角里，偷偷地大哭一场。尤其是最近几天，因为她父亲正在和她商量一件事情。所以她早上一爬起床就跑了出去，她想把烦闷吐向青山或流水。但，她感到肚子饿时又不能不慢慢地走回来。

〔她走进来，刚刚走了两步就停住了脚步，侧着耳朵在听一种声音。声音从前面大厅里传了进来。“哈哈哈……大家都……都举起来，举起来，干这一杯！井田少佐，少佐，您，您，您也举起来吧……哈哈哈……”

〔李亚萍厌烦地将披肩脱下，向右边的沙发椅上一扔，自己就躺在中间的长沙发上了。听差老张穿着长袍从大厅的门上。外面的声音又透了进来，诸如“今天真痛快！让大家都干了杯，哈哈哈……”接着是大伙儿的笑声和怪叫声。

老　张　（有四十多岁。很老练地，站在门角里望了望李亚萍。走近）小姐！

李亚萍 （命令地）门关着！

〔老张关门，笑声小了些。

老　张 （回转身）小姐！

李亚萍 （不耐烦地）干吗？

老　张 （低声）小姐！

李亚萍 你说呀！

老　张 老爷请您。

李亚萍 老爷呢？

老　张 在前面大厅里宴客。刚才不是老爷说话吗？

李亚萍 今天又干吗宴客？

老　张 今天是欢送皇军伤兵。

李亚萍 欢送伤兵，找我干吗？

老　张 因为——因为井田少佐也在这儿。

李亚萍 （好像没听清）谁？

老　张 井田少佐。

李亚萍 井田少佐！他在这儿干我什么事？

老　张 （俏皮）我也不知道！我只知道老爷，老爷叫我来——

李祖应 （在外）老张，老张！

老　张 （低声）小姐！

李亚萍 你说我不在家。

老　张 你这可不是——

李亚萍 滚！少废话。

〔老张无法，只好转过身去，走到门边又回过头来，李瞟了一眼，老张下。

〔吴妈，有三十多岁，穿着一套浅蓝褂，套着一件深蓝抹胸，由右前门走了上来。

吴　妈　小姐！

〔李亚萍没搭腔，对她望了望。

吴　妈　开饭吧？

李亚萍　等一等。

吴　妈　老爷先吃了。

李亚萍　我知道。

吴　妈　今天是正月十五，正月十五您知道吧！又叫作什么元宵节，刚巧今天又是欢送皇军伤兵——哦！是的，听说他们皇军伤兵伤好了，又要回前方去打仗——可不是，今天是元宵节，老爷就叫我煮了很多元宵，他们外国人，哪儿尝过我们大冶黄石港的元宵呀！我煮了很多，他们都给——哦！我拿起碗一碗碗盛出去的时候，心里突然一亮，我说，呀！小姐还没回哪！我就急急忙忙地留一碗起来了。小姐！我先给你——

李亚萍　（不耐烦地，站起来）没听见吗，我叫你等一等。

吴　妈　是，是。

〔吴妈下。李亚萍走到沙发椅前，刚拿起披肩预备出去，李祖应从大厅门走了上来。李祖应有五十一岁，他本来很瘦，但因吃补得好，都显得很丰满。粗粗眉毛，凹眼睛，头发已开顶，而且在开始转白，蓄着一个八字胡子，胡须很长，他常用右手捋着他胡尖，老是那么搓动着。捋了右边又捋左边，有时候也换换左手。如果碰见他的食指和拇指揪着胡尖不动而瞪着两只眼睛直望人的时候，那就是在发愁，发急，或发怒。不过在发怒的时候，那两道黑黑的眉毛，也要参加工作。他是日本留学生，性极奸狡圆滑。整天想钱，妻子早死了，只剩下一个独生女儿。妾虽然有，可是也没有生小孩，他穿着一件玉色绸面的猫皮袍子，外套一件青缎狐皮领褂，领褂上挂着一条金链子，金表就装在左边的一个小荷包里。右边的大荷包还露出一条白绸的手巾角。最使人注目的是他戴在右手无名指上的那一只玉色的宝石戒指。他一走进门就用右手搓弄着胡子，眼睛直瞪瞪地望着他的女儿。

李祖应 亚萍。

李亚萍 （回过身，应）嗯。

李祖应 你在家吗？（走拢去）

李亚萍 不，我刚回来，你瞧，我披肩不是还没有放下吗？

〔说着将披肩又扔在椅上。

李祖应 哦是是，（赔着笑）好！你坐下来！

李亚萍 有什么事吗？

李祖应 我有话对你说。

李亚萍 哦！（坐在右边椅子上）

李祖应 我今天又请了客，你知道吗？

李亚萍 不知道。

李祖应 井田少佐也在座。他又谈到关于你的事情。

李亚萍 爸爸！我请求您，别再谈这件事，好吧？

李祖应 好孩子，一位皇军军官，人家想嫁给他都不可能吧，他真是看着我的面子。

李亚萍 （冷笑）哼，爸爸，他要您的女儿给他，还是看着您的面子吗？

李祖应 那当然哪！我若不是拿汉冶萍公司新厂厂长兼石黄维持会会长的资格，谁高攀得上呀？

李亚萍 这是高攀！

李祖应 可不是。你要知道他是此地驻军的总司令呀……（走拢去拍拍亚萍的肩膀）好孩子，答应了吧！他对你挺好的。我今天欢送他们皇军伤兵回前线，早上跑去请他，他本来有事，不打算来的，但是因为想看看你，终究还是来啦。（不胜感叹之至）偏巧，你又不在家！（顺手在烟盒里抽出一支香烟）

李亚萍 爸爸，难道您愿意你的女儿——

李祖应 这也谈不上愿不愿意，（又摸上一盒火柴）我也有我的苦衷。唉——亚萍，你是一向听我的话的。可不是，自从你妈死了之后，我不是把你当着掌上珠一样的待吗？你知道，我身边又没有第二个孩子；我送你进学校念书，我每年给很多钱你花，我这样爱你，难道对于你的婚事还不会注意吗？不过，话又说回来了，不错，你是一个大学生，可是，井田少佐他是一位有名的皇军军官呀。再说呢，他真是看我的面子，如果是人家的女儿，他若看中，哼，恐怕老早就给抢跑啦。

〔杨三很匆忙地从大厅里走了进来。杨三，高高个子，长着一脸横肉，年纪有三十六七岁，穿着一件藏青色的新羊皮袍子，前面袍子角卷起，露出那一双浅绿色而系着青宽带子的裤脚来。穿着黑皮鞋，歪戴着藏青色的鸭舌帽子。口里叼着一只空烟斗，露出两颗金牙齿，手里盘着两个放亮的铜球。他走进门就斜着眼睛瞟了一下李祖应，接着就用力地将右手的铜球丢在左手，用右手取下那只空烟斗。站着不动，望着李祖应。

杨　三 （喊）李祖应！

李祖应 （回头）哦！是杨三先生。

杨　三 什么，（慢慢移动脚步）你又叫我杨三，你忘了吗，我自从跟随了井田少佐，我就改名叫“易木三郎”了。

李祖应 哦，是是是，（赔笑地）该死，我忘啦！易木三郎先生，请烟。（递上手里的纸烟）……真的，我的名字也要改一下才好。

〔李亚萍在他们说话中拿起披肩走入卧室。

杨　三　（流氓式的样子，接住烟。指着刚进门去的李亚萍，对李祖应）那是谁？

李祖应　那是我的小女。（很卑贱地给杨三擦燃一支火柴）

杨　三　（抽了一口烟）谁不知道是你的女儿！井田少佐今天可给你气坏了！

李祖应　（把火柴放在茶几上，回转身，很担心地，瞪着两只眼睛）为什么？

杨　三　我刚才在大门口碰见他从你这儿回去，他说他诚心来看你的女儿，你偏说你的女儿不在家。瞧！你的女儿可不是在家吗？

李祖应　（有点惊恐）哦！杨，杨——易木三郎先生，她实在，实在是才回来。

杨　三　（不耐烦地）好好好，不管她是在家，还是才回来。总之，井田少佐叫我来告诉你，他说他对你太客气了。我看，哼！你哥子也真有点"狗子坐轿——不受人抬"。

李祖应　（赔笑地）哪里，哪里。

杨　三　现在，他限你三天。在这三天以内，你要把一件事办好……

李祖应　（连忙）什么？

杨　三　你的女儿到底嫁不嫁给他？倘若不然哪，哼！那可对不起！

李祖应　哪儿的话，哪儿的话，一定又一定。三天。说不定明日就可以和我的女儿谈好。井田少佐面前，还要请您，易木三郎先生多多包涵一点。

杨　三　这是一件事，还有一件事因为刚才井田少佐不高兴，没有当面给你说。

李祖应 （搓胡子的手又急忙停止工作了）什么？

杨　三 还不是关于铁砂的事情。他最近得着由上海转来的电报，说是他国内急需铁用。并且限定他在这一个月内，把矿山脚下的铁砂，完全运回去。（埋怨地）你看，你还是厂长呢，连一条铁路都修不好。

李祖应 这不能怪我呀。他们限定初五成功，我不是叫工人们连夜赶，在初五就先把路基赶成功了吗？谁知道在初六的晚上，就给那些他妈的游击队破坏了呢。

杨　三 那么你这维持会的会长干什么的？

李祖应 是呀，我初七一清早就派了一队警察，带了很多工人去修理，一直到太阳下山，才把从下陆到石灰窑这一段中间破坏的地方修好。谁知道，他妈的，在初七的晚上，从下陆到铁山的那一段，又给那些家伙破坏了。

杨　三 你还是要赶快修呀，今天已经十五了！

李祖应 是呀，第二天下午我又派了很多人去。谁知道这一趟路倒没有修成，反和大冶县维持会的人发生冲突，他们说那一带应该归他们管，说我们不应该带警察到村庄里去搜查。……哼，易木三郎先生，这并不是我想争权，实在是——

杨　三 （急忙挥手止住）哎哎，这个，我已经听见井田少佐说过了，他说马上就要通知大冶县维持会的，以后是这样，我们这黄石港和下面石灰窑，以及下陆、铁山，以及铁路两旁的十里地都抽出来，成为特区，属于你们石黄维持会；其余的地方，就属大冶县维持会。

李祖应 如果是这样，那就好办了。（快活地连连搓着胡尖）实在地我并不是争权。（笑着脸走到右边的茶几上，抽出一支烟）

杨　三　（看表）我要走了。

李祖应　（转过身）不歇一会儿？

杨　三　不，你知道我很忙，还有一件事急于要办。……哦！祖应，我托你的事？

李祖应　是关于小孩的事吗？

杨　三　是呀，小孩。

李祖应　那一定遵办，何况这事我们也有责任。我已经吩咐过了，等一下就有回话。

杨　三　好！我走了。

〔李拟送。

杨　三　（止之）别送！（走到门边，又回过头来）老李，你记着呀，今天井田少佐吩咐的两件事：第一，女人；第二，修铁路。倘若办得不好呀，不但你维持会的会长做不成，哼！还得小心你的脑袋。

李祖应　（恭敬地）是是是。

〔杨三下，黄俊由后门上。

〔黄俊，四十多岁，穿着黑色的警察局局长的制服、马裤、皮靴，蓄着日本式的小胡子，手拿着马鞭。性极圆滑，在新厂工作了十余年，与李祖应狼狈为奸。天生的一双老鼠眼睛，做事鬼鬼祟祟的，骄下媚上是他的本领。这次“荣任”局长，更显得神气十足。但在李祖应的面前，他总是百般恭顺。他刚踏进门，似乎很神气，可是一见着李祖应，他就连忙——

黄　俊　（恭顺地）李会长。

李祖应　黄俊，你怎么从后门里进来？（走去拿火柴）

黄　俊　（急忙抢上一步，拿起火柴来替他点上）您今天不是请客吗？

李祖应 （抽燃烟）喔！是的。（烟沫随着他的话吐了出来）已经完了。你来得正好，我正准备叫人去找你。

黄　俊 有什么事吩咐吗？

李祖应 还不是关于运铁砂的事情。你看，你还是运矿股的股长呢，连一条铁路都修不好。

黄　俊 厂长，这不能怪我呀！我刚修好，那些他妈的游击队就给破坏了。我东边刚修好，他西边又给破坏呢。弄得铁轨老是不能——

李祖应 那么你，你兼石黄警察局的局长干什么的？

黄　俊 是呀，我是叫警察跟着工人一块儿去呀！可是，我上次不是报告会长了吗？那一次还和大冶县维持会的人发生冲突。他们不让我们到各村庄里去搜查，又有什么办法呢？

李祖应 这事刚才杨三来，已说过，他说井田少佐已经批准了，不但下陆和铁山这两个镇市属于我们管，就是铁路两边十里地的地方，也都划归我们了。

黄　俊 实在的会长，这并不是我们争权。

李祖应 好，你赶快带人去修理铁路吧，限你两天之内修好路基，五天之内完成路轨，并且还要组织两百名护路警，派到铁路两边各村庄里去。

黄　俊 还要组织护路警？

李祖应 当然，没有护路警怎么成？两百名恐怕还不够吧。

黄　俊 会长，我们局里一共只有八条枪，子弹也不充足，怎么分配呢？

李祖应 枪！要什么枪，每一个警察拿一根木棒棒不就得了？

黄　俊 假如——

李祖应 假如有什么事，我可以报告井田少佐，他会派皇军去的……这是一件事，还有，关于使用钞票的事情——哦，我问你，布告贴了没有？

黄　俊　都贴了。

李祖应　光贴布告不成。你知道这是什么地方？

黄　俊　黄石港呀。

李祖应　人家给它起个什么名字？

黄　俊　小汉口。

李祖应　为什么？

黄　俊　因为它商务繁盛。

李祖应　那就是说，在商务繁盛的地方，关于经济的问题，并不如此简单，你知道吧。所以，你得派人到处放空气，说过了一个月，凡中国、中央、交通，这三家银行的钞票，一概不用。完全用新银行的钞票。布告内不是说在现在只准六成使用吗？你就在这一个月内，另外再派一班人以六成或六成五到各处去收买，其实，过了一个月，“中中交”的钞票还是照样流通。

黄　俊　为什么？

李祖应　听说这个办法，在天津、北平那些大地方都行不通，我们这儿当然也不成，那时候我们再把“中中交”的钞票放出去，不是一块钱可以净赚四角或者是三角五了吗？

黄　俊　这倒是个办法。

李祖应　不过，顶要紧的是要注意“黑市”，把握暗盘。

黄　俊　我知道。

李祖应　朋友，你好好干吧！（走拢去，拍拍他的肩膀）那时候一定有你的——唉，黄俊，你是一个聪明人。

黄　俊　（笑容可掬）那当然，我总要承会长多栽培，多多栽培。

李祖应　好！

黄　俊　我走了。（走到后门边）

李祖应　（又喊住他）黄俊！

〔黄俊转过身，站住。

李祖应　记得吧！两件事：第一，修铁路；第二，钞票。（恩威并用地）如若办得不好呀！不但你警察局局长干不成，哼！还得小心你的脑袋。

黄　俊　（恭敬地）是是。（下）

〔李祖应走到左边茶几旁，烟熄了，又擦了一支火柴点燃接着就坐在左边的沙发椅上。

李祖应　（对卧室门内，喊）亚萍，亚萍！（内面无应声，站起，走拢去，敲着门）亚萍！

老　张　（自厅门上）老爷！

李祖应　（转身）什么？

老　张　洪先生要见您。

孝祖应　叫他进来。（顺便坐在左边的沙发椅上）

〔老张下，接着洪四走了进来。

〔洪四，有三十多岁，贼头贼脑的，本是一个市井无赖，但因为近来发了一点财，所以穿得也还整齐。蓝布长袍，歪戴着一顶旧礼帽。说话老是吞吞缩缩的——爱卖关子。也许是因了“职务”的关系吧，他对李祖应并不怎样恭敬，相反地，李祖应还要特别巴结他。他一进门就看见李祖应的一个急样子。

李祖应　洪四，那个事怎么样哪？

洪　四　（慢吞吞地）报告会长，没有办法。

李祖应　没有办法？（急，跳了起来）那怎么成？刚才杨三还来催过。他不是好惹的呀，他现在是井田少佐身边的“红人”。我答应他的事，怎么能不办到呢。——哎，老洪，连四十个小孩都办不到吗？

洪　四　（摆摆头）一个也办不到。

李祖应　他妈的，明知道同上次一样，工作是我们做了，该那个王八蛋拿去要功劳。可是，有什么办法，这种傻瓜的事，我们也得干呀。

〔李亚萍轻轻打开门，走出一步，李、洪等均未发觉。

洪　四　现在，根本四乡都看不见一个小孩了，叫我有什么办法。

李祖应　哦哦，得啦，矿山不是明天就要开工了吗？洪四，你给我把童工调四十个来应付应付。

洪　四　童工！厂长，恐怕你还做梦？

李祖应　怎么？

洪　四　现在报到的工人，半个童工都没有。

李祖应　从前不是有八九百的吗？

洪　四　那是从前呀……说句老实话，上次也的确抓太多了。现在还有谁放心把小孩送去做工呢。

李祖应　依你说，不是没有办法了吗？别说杨三，就是我们也有责任呀。（说着向左边移动着脚步）那怎么办，现在又有一批皇军伤兵快要来了。

〔李亚萍急退，又轻轻地关上房门。

洪　四　（望着李的背影笑了笑，接着敛住笑容，故意淡淡地）办法还是有的。

李祖应　（转过身）你说。

洪　四　俗话说得好：重赏之下——

李祖应　得得，洪四，你老记得“钱”。（走到右边）

洪　四　会长，钱，并不是我要，我当然是给会长效劳，不过，我那一批手下人……

李祖应 好好，（给价）五块钱一个，好吧！（坐在沙发椅上）

洪　四 五块钱似乎太——（走上前一步）

李祖应 不少不少哇，五块钱一个，五四得两百，你要知道，这两百块钱，还得我掏腰包！

洪　四 会长当然不在乎这些地方，会长！为了对弟兄们好说话，我看，就做整数吧！十块钱一个。

李祖应 喔！太多了。

洪　四 那么，至少也得八块。（态度强硬地）不然——

李祖应 （站起来）好好，总是该我这王八蛋倒霉，（很痛快地）不用说了，三百块钱，四十个，一并包干，连你的赏钱也在内。

洪　四 赏钱！……

李祖应 还要争？老洪，来来，先拿一百块钱去！（递钱，洪四接住）去去去，（推洪四下）明天交“货”，明天交“货”。

洪　四 （走了两步又回转身）会长！

李祖应 还要较量吗？

洪　四 不是，另外还有一件事要报告会长。

李祖应 什么？

洪　四 这事很重要。

李祖应 哦！

洪　四 最近那一条铁路，不是老修不成功吗？

李祖应 是呀！

洪　四 会长知道是谁在破坏？

李祖应 谁！还不是他妈的游击队。

洪　四 不，会长不知道，我听说是……

李祖应 是谁？

洪　四　（又在卖关子）我想还是不说的好，就是说出来，会长也不会相信。

李祖应　不不，你说，你说。

洪　四　听说破坏铁路的还是那群修路的工人。

李祖应　工人！不会，不会，他们没有这大狗胆。

洪　四　据说领着他们干的，是三个从外面来的年轻小伙。

李祖应　哦！……难道真有这事吗？

洪　四　真的，在这三个人当中，据说最厉害的是一个姓何的。

李祖应　姓何的？

洪　四　姓何。他是本县人，小时候在县城里住了很久，有人认识他，前不久从外面回来。

李祖应　他叫什么？

洪　四　何崇。

李祖应　你怎么知道？

洪　四　我手下人报告我的。并且说他们神出鬼没，常常换地点，开头是在下陆，后来铁山、石灰窑、黄石港，他们都到。

李祖应　黄石港也来吗？好家伙，非逮捕他们不可。

洪　四　他们都是商人打扮，听说那个姓何的还和你的小姐——

李祖应　（担心地，低声）和她——

洪　四　同过学，并且很要好。会长若不相信，详细情形我可以叫叶老五来——

李祖应　叶老五呢？

洪　四　在门口等着。

李祖应　好，你去叫他进来。

〔李亚萍自内室走出。

李祖应　（对洪）哦！等等！（转对李亚萍微怒地）亚萍！

李亚萍　嗯！

李祖应　我刚才喊你，你为什么不答应？

李亚萍　我睡着了。

李祖应　睡着了，现在又干吗跑出来？

李亚萍　（冷笑）哈哈，爸爸才有趣呢，难道一个人睡着了就不会醒吗？

洪　四　会长，叶老五？

李祖应　你带他到维持会去等我，我一会儿就来，还有点话和你们说。

洪　四　是是。（下）

李祖应　（对李）亚萍，关于你的事，你主意定了吗？

李亚萍　定了。

李祖应　那很好。

李亚萍　我不能嫁给一个日本鬼子。

李祖应　（出乎意料）原来如此！那不成。

李亚萍　不成？（态度强硬地）不成又怎么办？

李祖应　（怒）亚萍，你有这大哪，难道我养你一辈子，你说，你到底嫁给谁？

李亚萍　还没有决定。

李祖应　没有决定，哼！我已经知道。（向右边移动脚步）

李亚萍　您知道什么？爸爸！（也走向右边）

李祖应　（回过身）我知道你要嫁给一个姓何的小子，是不是？

李亚萍　（吃惊地）姓何？

李祖应　对哪！姓何。叫何崇。（闲散地，走到中间沙发前）

李亚萍　（转过态度）不知道，我不认识什么姓何的。

李祖应　（逼）是你的同学，不是吗！

李亚萍 （轻轻地摇着头笑，一字一句地）不，知，道。

李祖应 你别说谎！（坐在沙发上）

李亚萍 我干吗说谎！（走近前）爸爸，你听外面的谣言。……如果我真的有那样心思，那么学校搬家的时候，我又为什么不跟着一道儿去呢？爸爸，您别听人家的话，您刚才不是说过吗？您又没有第二个孩子。

李祖应 （态度转和蔼）亚萍！我总算是你的父亲。你应该替我着想。我也有我的苦衷。为了这件事我一连想了好几个晚上。有时候我也掉下几颗泪来。（痛苦地）但是，有什么办法。

〔老张上。

老　张 老爷，井田少佐请你。

李祖应 你看，（起立对张）来了吗？

老　张 没有，在维持会里等着，请您马上去。

〔老张下。

李祖应 亚萍你再仔细想想。你要考虑到现在的环境，顾全我的地位！（下）

〔李亚萍跌坐在长沙发上，想了想，双手抱着头，伤心地落泪。接着把头埋在椅背上，哭泣着。

〔吴妈上。

吴　妈 小姐。

〔李亚萍微微抬起头。

吴　妈 有一个人，穿了一身破衣服，跑到我们后门口儿来；我当他是个要饭的，就盛了一碗残饭给他，他说“不要”，我说：“不要饭，要什么，难道要金子吗？”他不作声，只是问：“请问你这里是不是姓李的？”我说：“是呀！”他就说：“请问你，这里面有一位李小姐吗？”我说：“有呀，干吗？”他说：“我要见见她。”咦！我很奇怪！我说：“你要见我们小姐吗？”他说：“是的，劳烦你进去通报一声。”我不相信，我就对他这样看，这样看。（说着好像面前真有一个人样，她从头看到脚）他戴着一顶破帽子，穿着一双破鞋子，一只手拿着一把花，一只手还提着一个破篮子。我说：“你见我小姐有什么事”他说：“是你小姐特地叫我送——”小姐，你有没有叫他送花来？

李亚萍 （惊异地）我没有哇。

吴　妈 可不是，我说：“我小姐没有哇。”他说：“你小姐实在说过的，你只进去对她说，说有一个人特地送三枝梅花来。她就知道。”

李亚萍 梅花？

吴　妈 梅花。

李亚萍 三枝吗？

吴　妈 没看清，就算作是三枝吧。（越说越快地）我就说：“真的吗？”他说：“真的。”我说：“是梅花吗？”他说：“是梅花。”我说：“三枝吗？”他说：“三枝。”我说：“干吗只送三枝呢？”他说——

李亚萍 （站起来，急止之）得得，他在什么地方？

吴　妈 在后门口儿等着。

李亚萍 叫他进来！

吴　妈 叫他进来吗？

李亚萍 别啰唆呀，我叫你（一字一句地）叫，他，进，来。

吴　妈 是是。（下）

〔一个卖花的穿着破破的衣服走了进来，一切如吴妈所述，左手挽着花篮，右手拿着三枝洁白清香的梅花。

卖花的 小姐。

李亚萍 （惊张）你，你是——

卖花的 我是一个卖花的。

李亚萍 （四下望了一下，急忙走过去，欲与他握手，很热情地）哦，何崇。

〔何崇，的确是何崇。他有二十八岁，长得很健美。大学四年级的学生，没毕业就跑回家做救国工作，由于儿时生活在故乡的缘故，所以一听见故乡沦陷就发愁。终于在政府的“政治重于军事，敌人的后方重于前方”的抗战策略下，毅然投笔回乡，从事领导矿工工作。同行者有毛良和徐一飞，他们都是极好的朋友。何崇这次回家，抱定了一个宗旨，就是凡事从大处着眼，从小处着手，因之他主张一切要随时应变因地制宜。他性情很中庸，不浮躁，做事稳重，老练，不冒失。对同伴很和蔼，有时候也很严肃。他相信孟夫子“性善”的主张，所以他对恶人是另一个看法。他这次化装潜入李宅，固然是想看一看和他有过短时期的特别友情的情人，同时也是想趁机会用正义去感动一个不大也不很小的汉奸。他看见李亚萍伸过手来，急忙移花于左手，将右手伸出。

何　崇 （也很热情地）亚萍！

李亚萍 （和他握手）你不是随着学校到四川去了吗？

何　崇 是的，我特地回来看望你的。

李亚萍 （丢开他的手，以一种惊奇的眼光，望了一下他的周身）你干吗这样打扮？

何　崇 不这样，恐怕不能进来……记得吗？亚萍！在那珞珈山畔，东湖水边，有一块梅田。有一天，是前年的冬天吧！你我两人走进林中，你说，你在一切花丛中，你最爱梅花；你爱它耐寒、洁白和清香。我当时就偷偷地折了三枝，轻轻地放在你的手中。

你紧紧地握住那三枝梅花，你说它的清香就象征了——

李亚萍 （时而望着何的面孔，时而低头叹息，忽然——）你等等。（打断何崇谈话。自己走到厅门前向外面望了一下。接着，走回来）何崇，你别说了吧！我心里难过极了，自从那次寒假回来以后，我爸爸听说学校要搬家，就无论如何都不准我再出去。他说待在这里，还比较安全一点。

何　崇 那当然。在一个维持会会长的家里，还不安全吗？

李亚萍 何崇，我不准你这样说。你不知道，我的内心是多么矛盾，多么难受！自从此地沦陷以后，他们几乎把我也当作一仇人；整天地围住我，不准我离开这黄石港一步。最近我的爸爸还在逼我，要我嫁给一个日本军官……

何　崇 噢——日本军官。（接着一阵鄙视的笑）哈哈，那不是更好吗？

〔李亚萍生气地低着头走向左边，何崇急忙放下花篮和花。走拢去。

何　崇 （很热忱地）亚萍，你别伤心！我知道你也是一个有为的青年。可是，我并没有想到你还待在家里；如同我没有想到这石黄维持会的会长会是你爸爸一样。我想，我们应该老早坐飞机到香港去了。（略停）亚萍，告诉你吧！我们现在抗战的策略是“政治重于军事，敌人的后方重于前方”。我现在跑到这儿来工作，也就是这个意思。也好，你在这儿也好，我希望你能参加，希望你也能帮助我们工作。

李亚萍 （转过身抬起头来，微笑地）真的吗？你们也要我参加吗？我一定参加，我一定和你们共同工作。（扑到何崇的身上）哦！何崇！

〔两人拥抱。

〔吴妈上，见情，吓得慌张急下。

〔片刻，何崇将李亚萍用力推开。自己退后两步。

何　崇　（有力地）亚萍！

李亚萍　什么？

何　崇　我今天来的任务，是想见见你的爸爸，请你介绍一下，他在家吗？

李亚萍　哦！不在家，你找他干吗？

何　崇　我想劝劝他。（走到右边，拿起梅花）

李亚萍　不能。你千万不要和他见面。我刚才听他们说，他正要逮捕你。

何　崇　逮捕吗？哼！我不怕！我想他总是一个中国人，我要用正义去感动他。我相信一个人的本性，总是善的。之所以做汉奸，也许是一时的糊涂。所以我想在这种地方就是打死几个小汉奸也没有什么用处，如果能用正义去感动他们，叫他们幡然觉悟，那不是还能替国家效力吗？

李亚萍　不，不，不能。你千万别和他见面。……听！（走近厅门）呀！我爸爸回了！（急忙走回，慌张地）何崇，何崇，你，你——

〔何崇不动，李祖应上。

李祖应　（对何瞪着眼）你是谁？

何　崇　我吗？我是——

李亚萍　（紧接）他是一个卖花的。

何　崇　不错，我是一个卖花的。（欲上前与李祖应谈话）您是李厂长吗？我——

李亚萍　（急忙伸出一双手把他拦住，大声地）不要！

李祖应　对啦！不要！井田少佐那儿有。

〔何仍不动。

李亚萍 （对何，命令地）你走！

李祖应 走！

〔何崇无法，慢慢地提起花篮望着李亚萍，亚萍横着眼睛叫他走。

何　崇 小姐，花！

李祖应 不要！（催促地）走走走走！

〔何崇下，少顷，李亚萍忽有所感，急忙跑到门边。

李亚萍 （向外喊）卖花的！

吴　妈 （在外接喊）卖花的！

李祖应 （大声）吴妈，别喊！

〔李亚萍回转身，赌气似的向她卧室内跑去。

李祖应 （想喊住）亚萍，亚萍！

〔李亚萍关上了房门。

李祖应 （走去敲门）亚萍！（亚萍不理。回转身，对厅门喊）老张，老张！

〔老张上。

老　张 老爷！

李祖应 小姐为什么？

老　张 我不知道。老爷出去的时候，我就在大门口。

李祖应 （又对另外一门喊）吴妈。

〔吴妈上。

李祖应 小姐为什么？

吴　妈 （反问地）为什么？……不知道。

李祖应 有一个卖花的进来，你也不知道吗？

吴　妈 那，那，那我知道的。

李祖应 从哪儿进来的？

吴 妈 后门口儿。

李祖应 你干吗放他进来？

吴 妈 他说是小姐叫他送花来的。

李祖应 小姐干吗生气？

吴 妈 生气？我不知道。那只有问小姐。

李祖应 浑蛋！一群死猪，给我滚！

〔老张和吴妈下。

〔洪四很慌张地由厅门跑了进来。

洪 四 会长！

李祖应 什么？

洪 四 刚才从会所里出来，碰见一个卖花的，叶老五说他像那个姓何的。

李祖应 （好像没有听见）什么？你说什么？

洪 四 （清楚地）刚才叶老五看见一个卖花的，很像那个姓何的。

李祖应 真的吗？

洪 四 真的。

李祖应 （埋怨地）哎呀！这个王八蛋，真该打！

洪 四 （应声地）这个王八蛋真该打。

李祖应 （瞪着两只眼睛）你骂谁？

洪 四 你不是说那个卖花的吗？

李祖应 不是呀！我是埋怨我自己呀！

洪 四 为什么？

李祖应 他刚才给我放走了。

洪 四 谁？

李祖应 就是那个卖花的呀！（对外喊）吴妈。

〔吴妈上。

吴　妈　老爷！

李祖应　那个卖花的呢？

吴　妈　早走了！

李祖应　你干吗不给喊住？

吴　妈　我刚刚只喊了一声，老爷不是叫我别喊了吗？

李祖应　哎呀，这个王八蛋真该打！

吴　妈　（轻声地）真该打。那个家伙还偷偷摸摸地和小姐——（李祖应又瞪着两只眼睛）和小姐——（她说不下去）

李祖应　（已经领会了她的意思，不听也罢）去去去去！哦！来来来来！站一会儿。（对洪四）洪四，怎么办呢？你刚才不是看见井田少佐对我讲了几句就走了吗？就是关于这件事我也听说，有一个姓何的在这儿捣蛋。

洪　四　派人去抓吧。

李祖应　叶老五呢？

洪　四　他已经在那个姓何的后面跟上了。

李祖应　干吗不给我抓来？

洪　四　您刚才在会所里不是吩咐过吗？您说我们要一网打尽。如果发现了一个，不要马上抓他，要跟着他，找到他的窝。

李祖应　（语塞，半晌）也好，一网打尽。还有！关于我女儿，井田少佐刚才说——（转对门内）老张，老张。

〔老张上。

李祖应　吴妈，洪四，你们都过来！

〔李祖应站在中间沙发椅前；老张、洪四、吴妈呈一半圆形，围着他，听他说话。声音很低，不一会儿，李亚萍换一套布衣短装和平底布鞋上。在门边停了一会。见他们都未注意，急忙向后门走去，将近，忽然一跑，四人俱惊，均抬头。

李祖应 谁？

老　张 好像是小姐。

李祖应 （急）呀！快快快！快去赶！（指后门）吴妈，老张！（指前门）洪四，你往这儿去拦住。

〔吴妈、老张和洪四分途急下。

李祖应 井田少佐刚才说过，以后不准她出去。（说着又很着急地搓着他的胡须）

——**幕　落**——

第三幕

◉时 间

第二幕后三日下午五时

◉地 点

铁山

◉人 物

何崇　吴海清　刘大个　铁锤　陈根　黄俊　洪四

矿工甲、乙、丙、丁及其他矿工一群

布　景　矿山山边的一个山洞里。从台下望过去，可看见一段铁山的斜面，舞台的后方偏左就是这开采过的矿洞口，洞口有一人多高，略呈圆形，向右边斜着，黑黝黝的不知有多深，洞门凌乱地放着几个刚搬过去的石头。台右偏后和台左偏前方，就是这条山路的两端。

〔幕启，刘大个拿着旱烟杆，坐在洞口右边的一个石头上，面带笑容地望着洞内。何崇，穿着做工的短服装，从内而走了出来。

何　崇　（微笑地）这洞真有相当深——嗯！后来呢？

刘大个　后来他们还不是赔了六千多块钱。

何　崇　他们愿意？

刘大个　不愿意也不成呀！……他妈的还是怕狠。本来嘛，他们兵船沉了我们民船——

何　崇　（眼望着前方）你瞧。（向右边走了几步）

刘大个　（站起，跟过去，向下首遥望）对哪，下工的旗子扯起来了。

何　崇　那么他们不是马上就要来了吗？

刘大个　不，还有一会儿。我交代过，叫等监工的往那边走了，再往这边来。

何　崇　（走回洞口）六千多，三十七八个人，那么每个人不是赔不到两百块钱吗？（坐在刘大个坐过的石头上）

刘大个　可不是，中国的人命，也太不值钱了。喔！那次假使不是我们全要罢工，要打死在铁厂里的日本人，恐怕——恐怕连一个钱，他们也不会给的。真的那次鬼子们太狠心了，你想，那些从水里爬起来，爬上他们兵船的工人，他又给推到水里去了。

何　崇　刘大个你别谈了吧！鬼子们就是这样心狠。

刘大个　哦！还有一次很有趣！何先生，你听我说。（走到左边坐在一个石头上）我们公司里不是有两个总工程师吗？一个正的，一个副的，副总工程师是一个日本人。那一年，民国——哦，我记不清了，是五年前吧。有一天我们忽然听见一个传闻，说是副总工程师驻山，要来长期监督。那位正总工程师当然不愿意哪，可是因为契约上的规定，又不好出面拒绝，就找我们大家来商量，说句老实话，我们又何尝愿意他来呢。当时，我们就想好了一个办法，叫几个监工捎了一个信到厂里去，说："听说上海公司里要派副总工程师来驻山，我们大家都很欢迎；不过，矿山的面积太大，工人又多，将来如果出了什么危险，我们恐怕不能——"

何　崇　（微笑地）嗯，这个方法很好。

刘大个　（也面带微笑）方法确是很好，谁知道厂方无论如何都不相信，厂里面几个日本鬼子硬说是那几个监工故意恐吓。后来监工就把我们叫去，我们一百多个工头，都挤在一个办公室的门口，又照样将这话说了一遍。他们还是不相信，他们说工人绝不敢这样大胆。后来我们就说："好吧！你们不相信就请副总工程师来吧！他来，我们一定欢迎就是了。"

何　崇　结果呢？

刘大个　结果他还不是怕死不敢来。我说何先生，无论什么事，只要我们大家能够齐心，总有办法。

何　崇　可不是。

刘大个　最可恨的那个他妈的梁总工程师，听说他最近在上海也当上汉奸啦。

何　崇　哦！

刘大个　那次去讲话的几位监工倒蛮好的。

〔吴海清从左上。

吴海清　何先生。

何　崇　（起立）啊！吴先生，你怎么找到这儿来了？

吴海清　你不是说今天还要和工人们谈话吗？我想你一定回去得很晚了。有一件事我急于要找你，所以我就弯路从这边来了。哦！我找了好几个山洞呢。（对刘大个）你刚才说"好"，谁好呀？我认为在汉冶萍公司做事的人，就没有一个好东西。

刘大个　吴先生，不能这么说；固然坏的多，可是好的也不少呀。譬如——

吴海清　别说了吧！我就讨厌他们。（转对何）何先生，你看我究竟应该怎样办？

何　崇　还是那件事吗？

吴海清　可不是，他们硬要我去，我真——哦！据说他们现在又运了些机器来，准备动手开象鼻山和尖山尖的铁矿。

何　崇　什么？开象鼻山和尖山尖？

吴海清　是呀。

〔刘大个在他们谈话时，抽着旱烟向右边望了望，轻轻自语地：“怎么还不来呢？”说着走了下去。

何　崇　我知道他们是会这样干的，但是我没有想到会这么快，那次在罗老板家里吃年饭的时候，我不是对你们说过吗？我说鬼子们想侵夺我们大冶的铁矿，已非一日了，这一次既然占领啦，他一定会第一步把堆在江边的铁矿运走，第二步修好铁路，把存在山脚下的铁矿运走，第三步就要继续开矿。当时，我就想到，他们开矿也许连我们的官矿一道儿开采。现在他们果然在这样打算了。

吴海清　说不定他们还会将没有开采过的龙角山，也给开采了呢。

何　崇　一定会的。鬼子们的贪心是没有止境的。

吴海清　何先生，你看我应该怎么办呢？他们派了一个人来——还在我家里等着硬要我同他一道去。

何　崇　你自己的意思呢？

吴海清　我决定不去。虽然他们叫人来求我，向我讲好话，说我对于矿山熟悉一点，又以金钱、势利来引诱我，说什么加薪哪、兼差呀，但我仍决定不去，我不能出我们官家的矿山。

何　崇　（沉思以后）你这个意思，当然很好；不过，依我看你就答应去吧！

吴海清　（惊）何先生，你这是什么意思？你别同我开玩笑。

何　崇　谁同你开玩笑？

吴海清　你叫我好人不做，去做汉奸吗？

何　崇　我并不是真叫你去做，我是叫你将计就计。

吴海清 哼！将计就计！

何　崇 你要知道，我们在这种地方做工作，是要因地制宜，随机应变的。

吴海清 （肯定地）我不去，我不去。我讨厌他们。

何　崇 这不是讨厌不讨厌的问题。

吴海清 何先生我问你，假使他们真的要我领导开矿呢？

何　崇 你就开。

吴海清 假使他们真的要我参加维持会呢？

何　崇 你就参加。

吴海清 何先生你这不是叫我做汉奸是做什么呢？

何　崇 我并没有叫你去做汉奸，我是叫你将计就计呀，难道你就不能牺牲个人的自由，为了我们的工作，为了国家，去做一点有益的事吗？

吴海清 （冷笑）哼哼！我真不懂做汉奸还是有益的事。（向一边走去）

何　崇 难道说，你就不能表面参加他们的组织，实际上做你所要做的工作吗？（沉默）我知道，这个工作是很吃苦的。

吴海清 （回过头来，望着何崇，走近）何先生，我并不是怕吃苦，你叫我赴汤蹈火，我都愿意，可是，（声渐大）我不能做一天、一时、一刻的汉奸。（伤心地）自从十九年前，听了我祖父的一篇话以后，我就下定了决心，决心参加矿山的工作；十年来，我老想以我们官矿的事业，压倒他们商矿的发展。可是，可是现在，（声音急促地）事业完了，土地失了，矿山丢了，而且，而且连你何先生，（渐缓）也要逼我去当汉奸。（落泪）

何　崇 你不去吗？

吴海清 （坚定地）我不去。

何　崇　你一定不去？

吴海清　（更坚决地）我一定不去。

〔刘大个急上。

刘大个　喂喂！你这是干什么？好好儿的，干吗闹起来哪？

何　崇　（微怒地）好！你想想看！（望了一下刘大个）还有刘大个在座，那天晚上在罗老板家里吃年饭，是谁说的最后一句话？

〔何崇很生气地坐在石坎上，吴海清显出一个很窘的样子。

刘大个　（望了一下他们两人的面孔）有什么话好说呀，干吗拌嘴呢？

何　崇　（对吴大声命令地）你说，那天是谁说的最后一句话？

吴海清　（抬头）是我说的，是我说的最后一句话，那天饭吃完后，我对大家说，我说："我们从今天以后，无论是谁都要听从何先生的话。"

何　崇　那么你今天呢？

吴海清　（凛声地）我今天——（语塞）

何　崇　（站起来，走过去，拍着吴的肩膀）朋友，我知道你的内心是非常痛苦的，但是，为了我们的工作，为了国家，你得忍受一切，牺牲一切。要知道，你不参加他们的伪组织，我们的官矿，他们还是要开采的；你参加以后，总可以多知道一点他们内面的情形。

刘大个　既然这样，吴先生，你就听何先生的话吧。你看我，说不干不干，可不是又干起来了吗？

吴海清　（想了想，抬起头，很热忱地望着何崇）何先生，我听你的话，我服从你的命令。

何　崇　你去吗？

吴海清　我去。

何　崇　真的?

吴海清　真的。

何　崇　（很热烈地与吴握手）朋友！我感激你。但是，你进去以后，你不要忘记了你的责任，不要忘记了你的祖先，更不要忘记了你自己。

吴海清　（流着泪，声音凛凛地）我知道，何先生，你放心。（点头欲下）

何　崇　为了工作方便，你可以和徐一飞他们直接取得联络。

吴海清　徐先生在——

何　崇　他就在黄石港和石灰窑一带，你要知道他的住处。你经过下陆的时候，问问毛良就得了。

吴海清　毛先生——

何　崇　他的住处也是常常变动的。你问罗老板好了。

吴海清　好，（向何、刘点头）再见！

何　崇　再见。

〔吴海清由左下。

何　崇　（望着刘大个）他们还没有来吗?

刘大个　没有。

何　崇　好，你在外面等等，我进去歇一会。（由洞下）

刘大个　好吧！你这两天也太累了，觉也睡得不够。

何　崇　（在内）他们来齐了，你就马上喊我！

刘大个　我知道。

〔刘大个坐在洞口抽烟，少顷，矿工丙由右上。

矿工丙　刘大哥。

刘大个　（略转身）老郑，你怎么一个人来啦?他们?

矿工丙　不知道。

刘大个 你不是和他们一道吗?

矿工丙 不，我先走的。还没有下工，我老婆跑来跟我说，陈根在我家里等着，要见何先生。何先生呢?

刘大个 在洞里面休息，陈根呢?

矿工丙 在后边，转角的地方等着。我说你们在开会，他叫我先来问问，看何先生要不要马上见他。

〔刘大个起身入洞内，旋出。

刘大个 何先生叫他来!(老郑拟下)哦，老郑，你去看看他们干吗还没有来。

矿工丙 是。(下)

〔何崇从洞内走出，少顷。

陈　根 (上)何先生。

何　崇 陈根，你从下陆来吗?

陈　根 是的。

何　崇 有什么事吗?

陈　根 我今天早上就听见一个消息，听说厂里老是看见铁路修不成功，就准备从明天起，一律用人工挑。

刘大个 挑铁砂?

陈　根 是呀，起头我也是不相信，那么多的铁砂，人工挑得完吗?后来吃午饭的时候，就看见真的有人在对那些修路的工人训话，叫他们不用全体修路了，从明天起分出一大半人来挑铁砂。每一人百斤，从铁山挑到石灰窑，每担一块二角钱。后来那些工人就偷偷地跑去问毛先生，问去不去;毛先生也不知道怎么办好，叫我特地赶来问你。我动身时还看见他们在下陆贴招工的字条呢。

何　崇 每担一块二吗?

陈　根　一块二。

何　崇　（计算地）每担一块二，六十里路，来回得走两天。每天六角钱，好吧！就告诉毛先生，叫他们挑好了。

〔右边传来一片嘈杂的人声。由远而近。

——我们不挑。

——不挑！

——他妈的王八羔子才挑！

——别说一块二。

——两块四也不挑。

——不挑！

——不挑！

〔陈、刘、何都转过身，望着那条山路。

〔矿工们愤怒的声音还没有停止。

〔少顷。矿工甲、乙、丙、丁及其他一大群同上。

刘大个　（对矿工甲）干吗？老田。

矿工甲　他妈的，我们刚下工，就准备往这儿来，突然，跑来个龟孙子，拉着我们，要训话。

矿工乙　他们要抽开矿的人，去挑铁砂。

陈　根　也要抽你们去挑铁砂吗？

矿工甲　他妈的汉奸简直忘了他自己是哪一国的人了。

矿工乙　他说日本要铁要得紧，铁路一时恐怕修不成功，只好一面修路，一面先用人工挑。

矿工丙　我们不挑！

全体矿工　（大声地）我们不！不挑！不挑！王八羔子才挑！……（渐渐骚动了起来）

何　崇　（紧张地跳上一个石头）请你们小声一点，请你们小声一点……今天叫刘大哥邀你们来！也就是为了商量铁矿的事情。你们知道，自从汉冶萍公司借了鬼子们的钱，和鬼子们订下了一些不平等的条约以后，我们大冶的铁矿，差不多完全断送在鬼子们的手里。这二三十年来，他们无时无刻不在侵夺和偷运我们的铁砂。他们将我们中国的铁运去，制成枪、炮、炸弹，又运来打我们中国。现在，他们的枪炮用完了，他们的炸弹快用光了，于是又加紧地来侵占，来抢夺。我们堆在石灰窑和沈家营江边的几十万吨铁砂，完全给他们运走了，还不算；他还在更加紧地来修路，来开采……朋友们！这种耻辱我们能够忍受吗？昨天和另外一批朋友谈起，他们都非常气愤，他们都说情愿饿死，不情愿再给他们开矿……

矿工某　（气愤愤地）情愿饿死。他妈的！

何　崇　可是要知道，我们的工作中心在那条铁路，我们的目的是不准他、不准鬼子们再把大冶的铁砂运走，一直等到抗战胜利，推翻一切不平等条约。那么，现在我们就给他开采，又有什么要紧呢？不错，他要我们用人工来挑。刚才也听陈根说过，他要每人挑一百斤……

矿工甲　是的，他说最少也要挑九十斤。

何　崇　就以一百斤计算吧：一人一百斤，十人一千斤，二十人才能挑一吨；二十人一吨，两百人十吨，两千人一百吨，假使有四千人吧！

矿工乙　不会有那么些。

何　崇　就以四千人计算。一来一去，每天也只有两千人挑铁砂。那么，一天一百吨，十天一千吨，一百天一万吨，一年三百六十天，可挑三万六千吨。一年三万六千吨，十年也只能挑三十六万吨。如果真的要用人工挑，别说开采的，光是堆在这矿山脚下的，还有三四十万吨铁砂，就足够他挑十年。（**有力地**）难道在这十年中，我们还不能把鬼子们赶出去吗？朋友们！我们不要性急，我们要站稳脚步，要从大处着眼。（**略停**）再说呢，我们正好借此机会，实行我们的计划。前天，这儿刚开工的时候，我不是叫刘大哥和大家说过吗？为了生活，我们还是得安心地干下去。不过，我们“干”也得有一个“干”的计划。我以为在石灰窑和下陆一带修路的工人，有家眷的我们都应该给调到后面来开矿；这儿开矿的朋友们，没有家眷之累的，就调到前面去修路。我们在那儿白天里做工修路，夜晚里就好安心做游击工作——做破坏工作。

矿工们　——赞成！

——赞成！

——我去！

何　崇　这正是一个很好的机会，从明天起，我们铁山这一边没有家眷的人，就先派一批，答应他们挑铁砂到那边去，然后将空箩担交给那边有家眷的人，好让他们来回一次、两次、三次、四次地把他们的家，慢慢地给搬到这边来。搬来后再换一批人去，又换一批有家眷的人来。不然，我们整队地搬家又会给他们怀疑。这样，我们家也搬了，钱也赚了，工作也做了。好不好？

矿工们　——好！

——好！

——赞成！

何　崇　（**跳下来，对陈根**）陈根，你马上去告诉毛先生叫他转告大家也这么干。有家眷的人就答应挑铁砂，搬到这边来；没有家眷的人，还是白天参加修路，夜晚做破坏工作。

陈　根　是。

何　崇　铁锤呢？

陈　根　他和徐先生一道在石灰窑。

何　崇　好，还是这么着吧。徐先生和铁锤在石灰窑；你、罗老板和毛先生在下陆；这儿有我和刘大个。如果那边有什么消息，还是你来报告。

陈　根　好，都走哪！（下）

何　崇　刘大个，你等一会儿，去告诉那些工头在今天夜晚都支配好。你这时候就给他们清查一下，看谁能去，谁不能去。

矿工甲　我能去，我没有家。

矿工们　——我能去！

——我能去！

——我也能去！

〔矿工丁从后面挤上前来。

〔矿工丁，五十多岁，因为工作过劳的关系，看去像一个六十开外的人，头发和胡须都呈白色。瘦瘦身子，穿着一套破旧的青色衣服，两眼失神地东张西望。近来因为丢掉孩子，颇为伤心，他望着何崇。

矿工丁　（很伤心地）何先生，我是一定要去的。你瞧，我这一把年纪，就只有一个孩子。谁知道老天爷，（说着望着天）不睁开眼睛，在半个月前，我的孩子，（哭泣）我的孩子给日本鬼子抓走了。一直还没有下落。我的老婆急得要寻死，她投井，我把她拦住；她上吊，我又把她从梁上放下来。（越说越伤心地）她现在病在床上，饭不吃，茶不想，快要死哩！（陡然，大声地）哦哦！我要去，我要去，我没有家眷！我没有家眷！（哭）

〔大家凄然。

何　崇　（安慰地，走近丁）你别伤心！你年岁有这么大了。你安心在这儿工作吧！我们会给你报仇，（捏紧拳头，很感动地）会给你报仇的！

刘大个　（向洞口内走去，对矿工们）大家都过来，我们仔细商量一下。

〔矿工们都转过身，挤到洞门口。

矿工丁　（也眼泪巴巴地准备挤进去，口里喊着）刘大哥，刘大哥，我要去，我要去！

〔他们还没有开始，就听见从下面传来一个声音。喊着何先生。

何　崇　（站在矿工们的后面，急忙转过身）谁？

〔矿工们也都转过身来。

何　崇　铁锤吗？

〔声：是的。

〔铁锤匆匆上，后面跟着陈根。

何　崇　你怎么来啦？

铁　锤　老郑的老婆引我来的——有一件紧急事情，徐先生叫我报告何先生的。

何　崇　什么？

铁　锤　前些日子这一带不是丢了很多小孩吗？

何　崇　是呀，怎样？

铁　锤　雨天我们在石灰窑附近的山上，掘出了很多小孩的死尸。

矿工丁　（凄凉地，走出一步）死尸！

何　崇　是怎样的！

铁　锤　都是十二三岁的样子，赤条条的，有一两件破衣服裹着。

何　崇　没有棺材吗？

铁　锤　没有。

何　崇　有没有枪眼？

铁　锤　没有。

何　崇　有没有刀痕？

铁　锤　也没有

何　崇　尸首全吗？

铁　锤　全。

何　崇　怎样死的？

铁　锤　依徐先生断定，恐怕是抽血抽死的……

何　崇　（吃惊）哦！

〔矿工丁伤心地揩着眼泪。

何　崇　有多少？

铁　锤　一共有十七八个。

何　崇　是谁发现的？

铁　锤　开头是一个到黄石港挑货的工人。他告诉我们，他打福华公司的后面山上过，看见很多小孩的新坟，土很松，有的衣服角还露在外面。昨天早晨，天还没有亮，我就同徐先生一道跑去，刚跑到就看见一只野狗，正在啃一个小孩的死尸，我们就连忙赶过去，那只狗真凶，他妈的，它看见有人来了，还不放松，咬着那个小孩的死尸，拼命跑，我就在后面拼命追，后来，那个小孩的死尸还是给我抢下来了。只剩了大半边。徐先生仔细地看了半天，就说：这是抽血抽死的。

刘大个　（走出）福华公司，他们不是改做伤兵医院了吗？

铁　锤　是呀，徐先生断定这些小孩，是他们抽血抽死的。徐先生说人身上有，有什么血管来着……

何　崇　不错，人身上有大血管，有小血管，人死了，小血管的血就流回到大血管里，结成一个紫黑色的硬块子……

铁　锤　对对，徐先生说昨天早上的那个小孩，他身上就没有那些黑块子。

刘大个　我想，恐怕是他们把血抽去，诊了他们的伤兵。

何　崇　可不是，（对大家）你们还记得吗？这二十天来，不是他们每到一批伤兵，我们就不见一批小孩吗。

矿工们　——是的！

——是的！

矿工某　不错，那一天我——

铁　锤　挺奇怪的是今天早晨，有一个渔船在江边捞起一只麻布口袋……

何　崇　麻布口袋？

铁　锤　他们打开一看，里面也是装着一个小孩的死尸。

何　崇　什么样的？

铁　锤　和从坟里掘出来的一个模样。

何　崇　没有枪眼？

铁　锤　没有。

何　崇　没有刀痕？

铁　锤　没有。

何　崇　尸首全吗？

铁　锤　全。

矿工丁　（放声大哭）哦！我的孩子一定完了！

铁　锤　何先生，徐先生叫我来问你，你看——

何　崇　我们当然要侦查，要调查出一个确实的线索来。你去告诉徐先生，叫从明天夜晚起，在那个医院附近，和附近的山头、江边，都要派人守候。前天不是有轮船由汉口又运来一批伤兵吗？说不定一半天他们又会掘出小孩的尸首来。并且，我们还要设法营救，这几次不是一共丢了两百多吗？恐怕他们医院里还有很多活的小孩，我们不能让他们白白地给鬼子们害死。

铁　锤　好——我就去。

何　崇　（转对陈）陈根，你无论如何今天夜晚要赶到。关于挑铁砂和对调工人的事，明天就要开始。

陈　根　是是。

〔陈根和铁锤拟下，忽然——

陈　根　那是谁？

〔大家都很吃惊地望着前方。

刘大个　（慌张地）快快，快进去。（拉陈根，铁锤和何崇）

矿工某　（轻声地）后面好像跟着几个日本鬼子！

〔陈根、铁锤急由洞下，何崇也躲入洞内。工人们还来不及都躲进去，黄俊和洪四已经走了上来。

黄　俊　（对大家，严厉地）你们在干什么？

矿工某　没干什么。

黄　俊　没干什么！下了工不回去，干吗都跑到这儿来？

矿工某　你们不是训话，叫我们参加挑铁砂吗？

黄　俊　挑铁砂都挑到这儿来了吗？……你们的工头呢？

刘大个　（从一个矿工的后面露出脸来）在这儿。

黄　俊　哦。是你，刘大个子。很好！（奸笑，讥讽地）我知道是你。

刘大个　（走出）有什么事吗？黄股长。

黄　俊　什么事！你自己干的事，还不知道？

刘大个　不知道。

黄　俊　你干吗给工人都带到这儿来？

刘大个　我们刚下工的时候，不是有一位先生训话，叫我们抽出一部分人来挑铁砂吗？我就把他们带到这儿来，想清查一下，谁有力气，谁没有力气。

黄　俊　（发怒）放屁！训话时你根本就不在那儿。

刘大个　（惊）什么？我不在那儿，谁说的？

黄　俊　哼！谁说的，告诉你，你们干的事，我们全都知道。

〔矿工们都很吃惊地，彼此望了望。

黄　俊　（大声地，对矿工们）站出来！（矿工们不动，更大声地）站出来！

刘大个　好吧！你们就都站出来。

〔矿工们，在洞内的一部分都站了出来，大家都挤在洞门口。

〔黄俊向洪四示意，洪四走去，在工人群中望了望，接着就向黄俊摇头。

黄　俊　（轻轻地对洪四）没有吗？

洪　四　（也轻轻地）没有。

黄　俊　（对刘，严厉地）哼！刘大个，交出人来！

刘大个　谁？

黄　俊　一个工人。

刘大个　我的工人不全在这儿？

黄　俊　一个姓何的。

刘大个　（改作惊张）姓何的！没有！（态度从容地，而且面带微笑）我们这一队里姓“死”的倒有，就缺一个姓“活”的！

黄　俊　浑蛋！谁同你开玩笑。你交不交出来？你？

刘大个　没有，拿什么交呢？

黄　俊　（拿出手枪，恐吓地）你交不交？你不交我就要你的狗命。

刘大个　（不怕，而且慢吞吞地）要命，也没有办法。

黄　俊　（转对矿工们）你们说，姓何的在什么地方？

矿工甲 （在人空里）我们也不知道。

黄　俊 （吓唬地）谁说不知道？

矿工甲 （挺身出）我说不知道。黄股长！我们不知道，拿什么说呢？

洪　四 我看你们还是说了吧！你们瞧！（说着手指着下方）皇军在那儿，已经架好了机关枪。

〔大家往下望，真的，下面有机关枪的声响。

矿工甲 （坚决地）打死我们也没有办法呀！我们根本就不知道！

黄　俊 说不说？

〔矿工们沉默。

黄　俊 好，你们不说。（命令地）给我让开！

〔矿工们不动。

黄　俊 （上前一步举起枪）给我们让开这洞口！（矿工们仍不动）

黄　俊 让开！

刘大个 （在一边，对大家）好吧！你们就让开！

〔大家让开一条路来。

刘大个 黄股长！你是要进去吗？请你进去瞧吧！

黄　俊 他准在这里面。

〔黄俊持着枪，向洞内走，刚走到洞口。

刘大个 不过，这个洞的年代好久了，听说……

黄　俊 （止步，转过身，对刘）听说什么？

刘大个 听说里面有——（故意不说下去）好吧！你进去吧。

黄　俊 （走出，对洪）洪四，你进去看看！

洪　四 （嗫嚅地）我，我，我不认识他。（找寻地）叶，叶，叶老五呢？

〔矿工们听见叶老五三个字都发怔，在人堆里彼此望了望，有的在耳语。刘大个也很吃惊地向人堆里望了一眼。

洪　四　（向下首喊）叶老五！

黄　俊　（站在洪四的背后，也望着下首）叶老五没有吧！

〔黄俊转身，矿工们又都急忙恢复原状。

黄　俊　（温和地）刘大个，你是我们厂里的老工头，做事稳重，老实，一向都是很听话的。现在还是请你交出来吧。

刘大个　谁？

黄　俊　何崇。

刘大个　不知道。

黄　俊　（转对矿工们）你们说！

矿工乙　我们不知道，说什么？

黄　俊　（发怒地）你们不说吗？

矿工们　（气愤地）我们不说。

——不说。

——我们知道也不说。

——不说。

黄　俊　好！洪四，枪给拿出来，你到上面拦住。我来去请皇军来，开机关枪扫死这群狗东西。

〔洪四拿出手枪，走到左端。

矿工丁　（突然走出，抓住黄的衣）黄股长，你，你打死我，你打死我，你打死我吧！

黄　俊　（愕住，接着用力一推）浑蛋！

〔矿工丁跌在地上，呻吟，哭泣。矿工们蠢蠢欲动。

洪　四　（朝天放了一枪）不准动！

〔黄俊拟下，何崇从洞内跑了出来。

何　崇　（大声地）别打！（站在洞口）

〔黄俊转身，何崇用愤恨的眼光望着他们。

黄　俊　你是谁？

何　崇　（走出一步）我是何崇。

〔大家都很吃惊地望着何崇。

黄　俊　（怀疑地）你是何崇吗？

洪　四　是他，今天早上叶老五还指给我看了的。哦？对了，那一天他在黄石港装作一个卖——

何　崇　住嘴！你们这班汉奸。

黄　俊　别惊！皇军在下面。

何　崇　"皇军"！什么"皇军"！你们这些无耻的走狗。你们帮助敌人侵夺我们国家的铁砂，你们帮助敌人榨取我们孩子的血液。你们这班汉奸，这些无耻的走狗。你们对得起你们的祖先，对得起你们的子孙，对得起你们自己的良心吗？你们说！

黄　俊　没有话说，走走走，这半个月来，害得老子好苦。

洪　四　（推何崇）走呀！

矿工们　（愤怒）不准走！（欲上前拦住）

——不准走！

——打！

——打死这两个狗东西！

——打！

——打！

〔全体骚动，黄俊制止不住，倒退了几步。

黄　俊　（急）洪四，开枪，开枪！（说着自己也向天空开了两枪）

何　崇　（急忙转过身，对矿工们，命令地）别动……别动！大家慢慢地静下来。退后一点！（大家略略退后）我不是对你们说过吗？叫你们安心工作，不要盲动，不要看轻自己的生命。一个人在不必要死的时候，可以不必死；在不必要活的时候，也可以不必活着。“人生自古谁无死”，不过一个人，死要死得有意义，有价值。有意义地去死，比无意义地活着，要有意义得多。我今天给他们抓去，当然是一死。不过，只要你们能记住我从前说的话，能够安心工作，我死也瞑目。

〔大家凄然，垂头落泪。

刘大个 何先生——

何　崇 （急忙）别多讲话——（少顷转对洪、黄）走呀！

〔洪、黄二人，把何崇带走。刘大个和矿工们都抬起头，静静地望着那条无情的大路。少顷。

矿工甲 他妈的，叶老五！

刘大个 叶老五什么时候走的！

矿工某 谁知道。

矿工丁 （早已爬起来）在转角的地方，我还看见他的，他走在挺后头。

矿工乙 他妈的——这家伙真阴险。

〔铁锤和陈根从洞内走了出来。

陈　根 他们走了吗？

刘大个 走了。

铁　锤 （愤愤地）狗娘养的，他进去！他进去老子一拳头打死他。

陈　根 刘大哥，我们怎么办呢！

铁　锤 怎么办！我们还是照样干呀！

刘大个 对，我们还是照样干。不过，我们得先设法营救何先生。

铁　锤 还有，我们要打死那狗娘养的叶老五，哎！刘大哥，这么着！这儿你带头干。陈根，我们去报告陈先生和毛先生。

陈　根 走！铁锤。

〔陈根和铁锤由左下。

矿工甲　（对刘）刘大哥，我们明天挑铁砂，多派些人去。

刘大个　是的。

矿工们　对对对。

——多派些人去！

——多派些人去！

——幕　落——

第四幕

◉**时 间**

第三幕后四日黎明前

◉**地 点**

石灰窑

◉**人 物**

矿工甲　矿工戊　矿工己　矿工庚　矿工辛　魏大哥　刘老幺

李亚萍　何　崇　陈　根　李祖应　洪　四　其他矿工一群

第一场

布　景　一座山头。后边是悬崖陡壁，濒临长江。上边是一片蔚蓝的天空衬着一轮下弦明月。月在左，右边是一棵古树；树叶浓密，有一枝树干向左边伸出，配合着地下左边的一大块石碑和后边的一些峥嵘的石头，使这景格外美丽。石碑上隐隐约约地可以看到“西塞怀古”四个字迹。

〔幕启，矿工甲坐在右边的古树根下，背靠着古树。月色偕着星光，射在他的身上，他毫无知觉，仿佛已经入梦。少顷，远处传来一声鸡鸣，轻轻地起了一阵微风。矿工戊从左边走了上来。

矿工戊　老田！

矿工甲　（惊起）干吗？

矿工戊　不干吗，我以为你睡着了

矿工甲 喔！吓我一大跳，我以为是干起来了。

矿工戊 真的，怎么今夜又没有消息。

矿工甲 巡哨的人来过吗？

矿工戊 没有。

矿工甲 今夜是谁？

矿工戊 是老程。

矿工甲 我看今天又完啦。

〔远处鸡声。

矿工甲 听！

矿工戊 头遍鸡啼。

矿工甲 老唐，吴海清先生真的死了吗？

矿工戊 老田，你不知道，你昨天从铁山刚来。那才惨呢，一具死尸吊在维持会的屋梁上。

矿工甲 哦，上吊！

矿工戊 对哪！他自杀。他自杀前写好了两封信，一封信他托一个工人传出来，交给铁锤。另外一封信，他死的时候，还装在自己的荷包里。

矿工甲 那一封给谁？

矿工戊 给维持会的会长和维持会的人；他说，他不愿意做汉奸，不愿意出卖祖国的铁砂，他宁可做一个流芳百世鬼，也不愿做一个遗臭万年人。所以，他情愿以他的死，来劝大家，叫大家赶快觉悟，及早回头；团结一致努力杀敌……

矿工甲 （感叹）唉！！真死得可惜。

矿工戊 可不是，听铁锤说，他人挺直爽，挺痛快。他写给铁锤和陈先生的信说他是为了服从命令，才不得不暂入维持会工作，现在听说何先生被捕。一定会被他们害死，何先生死，他也无意于世上了，最后，他希望……

矿工甲 希望人家干，是吗？

矿工戊 可不是，真是一个好人，也难怪，他本不愿意去当汉奸的，是何先生叫他进去里应外合。谁知道，他头天进去，第二天就听见何先生给逮捕的消息，第三天，就是前天夜里，他——

矿工甲 （忽有所感）哦！

矿工戊 可不是，天亮就是五个日子哪！

矿工甲 真奇怪！为什么没有一点消息。（说着，走到江边，懒洋洋踏上一个岸坡）

矿工戊 （走到树旁，刚欲蹲下，忽起立。大声地）老田！

矿工甲 （头不回地）什么？

矿工戊 （命令地）过来！那边是悬岩陡壁。下面是长江，掉下去可不是玩命哪！

矿工甲 （回转身）我想着那一天，何先生在铁山给逮捕的情形，心里真有点难过，（说着慢慢地沿着石坡走到左边，一屁股跳坐在石碑上）

矿工戊 （也坐下，伸着两只腿，背靠着古树）谁不是一样，听说那天是叶老五。

矿工甲 别提了吧，他妈的叶老五！如果有一天碰在老子的手里，老子不给他白刀子进去，红刀子出来，就不是人养的。

矿工戊 那个龟孙子真阴险，罗老板不是说他以前还好的吗？

矿工甲 好！他妈的，真是人心隔肚皮！

矿工戊 我想在打仗的时候，这种浑水摸鱼的人，一定是有的，不过！不应该那么阴险！不应该陷害人。

矿工甲 （跳下来）朋友，我不赞成你的话，干吗好好的要去“摸鱼”呢？每天能够混两顿白饭吃，不就够了吗？你看，咱们这样白天里给他们修路，给他们开矿，给他们挑铁砂，天刚黑就睡觉，半夜又说起来干。真如同何先生说的，这样我们钱也赚了，工作也做了。不是很有意义吗？一定要去偷偷摸摸地想发横财呢？

矿工戊 唔！老田，真的这几天那边挑铁砂来的人，都是没有家眷的吗？

矿工甲 是呀！大家都求着要来。好容易前天下午我才和刘大哥商量挑铁砂。

矿工戊 这个办法真好，像我一样，一个光杆，夜晚干起来多么方便。

矿工甲 可不是。何先生真有见解。

矿工戊 偏巧，他又给逮捕了。

矿工甲 哦！那天被捕还吩咐铁锤，叫这边注意小孩的事。

矿工戊 （起立）是呀！你要知道我们今儿晚上在这儿放哨，铁锤说一是注意打听消息，二是打死鬼子，三是留心那个山脚下（指左方）的医院和小孩的尸首。

矿工甲 小孩子的事，还没有一点线索吗？

矿工戊 没有。真他妈的，我从前在私塾读“增广”的时候，里面有一句叫作“有心种花花不发，无心插柳柳成荫”。现在可不是，我们“有心”地守，守了他妈的几个晚上，都没有一点痕迹。

〔从右边传来一个声音。叫着老唐！

矿工戊 谁？

〔声：我。

矿工甲 （对戊，轻声地）是谁？

矿工戊 好像是老程。

〔一会儿，老程上。

矿工戊　老程，怎么这时候才来？

矿工己　我刚才碰见铁锤，谈了一会儿话，他叫我们今儿晚上要特别注意。

矿工甲　哦！

矿工戊　天不是快要亮了吗？

矿工己　铁锤说，一会天亮了，我们也要多待一会。

矿工甲　是救何先生吗？

矿工己　不知道是不是，铁锤没有说清。他只告诉我，叫我转告大家，要叫大家注意听，哪儿有三下枪声，大家就往哪儿跑。

矿工甲　他手里有枪？

矿工己　有。徐先生向南乡游击队借的枪和手榴弹，刚好这两天送来。

矿工甲　还有手榴弹？

矿工己　有。

矿工戊　今夜人多吗？

矿工己　多极了。一大半都跟着铁锤，埋伏在那石黄警察局的附近。

矿工甲　不是有很多警察吗？

矿工己　不要紧，据我们调查，他们连黄石港分局的一共还不到十支长枪。

矿工甲　今夜这几个山头上，都有人吗？

矿工己　都有。山头、山脚、江边和那个医院（指左边）的附近，都埋伏着人。（说着走到左边）

矿工戊　那不是这石灰窑——

矿工己　（回转身）差不多都布满了。

矿工甲　那个医院不是有好些鬼子兵吗？

矿工己 不多，只有三十来个，他们夜里也不敢出来。

〔左边远处传来一声犬吠。

矿工戊 听！

〔三人凝神静听。犬吠声更烈。

矿工己 （转过身望着左下边远方。头也不回地说）狗叫得厉害，我去看看。

〔矿工己急下，忽又很惊慌地跑了回来。

矿工己 （声音很急促地）你们瞧！你们瞧！那是什么！（说着仍站在左旁，指着远方）

〔矿工甲和戊也急忙赶了过去，站在己的背后，戊在外，甲在内。

矿工己 那是什么？

矿工戊 几个影子！

矿工甲 恐怕是人。

矿工己 人！为什么弯着身子？

矿工戊 好像驮着什么。

矿工甲 在走。

矿工己 瞧！走到了江边。

矿工戊 驮的好像是麻布口袋？！

矿工甲 呀！恐怕里面是小孩。

矿工戊 小孩的死尸。

矿工己 （惊！撒开两手向后退，甲、戊也跟着退了一步）瞧！停止啦！……驮着的东西放下来啦！

矿工甲 扔下去啦！

〔三人都很紧张地同时向前走上一步。

矿工戊 扔下江啦！

〔三人不约而同地从小腿中抽出雪亮的刺刀来。

〔三人对话渐转快。

矿工戊 那一定是小孩的死尸！

矿工己 一定。

矿工甲 回头啦！

矿工戊 多少？

矿工甲 七八个。

矿工己 跟下去！

矿工戊 追下去！

矿工甲 追！

矿工己 追！

〔三人追下。

〔舞台空。

〔约十秒钟即闻远处断续枪声十余响。

〔枪响后又忽闻远处犬吠。

〔约一分钟后舞台暗转。

第二场

布 景 某某公司门前广场。某某公司在舞台左后方，斜斜的。大门顶上本横写着某某公司四字，可是现在某某两字被铲去，看字迹，好像是“福华”二字。只是门前左边贴一张直的字条。字条上写着“大日本皇军伤兵医院”。白底黑字，非常明显。门内是个大院，门外有八九个石阶。大门两边院墙左右伸出各两尺又以一百三十五度的角度折回向两边。除地占全台四分之三外，在右前方。右后仍是一片蓝天，远远地可以看见几颗明亮的星点。

〔暗转后，舞台空空，院门紧闭。内面，较远地透出一片喊杀和喊打的声音。矿工己、戊、甲，另外还有一群矿工跟随着由右边急上。他们跑到台中急忙站住，内面的声音略小。

矿工己 （回转头，对众）怎么，他们干起来了？

矿工某 大概是干起来了！我们在那一个山脚下，老早就听见这儿有枪声。

〔这时候内面有小孩的哭唤和伤兵呻吟的声音。同时还夹杂着一两声“杀”和“打”的叫唤。矿工己望了望大门，准备冲过去，刚跑上五六个石阶，忽听见内面有一个女人的尖锐的声音，他急忙站定，抬起头来倾听。

一个女人的声音 （在内，尖锐地）你们别打伤兵！别打伤兵！孩子们别怕！别哭！我们是来救你们的。救你们的。喂喂！从后门背出去！背出去！

矿工己 （略略低下头，奇怪地）怎么有女人的声音？

矿工戊 （走上前一步）恐怕是——

〔矿工戊正准备回答，可是矿工庚、己匆匆由左上。他刚一出台就回过手去。

矿工庚 （对内喊）你们不要来！不要来！是我们自己人。

矿工己 老汪，干吗？

矿工庚 （回过头）哦！老程！别进去！里面干起来了。我们有三十多个人在这儿守着，恐怕有鬼子兵和警察来。我们看见这儿有一群人影还以为是——哦！我告诉你们，（走到中间）今天真奇怪。

矿工戊 什么？

〔矿工己走了下来，站在左边。

矿工庚 我们刚刚发现这儿有人背着麻布口袋。

矿工戊 可不是，我们也看见，可是等我们赶下来，就——

矿工庚 真奇怪，等我们跑到这儿来，正准备杀进去的时候，就听见里面有很多人喊杀喊打的声音。

矿工己 是谁?

矿工庚 不知道，他们是从后门打进去的，后来又听见枪响。我们守住大门，我们正准备冲进去！这院子里面就有人讲话，叫我们守住大门。并且说：他们来了三百多人，够啦。

矿工某 有三百多吗?

矿工甲 是谁领头?

矿工庚 不知道。

矿工己 刚才是不是有一个女人说话?

矿工庚 对了！我先前也好像听见一个女人在内指挥。

〔矿工辛由左急上。

矿工辛 老汪，老汪，你在这儿?

矿工庚 干吗?

矿工辛 你弟弟受了伤。

矿工庚 在什么地方?

矿工辛 我从后门背出来，交给老胡背回去了。

矿工己 哦!（指他左脸）你看你这儿!

矿工辛 （左手扑了一下脸，拿下，望着手）血！对，擦破一点皮！啰！真痛快！他妈的，老子亲手宰一个日本鬼子。瞧！这大刀上不是还有鬼子们的血吗?（说着出示右手的大刀，有劲地连说带做）老韩正在抢一个小孩，有一个鬼子拿着刺刀，正准备朝老韩的背上刺去，我就在他后面，举起大刀，照着他的颈子，咔——嚓！一刀，鬼子的“九斤半”[1]就给老子“劈”下来了。

矿工庚 你们什么时候打进去的？

矿工辛 我同你弟弟一共有十来个人，那时候正在后面那条小路上放哨，看见他们来了，也就跟着杀了进去。他妈的，真热闹！

矿工庚 有八个人背麻布布袋从这儿出来，他们知道吗？

矿工辛 他们不知道。

矿工己 （莫名其妙地望着庚和辛）“他们”是谁？

矿工辛 还不是一些矿山上的朋友，不过，他们现在没干啦。他们正在组织自卫军。

矿工甲 领头的是谁？

矿工辛 他们一大半是圈子里面的人，领路的是他们“大哥”哦！我告诉你们，今天真奇怪，今天领头救小孩的是一个女人。

矿工甲 女人？

矿工辛 这女人真有本事，她穿着一身短打，拿着大刀一样拼命干，你们猜，这女人是谁？

矿工辛 她就是李厂长的女儿。

矿工某 （吃惊地）什么？他的女儿？

矿工辛 可不是，真奇怪！

矿工庚 今天一共救了多少小孩？

矿工辛 不知道。

矿工戊 杀了多少鬼子？

矿工辛 不知道。

1 头。

〔猛烈间，院门开了，一个女人出现在门前，穿着短装，披着头发，拿着大刀。英勇地站在门槛上。她正是李厂长的女儿李亚萍。大家都望着她。

李亚萍 （望着大家，兴奋地，大声报告着）各位朋友，听着！谢谢你们在外面帮忙。我现在报告大家一个消息！我们今天一共杀死了五十多个日本鬼子，救出了一百多个小孩。

大　家 （热烈地欢呼）

〔左边又涌来一群矿工。

李亚萍 （仍大声地）各位！我对不起各位。我很惭愧，我很懊恼，我生错了人家，我不应该做我爸爸的女儿，一个汉奸的女儿。今天，当我们杀进去的时候，我们首先就发现有七八个小孩躺在他们的手术室里，奄奄一息。血！都给抽尽。（声音转凄凉）真令人寒心！……（愤恨爬上眉尖）我真没有想到鬼子们会这样毒辣，会干出这样惨无人道的事！……可是！……可是，还有人给他们当走狗……（颤声）当汉奸！（伤心地哭泣，无力地靠在门左边）

〔左右两边又陆续地增加了几个工人。全场愈趋紧张。

〔矿工已跳上了五个石阶，站在石阶的右端。

矿工己 （对李）李小姐，你别难过，你瞧！我们不是在给鬼子们、给汉奸们干吗！

李亚萍 （勉强支持地）是的，你们是在干，我早已知道你们在干，（指院内）他们也在干，南乡的游击队也在干，可是——哦！我问你，你们可知道一个姓何的吗！

矿工甲 是何崇先生吗？

李亚萍 是的。

矿工己 呀！他！

矿工某 他给逮捕了。

李亚萍 （大惊）他给逮捕了！什么时候？

矿工己 前几天。

李亚萍 现在在什么地方？

矿工己 还不知道，也许在黄石港，也许在这石灰窑。我们这几天正在探听消息，设法营救。

〔右边远处传来枪声。

矿工戊 哦！枪！

矿工己 （对戊）几下？

矿工戊 三下。

矿工己 在什么地方？

矿工甲 好像在我们刚才来的那个山头。

矿工己 （命令地）去去去，大家都去！……

〔众向右跑下，己拟下。

李亚萍 （急忙走下两三个石阶，急忙地）干吗！你们干吗？

矿工己 这是我们今夜的信号，那儿有三下枪声，就都向那儿跑去。

李亚萍 我也去！

矿工己 你不能！哦！血！你瞧，你受了伤！（说完，飞也似的跳下石阶向右前角跑去）

李亚萍 不，不，我要去，我要去救他，我没有受伤。（说着跳下石阶，因受伤过，跌倒，又急忙爬起）我要去！我要去！（叫着向右边跑下，口里还在喊）你等我！我要去！我要去！

〔片刻，院内又跳出一个矿工，他眼望着前方刚刚跳下石阶。同时内面又传出一个声音："老幺，老幺！"这声把他叫住。他立定，仍望了一下前方，接着就回过头来。院门口出现了另一个工人。同样，他们手中各拿着大刀。

老　幺　大哥，喊我吗?

大　哥　老幺，什么地方又有枪响?

老　幺　好像是前面，他们都去。

大　哥　"他们"！我不赞成他们这种偷偷摸摸的办法。要干就硬干。

老　幺　他们说为了"耕沙"。

大　哥　"耕沙"？难道说要吃饭，就不要脸了吗？我们宁可喝风、吃草、吃树根，也不能再给鬼子们做工。

老　幺　他们总算有种，能够日做工，夜游击，还有些他妈的简直就当上汉奸啦！（**转换话题**）唉，大哥，里面都收拾好了吗?

大　哥　差不多都收拾好了，孩子都背走了。

老　幺　我们"倒了"多少?

大　哥　方数。

老　幺　（**微笑地**）方数吗？真划算，咱们以四个人换五十多个。还救了一百多个小孩。

大　哥　可不是，那个李小姐也真勇敢。

老　幺　哦！李小姐呢?

大　哥　没看见。

老　幺　大哥，你进去瞧瞧，她恐怕"带花"啦！我先回去。

大　哥　你先回去。

老　幺　今天天亮不是要"开台"[1]吗?

大　哥　哦！对对！你吩咐他们，叫他们今天"开台"的时候都到。

老　幺　还有，我听说今天"开台"有些"外码子"[2]也想参加。

1　开台即集会。

2　外码子即圈子外的人。

大　哥　（想了想）那么，就这么着吧。今天早上“开台”，不管圈子内圈子外的人都可以参加。关于自卫军的事，公开谈谈也好。晚上咱们再来“拢火”。哦！晚上“三尺六”在什么地方？[1]

老　幺　在我村庄里好吧？我那儿比较偏僻一点，不会有人知道。

大　哥　好，就这么着。我们现在不能不小心，他妈的，“威武窑子”太厉害。

老　幺　好，我走了。（忽然想起）哦！大哥，这医院里的电话线，我们剪断没有？

大　哥　对对，我进去看看。

〔大哥入内，老幺下。

〔暗转。

第三场

布　景　同第一场。

〔暗转后。我们可以看见一个人影在古树后蠕动。不一会儿，铁锤持手枪由右追上。他在右角停了一会儿，又寻找他，踱到左角。

铁　锤　（自语）躲到哪儿去了？我不是看见他上来的吗？（忽然，愤愤）狗娘养的，叶老五你给老子出来！（出来了，可是出来的不是叶老五）

1　拢火即开会，三尺六是指秘密会所。

何　崇　铁锤！

铁　锤　（猛回头，比着枪）谁？

何　崇　（出）别开枪，是我。

铁　锤　什么？是何先生吗？（狂喜）哎呀！何先生！（把枪插在腰间，走去用双手抱着何的背膀）我以为是——哦，我刚才还开了三枪，受伤了吗？

何　崇　没有。

铁　锤　刚才跳墙的是你？

何　崇　可不是。

铁　锤　（松开手）我以为是叶老五，我听说叶老五昨天一整天躲在这警察局里不敢出来。我们准备打死他。

何　崇　为什么？

铁　锤　你不知道？上次就是他走漏消息。

何　崇　哦！

铁　锤　何先生？你这几天就给关在这警察局里吗？我们到处探听，都探听不出一点儿消息。我们恐怕您——

何　崇　没有死。他们不愿意一下给我痛快。他们要逼我口供，要我交出人来。我不肯，我就给他们关在警察局里，每天用皮鞭抽三顿。啰！您看我身上的伤痕！（出示胸前和背上的伤痕）

铁　锤　（抚摩何伤，痛恨地）狗娘养的，这些汉奸！

〔右边来一群矿工。

矿工们　何先生！出来了吗？

何　崇　（回转身）哦！出来啦！谢谢你们。

〔左边矿工甲、戊等一大群矿工也跑上。

矿工甲　何先生！

大　家　何先生！

矿工甲　出来了？

何　崇　出来啦。谢谢你们。（**略停，转对两边，讲述地**）我给他们关在一间黑房里，房门锁着，并且还有人轮流守着。今天，就刚才好像是头遍鸡啼的时候，忽然有四五个警察把房门打开，叫我出来，我问为什么，他们说，他们这两夜心里很难过。现在觉悟了，不愿再做汉奸。并且已经将局长黄俊杀了，现在愿意救我出去，他们说着，就搬了一个楼梯叫我跳墙。

铁　锤　好险！我老远地看见一个黑影子，从墙上滚下来，我就追，追到这个山头，就不见了，我一连开了三枪。

何　崇　（**笑**）我以为是一个警察。

矿工甲　何先生，您可认识一位姓李的小姐吗？

何　崇　姓李？

矿工甲　李厂长的女儿。

何　崇　哦！认识的——对哪，铁锤，徐先生哪，他不在石灰窑吗？

铁　锤　他在黄石港。他说，恐怕您给关在日本兵营或维持会，他准备救你，带了很多人在那儿日夜守着。

何　崇　吴先生？

铁　锤　吴海清先生吗？

何　崇　是呀！

铁　锤　他死了！

何　崇　（**惊**）什么？死了！怎样死的？

铁　锤　上吊死的。

何　崇　（**凄惨地**）上吊！

铁　锤　啰！这儿有一封信。（**从胸面前掏出一封信来，给何。何接信**）另外还有一封信是给全维持会的人的，叫他们赶快觉悟，及早回头。

〔何抽出信笺，刚开始阅读，矿工已扶李亚萍由左自人丛中急上。李脸灰白，身上血痕斑斑。何见状大惊，急将信纳入袋中。

何　崇　亚萍！

李亚萍　喊！何崇！（狂喜！扑到何崇怀中）

何　崇　你怎么哪？

矿工己　她受伤了。

李亚萍　我没有受伤！没有受伤！我不过流了一点血！

矿工己　她领头打进医院，杀死了五十多个日本鬼子，救出了一百多个小孩。（说着出示手中的大刀）

何　崇　（惊喜）哦！真的吗！亚萍！

李亚萍　（勉强支持，推开何手，渐渐离开何身）真的，真的。（回忆地）那一天你到我家里去，你走得太匆忙了，你没有告诉我你住的地方；后来，我追你，可是又给他们追了回去。我爸爸还是逼我，要我嫁给日本鬼子。将我关在一间房里，不准出去。前天，他们又逼我，并且说第二天我不答应也要送去，没有办法，当天夜里，我就拼命地想方法跑了出来。我想跑到南乡去找你，那儿不是有很多游击队吗？我想你一定会在那儿。——我跑出来就溜到江边，顺着长江，我偷偷地，拼命地往上跑。我跑过了上窑，跑过了下临，差不多跑了二三十里地，我累了，就躲在江边，后来有一个渔夫将我引到他的家里，并且告诉我，他们以前不久在江中捞很多小孩的死尸。当时，我就想到那个伤兵医院。因为有一天，我看见爸爸和一个姓洪的，谈起小孩和伤兵的事情。我就告诉他们，他们非常气愤，原来他们也是一群矿工，他们就叫我待在家里，我说我要领头，就是刚才，

（渐说渐兴奋地）我们一块儿杀进了那个医院。果然我们救出了八个快要断气的小孩和一百多个活活泼泼的小孩。（兴奋过度，渐不支）……不但救出孩子，而且，还杀死了五十多个日本鬼子……可是！……可是！……（又倒在何的怀中）何崇！……我……我……（颤声地）我受了伤吗？（说着抬起头来望着何崇，哭泣）

何　崇　（热情地紧抱着）亚萍？别太兴奋了！

李亚萍　我的伤……

何　崇　你的伤会好的！你休息一会儿。

〔亚萍不语，将头埋在何崇胸中，抽咽。

何　崇　别伤心了！亚萍！等你伤好！我一定去劝你爸爸。

李亚萍　（又慢慢地抬起头，颤声地）我爸爸……啊！你别提了吧！我爸爸……（大声）我爱他！我恨他！（声渐转小）我恨他，可是……何崇……我……我……（渐带哭音）我毕竟还是我爸爸的女儿……我爸爸……又没有……第二个孩子！（哭泣）

何　崇　你躺一下吧！你的伤，让我来给你裹好。（欲扶李躺下）

李亚萍　不，不，我不能活了！我不能活了！我的血流得太多了！……

何　崇　不要紧！

〔何崇扶李亚萍躺下。何正拟撕自己的衣服给她裹伤，右边忽然又增加了一些矿工，陈根自右边人群中挤出。

陈　根　何先生，您出来吗？

何　崇　哦！陈根。（急忙站起）陈根？毛先生呢？

陈　根　毛先生昨天早上还在这儿。大家准备救您。谁知道这两天，从下陆到铁山的那一段铁路，他们又赶着给修好了……

何　崇　（紧张）什么，又给修好了？（生气地）那么你们干吗不去破坏呢？你们应该以事为主，不应以人为重。你同毛先生都不应该到这边来，你们应该守住你们的岗位。谁教你们离开职守的，（越说越有气）假使我死了，那不是一切工作都要停顿了吗？（低声）你们简直是胡闹。

陈　根　（受了委屈的低声地）我是来报告消息的。

何　崇　（余怒未息）你报告消息，那么毛先生呢？他现在——

陈　根　现在在下陆，他昨天下午听了我的报告，就带了很多人赶回下陆了，恐怕，那一段铁路，此刻又老早给我们破坏了吧！

铁　锤　（插上一句）要不，这个时候也正在干。

何　崇　哦！他已经回去了吗？（转忧为喜）好，我们要继续，要和鬼子们干到底！

陈　根　还有一个消息，听说刘大哥在铁山，昨天早上又给鬼子们逮捕了。

何　崇　（又跌入苦痛的深渊）什么，刘大个也给逮捕了？好！我马上去救他，我马上去救他。（撕了自己一片衣服）亚萍！快快，我来给你裹好伤。

〔何崇蹲下。

〔矿工修路者丁急由右边跳上。他现在不修路了，他早已参加了游击工作，也是这两天挑铁砂挑到石灰窑来的一个，穿着从前的衣服，说话还是一样的口气。

路工丁　（慌张地）铁，铁，铁锤，不，不，不好了！

铁　锤　什么？

〔大家都很惊慌地望着丁的面孔。

路工丁　（越急越说不出话）他他他他，他们们们们们来，来，来了！

铁　锤　谁？

路工丁 鬼鬼鬼子们，和和和，和汉奸。

何　崇 （昂起头来，问）在什么地方？

路工丁 在在，在山脚下，这这这个山山山山头给给，给包围了！

〔路工丁的话刚说完，李祖应带着洪四由左边急上，他们手里各拿着一支手枪。边上边说。

李祖应 （右手拿着枪，气势汹汹地，大声地）不准动！

洪　四 （也跟着——）不准动！

〔何崇急把李亚萍扶起，李亚萍藏入何崇的身后。

李祖应 （看见何崇，惊）怎么！你又出来了！

何　崇 对！我又出来了！

李祖应 你们真是一伙大胆强盗，我们刚才得了电话，说是你们跑到医院里去了；走在路上，又听说你们在这个山头，哼！何崇，你真不愧是一个一等强盗——头。

何　崇 （没有等到他的头字说出来）谁是强盗？你们这些出卖祖国的铁砂，出卖祖国孩子们的血的汉奸！

李祖应 （举枪对何）住嘴！

〔李亚萍急出。

李亚萍 爸爸！

李祖应 （愈觉惊奇）什么，你也在这儿？

李亚萍 （无可奈何地）爸爸！

李祖应 谁是你的爸爸？你这一对不要脸的狗男女！

〔李祖应再以枪口对何，拟射，李亚萍急上前遮拦，枪响，李亚萍中弹倒地，何崇俯身惊视，又一枪声，何腿部受伤倒下，铁锤在树旁，早已掏出手枪，急向李祖应射击，李祖应中弹而死，洪四刚举手，被陈根猛力从后面将枪打下，洪四即回头向山下跑，铁锤追上几步，站在舞台右边的边沿上，举枪瞄准，一枪将洪四射死。这时候站在左边的矿工们，早已将何崇扶起坐着，并取下两条围腰布替他裹伤。右边的人都跑去围视李氏父女，山脚下已闻枪声，而且渐趋紧密。

陈　根　（仍站在右边，向中间走了一两步，眼望着大家）枪干吗这样紧？

矿工某　（在左边人堆里，抬起头来）恐怕有人和鬼子们干起来了。

铁　锤　（已转过身，走近左边）对对，一定是徐先生带着人，跟着他们后面从黄石港追来了。

陈　根　那么，我们——

铁　锤　（望着何崇，好像在等待命令，又好像在探问他受伤的情况）何先生！

何　崇　（睁开眼睛，瞪着铁锤，厉声地）你们别管我！

铁　锤　（转对陈根）陈根，你留在这儿。

何　崇　不不，你们都下去！

〔大家都不动。

〔下面枪声更紧，而且还有机关枪和手榴弹的声音。

矿工甲　听，还有手榴弹的声音。

矿工己　对，有手榴弹，一定是徐先生和他们干起来了。

何　崇　（命令地）铁锤，你们走！

铁　锤　（无可奈何）好，我们走。（对大家，指挥地）我们分两路冲下去，和徐先生他们两面夹攻。

矿工们　对对对！我们两面夹攻！

矿工己　（激昂地）冲下去

全体矿工　——冲下去！

——冲！

——冲！

〔一时喊冲的声音，汇成一道洪流。各人都从身边拿出武器来，矿工们开始蠕动。

铁　锤　（大声地，对大家）听着！我们杀退了鬼子，大家都到下窑江边会合，把这几天挑来的铁砂，都沉到江里去！

全　体　（赞成地）对对对！

——沉到江里去！

——沉到江里去！

——我们一块铁砂都不给他！

〔大家的情绪都非常紧张，铁锤和矿工已带头，分成了两路。

铁　锤　（大声疾呼）杀！

矿工们　（风起云涌地）杀！杀！杀！

〔他们都冲下去了，台上只剩着何崇，何崇早被移近石碑，背靠着，睁着眼睛，望着他们的背影，露出微笑，一道灯光射在他的脸上，渐渐地，他合上眼睛了。

〔同时，这边喊杀声渐渐地远了。

〔远处，还在响着枪声。

——幕　落——

作品赏析

《铁砂》是剧作家胡绍轩的“抗战三部曲”之一，创作于1939年。另两部为《煤坑》和《盐场》（未发表），均是集中描写敌后战争的激烈残酷和沦陷区人民的苦难。同时期同类型的戏剧作品，多以独幕剧为主，《铁砂》是难得的长篇巨作，全剧近五万字，分为序幕和四幕剧，出场人物众多，有名有姓的超过二十人，各有来历，各有性格，各有诉求，剧作家通过情境设置，把众多人物集中在主线之下，彼此交错，使得人物的命运最终和大冶铁矿的命运紧密地联系起来，从而达到了戏剧结构的统一性。

序幕篇幅不短，有完整的起承转合的戏剧结构，几乎可以独立成篇。它以一个特殊的除夕夜引入对大冶铁矿历史背景的戏剧性介绍，让观众对戏剧核心事件发生的前情有充分了解，同时完成对剧中主人公之一吴海清少年时期性格的刻画，在大历史和小人物之间建立奇妙的联结，并隐隐预示人物的未来命运，富有动作性；序幕中重点谈及的大冶铁矿的归宿问题，也构成了对全剧核心悬念的指向。

但作为一部戏的序幕，这场戏还有明显不足。

一般来说，序幕中出现的核心人物，应是全剧的主人公，但无论是从剧本人物表的顺序来看，还是从全剧的结构来看，何崇才应该是全剧的主人公，剧中出现的所有人都经由他产生交集，并且所有人的行动也由他的行动线形成连接。然而，纵观全剧，我们对吴海清的心路历程乃至后来的自杀都有较为清晰的了解，但对何崇的了解却十分缺乏，剧中对他行为动机的揭示，远不如对吴海清的来得深刻。而且，序幕中一共出现了12个人物，但他们的出现，基本只是用于揭示“大冶铁矿的历史和现状”，12个人物中，仅有吴海清在后续的戏剧主体中再度出现。戏剧的舞台时间十分有限，这样的设置多少有些浪费，并且容易误导观众，误以为本剧的主体情节将完全围绕少年吴海清的家庭而展开。

因此，与其说序幕完成了对吴海清的交代，毋宁说序幕完成了对核心事件的交代。从这个角度来看，剧作家在创作《铁砂》时，应该是以“写事”为目的，而不是以“写人”为目的。这两种不同的创作目的，对于作品自身的艺术价值有很大影响。

序幕的优点与缺陷，同样也存在于戏剧主体的四幕剧中。

能够看出，剧作家对于所描写的历史背景和地理环境相当熟悉，能够自如地从对话和动作中，迅速勾勒出人物的基本样貌，赋予他们较为鲜明的个性特点；善于把握戏剧节奏，能够用恰当的戏剧技巧调剂气氛，使得全剧不至于在能压垮所有人的大历史事件里“一悲到底”；善于用冲突表现人物，用事件推动人物，用性格为人物做选择。尤其难得的是，在这样的时代、这样的正剧里，剧作家也希望能赋予了笔下人物更多的情感色彩，让他们在行为选择时有更加丰富的动机。如何崇和李亚萍之间曾经有过爱情关系，所以当李亚萍在面对父亲逼婚的时刻，意外和何崇重逢，能直接推动李亚萍逃离家庭，踏上和何崇一样的斗争之路。

但剧作家的兴趣终究更在对历史事件的展现上。从全剧结构来看，敌我斗争的结果如何，是居于核心的戏剧悬念。戏剧悬念应落在"人"上，还是"事"上，是两种戏剧观的分歧。在戏剧里，人和事的关系是密不可分的，彼此互为因果，但戏剧的目的终究是呈现人，通过事件发生时人的选择和因此造成的命运走向去更加深刻地理解人。所以仅仅完成事件的起承转合是不够的，没有对人更多层、更丰富、更具体、更微妙的呈现，观众很难在看过一次、完全了解戏剧事件进程之后，还能保持对这一戏剧作品的兴趣。如此，戏剧也就失去了它更长久的生命力。

这是《铁砂》创作之不足，也是中国现当代话剧大部分作品共同之不足。

东北人民大翻身

东北文艺工作团集体创作

作者简介

1945年8月15日，日本帝国主义宣布无条件投降，中国人民经过多年浴血奋战，终于取得了抗日战争的伟大胜利。党中央高瞻远瞩，为建立巩固东北根据地，立即组织了挺进东北的“东北干部团”，由延安鲁迅艺术文学院几十名师生组成“东北干部团二大队八中队”，一支特定历史环境下的“文化大军”、一支“笔部队”成立了。1945年9月2日，由舒群任团长，沙蒙任副团长，由六十多位延安鲁艺音乐系、戏剧系、美术系师生组成的“东北文艺工作团”（后改名为东北文工一团）从延安向东北进发，辗转一个多月后抵达沈阳，马上开始开辟东北新文化事业的工作，接管东北广播电台、“满映”、东北大学等“伪满洲国”时期的文化机构。之后，延安青年剧院全体人员也赶到东北，组成东北文工二团。后来，东北文工一团、二团和新加入的延安同志，共同成立了下设四个文工团的“东北鲁艺”。

“东北文艺工作团”一分团主要在南满的沈阳、本溪、辽阳、鞍山、大连等地活动；二分团主要在北满的佳木斯、哈尔滨及西满等地活动。他们成立鲁迅艺术学院、东北画报社、东北电影制片厂、东北日报社、中苏文化协会等机构；组织文艺宣传，为陆续来到东北的同志展开工作奠定了基础，对繁荣东北解放区文化起到了巨大的领导与推动作用。他们的文化活动以戏剧为主，因为戏剧是通过娱乐争取民众的有效途径，长期以来都是革命工作不可或缺的一部分。

剧情梗概

红军解放东北之前的一个阴森夜晚，在沈阳某工人住宅区，伪警察和特务正在抓劳工。一个工人拿着一小包米慌张地跑回家，工人的妻子抱着饿死的孩子哭泣着，工人接过死去的孩子，悲愤得说不出一句话。这时，伪警察和特务闯进门，看见地上的米袋，硬说工人是经济犯。工人要求埋了孩子再走。特务却抢下孩子尸体，摔在地上，将工人强行捆走。

此时，在东北某地，伪警察、特务、敌军官正抽打劳工，逼迫他们干活。突然传来飞机、坦克之声，敌伪惊慌逃窜。混乱中，特务们脱去特务服，换上中山装。红军缴获了敌伪的枪支，解开了劳工的绳索。东北人民军赶来同红军亲切握手，押走了俘虏。特务乘机宣传他们要复兴东北，让人们不要相信人民军。有人认出了改头换面的特务是伪满洲国协和会的人，特务抱头鼠窜。

东北解放后，人民有吃有穿，再也不用担心抓劳工，人人争着参加人民军。隐匿的特务不甘心，躲在暗处抢东西、打黑枪。人民军向乡亲们宣传，能参军的去参军，不能参军的组织起来，见坏人就报告，坏人干净了，日子才能过太平。

最后，人民军捉住了汉奸特务，按照人民的意愿处死了他们。乡亲们欢呼着。一个无党派的老乡站出来说："谁真正替咱们老百姓办事情，谁真正让咱们老百姓过好日子，咱们就坚决拥护谁！"老乡们异口同声地喊着："共产党！"工人、农民举着国旗和毛泽东像，高唱《东方红》。

第一场

◉**时 间**

红军解放东北之前

◉**地 点**

沈阳某工人住区——街口

◉**人 物**

工人、工妻、伪警察、特务

〔阴森的夜。

〔风声、狼嚎狗哭。

〔悲惨的音乐伴奏。

〔幕启：伪警察和特务上场、交头耳语——特务指示伪警去抓劳工——二人下。

〔门内女人哭声、少顷。

〔工人妻抱死孩子自门内哭出、呓语般地哭诉着：“饿——死——啦！”咳嗽、哭、倒，少顷。

〔工人藏着一小包高粱米慌张、急促、焦急地跑上。

工　人　快起来，我弄了点米来了！

工　妻　米？……孩子……已经饿……死……啦！

工　人　饿死啦？！

〔工人悲愤到极点，再说不出一句话，抱过死孩子，把米袋交给其妻，其妻任米包自手上滑下，呓语着：米……孩子……

饿死啦！台后打骂声、哀告哭泣声大作——在抓劳工。

工　人　又抓劳工啦！

〔夫妻二人惊慌害怕，没有来得及躲藏。

〔特务、伪警上，喝住工人，发现地上的米口袋。

特　务　（拿起米袋一看）啊？高粱米？

伪　警　私自买米！经济犯！

特　务　前三天就派了你去当劳工，你还不去，累得我们到处找你，你倒去弄私米去了——走！做工去！

〔工人哀求，特务、伪警打骂他、拖他走。

工　人　老爷让我先把孩子埋了去吧！

特　务　妈的！什么孩子！（从他怀里夺过死孩子，摔在地下，连打带骂捆了工人走。）

〔工人妻哀求。

工　妻　老爷，饶了他吧！我们一家就靠他活命了！

特　务　做工去！这是保卫满洲！

〔特务踢开工人妻，带工人下，工人妻抱起死孩子，望着男人被拖走，歇斯底里地哭、骂。

——暗　场——

第二场

◉时 间

红军解放东北的日子

◉地 点

东北某地

◉人 物

被抓作劳工的老百姓数人

伪警察、特务三人

敌军官一人、士兵一人

红军军官一人、士兵二人

东北人民军三人

〔敌军官兵、伪警察、特务赶一群劳工上场。

〔抽鞭子打骂，劳工挣扎抵抗。里面有一个人要逃跑，敌军官立刻命伪警把他打死，另一人背了很重的东西走不动了，敌人拖打他，他不支倒地，敌伪痛打他。

〔众人惊恐。

〔突然飞机、坦克声自远而近，轰然大作。

〔老百姓莫名其妙地惊视。敌伪惊慌失措。

台后歌声起 （苏联歌曲《我们是红色的战士》）：我们是红色的战士。

保卫贫穷的人民。

保护他们的田地房屋和自由。

我们有着许多的大炮。

我们有着许多的枪……

后面欢迎声喊口号声 欢迎红军解放东北！

中苏人民团结起来！

〔——在乱中急忙脱去特务服，露出里面的中山装，戴上黑眼镜、拿上手杖，俨然一个“正人君子”。

特1 （向特2）呆看着什么？还不快翻牌子去！

〔特2急忙把“满洲帝国协和会市本部”的牌子翻过来。

〔红军上（特务汉奸溜进“协和会”去了）。

〔红军令敌人缴枪。

〔敌伪跪下缴枪举手求饶。

〔红军给老百姓解开绳子，众人欢呼。

〔东北人民军上和红军亲密地握手，众欢呼口号：中苏人民亲密地团结起来！

〔红军压敌伪下。

〔一个敌兵走在后面，众人扑过去狂打。

〔人民军赶过来拦阻。

人民军 乡亲们，先不要打。听我说，现在日本鬼子已经缴枪投降了，对于敌人战争罪犯，我们是一定要惩办的！该杀的杀、该罚苦工的罚苦工，现在让我把他送到司令部去吧！（带他走）

众 （愤愤不平）他妈的，今儿个咱们翻身了，还不叫咱们报报仇、解解恨……

人民军 咱们是人民自己的军队，就是替乡亲们办事情的，请放心吧！咱们一定替乡亲们报这个仇的！

〔人民军带敌兵下，老乡们纷纷议论。

老乡甲 没打死他不解恨啊！

老乡乙 人家刚不是说！咱们人民自己的军队替咱们报仇啊！

老乡丙 对！一定杀他们！……咱们去看看去。

〔戴黑眼镜的特务趁机会蹿出，宣传他们的一套。

特1 不要乱！听我说！你们别听刚才那个的话，什么人民自己的军队，人民还能有自己的军队？（众愤愤地私语）别乱，听着！你们都是无知识的，干不了什么！（众动乱）听着！听着！现在日本已经投降了，我们就要来复兴东北……

〔众骚动，愤愤私语，内有一人气愤地大声喊出。

老乡甲 不要说了！我们受了十四年的罪，你们干什么去了？这会儿我们解放了，你们跑出来说话啦！

老乡乙 日本鬼子祸害了我们十四年，你们管都不管，人家八路军在关里抗战，你们还给扯后腿！王八蛋！什么东西！

特1 哎！不要口出不逊啊！

老乡丙 咦！他不是协和会的吗？

老乡乙 对，对，刚才还踢我们、打我们呢！这会儿换了一套衣裳，就变成这样了！

老乡甲 （跑过去摘下“协和会”的牌子）你们看，他们这牌子，这面是“协和会”，翻过来就是这个。（翻着）什么东西！王八蛋！（摔牌子）

众 （怒喊）你是什么东西？说！你是干什么的？

特1 （狼狈极）我……我……哎，我刚才的话，也是为你们好！没什么，没什么，听不听由你们，得……得……（抱头鼠窜而去）

众 翻牌子，换衣裳，这里头有鬼！追他狗蛋的去！（众追下）

——暗　场——

第三场

◉时 间

东北解放以后

◉人 物

男女老乡十余人

人民军三人

特务三人

〔男女老乡十余人，愉快地拿了新买的食物、衣服。

老乡甲 你们上哪儿去了？

老乡乙 去买东西来着。

女 甲 我们买了些布，买了些粮食。

女 乙 这下可好了，可又有吃、又有穿了。

女 丙 这一下可不再当经济犯、国事犯了。

老乡甲 再不怕捉劳工了。

老乡乙 咱们可要去参加队伍，保卫咱们的家乡。

大 家 对，对。

老乡甲 你们看咱们队伍来了。

〔人民军上。

军 老乡们，这些年可受罪了。

老乡甲 同志们！要是你们再不来，咱们可活不下去了。

女 甲 你们要是再不来，咱们就要冻死了。

女 丙 同志们吃东西吧！

军 不，不。

老乡乙 咱们队伍这样好，咱们能参加不？

军 能！

老乡甲 那我就报名去！

军 对，我带你去报名去！

老乡乙 对，我回去收拾下，也来参加。（下）

老乡甲 你回去把咱们那一些人都叫来。

女 甲 （对甲）你可要好好地干，我把行李叫老王捎来。

军 不用了……哈哈！（下）

众 这下可好了！

〔在老乡们谈时，三个特务像老鼠似的躲在黑影里，探头探脑地偷看。这时看他们走了，立刻蹿了出来。

特1 你们听见没有？他们要是干起来，还得了啊？不能让他们干起来！有他们就没我们！什么人民自己的军队？成天往老百姓里头钻！（向特2、特3）你们去跟上！打黑枪，看见他们的人就杀！看见东西就抢！不管是军队的还是老百姓的！

特2/特3 是！是！

特1 我们不能让他们组织起来！也不能让他们太平，我们一定要扰乱他们的治安，明白不明白？咱们事变前是个黑了良心的汉奸，现在可要注意，要杀个好人。

特2/特3 明白！明白！

特1 快去！

特2/特3 是！是！（两人拿枪自右方下）（特1自左方下）

〔后面枪声、吵闹声，两个特务抢东西自右上（过场自左方下）。

〔男女老乡数人叫着追上

老乡甲　哪儿去了？看不见了吗？

老乡乙　苏联军和人民军刚把咱们救出来，咱们刚能够吃饱穿暖了，又有坏蛋来捣乱，不让咱们过太平日子！（人民军上）

军　乙　什么事？

老乡乙　我们刚在收拾东西！就来了两个坏家伙把东西抢了，还杀了人。

女　甲　你们说到什么时候才能太平呢？

军　甲　老乡们，都是那些汉奸、特务在捣乱，咱们现在要组织起来，能参军的参军、不参军的按家户组织起来，见了坏人就报告。这样一来，坏人就干净了，就太平了。

众　对！

老乡甲　（对乙）你准备好了吗？

乙　好了，（指另外三人）他们也是要去的。

军　乙　好极了，那咱们走吧！

众　对！（众下）

——**暗　场**——

第四场

◉**人 物**

男女老乡、人民军共数十人

特务三人

〔一个新参军的带着许多老乡自右方上。

老　乡　在哪儿啦？哪儿啦？

新　军　来啦！来啦！你们看！（指左方）

〔人民军和老乡们捉了三个特务自左方上。

人民军　乡亲们！现在咱们把这三个坏蛋捉住了，大家说怎么办吧？

众　枪毙！枪毙！

人民军　日本鬼子在这儿的时候，他们都是汉奸，做了很多坏事，害咱们！现在还扰乱治安，破坏咱们的社会秩序，咱们把他们抓住了，大家的意见是枪毙他们。

众　枪毙！枪毙！立刻枪毙！拖了三个特务下去，立刻枪毙了。

〔众欢呼称快，喊口号：

“彻底肃清敌伪残余势力！”

“东北人民组织起来！”

“东北人民武装起来！”

“建设东北人民自己的政权！”

“建设东北人民自己的军队！”

〔一个无党无派的东北老乡突然站起来讲。

无党派老乡　谁真正替咱们老百姓办事情，谁真正给咱们老百姓过好日子，咱们就坚决拥护谁！

另一老乡　你们说谁是真正替咱们老百姓办事情的？

众　共产党！共产党！

口　号　拥护中国共产党的主张！

一切民主党派民主人士团结起来，建设民主的新东北！

拥护中国人的领袖毛泽东！

〔工人农民等举国旗和毛泽东像出。

〔众人欢呼，高举火把，围着国旗和毛泽东像欢跳高唱：

东方红，太阳升！
中国出了个毛泽东，
他为人民谋生存，
他是人民大救星！
太阳升，东方亮，
中国全靠共产党，
他为人民出主张，
他把中国来解放！
红旗飘，红旗美，
叫声同胞们来开会！
军民团结一条心，
建设咱们新东北！

——幕　落——

作品赏析

《东北人民大翻身》创作于1945年12月，当时东北地区刚摆脱日本帝国主义的奴役，整个东北各方面都处于无序状态。东北文艺工作团抵达后，努力在文艺工作中实践毛泽东的《在延安文艺座谈会上的讲话》精神："就是要使文艺很好地成为整个革命机器的一个组成部分，作为团结人民、教育人民、打击敌人、消灭敌人的有力的武器，帮助人民同心同德地和敌人作斗争。"因此，在创作前，东北文艺工作团的成员会先细心研究所创剧目是否符合这一精神，是否站在了人民的立场。他们的创作方式是干部先定主题，然后集体收集材料，集体讨论，最后各人执笔。《东北人民大翻身》由沙蒙、任苏、颜一烟、高阳、谢挺宇创作。

虽然东北文艺工作团的大部分成员来自延安，但是这一时期的东北戏剧与延安戏剧相比，仍然呈现出不同的特点。例如题材内容方面，延安戏剧多以表现农民、军人生活为主，东北戏剧则主要描写工人生活。这个时期，东北地区作为重要工业基地，百废待兴，而占城市人口绝大多数的工人依然留存旧社会小生产者的自私心理，缺乏对集体主义、团结协作的认识；又有暗藏的特务、坏分子的破坏，使得东北解放区的工人阶级群体更为复杂。因此，东北地区表现工人阶级的戏剧作品的主题十分多样，包括经济建设、思想改造，还有教育落后的工人等。《东北人民大翻身》则是揭示特务捣乱破坏、呼吁军民团结起来彻底清除敌伪残余势力的典型代表作品，由王大化导演在东北多个城市进行了排演。

《东北人民大翻身》立足东北解放的大背景，展现了工人阶级在中国共产党领导下的政治、经济，尤其是精神方面的大进步。四幕剧结构紧凑，塑造出军、民群像，表现出军、民合力肃清敌伪残余势力、人民彻底翻身的喜悦。

丽人行

田 汉

1946年冬至1947年春写于上海。1947年3月由抗敌演剧九队[1]首演于无锡。1957年修改后，发表于当年《剧本》月刊5月号。1959年7月由中国戏剧出版社出版单行本，同年11月收入人民文学出版社版《田汉选集》。1983年收入中国戏剧出版社版《田汉文集》。

1 抗敌演剧九队即国共合作所组成的“第三厅”领导下的抗敌演剧队之一。抗敌演剧九队原为武汉、长沙青年歌咏队，队长为徐桑楚，在武汉成立，驻广西桂林。1941年皖南事变后，改名抗敌演剧第五队，更名后原来要调五战区，经过合法斗争，坚持留驻广西，并辗转于广西、广东、云南、贵州各地进行抗日宣传，而后又随远征军到缅甸的腊成、西保、密支那抗日前线进行慰问演出。1945年抗战胜利后在广州集体复员。

作者简介

田汉（1898—1968），湖南长沙人，字寿昌，曾用笔名伯鸿、陈瑜、漱人、汉仙等。他是现代杰出的戏剧家，是中国现代话剧的开拓者和戏曲改革的先驱，是中国戏剧运动的奠基人之一。田汉早年留学日本，1922年回国后，创办了《南国》半月刊，组织南国电影剧社，开始从事话剧创作和演出活动。在这个时期创作了《咖啡店之一夜》《获虎之夜》《苏州夜话》等充满浪漫主义气息的话剧作品。1927年与欧阳予倩、周信芳等举办艺术鱼龙会，他创作的《名优之死》大获得成功。同年成立南国社和南园艺术学院。1928年至1929年间，率南国社先后在上海、杭州、南京、广州、无锡等地举行话剧公演和其他艺术活动，同时期也创作了大量剧本。1930年加入“左联”，写下了《我们的自己批判》，创作从浪漫主义转向现实主义，先后创作了《年夜饭》《乱钟》《顾正红之死》《回春之曲》等剧作。1939年后，在桂林主编《戏剧春秋》月刊，对京剧、汉剧、湘剧等戏曲进行了改革，创作了不少戏曲剧本，如《江汉渔歌》《岳飞》等。1944年与欧阳予倩组织了西南戏剧展览会。抗战胜利后，创作了《丽人行》《忆江南》等剧作。中华人民共和国成立后，又先后创作了话剧《关汉卿》《文成公主》《十三陵水库畅想曲》等，并整理戏曲《白蛇传》《谢瑶环》等，在历史剧的创作和改编方面达到了新高度。

剧情梗概

故事发生在1944年春的上海。

全剧主要围绕女工刘金妹、银行经理的妻子梁若英和教师李新群三位女性展开。

女工刘金妹被日兵强暴，丈夫友生选择谅解。梁若英贪恋现任丈夫带来的舒适生活，却忘不掉革命者前夫章玉良，偷偷与前夫会面，被日本宪兵误抓入狱，而现任丈夫正与汉奸俞芳子鬼混，拒绝搭救。教师李新群与丈夫孟南感情深厚，虽与丈夫分居两地，也有别人追求，却始终未改初心。

后来，刘金妹为了挣钱养家，沦为娼妓，友生发现后，愤怒不已。刘金妹悔不当初，投水自尽。被囚的梁若英不得已承认自己是前夫章玉良的太太，才得以出狱，结果却发现丈夫私情，被丈夫逐出家门，无处可去，只能找老同学李新群诉苦。

最后，刘金妹被渔民所救，梁若英在李新群的开导下逐渐清醒。恰值日军投降。刘金妹丈夫、梁若英前夫前来找寻二人，三位女性在抗战胜利的欢呼声中紧紧拥抱在一起，准备迎接新生活。

人　物

报告员
刘金妹
日兵甲、乙
梁若英
王仲原
丽　英
李新群
孟　南
贝　贝
刘　母
友　生
池　田
岛　田
俞芳子
便衣甲、乙、丙
两个日宪兵
余达生
渔民甲、乙、丙

一群工人
大　姐
阿　土
黑眼镜
另一流氓
又一群工人
小毛头
小　孩
伪　警
黄小姐
章玉良
刘大哥
周　凡
茶　房
房　东
高　某
阿　梅

第一场

报告员　一九四四年春天的傍晚，在当时沦为孤岛的上海，某公园附近一条僻静的小路上，发生了这样的事情——

〔金妹低头走路，从对面来的两个日本兵跟她擦身走过后，他们交谈。

日兵甲　雅马末多，可伊兹，尝打咧！[1]

日兵乙　那尼？[2]

日兵甲　刚才那女人好漂亮！

日兵乙　像个女工，可真棒。

日兵甲　可别放过她！

日兵乙　走！

〔两日兵回身追金妹下。

〔金妹在幕后惨叫一声："啊，救命啦！"

1　日语：山本，这女人不错啊！

2　日语：什么？

报告员 我们永远也忘不了这一声悲惨的叫唤，我还不知道这个女人是谁，可是，我知道这一个突然的、虽则在当时是常有的袭击，将带给她多么严重的不幸。就在这公园的附近，住着一个姓王的银行家。他们夫妇正在温暖的火炉边听广播音乐。

〔王仲原颇为富丽的客厅的一角。

〔王仲原正开收音机。他美丽的太太——梁若英，正在热心地看报。

梁若英 （蹙眉）得了吧，听这个。

王仲原 （笑着，礼貌地）来，我们跳一个。

〔太太转过头去。

王仲原 跳一个嘛！

梁若英 （指着报）这是什么时候？

王仲原 （故意看表）三点二十五分。正是茶舞时间。

梁若英 你真是——

王仲原 “醉生梦死，全无心肝”，是不是？哼，一天二十四个钟头，你也只有在看报的时候记起这个世界。

梁若英 （不屑地望望他）至少我在看报的时候是清醒的，你呢？

王仲原 我，凭良心说，也清醒过的呀，太太。抗战初期，我跟大家一起搞救亡运动，不是吗？可是情况的发展太叫人泄气了。以前，只希望把战局稳定下来，拖出个胜利，哪怕是“惨胜”也好。如今呢，杀一阵，败一阵，都快被赶到喜马拉雅山了。每天看报叫人气破肚皮。因此，这几年，我不敢再清醒了。“但求欢喜，难得糊涂”，这就是我的心境，也是我的养生妙诀。有什么法子呢？

梁若英 可是，我们是中国人嘛，知识分子嘛。像你从前劝我的，大家还得关心点国家大事，不能因为怕气破肚皮就报也不看了。

王仲原 哼！说得不错，真是“近朱者赤”，已经有几分李新群的味道了。

梁若英 那不挺好吗？我就是还学不上她。

王仲原 真能学上她，我们就待不到一块儿了。我真有些怕你那位同学。

梁若英 为什么怕她？她不是对你也挺不错的吗？

王仲原 我知道你那位同学是在“争取”我。好吧，听你的话，关心一下时局吧。（开收音机）

〔收音机里的广播：“各位同胞，抗战快七年了，敌人愈战愈弱，我军愈战愈强，虽然失去了一些土地，但是人心始终是我们的。古人说：‘楚虽三户，亡秦必楚。’如今又有美、英各国参加我们的战线，我们的抗战已经和世界反法西斯战争合流了。只要我们大家一条心，最后胜利一定是我们的……”

梁若英 （惊喜地走过来）哎呀，又给我们收到了。可是，咳，老这一套！

王仲原 哼，你也觉得有点儿空洞是不是？

〔他又收听南京广播：“各位听众，我们大东亚圣战已经进入决定阶段，日本皇军像秋风扫落叶似的进入了湘桂，重庆政权眼看就要崩溃了……

〔梁若英起身把收音机关了。

王仲原 干什么？

梁若英 听这个！

王仲原 听过重庆的，怎么不该听听南京的呢？你知道我常常是公正的。

梁若英 你那是高等华人的“公正”。你听得下去就听吧。

王仲原　那么，听什么，我的好太太？

梁若英　听麒麟童的《徽钦二帝》，好不好？

王仲原　还不是时候。再说，我们俩对听戏的意见也有分歧。你爱听老生，我爱听青衣花旦。好，休息一会儿吧。这叫“耳不听为净”。（起身看书架，抽出《鲁迅全集》的一册，发现是空套）咦，怎么少了一本？

梁若英　有人借去了。

王仲原　谁？新群？

梁若英　你猜对了。

王仲原　准是她。别借给人家了，空着多难看哪。

梁若英　空着谁知道？反正你不过摆摆架子，让人家说：“别瞧老王是个浑人，家里可还有《鲁迅全集》呢。”其实书里面的内容跟你没有丝毫关系，还不如借给人家，化无用为有用。

王仲原　瞧你又是一大篇。可惜你主观得很，怎么知道我不看呢？不看怎么知道书里面有你的情书呢？《鲁迅全集》里藏情书，这大约也是化无用为有用吧。

梁若英　（惊）对哪，刚才一位朋友送一封信来，我还没有来得及看，随手插在书里面。（急翻书）

王仲原　慌什么呀，在这里哩。（把信给她）

梁若英　（见已拆开）谁给拆开的？

王仲原　我！

梁若英　还有信呢？

王仲原　（示以留下的一张）这不是！

梁若英　你怎么拆我的信？

王仲原　我是你丈夫，我有这权利。

梁若英　一个现代的丈夫是不许侵犯他妻子的通信自由的，你知道吗？

王仲原　你忘了今天中国正在殖民地化，还没有现代化。

梁若英　我们是知识分子呀，你该知道拆人家的信是犯罪的。

王仲原　哼！现在拆人家的屋子还不犯罪哩。你不是看过果戈理的《钦差大臣》吗？我也不过跟那里面的邮政局局长一样，“被好奇心所驱使”罢了。

梁若英　把那一张还给我。

王仲原　这一张我还得欣赏一下。

梁若英　还给我！其实，我对你没有什么要秘密的。玉良是我从前的丈夫，贝贝是他的女儿，这你知道的。如今他打内地回来了，想见孩子一面，这有什么可秘密的呢？

王仲原　对，那你着急什么呢？

梁若英　我不是着急，我是保卫一个女人的权利。

王仲原　我该尊重你的权利，你就该侵犯我的权利吗？我们是平等的，对不对？

梁若英　什么时候我侵犯过你的权利了？

王仲原　（严厉地）前天你为什么拆我的信？

梁若英　我没有。

王仲原　（出信）这是谁拆的？

梁若英　哦，这是那无耻的女人的信。

王仲原　哼，还指不定谁“无耻”哩。

梁若英　她是什么样的女人，她同些什么人往来，你不是不知道的。我近来很担心你。你在孤岛上总算苦守了五六年了，别上她的当，栽大跟头吧。

王仲原　我不是小孩，谁好谁坏，我心里有数。老实说，在我看起来，女人都是那么回事，半斤八两。

梁若英　（怒）怎么？你把我比她？你侮辱我！

王仲原　好，好。（走近她）别生这么大的气，太太。

梁若英　走开！

王仲原　这是我家，叫我走到哪儿去？

梁若英　那么我走！

王仲原　干吗呀，今天贝贝要回来，得替她准备点吃的。快一个月没回家了，不该欢迎欢迎她吗？还有，（出信）你从前的丈夫要你明天下午两点，带贝贝去看他一次，在东海路二十五号二楼。

〔梁若英抢信，王仲原急收回。

〔小娘姨丽英上来。

丽　英　太太，李小姐来了。

梁若英　请她进来。（坐着拭泪）

〔李新群，三十三四岁的女教师，丰腴俊美，手里提一个花网袋，匆匆进来，先与王仲原打招呼。

李新群　王先生。

王仲原　哦，新群来了，请坐。

李新群　（见梁）若英，怎么了？（回望王仲原）

王仲原　她生气，你来得正好，安慰安慰她吧。我有点事出去，今天贝贝要回来的，你就在我们这儿吃便饭。

李新群　不，我还有事，一会儿就得走。

王仲原　老朋友嘛，还客气什么？我走了，我太太就拜托你了。（匆匆着衣帽出去，又回来对梁）东海路二十五号二楼，别忘了，啊？（望她一眼，又匆匆出去）

〔汽车发动声，开走声。

李新群　（默然有顷，又复推梁）若英，怎么啦？

梁若英　（抬头，掠发擦眼，微笑）没有什么。（但忽又哭倒）

李新群 跟他吵架？

梁若英 他侮辱我！

李新群 （低声）告诉我，怎么回事？

梁若英 （低声）玉良给我来信了，仲原来了，我没来得及看，随手就插在《鲁迅全集》里面，不知怎么给他知道了，拆开我的信，还留下一页不给我。

李新群 （细心地）信里面说了些什么？

梁若英 谁知道！据他说，玉良约我明天下午带贝贝去看他去。

李新群 你去不去？

梁若英 怎么能不去？可是我怕……

李新群 怕他跟去？

梁若英 现在上海是什么世界，玉良这次来怕不是简单的旅行，倘使出了毛病……

李新群 是啊。（停了一下）你觉得王先生近来怎么样？

梁若英 近来他的朋友很乱，论调也变样儿了，你不觉得吗？

李新群 唔，是有些不同了。（停）大姐，你还爱玉良？

梁若英 新群！

李新群 倘使你不爱他，你就干脆别去。

梁若英 你知道我和玉良是多年的夫妻。他到内地去一连两年没消息，我还当他在路上牺牲了哩。后来，才知他整整吃了两年官司。我带贝贝在上海，孤苦伶仃地找不到工作，不得已才和仲原同居。我知道我错了，可是……

李新群 大姐，你的事我大概是知道的。你老实说，还离得开仲原吗？

梁若英 我跟仲原也同居四年了呀，不能说跟他没有感情。

李新群 （微笑）那可怎么办？你跟仲原的事玉良他知道吗？

梁若英 起先大概不知道，他到我们从前住的地方去过两趟。后来，他知道了，来信说他不怪我，对我也没有什么要求，只想见贝贝一面。

李新群 哦，我想你应该满足他的要求。可能的话，让贝贝跟他去。

梁若英 是的，他太可怜了。一到内地就被人挟嫌诬告。从牢里出来之后，他泥里水里不辞辛苦，做了好几年抗战工作，这次回到上海才发现他什么也没有了。（拭泪）

李新群 （考虑）明天你不去也好。可是东海路那儿不妥当。这么着吧，我替你先去看看他，把你的意思告诉他，约他到另外一个地方去吧。

梁若英 这很好，新群，就拜托你了。

李新群 （望网袋）哦，我忘了。借你的书还给你。

梁若英 忙什么呀，留在你那儿多看些时候吧。

李新群 不，我看完了。

〔丽英匆匆上。

丽　英 太太，孟先生来了。

李新群 孟南来了？

梁若英 为什么不请他进来？

丽　英 还有一个女的。

梁若英 女的？谁？

丽　英 不认识，没来过，哭哭啼啼的。

梁若英 是吗？请他们进来。

〔孟南入门，他是三十余岁的新闻记者，英俊，健实，而被工作累得颇为憔悴。

孟　南 王太太。

梁若英 哦，孟先生。（握手）

李新群 怎么回事？你带谁来了？

孟　南　刚才路过小花园，见一个女人在林子里寻短见，我把她给救下来了，可是她还非寻死不可。我把她领来了，请你们太太们劝劝她吧。

梁若英　在哪儿？

孟　南　在外头，她不肯进来。

梁若英　怎么会寻短见的呢？

孟　南　她经过那儿的时候，给鬼子兵拦住，糟蹋了。

梁若英　我们看看去。（同出）

〔丽英进来摆椅子。若英领一女工打扮而容貌俏丽的女子哭着进来，新群从后面扶着。女工坐下来仍掩面啼哭。

李新群　（抚她的头发）你贵姓？叫什么？

刘金妹　（抽抽噎噎地）姓刘，叫金妹。

李新群　别难过，金妹，这不怪你。多少中国的姐妹们碰上了这样的灾难。总有一天……

梁若英　你家里还有什么人？

刘金妹　还有妈妈、丈夫。（哭）

梁若英　（回头对丽英）拿我的梳子、镜子来。

〔丽英下。

梁若英　金妹，别难过，歇息会儿，我们送你回去。

〔金妹哭。

李新群　我们告诉你妈妈和丈夫，这不是你不好，也不是你一个人的不幸。你住哪儿？

刘金妹　杨树浦。（想起可怕的后果，她又哭了）

李新群　金妹，别伤心了。我们可以劝你的丈夫，他一定不会怪你的。

刘金妹　不，我丈夫他很在乎的。（大哭）

梁若英 金妹，金妹！

李新群 别哭了金妹。你丈夫他会原谅你的。

刘金妹 我恨不得咬死那些鬼子。

李新群 是的，我们要咬死他们，要把他们赶出去！

〔丽英送梳具上来。

梁若英 来，我给你梳梳。（给金妹梳头，对丽英）去看看贝贝回来了没有。

〔丽英下。

刘金妹 哦，王太太，我活着不忘你恩。我怕我丈夫，我活不了，我丈夫他不会饶了我的。（哭）

李新群 不，你丈夫倘使懂道理，就不会怪你。他是干什么的？

刘金妹 我们是工人。我在永丰纱厂细纱间，他在同茂制铁厂。

李新群 好，我们送你回去。

刘金妹 谢谢你们，可是，我不能回去呀。（坐下，哭）

李新群 （扶起她）不要紧的，金妹。

〔孟南入内打电话叫三轮车。

孟　南 我们劝劝你丈夫，包管没有事。

梁若英 （随便化化妆，披上黑绒大衣，出来）对哪，我们大家送你回去，你放心吧。

孟　南 （出来）电话打不通，我们还是出去想办法吧！

〔丽英上。

丽　英 太太，小姐回来了。

梁若英 哦，贝贝回来了，我不能走了。（她脱大衣）新群、老孟，你们俩送送她吧。

李新群 好，我们送她。（握手）金妹，我们走吧。

刘金妹 （起身对若英）谢谢，太太。（与若英握手）

梁若英　金妹，你放心，他们会劝你丈夫的。

孟　南　（与若英握手）再见。（下）

〔外面贝贝叫李阿姨的声音。

〔一个美丽活泼的小姑娘跳跃入门。

梁若英　（叫）贝贝！（迎上去）

贝　贝　妈！（投入她母亲的怀里）

梁若英　孩子，想死我了，整整一个月没有回来。

贝　贝　爸爸呢？爸爸不在家？

梁若英　爸爸？你要见你爸爸？（捧着贝贝的脸）你爸爸他回来了。

贝　贝　在哪儿呢？

梁若英　他回上海来了。

贝　贝　怎么“回上海来了”？他不是在上海吗？

梁若英　不，他是刚回上海的，他要见你。你爱爸爸吗？

贝　贝　爱爸爸。

梁若英　那么好，明天带你见他去。

贝　贝　干吗不是今天？

梁若英　今天？

〔王仲原进来。

王仲原　哦，贝贝回来了？贝贝！

贝　贝　妈，你骗我，爸爸在这儿哩。（回过身去抱着王仲原）

王仲原　对，爸爸在这儿哩。（望了若英一眼，掏出一个玩具给贝贝）瞧，这是什么？

贝　贝　（喜悦）哎呀，小蛤蟆！还能跳！爸爸，谢谢您。

〔若英黯然。

——暗　转——

第二场

报告员　遭受了敌人侮辱与损害的金妹现在由新群和孟南送她回家了。她母亲知道了，将会怎样难过呢？她丈夫又会怎样痛苦和愤怒呢？他能原谅她吗？

〔汽车喇叭声。

〔红绿灯的交换。

〔转入杨树浦工人区木屋。

孟　南　就是这里吗？

刘金妹　是的。

〔一位白发老婆婆迎出。

刘　母　（看了这异样的情景）怎么啦，这是——

刘金妹　（哭）妈！

刘　母　（望着新群）怎么回事？孩子？

孟　南　您是金妹的娘吗？

刘　母　是的，先生。她是怎么回事了？

孟　南　我经过长安路小公园的时候，天快黑了。瞅见她在林子里寻短见，我把她给救下来了。她经过那儿的时候，被两个鬼子兵给糟蹋了。她不敢回家，我们再三劝她，才送她回来。

刘　母　怎么？真的？

刘金妹　妈！（抱着她娘痛哭）

李新群　老太太，这不能怪她，只怪国家不争气，我们都成了侵略者砧板上的肉。我们总有一天……

刘　母　（向金妹）要你到东新桥去，怎么跑到长安路去了呢？

刘金妹　张家搬到长安路去了呀。

刘　母　钱借到了没有？

刘金妹　借到了。（从钱袋里取出）

刘　母　（指床上）交给友生吧。

刘金妹　（战战兢兢地交给床上的病人）钱借来了，友哥。

〔床上的人霍然地爬起来，把接在手里的钱往地下一摔。

友　生　你干吗不逃？

刘金妹　逃了呀，逃不脱呀。

友　生　干吗不打？

刘金妹　我打不过他们呀。

友　生　干吗不咬？

刘金妹　我咬了呀。他们捂住了我的嘴。

友　生　你干吗不死？

刘金妹　我就是要寻死，这位先生把我给救下来了呀。

友　生　你还有脸来见我，我可没有脸见别人了。娘，我走了！（他起身走出去，被金妹拖住。他回手一巴掌，把她打倒在地下）无耻的东西！

刘金妹　打我吧，踢我吧，友哥，打死我吧！只要你能养活我娘。（伏地大哭）

刘　母　友生！（亦掩面哭）

孟　南　朋友，饶恕你的太太吧，这实在怪不得她，也不是她抵抗得了的。在这样的年头，女人们谁都有被敌人糟蹋的危险，饶不了的是侵略我们的野兽！我们是男人，有保护我们的女人的责任。敌人侮辱她们，也就是侮辱我们，过分责备女人也就是饶恕了敌人。

友　生　先生，我是个粗人……我……

孟　南　她原是不肯回来的，我们再三劝她，她才敢回来。我们和你非亲非故，原没有资格说这样的话，请你念在我们同是苦难的中国人的份上，原谅你太太吧。

刘金妹　友哥，你饶了我吧。

友　生　（低头，咬牙）我饶不了鬼子！（对孟南和新群）请坐。（转面对金妹）起来，起来！（翻身倒在床上痛哭）

——暗　转——

第三场

报告员 友生的话是对的，我们饶不了鬼子，饶不了侵略我们的强盗！朋友们，这些强盗一天不赶走，我们就休想过一天安静的日子。正因为这样，无数的中国人、无数的中国知识青年参加了抗战。若英以前的丈夫章玉良就是其中一个，他在内地工作了七年之后，回到上海来了。他去看他的老朋友刘大哥。

〔章玉良在刘大哥的写字间跟他谈话。

章玉良 在“孤岛”上的朋友们辛苦了。这几年的日子真亏你们过呀。

刘大哥 太平洋战争以前，我们住在租界的还比较好一点，后来就更加困难了，斗争更直接、更尖锐化了。不过敌人的策略也有所改变。他们拼命想以亚洲人的立场来拉拢中国人，要我们跟他们一起跳，跟他们一起向英美作战。因此他们除了威迫之外又加上了利诱，加上了所谓的心理作战。说起来我们也担心你们，抗战形势逆转以后，我们在“孤岛”的过得苦，你们在内地的也不太轻松愉快吧？

章玉良 可不。抗战初期大家是一股子热气，虽则有矛盾，但还不大显。可是越到后来，困难就越多。

刘大哥 那是说民族内部的利害冲突，超过了对敌斗争了。这些情况我们这里也晓得一些。

章玉良 大哥，照你看，抗战的发展会怎么样呢？

刘大哥 依我看，我们的矛盾固然不少，但是敌人更困难。目前欧洲方面进展得很顺利，苏联已经进入反攻阶段了。看起来我们的抗战不会拖得太久的，当然我们得加强主观努力呀。

章玉良 内地的朋友们也是这样的看法。我这次回来很希望能在你的领导下多做些事情。过香港的时候，听老杨说：上海的工作还大有可为，只是有些同志面孔太熟了，失去作用。我多年不到上海来，他们觉得我比较适当，因此我就来了。再说我太太和女儿都丢在上海，原也想来看看她们的。

刘大哥 论理，你太太和女儿在上海，我们做朋友的应该帮忙得更有效些。可是，直率地说，你那位太太也颇难伺候。介绍她教中学吧，她的功课有点生疏；教小学吧，她又嫌地位低，不愿意。后来周建公费了九牛二虎之力介绍她到华盛银行当事务员，她又嫌每天得按时办公，不愿干下去。可就因为那两个月银行生活她认识了王仲原。王原是行里当课长的，最近升了副行长，起先很靠拢我们，时常出席我们召集的座谈会，报告些经济问题，也颇有条理。后来他跟你太太的关系已经不平常了。我们曾经不止一次劝过你太太，要她慎重考虑。还有，李新群你认识吗？

章玉良 （想了想）李新群？不记得了。

刘大哥 是你太太在大学时候的同学，现在是我们一个有力的女干部。她对我们书报杂志的出版发行是很有帮助的。

章玉良 你是说李芸。

刘大哥　以前叫什么我说不上，这几年提起李新群是很多人知道的。她也劝过你太太。你太太口头答应说：决不做对不起你的事。可是不久，她就由祥云里搬到了景星村，正式跟那姓王的同居了。

章玉良　（感慨地）这次回来，我首先跑到祥云里故居，一直上楼，被娘姨给拦住了。我还当新的娘姨不认识我，我还生气哩。一问才知早已换了主人。我不死心，后来又到门外徘徊过几次。你知道院子里那棵碧桃是我跟若英结婚的时候我亲手栽的，如今长得那么粗了。

〔刘大哥无语。

章玉良　（叹了一声）不过也好，也许她选择得对……

刘大哥　物质上许过得好一点，精神上八成更痛苦吧。

章玉良　为什么？

刘大哥　干银行的人天天弄钞票，很自然地养成一种"唯钞票论"的人生观。在他们眼里，一切都是跟钞票走的，爱情也不例外，他会真看得起女人？听说他在外边还另外有一个情妇。

章玉良　是吗？真糟糕，贝贝是个好孩子，别把她也给沾染坏了。你看见贝贝没有？该长大了些吧？

刘大哥　见过，已经是个小大姑娘了。听说那王仲原也挺喜欢她。这几年，贝贝就当他是爸爸了。这得好好地告诉她才成。

章玉良　我写过两封信给若英，说我别无要求，只要见见贝贝。她还没有回信。你说她会不会让我见她？

刘大哥　我想，她会的，她也不是不想你。不过，那姓王的是不肯轻易丢开你太太的。

章玉良　不说这个了，不说这个了。说什么我也得见见我的孩子。

刘大哥　别着急，我给你想办法。

章玉良　（他拂去不愉快的情绪，转移话头）你那报纸还销得不错吧？

刘大哥　不错！已经突破两万份。

章玉良　上海居然能出那样进步的报纸，真不错。

刘大哥　利用帝国主义相互间的矛盾嘛。再说，上海人毕竟有革命传统，只要你能说出人家心里的话，人家都抢着要看，有了群众的支持，就有了本钱了。

章玉良　《中国呼声》呢？

刘大哥　那是孟南负责的。他很有点冲劲儿，缺点是有时候也不免过于冲动。最近关于日本宪兵队的罪行，他一连几次猛烈攻击，效果是好的，但看样子是要出毛病的。

章玉良　还是应该劝劝他，我们的工作既要尖锐，又要持久。

刘大哥　对。可是事到其间，谁也会忍不住的，有些事会把你头发都气得竖起来。（想起一事）对，玉良，你到了上海还得弄一张市民证。

章玉良　市民证？倒要见识见识。

刘大哥　（掏了一张硬纸片）你瞧瞧这个。在上海住这是少不了的，你还得经常摆在身上，别弄丢了。

章玉良　（看证）"商界"，有趣！

刘大哥　明天也设法给你弄一张。你算什么"界"呢？"报界"？"学界"？哈哈哈！（他们笑了，听见外面有敲门声）进来。（向玉良）可能是新群来了。

〔但上来的是一个叫周凡的青年。

周　凡　大哥，你叫我？

刘大哥　对。昨晚志超他们上船还平安吗？

周　凡　哦，没有错，你放心得了。船上我还托了老谢招呼，万无一失。

刘大哥 别得意，小伙子。我就是怕这个万一。

周　凡 是，以后加倍小心得了。没事了吧？（欲行）

刘大哥 哦，给玉良同志预备一张市民证。小王交给你了吗？照片什么的？

周　凡 都收到了。就办。（见章玉良，惊喜）哦呀，章先生！您什么时候回来的？太好了！想了您多少年了。

章玉良 （面善）哦，你周——

周　凡 周士祯。

章玉良 对，周士祯，你是尚志大学二年级的？

周　凡 您记性真好。我没毕业就出来了。

刘大哥 怎么？你们认识？

周　凡 我是章先生的学生。

刘大哥 那更好了。以后多照顾玉良同志。

周　凡 一定的。大哥，我有点儿要紧的事，先走。章先生，回见。

〔他刚到门口遇见李新群上来。

周　凡 哦，新群！几天没来这儿！（热情地握手，转过来报告刘）新群来了！

刘大哥 快进来！

〔李新群上。

李新群 （与刘握手）大哥。

刘大哥 来，给你介绍，（指玉良）这是刚从内地回来的章玉良。（向玉良）这是李新群。

李新群 啊，章先生。还是您跟若英结婚的时候认识您的。我是若英的同学，那时候我还小。十几年了，都有些恍惚了。

章玉良 哦，是的。刚才刘大哥还谈起你来着。听说你这几年工作得非常好。

李新群 年轻，不会办事。

章玉良 别客气了。（笑）

李新群 您写过一封信给若英，约她去东海路二十五号见面。是吗？

章玉良 是的。她收到了？

刘大哥 （对兴奋地望着新群的周凡）咦，你不是有事吗？

周　凡 哦。（红了一下脸）对。我走了。（下去）

李新群 若英收到您的信，她也想见见您。可是东海路二十五号不合适，想约您上另一个地方去，行吗？

章玉良 （望刘）大哥，你看怎么样？

刘大哥 （向新群）什么地方？

李新群 就在我家里。（转向玉良）孟南也想见见您的。

刘大哥 唔，好，可也要特别小心，我总觉得孟南有时候警惕不够。

李新群 我知道，已经跟孟南谈过了。

章玉良 （向新群）我能不能见见贝贝？

李新群 贝贝也许会同来的。

章玉良 那好极了，现在就去吗？

李新群 是的，现在就去。

刘大哥 那你们快去吧。别忘了后天来取市民证。再见。（与玉良握别）

——暗　转——

第四场

报告员　玉良带着沉重的心情，跟着新群走去。他想着他的妻子，不，他从前的妻子若英和他们的小女儿贝贝。他离开上海的时候，贝贝才五岁呀，现在过了七年了，他想不出他女儿现在是什么样子，但他多么想见见她呵！他一边想着，一边走着，走到一家电影院的门口。

〔电影院前。

李新群　章先生好久没有看电影吧？

章玉良　不，在桂林也常看。（指广告画）这部片子在两年前就看过的。

李新群　是的，太平洋战争爆发以后，美国片子就不来了。日本片中国人又不爱看，这样就造成话剧和地方剧的繁荣。敌人也不能不承认江南人民喜欢他们自己的声音。

章玉良　哪儿都一样，中国人该有自己的声音了。

〔他们边说边走。背后贝贝呼唤新群。

贝　贝　李阿姨！

李新群　（回头）谁？（见贝贝）哦呀，你在这儿！来，你爸爸——

（正要替她引见玉良）

贝　贝　我爸爸领我来看电影的。

李新群　妈妈呢，她也来了？

贝　贝　没来，她看朋友去了。李阿姨，您也来看电影吗？

李新群　不，我有事要回家去。你爸爸呢？

贝　贝　爸爸在买水果哩。

〔王仲原手提水果篮赶过来。

王仲原　哦，新群，你来了。看看电影好不好？这部片子很不错，旧一点，可是主题很正确，现在反而不大看得见这样有内容的作品了。女主角陶洛西演得挺出色。你不也挺欢喜她吗？

李新群　不，我今天不看，我有朋友。

王仲原　（望望玉良）一道进去嘛，票子是没有了，老板认识我，我可以想办法，添座儿。

李新群　谢谢，我改天看。若英她没来吗？

王仲原　没有，（说得意味深长地）她今天另有约会。

李新群　那再见了。（匆匆拉玉良走）

〔舞女俞芳子打扮得很妖娆地走出。

俞芳子　仲原，来呀，都快开映啦，还磨磨蹭蹭的干吗呀？

王仲原　我给贝贝买水果。

俞芳子　你就宝贝你那心肝女儿。

王仲原　怎么，你不是也宝贝她吗？

俞芳子　得了，我高攀不上。（走过来拉着贝贝的手）来吧，我一个人的大小姐。

〔他们拉着贝贝入内。暗转。

〔男女脚步声继续下去。

〔街上。

章玉良　新群，刚才谁呀？

李新群　怎么，您不认识？！

章玉良　（摇头）不认识。

李新群　您太太现在的丈夫呀。

章玉良　王仲原？

李新群　对。

章玉良　那女孩子呢？那个叫"李阿姨"的呢？

李新群　咦，您没有看出来？贝贝呀！

章玉良　怎么？她就是贝贝！

李新群　对哪，赶下一趟一定领她来见您，这儿人多，走吧！（她轻拉玉良走下）

〔周凡远远跟着新群，一便衣侦探甲又远远跟着周凡，相继走下。

——**暗　转**——

第五场

报告员　从五岁起就没见过父亲的贝贝，怎么会认识玉良呢？由于嫉妒和邪恶的心理，王仲原不愿意贝贝跟她母亲去看她自己的父亲，便把她领到电影院看电影，还约了他的情妇俞芳子。玉良错过了和女儿见面的机会，跟着新群走。这时候，若英早在新群家里，等着她从前的丈夫。

〔新群家书报杂志成堆，并有油印机之类。

〔梁若英穿着外出的漂亮服装，正和孟南说话。

梁若英　（看表）怎么还不来呀？

孟　南　快了！

梁若英　别是新群太忙，把这事给忘了吧？

孟　南　不会的，她总是把时间安排得挺准确的。

梁若英　（起立，在屋子里走了几步）报馆里的事忙吗？

孟　南　唔，还好，反正晚上发稿，忙的也不一定是报馆里的事。那天金妹的新闻登出来了，你看见了吗？

梁若英　看见了，写得真好，骂得好厉害。这样儿行吗？日本人不说话？

孟　南　来警告过，要更正，还没理他。

梁若英　他们一定对中国文化人头痛吧。玉良常说：中国人在多么困难的情况下，总还是要发出自己的声音的。

孟　南　也可怜得很，就这么一点点声音。不过，倘使连这一点点声音都没有，那就太不成话了。

梁若英　对。那天我原想跟你们一道去送金妹的，贝贝回来了，没有去成。你那篇文章说她丈夫起先要打金妹，你们再三劝他，他才原谅了金妹的，是吗？

孟　南　（点头）她丈夫是个挺爽直可爱的人，一定要请我们吃饭。我们怕他太费事，要走。他非留我们不可，说不吃就是看不起他。我们没法子，只好领他的情。那顿饭吃得真香啊！

梁若英　哪一天领我去看看他们去，好不好？

孟　南　（笑）你要去也行，不过路远得很，工人区，房子又脏又小，对摩登太太们怕不大相宜吧。

梁若英　你又来笑话我了。

孟　南　你和玉良有几年不见了？

梁若英　他是抗战开始那年离开上海的。那时候贝贝才五岁。今年她十二岁了。

孟　南　七年了。玉良不是想见贝贝吗？怎么不带她来呢？

梁若英　仲原太不应该了，吃过饭就把贝贝给带走了。我跟玉良约好了的，又不能不来，只好等下趟再带贝贝来。

孟　南　（听）有人上楼梯，许是玉良来了。

〔新群推门进来。

李新群　（见若英）哦，你来了。（回头向外）章先生，请进。

〔玉良入，与若英点点头，走到孟处。

李新群　（介绍）这是孟南。

章玉良 哦呀，久仰。

孟　南 欢迎！欢迎！（他们热烈地握手）来了多少时候了？

章玉良 不多几天。

孟　南 在内地辛苦了。

章玉良 你们在“孤岛”奋斗的同志们才辛苦了。

孟　南 没有什么成绩，惭愧得很。请坐。（望若英）你们两位七年不见了，多谈谈。我们有点儿事，出去一下。

章玉良 不，没有关系。

梁若英 孟先生，你——

李新群 （把他们俩拉在相近处坐下）我们一会儿就来。这里有茶，这是上海最好的香烟，孟南特为你们买的。

梁若英 新群，你这是——

〔孟南新群夫妇俩出去，把门倒关起来。

〔玉良和若英默默相对了几分钟。玉良伸手。若英起身握手，由于激动顺势投到玉良怀里。玉良轻轻抚了抚她，旋即避开，送烟给若英。若英接过，拿出打火机给他点烟。

章玉良 （抽了几口，望望若英，慨然地）怎么样？还好吗？

〔梁若英低头不语。

章玉良 这几年没有生病？

〔梁若英以巾掩面而哭。

章玉良 到了上海才晓得。这也不能怪你。有什么办法呢？七年来的抗战，吸引了我的全部精力。虽则也时常想念你们，可是回不来，顾不到呀。说句八股——“怪鬼子吧”。

梁若英 （从眼泪里抬头）听说你一到内地就吃官司，受了很多苦吧？

章玉良 哦，吃官司嘛，还会不受苦？一到上饶就被顾祝同把我给关起来了。

梁若英 没有人营救你?

章玉良 (摇头)在那儿谁也不认识我,认识我的就只在上海被我骂过的一个无聊的家伙,而他是顾的红人,这就该我倒霉了。

梁若英 你不应该去的呀。

章玉良 不,我应该去的。

梁若英 你不应该去的,你去了,苦了我,苦了贝贝,也苦了你自己。(哭)

章玉良 受苦对于我们是一种熬炼,就看谁禁得起熬炼。

梁若英 我知道你会怪我的。(哭)

章玉良 不,我刚才说过,这也不能怪你。

梁若英 你走了之后,贝贝没有一天不思念爸爸。

章玉良 (苦笑)可是,她现在已经不认识我这个爸爸了。

梁若英 怎么,你见过她?

章玉良 唔,刚才在路上碰见她。她同她现在的爸爸在一块儿看电影。

梁若英 你没有叫她?

章玉良 她正管别人叫爸爸,我怎么好叫她?再说,她长得那么高了,不是新群告诉我,我一点也认不出来了。

梁若英 你离开我们的时候她太小了。

章玉良 你没有向她提起过我?

梁若英 (不敢望玉良)人家不许我对孩子提起你呀。

章玉良 私下你也没有对孩子提过?

梁若英 几次想提,没有敢提,孩子太聪明了,我怕伤她的心。

章玉良 (苦笑)你不怕伤我的心?

梁若英 你……你当时为什么要离开上海?

章玉良　你问鬼子为什么要进攻中国吧。

梁若英　我，我恨死你了！

章玉良　你恨我？你现在不是过得挺幸福吗？

梁若英　幸福？

章玉良　至少在生活上。（望望她的服饰）

梁若英　你一点也想不到我的痛苦！一点也想不到我的痛苦你也有责任。

章玉良　不，我想到过。你该不否认吧，以前我们也度过一些幸福的日子。我把你当女王似的看待，尽管我是个穷作家、穷教授。我总是尽量让你称心如意。而你现在呢，物质享受当然好得多了，可是精神上毕竟有些欠缺，花晨月夕不免对过去的场景做幽凉的回忆，你的痛苦不过如是而已。可你看见那千千万万流离失所的难民没有？你曾想到那些在风里、雨里、炮火里、轰炸里流离颠沛的女人和小孩没有？想到他们，你的痛苦就成了一种奢侈了。

梁若英　玉良，几年不见，你变得残忍了。

章玉良　不，应该说，残酷的现实把我锻炼得更仁慈了，也更坚强了。我不是没有眼泪的人啊，为了你，为了贝贝，我不知流过多少眼泪，有过多少不眠的晚上。只不过我已经能够不单是想到自己的一身一家，而想得较为广大些罢了。

梁若英　我为你也哭过不知多少次，特别是听到你在吃官司。玉良，你觉得我们还有前途吗？

章玉良　怎么没有？抗战有前途，我们就有前途。

梁若英　我是说，我们的爱。

章玉良　爱？若英，别说小孩子话了，你现在不是王太太吗？

梁若英　不，玉良，你不能这样看我，你真太残忍了！你为什么要

这样说呢？（哭）

章玉良 （避开）若英，别太兴奋了。我在信上说得很清楚，我只不过想见见贝贝罢了。你能设法让我多吻吻孩子，我就感谢你了。

〔外敲门。

〔便衣甲上。

便衣甲 孟先生在家吗？（望了望玉良他们回头向外）进来！

〔便衣乙进来。

便衣甲 （向玉良、若英厉声地）把手举起来！站起来！（向便衣乙）搜他们。

〔便衣乙搜若英和玉良。

梁若英 强盗！

便衣甲 哼，对！就是来捉你们这些强盗的。你们是抗日分子，对吗？抗日就是强盗。站过去！把脸转过去！不许动！

梁若英 （不转脸，辩解）不，你们抓错人了。我不姓孟，我是王太太。我们找朋友来了。

便衣甲 少说废话，哪有抓错的？（向便衣乙）搜到东西了没有？

便衣乙 搜到了一些印刷品。

便衣甲 拣要紧的搬走。

便衣乙 是。

〔两个日本宪兵，从外面进来。

便衣甲 把他们给铐起来！

〔他们把玉良、若英铐在一块。

章玉良 （苦笑）想不到咱们又在一块了，若英，这也是一种“奇缘”吧。

梁若英 我恨你。

章玉良 恨我有什么用？（严肃地）我们一道，再经受一次熬炼吧。

梁若英 真倒霉!

便衣甲 走!

〔日宪兵押玉良、若英下。

——暗　转——

第六场

报告员 就这样，玉良和若英被抓去了。这对于在内地已经坐过两年监狱的章玉良，虽然是残酷了一些，但是这位战士认为又是一次熬炼。而对于过惯了舒适生活的若英，会有一些什么影响呢？这还不能知道。我们且看看日本便衣今天要逮捕而没有逮捕到的孟南吧。

〔刘大哥家。

李新群 （跺脚）真没有想到会这样，外面不知道的还当我们故意害他们的哩。

刘大哥 我早说过，你们那儿得当心，可你们就是警惕不够。

李新群 （低头）真该死，我太大意了，我以为暂时是不要紧的。

刘大哥 日本人也早注意玉良了，瞧这个。（指日文报纸）他们对玉良回上海已经有报道了，这趟决不会轻易放过他的。玉良那样的身体够他受的了。凭什么也得把他给救出来，否则我们的责任太大了。

孟　南 对，把这任务交给我吧。这主要是我的责任。

刘大哥 不，看情形，你是非走不可了。老黄告诉我，日本人对你势在必得。

孟　南　可是走到哪里去呢？

刘大哥　到内地去。

孟　南　那么这里的事谁管？杂志报纸一大堆。

刘大哥　自然还得办下去，这你就别管吧。

孟　南　我实在丢不下这些熟悉了的工作，同时（摇头）到内地去也渺茫得很。

刘大哥　到处都有组织，服从组织，按照原则办事，有什么渺茫？（检信件）一切都给你预备好了，你先到武汉再转昆明，这里有几封介绍信。

孟　南　可是——

刘大哥　别三心二意的了。快去准备。

〔周凡上，他似乎有什么心事，不像以前活泼。

刘大哥　士祯，船票买了吗？

周　凡　买了。江新，房舱，晚九点上船。（交船票）

刘大哥　（向孟南）船票交给你。

孟　南　（见只一张）一张！那么新群呢？

刘大哥　唔。你们愿意的话，同走也可以。

孟　南　我看——

刘大哥　那么小周，再去买一张。

周　凡　（似乎有些勉强地）好，我去。

李新群　慢点。（止住小周，向孟南）我留下吧。

孟　南　你留下？

李新群　对。估计我留下还可以做些事。大哥说得好，凭什么也得把玉良他们给救出来。他们是代替我们受罪。尽管组织上会设法营救他们，倘若我们都扬长而去，人家要批评我们的。

孟　南　真是。大哥，让我留下吧。那样我们于心才安。

刘大哥　你留下不合适，这不是你心里安不安的问题，是怎样合理使用力量的问题。（考虑后）不过，新群要留下来我也不反对。她的工作一时还没有人能代替她。

李新群　对，在这儿我可以照顾玉良，替他们奔走。我想去找池田老人，也许能起一些作用。还有，大哥支持我搞一个小学，房子也看好了。

刘大哥　对，应该赶快把它建立起来，作为一个据点。

孟　南　（痛苦地）唔，好。那你就留下吧。我想我们是会再见的。战争不会拖得太久，而且将以敌人的失败而结束，这是不用怀疑的。但是，人事变化很多，我们还年轻，我们的工作带有很大的冒险性。

李新群　（激动）得了，别说下去了。孟南，你放心，我不是若英，你不会失掉我的。不管命运多么残酷，它顶多能分开我们的身体，不能分开我们的心。

孟　南　新群！（他激动地拥抱了她）我知道你是能照顾自己的。何况还有大哥。

刘大哥　对，我会照拂她的。

孟　南　（对刘）谢谢你，大哥！（紧紧握手）

刘大哥　你放心吧。

孟　南　（见周凡）哦，士祯，我也拜托你。

周　凡　（握手）不用拜托，新群是我们的好同志。

〔孟南与新群再度握手，拥抱。

刘大哥　（看看表）孟南，该走了，把分别的痛苦化为力量吧，同志。在上海，在内地，一样是为人民的自由解放做斗争，我的老婆不也是在西北吗？

孟　南　是。

〔余达生进来。

余达生　大哥，你叫我？

刘大哥　哦，你来了，请等一等。（转向孟南）那么孟南，走吧。（取出一皮包）这是路费和文件。内地情形也很复杂，诸事留心，别再大意了。

孟　南　（沉重地）是。那么，我走了。到武汉就给您来信。您也多多保重。再见了。

李新群　（也起身作别）我送他一下，行吗？

刘大哥　你甭送了。小周，照拂孟南上船，小心一点，船开了，马上告诉我。

周　凡　是。

刘大哥　（对孟南）这里你放心。祝你一路平安！（再紧紧握手）

〔新群送孟南下去了。刘大哥也送到外面，一会儿转来。

刘大哥　（对由门口转来以巾拭泪的新群）新群，别难过，加紧筹备办学校。你说的那个地点，我去看过，很不错。（给她钱）把它租下来，买点家具。

李新群　是。

刘大哥　不过，这几天你太兴奋了，先在这里休息一下，别把身子累坏了。

李新群　不要紧，我不累。我走了，大哥。（她辞了刘大哥，跟余达生点了点头，雄健地走出去了）

〔刘大哥目送她的后影，回头望久候的余达生，以手示意，要他坐过来。

余达生　（坐到他的对面）关于杨树浦的情况我写了一个报告，您看到没有？

刘大哥 看到了，写得很好。听说永丰要关厂了？

余达生 他们经不起帝国主义的压迫是一回事，借此向工人进攻是另一回事。现在我们正酝酿五厂联合罢工。

刘大哥 对，一定得发动许多工厂来支援这个斗争。你那报告里的意见，我们部分同意。在这个年月，工人们过着灾难般的生活。我们一面要激起他们的愤怒，提高他们的觉悟，一面也要经常关心他们的生活，发动大家的力量，互相帮助，减轻工人的苦痛，减少一些可以避免的悲剧。来，我们仔细研究一下。

——暗　转——

第七场

报告员　其后的某一天，杨树浦工厂区一条巷子里也出了这样的事。

〔放工汽笛声。工厂区僻巷。

〔金妹追上另一个她叫“大姐”的女工。

刘金妹　大姐，慢点儿走，我们谈谈。

大　姐　你不是说要回去吗？

刘金妹　是呀，妈有病。我得赶快找大夫去。我问你，你听谁说，我们厂要关门啦？

大　姐　外边谁都知道。厂里孙先生也这么说。

刘金妹　为什么？生意不好？

大　姐　说是人家洋纱比咱们的便宜，老板赔不下去了。

刘金妹　不反正是靠东洋人吗？

大　姐　东洋人逼老板把厂全交给他们。老板不肯，总想留着点儿。东洋人就处处给他捣麻烦，银行也不肯通融，他还不是老办法，牺牲工人，减少损失。看样子厂是关定了的。刘大姐说倘使关厂，至少得要求多发一个月工钱。

刘金妹　咳，当真关了厂可怎么办？我妈又病了，就靠我丈夫一个人赚钱了。

大　姐　当真关了厂，没有办法的就不止你一家了。

刘金妹　可不。大姐，怎么你好像老有办法似的？

大　姐　有什么办法？就靠招弟摆一个小摊儿，做点小生意贴补贴补。

刘金妹　做什么小生意？

大　姐　起先是卖大饼油条，后来才知道洋罐头比大饼油条还要便宜，我们就贩洋罐头了，倒还不错。

刘金妹　咳，都像你们有本钱就好了。

大　姐　咳，谁有本钱？谁还不都是吃在口里，穿在身上？没有法子，只好借印子钱做本，背大二分利呀。

刘金妹　不管怎么说，人家总愿借给你呀，像我们，人家有钱也不愿借。

大　姐　那也不见得。你真想做做小生意吗？

刘金妹　想试试看，不做点小生意贴补贴补，真过不下去。

大　姐　好，我替你问问去。

刘金妹　大姐，拜托拜托。

〔金妹与大姐分手，刚要转弯，一流氓型的男子走过，轻亵地摸了金妹一把。

刘金妹　（打回去）谁？

阿　土　咦，我呀，连我都忘了？金妹？

刘金妹　（怒）谁知道你是谁？

阿　土　我呀，阿土哇！

刘金妹　干吗动手动脚的？

阿　土　神气什么？东洋人动得，我动不得？

刘金妹　赤佬！（瞪眼走下去）

阿　土　他妈的！

〔戴黑眼镜的流氓和另一个流氓上。

黑眼镜　阿土，你同谁生气？

阿　土　这小娘们给东洋人动过了，还神气活现。

黑眼镜　你说刘金妹？唔，这几天给报纸上一捧，抖起来啦！

阿　土　大不了一个纱厂女工，抖的什么鸟？

〔友生走过，听到他们说话。

友　生　怎么着？纱厂女工就该受欺负吗？

阿　土　咦，这关你什么事？

友　生　我是工人，你说工人就关我的事。

黑眼镜　这女人偷东洋人，丢我们工人的脸，有什么说不得！

友　生　你怎么知道她偷东洋人？

黑眼镜　你他妈的怎么知道她不偷东洋人？

友　生　鬼子兵横行霸道，糟蹋中国女人，中国的男人们不说公道话，不打抱不平，反而站在鬼子一边说中国女人不好。他妈的，难怪中国要亡，一定得人家强奸他奶奶，强奸他姐姐，他才算心满意足。

黑眼镜　他妈的，国都亡了，多少女人被皇军给霸占了，个把女工有什么大不了的。你这小子不服气，想造反吗？

友　生　你这小子，竟然满嘴"皇军"，不知羞耻，你还是中国人吗？

另一流氓　（指友生告黑眼镜）他就是刘金妹的丈夫。

阿　土　（大笑）哈哈，闹了半天，原来是个"活王八"！

友　生　（一拳把阿土打倒在地）你这狗杂种，你说什么？

黑眼镜　他妈的！

〔阿土、黑眼镜与友生打成一团。友生盛怒之下，愈斗愈勇。

金妹闻声赶来。

刘金妹 （叫喊）友哥，友哥！（回头）大家来啊，有人欺负友生。大家来呀……

〔在友生与阿土恶斗中，黑眼镜取石灰一包，抛向友生的眼睛。众工人拥上，三流氓狼狈逃走。

众工人 打，打，打死这些狗杂种。（几个工人继续追下）

友　生 （以手掩住双目，痛苦地）他妈的！我完了！

刘金妹 （忙来扶住友生）友哥，不要紧吗？不要紧吗？

友　生 痛得厉害，别他妈的把我眼睛给搞瞎了。（他痛得用手去擦）

〔余达生走过来。

余达生 友生，快别擦了，那会更坏。我们陪你找大夫去。

刘金妹 对。快找大夫去。（低声，踌躇）可是我们钱不够怎么办，老余？

余达生 不要紧，我有熟识的大夫，用些钱我们大家想办法。

刘金妹 那太好了。帮帮忙吧。（扶住友生）

众工人 快去吧。

友　生 （十分痛苦和气愤地）没想到遭这样的毒手，他妈的！

余达生 我跟你说过的，这是残酷的斗争嘛。来，你扶着金妹走。

刘金妹 扶着我吧，友哥。

〔工人拥友生下。

——暗　转——

第八场

报告员　余达生和金妹扶友生找大夫去了。我们但愿友生的眼睛有重见光明的希望。如今且说孟南走了以后，新群这位热情的女战士正在忘餐废寝、胆大心细地干着刘大哥交给她的工作。一天她很警惕地在路上走着。周凡从后面叫地。

周　凡　新群！（见新群不答，再叫）新群！

李新群　（回头惊望）谁？（见是周凡）哦，你，士祯。（四望无人，低声）以后叫我兰生，别叫新群了。大哥不是说过的吗？

周　凡　对，以后改。上哪儿去？

李新群　回去。

周　凡　你怎么又去找王仲原呢？

李新群　我不是找王仲原，是找贝贝，约她同去看她爸爸。真倒霉，给王仲原训了一顿。

周　凡　他怎么训你来着？

李新群　他说章玉良被捕反正是迟早问题，不必说他，怎么把他的老婆也给陷进去了。要我还他的人。

周　凡　这个无耻的家伙！

李新群　可是我们的确也有错误。我真是难过，那样冒冒失失地把一位有力的同志陷在牢里，我永远不能饶恕自己。

周　凡　你也别那么难过。那，那也不是你一个人要负责任的。

李新群　你说还有谁？

周　凡　（狼狈）我不过比方这么说。刘大哥说过这事大家都有责任。

李新群　（敏感）小周，我上王仲原那儿去，你怎么知道的？

〔周凡无语。

李新群　你跟着我？你时常这样，对吗？

周　凡　我……我，关心你，怕你出危险。你记得，孟南走的时候也托付过我的。

李新群　对，大哥说孟南走的那晚上几乎被敌人给发觉了，是你把他掩护过去的，我真感激你。可是，周凡，我想问你一件事，我摆在心里好一些日子了，老没说。

周　凡　（热情地）说吧。什么事？新——

〔有人打一个小女孩，问："小毛头，你怎么偷吃我们家的东西？你还偷不偷？"

〔"我饿了呀。""你饿了就该偷吃的？"小女孩挨打声、哭声。

李新群　好，下次谈吧。我去看看去。

周　凡　我也去看看。

李新群　（握手）别……

〔女孩子哭得更厉害。新群健步地跑去了。

周　凡　（兴奋地目送着她的后影，不由得低叫）新群！

〔暗中有人拍他的肩头。他转过头看，不认识。

周　凡　你谁？

〔暗中人是我们曾经见过的便衣甲。

便衣甲 （冷笑）怎么，跟你打了好几次交道了，还不认识我？

周　凡 （起身）谁跟你打过交道？谁认识你？（要走）

便衣甲 （忽出手枪止住他）你不认识我，我可认识你啊。别忙，坐下来，咱们谈谈。

周　凡 （不得已，坐下）有什么好谈的？

便衣甲 上海滩嘛，谈谈买卖。

周　凡 我不懂买卖。

便衣甲 就谈你懂的买卖吧。（给香烟）对，上一批买卖你出了很大的力，还得谢谢你哩。

周　凡 （呆然）我给你们出过什么力，奇怪！

便衣甲 怎么，你出了力还不知道？不是你领我们上山海关路，我怎么能破获那么大一个机关？后来知道抓的是章玉良，你的功劳就更大了。

周　凡 （不寒而栗）怎么，你——我怎么会领你们去的？

便衣甲 你跟着人家，我们跟着你。不是你领的是什么？“功成不居”，你真太伟大了。哈哈！

周　凡 （怒）原来你是狗！

便衣甲 （又以手枪按住）别动换！咱们客客气气的。你动换，逃得出我，逃不出上海的天罗地网，懂吗？你也别着急，你那些反日的同志，我们暂时也不会动他们的。你也尽管在你们团体里照常忠实地工作。懂吗？认识你不错。你很有价值，你关系方面多，你是我们的眼睛，也是我们的好线索。我们很看重你。来，跟我上家里谈谈，你放心，别人是不会知道的，你的事只有我知道，懂吗？（见周凡不动）咦，怎么不走啊？

周　凡 （想相机打倒敌人）你走吧。

便衣甲 （出枪冷笑）小伙子，你还嫩哩。照平常一样，你在头里走，我跟着你。到前面就上吉普车了。

〔周凡不得已，只好跟着走。

——暗　转——

第九场

报告员 新群那天晚上救回了那个因偷人剩饭而挨打的小毛头。这孩子成了她学校的第一个学生。

〔一个颇大的前楼现在成为弄堂小学的筹备处，也是现在新群工作、生活的地方。

〔新群正在辛勤地写钢板，外面小孩踢球，一个小皮球从窗孔飞进来。新群拾起，走到窗口，叫声“小张接着”扔下去。但球从屋瓦上滚到另一条街上去了。

李新群 哎呀，对不起，滚到那边街上去了。

〔下面小孩声：“不要紧，我从后门去拾去。”小毛头送信上来。

小毛头 小姐，信。

李新群 （接信）哦，谢谢你，小毛头姑娘。以后别叫我小姐，叫我先生，好吗？

小毛头 好，李先生。我走了。

李新群 哦，你别到弄堂里去跟小孩们吵架。以后你是我的学生了。我教你每天识一个字，好吗？

小毛头 好。

李新群 （举信封）瞧，这是“李”字。

小毛头 让我念，“李兰生先生亲收”。

李新群 （大喜）怎么你识字！

小毛头 我上过小学二年级。

李新群 那为什么不上了呢？

小毛头 爸爸给鬼子飞机炸死了，妈妈改嫁了，没人管我。在婶婶家里住，婶婶也没有办法，饭也吃不上……（哭）

李新群 好，别哭了。你就算我的闺女吧。我教你读书、做事。

小毛头 那可好。以后我不叫您“先生”，叫您“娘”，成吗？

李新群 那太好了。小毛头，拿条毛巾来，让我擦擦手。

小毛头 是，娘！（敏捷地办了）

李新群 （喜抚小毛头）真是我的好孩子，还真能办事。

小毛头 娘，您换下的衣裳，我也给您洗好了。

李新群 是吗？晒了？

小毛头 晒了。都快干了。

李新群 （抱她）你还真是我一个好帮手，孩子！

〔刘大哥上。

刘大哥 新群！

李新群 哦，大哥。

刘大哥 孟南从昆明来的信。（给信）

李新群 真的？（兴奋地看信）哦，他在昆明会见了好一些老朋友。他们都问候您。

刘大哥 你现在可以放心了？

李新群 （笑）唔，他还挺关心玉良的事。

刘大哥 对，这几天你跑得怎么样？有些结果了吗？

李新群　（点头）有些结果了。池田说：明天带贝贝去探望他们一下，是没有问题的了。

刘大哥　唔，这也好，慢慢地来吧。今晚我再去托托人，找找关系。

李新群　好。

刘大哥　那张对敌传单，什么时候写好？

李新群　今晚准赶完。

刘大哥　快一点吧，这儿还有一张稿子，油印机拿来没有？

李新群　还没有。用得急的话，我到原来的地方去印。

刘大哥　也好，小心点吧。我走了。

李新群　好。

〔忽然警笛声，枪声。

李新群　（惊）什么事？

刘大哥　八成又是抓爱国分子吧。

李新群　别是来找我们的？

刘大哥　也说不定，所以你这里得充分接受过去的教训，加倍提高警惕。倘使他们这个时候上来了，你看多危险！

李新群　（她一面急速拾掇，藏起钢板、蜡纸、印刷品等）是，我一定小心，大哥。可我也不害怕，反正做革命工作也没有一个完全保险的。

刘大哥　你说得对。我信任你。可是别忘了，安全第一啊。

李新群　是，大哥。（向小毛头）你下去。

〔小毛头走了。

李新群　（郑重地问刘）大哥，您对周凡很信任吗？

刘大哥　（注意）怎么样？你发现他有什么问题？

李新群　还很难说。不过我得把我的看法说出来供您参考，要不然可太危险了。

刘大哥 是吗？你说。

李新群 您注意到吗？小周很长的时期在追我。

刘大哥 追你？他对你表示过？

李新群 没有。我发现他老跟着我，说是孟南托付过他的，很关心我的安全。可是在那以前我也发现过，特别是玉良被捕的那一次，我跟孟南从家里出来，看见后面一个人影儿很像他。

刘大哥 怎么？那次就有他！你怎么不早说？

李新群 因为我还不能确定是他。可能他不是恶意，可是我看敌人已经注意他了。

刘大哥 唔。（想了一下）你提得很好。他对你有兴趣是确定的。我早已注意到了。孟南走的时候我曾经让他买两张船票，他向我提过意见，说应该把你留下。

李新群 您是听他的话才把我留下的？

刘大哥 不是。后来我另有考虑。不过，他显然是高兴这个决定的。

李新群 哦，原来这样。（忽注意）刚才来了一封信，像是他写的。（急拆信）

刘大哥 让我看看。（他们仔细看信）

〔外面警笛声。

——**暗　转**——

第十场

报告员 当时爱国分子不断遭受敌伪的摧残迫害，而新群却一面做着爱国工作，一面冒着危险，勇敢热情地关怀别人的苦难，帮助别人减轻苦难。这时她正带着贝贝到各处为玉良和若英奔走。

〔新群拉着贝贝的手，在公共汽车站等车，手里提了些食物、衣服之类。

贝　贝 李阿姨，干吗不早带我去看爸爸？

李新群 打听出这条门路不容易啊，贝贝，费了多少事才让你去见这一面。

贝　贝 李阿姨，你说那天在电影院门口碰见的就是我爸爸？

李新群 是啊，你怎么一点也不认识你爸爸了？

贝　贝 仿佛有那么点面熟似的，可是我怎么知道是爸爸回来了？

李新群 王仲原看了你妈妈的信怎么说？

贝　贝 他说让他们在牢里团圆得了，找我干吗？

李新群 你看他会不会救你妈妈呢？

贝　贝 听他给谁打电话来着，可是只提我妈，没提我爸爸。

李新群 你爸爸是个可尊敬的人，贝贝。如果他只把你妈妈救出来，那你怎么办？你还跟妈妈住在王家？

贝　贝　不，不，我再也不跟那姓王的住一道了。我跟爸爸去革命去。

李新群　嗬！可是你爸爸还在牢里呀。

贝　贝　我跟他一块儿坐牢。

李新群　（拍拍她）真是好孩子，有骨头！哦呀，怎么半天还没有车子来。我们叫三轮吧，你冷不冷？

贝　贝　有点儿冷。我不大在外面吹风的。

李新群　我叫三轮去。（她走过一女摊贩旁）

刘金妹　哦，你是不是李小姐？

李新群　你谁？（细认）啊呀，金妹！你在这儿干吗？

刘金妹　（难为情地）做——做点儿小生意。

李新群　怎么厂里不做了？

刘金妹　厂里生意不好，关门了。

李新群　你妈妈呢？她好吗？

刘金妹　谢谢你，妈在家，老是病病歪歪的。

李新群　你丈夫眼睛好些了没有？

刘金妹　（黯然地摇头）还那样儿。幸亏有余达生他们帮忙，在看大夫。

李新群　那么，你家里就靠你一个人了？

刘金妹　嗯，就靠我一个人。（拭泪）

李新群　（想了想）那你担子真不轻啊，好好儿干吧，金妹。别难过，大家会帮助你的。今天我有事，改天来看老伯母跟你丈夫。哦呀，车子来了。再见吧。（拉贝贝）贝贝，来！（向金妹点点头，匆下）

〔旁边一小孩也在摆地摊。忽瞥见伪警走来，小孩先收起货。

小　孩　快，来了，来了。（急跑下）

刘金妹　什么来了？

〔发现伪警来了，来不及收东西，只得抱了一部分货品逃走。但仍被伪警抓住。

伪　警　妈的，叫你搬开，你又在这里摆！

〔用小孩丢下的网袋，把金妹的罐头都装了进去，拿起来。

刘金妹　（追）先生，还给我，还给我，我到别处摆得了，还给我！

伪　警　还给你？到行里去还你！

刘金妹　（拖住他）先生，我是借印子钱贩来的呀。我家里妈病了，丈夫眼睛坏了，就指这个过日子的呀。

伪　警　管不了那么许多，要还到行里去！

刘金妹　（仍拖住他）先生，你拿去了，我们一家就活不成了。真的，都活不成了呀。我跟你磕头，先生，先生，我们都是中国人，可怜可怜我吧，帮帮忙吧！（她连连磕头）

伪　警　哧，好啰唆！说过了，到行里去还你。（甩开金妹，走下）

刘金妹　先生，先生，天哪，我一家都活不成了。先生，先生。（追下）

——暗　转——

第十一场

报告员 金妹的东西，就这样被没收了，她一家怎么过日子呢？学一句老话“这且按下不表”。且说新群带着贝贝去找一位跟中国文化人有些交情的日本人——池田老人，由这位老人领着贝贝去日本宪兵监牢里看她爸爸和妈妈。让我们先介绍她妈妈的情况吧。

〔宪兵队里的女囚室，阴惨惨的，真像地狱一样。通过铁栏，可以看见另一囚室。

〔若英与另一姓黄的女囚在谈话。

梁若英 真倒霉，这么点地方睡三个人，又只有两条破军毯，可把我给冻死了。

黄小姐 这还算好的哩。前几天这屋子关了十八个女学生，也只有两条破军毯，你想想那个挤劲儿，就跟装沙丁鱼似的，叫人气也吐不过来。不知怎么，一晚上又全都解走了。（小声）她们这十几个女学生据说是一班的同学，参加了一个抗日组织。她们的领袖是一个十九岁的漂亮姑娘，还据说是个共产党员，一来就被宪兵队再三拷问，受了好几次电刑。这女学生不只是不招供，还骂他们是“侵略强盗”。鬼子气了，据说这十几个女学生都完了。

梁若英 是吗？咳，多惨！这成什么世界！

黄小姐 你怎么来的？王太太，怎么你又是“孟李氏”呢？

梁若英 我去看一个朋友，那位朋友不在，来了一群人，糊里糊涂地就把我给抓来了。把我当成“孟李氏”。你看多冤枉。

黄小姐 有什么冤枉不冤枉的，反正做了中国人就有罪。

梁若英 怎么能糊里糊涂地乱抓人呢？难道不讲道理？

黄小姐 （笑）讲道理鬼子就不来侵略中国了，王太太。

梁若英 你是怎么来的？黄小姐？

黄小姐 我是上海话剧团的。我们演了一个戏叫《云霓》，是写明朝河南省天旱无雨，庄稼都枯死了，老百姓焚香求雨的故事。演了一个礼拜没有事，忽然一天来了许多日本宪兵把我们都给抓来了，说我们演反日戏。我们跟他辩，说这是一出历史戏，一点也没提到日本。他们说剧词里头有“时日曷丧”的话，分明是骂日本的。又说戏名叫《云霓》，中国古话说“如大旱之望云霓”。那分明是怨恨日本皇军，希望共产党来解救你们的。我们说：“怎见得呢？”他们说戏中农民盼望天上的云霓是朝着北方的，那不是望共产党是望什么？这真叫“欲加之罪，何患无辞”。当然这是有汉奸告密的。

梁若英 是啊，没有人告密，八成他们搞不这么清楚。你们刚来也关在一道吗？

黄小姐 以前是关在一道的，这几天又把我们给分开了。

梁若英 （打量）我也许看过你的戏，怪面熟的。

黄小姐 你也欢喜看话剧？

梁若英 我是“话剧迷”，有戏必看。三年前，你是不是演过

《复活》?

黄小姐 对，我演过喀秋莎。

梁若英 你看我记性怎么样？你骂辽夫略杜夫的那段长台词，我以前还背得几句。巧啦，在这里碰到你。（笑）也许你就不该演喀秋莎，那就是个写坐牢的戏。

〔远处皮鞋声。

黄小姐 嘘，低声点。

梁若英 （走）哎呀，这日子叫我怎么过？瞧我这头发，简直弄得像鸡窝似的。你有梳子没有？

黄小姐 这儿哪有那些东西，都是用手梳的，跟女看守借梳子得花钱。

梁若英 （摸摸身上）一进监什么也给他们收掉了，身上一个钱也没有，真倒霉！（看看手）瞧，这成了一双什么手啊！

黄小姐 （笑）你该不想搽“蔻丹”吧，我的王太太。

梁若英 别开玩笑了，这里面还有蔻丹？

黄小姐 不是开玩笑，这是问口供的一种苦刑！用绣花针刺我们的指甲缝儿，女牢里就叫“上蔻丹”，血一沁出来，指甲不都红了。

梁若英 哎呀，那不痛死人？

黄小姐 “十指连心”嘛，还有个不痛的？

梁若英 天哪，听了我都发抖。凭什么也得离开这儿。

〔内哭叫声。

黄小姐 （变色）哎呀，小俞又吃苦头了。

梁若英 哎呀，怎么办？小俞姑娘那样弱的身体……

黄小姐 小俞身体弱，性格倒是挺坚强的，从不胡乱供出别人，不管上什么刑。

梁若英　小黄，你说这里除了“上蔻丹”还有什么刑？

黄小姐　多得很，最普通的是灌荷兰水、抽橡皮鞭、坐老虎凳……

〔内有日宪兵脚步声。

黄小姐　快坐下来，鬼子宪兵来了。他们不让我们站着，得坐下来，还得这样跪着。（她做样子）

〔敌宪兵引池田老人、贝贝上。

日本宪兵　（朝内）章玉良！过来！

〔男囚室灯光渐亮。

〔章玉良着囚服从黑暗角落里出来。

池　田　章先生，你的小姐来看你来了。

日本宪兵　允许你们父女会见五分钟。

章玉良　（兴奋地攀着铁栅）怎么？我女儿来看我了？

贝　贝　（奔向铁栅，惨叫）爸爸！

章玉良　（抓住贝贝的手）你是贝贝，你是贝贝，啊，孩子！

贝　贝　是我，爸爸，你受苦了。

章玉良　你现在认识爸爸了？

贝　贝　我认识爸爸了。那天在电影院看到你，我不知道是你。妈妈告诉我“爸爸回上海了”，我不明白。我说：“爸爸不是在上海吗？”我还管那坏东西叫爸爸哩。爸爸，你原谅我吧。

章玉良　孩子，我离开你太久了，这哪能怪你。你现在认识爸爸了就好。爸爸没有别的挂念，就是不放心你，想看看你，现在可看到你了，爸爸死也瞑目了。

贝　贝　爸爸。（抱铁栅哭）

章玉良　孩子，你看了妈妈了吗？

贝　贝　还没有。

章玉良　回去好好跟李阿姨读书，她会很好地照顾你的。

贝　贝　我知道，爸爸，你多保重！

章玉良　孩子，爸爸会保重自己的。他们可以摧残爸爸的身体，可动摇不了爸爸的灵魂。他们看不起中国的知识分子，可是我们用行动告诉他们：中国革命知识分子的骨头是硬的。

日本宪兵　走！

贝　贝　爸爸保重，我以后再来看你。

池　田　时候到了，小姑娘走吧！（拉贝贝走）

章玉良　孩子，保重，好好读书。

贝　贝　（走至门口，又奔向铁栅前）爸爸！

〔日本宪兵猛拉贝贝下。

〔男囚室灯光渐暗。

〔池田对日本宪兵耳语。

日本宪兵　孟李氏，你女儿来看你。

〔女囚室灯光渐亮。

黄小姐　（向若英）有人看你。

日本宪兵　孟李氏。

梁若英　有，有！

池　田　你女儿贝贝来看你。

〔贝贝从黑暗里走上来抓住铁栅。

贝　贝　妈妈！

梁若英　哦，贝贝，（抱住贝贝大哭）你妈妈在受罪啊！

〔日本宪兵拉开贝贝。

日本宪兵　不许靠近！

梁若英　贝贝，快去告诉"爸爸"，要他接我出去，说妈妈在这儿受苦，再不救我，妈就要死了。晓得吗？孩子？

贝　贝　唔，晓得了。可是我爸爸不是在这儿吗！那天你去找爸爸怎么不领我去呢，妈妈？

梁若英　幸亏没领你去，不然你也一道吃官司了。

贝　贝　我宁愿跟爸爸妈妈一道吃官司。

梁若英　傻孩子，你当官司是好吃的。妈再也受不了这个折磨劲儿了。好孩子听我的话，快去告诉“爸爸”要他来救我。

贝　贝　可是他说，他不管你了。

梁若英　你去求求他，好孩子，他会听你话的，他喜欢你。

贝　贝　（失望）唔，好吧。给你带了点吃的东西，阿姨给买的，可是都被他们拿走了。

梁若英　啊，下次想办法再带些东西来。

日本宪兵　走，没有时间了。

池　田　贝贝小姐，走吧。

贝　贝　妈，我下次再来看你。

梁若英　孩子，千万告诉“爸爸”，说我求他，要他拿出点良心来救救我。我在这里一刻也过不下去了。我要死了。要他千万救救我，听见了没有？这里什么也没有，下次来给我带些日用的东西来，梳子、镜子、篦子、随身衣服，听见了没有？孩子，别忘了。

贝　贝　（失望地）唔，晓得了。（随池田走下）

梁若英　叫你“爸爸”千万来救我，妈在这里度日如年。听见了没有？孩子？……

黄小姐　安静一下吧，王太太，你女儿已经走远了。

梁若英　啊，贝贝！

——暗　转——

第十二场

〔金妹家。

〔桌上残灯未灭，友生睡床上，老母在缝衣。

友　生　（梦呓）狗杂种，叫你认识我！叫你认识我！

刘　母　友生，友生！（摇他）

友　生　啊！啊！

刘　母　（再摇）友生，醒醒，醒醒！

友　生　（醒了）哦，怎么还不睡？这么晚才回，干什么去了？

刘　母　是我！友生！

友　生　哦，岳母，你老人家还没睡？

刘　母　缝衣裳哩！

友　生　你有病，早点儿睡吧。老眼昏花地缝个什么？回头交给金妹得了。

刘　母　她有她的事。这是我从店子里领来的。他们见我针线活不错才让我缝的。我算有了点活计了。

友　生　什么时候了，娘？

刘　母　刚才隔壁的钟敲过三点了。

友　生　（焦躁地）金妹还没有回来？

刘　母　没有。（停）真是的，她从没有这么晚不回来的呀。

友　生　咳，现在一家都靠她过日子了，她该变了。

刘　母　不会的，友生。她不是那样的孩子。今晚一定有什么事，出了什么乱子。这几天外面风声很紧，据说游击队要冲上海。

友　生　（捶床）咳，可惜我的眼睛坏了。我早想当游击队去，家累重，走不动。若是早走了，眼睛也不会弄成这样。

刘　母　安心地养吧。你没听得老余说，花多少钱也得把你眼睛给治好。

友　生　（苦笑）老余他们是一番好心照顾穷朋友，可是他们自己也是卖气力的呀，怎么好老麻烦人家呢？再说，平民医院也没有什么太高明的大夫，他们枉自花了许多钱，我的眼睛还是看不见。

刘　母　耐烦点儿啊，友生，医院里大夫们也还是肯尽心的。要不又怎么办？

友　生　怎么办？死路一条！可我又不愿意死，我还年轻，我还有一颗火热的心。啊，我怎么好！（哭了）

刘　母　不，友生，别哭，那样眼睛只有更坏。我看你这几天老是擦眼泪，那是不好的啊，孩子。

友　生　娘，你不知道多难受！

刘　母　怎么不知道？可是大夫说，要好就得静下来。

友　生　什么静下来，分明要我死了这颗心罢了。可是，要心死是多不容易啊，难道我真这样完了？娘？（哭）

刘　母　瞧，你又哭了，这怎么好哇！

友　生　你知道，我平常是不流眼泪的。多么苦的日子我也能熬过，多么重的担子压在我肩头上，我从不讨饶。可是，如今我什么都完了。我想做的事还一点没有做啊。狗杂种们不止搞瞎了我的眼睛，还撕碎了我的心。我一个堂堂男子汉如今得靠老婆养活我！

刘　母　这算什么呢？你养活过我们娘儿俩，如今她又来养活你，不是理当的吗？这几年你待我这样好，就当我是你亲娘一样。

友　生　可不是亲娘吗？我妈妈在时，也没人像你这样疼过我。

刘　母　我只有这个女儿，我这一辈子就靠你养老了呀。

友　生　哪里知道如今我得靠你做针线活来养我……

刘　母　瞧，你又这样说！你安心养病吧。说不定眼睛会好起来的。万一一时好不了，也总会活下去的，“天无绝人之路”，有许多活是眼睛坏了的人也能干的。

〔外面敲门。

友　生　（敏感）谁？（向岳母）快去开门，许是她回来了。

刘　母　（起身）金儿吗？

〔金妹声：“是我。”

〔开门，金妹慌忙进来。

刘　母　（低声）怎么这时候才回来？

〔金妹疲乏地坐下，掩面哭。

〔友生焦躁万分，爬起来，又躺下去。

刘　母　货卖了？

刘金妹　（勉强点头）呃。

刘　母　都卖了？

刘金妹　（望望床上，又勉强点点头）唔，都卖了。

刘　母　那就好了。怎么回得这样晚哪？什么时候了，你晓得吗？

〔刘金妹哭。

友　生　他妈的！你卖了什么？我问你，你卖了什么？你卖了人是不是？干脆你不回来得了，你当老子眼睛瞎了，是好欺负的！

刘金妹　（哭更惨）哇……

刘　母　友生！

友　生　你晓不晓得我们一直瞪着眼睛等你到这个时候？

刘金妹　我怎么不晓得。

友　生　晓得，怎么不回来？

刘金妹　回不来呀。

友　生　为什么回不来？不好意思回来，没有人再送你回来，是不是？

刘金妹　你怎么这样侮辱我？！

友　生　（以拳击床）谁侮辱谁了？我替你争面子，把眼睛都被狗杂种们搞瞎了。你如今当真叫我做活王八，这是我侮辱了你，还是你侮辱了我？你说！

刘金妹　（大哭）天哪！

刘　母　别哭！真要了我的老命了。孩子，你倒是说呀，怎么这样晚才回来？你上哪儿去了？有人欺侮你吗？

刘金妹　今天我在大马路摆下了。起先生意还好，卖了四五罐。后来巡捕来赶我们了，我来不及逃，货都给没收了。我求他把货还给我，我说"家里还有娘，有丈夫，都在生病，本钱又是借印子钱借来的"，我哀求他帮帮忙，"高抬贵手"，我还跟他磕头。那鬼巡捕只当没听见、没看见似的，没收了我的东西不算，还把我带到行里去，问也不问就把我给关起来了。我知道妈和友哥在等我，我心里着急，拼命地喊呀叫呀。三道头听到了，问了几句，摆摆手，才把我给放出来了。

刘　母　货呢？

刘金妹　我再三向他们讨，他们不给，反用棒子打我。我几次跟他们拼命也没有用。怕你们着急，我只好回来了。时候太晚了，一路上巡捕问我要口令，我把情形告诉他们，才算让我通行。一回来，友哥不问情由就那样疑心我，把我不当人，我还活着干什么呢？太没有意思了哇！（又痛哭）

刘　母　原来是这样，别哭了，孩子，是你不说呀，说出来大家不都明白了吗？

刘金妹　我也是人呀，也是个知道好歹、知道羞耻的人呀。我对友哥发过誓：一辈子做牛做马也伺候他，我还能存什么坏心眼儿吗？

友　生　（爬起来诚恳地）金妹，对不起，我错怪你了。我知道你的心，可是你从不曾这样晚回来的呀，外面又不安静，你又是个年轻女人，家里人能够不着急吗？以前我眼睛好，人家还欺负我们。如今被狗杂种们害成这样儿，得靠你赚钱养活我，换了别的女人要觉得挺冤的，我怎么能不多心呢？

刘金妹　友哥，这是什么话！你眼睛为谁坏的，难道我会忘了？迟早我们要报这个仇的。你多年照顾我妈妈和我，你病了我不伺候你又谁伺候你呢？伺候你、养你，这是我的责任，也是我的光荣，我会觉得冤？你这样多心，我可以死在你面前。

刘　母　金儿，年纪轻轻的，别死啊活的了。时候太晚了，早点睡吧。

友　生　金妹，来！

〔金妹走过去，坐在床边。

友　生　（紧握住她的手，感极）原谅我。以后再也不错怪你了，家里这副担子够你挑的了。只望我眼睛有重见光明的一天，我一定让你过点好日子。

刘金妹　（抱住他）啊，友哥，我们好苦命啊！（哭）

〔鸡叫。

刘　母　早点儿睡吧。快天亮了。

友　生　是呀，早点儿睡。

刘金妹　是。（她起身关门，服侍娘睡，自己也脱衣，吹灯，上床）

〔鸡叫。

刘金妹　（独自起身坐在床上）怎么办？天哪！怎么办？

刘　母　（也醒了）金儿，你还没有睡？

刘金妹　没有哩，妈。

刘　母　累了一天，好好地睡一会儿吧。

刘金妹　睡不着。

刘　母　谁睡得着呀？总得勉强睡一会儿。

刘金妹　是。（有顷，自语地）明天可拿什么交利钱？货都没了，又卖什么？

刘　母　再找找石大姐吧。

刘金妹　石大姐也可怜，自身难保。街上见不到大姑娘，一问才知道她累病了，躺了好几天了。

刘　母　想想别的法子吧。譬如去找找余达生。

刘金妹　老余为友哥的眼睛花了不少钱了。非亲非故的好再去麻烦他？

刘　母　老余说过的，他是替大家伙儿办事。有什么为难之处尽管去找他。可惜长安路张家搬回杭州去了。他们平日倒也是肯帮我们忙的。……哦，要不，你去找找那位李小姐怎么样？那天还承她老远地带了礼物来看你友哥和我。可惜你不在家，不然倒可以跟她多谈谈家里的事，想个什么长远的办法。

刘金妹　我也是想找她商量一下的。可是她很忙，不容易找到她，再说，她也不是太宽裕的。

刘　母　那么，不管怎么样，有事明天再说吧。友生醒了，知道你为难，他更要难过的。

刘金妹　是，妈，你睡吧，我也睡了。（刚躺下，一会儿又爬起来）怎么办哪！

——暗　转——

第十三场

报告员　这是当时“孤岛”的深夜。在这凄凉的夜晚，隐藏着多少人民的辛酸。金妹母女面对着苦难的明天，不知道终于睡着了没有？这使我们想起监狱里的玉良和若英，他们又是怎么样度过这江南的寒夜的呢？但这里介绍的却是那位“银行家”王仲原和他新的同居者俞芳子的生活片段。在那样的深夜里他们却刚由舞场回来。

〔王仲原的内室。

〔汽车喇叭声。

王仲原　（把帽子一丢，躺在沙发上伸伸懒腰）哎呀，快天亮了吧？

俞芳子　（从妆台上看看表）才三点四十五分，早得很哩。我还想跳几个曲子，你老催，老催的，真气人！

王仲原　是呀，按舞场的习惯真不算晚，可是每晚三点四十五，真有点儿吃不消。

俞芳子　怎么？你累了？真是“未老先衰”！比起“唐天亮”他们来，你差得太远了。

王仲原　真比不上他们。（打哈欠，脱外衣）快睡吧，明天还有事。

俞芳子　你先睡，我还要潞个浴。（入浴室）

王仲原　（换睡衣，偷偷端详了一下书架上若英母女的照片）哼！够你受的了吧。

〔俞芳子从浴室出来。

俞芳子　（恼怒地）丽英，丽英！

〔丽英揉着眼睛上来。

丽　英　什么事？小姐？

俞芳子　怎么水都凉了？不是叫你留水的吗？

丽　英　留了呀。太晚了，就凉了。

俞芳子　那样凉的水叫人家怎么洗呀？

丽　英　（为难）烧火的都睡了。您明天洗好不好？

俞芳子　瞧你，就不听我的话。把家里暖瓶的水都给拿来！

丽　英　暖瓶的水怎么够您洗的？

王仲原　得了，芳，明天洗吧。（对丽英）丽英，你睡去。

〔丽英下。

俞芳子　哼，你就那么宠她！都是你把她给惯坏了。

王仲原　她是若英找来的，做了好几年了。人还干净。

俞芳子　（紧靠着他）我就知你的心，还忘不了你那位宝贝“太太”，连“太太”找来的小大姐也不敢得罪。

王仲原　现在找一个可靠的大姐真不容易啊。就是你们女人心眼儿小，专从“忌讳”的角度想事情。

俞芳子　我冤枉了你了！你刚才对谁说“够你受的了”？

王仲原　哦，我说你每天回这么晚，“够你受的了”。

俞芳子　得了。别撒谎了。（指架上）瞧你，又把那个女人的照片翻出来了。你想起她坐牢，同情她，对吗？

王仲原　唔，凭你去瞎猜吧。

俞芳子 什么叫“瞎猜”？我看透了你的心。瞧你脸红了不是？可惜梁若英女士她如今不是王太太了，她情愿跟她原来的丈夫一道吃官司，人家现在是“破镜重圆”，又是“牢狱鸳鸯”。你还在那儿藕断丝不断地害单相思，值得吗，我的王老先生？

王仲原 我当时做得很漂亮，我让她去见她丈夫，可是，她自己鬼鬼祟祟的，约他在另一个地方相会，那地方八成是个反日机关，好，他们一到就给逮捕了，这不是活该？再说，这几年我总算对贝贝不错吧；我真当自己孩子一样的爱她，现在呢，小李居然不让贝贝来看我了。

俞芳子 “小李”是谁？哦，你说李新群吗？

王仲原 对。

俞芳子 哼，这些进步分子眼睛里头哪还有你？（她瞟了王仲原一下，吻他的头）别难过。我们王仲原同志从前可也是进步分子啊，只不过这几年落后点儿罢了，努一把子力，还赶得上的，不是吗？（望着照片）喂，今天贝贝打电话来，托你这位“爸爸”救她妈妈，好心的王老先生，你倒是救不救她啊？（见他沉默）说啊！

王仲原 唔，救是救，可是有条件。

俞芳子 （贴着他脸）什么条件？

王仲原 她还得回到我这儿来。

俞芳子 你不跟她离？

王仲原 不离。我王仲原在上海还不愿把名声搞臭，说我夺来的“有夫之妇”如今又回到她的前夫那儿去了，那叫我王仲原的脸往哪儿搁？

俞芳子 你不离婚，那她出来了又把我搁在哪儿呢，王老先生？

王仲原 另外给你找一所房子，比这儿更漂亮，更舒服，行吗？

俞芳子　她不吃醋？

王仲原　她已经是有错的女人了，再回到我手里来，就得乖乖地听我的。

俞芳子　哼，说得好像很有一手似的。可惜这是你的如意算盘。

王仲原　怎见得？

俞芳子　纵然她不吃醋，我可不答应。你别着急，我不打不闹，她今天出来，我明天滚蛋。够朋友吧？

王仲原　那怎么成？达玲！你知道我没有你就活不下去的。

俞芳子　好漂亮的词儿！要我不走也行，可也得依我一个条件。

王仲原　什么条件？你快说！

俞芳子　那以后，你也得乖乖地听我的。

王仲原　OK.（拥抱她）

——暗　转——

第十四场

报告员 王仲原当然也没有认真营救若英。狡猾的侵略者有它凶残狞恶的一面，也有它伪善阴险的一面，当王仲原幸灾乐祸的时候，敌人却主动地考虑玉良和若英的自由。

〔牢中。

〔岛田少尉在讯问章玉良。

岛　田 我们发现你不是孟南，你叫章玉良。

章玉良 唔，你这个发现不错，可惜太迟了。

岛　田 可你为什么一直承认是孟南呢？

章玉良 中国有一句古话："呼之为牛，应之为牛。"你们一定要说我是孟南，我想最好是满足你们的判断。

岛　田 还有，你为什么承认那些文章也是你写的呢？

章玉良 既然承认我是孟南，那么孟南写的文章当然也由我负责。

岛　田 这样，你就吃了很多苦头了。你是想救你的朋友，是不是？

章玉良 唔，这也随你判断。

岛　田 是的，你救了你的朋友，他已经到了昆明了。

章玉良 他到了昆明？

岛　田　对，我们这里有情报。（指案上的信件）

章玉良　那我的苦头算没有白吃。

岛　田　但是，我们发现你不是孟南也没有什么便宜，因为章玉良更是我们想见见的。

章玉良　那么，你现在见到他了。

岛　田　不错，我们很意外地见到你。用你们中国的俗话说，这叫“踏破铁鞋无觅处，得来全不费工夫”。而且是在你刚要在上海开始抗日活动的时候见到你就更有意义。你在内地做过很多反对大东亚战争的工作，不是吗？

章玉良　是的，我一贯反对日本帝国主义者奴役中国人民和东方人民的战争。因此，“八一三”事件一爆发，我就转到内地去参加中国的神圣抗战。

岛　田　哼，别给你们抗战“贴金”了。你们国共合作才几天就闹翻了，因此你一到内地就被顾祝同给关起来了。你还有理由说什么“神圣抗战”吗？你不是知道你们内部彼此钩心斗角，自私自利，很不“神圣”吗？

章玉良　中国是个古国，也是个大国，在它抵抗侵略者、创造新国家的过程中会暴露一些内部矛盾是毫不足怪，也是任何国家所不能免的。有的阶层对抗战不热心，有的还跟你们勾结在一起来破坏抗战。可是广大中国人民从抗战中自求解放的要求是神圣的，为此而付出的巨大努力和自我牺牲是神圣的。

岛　田　唔，这倒不是夸张，你们的牺牲真是十分巨大的。可是这值得吗？你们分明受了英、美的骗，特别是美国人的骗。你们以为美国人真会帮助你们独立自由吗？那都是骗人的话。看他们怎样对黑人吧，怎样对菲律宾吧。我们东方人在他们的眼睛里头都活该是他们压迫、剥削的对象，因此，只有我们东方民族大家起来，在日本帝国的领导之下，赶走美、英帝国主义，这才是“圣战”。

章玉良 什么叫“圣战”？倘使反对美、英帝国主义压迫和剥削东方人民算是“圣战”，能够期待日本帝国主义不压迫、剥削东方人民和它自己的人民吗？日本帝国主义不是靠压迫、剥削它本国人民和它邻国人民起家的吗？

岛　田 这……

章玉良 应该承认中国民族是一个有经验的老民族。在近世史上它有过许多受骗的经验，可是，血淋淋的现实把他们教育得不再容易受骗了。我们既不信这个骗子的花言巧语，也能看透那个骗子的真肝实肺。

岛　田 唔，你这话有点儿“过激”。当然，我们承认，这次战争是多少伤了中国人的感情的。但是，你们回头会发现，日本人还真是中国人的好朋友。

章玉良 这我们明白。广大日本勤劳人民是中国人民的好朋友，因为他们也是受压迫、受剥削的，虽说也有些人跟着压迫者、剥削者一起乱跳，但这几年日本情况也渐渐不理想了，好些人渐渐从虚妄的兴奋中清醒过来了。你不觉得吗？

岛　田 哈哈。你说得太远了。的确，日本跟中国兵戎相见是很不幸的，可我们也是出于对中国人民的同情，就是想把中国人民从军阀官僚的压迫下“解放”出来。我知道中国的知识分子有许多是相信社会主义、共产主义的。这也是中国的官僚军阀逼成这样的，不怪你们。（*他故意低声地、严肃地*）可是，你们要知道，皇军这次“圣战”的真正思想使命，就是要在我们天皇制度下，建立东亚的社会主义帝国。

章玉良 哈哈，哈哈！

岛　田　你笑什么？

章玉良　你们知道中国人是实际的，对于白日做梦没有兴趣。

岛　田　当然你们还不能了解帝国军人这个伟大的理想。可是，这是真的！我看，你们才是做梦哩。你们没有力量反抗帝国的军事压力，梦想美国人能替你们把日本人赶走，让你们成为一个独立自由的国家，这真是一个可笑的痴人梦！你们会发现迎进来的不是一个知心朋友，而是一个吃人不吐骨头的强盗！

章玉良　谢谢您的提醒，我们没有做梦，中国人民没有比现在再清醒的了。我们感谢的也就是你们的炮弹很有效地惊醒了中国人民的百年残梦，让我们在具体事实上认清了谁是敌人，谁是朋友；明确了什么是真正解放自己的道路。正因为这样，你们在中国碰上了无法克服的困难。你们的泥腿愈陷愈深了。你们越是想冒险闯祸来兴奋自己人民，越是把局面弄到了不可收拾的地步。这样也好，日本人民一定会从这次战争中获得足够的教训，那对于日本人民的解放事业会是有益的。

岛　田　唔，你说得很有趣，很有思想。可惜你还没有懂得我们大东亚“圣战”的深刻意义。大东亚“圣战”也是发展的呀，起先，的确比较单纯，可是，后来内外矛盾发展了，“圣战”的思想内容也就丰富起来了。你不是懂日本文的吗？回头我介绍几本书给你看看，你抽烟吗？

章玉良　谢谢，我不抽烟。

岛　田　没有关系，抽一支吧。（敬烟）其实战争总是要结束的。我刚从大学出来，我们都是知识分子，都应该为东亚永久和平共同努力，不是吗？老实说，皇军眼下作战的目标主要是英、美，对于中国人，特别是中国的知识阶级，我们是十分尊重、爱护的，我们希望中国人民和我们共同努力，创造新的大东亚。这次章先生委屈了，他们把你当作一般的中国人，真是对不起。哈哈哈哈。我们准备无条件恢复你的自由。

章玉良 恢复我的自由？

岛　田 是的。决定释放章先生。当然，我们希望章先生对于大东亚战争有进一步的理解。我知道知识分子总是欢喜自由的，只要章先生出去不再公开发表反对日本人的言论，我们就满足了。

章玉良 唔，我从不一般地反对日本人民。

岛　田 当然，倘使章先生再有所活动，我们会马上知道的，也许随时要请章先生来谈谈。

章玉良 哈哈……

岛　田 话就说到这里，现在可以谈谈别的事了。和章先生不是孟南一样，当然章太太也不是孟太太。

章玉良 当然不是，可是——

岛　田 可是，也不是章太太。（笑望玉良）

章玉良 她原是我的太太，就因为你们，我们夫妇才分开的。

岛　田 这次不是又让你们结合在一块了吗？哈哈哈。

章玉良 你们把我们的手铐在一块，可是我们的心早已分开了。

岛　田 那就不是我们的责任了。为了表示对你们夫妻的歉意，我可以尽这么一点力。只要她承认是你太太，你可以领她出去，否则只好另案办理。（向日本宪兵）把孟李氏请来。

〔日本宪兵下。

岛　田 你和你太太有过一位小姐？

章玉良 是的。

岛　田 我见过了。很活泼。小姐那么高了，你们结婚该十几年了吧。

章玉良 十三年了。

岛　田　小姐十二岁。

章玉良　对。

岛　田　怎么她不认识你了？

章玉良　离开的时候她还小。我们父女是在这里才相认的。

岛　田　你什么时候认识池田先生的？

章玉良　很久了，他是一个热心正派的老人。

岛　田　唔，也是一个爱管闲事的老人。

〔日本宪兵押若英上。

岛　田　孟太太，你辛苦了。

梁若英　我不是孟太太。

岛　田　我知道你不是孟太太，你是章太太。

梁若英　不，我是——

岛　田　不用辩了。你丈夫都承认了。那天来的是你们的女儿？

梁若英　可是，我们早就分开了。

岛　田　我们抓你的时候你为什么又跟章先生在一块儿呢？

梁若英　那是——那是我听说他来上海了，我去看看他。我们不过是朋友关系。

岛　田　（看看文件）那你为什么又问你们的爱有没有前途呢？

〔若英无语。

岛　田　唔。还是你们的旧情未断，对吗？哈哈，你丈夫这次表现得很好，我们很佩服他，愿意成全你们，把你们夫妻关在一个地方，等战争结束了，再放你们出去，你看怎么样？

梁若英　不，我不能待在这样的地方，我得出去。我丈夫王仲原是华盛银行的副经理。你们去查一查得了。

岛　田　我们查过了。他不承认你是他太太。

梁若英　哪有的事！

章玉良 若英！

〔日本宪兵持一名片上。岛田阅后下场。

章玉良 若英，你暂时承认吧，他们会放你出去的。

〔岛田与池田上。

岛　田 章先生，池田老人领令嫒来接你们来了，你们今天可以出去。章先生，近来在我们皇军的兵营附近，时常发现日本文的反战传单，这使我们很头痛。章先生知道是从哪儿来的吗？

章玉良 （摇头）我不是刚回上海就到你们这儿来了吗？

岛　田 （笑）对。真是委屈您了。章先生，希望因这次的事件反而增进日支两国相互间的认识。

章玉良 是的，我们的确比以前更认识日本了。

岛　田 （对若英）怎么样，章太太，你是跟你丈夫章先生一道出去呢，还是回头等那位姓王的来保你呢？

梁若英 ……我跟章先生出去。

岛　田 那很好，祝你们夫妻幸福，章太太。

章玉良 （向池田）池田先生，这次承你帮忙，谢谢。

池　田 说哪儿的话。

岛　田 你们可以出去了。再见。（伸手）

〔玉良没有握手，和若英向岛田一礼，下场。

岛　田 （目送他们下场后，按铃，对上来的便衣丙）你认清楚了没有？

便衣丙 认清楚了。

岛　田 跟着他们！

——暗　转——

第十五场

报告员　玉良真的自由了吗？大家是很明白的。若英能不能跟玉良破镜重圆呢？大家可以有不同的看法。现在让我交代一下金妹家里的事吧！

〔金妹家。

〔金妹的母亲调莲子羹给友生吃。

刘　母　今天好了些吧？

友　生　精神好像比早几天好了些了。

刘　母　眼睛不痛了吗？

友　生　痛是不痛了。可是一点儿亮光也没有，怕是瞎定了。

刘　母　你不要老从绝路上去想，友生。

友　生　可不是一条绝路吗？我也不知多少次用各式各样的想法来安慰自己，可是我知道那都是靠不住的。

刘　母　一句老话“天无绝人之路”，不看金儿一个人也能支持一家吗？你眼睛刚坏的时候，我想这一家子可完了，迟早都得饿死了，谁知我们还是活到今天。

友　生　金妹真能干，她究竟想出了些什么办法呀？我一直就没有详细问过她。

刘　母　有什么办法？还不是靠朋友帮忙。一位李小姐待她很好。

友　生　李小姐？

刘　母　就是那一次雇车子送她回家的。

友　生　哦，我知道了，她叫李新群。

刘　母　上次印子钱的利息给不出，就是李小姐借钱给的。李小姐说印子钱是阎王债，借不得的。她还说要给金儿介绍工作，让金儿上夜学。金儿碰到这样一位好朋友，真叫“绝处逢生”啊。好，不用多烦心了，快吃了这碗莲子羹，早一点儿睡吧。

友　生　咳，这也叫享老婆的福。我眼睛好的时候还没有吃过这样好的东西哩。

刘　母　那不是应该的吗？你平日对人好嘛。

友　生　还好咧，平日我对金妹老是粗言粗语地不体谅她，想起来真是后悔。金妹怎么还不回来呀？

刘　母　现在还早，还不到八点。

友　生　咳，什么也看不见了，我现在过的是好长好长的晚上，听到了厂里放第一声汽笛晓得是上工了；放第二声晓得是下工了。还有间壁那小学校每天都打钟的，怎么这两天听不见了。

刘　母　你真细心。那小学校前天给捕房封了。老张的小二姐不上学了，我才知道。

友　生　为什么封了呢？

刘　母　有人告密呀，说那是抗日机关。听说先生也给抓走了。

友　生　穷孩子们好容易有个开眼睛的地方，又给封了，真是什么世界！

〔开门，金妹入。

刘金妹　妈！友哥！

刘　母　怎么，今天回得这么早？

刘金妹　唔，（暧昧地）一会儿还要出去的。

友　生　就早一点睡吧！

刘金妹　是，不过还得去看看李小姐。

友　生　明天再看她去不成吗？

刘金妹　白天她不在家。我还得跟她借点儿钱。

刘　母　不是借过的吗？人家也是靠薪水过日子的，别老指着她呀。

刘金妹　有什么办法呢？还了人家的债，还得有本钱进货才成哪。（拿出棉花蘸着药水）友哥，大夫说常洗这种药水，对眼睛会有益处的。有人告诉我，现在医学发达的国家，眼睛瞎了也能换。倘使战争结束了，我想不管怎么样，也要把你的眼睛给医好的。

友　生　那就看怎么结束了。若是中国亡在鬼子手里，我情愿做一辈子瞎子，也不愿再看见这个鬼世界！

刘金妹　别那么说，友哥，中国也不会亡的，你眼睛也不会瞎的。来，我给你洗一洗。（替友生洗眼）是不是舒服点儿啦？

友　生　唔，痒痒地舒服点儿了！

刘金妹　再擦点儿眼药。（擦过眼药，替他把被盖好）你好好地睡吧。

友　生　（忽抓住金妹的手）金妹，我问你，你怎么这样香？

刘金妹　香？有什么香？（狼狈）

友　生　唔，很香啊。

刘金妹　（低头）搽了点儿香水。

友　生　你从前不搽这个的呀。

刘金妹　从前没有啊！

友　生　怎么现在倒有了？

刘金妹　贩的货里面就有香水，我好玩地搽了点儿。

友　生　你过来，你过来。

刘金妹　（只得过去）怎么啦，友哥！

友　生　（抚其头脸）金妹，你头上脸上也跟从前不一样啊！

刘金妹　（避开）瞧，你这人专说怪话，有什么不一样的？

友　生　太不一样了。我眼睛看不见，心里可是明白的。

刘金妹　友哥，你的女人太难做了。我记得我以前马马虎虎，不爱打扮，有时候，头也不梳，你骂我“懒鬼”；后来，我勤快些了，薄薄地搽了点儿粉，你又骂我“不正经”。现在更难了，好玩搽了点儿香水，也要疑这样，疑那样，好像天下女人只有我搽香水似的。

刘　母　是啊。年轻女人总是爱打扮打扮的。别为这些小事又拌嘴了。

刘金妹　再说，我到外面去找人家帮忙什么的，难道叫我披头散发去见人吗？

友　生　我不是叫你披头散发去见人，搽一点香水本来没有什么的。我是要你知道女人真正的香不在她头上、脸上，是在她的为人，倘使不好好做人，把名声搞臭了，搽再多的香水也没有用的。

刘金妹　你凭什么说我做人不好，辱没了你？好，我不好，我名声臭了，你骂吧，打吧！

刘　母　友生，你不是说过不怪她的吗？

友　生　（觉得错了）是的，金妹，我毛病又犯了。我说过不再怪你的。你对我的好心，我难道不知道？因为我眼睛看不见，就不免分外地急躁，分外地多疑。你有你的苦处。现在一家的担子都搁在你一个人的肩头上了。我暂时也没有办法帮你。我只想慢慢儿地学会一点瞎子也能干的活，至少我能自己养活自己，你的担子就会轻下来了。你就可以放手了。

刘金妹　你说我可以放手了？友哥，你这是什么意思？

友　生　可不是吗，你还年轻，有点儿漂亮，在工人区里，你太出色了。如今丈夫又成了个瞎子，还有不出名堂的？我们再这样下去，一来会耽误你的青春，二来我也实在不好受。只等我稍微有点办法，我想跟你分开住。

刘　母　友生！

刘金妹　啊，友哥，你怎么这样想？

友　生　我近来前前后后都想过了，实在也想不出一个好办法。我也是不能离开你的，可是，可是，我能这样耽误你吗？

刘金妹　（抱友生）友哥，别说了！啊！（大哭）

刘　母　你们这算什么呢！干脆要了我的老命吧。

友　生　（推开金）金妹，你不是要去找李小姐吗？要去就早点儿去吧。

刘金妹　（瞧了瞧）不，我今晚不去了。

——暗　转——

第十六场

〔咖啡馆，玉良、若英，带贝贝在进餐。

贝　贝　（她十分亲热地望着玉良）爸爸你吃饱了吗？

章玉良　吃饱啦，这几个月来今天第一次吃这么饱。

贝　贝　爸，你手上怎么啦？

章玉良　这是给他们用香烟头烧焦了的。

贝　贝　啊——可怜的爸爸！（吻他的手）

章玉良　不止手上，身上还有好几处伤哩。吃点儿苦头有好处，让我们认识半殖民地人民是怎么回事，帝国主义侵略者是怎么回事。瞧他们也没有饶过你妈妈。

贝　贝　（跑向其母）妈，你也受了刑了？

梁若英　妈的手指头也给他们上过“蔻丹”了，妈痛得晕过去了。

贝　贝　不来啦，我说过，我要跟你们一道去受苦的。

章玉良　说蠢话！小孩子家受得了这个！长大了给爸爸妈妈报仇得了。

梁若英　（对壁上镜子）哪儿来的这个丑婆子啊？连我自己也不认识自己了。贝贝，我要你给我送梳子、镜子来，你怎么不给送来呀？

贝　贝　给你送去了呀，梳子、镜子、蔻丹、口红，连你那套化妆匣子，都给你送去了呀，没交给你吗？

梁若英　一样也没有收到。

章玉良　本来嘛，（对贝贝）你送的太不是地方了，干吗不给爸爸送个象牙烟斗来呢？哈哈。

贝　贝　妈自家儿要的呀。

梁若英　怎么能不要？几个月来，就用五个指头梳头，跟那些脏女人共一个盆子洗脸，从没有见过肥皂，想起来真是要吐。

章玉良　（反感）"脏女人"？谁是"脏女人"？跟你同监的都是些了不起的同志。她们脸上可能脏些，灵魂是十分干净的！

梁若英　（感到有些惭愧）这我知道。

章玉良　（叫茶房）堂倌！

〔茶房上来。

茶　房　你要什么？

章玉良　咖啡快一点。（向若英）你不是要红茶吗？

梁若英　对，给我一杯红茶。（望望座位）怎么生意这么清淡呵？

茶　房　还早呢，再过两个钟头就挤不开了。（下）

梁若英　（送烟给玉良）现在咱们可以痛痛快快地抽一支了。

〔章玉良接烟，贝贝为父母点火。

章玉良　可不，在里面抽半截香烟头就算不错的了。现在才知道"饭后一支烟"是多么不容易啊。

梁若英　（抽了几口之后）玉良，咱们总算出来了，你不可以把你的生活安定下来吗？（热情地望着他）

章玉良　"安定"下来？能吗？（谨慎地）别当我们真自由了，若英。民族苦难一天没有解除，个人的安定是不会有的。我们随时得做最坏的准备。

梁若英　（有顷）这几年你吃的苦头实在是不少了。老这样苦下去，值得吗？

章玉良　革命还能不吃苦？倘使我们的牺牲能换来民族的独立、自由，还有什么不值得的？

梁若英　你不感到有些疲倦吗？不想休息一下吗？跟你一道被捕的那天，虽则很意外，可是也感到你说的“奇缘”。真是“奇缘”啊，我们已经分开了的手又给锁在一块了。我心里想，将来莫非还能跟你生活在一道？这次出来，我也想过，倘使你能听我的话，安定下来，（意味深长地）我也有一种想法的。

章玉良　唔，什么想法？

梁若英　你能不能就在上海待下来？另外找点什么比较安全的工作做做，比方译点什么书？你的身体也不比从前了，我一定能好好地照顾你，不让你再累着了。瞧，贝贝也大了，该让她好好地读几年书了。（拉贝贝搂着她）她老盼爸爸，如今可盼到了。你不该尽尽做爸爸的责任吗？

章玉良　唔，（微笑地望着若英）该的。

梁若英　那么，好，我给你找一间舒适的公寓，让你在那儿休养一段时间再说。

章玉良　（依然微笑地）你以为我有钱租公寓吗？

梁若英　别着急，我都想过了。仲原他们负责给华英书局编一部东方文化丛书，找有地位的作家写稿，稿费很高，我可以要他先支一笔款子。

章玉良　（微笑才消失）唔……

梁若英　我知道，你是不高兴跟仲原合作的。丛书的编辑主任还有陈文叔先生，你以前认识的呀，我跟他说一下没有不成功的。你看好不好，玉良？

章玉良 （握着她的手）若英，谢谢你的好意。可是，怎么说好呢？抗战使我们分开，敌人又把我们的手结合在一道。跟你一样，我也有过一些想法的。可是不能不承认我们的心毕竟有了距离了，我们的生活方式也合不到一块儿了。

梁若英 玉良！

章玉良 我们还是实事求是地各人走自己认为适当的道路吧。我一会儿搬到一个朋友家里去。

梁若英 （有顷）那么，贝贝呢？（拖着贝贝）

贝　贝 我跟爸爸走，我讨厌那个家，讨厌那个姓王的。

梁若英 贝贝！

章玉良 我想，征求你的同意把贝贝送到新群那儿去，行吗？（向贝贝）贝贝，我把你送到李阿姨那儿去，你愿意吗？你不是挺喜欢李阿姨的吗？李阿姨教你读书多好。

贝　贝 好，爸爸，我去。（父女亲热地抱着）

章玉良 说啊，暂时交给新群去教育，行吗？

梁若英 既然孩子答应了，就别问我了吧。（起身走向窗前）

〔茶房送咖啡、红茶。玉良暗示贝贝，要她请妈妈来吃红茶。

贝　贝 妈妈，红茶来啦。

〔若英闷闷不理。

贝　贝 （跑到她母亲身边）妈妈，红茶要凉啦！

〔若英转身走回原位。

贝　贝 （见妈不愉快）妈，你怎么啦？（发现虱子）哎呀，妈，你有虱子？

梁若英 （不耐）虱子？

章玉良 贝贝别闹，待会儿给茶房知道了，要赶我们的。

贝　贝 （跑近其父）爸爸，你也有，一个、两个、三个！好多好多，糟糕！

章玉良 没关系，在监牢里的人谁都会生虱子的。人家说它们是“囚犯的情人”。等会儿洗洗澡，换换衣裳就好啦。

梁若英 （引起了她身上的不舒服，像下了个决心似的起身，拿起电话筒拨号码）喂，王公馆吗？你谁？丽英？我，我呀！怎么连我的声音都听不出来了？老爷在家吗？请他听电话，对……（有顷）仲原？猜我是谁？对！“怎么出来的？”你很意外吗？希望我一辈子不出来，对不对？贝贝也在这儿呢，玉良吗？（她望望玉良，小心地）唔，也出来了，好，我代你致意他。（她掩着话筒，对玉良）仲原问你好。（见玉良苦笑不答，她说下去）唔？（有怒意）唔，谢谢你，你不是否认我跟你的关系吗？赖什么？岛田说的。没有这事？那还可以原谅，唔，唔，玉良上他朋友那儿去。是啊，真得好好地谈一下。有些事我也得请你原谅。好，那你快来接我吧，“小巴黎”，从前我们来过的。喂，来的时候，给我带一件大衣来，要那件旧的，我有点冷，一身脏得没法儿忍耐。要丽英预备水，非洗它个痛快不可。（忽想到一事）哦，你说老实话，我回来方便吗？我不在家的时候家里有人吗？就只有丽英？好，别说笑话了，赶快放车子来。我等着你。

贝　贝 （突然拉住她妈妈的手）妈，别上姓王的那儿去了，他骗你，我要你跟爸爸一道嘛。

梁若英 （痛苦地）贝贝！

——**暗　转**——

第十七场

报告员 若英又跑回王仲原那儿去了。王仲原已经和一个舞女打得火热，若英还能不能跟他平静地生活下去呢？我们主观地希望，曾经有一定觉悟，又刚受过残酷的监狱锻炼的若英是应该跳出并不大舒适的笼子，抛弃虚伪的生活，跟新群一道去工作的。现在不是连贝贝都对那“姓王的”家里深恶痛绝并走到新群的身边去了吗？当然，新群的生活是艰苦的、繁忙的，也是十分危险的。她忙着教导孩子们，也忙着做秘密的对敌工作。

〔小凳、桌、床、箱子、衣架、油印机和必要的书画刊物。

〔小毛头在读书。

小毛头 “人生两个宝，双手与大脑……”

〔外面敲门，房东老太太上。

房　东 小毛头，先生不在家？

小毛头 还没回来哩。老太太，您有事吗？

房　东 有事，有一封信，想请她看看。

小毛头 您给我看看。

房　东　你能看吗，你这小毛丫头？（摸她的头）

小毛头　（笑）试试看嘛。（她接信念）“妈妈，我到了金华，原想去江西、湖南的，因战事发生，中途折回，现在在宁波。路费用光，请速寄万元，儿秉成。”

房　东　啊，小毛头，真看不出！你才读了几个月的书就念得这么顺溜。我看了半天，才认得“西”啊，“南”啊，“中”啊，“发”啊——

小毛头　那一定是您打麻将的时候学来的。对吗？

〔她们大笑。

〔新群带贝贝回来。

李新群　（招呼老房东）哦，老太太。

房　东　李小姐回来了？

李新群　回来了。老太太您请坐！

房　东　不客气。

李新群　哦，对哪，还欠了您一个月房钱。“房钱都交不出，还办什么学校？”您一定笑我们年轻人荒唐吧？

房　东　哪有的事。大家都说你是一位能干的小姐，说话一是一、二是二的。谁也有一个困难的时候，何况又是在这个年头。本来不要紧的，没想到我儿子从宁波来信，又要我火速给他寄钱去。要不是你交了两个月房钱我真要打背躬了。

李新群　（惊异，但镇静）怎么，您已经收到了吗？

房　东　昨天晚边收到的。一位年轻的先生交给我的，还挺客气地说：李小姐托他交的，“迟了几天对不起”。其实他还多付了一个月，真是谢谢你。李小姐你的教育真好，小毛头才读了几个月书，识字就比我多得多。

李新群　是吗？这孩子不笨，她原先在家里有点底子的。您坐一会儿吧。

房　东　哦，不，今晚有几个朋友来打小牌，我得买菜去。

〔转身下楼。

李新群　您走好。（向小毛头）小毛头，有人来过吗？

小毛头　没有，娘。

李新群　昨天晚边有人来过吗？

小毛头　有人来过，我说“娘不在”，他跟老太太说了几句就走了。

李新群　怎么不告诉我？以后有什么人找我，不管认识不认识都得告诉我。别让人家随便进我屋子，知道吗？

小毛头　知道了。娘，贝贝来了，也不许进屋子吗？

李新群　（笑）哦，贝贝例外。可是她就要走了。来来，贝贝，我给你收拾东西。（拿起一个精致的小皮箱）

贝　贝　李阿姨，我就跟那位陈太太走吗？

李新群　对。

贝　贝　爸爸干吗不走呢？

李新群　日本便衣监视着你爸爸，不让他离开上海。再说他还有自己的工作。

贝　贝　那我就跟着爸爸。

李新群　不是跟你说过的吗？不行，你跟着他很不方便。

贝　贝　我不愿意一个人到昆明去嘛。

李新群　有陈太太呀，她为人挺好的，又喜欢你。

贝　贝　怪陌生的。

李新群　慢慢不就熟了吗？再说，你们到了昆明，孟南叔叔就会接你来的。

贝　贝　那我就跟着孟南叔叔了。

李新群　对，暂时跟着他，他会给你找一个好学校。瞧，这一包东西是我给孟南叔叔带去的，放在这个箱子里。

贝　贝　好。

李新群　别忘了。

贝　贝　不会忘。孟南叔叔要是知道这是李阿姨带给他的，他会喜欢得脸都发红的。

李新群　瞧你这个小调皮鬼！这洋娃娃还要吗？

贝　贝　要，这是妈给我的。

李新群　你舍得你妈？

贝　贝　舍不得。

李新群　你不是批评她吗？

贝　贝　我批评她，可是舍不得她。

李新群　对。那是两码事。我也常常批评你妈妈，可还是尽量帮助她的。（停）你想你妈再跟爸爸一道吗？

贝　贝　想的。可是妈还离不开那姓王的。我知道妈吃官司的时候，姓王的跟那个坏女人一直住在一块儿的。说不定哪一天他们会把我妈给害死的。李阿姨，我不走了。（她哭得很伤心）

李新群　（抚她）别着急，贝贝。我们会随时照顾你妈妈的，决不让她出什么事。而且，我相信她会回到你爸爸那儿的。

贝　贝　（抬头）那就好了。你多给我去信，把我妈跟爸爸的情形告诉我。好吗？李阿姨。

李新群　你放心，我一定随时给你去信。可是你也别忘了多给阿姨来信，告诉昆明和各地方的情形，告诉你读书的进步。

贝　贝　还告诉孟南叔叔怎样辛苦工作，他身体好不好。

李新群　对，你真聪明！（发现一支玩具手枪）啊，这东西你不能带，要是在路上给检查的兵看见了说不定要引起误会的。贝贝，这个留下吧！

贝　贝　好，送给小毛头。

李新群　小毛头，贝贝送给你一样武器，（做开枪状）你拿去好好儿玩吧。

小毛头　谢谢，贝贝。你真好。（欢跃接枪）

贝　贝　小毛头，我真要走了。

小毛头　娘，为什么让姐姐走呢？我们住在一块不好吗？贝贝，别走，别走嘛。

贝　贝　我也不想走的，阿姨说非得走。

〔两个孩子都要哭了。

李新群　别难过，孩子们，我们是中国人，我们爱祖国。可是，目前在上海，爱国是犯法的，我们随时有被日本便衣抓去的危险。为着免除后顾之忧，我们要把贝贝送到内地去进学校。你们年纪小，又是女孩子，应该知道中国女人受着双重的苦难。像我这一辈和我们的长辈，都是吃尽了苦头、受尽了罪的，就希望你们这一代不要像我们这样吃苦受罪而能过些好日子。小毛头要不是那天在街上碰到我，也许就倒在垃圾桶旁边饿死了。贝贝原过得比小毛头好，可是这些日子也开始尝到些人生的苦味儿了。你们很快地成了好朋友真不是偶然的。别难过，只要抗战胜利了，鬼子赶跑了，中国站起来了，贝贝就会回来的，你们又会玩在一起的，懂吗？

贝贝／小毛头　懂！

〔敲门，玉良随即进来。小毛头下。

李新群　啊，玉良。（握手）

贝　贝　（跑过去抱她父亲）爸爸，你来了。

章玉良　来了，给你送行来了。

贝　贝　爸爸，我要跟你在一块儿。

章玉良　不行的，孩子。听爸爸和阿姨的话。

贝　贝　有什么不行呢？

章玉良　爸爸有事。你跟着爸爸不方便，知道吗？

贝　贝　那么爸爸跟我一道走。

章玉良　不行，日本便衣不会让我离开上海的。并且我不是刚从内地来的吗？（向新群）新群，陈绮云答应带贝贝经安南回昆明，说定了吗？

李新群　没有问题。

章玉良　她带贝贝去我是放心的。就要动身吗？

李新群　唔，明天就走。

贝　贝　爸爸！（要哭了）

章玉良　（压制自己）好孩子，勇敢一点。孟南叔叔在那儿，他照顾你一定比爸爸还要好。到了那儿，要听孟南叔叔的话，这是爸爸送给你的礼物。一件毛衣、一支金笔、一个小本儿，还有一面小铜旗。

贝　贝　谢谢爸爸。哎呀，这小铜旗可太好了。哪儿买的？

章玉良　这不是买的，这是爸爸在牢里用铜板磨成功的。

李新群　（接着）磨得这样精致。花了好些工夫吧？

章玉良　反正牢里没事，拿这消磨光阴的。

李新群　这真是几样好礼物，贝贝，都给你装在这个箱子里了。

章玉良　（看看箱子）这是给贝贝带走的吗？

李新群　对。

章玉良　真是感激你。新群，你给她准备得太周到了。

李新群　别说这些个了。

〔门启，刘大哥上。

刘大哥　新群，哦，玉良也在这里。太好了。贝贝走准备好了吗？

李新群 都准备好了。

刘大哥 玉良，你的《文艺论文集》已经再版了。这是书店给的版税。小说也销得不错，在学生、小市民，甚至工人中间也很有影响。我看你就趁这工夫多写些作品，唤起人民的革命感情，指出中国人解放自己的正确道路，倒是很有好处。

章玉良 哈哈，对。（接过《文艺论文集》加以爱抚）这太好了。可知道人民还没有忘记我，这给我的鼓励太大了。

李新群 （也走过来看）我看作家对自己的书真像爱自己的孩子一样。

贝　贝 哼！我爸爸就爱自己的书。

李新群 听！贝贝吃味儿了。这小东西！

〔大家笑了。

章玉良 来，这是爸爸给你的旅费和上学的学费。（把版税交给她）

贝　贝 不，爸爸留着自己用。我不要嘛！（争执得几乎哭出来）

刘大哥 贝贝，收下。有刘伯伯和李阿姨在这儿，你爸爸饿不死的。

贝　贝 （只得转笑收下）谢谢爸爸。

李新群 阿姨替你保存起来，回头交给你。这一下什么都全了。安心了吧？

贝　贝 安心了。阿姨！（抱着新群笑）

刘大哥 （出皮夹向新群）新群，不是没交房钱吗？

李新群 （起身）房钱给了。现在催得最急的是仁泰家具店的二十五万。大哥，我正要问你，昨天晚边的钱不是你给的吗？

刘大哥 昨天晚边？

李新群 对。房东太太说，昨天晚边，一位年轻的先生用我的名义已经给了她两个月房钱了。

刘大哥 “年轻的先生”？那是谁？

李新群 我疑心是小周。

刘大哥 我问过周凡一次，他没有说什么，可是他哭了。从那之后，他就不再上我那儿来了。我看他问题很大。

章玉良 你是说周士祯？按我的印象说，这位青年还是好的，有毛病，但是热情、真诚。

刘大哥 也很能干、勇敢，因此过去我很信任他。倘使他有问题那就牵涉很广，我们这里也得搬家。我已经要小王做好准备了。真是糟糕，我老警告你们别大意，如今在自己很信任的人中间出这么大问题！

〔门启，小毛头上来疾步走近新群。

小毛头 娘，昨天晚边那个年轻先生来了，一定要上来见您。拦也拦不住他。

〔说着周凡就进来了。大家一震。

周　凡 大哥，章先生，新群！

刘大哥 你来干什么？

周　凡 别着急，大哥，我还不是坏人。我是来告诉你们的，门外面情形不好，好几个面生的人在门口张望，看样子是要进来搜查的。

刘大哥 （厉声）这些人是不是你领来的？你还要来卖好！

周　凡 大哥，相信我，我还没有那样坏。没有时间了，你们快做准备。能搬开的就搬开，能销毁的就销毁。

刘大哥 好。让我来检查一下。（查出油印机）这个摆在这儿不好。

章玉良 对。鬼子对我们的对敌宣传很头痛，我出狱那天岛田还提起来着。这油印机还是搬开的好。

李新群 不要紧，学校是可以用油印机的。

刘大哥 （在油印机内发现了一张蜡纸）新群，这是什么？怎么不销毁掉？

李新群　（伸舌头）我大意了。这几天累得昏头昏脑的。

刘大哥　快烧掉吧。

〔房东太太在下叫：“李小姐，局里来查户口来了。”

〔便衣的声音：“不许动！”

李新群　大哥，你快走！（她敏捷地把油印机蜡纸藏起来了）

刘大哥　走不出去了。

李新群　还来得及，走吧。

〔刘走到门口，碰上日本宪兵和便衣乙。

便衣乙　不许动！

〔日本宪兵用枪瞄准大家。

便衣乙　这儿是育英小学吗？

李新群　是的。

便衣乙　你就是校长？

李新群　是的。

便衣乙　立过案了吗？

李新群　还没有。

便衣乙　怎么不立案？

李新群　正在筹备，就要申请了。

便衣乙　（向刘）你是这学校里的吗？

刘大哥　不是。我是来要账的。

李新群　今天没有钱，你把账单拿去吧。

〔刘大哥欲接账单。

便衣乙　不许动！（上前拿过账单）你要什么账？（看账单）

刘大哥　买家具的账。

便衣乙　多少？

刘大哥　二十五万。

便衣乙　（对账单数目相符）唔，什么家具店的？

刘大哥　仁泰。

便衣乙　有良民证吗？

刘大哥　有。

便衣乙　拿来。这上面没有填“家具店”呀。

刘大哥　没有。因为我是给好几家店子跑街的，所以就填了一个“商界”。

便衣乙　（对玉良）你叫什么名字？

章玉良　（递出一张名片）章玉良。

便衣乙　（接了名片，颇有所获）唔，好，好极了。

〔章玉良不语。

便衣乙　你来干什么的？

章玉良　我来看我的女儿来了。她在这儿上学。

便衣乙　学校还没有开学，她上的什么学？

章玉良　她是一直跟着李先生的。

便衣乙　谁是你女儿？（指贝贝）是这孩子吗？

章玉良　（点头）对。

便衣乙　（对贝贝）你叫什么？

贝　贝　叫贝贝。

便衣乙　几岁了？

贝　贝　十二。

便衣乙　（指玉良）他是你什么人？

贝　贝　是我爸爸。

便衣乙　唔，（看小毛头）这孩子呢？

李新群　她叫小毛头，也是我学生。

便衣乙　怎么你有手枪？（从小毛头手里抢过来，见是玩具，往地下一摔）呸！对不起，我们要检查一下。

〔先检查书籍，继续检查挂着的大衣、口袋。发现油印机。

便衣乙　私藏油印机，印反动传单，是不是？

李新群　这是学校里印讲义用的。

便衣乙　还没有开学，印什么讲义？

李新群　总是要印的。筹备期间，印招生广告什么的。

〔便衣乙打开皮箱检查，首先发现洋娃娃。

贝　贝　那是我的洋娃娃！

日宪兵　不许动！

〔贝贝只得站着。

〔便衣乙把箱子里的东西都抖乱了。

便衣乙　（向日本宪兵）查不到什么。（指玉良）把这个人带走吧？（出名片）

日宪兵　刚放出来的，不必了。

便衣乙　那么……把这个拿走！（提起油印机）

李新群　拿走了，叫我们用什么呢？

便衣乙　今天不带人便宜了你们，晓得吗？走！

日宪兵　是！

〔日本宪兵和便衣乙下。

小毛头　（拾起摔断的手枪）瞧，他们把枪给摔坏了！（哭）

李新群　别哭，小毛头，回头给你买一支新的。下去玩去吧。

刘大哥　新群，那张蜡纸呢？

李新群　在这儿哩。（从皮鞋底下取出）

章玉良　好危险！

〔李新群取洋火把蜡纸点燃了。

刘大哥 周凡，昨天晚边的钱是你给的吗？

〔周凡不语。

刘大哥 你哪来那么些钱？发了财吗？这学校的房钱是该我们给的，（取款）还给你吧。

〔周凡不接。

〔小毛头又上来。

小毛头 娘，有人找周先生。谁是周先生？

刘大哥 （厉声问周）你又带谁来了？

周　凡 没有啊。

〔抓周凡的便衣甲走上来。

便衣甲 是我。没有什么，今天也跟往常一样，他在头里走，我从后面跟来的。（有礼貌地进来，见大家）哦呀，济济一堂！好啊，小周，跟我们介绍介绍吧。（见周凡不语）不介绍也成，大部分的先生我是认识的。（指玉良）您是章玉良先生，对不对？是我请你们夫妇到宪兵队去的呀。这位是李新群小姐，孟南先生的夫人，不错，挺有才干的，我们很佩服。（向刘）您，刘先生，闻名已久，没见过面，今天才有识荆的机会……

周　凡 （走近便衣甲）张先生，这事该怎么办呢？

便衣甲 不要紧。刘先生，章先生，我可以保证，只要你们肯跟皇军合作，是什么事也没有的。

周　凡 是啊，刘大哥要我跟您谈谈“合作”的条件。

〔刘、玉良等眼睛里怒出火来。

便衣甲 （走近窗边）好，咱们谈谈吧。

〔周凡猛然向便衣甲的头上一击，抱住这个特务从窗口滚下楼去。便衣甲“啊”地叫了一声，从屋瓦上一直滚，滚到另一街口，跌到街心，两人都死了。

刘大哥 （呆然对此，听得那一声巨响之后，对新群）我们赶快转移！

——**暗　转**——

第十八场

报告员 敌人的不断迫害对于战士们也正是一种磨炼，磨炼越多我们越坚强。但在残酷的斗争中不是没有悲剧的。现在，让我们看看在生活的磨炼下，那个不幸的女工金妹又是怎样挣扎的吧。

〔金妹家。

〔金妹的老母在缝衣，和床上的友生谈话。

友　生 妈，什么时候啦？天又该黑了吧？

刘　母 唔，又一天过去了。

友　生 金妹该回来了吧？成天让她在外面做事，我一个男子汉大丈夫反而躺在家里。这样的日子什么时候了结啊？

刘　母 瞧，你又心烦了。这是你有病啊！病好了不就苦尽甘来了吗？

友　生 娘，你说我这样的人，到底还有用没有用？

刘　母 怎么没有用？金儿前天还说哩。据说外国就有一个又聋、又哑、又瞎、手脚又残废的人，但他心不灰、意不懒，不分寒暑，勤学苦练，学成了一身本事，后来成了一个很有名的人。你还不过是眼睛看不见，有啥赶不上人家的？

友　生　娘，你说得好。金妹也和我谈过这个人来着。人家是“百炼成钢”，莫非我就是一点儿经不起敲打的土坯不成？我一定得勤学苦练，学好瞎子也能会的本事，让金妹的担子轻一点才好。

刘　母　你别难过，友生。余达生告诉我，他问过好些医生，说你的眼睛还有救。要我告诉你：一切放心，千万别再流眼泪，医院的开销都由他们负担。

友　生　咳，怎么好再麻烦朋友们呢？

刘　母　不，达生说这是大伙儿的意思。还有，他说永丰厂又要开工了。他们也正向老板提出要求，一定要让原来的工人先复工，那样一来，金儿也可以回厂了，不用做小生意了。

友　生　对啊，金妹要是能复工就好了，我们也免得替她操许多心。下趟老余来，我想问问他，有没有我能做的事。

刘　母　对。

〔流氓高某进来张望。

刘　母　什么事呀？你找谁呀？

〔高某不理又出去。

刘　母　这个人真奇怪，到人家家里瞎闯。

友　生　天下就有这些不讲道理的家伙。

刘　母　哦，老余说他本想多来看你。因为最近厂里又罢下来了。他的事忙，就不能多照顾咱们了。他给咱们又留下了一点钱。

友　生　真是，他那样忙，还想到我这个病人。倘使我眼睛有好的一天，一定要做他的好帮手。咳，就是不知能不能好。

刘　母　别那么着急了。老余说是能好的，万一暂时不容易复原，他们打算送你进盲人习艺所。

〔高又进来。

高　某　喂，你们这儿是罗家吗？

刘　母　是，是。你找谁？

高　某　（四望）找一个女的。

友　生　（注意）你找什么女的？

高　某　什么女的？你们这儿还有很多女的吗？

友　生　（怒）你这人讲话怎么这样不客气？

高　某　哼，客气？对你们有什么客气？

友　生　（站起）你是干什么的？

刘　母　友生，你别管。（按他坐下，对闯入者）你到底找谁？有什么事？

高　某　我找刘金妹，不是你们家的吗？

刘　母　哦，刘金妹，你找她有什么事？

高　某　我找她算账来了。

友　生　你找她算什么账？

刘　母　她借了你的钱吗？

高　某　她拿了我的钱，老子今天在这里等她。（坐下）

友　生　金妹怎么会借他的钱？

刘　母　我也不知道呀。

〔金妹恰在这个时候进来。

刘金妹　哦，你？（转身想跑）

高　某　咦，跑什么？今天你逃不了啦，老子找上门来了。

刘金妹　高先生，高先生！

高　某　高先生，矮先生也不成。

刘金妹　高先生，你做做好事吧，你别……

高　某　他妈的，昨晚约好的，你不来，害得老子等你，你把老子当洋盘！

刘金妹　不，高先生，不是骗你，实在是家里有事。

高　某　妈的，你还不是骗我？气得老子一整晚没有睡好。

刘金妹　高先生，我用了你的钱还有什么说的？实在是家里有事。

高　某　你家里还有什么事？莫非你这婊子拿了我的钱又同别的男人……

刘金妹　（急止住他）哦，高先生，我求你，你别嚷，我实在是没有法子。我妈、我丈夫都病了——

高　某　我知道，所以老子好心好意先付给你钱。可是老子今晚非要不可。

刘金妹　求求你，高先生，我不能。你做做好事吧。借你的钱，凭什么也想办法还你，你救救我一家子吧。

高　某　要老子花钱做好事，救你们一家子？别说废话了，跟我走！

刘金妹　高先生，我求你，我实在不能，改天——改天我……

高　某　老子管不了这许多，老子今天非要你——

刘金妹　高先生，我家里都晓得了，我反正逃不了啦，可是，今天……

高　某　既然晓得逃不开我，就识相点，跟我走。

刘金妹　高先生！

高　某　走！

友　生　（气得快炸了）走，走，走！都给我滚！

高　某　咦，你是谁？要你“狗拿耗子多管闲事”？

友　生　她是我老婆。

高　某　她是你老婆？她是个婊子！

刘　母　（也气晕了）金儿，你怎么啦！你不说李小姐介绍你工作吗？怎么都瞒着我呢？

高　某　哼，老实告诉你们，不是老子给她钱，她能穿上这些好衣裳？不是老子保护她，她能在上海滩混这碗饭吃？

友　生　你是哪来的狗杂种，就敢到我家里撒野来了！

高　某　哈哈哈，大不了一个瞎眼王八，老子就来欺负你，你敢怎么样？

〔他伸手打友生，友生抓住他的手。

刘　母　哎呀！友生！

刘金妹　友哥！

〔友生狠狠地打高。

高　某　好，你这活王八敢打老子！

〔高举凳打友生，金妹大叫，但又被友生接住，两人拼死格斗。

刘　母　别打，别打！

刘金妹　友哥！

〔高拖出棍棒打友生，被金妹抢住，高甩开金妹，向友生照头一棒，友生偏过，打着肩头，他接过棒把高向怀里一带，高倒过来，友生抓住他痛打。适警报起。

高　某　（从地上挣扎起来）好，瞎眼王八！你等着！

友　生　（朝着说话的方向猛力一棒）狗杂种！

〔高狼狈逃去。

〔警报继续拉。

〔金妹上去扶住盛怒的友生。

刘金妹　友哥，我对不住你！（哭倒）

友　生　怎么鬼子欺负我，这些狗杂种欺负我，你也来骗我！（打了金妹一巴掌）快给我滚出去！别脏了我的屋子！

刘金妹　（叫）友哥啊，娘，我走了你们可怎么过啊？

友　生　无耻的家伙，你当我们是能够吃脏饭活下去的吗？快滚，滚，滚出去！

〔金妹绝望地冲出去。

刘　母　（追出去）金儿，金儿！

——暗　转——

第十九场

报告员 可怜的金妹不知到哪里去了。这里想告诉亲爱的观众，徘徊瞻顾的若英是怎样终于离开那“鸟笼子”的。

〔王仲原在他和俞芳子的新居。

王仲原 （抱着跳进来的艳装的俞芳子）等了你好一会儿了，怎么回迟了？

俞芳子 回迟了，你生气了？人家给你办事嘛。

王仲原 给我办事？

俞芳子 可不。瞧，这是什么？（出信）

王仲原 （接看）哦呀，居然把陈先生的亲笔信给要来了。这行长一定高兴。

俞芳子 我是他干女儿，我知道他一定会答应我的。他本想找你去谈谈，因为山根大将找他上南京去，抽不出工夫，说改天一定让你上他家吃便饭去。

王仲原 是吗？你真了不起，芳！

俞芳子 不过，陈先生说，你还得跟那些左翼先生接近些才好，完全成了我们的人，你就没有什么作用了。我的王老先生，你懂吗？比方章玉良就是陈先生看中的，听说你那位宝贝太太要你帮他找译书的工作，你怎么不答应她呢？

王仲原 我怎么好帮助我太太的丈夫？

俞芳子 你不愿戴好看的帽子是不是？可是陈先生说，该戴的时候你就得戴。

王仲原 不过，译书的事只是若英的“一厢情愿”，章玉良压根儿就不干，出多高的稿费也不干。

俞芳子 想办法吧。总是有办法对付的，因为人总是有弱点的，他不爱这样，说不定就会爱那样，得多转念头，懂吗？

王仲原 懂。你好像挺老练、挺有经验似的。我的小宝贝，我不知道该怎么爱你才好。你看这所房子还合意吗？

俞芳子 真不错。浰浴间也交关[1]好。

王仲原 那么我伺候你去浰浴吧。

俞芳子 得了，你去伺候你那位宝贝太太吧。她在家里等着你哩。

王仲原 还谈她干吗？她对我已经没有现实意义了。

俞芳子 那你那天为什么又恭恭敬敬地把她给接回来呢？

王仲原 不是说过吗？我不要，可也不许别人要。

俞芳子 你不要成吗？别吹牛了，你那膝头，见了人家就软了。

王仲原 不，芳！我这膝头已经属于你了。（跪下去）

〔梁若英忽由屏后转出。

梁若英 跪吧！向无耻的女人屈膝吧，向鬼子和汪精卫屈膝吧！几天不见你，还当你真有更要紧的公事，原来躲在这个无耻的女

1 非常。

人家里！好呀，你现在连什么廉耻也不要了，把一丝丝进步的面孔也撕掉了。你还对得起你自己吗？

〔王仲原以极大的愤怒注视若英。

王仲原 怎么，你藏在这里？！你偷听我们的话？！你，你，你是怎么来的？！

梁若英 我找了你们好几天了，我盘问丽英她不说，今天才给我发现了。你想瞒我一辈子是办不到的。

王仲原 （怒火炎炎地对进来的女仆）阿梅！你们怎么搞的？你怎么让这个女人进屋子里来不告诉我？你，你疯了吗？你死了吗？

阿　梅 老爷，我，我不知道啊。

梁若英 别怪人家，人家不知道，是我藏在这里，想看看你同这无耻的女人怎么过日子的。

王仲原 （抓住梁若英的手）你，你才是"无耻的女人"！你有什么资格来管我的事，你有什么脸来盘问我住的地方？你要去找你前夫，我不见责你，我容忍你，你吃官司我好意接你回来，可你这鬼东西还不安分，居然找到这里来了！你，你还想怎么样？呃？你还想怎么样？

梁若英 （哭）仲原，你对不起我是一回事，我担心你把路走错了，要悔不转来的。刚才听你们的话，你竟跟那姓陈的汉奸来往，终有一天你要被人民唾弃的，你不想一想吗？

王仲原 呸！你才坐了几天牢也谈起政治来了，你看得见几尺远？你晓得什么汉忠汉奸！

梁若英 仲原，听我的话，别跟这女人走吧，别把你的政治生活全丢光了吧。

俞芳子 对，王先生，跟你的太太回去吧。我可要睡觉了。

王仲原 你这鬼女人看你不出，连吃醋也披上政治外衣。滚吧！滚回去吧！你那位革命的丈夫也不要你了，这里也不是你来的地方。你唯一一条路，就是安分地待在家里。懂吗？只要你安分，我王仲原虽穷，还能让你吃一碗太平饭。你若是不安分，瞧我把你送回牢里去，滚吧！（他把若英从门里推出去）

梁若英 （在外）仲原！仲原！

王仲原 （向门外）阿邦！把这个女人拖出去，把大门关好。

〔外答“喳”。

〔芳子与仲原大笑。

俞芳子 真不识相！

——暗　转——

第二十场

报告员 杜甫的诗："三月三日天气新，长安水边多丽人。"这一天虽不是三月三日，可是由于中国飞机访问"孤岛"，上海黄浦江边也来了好几位丽人。

〔警报声未断。

〔新群和若英从容地走过来。

梁若英 从慕尔鸣路走出来，我不知往哪里跑好。回那个"家"安分守已地吃那碗"太平饭"吗？死吗？我的确转过死的念头，可是我舍不得贝贝；再说，为了王仲原自杀，连我也知道那是一点价值也没有的、可羞耻的。同时我决心不吃那碗"太平饭"了，我才决心找你来了。可是你又搬了家，要不是你来找我，我真不知怎么办。你为什么刚办那个小学没几天又不要了呢？

李新群 附近出了事，跌死了两个人，你不知道？

梁若英 对，在报纸上看见，真惨！

李新群 得分开看，那两个人有的惨，有的不惨，我的好姐姐。你说得对，不吃那碗"太平饭"了！其实他们那碗"太平饭"也吃不了几天了。世界要变了。

梁若英 真的，也该变了。新群，你看我还有希望吗？还跟得上去吗？

李新群 怎么没有希望，瞧，贝贝是怎样希望她妈妈的吧。这是她最近从昆明寄来的信。（掏信给她）

梁若英 （接信，兴奋地看了）这孩子进步得真快，说话像大人似的。（微笑）她狠狠地批评了我一顿，要我回到她爸爸那儿去。

李新群 那么，你呢？

梁若英 我现在还有什么说的，可是八成她爸爸不要我这样的太太了吧。

李新群 我知道玉良始终是爱你的。可是战士的太太自己也得是一个战士。

梁若英 我知道。我从不敢想我能成为一个女战士。鼓不起这个勇气，真像笼子里的金丝雀似的有点儿害怕自由。现在好了，算是被人家从笼子里给赶出来了。

李新群 这次的事我真得跟你道喜。

梁若英 可不是。我真难过，我就会这样的不长进，这样的堕落！人算白活了，官司算白吃了。

李新群 （安慰她）只要你真后悔了，真把事情看清楚了，一切就好办。跟玉良的那个便衣，这些日子追玉良追得好紧。我约玉良到这里来商量一件事，回头你也好好地跟玉良谈谈吧。

〔忽内渔民喧闹声。

渔民甲 快来，快来，一个女人投水了！

渔民乙 喂，快用篙子搭住她的衣裳！

渔民丙 好了，好了，搭住了。小心一点！好，好！

李新群 有女人投水？让我看看去。（走下）

〔内声："啊，金妹，你！"

——暗　转——

第二十一场

报告员　黄浦江滔滔的水波，正在引诱苦难的金妹的时候，她却被渔民给救上来了。并且意外地又碰上了李新群和梁若英这两位曾经救过她的女性。

〔她们忙着给金妹换衣裳。

〔若英把大衣脱下来，盖在她身上。

李新群　金妹，我们这是第二次救你了。你怎么老是朝绝望的方面想呢？

刘金妹　哦，李小姐，王太太，谢谢你们，可是你们还是让我死吧。我丈夫是再不会原谅我的了。

李新群　你母亲年纪大了，你丈夫眼睛坏了，你要是死了，谁照顾他们呢？让他们饿死吗？

刘金妹　是啊，就是不愿让他们饿死，才糟蹋我自己呀。人家找上门来了，让娘和丈夫把我的丑事都知道了。我除了寻死还有什么路好走呢？

李新群　不，路还宽得很，金妹。你想得太窄了。我们一定能熬过这苦难的日子的。

刘金妹 我一个女人怎么熬啊，太难了，太难了。

李新群 是啊，靠一个女人的力量当然是难于熬出来的，必须靠大伙儿的力量。正要告诉你，纱厂复工斗争已经胜利了，你可以回到细纱间工作了。这不是大伙儿的力量吗？再说，鬼子开始走下坡路了，我们离天亮也不远了。只要天亮了就什么都有了。

刘金妹 李小姐，中国真的快天亮了吗？

李新群 真的快天亮了。

刘金妹 只要中国胜利了，鬼子和外国人就不敢再欺侮我们中国女人了吗？

李新群 对，就不敢了。

刘金妹 摆个地摊什么的，再不会有人来干涉咱们了吗？

李新群 不会干涉咱们了。

刘金妹 那些欺负我们、糟蹋我们的坏人都会一个个抓起来严办，是吗？

李新群 会严办的。

刘金妹 我丈夫的眼睛公家会给医治好吗？

李新群 会的。

刘金妹 我还能让我妈妈快快活活地过几年好日子吗？

李新群 能的。

刘金妹 咱们不是在说梦话？

李新群 现在还是一个梦，但这梦一定会实现的。

梁若英 （正在新群和金妹谈话的时候，她像捉蝴蝶似的捉了一张天空掉下的传单）啊呀！快来看，敌人投降了！

李新群 怎么？敌人投降了？真的？

梁若英 你看！因为苏联出兵消灭了关东军，美国也在广岛、长崎投下了原子弹，日本政府已经通过中立国向我们接洽投降了。

李新群 （与金妹相抱）哎呀，这可太好了！

〔三人在欢喜之际，便衣丙走出。

便衣丙 站住！

李新群 怎么了。

便衣丙 你们在这儿开会，是不是？

李新群 我们三个女人开什么会呀。

便衣丙 “三人成众”，知道吗？敌机凌空，你们一定是在这儿打信号——

梁若英 呸！我们什么也没有，打什么信号？

李新群 你们的主子投降了，你还敢在这儿仗势欺人吗？（把传单给他看）

便衣丙 （接过传单，看了一下。转笑脸）哦，我是跟你们开玩笑的。我刚才在那边拾了一面小镜子，我想准是你们哪一位小姐的。（拿出来）

梁若英 （看小镜）哦，是我掉了，我不要了，送给你去照照自己的嘴脸吧。

便衣丙 （奸笑）是是，对不起。（自语）咦，章玉良怎么不在这儿？也许他又溜回家去了。（急下）

梁若英 （望着下去的便衣丙）什么时候这些鬼东西才不敢横行了呢？

刘金妹 啊呀，好多好多，都飞下来了。（她也拾了几张）瞧，王太太，都是一样的吗？

梁若英 唔，都差不多。哦，金妹，以后别叫我“王太太”了，叫我梁若英。

刘金妹 啊，梁先生，我们真胜利了？（喜极而泣）这太好了！我去告诉我妈妈和我丈夫去。

李新群　去吧，去告诉他们，让他们欢喜欢喜吧。

〔金妹下。

梁若英　瞧，又掉下来这么许多！

李新群　（也拾了几张）大姐，别太兴奋了。真正的胜利不是天上掉下来的，我看，残酷的斗争还在前面呢。

梁若英　是吗？

〔金妹又走回来。

李新群　金妹，怎么又回来了？

刘金妹　我不能去，我丈夫他不会原谅我的。我没有脸见他。

李新群　现在胜利了，大家高兴，他不会生你的气了。

刘金妹　可是，我丈夫打过那姓高的。那鬼东西是个流氓头，一定会来报复我们的。

梁若英　是啊，尽管鬼子投降了，这些家伙还是会骑在老百姓头上的。

李新群　他们的靠山倒了，究竟好得多了。金妹不要紧，回头我找老余商量个办法，你一定可以复工，也不怕那鬼东西来报复你。

〔远处有人："新群！新群！"

李新群　瞧，你妈妈，你丈夫，他们都来了。还有老余。

刘金妹　（望）是吗？啊呀，真的！

梁若英　（望远处）啊，还有——

李新群　还有谁？

梁若英　还有玉良！

李新群　（眺望）对，是他！

梁若英　新群，我太高兴了。我一定要向玉良赔不是。你看他还要我吗？

李新群　我说过，只要你也成为一个战士，玉良还是你的！

〔金妹要去接他们，前面来的声音："别走，我们来了。"

李新群　老余，慢一点，你扶住友生。（又向远处招手）玉良，快来！这太好了！

〔她们三个女人，在美丽的夕阳中紧紧抱在一起，迎接新的斗争生活。

——剧　终——

一九四七年作于上海

一九五七年修改于北京

作品赏析

作者田汉最开始打算把《丽人行》写成电影剧本，后来才决定先写成话剧剧本。也正因为如此，话剧《丽人行》的场景特别多，二十一场戏，十三堂景，完全打破了“三一律”的限制，将广阔、完整的社会生活纳入了创作之中。

话剧《丽人行》以三条线索分别讲述了女工刘金妹的悲惨遭遇、革命女性李新群逆境中的奋进和摩登女性梁若英的动摇与醒悟。全剧人物众多，除三位女主角外，还有近四十人，较为重要的角色也有十四五人，这种安排，稍有不慎，就会造成主要人物不突出、场面繁且乱的问题。但是田汉让三条线索并行发展。一方面，剧中的三位女性戏份相当，三条情节线各自发展又有交织，三个女性形象都展现得同样鲜明立体、着力均匀，没有让任何一个流于“符号化”。另一方面，在突出主角的同时，也没有弱化枝蔓人物，反而通过枝蔓人物将三位女性衬托得更加饱满立体。例如梁若英的女儿贝贝，不仅聪明可爱，而且小小年纪就有着十分鲜明的是非观，她坚决跟养父王仲原决裂，选择跟“打鬼子”的爸爸在一起，与母亲梁若英的摇摆不定形成鲜明对比。

田汉塑造人物时注重对人物内心世界的开掘。如梁若英知道被王仲原所骗，又受到汉奸俞芳子的讽刺和羞辱，愤怒至极，把屋里的东西摔得粉碎，真实地展现了梁若英被极大的愤怒感和极大的羞耻感双向倾轧的心理状态。女工刘金妹在被丈夫发现自己出卖身体的实情后，悔恨、羞愧，她的内心在决定投河自尽这一行动中也得以完全展现。

话剧《丽人行》充分抓住戏剧元素，在戏剧主题、主要人物，包括环境、场面、动作方面，都做了精心的设计，展现了戏剧家田汉热情奔放又不失清丽细致的创作风格，同时也表现出他创作手法的高明，以及他在这一时期话剧造诣的提升。自 20 世纪 20 年代至三四十年代，田汉的作品风格从浪漫主义逐渐转向了现实主义。在西南剧展前后，他的创作思想也开始发生变化，对作品的把握更加细腻，《丽人行》便是他在这一时期的代表作品。

二毛立功

王水亭

作者简介

王水亭是大连造船厂的一名锻造工人，同时也是业余文工团的成员。他擅长表演、编写歌曲与谱曲、写诗与文章，是中国第一位将自己编写的剧本出版成书的工人。

剧情梗概

1948年，旅大地区（现辽宁省大连市）开展生产立功运动。工人王二毛所在的船渠锻工厂支会也积极参与生产立功，所有工友都铆足了劲要在生产当中立大功。在第一个月的评选总结会上，王二毛因屡次擅离岗位而一无所获，还因此影响了他们小组的生产。

王二毛未被评为先进而消极怠工，常常缺席船厂组织的集体学习。工会代表老赵和工友老李热心开导二毛，指出他思想上的问题，并鼓励他只要改掉缺点就有被评上先进的希望，但王二毛并没有意识到自己的问题，依旧满腹牢骚。老赵和工厂组长支会委员老孙想办法说服教育二毛，并试图通过工友老宋的正面力量来影响他。二毛经过激烈的思想斗争后，终于认识到了自己的错误，他重燃斗志，向老宋发起了比拼挑战。

一个月后，王二毛因其出色的表现，被评为了积极分子。同时，在二毛和全体工友的努力下，锻工厂也夺得了“生产先锋”流动红旗。二毛作为代表接过了流动红旗，并与工友们合议决定，要争取连续保住三次红旗。

人　物

王二毛，二十五岁，船渠锻工厂工友

老赵，二十六岁，船渠锻工厂工会代表

老李，二十七岁，船渠锻工厂工友

老宋，二十六岁，船渠锻工厂工友

老孙，三十一岁，船渠锻工厂组长支会委员

第一幕

第一场

◉**时 间**

一九四八年七月，船渠开展生产竞赛当中。一天早上七点多钟工友们上工的时候。

〔王二毛上。他头一回没有七点多钟上工厂，只因他在厂方前天的评功时没评上功，有些难过，就没有七点前到工厂参加早晨的学习，无精打采地手拿着饭包寻思着：上厂，还是不去？

王二毛 （唱第一曲）四八年旅大开展大生产，船渠工会号召咱，是为咱无产阶级聚财富，生产当中就立大功，我二毛在锻工厂干活，干活的时候加油把活干，前天厂方开了个评功会，他们都有功我没有功！（白）我叫王二毛，在大连船渠锻工厂干，自从工厂号召十四个支会开展生产立功运动以来，哪一个支会都是撒野地干，这是为我们无产阶级聚财富嘛！多生一些产量，为改善我们工人的生活，所以我比以往就更欢起地干，早晨八点干活，七点钟就到工厂学习，管谁都想立大功，我觉着我也干得挺欢的，谁知道，我二毛真倒霉，在前天的评功会上，评功委员报告的时候，不是你一小功，就是他一大功，还有一中功的，怎么就是我二毛一功也不功，这他妈也怪了，你就不用说别的，就说我这月考的成绩吧！足考了三十分，怎么我的生产功劳上就连一分也弄不上？就说我在汽锤上干活坏吗？拔个四方铁、六棱铁，打个螺丝帽什么的，我都能干出来呀，怎就是一分功也没有立上呢？我越寻思越不服气，心里从这两天就别扭，你说这个活还怎么干！两天我他妈也没去学习了，今天也晚了。（这时越想越生气）不去了！（回来又止步）不行！我和老孙挑了战了！保证不歇一天工，我说了我怎么能不算呢？去！（走，又止）现在去学习也晚了！咳！他妈的我早上没吃饭，对了我在这儿把饼子吃了再说。

〔王二毛打开饭包吃，这时听见远处歌声，在后台。

李／赵 （唱第二曲）我们在厂子被选突击队队员，不怕吃苦干活在人先。

老　赵 （唱第二曲）前天评功我评上一大功。

老　李 （唱第二曲）我也评上了一呀中功。

王二毛 （自语）好啊！你们都评上功了。（不服气地）慢慢瞧小伙子！

李／赵 （唱）光荣榜上又表扬，咱们心里喜洋洋。

〔老赵和老李上场。

老　赵 （急上对后老李）走了一身汗。

老　李 赵师傅你看，那边道旁怎像王二毛？

老　赵 在哪啦？

老　李 那不在树底下，还吃东西呢！

老　赵　哎呀！可不是怎的。他一清早不上班去干活，在那儿坐着干什么？

老　李　谁知道来？

老　赵　走！咱们过去看看去！

老　李　走！

〔二人走至二毛前。

老　赵　二毛，你一早不快上工厂学智！坐在这儿干什么？

王二毛　不干什么呗！

老　赵　二毛啊！昨天早晨学习你没去，今天怎么……

王二毛　我今天晚了没去！那么你们呢？还说我来！

老　赵　昨天晚上俺俩打夜班啦，刚才跟学习委员请了假！来家拿饭了。

老　李　二毛快走吧，要不干活好晚了。

王二毛　晚了晚了该你们俩的事儿，你们俩是组长快走吧！

老　赵　二毛不能这样说呀。

王二毛　我怎么说？反正我是落后的工友！我还有什么说的，你们两个先头里走吧！要是耽误了，那些下手就少干活了，再说我今天浑身上下有点儿不痛快，我二毛今天不想去了。

老　赵　二毛，咱们生产计划不是也定了吗？管谁不准无故歇工，要完成任务！

老　李　咱还能够说了不算哪？

王二毛　唉！我知道啊（数板）叫声老李老赵你们听着，我二毛今天不想上工厂去干活，为什么？相信你们也能晓得。告诉你，就是前天评功给我窝了一肚子火，为什么他们都有功，我二毛连一分功也没有捞着。莫非说我的功劳你们没看见，或是我的名字你们不会写，不想写我也不难，你们应该对我来说说，或是哪个地方我不合格，尽量地来帮助我，我他妈越寻思越窝火，就是老宋的意见多。评功会上说我干活不撒野。

老　赵　是呀，你再加一把油、努一把力、再撒野干不就评上功了吗？

王二毛　那么，我干活还坏吗？咱们三个人动不动就分在一组上干活，你们两个人也不是看不见，我在汽锤上拔个四方铁、六棱铁，打个螺丝帽什么的，我都能干出来呀，怎么一分功也立不上呢？

老　赵　你干活倒不坏，你就是有点儿小毛病，干干活不是上这儿去就是上那儿去了，动不动就没有了。

王二毛　有倒是有哪，一回半回也算不了什么。

老　赵　嘿嘿！二毛你不能这么说呀！咱这一组多一个人是什么成？少一个人是什么成？你不知道吗？能少干多少活？

〔王二毛不语。

老　李　二毛，大家伙儿都知道你干活不坏，就是因为有那点小毛病耽误了活，所以没给你评功。

老　赵　我知道你心里不服，可是你想想那些评上功的，是不是不但活干得好、干得欢，还没有别的毛病？你仔细想一想，人家是不是这地方比你强？其实你的毛病也并不难改，只要以后自己注意改啦，下次不就评上功了吗？

老　李　谁不说，二毛你也是知道的，咱们翻了身，想想过去，再想想现在，再不撒野地干，等到多会儿，你也知道是为谁立功，这次立不上，下次见，小伙子，改改毛病不就得啦。快走吧，好到点啦。

〔王二毛不语。

老　李　快走吧，好到点了。

老　赵　走走走二毛！

老　李　你还想什么？快走吧！

〔老李一拖，把二毛的饭盒弄掉，三人微笑。

老　赵　走吧！

王二毛　不，我一看见老宋，我心里就别扭！

老　李　你就是这么小心眼，老宋人家对你可不那样。

老　赵　见面交换交换就得啦！

〔三人齐下。

第二场

◉时 间

当天早晨八点干活前。

◉地 点

锻工厂的现厂里。

〔开场时，老孙准备着工具，老宋弄炉子里的火，都轻快地打着"没有共产党，就没有中国"的口哨，在准备着工具，要开始干活。

老　宋　孙师傅，咱们这打销的任务特别急，咱得使劲干哪。

老　孙　那是当然的啦。活这么忙，二毛怎到现在还没有来？

老　宋　他大概是前天没评上功，窝了火，昨儿个和今儿个又没来学习，叫我看他今儿个定规不能来了。

老　孙　他跟我挑了战了，他不能歇！

老　宋　可也对，——不过二毛那个脾气有时候真叫人扛不了，要不是工会代表赵师傅和孙师傅老是对我说，搁在早咱俩十场架也打过去了。那个老赵和老李，早晨家去拿饭怎么还没回来呢？

老　孙　谁不说，他们说七点半钟回来，也不知怎么没回来。

老　宋　大概是家饭做晚了吧？

老　孙　对了……咱们快收拾收拾，他们来了好干活。（收拾不久发现二毛）老宋！老宋！

老　宋　什么？

老　孙　你看！老李和老赵那不是来了吗？还有王二毛。

老　宋　在哪啦？

老　孙　那不是在锅炉房子后头吗？

老　宋　可真的！王二毛今天早上怎能和他俩走一块去了。

老　孙　赵师傅早上就对我说，想找二毛谈谈，必是路上遇着了，所以赵师傅也就耽误了。

老　宋　想必是这么回事。

〔老赵、老李上。

老　赵　孙师傅我们来晚了。耽误了学习。（换衣裳）

老　孙　回来啦？

老　宋　老赵！老赵！

老　赵　什么？

老　宋　你们两个说是七点半来，怎么来晚了呢？

老　李　这事是这样，俺俩在半道上碰见了二毛了，他在道上打转转想不来。叫俺给劝来了。（换衣服）

老　赵　孙师傅，刚才我和二毛子谈了两句，因为怕耽误活，没多说。二毛干活本来不坏，要能把他那点毛病改过来，对咱这组生产是不是更好？孙师傅，你是支会委员，又同二毛子在一块干活，他现在因为评不上功闹情绪，你要多说服教育他。

老　孙　（点头）我本来也预备找机会跟他谈谈，二毛的性子还挺狰，你要直着跟他说还不行！

老　宋　（摇头）他那个脾气……

老　赵　老宋，你也应该帮助孙师傅教育二毛。你要知道，今天不但是应该自己好，还应该叫大家都好才行。

老　孙　老宋有我招呼着。没问题，你去干活吧。

〔王二毛上。

老　宋　二毛！

王二毛　什么？

老　宋　我问你，你今早上想不来了吗？

王二毛　你说这个话这个怪嘞，我这不来了吗？

老　宋　你不知道咱厂子的任务有多么紧哪！

王二毛　紧不紧不干你事，你少和我说话！

老　宋　你不是咱厂子的人啦！

王二毛　是不是你管不着！

老　孙　哎，我说你们两个这是干什么？一清早见了面就抬杠，有什么意见不会在吃晌交换交换吗？

老　李　对了二毛，再说咱们今天早上来晚了，应该检讨错误。

王二毛　八点笛还没拉来，检讨我的错误，谁检讨他的错误。

〔拉笛声。

老　宋　哎，我说你有话慢慢说好不好？你那么横干什么？

王二毛　我怎么横，我们说话都是横，就你说话不是横。

老　宋　我告诉你二毛，你少闹态度呵！

王二毛　我怎么闹态度，我看你才闹态度啦。

〔王二毛下。

老　孙　你看你们快干活吧，老宋你去找个手锤去。

老　宋　是找个宽的，还是找个窄的？

老　孙　找个窄的。

老　宋　好！

〔老宋下。王二毛上。

老　孙　二毛你去把大锤拿来咱好干活。

王二毛　这不是有一把吗？

老　孙　是老宋的。

〔王二毛开始和老孙打铁干活。

王二毛　孙师傅，老宋上哪去了？

老　孙　老宋去找手锤了。

王二毛　（自言自语）去找手锤去了。

老　孙　哎呀！二毛我还忘了，头会儿工会来电话叫工会代表到工会开会，我去告诉老赵去，你跟这儿看着火。

王二毛　对。（干活中发现手锤）老宋，老宋。

老　宋　干什么？

王二毛　你上那儿去干什么来？

老　宋　我不是去找手锤了吗？

王二毛　找手锤就花这么多工夫，有没有两个钟头？

老　宋　管几个头也得找来不是吗？

王二毛　你那是找手锤吗？我看你那是依着找手锤的名义，满场打八点。

老　宋　那么你去找。

王二毛　我不用去找，这是什么？你倒觉着你干活挺积极的啦。叫我看你比谁都滑，你他妈简直滑蛋头一个。（指手锤）这要叫你又是一小功！

老　宋　是二毛，这是我的错，我接受不行吗？

王二毛　接受就行。来！咱来干活。

老　孙　你们俩又吵吵什么？

老　宋　没吵吵什么。

老　孙　干活吧。

〔三人齐干。

老　李　（在边幕里）孙师傅，你来看看这个尺码对不对？

老　孙　好，你们看火我去看看老李的活，别干错了。

王二毛　他妈的来这个熊活，越干越没有心干，（发愁）干什费劲？！（这时老宋拿水桶泼水扫地）（唱第三曲）想起立功心好烦，干起活来没有精神干，人家个个都立上了功，怎么我的功就立不上？越思越想越奇怪，怎么办法就想不起来。真是叫我无精打采，不如坐下歇歇喘喘。

〔王二毛坐在地上脱下鞋。

老　宋　二毛。

王二毛　什么？

老　宋　你往那边坐坐好不好？我扫这儿。

王二毛　你上那边扫好不好？

老　宋　那边都扫完啦。

王二毛　我歇一会儿再说。

老　宋　你快一点儿吧。

王二毛　那边净是水，你叫我坐一腚水吗？

老　宋　你快点，扫完铁末子好干活。

王二毛　要不你先在我身后扫吧。

老　宋　你这个人真是的。

〔老宋在王二毛身后扫。

王二毛　我看你这个人成心找别扭是不是?（气极）

老　宋　我怎么找别扭?

王二毛　你不找别扭是怎么的，你在人家身后扫，慢慢地扫不会吗?使劲往人家身上扫暴土，我告诉你老宋，我二毛两天窝了一肚子火，要是你给气上火，急了眼我火上犯纪律可要揍人哪。

〔老孙上。

老　孙　你们又怎么了?

老　宋　你不知道，孙师傅，你刚才上老李那儿去的时候。我寻思就把地扫一扫，他在这儿坐的，我扫他跟前，我叫他起他就不起，我像央求大爷似的，他叫在他后腚扫，我扫了。谁知道他起来就不让了，又发态度，又骂人的。

王二毛　（唱第三曲）老宋你小子少来麻烦，什么事情你都想管，狗拿耗子你多管闲事，往后你就再少来扯淡，我二毛是积极生产，评功会上你给我提意见，反正我这月不算下月看看，这月全当你占了先。

老　宋　（唱三曲）你小子少装大头蒜，因为帮助你才提意见，今天你一来就心中发烦，你要想想咱们的生产。

王二毛　哎哟！你自己的脖子后灰看不见，你不撒泡尿照照，不看看你那个样。

老　宋　就你的样好！你今天早上这样做，值得自己检讨检讨。

老　孙　（唱三曲）叫声二毛你别瞪眼，听我慢慢跟你谈，老宋说你是为你好，你要虚心接受意见，自从工会号召咱，积极完成大生产，这回的立功你没立上，不要消极还上学习班，从今往后你埋头苦干，保你立上大功不费难。（白）二毛，我们不要为的这会儿没立功就消极，学习班你也两天没来了，二毛我们要想想，生产是给谁干的！这回没立上功现在立也不晚。立功总结还有两个多月了。

老　宋　真好！二毛我不是来找你的事，是不是？你想一想咱们一个年轻轻的小伙子正在有出息的时候，现在再不学习求进步，加油地干活，还等多会儿？像你这样怎能掌握政权？

王二毛　我告诉你老宋，你不用说我都明白，我就是和你有意见。

老　宋　有意见，等咱吃晌交换交换。

王二毛　我不和你说话。

老　孙　有意见晌午交换交换，互相检讨检讨！解释通了不就好了吗？来……来干活。

〔老孙和老宋打铁。王二毛举铁锤来打，二人停止，王二毛回来，二人又打，王二毛又过去想打，又止。最后王二毛拿锤再打，但那成品已打好。

老　宋　哎呀，天晌了。

老　孙　可是呀，快十二点了，二毛拿二十五块钱，好买饭去。

〔王二毛满身掏钱，没掏出一个钱。

老　宋　二毛，是不是你没带钱买饭？

王二毛　谁呀？

老　宋　你呗！

王二毛　咱不饿，咱不买。

老　宋　得了！别装了，没有钱没有关系，我给你垫上。（掏钱）

王二毛　我不借啊！我不借啊！

老　宋　行啊！二毛你跟我有意见，咱不能晌午饿肚子，下晌还干活来，孙师傅我给垫上一份饭钱。（交孙）

老　孙　拿来。

王二毛　我不借你的钱！

老　宋　二毛，什么你的我的，谁用谁的还不行？

老　孙　你们谁去领饭去？

宋&毛　（同声）我去吧。

〔老宋下。

〔老李上。

老　李　孙师傅，刚才我照你说的那样干了，你过去看看合适我好干下一个。

老　孙　干完了吗？

老　李　完了。

老　孙　干得真快。

老　李　（微笑）不然怎么叫突击队队员呢？

老　孙　好吧！二毛别闲着，加火呀。

〔二人下。

王二毛　好！（二毛被感动了，心里也早有些觉悟，看没有人时，自言自语地，唱第三曲）二毛的心里为了难。低下头来乱打算盘，我一早瞎胡闹快到晌天，都是我的错，真是个浑蛋。（数板）二毛心里为了难，我低下头来乱打算盘，我今天瞎胡闹了大半天，我寻思起来后悔晚。老宋好话说了千万遍，老孙又忍心顺气地劝在眼前，我他妈的咬个屁屁橛子给个麻花都不换！（白）我王二毛，就为了这个没评上功，来到厂子要了半天的熊。还怨人家老孙、老宋。给人家老宋都弄上火了，咱他妈的还对人家有意见，不和人家说话，再说孙师傅的好话也劝了多少遍了，我他妈的全当了耳旁风。（这时老孙上，发现就躲起偷听）这回没立上功不要紧，从现在立还晚吗？生产是给谁生的？干活是给谁干的？不是给咱们工人阶级自己干的？不是给无产阶级聚财富的吗？明明知道还咬的什么屁屁橛子生抬杠呢？这不竟把自己掂里去了吗？二毛，二毛啊！你说你能对得起谁呀！唉二毛，二毛，你能对得起谁呀？（指自己）浑蛋死了，我烦恶给你一巴掌！（要打自己脸，想了半天）人家也是人，他妈，我也是个人，怎就立不上功？我就不信。小毛病不会改一改吗？——好，老宋，我今天晚上回家写一张挑战书，非把我小毛病改掉它，和你挑挑战，非立他几大功！和你比比，我要不在生产上、学习上立大功，我就不叫二毛了。唉！老宋又给咱垫上钱领饭，要是回来了！可怎么对得起人家，还要不和人家说话！你这不该死吗？王二毛啊！这可怎么办哪？（急得满地走来满地转）（数板）急得我满身冒大汗，我越思越想越没有办法，你说这可叫我怎么办……

〔老孙急上王二毛面前。

老　孙　有办法，有办法！

王二毛　什么办法？什么办法？孙师傅。（故意）

老　孙　你刚才不是说了吗？今天对不起老宋了，晌午你们俩互相检讨检讨，谁错了谁就虚心承认错误，今后改正错误不是好办法吗？

王二毛　谁说的，我刚才没说呀！

老　孙　唉，你刚才说的话我都听见了。

王二毛　你别来套我了。

老　孙　真格的，你刚才说的话我都在炉子后头听见了！

王二毛　听见了。（自言自语）

老　孙　二毛你就照你刚才说的话办一点儿也不错。

王二毛　孙师傅，你真的听见了吗？

老　孙　看你这个人，这有什么可撒谎的。

王二毛　他妈的，这怎么闹的，唉，孙师傅你说这可怎么能对得起你和老宋哪，怎么办？

老　孙　二毛我刚才不是说了吗？吃晌饭和老宋互相自我检讨检讨！虚心检讨自己的错误，今后改正错误不就好了吗？

王二毛　老宋不能生我的气吗？

老　孙　他哪能生你的气呢，他会欢迎你的。

王二毛　真的吗？

老　孙　看看你这些顾虑吧！

王二毛　好了，今天晌午交换意见，今后我非和老宋比乎比乎！

第二幕

◉**地 点**

船渠锻工厂里。

◉**时 间**

一个月后，王二毛在对生产、学习十二分的积极下得到了工会的奖励——积极分子锻工。又在十四个支会中获得模范厂“生产先锋”的旗帜。

〔开场时，王二毛、老孙、老宋在积极地做打铁准备中，幕后唱第四曲：咱们工人有力量。

王二毛 孙师傅，好了，快点干吧。

老　孙 来了，来了，来了。

老　宋 快快快。

〔打铁声随着歌声起。

王二毛 老宋，累不累伙计？

老　宋 干这点活就累着啦？

王二毛 你不用吹乎小伙子，咱一点一点比（笑）。

老　宋 好啦！

王二毛　孙师傅，打这个螺丝帽的料怎么个算法，你等一会教给我好不好？

老　孙　好好！现在干活，等晚上下班我教给你。

王二毛　你可别忘了。

老　孙　好哪！

〔老李上。

老　李　孙师傅，刚才咱厂长说　叫咱工会代表委员赵师傅到工会去。

老　孙　是吗？好！赵师傅在那边干活！我去告诉他吧。（往右下）我一会就来。

毛&宋　好呵！

〔王二毛去拿账本，老宋收拾工具。

王二毛　六二五、七八五十四，是个四五二十、五五二十五、五八四十，是一个一四二十……不对，不对，又算错了。

老　宋　二毛，你干什么不对不对的？

王二毛　我呀，咱昨天不是考技术学习，我不是考了九十五分吗？怎么就是差了五分没考一百分呢？我就为了这个有点儿不高兴，趁着现在不干活，我给它算算，非给它研究对了不可，为了这一道题，昨天晚上下两点才睡觉。

老　宋　哎呀，二毛呀！自从你跟我挑战这一个月里你真撒野了。

王二毛　研究会了。（指小账）还不是为了咱工作便利吗？你太夸奖我了。（唱第五曲）叫声老宋你别来夸奖我，学习技术是为了工作。以前我不知道学习是为了谁，也多亏了老宋你。多亏了你俩劝我来学习，学习技术来赶上你，白天我加油努力来生产，晚上不睡觉我也把它练。

老　宋　你真加油了！

老　孙　你俩又讲什么？

老　宋　刚才休息一会儿二毛也不歇歇，又拿出来昨天考的那个技术来算啦。不是差五分一百分吗？他说他昨天晚上下两点才睡觉。

老　孙　二毛像这样的事是常有的呀！

〔老赵急上。

老　赵　哎，哎！

众　人　什么？什么？

老　赵　二毛二毛！

老　宋　二毛怎么的啦？

老　赵　你们先别着急，听我慢慢地说。

老　孙　到底怎么的快说呀！

老　赵　二毛这个月得上积极分子啦！

众　人　啊？（鼓掌）好！

王二毛　我得上积极分子啦！

老　赵　二毛得的积极分子，是在生产上起了带头，学习上又积极，还一个月里一天也没歇，学习又没缺课，所以得上积极分子了。现在我没有工夫，我还得上工会，给你二毛，这是你的奖品，你拿去吧！

〔老赵急跑下。

老　宋　嘿！二毛这下子可有了学习的东西了！

老　孙　这回加油学吧！

王二毛　孙师傅，上个月你给我好一个劝，没有别的，你弄两本账本留着学习吧！

老　孙　我不要，我不要。这是你得的，我再用这太不像话了。

王二毛　行啊！行啊！你拿着使用吧！

老　孙　不要哇！不要哇！

王二毛　你看你这个人，我要是不真给你是个大王八蛋，哪哪哪你看，都散在地下啦！（收起来）宋师傅你弄两管铅笔用吧！

老　宋　不用哇，不用哇！

老　赵　哎！哎！你们都来看哪！

众　人　什么？什么？

老　赵　你们看看叫咱锻工厂得来了。

〔老赵打开旗，上绣“生产先锋”。

众　人　哎呀！旗子！

王二毛　老李！来来来。

老　赵　咱们得的这光荣旗子可不简单了！是咱在生产上超过了任务的百分之八十，学习上没有一个工友欠课的，卫生上也够条件，特别是二毛在这个月，一个工没歇，他要歇一个工缺一回学习课，就得不着了。现在是干活时间我不多讲了，等全厂开会的时候我再详细地和大家谈谈。

老　孙　我说老赵。

老　赵　什么？

老　孙　我看着这光荣旗子叫咱们新上任的积极分子拿拿美一美不好吗？

众　人　对！对！

王二毛　（接过手笑了又看，看了又笑）伙计！咱得的这个光荣旗子怎么得的也不用讲了。就是咱们全船渠十四个厂子，哪一个厂子连得三回这光荣旗子就是哪个厂子的。我希望大家更进一步团结起来，互相交流生产经验，再努一把力地生产，加油地学习，咱别叫这个光荣旗子跑下。

老　李　我看咱们打个螺丝把它拔上吧。

老　赵　你说的不对，我看咱们拿电火把它焊上。

老　孙　叫我看咱们打个铆钉，把它铆上。

众　人　对！叫它永久在咱厂子里。

王二毛　（唱第六曲）哎哎，光荣旗帜呀咳！

王二毛　又好看。

众　人　又鲜明。永远把在我们手里，我们永得光荣，是要生产上立大功，挑战竞赛得胜利。咳咳，永远得胜利。

——幕　落——

作品赏析

《二毛立功》首演于1948年8月22日，是王水亭以自己的实际经历为原型创作的秧歌剧。该剧演出后广受好评，以王水亭为代表的大连锻工厂工人演出团队受邀参加了1949年7月举办的第一次中华全国文学艺术工作者代表大会，并在会上进行了演出。

该剧的成功首先得益于其独特的取材。作者在创作时，明晰其作品的受众，所选取和描绘的内容均源自广大工友所熟知的生活与工作场景，真实而深刻地反映了工人们的内心世界、他们的所思所想，以及他们在完成生产任务、挣取工分和追求评优评先这一过程中态度和思想的转变。该剧的创作鼓励了广大工友的生产积极性，也激发了他们的生产热情。

在艺术形式上，作者选择了又说又唱、载歌载舞且富于表现力的秧歌剧。秧歌剧，将工农兵群众的生活和文艺有机结合，启发了广大群众对文艺的热情和创造力，是实践毛泽东文艺思想的创作成果。《二毛立功》的创作不只是从思想上突出了劳动光荣的主题，更通过秧歌剧这一形式直接在舞台上表演劳动生产的过程，用舞蹈将劳动诗化，直观再现了劳动的美和意义。

在人物塑造上，王水亭深入人物内心，让观众看到了二毛激烈的思想斗争过程和转变的原因。作者多次使用戏剧独白，通过二毛的自言自语、自我反省和直抒胸臆，将他的内心视角毫无保留地展露；其创作的独白和唱词兼具动作性、性格化和口语化等特点，最大限度地将观众带入了二毛的内心世界。作者的独白和唱词推动了剧情的发展，并揭示了二毛当下的内心活动，塑造了二毛的人物形象。

工人为国家的建设贡献力量，《二毛立功》作为一部工人自创的作品，不仅为国家的建设贡献了力量，更在工人文化活动中开了工人自编、自导、自演的先河，丰富和发展了工人文化活动。尽管该作品在艺术性和戏剧性方面还有进一步完善的空间，但它在当时仍是值得介绍和学习的榜样。

工厂是自己的

方也人

剧情梗概

《工厂是自己的》描写了工厂解放后两种思想的碰撞，一部分工人明确新思想，主张“工厂是自己的”；而另一部分工人依旧认为工厂是一个“捉摸钱粮”的地方，他们来到工厂就是为了“捉摸钱粮”。老王是持旧思想的老工人代表，认为“好活”就是能“多赚钱”，并不断打击以赵福安为代表的持新思想的新工人。而赵福安等人得知之后，并未对其展开报复，而是以更积极的态度投入生产。老王因此产生思想上的动摇。一直挑拨老王和赵福安关系的有心之人李三惧怕老王思想改变后，自己再无利可图，于是设计偷窃老王管理的一批产品，并将责任推到老王身上。不料行窃过程正好被赵福安撞到，赵福安虽一直被老王误解，却仍不计前嫌为老王做证。经此事之后，老王不仅看清李三等人的真面目，也终于想通，接受了新思想——“工厂是自己的”。

人　物

老王——某做鞋工厂的工人，四十多岁，性格老实而刚直

赵福安——同工厂工人，三十八岁，模范

小刘——同工厂年轻工人

李三——同工厂工人，坏蛋，三十九岁

于老六——同工厂工人，二流子

孙大友——同工厂工人

钱世光——同工厂工人，积极分子

张福仁——同工厂工人，小组长

小黄——同工厂年轻工人

工务股长——三十岁

老王妻——三十多岁

小宝——老王的儿子，七八岁

男女工友数名

第一场

◉人 物

老王、赵福安、小刘。

◉时 间

一九四七年秋天。

◉地 点

在工人课堂里。正面壁上挂伟人像，两旁标语数条。台上有桌椅（长条）数张。

〔开会完毕，最后几个人刚下台，老王在打瞌睡。赵福安手持扫帚和撮子扭上。

赵 （唱一曲）赵福安这几天，心花开放，想不到（俺）大老粗得进书房。学唱歌练习字别提多美，好比那受苦人登了天堂。还有那老师们实在耐烦，不嫌脏不嫌笨下力教咱。为什么能这样，（我）暗自思想，这都是民主政府领导有方。刚才呀开完会地板挺脏，拿来把大扫帚把地扫光。（白）自从上个礼拜，咱厂子来了学校的老师，教咱们工友学文化，又唱歌又识字，可把咱工友乐坏啦！刚才开会，陈股长讲得好：凭什么人家洋先生愿意来教咱呢？这都是民主政府领导得好哇；日本鬼子时候，人家见了咱连理都不理，还稀得把着手教给咱？陈股长还关心地号召咱们好好学习，还用他说，谁不愿意把"睁眼瞎子"摆脱掉哇。（忽然想起）唉！（叹息）可就有人不愿意，说什么耽误工夫少挣钱，说什么学习也不能当饭吃，说什么……（被老王的鼻息声打断）噢！这个老家伙怎么还睡？待我看看他是谁。（走到王跟前，扒老王的头，王醒）噢！怎么是你？老王，你怎么的啦？是不是夜下晚打了个“透眼儿”[1]？

王　噢！（懒洋洋地）干什么搅醒人家的好梦？哎，老赵，你猜我做了个什么梦？

赵　什么梦？你当了模范？

王　呸！（唾弃）谁当那个熊玩意儿，我梦见厂长答应给咱涨粮啦！决定上一双鞋七斤粮。

赵　唉！你这个人，整天就捉摸钱粮。

王　哼！（不高兴地）不捉摸钱粮你到工厂来干什么？你忘了，前年春天，咱给日本鬼子干活的时候，你不是和我一样跟厂长罢工要求涨工钱，他妈蹲了两个月吗？

赵　唉！那时是给日本鬼子干的，现在是咱自己干的，哪能一概而论呢！再说现在厂方也不是不照顾咱工友哇！

王　哼！咱就知道从小当工人就受苦遭罪，受当头子的剥削。咱干活就是为了挣钱，什么自己干不给自己干，我不知道！

赵　你这个人怎么这么顽固？这十来天没和你谈话，你更加落后起来啦！

王　（讽刺地）对了，就是你们进步，咱们高攀不上啊！哼！（火来了）什么顽固哇、落后哇，这些新名词在你嘴里叽里咕噜转来转去，真不嫌寒碜，哼！我不愿意听！

1　即通宵之意。

赵 好！咱不讲这个不好吗！我说你怎么凭着书不念光睡觉呢？

王 怎么的！除非你们这一“乎”的，谁他妈愿意听呵！一天一个钟头耽误挣多少钱哪！再说他妈识字有什么好处，还当不了吃什么还吃什么！一天叫他们哄得叽里咕噜乱转！

赵 哎！你真屈死好人啦，若没有民主政府，人家洋先生还能教咱们识字？你想想，咱们从小一天书也没念，这回赶这么个好趟儿哪能错过呢！

王 （王用手堵耳）咱他妈快活四十岁啦，还学个屁！倒不如我多上几双鞋，挣点粮是真的。（打个哈欠）再不我睡一觉也比这个强呵！

赵 （束手无策地）唉！你这个脑筋怎么这样顽……

王 别往下说啦，我不爱听！（大怒）若不看在咱俩是老朋友的面上，我非骂你一顿不可！

赵 老王！（王用手堵耳）老王！你真不听了吗？唉！（无可奈何地）好！将来有你明白的一天！（面红而下）

王 哼！（学赵）民主政府领导好哇，厂方照顾咱们哪，都成你们进步分子的口头语啦！真奇怪，老赵，最早和我一样反对厂长，现在怎么又变啦，真变了个快呀！哼！我想起来就生气！一天光开会就不知道得开多少！什么讨论生产呵！定计划呵！保证不犯条件呵！还他妈用你们说，人家干多少活挣多少钱呗！好活，多挣钱，坏活，少挣钱，关他妈你们什么事儿！（忽然想起来）哎！说来说去，还是得干活啊！别耽误了挣钱是真的啊！（欲下）（小刘上与王碰头）

刘 王师傅！你怎么还不去啊？

王 干什么？

刘 开会呀！

王 怎么又开会？

刘 你听我说呀，上边叫咱开会选举小组长。

王 选小组长？

刘 对了，走吧！（拖王下）

第二场

◉**人 物**

李三、老王、小刘、孙大友、于老六、钱世光、张福仁及上鞋工人五名。

◉**时 间**

紧接第一场。

◉**地 点**

在上鞋的工厂里。

〔有六七个人（李三、孙大友、钱世光、于老六等）。

〔于老六哼着洛子：闻听此言，大吃一惊，好似凉水浇头，怀里抱着冰……

于 我说李大哥刚才开会，那个学校的女先生说什么来着？

李 还不是那一套，什么工厂是自己的，工人就是工厂的主人，老百姓就是关东地区的主人，满嘴净胡说八道！

于 （淫靡地）不过那个小娘们长得可不坏呀！说话像个小鸟似的。

钱 于老六，别胡说八道，若叫人家听了去，哪辈子能过得来，人家老远来教咱们工友……

于 （讽刺地）对！对！咱这组又出了一个赵福安，老钱这几天更进步啦！上课的时候还订了个小本直划拉，拿来我看看！（过去掏他的兜，把他的小本子抢来，双手擎着高声朗读）“关东地区老百姓当主人！”嘿！写得多漂亮啊！哎，这个东字怎么底下是一横，成了车啦！

钱　（生气地）拿来！我哪有你们写得好，念过什么洋学堂的先生！

于　什么？（要动武）

工人甲　得啦！管他妈学习不学习的，干活挣钱要紧。（把二人拉开）

李　哎！老钱这句话说得对，你们二人先别动气，咱们都是一家人，打的哪份仗？有能耐跟厂长、股长打去！

钱　怎么跟厂长、股长打去？（大家都停下活来等待李三回答）

李　（唱第二曲）叫一声钱世光，你听我来讲，听我把话细说端详，说什么老百姓能当主人，叫我看，那都是抓乎庄稼汉。如若是老百姓当了家，（那）市政府、公安局何必要它，说什么工厂是工人的家，谁要信，那才是大傻瓜，为什么（那）原料不让糟蹋，为什么（那）东西不让往外拿？

于　对啦！上回我拿点麻，被他们翻去啦！

李　（越发得意）（唱）叫一声，于老六，你先别说话，许多真情话我还没说完啦，说什么工厂里工人当家，（那）厂长和股长要他干什么？说什么……（被钱的声音打断）

钱　得啦！得啦！你跟谁学的这一套，上学习课你都听哪去啦？

李　我不懂什么学习不学习，反正你说这是怎么回事儿？

孙　（也插上嘴）对！我看李大哥说得对！

钱　（对孙）怎么你也糊涂啦？

于　哎，“进步分子”你说说，李三哥讲得对不对？（讽刺地）

钱　好！我说给你们听。（唱第三曲）叫一声于老六先别“扎撒”，你听我慢慢对你回答。老百姓做了当家人，这话一点也不假，市政府、公安局他代表老百姓，帮助老百姓把坏人抓，如果坏人不节制，（那）老百姓怎能来当家？低下头来仔细想，哪件事情不为咱！

孙　那你说“工厂是自己的”呢？

钱　（唱）这话讲得更不差，若不信回头一比就明白啦：工厂有什么事情都商量咱工人干，又不打来又不骂，连孩子有病都救济，日本鬼子时候梦也梦不到它。（除于外皆点头，李着急）再说这个……（被李打断）

李　别说了，就是你说得漂亮。（忽想起）哎，老王怎么还没回来？小刘去了这半天啦。

于　着什么急？早晚给他选出来就得啦呗！

李　这可不是闹着玩的。俗语说得好：“人无头不走，鸟无头不飞。”这可不能马虎，一定要选一个能替我们说话的组长，你们看选谁好？

于　选您老人家吧！

李　哎，我哪能行，我赞成一个人就是老王！（众有的点头，有的发愣）

钱　他哪能当组长？我不赞成！

李　除非他妈你呀，别人还有不赞成的？老王——嘿！真是把好手，上回和股长打起来，别人谁敢哪！再说人家学过三年徒，当过十年老师，手艺真数着的呀！

于　对！我看也不错，老王心眼好，咱们上的鞋，一双半双、三双五双犯条件的都不要紧，保你一天可以多玩一个钟头。

李　就这一点吗？嘿！提起他的好处多着啦，譬如……（被钱的声音打断）

钱　不管怎么说，他不能当组长，学习的时候光睡觉！

于　妈拉个 × 你懂得什么？念书进学校去，到工厂来干什么？

钱　你他妈敢骂人！（二人想动武被李拉开）（老王、小刘上）

众 老王来啦！

李 （献媚地）老王哥！你怎么才回来？大家伙儿等你老半天啦！

王 嘿！别提啦，我他妈睡了一觉，跟老赵干起来啦！

李 赵福安吗？（故作惊状）他不是你老朋友吗？

王 嘿！（越发痛恨）越他妈老朋友越气人，有工夫我跟你详细说。

李 别生气，把身子气坏啦，可不是玩的。哎，（向众）老王已经来啦，咱们就选组长吧！

于 我提一个，大家伙儿看老王怎么样？

李/甲/乙/刘 赞成！赞成！

于 （向丙、孙）他妈你们俩不赞成吗？（二人不得已只好举起手）

李 （数一数）一、二、三、四、五、六、七……噢！够啦，大多数选啦！那么就决定组长是老王啦！（向老王献媚地）

〔张福仁上。

李 噢！张师傅来啦！

张 组长选好啦？

李 选好啦！这不在这里。（指王）

张 噢！老王当选组长，可得好好干哪！

王 哼！

张 老王！你负责在你们这一组选三个评议员，好评议鞋。（王未回答）

李 知道了！

张 那么我走啦。

于、李 走啦张师傅？（张下）

李 老王哥你……

王 我言辞不行，你看着办吧！

李 （笑嘻嘻地答应下来）大家伙儿听见了吧？选评议员……

于 我看你写上三个名字就得了呗！

钱 我提一个赵福安！

李 （装着往上写）噢！（沉默少许）

于 我看就那么办吧！大家伙儿都不提！（大家伙儿都不言语）

甲 写上就写上吧！管那些来。（不耐烦地）

李 好！（用铅笔写上名字）（欲下）

于 （小声地）李三哥！老王写上啦吗？

李 那还能落？！（下）哈哈哈……

于 哈哈哈……

第三场

◉人 物

除同第二场中的人物外，还有赵福安、小黄。

◉地 点

同第二场。

◉时 间

相隔第二场有一个月（初冬，天很冷）。

〔开幕同第二场。

李 （唱第二曲）老王他去开会，为什么还不来，莫不是出了差，事情弄坏，看老王这几天，神色不好，我他妈心惊肉又跳，凶事吉事，我全不晓，单等老王回来对我告。

于 可真的，老王他怎么还不回来呀？

李 就是的！

于 哎呀！这个冷啊！（向外看）他妈又下雪啦！（把地上的麻绳捡起）（唱第二曲）天老爷，下雪又刮风，冻得我，屁股都生痛，用手（我）捡起来碎麻绳，填进炉子里烘一烘，只要炉子里暖烘烘，管他麻绳有没有用。（填进炉里烤火）

黄 于老六，上回开会不是说了吗？碎麻绳攒起来给糊工部用，你怎么都填炉子里啦？

于 噢！敢情你们家有衣裳穿哪！他妈你不冷人家还不冷吗？再说他妈你也管不着这一份啊！有厂长、股长、组长，你哪摆呀！

再说又没烧你家的，你替的哪一份子心痛啊！

钱　得啦！别吵啦！小黄，让他烧去吧！（小黄生气地低头干起活来）

于　哼！才来两天半就他妈的管人？哼！他妈组长还没敢管我哪！看他妈你上的鞋！（拿起一只）连他妈住家老娘们都赶不上，还要手艺？你他妈学过三年徒吗？你挨过老师的锤子吗？（小黄起初愤怒，后来难过地低下头去）

钱　（安慰他）不要紧，在这里跟我学，再有一个礼拜就赶上他们啦！（老王上）

于　噢！老王哥回来啦！（李三迎上）

李　怎么才回来，什么事情？

王　唉！听我说呀，（唱第四曲）刚才开会我去参加，一开开了老半煞，你猜开的什么会？扩展生产有办法，有办法。

李　噢！原来如此啊！（放心地）（众亦大喜）

钱　（向大众）那咱们一定多干活啊！

王　（续唱）上面任务往下发，原料多得别提啦，要我们大家努力干，完成任务功劳大，功劳大。（众点头）

李　（眼珠子悄悄向王一转）你过来！

王　什么事？

〔对耳朵比手势，意思是说有了罢工涨粮的机会啦，得意地拍拍王的肩膀。

王　他妈这个事儿真对！这可真是个好趟儿。

于　（着急地）什么好趟儿？

王　大家伙儿听我说，我问你们愿不愿意涨工钱？（于领头说“愿意”）要愿意的话现在可赶了一个巧儿，刚才开会股长说要咱们多干活，现在上边下来任务扩充生产，看那个样是挺着急的，你想他一着急，咱就不给他多干，该一天上十双给上五双，等他给涨了钱咱再多干！

于　（大喜地）对！对！我说嘛，选这个组长还能有错！你看时时刻刻替咱们打算。

钱　我不愿意！咱厂子的工钱，这是顶高的价码啦！人家上次不是算给咱们听啦吗？买材料不算，光手工就六斤粮，你算算切底子、切帮、纳底子、圈底边。

于　得啦得啦！你他妈“过房”给工厂啦？

钱　可是不管怎的也不能不讲良心啊！

王　哼！他妈若厂长长良心，还不剥削咱来。

钱　厂长什么时候剥削咱来？（王未及答）

李　哎，我说老王哥，你先别上火，这样人脑袋是石灰的，一点就变过来啦！（向别人）哎，我说凭良心老王真是替咱们工人打算哪，难道说涨了工钱，光对老王一个人有好处吗？

黄　我也不愿意！我们不能办昧良心的事，看看工厂哪样不替工人打算！办食堂，又省钱又省工夫，办托儿所，又省力气又省钱，为了照顾咱穷工友，改了五天一天饷，听说把人家会计忙得连觉都睡不着，你再看看……

于　他妈又来了你啦！你他妈跟钱世光一个胡同卖切糕！

王　（很着急而生气地向其他二人）你们愿不愿意？（众不语）老孙！你不愿意吗？（孙不语）老姜你愿意吧？！

姜　对不起，我……

王　他妈的你也不愿意？（大怒）

姜　可是！我……

王　你……（李在旁边着急，忽地眼珠子一转）

李　哎，（对王使眼色）你老先别生气，这个事情还用着急干什么？

（向众）哎，大家伙儿听着啊，老王实在是为咱们……（外面吃晌饭的钟响）

众　吃晌了！（借机会齐下）（外面有人唱歌，吵杂声）（老王气极了，恨不得捉过一个打一顿，刚想过去被李拖住）

李　（悄悄地）有办法，有办法！

王　有什么办法？（李向外看了看，于走到门口又转回要听）

李　看什么？去去去！

〔于遂下，李听一听没有动静了。

李　看样子这些家伙都不愿意是不是？

王　谁说不是？你快说吧，有什么办法？

李　我倒有个干净绝妙的主意。（用京调）（唱第五曲）叫一声王大哥你别上火，听小弟细把话对你说，那些家伙不听咱话，不把工罢，我这里一计，管保准拿……

王　（着急地）快说呀！

李　（唱）他们回来，你别着急，一个一个往外支，就告诉他，别的工厂，挣钱多，条件又低。

王　（唱）闻听此言，心里头，好不喜欢，这办法，实在好，做起来又不难。（白）对！对！这办法实在好，比罢工强得多，人少啦，涨钱一准行！

李　看怎么样？这样涨钱还能多涨！

王　（感激地）对！对！你真是我的好朋友！

李　哪里的话，你的好朋友不是赵福安吗？

王　嘿！不提那个好朋友便罢，提起他来真气死人啦！老李，我对你说以后你别认为他是我的好朋友！

李　是！我看那个家伙就他妈不像个人样，整天跟着股长屁股后面，说这个不好，那个不好，那一回我听见他说你……

王　说我什么？

李　我说出来你可别生气啊！

王　不要紧！

李　他说你不是以前日本鬼子时候那把骨头啦！专门抗上团结工人，现在变成软骨头的熊蛋包，光认得钱，还偷工厂里的东西。

王　啊！这是他说的吗？

李　我什么时候跟你撒过谎？

王　（唱第五曲）闻此言，气得我浑身打战，骂一声赵福安，（你）太浑蛋，你不该，在股长面前，乱造谣言，我和你，没有仇，又没有冤，为什么，说我光认钱，又把坏事儿干，恨不得，扯过来，把他嘴巴子扇。（白）他妈的，这还了得，我非找他去问问，我什么时候偷东西啦？（欲下）

李　（着慌地）哎，你先别上火，有什么事儿慢慢来！

王　怎么的？

李　你别着急，你若是现在去找他哪能行，你想他在股长跟前说一不二，他若跟你翻了脸怎么办？

王　怎么的？我和他干一场！

李　哎！那是匹夫之勇，俗语说得好："好汉不吃眼前亏。"咱们"骑驴看唱本——走着瞧"，你先消消气，咱们先合计合计这码事！

王　哪码事？

李　看你这工夫又忘啦，还不是往外支人的事吗！

王　唉！看把我气"战战"啦！你说怎么个支法？

李　哎，这个事儿可不能上火啊！慢慢地柔和点儿把他们拉过来，再劝他们换地方。我听说金县上一双挣七斤粮，不知是真是假，反正不用管他真假，支他们到那儿去就算啦！

王　都支谁呢？

李　我看找几个老实、财迷，还挡害的。

王　对！就这么办！我算算：老孙、老姜、小张，还有王克山……

李　人，慢慢摸着来，可是有一件，你可不准火儿呀！

王　（微笑）好！我一准不火！

李　老王哥，昨天上鞋的成绩评议得怎么样？

王　噢！我还忘告诉你啦，他妈赵福安，他的鞋都叫我挑出毛病来啦。

李　可是，赵福安鞋上得可不二五眼哪！

王　不二五眼我也挑出来啦，算了二等。

李　可是我们的呢？

王　我费了好多力气，把你跟于老六的鞋都提到二等啦！

李　那可真得谢谢您老人家！

王　什么老人家老人家的，客气什么！说真的我还得谢谢你呢！什么“道儿”还不是你给想的。

李　不客气不客气，有用小弟的地方我是万死不辞。（外面有人喊，王下）

李　（扒头看了看）他妈走啦！（喜盈盈地）（唱第五曲）我李三这手腕，实在不简单，抓住了老王他，当枪使唤。挑拨了他们俩，友爱关系，只气得老王他直发脾气。水鸟和蛤蜊，互相“打叽叽”，我这里来了个渔翁得利。（打个哈欠伸懒腰）（白）唉！真够受的！不管怎的也赶不上我在早当联络员的时候自在呀！他妈的，到了过年过节，鱼呀肉呀，一筐一筐都送到我家来啦！唉！谁想他妈日本垮台啦！思想起来真是一言难尽啊！（唱）想起来当年事好不欢喜，想不到日本垮台这么快。（赵上）

赵　老李，怎么不去吃饭？

李 （吃惊）噢！赵师傅，我吃过啦，你老吃啦吗？

赵 我刚吃！老王呢？

李 你问老王吗？他大概吃饭去啦！

赵 我怎么没看见？

李 他刚走！

赵 噢！（欲下）

李 赵师傅！

赵 什么？

李 这回快选模范啦，我想赵师傅一定准拿！

赵 哪里的话！

李 老王他……

赵 老王他怎么的啦？

李 没有什么，我是说他发脾气生气啦！

赵 他向来就是这个脾气！

李 赵师傅真宽宏大量，对待老王真够朋友！

赵 没有什么，想当年我们都是一块儿遭过罪的好朋友！

李 那他可不拿你当朋友待，他背地里……

赵 背地里做什么？

李 背地造你的谣，说你跟崔兰英不三不四。

赵 什么？

李 他说一天晚上，你们一块儿去看戏，回来就一块儿在工厂里睡了。

赵 （愤激）这是什么话，真是他说的吗？

李 你看我是撒谎的人吗！

赵 好！我去找他去！（急）（李未及拖住）

李 （着急）赵师傅！赵师傅！（已经走远了）（恐慌地）这可糟了，想不到老赵的性子更急，哎呀！这可怎么办哪？

第四场

◉人 物

老王、赵福安、于老六、小刘、股长。

◉时 间

相隔第三场一星期的一个傍晚。

◉地 点

仓库门前。

〔赵福安上。

赵 （唱一曲）一天的工作，做完了，食堂里去用饭，苞米饼，就大葱喷香甜。吃完饭，想起了事情一件，这件事，倒叫我，愁眉不展。就是那老王他脑瓜不转，每日里，不团结，又胡捣乱。我劝他，他不听，反说我浑蛋，背地里发脾气，造我谣言。越思（那个）越想，越不耐烦，我自好，见股长把话来谈。（白）唉！这件事真叫我心恼，想不到老王变得这么快，最早跟一个厂里合伙友，现在背地里造我的谣言，据钱世光说：就是那个李三里里外外挑拨的。这话也有点边儿，可是我就没亲眼看见，老王他又不愿意见我，那天若不是股长拉着劝我，差一点儿跟他干起来，若是干起来可怎么收拾？回想起来还是股长说得对呀，做事要冷静点儿，慢慢来，何况老王他也是跟我一样穷呢！唉！还是股长说得对，我可得找股长谈谈去。（股长上）（赵一抬头，正遇股长）

赵　股长！

股　老赵，我正想找你！

赵　我也正想找你！

股　那真碰巧儿！你找我有什么事？

赵　没有什么，我想跟你谈谈老王的事儿。

股　怎么？又干起来啦？

赵　好悬哪！没有！可是老这样怎么办哪？他现在见我连理也不理，不知道怎么的，这几天我越看他越生气，恨不能和他干一场！

股　别生气，慢慢就会好的。他呀，就像一张窗户纸似的一捅就碎的，早晚终有一天，他会转变过来的。唉！我还没对你说，他那一组有个李三，这小子以前当过狗腿子，现在还在里边搞破坏，我想老王一定和他有关系！

赵　我也听过别人这么说，不知是真是假？

股　大概不会假的，我们再来深入调查一下。不过你对老王还要当朋友看待，因为他怎么的还是自己人哪！

赵　好！就是……

股　就是什么？唉！别生气啦！不管怎么看，咱们都是穷哥们儿啊！（微笑）

赵　好！我一定这样做。股长你说找我干什么？

股　对啦！关于选举模范的事，来！你跟我到屋里咱谈一谈！（二人下）

〔老王领于老六和小刘，背着麻袋往仓库门前走来。

王　他妈的！今天真气死我啦！他们纳的鞋我怎么挑也挑不出毛病；咱自己的呢，人家一挑一个准儿，妈拉个×的！（把锁开开）

于　今天就是运气不好，我早晨一出门就碰见一条母狗朝着我尿尿！（王不吱声，三人开门进去）（少许，出来）（下）

〔李三上。

李 （唱第五曲）我李三这几天，运气不佳，昨夜里，押牌九输了五千八。输得我“滴溜光”没有钱花，我只好打算盘，来想办法。今早晨，和于老六商量一下，趁今晚打夜班，把东西拿。（白）唉！这几天运气越来越糟，差点把马脚露出来，幸亏赵福安这个家伙度量大，后来没出什么事。可把我吓坏啦！他妈夜下晚押牌九，一输输了五千八，输得我一个子儿也不剩。我和于老六想了一下，今下晚趁着老王往里送鞋的夹当，偷他一下子。一来卖了钱好花；二来老王这个家伙终旧是个穷苦的工人，早晚脑瓜也要变的，不如这一下把他给卖进去，就说是他偷的。哎，就是这个主意！

〔王等三人上，李迎上。

李 老王哥，你老辛苦啦！（王放下麻袋，于、刘进）

王 哎，你怎么又客气起来啦？（向里）小刘！你把这包拿进去！（刘出，拿进）

李 我怎么看你和谁生气了似的！身体不舒服吗？

王 没有！我刚才生了点小气。

李 噢！生什么气呀！把身子……

王 不是，你不知道呀，太气人啦！（刘、于从里出）

于 （手按着肚子）唉呀妈呀，痛死我啦！

李 啊！怎么的啦，于老六？

于 哎哟！我的肚子痛。

李 快去歇着吧！

刘 对啦！你歇着吧！我自己去看看还有没有啦。（下）

于 哎哟！（手按着肚子从右边下）

王 这家伙怎么的啦？大概是吃多啦！

李　哎，不用管他，刚才你说什么？

王　对啦！你说这个事儿我怎么能不生气？他妈咱好容易支出去五个人，他厂子里又用十个，还他妈都是“犊儿”，我高低不教。他妈钱世光这小子就是不抱团体，他偏要教，我和他说教徒弟就那么容易吗？你没想想你那三年是怎么学的？你猜他怎么说？

李　怎么说？（这时一面向左移动，于老六偷偷上，瞅老王没看见钻进门里去）

王　他说那是旧社会里的事，现在变啦，师傅徒弟要一样待遇，说什么早点教会，早给自己干活。呸！他妈和赵福安一模一样。

李　对啦！这小子简直和赵福安穿一条裤子啦。（于探出几次头，想走出，但又不敢出）

王　他妈，你说我生气不生气？今天晚上评议鞋，他们的一双也没挑出来坏的，咱们的反倒都下来啦。（于背麻袋悄悄爬出）（下）

李　唉！别生气，咱们“骑驴看唱本——走着瞧”，现在又赶上个趟儿。

王　（喜）什么趟儿？

李　后天就选模范不是吗？模范有一条团结和气，咱们叫于老六、小刘他们跟他打仗，咱再拉拢别人不选他当模范，看他还有脸没脸再积极！

王　现在还赶趟儿吗？

李　赶趟儿赶趟儿！（忽然想起）哎，你在这儿等等，我有点事儿，我得先走啦！（说着下）

王　老李！老李！唉！走远啦。对，老李道道就是多，等哪一天挣多了钱，一定请他个客儿。（小刘上）

刘　王师傅，没有啦！张师傅说那些不用送啦！

王　好吧，小刘等我一块走！

〔王锁门二人下，舞台灯暗，右边换上一道墙壁，于老六上。

于　（唱第五曲）战战兢兢爬出了门，想不到东西这么沉。只压得我浑身都发麻，脑袋跟前冒金花。一面走来一面喘，又急又怕又打战。（赵福安上，遇见）

赵　谁？

于　（大惊）啊，是我于老六！噢！赵师傅你吃啦？

赵　拿的什么，上哪儿去？

于　我上仓库送鞋。

赵　天黑了怎么还送？

于　今天的鞋特别多，所以到现在还没送完，不信你去看看，王师傅在那儿看的。

赵　不去啦！好吧，赶快去，天黑啦！

于　是！赵师傅。（赵下）

于　哎呀妈呀，可吓死我啦！（慢慢走到墙跟前）

于　可到啦！（吹哨，外面也吹，于心喜，把东西从墙头上扔出去）

于　哎呀！这回可完了！（擦汗）

第五场

◉**人 物：**

赵福安、股长。

◉**时 间**

相隔第四场四五天。

◉**地 点**

工厂的院子里。

〔老赵当选模范归来。

赵 （扭唱一曲）前天（那个）选模范，老赵俺当选，今天（那个）大连县又选模范。大家伙儿开会互相评议，只要你功劳大他就选你，头等、二等还有三等，等等有条件，俺老赵当选了头等模范。别提那光荣劲该有多么大，首长们亲手给戴光荣花。种豆那个得豆，种瓜得瓜，俺老赵下力干，真不亏咱。首长号召咱回去还带头干，这句话大家伙儿牢记在心间。俺老赵回来歇一歇还下力干，不辜负首长话继续争模范。（白）哎呀，今天可把我乐坏啦，在大连县政府召集了各个地方的劳动模范开大会。嘿！那个热闹哇，简直别提啦！大家伙儿坐在大礼堂里，又喝茶水又吃点心，把我乐得嘴都闭不死啦！等首长们讲完了话，俺大家伙儿就开头选，嘿！真不易呀，你评过来我评过去的，想不到俺老赵当选了一等模范，县长还亲自给俺戴大红花，又发给奖品，简直别提有多美。天都快到五六点啦才散会回来，回来就听说厂子里出了事，待我去找股长问问出了什么事？（一抬头远远地看见股长）哎，又赶巧，股长往这边来啦！（向左台下）股长！股长！（股长上）

股　老赵，你们回来啦？他们呢？

赵　对啦，刚回来，他们吃饭去啦！

股　头回厂长打电话，说你选上了一等模范，真是好样的！

赵　什么好样的，还得好好干哪！

股　对！还得好好干，过年要得个特等模范。

赵　股长！刚才我听他们说咱工厂出了事，是吗？

股　对啦！我还忘告诉你啦，咱仓库里丢了一百三十双鞋，这个事昨天才发现的。

赵　啊！（眼珠一转，想起来了）仓库里的是吗？

股　对啦！

赵　有下落吗？

股　准确的倒没有，不过据工友们反映说是老王干的，尤其李三他还亲眼看见过，说七号晚上他打夜班，看见天黑了，仓库门还开着，那天正是老王的班。

赵　你没问问老王吗？

股　叫他来谈了，他坚决不承认，说是那天晚上和他一块的还有李三，然后把李三叫来，李三说还没关门的时候他就走了。

赵　你看这件事准不准？

股　我看值得考虑，老王能做出这样的事情吗？

赵　股长！你来，我告诉你！

〔赵贴股耳小声低语，边说边手势。

赵　我记得很清楚，就是那天晚上！

股　那么准确了，最好今天晚上先别走风，咱们明天不是成立工会吗？等选完了就来一个坦白大会，让大家坦白出来，到时你做证！

赵 好！就这么做！

股 可是老王可冤死了。

赵 （难过地）对！老王这样不白之冤，可怎么能过得来！我得去找他看看，管他理我不理我！（向右台下望了望忽见王在外走）哎，老王，你等一等，老王！老王！（向股长）股长我得回去啦，我赶上老王，把这个事告诉他，看他那个样有多么难过，也许打这儿他会转变过来的。

股 对！你去吧，好好帮助他，工厂到现在还是信服他的！

赵 再见！

股 再见！

第六场

◉**人 物**

老王，赵福安，女工甲、乙。

◉**时 间**

紧接第五场。

◉**地 点**

道上。

〔老王上。

王 （唱第五曲）我老王，这几天好不耐烦，大前天选模范赵福安当选。今天全大连县又选模范，赵福安（他妈）又当了一等模范。戴红花、领奖品好不光荣，只喜得赵福安面带笑容。今天晌，厂子说出事一件，说是那丢了鞋子一百三。丢了鞋一百三还不算，说什么这件事咱老王干。这真是造谣言把好人冤，好比那哑巴吃了黄连。越思越想越生气，只气得眼珠子发蓝嗓子里头冒了烟。只气得无名火止不住地往上蹿，只气得一阵阵头昏眼花鼻子酸。（白）（难过地）唉！真气死我啦！光赵福安就够我受的了，他妈又赖我偷一百多双鞋，那可不是闹着玩儿的，真好比"哑巴吃黄连——有苦说不出"，谁叫那天我当班啦！唉！遭这个不白之冤上哪去诉呀！（难过得直跺脚，用手按头）（赵上）

赵 哎，老王，你怎么的啦？（王见是赵，不出声）我叫你，你怎不答应？老王，咱俩还有什么过不来的事情吗？老王，你看在咱老朋友的面上……

王 哼！

赵 看你难过的这个样子，你的冤屈我都明白，这件事情我对你告诉，你不要难过了。

王 现在……（不语，用眼睛盯着赵）

赵 那件事情有了头绪啦！你放心好了。那天晚上，我碰见于老六，扛了一麻袋东西，半夜里在院里走，我琢磨……

王 于老六那天晚上？你记错了吧？那天晚上，于老六害肚子痛回去歇着去啦！

赵 （见王理他，稍喜）没有错，我记得很清楚，就是那天晚上。我刚才跟股长谈啦，明天开会解决这个问题。老王！你为什么这样恨我？难道咱俩还有什么过不来的事吗？

王 啊！（要想说话，又矜持地缩回去）

赵 我琢磨这里一定有人给咱挑拨，是不是李三这个家伙？

王 你别胡乱造谣！

赵 不是造谣，他……

王 别胡说，他是我现在顶好的朋友！

赵 好朋友？（难过地，强制压下自己的气愤）好朋友背地里还说你的坏话？他在股长跟前咬定是你偷的，他还向旁的工友宣传，他说你平常就好偷……

王 啊！是真的吗？

赵 我跟你撒谎干什么？（甲、乙上）

甲、乙 赵师傅！王师傅！

甲 你们怎么走那么慢？我们学习都完啦。

乙 不哇！赵师傅有个外号是"飞毛腿"，走道可快啦！

赵 和王师傅拉呱儿啦！哎呀，你们真用功，走道还看书！

甲 别笑话人啦！当了一等模范会笑话人啦！

乙 要不怎么叫模范呢？

赵 这丫头真厉害，人家不敢说话啦！

甲 赵师傅，不！一等模范，咱们俩比一比文化、学习，看谁能赶上谁？

〔赵不耐烦地，但又不肯推辞。

赵 好！

甲 我在早一天书也没念，现在学会一百七十多个字，还会写，你看！（拿本子给赵，又抽回去）

乙 我也学了一百四十多字！你看！（同甲）

赵 （看了看老王勉强回答）哎呀，真了不起，到底是老了，赶不上你们年轻人脑筋灵，我才学了不到一百个……（王昏倒在地）

甲、乙 （惊）呵！王师傅怎么啦？

赵 （慌了）呵！可了不得了，怎么昏过去啦？

甲 快送病院去吧！

赵 老王！（甲、乙帮着给老王扶起）巧云，你赶快去叫个车去！（向乙）咱俩扶着他慢慢走！（甲下，乙扶王边下边喊："老王！老王！"）

第七场

◉**人 物**

老王、王妻、赵福安、股长、李三、男女工人各四人。

〔老王躺在炕上睡觉，王妻手持一碗药上。（布景：普通工人的家庭）

妻 （向王）宝他爹！宝他爹起来吃药啊！

王 （猛然醒来，揉了揉眼）哈欠！（打了一个哈欠）

妻 赵大叔和大家今早晨送了一包菜，你在炕躺的，我想叫你，他说："叫他睡觉吧，我得回工厂，今天还有要紧的事！"

王 哼！就那么点小玩意，就买动你的心啦！

妻 你这个人真没良心，人家赵大叔哪里对不起你？就拿昨天来说吧。当面给破了案子，给你的黑锅子起下来。你病了，人家给你扶来家，还去请医生，再说……

王 你们娘们懂得什么？现在的老赵和在早不一样啦！他们专会耍手腕，当面给你甜的吃，背后给你黑的！

妻 你呀！你呀！脑瓜真是铁打的，人家好心倒赚了个驴肝肺！

王 （瞪眼珠子）若不然他凭什么背地里说我坏话，说我偷东西，若不然现在我能落得这步田地吗？这不是里外都是他捣的鬼？现在偷东西的事还没完啦，我这是有病，若不然也得挂连上。（妻吓得不吱声转身想躲开，忽然小宝同两个小孩上）

宝 妈！爹！我领这两个小孩在咱后院念书好不好？

王 去！去！咱家没有地方！

宝　不嘛！俺老师说叫俺教失学儿童。

王　教那个干什么！挣钱还是挣粮？

宝　要钱干什么！教会一个人，咱中国就少一个“睁眼瞎子”。

王　你气死我了！我说不行就不行！

宝　（哭娇地）不嘛！俺在后院也不在家里！

妻　你就让他去吧！反正咱小宝也当不了玩！

王　什么都有你！

妻　（向宝）去吧！可别吵吵！你爹有病。

宝　（大喜向二小孩）走！（三人下去）

王　你把个孩子惯得没有样了，愿干什么就干什么！

妻　小孩子当小先生也不是马流道呀！晚上还教我写字呢！（外面有人敲门，妻去开门）（股长、赵、钱、李三及男女工人各四人上）

妻　来啦！请进屋吧！

赵　大嫂，大哥病强啦吗？我给你们介绍介绍，这位（指股长）是俺工厂陈股长，这些都是俺工厂的工友！这是王大嫂。

妻　（向工友）请屋里坐！

众　不客气！

股　（走向炕前，王不好意思地想起来又坐下）大家伙儿都来啦！（高兴地）

赵　王大哥你的病好啦吗？

王　哼！（不语）

妻　你看你，人家跟你说话，你倒不说话啦！

股　老王，现在我给你们俩圆全圆全，你们俩到底是为什么？以前不是老伙友吗？

王　哼！老伙友，我他妈变心啦！

赵　（硬着头皮）你到如今还不明白我的心吗？

殷　老王，别那么固执，老赵哪一点对不起你，你当大家面前说说吧！

众　对啦，老王你说给我们听听！

王　（待了许久遂下地）好！我不问你别的，你为什么背后破坏我的名誉，说我偷东西？

赵　这是谁说的？

王　谁说的？这还有错吗？李三亲耳听见的！

赵　李三这个造谣精，他还说你，在他跟前说我的坏话呢！

王　他说我说你什么？

赵　他说你说我和崔兰英下黑一块儿睡觉。（众笑）

王　哪个孙子说的！

工人甲　不信问问李三！把李三叫过来！（吓得李三乱哆嗦）

王　李三，是你说的吗？

李　（起初不语后被大家逼得）是！我造出来的！

王　啊！那老赵说我的坏话呢？（李不语）快说是不是？

李　也是我说的！

王　啊！你这个 × 养的！（要动手打他，被拉开）

殷　老王！你看怎么样，这回明白啦吧？

〔王不语似有觉悟。

王　那这回的丢东西，有没有我的事呢？

殷　老赵没告诉你吗？

赵　我正想告诉你，你病倒了。东西完全是李三偷的！

王　啊！李三？不是于老六吗？

赵　他俩合伙，李三是头儿。

殷　你知道他心里藏的什么坏水？你听他说吧，李三！你说！

李 我说！我说！我寻思老王终有一天脑瓜会变过来，想借着这偷东西，把他卖进去！

王 啊！（火极了要揍李，又被拉开）

赵 老王！这回你可明白了吧！

股 （从工友手中要过来口袋，向王妻）噢！我还忘了，这是工厂一点小意思，老王身体还没好，给他做点什么吃吧！

妻 不用啊！家里现在还有。

赵 哎，大嫂！你客气什么？既然厂方好心给咱们的，那你就收着吧！（王妻不语，有些不好意思）

众 王大嫂收下吧！

王 不行不行，不能收！这哪使得！我现在才明白我是受骗了！我过去寻思工厂、民主政府和过去的日本鬼子、资本家他们都一样是剥削咱们工人的，我现在才明白工厂是自己的！（向赵）老赵！我太对不起你啦，你不会怪我吧！（泪下）

赵 那怎么会！（握手）只要你明白就行啦！（兴奋）

王 老钱！我背地里骂过你，你也不会怪我吧！

钱 这哪能，这哪能，只要你转变过来，咱们还是好朋友。今后咱们要同心协力加油干活呀！

众 对！我们要加油生产！

王 （感动得跳起来）对！我要加油干！因为工厂是我们自己的呀！（唱一曲）想起来以往事，好不心酸，相信那坏蛋们挑拨离间。到今天明白了，改过不晚，下决心加油干，努力生产。

众 打碎了有色眼镜，看见光明，不再信坏分子胡言非行。如今工厂是工人的，大家要努力，全厂工友团结起，生产建设为第一。

作品赏析

《工厂是自己的》是一部结构完整的七幕秧歌剧，以1947年东北解放后工人心理的转变为主线，塑造出赵福安、老王等典型人物，鼓励工人们确立自己的主人翁意识，坚信“工厂是自己的”，与题目相呼应。该剧主题清晰，指向明确。虽说是一部以宣传为目的的秧歌剧，但得益于成功的人物形象塑造，以及秧歌等传统文艺形式的应用，该剧在实现政治宣传目标的同时，也不失其独有的艺术魅力。

全剧共分七场。第一场定下基调，介绍主要人物赵福安与老王，从二者思想上的矛盾着手，引入后续剧情，并设置悬念。第二场通过选举小组长这一主要事件，将工厂其他工人的观点呈现出来，凸显了赵福安与老王两人思想的代表性。第三场中，李三借扩大生产一事，激化赵福安与老王的矛盾。之后的四场都是围绕前三场设定的“结”作“解”。整体上看，七场戏之间承接自然、结构精巧，可见作者的功力。

看似平淡的剧本，最可贵的在于它的真诚。剧中最主要的两个人物——老王与赵福安——并没有沦为展示“主题”的工具，而是以鲜明的性格“活”在了观众心中。剧中老王的最大功能是作为旧思想的代表，他虽然顽固，却是人物性格所致，并不是剧作家外部的“硬塞”。“工厂是自己的”——对待众多工友的这一观点，他所表现的是一种不屑，他甚至认为主张这一思想的人都是为了“图表现”。他认为入厂打工最重要的是要“捉摸钱粮”，在面对大局时最为要紧的是要管好自己的“一亩三分地”。这一思想不仅存在于老王心中，更是深深地烙印在不少中国人的潜意识里，因此当观众看到老王对“工厂是自己的”这一思想的抗拒时，能够唤起他们的熟悉与理解，也能对其思想发生的转变感到共情，从而使原本的政治宣讲具有了艺术价值。

赵福安也不是一个纯粹的、没有情感的正面人物，他的所恨所喜都有其鲜明的性格原因。赵福安之所以拥抱新思想，正是缘于他自己在新时代的切身体验，“大老粗得进书房”等安排使他体会到了民主政府治理下的生活与日据政府的差别，这也增强了他的主张在观众眼中的可信度。而他面对昔日好友老王思想上的顽固所表现出的愤慨与无奈，也缘于他和老王在日据时期并肩战斗的经历。对于一个重视情义的工人来说，还有什么比自己老友的迂腐落后更难接受的呢？在这一过程中，赵福生显露的急躁更使观众感到他性格中的可爱。

类似题材为了追求政治宣传意图的准确，会适当牺牲人物的真实性，使其沦为理念的传声筒。但《工厂是自己的》一剧从人物出发，塑造了两位性格鲜明的角色形象，不仅保证了该剧在艺术上的价值，更使其宣导的思想深入人心。

如何兼顾戏剧的艺术性与政治性是戏剧史上的重大课题，该剧在这一问题上为我们做出了示范，那就是真诚地刻画人物形象，从活生生的人物形象中揭示出想要传达的思想，让人物塑造回归到“人”本身，用人物体现思想，而不是简单的传达和图解。

红旗歌

刘沧浪等集体创作
鲁煤执笔

作者简介

鲁煤，男，原名王夫如，直隶（今河北）望都人。1944 年入重庆国立艺术专科学校学习。1948 年加入中国共产党。1946 年赴晋察冀解放区，入华北联合大学学习。同年任华北大学文艺研究室文学组创作员。中华人民共和国成立后，历任中央戏剧学院创作室、文化部艺术局创作室、中国剧协创作室编剧，《戏剧报》《剧本》月刊编辑，中国戏剧出版社副总编辑、编审。著有话剧《红旗歌》（执笔者）、《里外工会》，诗集《扑火者》等。

鲁煤剧作的价值首先是剧作选材的独特性。他的剧作都是描写工人生活的作品，为中国话剧创作填补了一个空白。尽管在此之前，田汉的《丽人行》、姚时晓的《姊妹们》《饥饿的矿工》等剧作中都描写过或涉及了工人的生活，但是，以大型话剧的艺术形式描写工厂的工人生活，鲁煤的作品是第一个。

入选作品《红旗歌》从石家庄演到北平，又逐步扩大到上海乃至全国各地剧团演出，均收到很好的效果，评论界也是一片叫好声。

剧情梗概

解放战争时期，解放区某纱厂细纱车间为鼓励工人们的生产积极性，举办生产比赛，在每月末给胜出小组颁发流动红旗。共产党员金芳负责的生产小组里，既有积极倔强、渴望得到红旗的大梅，也有因过往苦难而消极怠工的马芬姐，两人对流动红旗的不同态度导致生产小组被迫分成两个阵营，相互对垒。大梅想让马芬姐离开生产小组，于是设法传出领导层想要开除马芬姐的消息。马芬姐听说后，和同阵营的小美姑一起，将纺坏的纱放到另一个生产小组的篓子里，致使金芳背上黑锅。在此胶着之际，生产管理员兼共产党员彭刚及时出现，拨乱反正。重获清白的金芳也趁此机会调和大梅和马芬姐之间的矛盾，使马芬打开心结、改变想法，积极投入工作。最终，金芳负责的生产小组，成功得到流动红旗。

人物

老刘　甲班细纱组的生产组长，兼本组分工会的主任，

四十来岁，性情厚道而幽默。

彭刚　本班生产管理员，二十八九岁，共产党员。

金芳　络纱女工，二十一岁，共产党员，积极，负责而善良。

美兰　络纱女工，十七八岁，一个很会挖苦人的积极分子。

仙妮　看车女工，十四五岁，一个比较早熟的小大人（童工），

聪明、伶俐、活泼而勇敢，多事、多话是她的特点。

大梅　看车女工，十八九岁，一个爽直、倔强，但是对落后分子只知一味打

击的积极分子。用俗话说，是个有勇无谋的人。

月香　看车女工，十八九岁，一个正在由胆小走向胆大、

由不够积极走向积极、由不够觉悟走向觉悟的工人，一个由犹豫走向坚定的

工人。

小美姑　看车女工，十四五岁，一个天真、活泼，

但是思想糊涂、爱偷懒的小童工。

马芬姐　看车女工，二十三岁，一个被旧世界的剥削、压榨、

凌辱所歪曲了的性格，一个痛苦、孤僻、倔强，甚至有些无赖的性格。

在不觉悟时，她破坏、捣蛋、仇恨而反抗；觉悟后，则奋勇生产、深刻地谴

责自己，成了一个杰出的积极分子。

万国英　生产助理员，二十五六岁，一个认真而固执、

热情而烦躁的工人。

娘　五十来岁，一个依靠女儿生活，因而特别疼爱女儿，

对女儿的乖戾抱着“逆来顺受”态度的娘。

女工乙　看车女工。

其他摆管工、扎锭带工、看车工、络纱工等共二三十人。

王所长　四十来岁。

第一幕

◉时 间

秋季。星期日下午两点多。

◉地 点

纱厂的细纱间。

◉布 景

正面偏右一进出厂门。右前一门通工务室。台中左半边置三十八号、三十九号、四十号三部细纱车。三十八号在前，只见车头；三十九号、四十号则见半部车身。（往左是无限宽阔的细纱间。）台中右边是宽阔的道路，搁有管箱、管斗等物。正面墙上装有玻璃窗。工务室门右墙上有登记工人勤惰符号的黑板。有钢骨水泥柱子矗立车头。工务室门外往右仍是细纱间，同时通往茶炉、厕所、粗纱间等。

〔开幕，台上空无一人。外边正下着雨，有充满着生产热情的歌声交织着雨声传进来。稍待，歌声减弱，工人喊声。

女工甲声 呵呀，雨越下越大啦，在道儿上淋不湿，在这儿还淋湿了哪！

男工甲声 走，到俱乐部玩儿去吧，咱不在这儿等着啦！

男工乙声 不，我不去，道儿这么腻，又跑那么远……

女工乙声 管理员！管理员！……管理员进厂没有哇？！——你给门岗说说，叫我们先进厂吧。

〔在喊声中，组长老刘从台左前上，他在检查车，并不时地弯腰拾起掉在地上的一两个纱管。当他检查到三十九号车时，听清外边喊声，急上前，推门外望。

女工乙声 组长，外边雨这么大，你给管理员说说，叫我们先进厂去吧！

众　声 对，叫我们先进厂去吧！

老　刘 好好好，我来请示一下管理员！（急转身到工务室门口，推门向里）彭管理员，许多工友同志们都来啦，外边雨挺大，叫他们先进来吧！

〔彭刚上。

彭　刚 （高兴地）大家来这么早哇！（急忙到大门口推门向外）

众欢呼声 彭管理员！彭管理员！

彭　刚 门岗！门岗！放工人同志们到车间来吧！

〔一群男女工人活泼地蜂拥而上，有的打着伞，有的披着包袱皮；进门后便彼此打闹着，嬉笑着。

〔有人说，得红旗也不多挣一斤小米儿，不得红旗也不少拿半张票儿，光图干活儿紧哪？——我们才不当那傻瓜蛋哪！对于红旗的何等不同的看法呵！在这里就显示了工人中的积极分子与落后分子截然不同的政治态度与劳动态度。一个把工厂看成自己的，把得红旗看成顶光荣的事；一个仍然以过去工人对待私人厂主的态度对待国家工厂，仍然抱着多挣钱、少做活的老主意；换句话说，就是一个已经开始有了主人翁的意识，一个则还根本没有这种意识；后者仍然保持着旧的习惯和旧的思想。

〔作者在这里做了一个戏剧性的安排：两个小鬼的吵嘴不过是积极分子与落后分子两方的一个前哨战罢了，接着登场的是双方的“两员大将”，被称为“瞎积极”的张大梅与被称为“马蜂窝”的马芬姐，她们围绕红旗竞赛展开了一连串的斗争，成为剧本的中心纠葛。作者从始至终贯穿了这样一个思想：工人中的前进分子必须耐心地去团结、争取与教育落后分子。

〔所谓“依靠工人阶级”，是什么意思呢？主要就是依靠工人的觉悟性与组织性。对于工人中的落后分子，必须启发他的政治觉悟、鼓励他的劳动热情。对于已经有了觉悟的工人中的积极分子，必须进一步提高他的觉悟程度，提高他在生产劳动中的团结互助精神。

众　人　对，管理员快给我们算分数去吧！——走，咱们也赶紧挂钓去吧！（分别向左、右前喧闹而下）

女工甲　管理员，你可快算呵，叫我们等急了还来找你的麻烦！（随众下）

彭　刚　（看着这些幸福的背影）这些小闺女儿过得真痛快呀！

老　刘　痛快，真痛快！……半年以前没解放的时候，她们做梦也没想到会过得这么痛快，也没想到这辈子还有这么大心劲儿来干活！

彭　刚　（点头微笑）嗯！……

老　刘　……哎，管理员！（掏出一沓纸）这是前天咱们甲班分工会开生产讨论会给助理员万国英同志提的意见，请你转给他。

彭　刚　（笑）这是反对他官僚主义的意见吧？

老　刘　可不，给他提的意见还会有别的吗？（诚恳地）哎，彭管理员，要说工作呀，助理员那积极负责劲儿可算是一百分，比给官僚资本家干的时候强几倍，就是他那思想呵，还是钻在牛角尖儿里出不来，看不起群众！（笑）

彭　刚　（笑着）是呵，咱们就要帮他慢慢搞通思想呵！

老　刘　（连连点头）对，对，对！

彭　刚　还有，老刘，回头金芳来了，叫她到工务室来一趟，我要跟她谈谈她们车上的事儿。

老　刘　又是谈马芬姐跟大梅闹不团结的事？

彭　刚　嗯！

老　刘　（摇摇头）哎，她们这组哇，真是——

彭　刚　（会意地）真是难办，是吧？

〔二人相对笑。彭刚向工务室下，老刘继续检查四十号车。金芳及另外一些工人上。

金　芳　组长！（工人与老刘彼此打招呼，而后向左前、右前下）

老　刘　呵，金芳，你来啦！

金　芳　组长，你检查车怎么样？（放下书包等物，开始换鞋）

老　刘　上个班给弄得很好，钩儿搁得挺顺当，没什么断头儿。

金　芳　这就好……连着下了一天一宿雨，天气太潮啦，我看非缠皮棍不可，不定出多少白花哪！

老　刘　是呵，天也该晴啦！……金芳，彭管理员让你去一趟，谈谈你们车上的事。

金　芳　行，我也正要找他哪，我挂好了钩就去！

老　刘　好！（向左后下）

〔美兰、仙妮上。

美兰 / 仙妮　（先后）金芳姐，你来这么早哇！

金　芳　呵，你们来啦？——我也是刚到。

仙　妮　美兰姐，咱们到茶锅上洗洗脚去吧！

美　兰　你去吧，我在外头水坑儿里洗过啦；干净难看都是它，我可不要那么好看！

仙　妮　哟，我洗脚也不是为了好看哪，我这鞋都成了泥疙瘩啦，你还看不见吗？

金　芳　（逗仙妮）去吧，仙妮洗洗去吧，小孩家就是为了好看，我们也不笑话！

仙　妮　（娇气地噘嘴）哼！（提鞋向右前下）

金　芳　美兰，快换鞋赶快挂钩儿吧！

美　兰　嗯！……（一面换鞋）哎，金芳，（向四面仔细探寻）她们还没有来呀！

金　芳　谁呀？——你说谁没有来呀？

美　兰　（嬉笑地）你们组的两位大将，马蜂窝跟瞎积极呀！

金　芳　你是说马芬姐跟大梅她们哪？

美　兰　嗯，还有马蜂窝那个狗腿子，小蘑菇……金芳，我真想她们哪！

金　芳　美兰，你个精灵鬼，又要说风凉话啦！

美　兰　你说不是吗，她们一来了就热闹啦，大梅骂马芬姐是个"顽固堡垒"，马芬姐骂大梅是个"瞎积极"，俩人一见面，眼也红啦，气也粗啦，那多好看哪！……诶，金芳，看戏不打票，这个星期日也不算白过呀！（大笑）

金　芳　（制止）美兰，你别光在背地里说废话啦，一会马芬姐跟大梅来了，你也帮我劝劝她们！

美　兰　（精明地）我？！——我才不劝哪，放着好人不做，我闯那个祸去？！（笑）还是自个儿管自个儿吧！（笑向车当下）

金　芳　你这个精灵鬼！（上车挂钩）

〔仙妮上。

仙　妮　（放下鞋，戴围腰）金芳姐，你就挂这么多啦！

金　芳　嗯，我光挂的前头！……仙妮，你来的时候没去找大梅吗？

仙　妮　（生气地）噢，你不说我倒忘啦，金芳姐，你就不用提让我去找大梅啦！

金　芳　怎么啦？

仙　妮　刚才我去找她，一进屋就见她气得鼓鼓地在那坐着哪，噘的那嘴呀，都拴住个驴了，我才说拉她来呀，她就这么一阵子乱推，把我轰出来啦！——金芳姐，这你还不知道是怎么回事儿吗？！

金　芳　（思考地）噢！……

仙　妮　金芳姐，你看吧，今儿个咱们组里再要得不上红旗呀，大梅跟马芬姐不定要闹多大乱子哪！

金　芳　不怕，咱们好好劝劝她们。

仙　妮　（抱怨地）哼，大梅跟马芬姐老这么鸡一嘴、鹅一嘴地吵架，我看咱们没有个翻身的时候啦！

金　芳　（安慰）不用着急，仙妮，只要你以后不帮助大梅打击马芬姐跟小美姑就行啦。

仙　妮　我也不愿意叫大梅姐打击她们哪，可我一听马芬姐跟小美姑说那落后话，我就恨死她们啦！

金　芳　（亲切）仙妮，你是积极分子，怎么能跟她们比哪？

仙　妮　（听话地）行，金芳姐，以后你常说着我点儿吧。

〔美兰上。

美　兰　我们的钩都挂好啦，要我帮你们挂吗？

金　芳　不用啦，我们就挂好啦！

仙　妮　金芳姐，我挂后头去啦。

金　芳　去吧。

〔仙妮向车当下。

〔一群男女工人上，分别向左、向右下，月香、大梅上。

美　兰　（精俏地）哈，大梅，你才来呀！金芳等了你半天，快把人家想死啦！

〔大梅向美兰恨恨地瞪了一眼，把书包等物猛力向车头一丢，生闷气地往管箱上一坐，换鞋，不语。美兰微笑。月香也脱鞋、擦脚、换鞋。

金　芳　（开始摆管，笑）真的，大梅，平常你来那么早，今儿个来这么晚，在家闷着干什么啦？

美　兰　（打趣地）是啊，在家干什么啦？

大　梅　（气话）在家里吃包子啦，你们不知道吃包子费工夫哇！

美　兰　（信以为真）吃得真香呵，什么包子啊？

金　芳　是啊，什么包子呵？

大　梅　（有力地）气包子！！！

〔众人大笑，月香拉金芳至一旁私语，指点着大梅。

美　兰　可是过星期日在家歇足啦，要不哪儿来这股子牛劲儿啦！

大　梅　哪儿来这股子牛劲儿？——（气话）一会儿我们这组就得红旗啦，劲儿还不大？！（戴围腰）

〔美兰大笑，月香、金芳私语毕。

月　香　美兰，你别惹大梅啦，人家正生马芬姐跟小美姑的气哪，你还火上浇油！

金　芳　（严肃起来）说真的，大梅，今儿个咱们这组要再得不上红旗，也别跟马芬姐她们要态度啦。

大　梅　（未听金芳话，严厉地）金芳，我跟你谈个事儿！

金　芳　（意外地）什么，谈个事？

月　香　（也惊讶地）什么事儿呵？

大　梅　今天上午我在家里想了半天啦，不说我实在受不了啦！

金　芳　（安抚地）怎么，又沉不住气啦，大梅？——什么事儿，你说吧。

美　兰　（风凉话）是呵，有什么话你说吧，让我也领教领教哇！

大　梅　（质问）金芳，竞赛过去两个星期啦，咱们组一回也没得上红旗，你知道吧？

金　芳　我怎么不知道哪！

大　梅　打今儿个起，再过十天就要开竞赛第一阶段的总结大会，你也记得吧？

金　芳　怎么不记得呀！

大　梅　是呵，竞赛开始的时候，咱们订生产计划，说要在第一阶段争取出数达到个标准数，超过国民党时候出数的百分之八，人家别的组像美兰她们都快达到标准数啦，咱们还跟竞赛以前一样，你说这怎么办哪？！

金　芳　你说怎么办？

大　梅　我说呀，（大叫）把马芬姐跟小美姑调走！

金芳 / 月香 / 美兰　（同时）又要求把她们调走？

大　梅　嗯，非把她们调走不可！

金　芳　哎，大梅，你怎么又提把她们调走啦？

大　梅　那你叫我怎么办哪？

金　芳　大梅，我知道你很积极，自打竞赛以后，你饭不吃、水不喝地干活儿，可你就不会劝别人跟着你干？你看上星期，你光跟马芬姐她们吵，打击她们、气她们，弄得她们简直——

大　梅　（截断金芳）金芳！——你不说这话我不动心，你知道我心里受多大委屈呀！你想想，在你没来以前，马蜂窝死顽固欺侮我们、气我们，噎得我们说不上话来，我们成天价想你、盼你、要求管理上调你来，可你来了还是叫我们受她们的气，我三番五次地要求把她们调走吧，你还偏要留下她们！

金　芳　（耐心地）留下她们是为了改造她们哪——

大　梅　（冲动地截断金芳）你改造她们，不能影响我得红旗呀！

金　芳　（要解释）大梅，你——

月香/美兰　（同时，劝阻）大梅——

大　梅　（抢着）不用给我说，有本事你改造她们好啦，反正我非要求把她们调走不可！！！

彭　刚　（自工务室推门探头）噢，大梅、月香你们都来啦。——金芳，你来一下，我跟你谈两句话。（退下）

金　芳　（奈何）大梅，你先歇一会儿，咱们回头再谈吧！

大　梅　金芳，你告诉管理员，就说我要求把马蜂窝调走，叫他马上回答我！

金　芳　告诉他行，可我不同意你这么办。（对美兰、月香做手势令劝大梅，下）

美　兰　大梅，你的话可不好听呵，金芳到你们这组来，是你左一趟、右一趟请来的，又不是人家赶来的，到这儿才不过一星期，你就给人家翻了脸啦？

月　香　是呵，再说金芳姐说咱也是为了工作好哇！

大　梅　她为了工作好，我也不是为了工作坏呀，谁要不是为了多生产、支援前线，谁跟马蜂窝、小蘑菇生这份子气呀！

美　兰　是呵，咱都不是为了自个儿，马蜂窝跟小蘑菇落后，咱们就该帮助改造她们哪。

大　梅　哼，一碗凉水看到底，她们这辈子要改了哇，狗也就不吃屎啦！（上车当干活去了）

美　兰　行啦，行啦，大梅，别生她们的闲气啦……（对月香）哎，月香，金芳不是让你回家劝劝马芬姐跟小蘑菇她们吗，你劝了没有？

月　香　我才不劝哪，反正我知道她们不想进步，跟她们分开道儿走就是啦，我不去惹她们，说深了得罪人，合不着……

〔仙妮上，听月香话，忍不住了。

仙　妮　（上前拉住美兰，鄙夷地对月香）月香呵，就是这么个积极又不积极的人儿，金芳姐说过多少回，叫她多劝劝马芬姐跟小蘑菇，她都说“怕捅了马蜂窝，惹不起人家”！

美　兰　（风凉话）哼，要不人家就叫个半积极分子啦！

仙　妮　（对月香，抢白）是呵，当个半积极分子多好哇，又不得罪人，又不……

月　香　（打仙妮）小死丫头子，你积极，你可不去说？！

仙　妮　（天真地）我怎么说呀！我一说，她们就跟我闹难堪，还骂我是“小豆豆”……（难过起来）

〔美兰大笑。

大　梅　（从车上出来）仙妮，有我守着你，以后不用怕她们！

仙　妮　（天真地）对，大梅姐，以后她们要再捣蛋，我就说给你，叫你骂她们！

美兰 / 月香　（笑）小死丫头子！……

〔摆管工提管斗自左前上。

摆管工　大梅，那边儿有两部车要擦，组长叫你们去帮忙收拾一下。

仙妮 / 美兰　走，咱们去吧。（要下）

摆管工　别都去啦，留下两人帮我摆一下管儿。

大　梅　（对仙妮、月香）你们两个摆管儿吧，（对美兰）美兰，咱们去。

〔与美兰左前下。

仙　妮　（对摆）你这家伙真懒，你的活儿让我们干。

摆管工　你们闲着没事儿，发扬一下互助友爱多好哇！

月　香　去你的吧，别得了便宜还卖乖啦。

〔摆管工下。

仙　妮　真的，月香姐，你以前跟马芬姐、小蘑菇那么好，这会儿还住同院儿，上班下班一块儿走，你也好好劝劝她们！

月　香　越是以前那么好，才更不能说她们哪，要不她们还骂我是投降分子哪，我要再说深了，成天价挨她们的骂就挨不完啦。

仙　妮　（责备地）咱们要不多卖点儿力气，老叫金芳姐在马蜂窝跟大梅她们中间受气，你心里就乐意呀？

月　香　哪个王八羔子才乐意哪，刚才大梅跟金芳姐吵架，我还不是跟美兰一块儿劝大梅啦？！（提管斗向左前下）

仙　妮　（向月香背影一努嘴，看不起地）哼！……（无事可做，从围腰兜里掏出课本来，念）"军队向前进，生产长一寸，加强纪——纪——纪——"（指下面律字）左边两撇一直道，右边像个笔字儿，又没那个帽儿，这念个什么呀？！

〔小美姑提袋面等物上。

小美姑　（见仙妮埋头读书，故意轻轻进门，从背后将仙妮用力一推，大喊）嗨，小豆豆，你来这么早哇！

仙　妮　（吓了一跳，气极）吓死我啦，你个小蘑菇！

小美姑　（讽刺地）哟，我可不敢，把你个积极分子吓死了，那还得了？！

仙　妮　不用你小蘑菇贫嘴！

小美姑　（换鞋）我贫嘴！你不是积极分子呵？——平常干活儿那么紧张，星期日又赶死似的急着往厂里跑——

〔月香上。

小美姑　（见月香）还有月香，等了我半截儿就一个人偷偷地跑来啦！

月　香　我等了你那么半天，才说央告得你来呀，你马芬姐又把你叫走啦，谁知道你们穷嘀咕什么去啦！

小美姑　放屁，谁穷嘀咕啦？是我芬姐叫我给她缠线去啦！

月　香　缠线？

小美姑　嗯！（卖弄地）咳，红的、绿的、半红半绿的，什么色儿的都有，净是那自由线，绣的那花儿呵，叫——“凤凰单展翅”！

仙　妮　绣花？——她是做慰劳袋儿吧？

小美姑　人家做绣花儿枕头哪！——想得倒美，慰劳袋儿！

仙　妮　（鄙夷地）哼！……

月　香　哼！

小美姑　（对月香）哼？！——你哼什么？月香，我实话给你说了吧，你今天可得小心着点儿，一会儿芬姐来了，还请你老人家谈话哪！

月　香　（胆小地）谈话？

小美姑　嗯！谁叫你刚才来的时候不跟我一块儿到她那儿去哪！——（提鞋）我先刷鞋去。

仙　妮　（拦住小美姑，打趣）小蘑菇，你别走，我给你报告个好消息！

小美姑　什么好消息呀？

仙　妮　你想想，今儿个星期日，该干什么啦？

小美姑　（忽然想起来）咳，小豆豆，配卖票发了没有？

仙　妮　（意外地）配卖票？

小美姑　嗯，上星期不是说今天发配卖票吗？

仙　妮　（赌气）没有哪！

〔月香做了个看不起的表情。

小美姑　（把鞋一丢，失望地）还没有发呀？！哼，白让我跑了一趟！……刚才我在家正给芬姐缠线哪，芬姐忽一下子想起来今天要发配卖票啦，叫我拿上麦口袋就来啦，跑得我差点栽个大跟头，生怕耽误了。

月　香　（生气地）摔死你才活该哪！

小美姑　（发横）月香！……（对仙妮）小豆豆，那你说好消息是什么呀？

仙　妮　（故意逗小美姑）这消息呀，比配卖票还重要哪，我要说了，保证你高兴！

小美姑　什么呀，你快说。

仙　妮　（大声）咱们这组（一字一顿）得——红——旗——啦！

小美姑　（更失望）哟，我当什么出奇的好事儿啦，闹了半天是这个呀？——屁松！

仙　妮　哎，小蘑菇，你上星期不是说你喜欢红旗吗？

小美姑　那么块红布条子有什么喜欢的呀？！我芬姐没说吗，净是糊弄你们小孩儿玩，捉你们大头的。

仙　妮　放屁，这会儿工厂是咱们自个儿的啦，为咱自个儿干活儿，积极生产，支援前线，得了红旗多光荣呵！

小美姑　光荣？——光荣吃不得，也喝不得的，有什么用呵！

仙　妮　多劳多得，你不知道吗？得红旗多了，到年底还发奖金哪。

月　香　（应声）对啦，还要发奖金哪！（提管斗向左前下）

小美姑　到年底还有好几个月哪，谁知道到时候发不发呀？——你们没听我芬姐说呀，反正这会儿我们知道得了红旗也不多挣一斤小米儿，不得红旗也不少拿半张票儿，光图干活儿紧哪？——我们才不当那傻瓜蛋哪！

仙　妮　你这家伙真可恶，张嘴是你芬姐，抿嘴还是你芬姐，你知道吧，你芬姐是个死顽固！

小美姑 你不顽固，你积极！——你积极你可别拿工厂里的钱哪，你要光给厂里干活儿，不拿厂里钱，那才积极哪，那才光荣哪，保险还给你登黑板报哪！

仙　妮 你们就是死顽固，你芬姐是顽固堡垒，你就是顽固堡垒的狗腿子！（跑）

小美姑 嘿，你人个儿不大，胆子可不小，你敢骂我芬姐死顽固？！（追仙妮）

仙　妮 （边跑边骂）就是死顽固，就是死顽固，简直比蒋介石还顽固哪！——你们就是蒋介石，就要消灭你们！

小美姑 （抓住仙妮，把仙妮手扭在背后）消灭谁？消灭谁？你说，谁是蒋介石，你要消灭谁？

仙　妮 （别扭地弯着腰）哎哟，月香！月香！……

〔月香自左前跑上。

月　香 （上前拉小美姑）小美姑，撒开，快刷你的鞋去吧！

小美姑 （推开月香）不用你管！——豁出我那双鞋不要，非跟她弄清楚不可。（转对仙妮）说，谁是蒋介石，你要消灭谁？

仙　妮 （猛力挣脱）小蘑菇，你软的欺侮硬的怕，光会欺侮我。你是英雄，你敢惹惹大梅去？

小美姑 大梅？——有我芬姐给我做主，大梅个“瞎积极”又不是老天爷，我不敢惹她？！

仙　妮 你敢惹，你动动人家的小书包去！

月　香 是呵，你不是喜欢人家书包上那个花儿吗，你敢摸摸去？

小美姑 摸摸？——你看我敢不敢！

仙　妮 你光说敢，可得让我们看看哪！

月　香 对呀，叫我们看看哪！

小美姑 （鼓起勇气）看看？（走上前去）看看还不现成！（取下大梅

的书包伸给仙妮、月香看）看我敢不敢，看我敢不敢！

仙　妮　光拿着不行，你不是喜欢人家那个花儿吗，你得摸摸呀！

月　香　是呵，你敢摸摸，说人家那花儿多好看哪！

小美姑　（一手举书包，一手摸花样）好看！好看！好看！……

仙妮 / 月香　（在旁喝彩）好！好！好！……

〔小美姑正喊“好看”，大梅、美兰突然自车当上。

大　梅　（一把夺过书包）拿过来！——你知道丢人值多少钱一斤？

众　（大笑）……

小美姑　（窘、无言）

大　梅　你也不摸摸你长着几个脑袋，就凭你个顽固腿子还想要我的书包？！

〔马芬姐上。

马芬姐　（见状，伫立在门口冷冷地）干什么？干什么？

美　兰　哟，马芬姐来啦！

〔全场肃静，仙妮、月香退步。

小美姑　（回头见果然是马芬姐，大胆地对大梅）你当我真是要你的呀？——我想拿过来给你扔了哪！

大　梅　（逼）看你给我扔！看你给我扔！

马芬姐　干什么？！干什么？！

小美姑　（一头向马芬姐扑去，哭）芬姐，她们欺侮我！

马芬姐　（猛力将小美姑一推，小美姑被推得很远）滚一边子去！！！

小美姑　（意外地）芬姐，你——

马芬姐　（一把将围腰扔给小美姑）先擦擦你那爪子再挨我，别叫那摸了烂脏书包的手让我沾上臭味儿了！

〔大梅欲冲上前，被仙妮、月香拉住。

小美姑　（明白了，重新扑马芬姐怀中，哭）芬姐，她们欺侮我，她们都欺侮我……

仙　妮　（不服气）谁欺侮你啦？！

马芬姐　欺侮你？——吃了你才活该哪，谁叫你不是积极分子啦！你就不死，你这么落后还有脸活着？！

大　梅　（欲上）马芬姐，你——

马芬姐　（对大梅）嗯——？

月香 / 仙妮　（拖大梅）大梅，大梅！

大　梅　马芬姐，你说，你这是什么意思？

马芬姐　哟，我教训小美姑哪，又惹得你肉痛啦？！——小美姑，积极点儿呵，积极了工厂好收你当个干闺女呀！

〔坐管箱上换鞋，小美姑倚立一旁。

大　梅　马芬姐，你成心气死人哪？——我跟你说吧，今天我在家里就生你半天气啦！

马芬姐　你生气就找我说？！——我昨天晚上做梦挨狗咬啦，我找谁去说呀？！

大　梅　（冲上前）马蜂窝，你个死顽固，你——

马芬姐　（冷冷地）哎，张大梅，你今儿个中了什么邪气儿啦？——吃了鸟枪药啦？

月　香　（对大梅）算啦，大梅，有拾银子拾钱的，还有拾骂的呀？

大　梅　她老这么指鸡骂狗地点示人，我受不了！

马芬姐　（冷笑）哼哼！（对小美姑）走，小美姑，跟我上茅房去！——孙猴子跳到老佛爷手心儿里打跟斗，我看不出你有多大的“道行”！（拉小美姑，悠然向右前方走）

大　梅　（在月香、仙妮拖拉中暴跳如雷）马蜂窝，你别走！——撒开我，月香，你们撒开我！

〔马芬姐停下，仇视大梅。

月　香　大梅，算啦，算啦，大梅！

仙　妮　算啦，大梅姐！

〔马芬姐也实在不愿意找事儿，下。

大　梅　（急得跺脚）气死我啦，马蜂窝，你气死我啦！

〔金芳自工务室上。

仙　妮　（奔向金芳）金芳姐你快来吧，马蜂窝又跟大梅姐吵架啦！

金　芳　又吵架啦？——马芬姐在哪？

月　香　跟小蘑菇一道儿上茅房去啦！

金　芳　（上前劝抚）大梅，怎么又跟她们吵啦，看把你气成这个样儿！

大　梅　（不语）……

金　芳　大梅，上星期你叫我来的时候，你可是答应过我的！

月　香　是啊！大梅，你不是答应过金芳姐，不跟她们吵吗？

大　梅　（气得跺脚）对，答应过你的，不跟她们吵，光跟人家说好话，敬着人家，捧着人家！（将金芳等猛力一推）哼！窝囊废，受气包！（向车当冲下）

金　芳　大梅，大梅！……（见大梅已去，痛苦地）月香，刚才到底是怎么回事？

美　兰　刚才仙妮又逗小蘑菇啦，才惹得大梅跟马芬姐这两位大将出了马！——哎，金芳，刚才算是打了头通鼓啦，咱们就等着看后头的武把子吧！哈哈……

金　芳　行啦，美兰，你只恨天不塌，地不陷！

美　兰　（得意地笑，下）……

仙　妮　真倒霉，真倒霉！

月　香　唉！咱们这组真是没办法……

金　芳　仙妮，月香，别泄气，咱们来商量个好办法，一定把她们扭过来。

〔哨声，老刘且吹哨且喊上。

老　刘　第六段的络纱工在这儿开会啦！第六段的络纱工在这儿开会啦！

〔幕后络纱工重复着同样的声音，彼此招呼着。

金　芳　好，仙妮、月香你们先玩会儿去吧，等开过会了咱们再说！

月香／仙妮　行。（退在一边）

〔老刘站在工务室门口台阶上，美兰等七八个络纱工跑上。

众　人　（以老刘为圆心圈成半圈，活泼地喊着）开会啦，开会啦。

一络纱工　组长，怎么还不挂红旗呀？

又一络纱工　是呵，怎么还不挂红旗呀？

众　人　别麻烦了，开了会再说吧！——组长，有什么事快发表吧！

老　刘　现在宣布三件事情，第一件事情，发配卖票，大家都把面口袋儿带来没有？

众　人　带来啦！

老　刘　对，还是跟过去一样，一个人配卖四十斤，照市价打八折，因为照顾大家过八月节，工会决定提前发的！

众　人　（高呼）拥护！

〔老刘发票，众接，每人一沓。

老　刘　第二件事情，是检查中秋劳军的工作——做慰劳袋儿的事儿都给车工布置下去没有？

众　人　布置下去啦，前天你给我们说了就布置下去啦。

金　芳　我们组不光布置给车工，连工人家属都布置到啦，我们组仙妮、大梅、月香还动员她娘她们做慰劳袋儿哪。

一络纱工 我娘把慰劳用的香胰子、洗脸毛巾都买好啦！

众　人 好，你娘真进步啊！

美　兰 是呵，闺女是个积极分子，她娘还能落了后！

老　刘 （阻止玩笑）别瞎扯啦！……对，咱们每个人多买点慰劳品，多买点饼干、罐头——

众　人 （抢着）花生、糖、香烟、袜子、铅笔、日记本……

老　刘 哈，你们比我还记得清楚哪！……好，多买点慰劳品，叫咱们解放军在前方好好过个八月节。

众　人 老刘，叫他们好好过个八月节！（又彼此挑战）对，看咱们谁的慰劳品好！

老　刘 第三件事情很简单，等会儿挂过红旗了，征求大家对上星期竞赛的意见。还是那句老话，没得的别泄气，得上的别骄傲，完啦。

一络纱工 哎，组长，还不到开车的时候呵，我们都不想玩啦！

老　刘 是呵，三点来电，谁叫你们两点一刻就来哪！——自个儿找点活儿干吧。散啦！散啦！

众　人 （一哄而散）好，好，好！（下）

〔老刘向工务室门下。

美　兰 哟！仙妮，刚才金芳在会上表扬你啦，说仙妮这小豆豆真积极，还动员她娘做慰劳袋啦！

仙　妮 （娇笑地打美兰）不用你管！

月　香 别说啦，美兰，刚才我们在后边都听到啦，你看仙妮笑得，到这会儿还合不上嘴哪！

美　兰 （摸月香脸）不用说她，还有你个半积极分子哪！

月　香 （打美兰）去你的！

〔美兰笑下。

月香／仙妮　金芳姐，接着商量咱们的事儿吧！

金　芳　嗯！……月香、仙妮，你们说咱们怎么加强工作哪？

仙　妮　（泄气地）金芳姐，照我看，咱们就同意大梅姐那个意见，把马芬姐调走算啦！

金　芳　仙妮，你怎么也说这话哪？

仙　妮　我看要没有马芬姐了，什么事儿也就没有啦，咱们心里也就干净啦！

金　芳　仙妮，你这是有点儿大梅的思想，光看见马芬姐跟小美姑顽固，就看不见自个儿的态度也不强？大梅你们要不好好检讨改正，对落后工友光打击，到哪组也非碰破脑袋不可！

月　香　我想起来啦，金芳姐，我看要加强工作呀，先得防备仙妮那两片嘴，别给大梅当尾巴，她老是东说说、西说说，跟马蜂窝、小蘑菇她们加言儿！

〔仙妮噘嘴要打月香。

金　芳　（制止仙妮）别闹，仙妮，月香说得很对，你这病就该吃这个药。……好，今天咱俩就负责劝大梅，叫她别再指着人家眼窝子，骂马芬姐死顽固啦，逼得人家下不了台。（对月香）月香，你呢？

月　香　我——（想）

仙　妮　（抢着）她？！——她个半积极分子，手软得跟面条儿似的，光会团结，可不会斗争！

金　芳　（笑了）对呀，仙妮说得也很对。月香，以后你要壮起胆儿来，为了工作，该批评马芬姐几句就批评她几句，一会儿你就找她去谈话——

月　香　我找她？！——哼，她还找我哪！

金　芳　那不正好吗？

月　香　不，我不去！

金　芳　不怕，月香，我教你怎么说。

〔女工上。

女　工　金芳姐，你真难请呵，你怎么还不到我们那儿去？

仙　妮　（娇怒地）到你们那儿干吗去呀？

金　芳　她们那组也闹不团结哪，叫我去给她们谈一下。（对女工）我们的问题还没弄清哪，怎么办？

女　工　哎呀，金芳姐，走吧！

金　芳　好，走，走！——月香，那你替我把配卖票发一下吧，还有检查一下做慰劳袋的事情。

月　香　嗯！

仙　妮　你快去快回啊！

金　芳　嗯！

女　工　（拖着金芳）走吧，金芳姐！（下）

〔老刘自工务室抱红旗上。

老　刘　（边上边喊）挂红旗啦！挂红旗啦！

〔男女工人呼叫而上，首先是美兰及女工乙。

众　人　（欢呼）挂红旗啦！有我们的没有？（把老刘挤在工务室门口层层围住）。

美兰/女工乙　（从老刘手中夺过登记表来看，众与美兰齐念）三十八号赵美兰！……哈，我们又得红旗啦！

女工乙　（对仙妮）仙妮，我们又得红旗啦！

老　刘　美兰你们上次不是就得啦？

美　兰　（自狂地）是啊，上次得啦，这回又得啦！

老　刘　对，继续努力，下次还得，来他个连中三元。

美兰/女工乙　对，来他个连中三元！

老　刘　仙妮，你们哪？

仙　妮　（渴望，气愤）下回我们要得了红旗呀，就把它锁在我们家里，连走亲戚、串门儿都不让它去！

众　人　好哇，仙妮，好哇！（老刘把红旗给美兰，向左前下）

众　人　美兰这精灵鬼就是有办法，这回又得红旗啦！（下）

〔台后欢呼声、歌声。

〔马芬姐、小美姑自右前上。

美　兰　（逗仙妮）仙妮，你看这红旗多鲜亮啊！

女工乙　（自美兰手中夺过红旗向小美姑炫耀）小蘑菇，你不是喜欢红旗吗？借给你们挂一天哪！

美　兰　是呵，挂在你们那顽固堡垒上头，你们就更威风啦！

马芬姐　（冲向美兰）美兰！

月　香　（制止美兰）美兰！

美兰/女工乙　（做鬼脸）哟，又捅了马蜂窝啦！（向左前跑下）

美兰声　大梅你别回去啦，我们又捅了马芬姐蜂窝啦！

大　梅　（自左前气冲冲上，见马芬姐，不屑地）哼！（扭过身背对马芬姐、小美姑）

〔哑场。

月　香　金芳姐叫我给大家发配卖票，传达她们开会的事情。工会为了照顾大家过八月节，特地提前发的，合作社晚上还办公。（发票）

小美姑　（接过配卖票）芬姐，一会儿下了班咱就赶紧去领吧，听说合作社洋面不多啦，省得去迟了领那小磨面！

马芬姐　（制止小美姑）又嘴贱啦？！

仙　妮　死顽固——干活儿没劲儿，领面多积极呀！

小美姑　你积极？！——你积极可不把你的配卖票送给我！

仙　妮　不要脸！

月　香　仙妮，刚才金芳姐费了那么多唾沫算是喂了狗啦？

小美姑　你要脸！——你那么要脸厂里也是卖给你四十斤，可不多赏给你一点儿？

月　香　……还有，做慰劳袋儿的事儿，金芳姐叫我问问大家都开始做了没有。

仙　妮　开始啦！

月　香　大梅，你哪？

大　梅　（生气，不语）……

仙　妮　我知道，大梅姐也开始啦，前天晚上我跟她一块儿上街买的线！（转向马芬姐）马芬姐，你那么会绣花儿，这会儿做慰劳袋你可不为难啦！

月　香　是呵，芬姐，刚才听小美姑说，你在家绣花儿哪，你的慰劳袋儿快做好了吧？

马芬姐　（冷冷地）做好啦！

小美姑　（认真）芬姐，你做的不是你自个儿的绣花儿枕头吗？怎么说是慰劳袋哪？

马芬姐　少扯淡！——人家愿意这么听，咱们为什么不这么说呀！

大　梅　（恨恨地跺脚）人哪，天不怕，地不怕，就怕不要脸！

月　香　（制止大梅）大梅！

仙　妮　（勇敢地上前）芬姐，你说这话可就不对啦，现在秋季攻势开始啦，解放军在前方为咱拼死忘生地打胜仗，咱送点儿慰劳品来表表咱们支援他们的心思，你说不应该吗？

马芬姐　（不语）……

大　梅　（制止仙妮）仙妮，别说啦，给狗说人话有什么用呵！

马芬姐　张大梅！

月　香　（急制止）芬姐！（转对大梅）大梅！

马芬姐　（气冲冲对大梅）哼，你们不是常说，今天生产就是支援前线打蒋介石吗，咱们天天生产就行啦，又添这么多零碎儿干什么？

大　梅　那你们天天吃小米饿不死算啦，为什么还死皮不要脸地抢着领面哪？

月　香　大梅，少说两句吧！

仙　妮　我找金芳姐去！（跑下）

马芬姐　（压抑着）是呵，谁叫厂里配给我们哪！你积极，你吃得开，你下命令叫厂里别配给我们哪！

大　梅　马蜂窝，你浑蛋，你破坏我们的竞赛，你——

月　香　大梅，你抱点屈吧！

大　梅　月香，我非说不可！——马蜂窝，咱们算算账吧，我们这组碰上你这个不要脸的死顽固算倒了八辈子霉啦，一连两个星期累得我们得不上红旗，累得我们达不到标准数，二九一十八天我们费的劲、流的汗，你给我们赔出来，给我们赔出来！

马芬姐　（依然压抑着自己）张大梅，先说清，我可不是好惹事儿的人，可你真要把我逼急了，我也不怕事儿！

大　梅　我不听你胡说，你给我赔出来，赔出来！

马芬姐　（完全撕破脸大叫）赔？！赔你个屁！你找我算账，我还要找你算账哪！张大梅，我问你，是谁提议发动竞赛的呀？！

大　梅　（理直气壮）我们，我们发动竞赛的，怎么样？

马芬姐　是呵，是你们想给厂里多干活儿，发动的竞赛，不是我，不能叫我守你们的竞赛规矩！是你想出风头，露面子跟别人挑的战，不是我，你得不上红旗是你自个儿打自个儿的脸，我又没往你脸上吐唾沫，你凭什么找我的麻烦？！

大　梅　马蜂窝，你死顽固！

月　香　（制止）大梅！——芬姐！（拉马芬姐）

马芬姐　月香，干什么，你要拉偏架吗？！——张大梅，你不提竞赛算没事儿，你一提竞赛咱们是解不开的冤仇！以前工友们多好哇，各干各的活儿，各挣各的钱，谁也不用找谁的碴儿。偏是你们这些积极分子，干闺女们，发动什么竞赛，分什么这个积极，那个顽固，把这个圈在墙里，把那个推到墙外——

大　梅　马蜂窝，我不听你放屁啦！眼前只有一条道，你给我滚，你不许再在我们组里搞乱，你给我滚！

马芬姐　放屁！滚什么，你说！

月　香　大梅，芬姐，你们听我说，听我说！

大　梅　不要脸，不要脸！

马芬姐　你才不要脸哪！你才不要脸哪！

〔仙妮跑上。

仙　妮　金芳姐来啦，金芳姐来啦！——（回头）快点，金芳姐！

小美姑　（拖马芬姐）快走吧，芬姐，金芳来啦，我怪怕！（向左后顺车当下）

〔哑场。金芳急上。

金　芳　马芬姐呢？马芬姐呢？

仙　妮　跑啦！跑啦！

金　芳　我找她去！（下）

大　梅　（好半天，才舒出一口气来）气死我啦！马蜂窝，你气死我啦！

〔彭刚上。

仙　妮　他妈的马蜂窝！

彭　刚　怎么，仙妮，又骂人啦？

仙妮/月香　（气得要哭）彭刚管理员，马芬姐快把我们的肺都给气炸啦！

彭　刚　又吵架啦？（用目光寻找）马芬姐跟小美姑哪儿去啦？

仙　妮　还不是怕管理员说她们，不定又钻到哪个老鼠窟窿里去了哪！——金芳姐逮她们去啦！

彭　刚　好，大家不要生气啦，回头我来好好地批评她们。——怎么样，你们对这次挂红旗有什么意见？

月　香　（抱怨地）管理员，你说凭什么扣我们的分啦？

彭　刚　（拿铅笔指黑板上的符号）噢，来咱们算一算。马芬姐旷了一个工，扣两分；小美姑跑了三次车，扣三分；这一共就五分啦。

仙　妮　（性急地）扣五分还有九十五分，也该得呀？

彭　刚　你别着急呀，全细纱间二十多个竞赛组，出白花你们数第四多，也扣三分。

仙　妮　那我们总分是多少哇？

彭　刚　（从书夹中查看）你们总分——连九十分都不到。

众　人　连九十分都不到？

彭　刚　嗯，你们想，你们白花出多了，出纱的数量就少啦，上星期你们平均数才 0.95 磅，所以在出数这一项上，扣分最多，共扣五分！

大　梅　（气极）那净是马蜂窝跟小蘑菇的过！

彭　刚　（和蔼地）也不光是马芬姐跟小美姑的过。大梅，你跟她们闹不团结，也扣了两分哪！

大　梅　管理员，你要不把她们调走哇，我一辈子也跟她们团结不了！

彭　刚　（笑着）哎，大梅，我就知道你又要说这句话。

大　梅　是呵，你知道我说这句话，你就回答我吧，金芳给你说过没有？

彭　刚　说过啦——大梅，你很积极，很热心，上级都知道，什么标准数、竞赛总结大会，你样样都记得很清楚，这很好，可就有一条儿你还没有记住，搞红旗竞赛，不仅要完成生产计划、达到标准数；还必须有进步工友带动落后的呀！

大　梅　要是叫进步的带动落后的，为什么上星期马芬姐旷了个工，我跟她闹了一顿，你还扣我一分哪？

彭　刚　是呵，你为什么非跟她闹哪？——大梅，我跟你说过多少回，马芬姐的工龄比你们哪个都长，马芬姐的手艺比你们哪个都好，你们要——

大　梅　（截断彭刚）她手艺好，就算她一个人能顶我们两个用，可是她不跟咱好好干，这还不是白搭？！

彭　刚　正因为她不觉悟，不好好干，才要你们帮助她呀！

大　梅　（不听）行啦，行啦，管理员，反正我要求把她们调走，你说答应不答应吧！

彭　刚　大梅，五个指头还有长短哪，哪个组里都有落后的，不光你们这组——

大　梅　（不听）好好好，算啦，算啦，反正我也说不过你们，我也早就知道你不会答应把她们调走！

彭　刚　（笑）是呵，你知道我不答应，你就该听说了吧？

大　梅　你不调拉倒，我自有我的办法！

月香／仙妮　你有什么办法！

大　梅　不用管什么办法，反正听你们的话，不调走她们就是啦！

仙　妮　（天真地）我知道，大梅姐的办法是要好好检讨自个儿啦！——是吧，大梅姐？

月　香　对，大梅姐，不要再要求调她们走啦。

大　梅　行啦，行啦，你们不叫我要求，我不要求好啦，还这么麻烦干什么。

彭　刚　对，大梅，好好检讨一下自己吧，冷静一下，等会儿我再找你谈谈。月香，仙妮，你们跟大梅团结起来，改造马芬姐跟小美姑哇！

月香／仙妮　好！

彭　刚　对！（对大梅）大梅，先消消气儿，有什么话回头咱们再谈。（看表）还有一会儿就要开车啦，准备干活儿吧！

〔彭刚向左前下。

月　香　大梅，管理员说得对，人心又不是铁打的，咱们多拿好话儿劝她们，她们慢慢就改啦！

大　梅　（生气地说怪话）管理员？！——哼，管理员跟金芳一样，就因为马芬姐手艺好点，就光叫咱们给她们说好话！

月　香　管理员也不光叫咱们给她们说好话呀，就是因为她们手艺好，改造过来才能起大作用嘛。

仙　妮　是呵，管理员不是说一会儿还要找马芬姐她们谈话，批评她们吗？

大　梅　（厌烦地推开仙妮）好，好，好，你们对，我不对，你们听，我不听！（跺脚向左前下）

月　香　（痛苦）金芳姐光叫咱们说她，你看又把她说跑啦！

仙　妮　不要紧，月香姐，走，咱们追她去！（推月香下）

〔小美姑悄悄自四十号车后鬼鬼祟祟上。

小美姑　（悄悄四望，见月香等确已去，回身招呼）芬姐，芬姐，快出来，她们都走啦！

马芬姐　（也鬼鬼祟祟上，四望）……

小美姑 （兴奋地）这回可好啦，咱们什么都偷听啦，咱们可摸着底细啦！

马芬姐 （心情比小美姑沉重得多）嗯！……

小美姑 芬姐，你听管理员不答应张大梅调咱走，她说她有办法，她有什么办法呀？

马芬姐 你听她吹牛皮！——当管理员的还不能把咱怎么样哪，她张大梅个瞎积极还不是在咱们手心里攥着哪！

小美姑 （相信马芬姐的魄力，但也担心地）可管理员还要批评你哪！

马芬姐 批评？！看吧，管理员他要说的是门道，我就听上两句，他要胡说呀，我就来个“石棒槌灌米汤”——叫它寸水儿不进！

小美姑 （放心地）嗯，（又想起）哎，芬姐，月香个死丫头还要找你谈话哪！

马芬姐 哼，她要找到咱门儿上来，那不是正好吗！

月香声 芬姐，芬姐！美姑！

小美姑 你听，她找咱们哪！

〔月香自左后上。

月　香 芬姐，你们在这儿啦……

马芬姐 （故作亲切地上前拉月香）干什么，月香？

月　香 芬姐，今儿打家里来的时候，你不是说给我有两句话说吗？

马芬姐 是呵，你怎么不搭理我，就偷偷跑来啦？

月　香 （胆怯）我……我……

马芬姐 月香，连你也看不起你芬姐啦？！

小美姑 是呵，刚才小豆豆要笑我，你也帮她的腔，刚才大梅跟芬姐吵架，你也要拉偏架，你——你也把我们看扁啦？！

月　香　我……我……

马芬姐　月香，不用怕，为这么一点儿事儿，我不怪你！

月　香　嗯！（要说内心话）芬姐，我劝你……我劝你——

马芬姐　月香，你先别劝我啦，我先问问你——（真情打动）月香，你想想，是谁这样一年到头，每天两趟，不管刮风下雨，不管黑天半夜，上班来，下班去，跟你一块儿走哪？！

月　香　（不语）……

马芬姐　月香，你想想，是谁跟你在一个院儿里住南北屋，我叫你娘婶子，你叫我娘大娘哪？

月　香　（不语）……

马芬姐　月香，你小时候上班是我为你给工头们求爷爷、告奶奶介绍的；在厂里，你那老鼠胆儿净受人家的气，我常护着你；这些事儿你都记得吧，怎么今儿个你倒跟大梅她们站在一边来欺侮我哪？！

月　香　（苦涩地）不是，芬姐！我……我是说解放啦，厂里配卖米面……（怯弱，口吃）工厂对咱好——

马芬姐　（制止月香）工厂对咱好？！——月香，别叫那点儿便宜东西迷了眼睛吧，你就不看看助理员万国英还是像解放以前那样威风？前年厂里开除我就是他亲手挂的牌儿，这会儿他还是歪着脖子吓唬咱！

月　香　（要解释）不是，芬姐，不是。

马芬姐　不是？！——月香，解放啦，管教咱的人倒更多啦，像张大梅这样的瞎积极也敢随便要求调走我！

月　香　（痛苦、恳切地）芬姐，我说你别再跟大梅她们闹啦，解放以前你叫厂里开除过两回，还不够吗！

马芬姐　（痛心地）是呵，我也知道闹翻了再找个事儿不容易！……（仇恨地）可她们非逼我走上这条道，我有什么法子哪？！——月香，说实话吧，真要到了那时候，我什么也豁出来了！

小美姑　芬姐早跟恒大纱厂她干妹妹那儿说好啦，这儿要实在待不住了，我们就到她干妹妹厂里去上班——

月　香　（意外地）到恒大纱厂去上班？

马芬姐　（避讳）月香，你不用管这，我问你，我的话你听明白没有？

月　香　（痛苦、不语）……

马芬姐　（阴沉地）月香，今儿个大梅和你们打算怎么克对我，你们是怎么商量的？

月　香　（极痛苦）没有，芬姐，什么也没商量，那都是你胡猜的，压根儿就没有这回事儿！

马芬姐　（泼辣地）月香，她要再要求调我走，你就跟我站到一边来，一块儿要求调走她！

月　香　（痛苦、挣扎地）不，芬姐，你别这么想！大梅、大梅她们逼你还不是为了……（嗫嚅，不敢说下去）……

马芬姐　（愤激地）是为什么？！

月　香　（挣扎，奋勇；忽然来了一股勇气，使月香完全忘记了自己，忘记了害怕，脱口而出）为了解放啦，咱们是工厂的主人，生产是为了咱们自个儿！！

马芬姐　（完全没有想到，失望地）月香，你决心要跟大梅一个鼻子眼儿里出气呀？！你决心不要你芬姐啦？！

小美姑　是呵，月香，你得想一想！

马芬姐　（威胁）好哇，月香，这会儿你翅膀硬啦，你自个儿会飞啦，你就过了河拆桥，你就不要你芬姐啦？！

小美姑 （也痛苦地）是呵，月香，就因为你胆儿小怕鬼，赶黑夜回家，走到那没灯的胡同里了，咱们就拉紧手，到今儿个你就真要舍下我们啦？！

月　香 （痛楚万分，急哭）不是，芬姐，不——

金芳声 为大梅呀，磨得咱这嘴快生茧子啦！

〔金芳、仙妮自车当上。

金　芳 噢，芬姐，你们到这儿来啦，怪不得我转了一圈也找不到你们哪。（见月香）月香，怎么啦？

月　香 （哭，不语）……

金　芳 （略知一二）仙妮，拉月香姐到那边玩会儿去吧。

仙　妮 （拉月香，亲切地）走，月香姐，咱们玩去吧。（向左前下）

金　芳 小美姑，你也玩去吧，我跟芬姐说会儿话。

〔小美姑向右前下。

金　芳 （诚恳地）芬姐，刚才我们把大梅说了一顿，批评她过去对你态度不好。

马芬姐 （截断金芳）狗咬耗子，多管闲事嘛，她张大梅又不是管理员，又不是助理员，她凭什么对我态度不好哇！

金　芳 是呵，芬姐，我们比你小两岁，你是我们的大姐姐，我们态度有不好的地方，你就痛痛快快地说我们，别憋在肚子里生闷气！

马芬姐 哼，我才不生气哪！

金　芳 （沉默一下）芬姐，你也是七八年的老工人啦，手艺比谁也不差，你该挑着头儿领着我们往前干哪。

马芬姐 我？！——我这个顽固分子，我可不配！

金　芳 芬姐，大梅态度不好，她该受批评；可她有好些意见还是对的呀！你想，咱们平常干活还不能光跑车，又旷工，断了头不接，出那么多白花哪，今天咱们正红旗竞赛，为了完成生产计划，达到标准数——

马芬姐 （不听这一套）车不好看，花不好纺，谁能挡住它不出白花哪！

金　芳 芬姐，要是解放以前，我也不这样劝你。那时候，咱们受国民党压迫，吃不饱、穿不暖，我也偷厂里的纱，我也跑茅房去歇着；那时候，咱们那样做是对的，可今天还这样就完全错啦。

马芬姐 （不语，躲向一边去）……

金　芳 （无奈）芬姐，听月香说大娘心口痛的老病又犯啦，是吗？

马芬姐 （不语）……

金　芳 芬姐，你领大娘来咱厂的医院里看看吧，咱这大夫挺好，吃药也不花钱。

马芬姐 行啦，金芳，你别管那么多啦，我娘没有病。

〔大梅、月香、仙妮上。

大　梅 （且上且说）别再嘟囔啦，别再嘟囔啦！反正我听你们的话，不再要求调走她们就是啦，还问我有什么办法干什么？！（马芬姐见大梅上，不示弱地相对而立，使人觉得又要开火的样子。忽然钟打三点，幕后喊声：“三点啦，开车啦！”）

众　人 电来啦，开车啦！（各上车）

〔紧张地工作。有工人抱大纱、推管箱、提管斗等左右穿梭上下。

美　兰 （上）玩这么半天才到点，咱今儿个来得太早啦。

女工乙 可不，差不多早来了四五十分钟。

〔小美姑自右前上。

美　兰 哟，小蘑菇，你到哪儿去啦？

小美姑 （没好气）上茅房去啦！

美　兰　把你掉到茅坑里去了吧？开车这么大工夫才来！（下）

小美姑　他妈的精灵鬼！（上车工作）

〔紧张的工作。

〔万国英、彭刚自左前上，万国英走在前面，手里拿着工人的意见书。

万国英　（急躁地，边上边谈）好好好，彭刚同志，你不必再给我解释啦；你放心，我不会因为他们给我提了这些意见就灰心丧气，放松管理；因为我还自信我是一心想把工作搞好的，这一点你应该完全了解！

彭　刚　（耐心，和蔼地）这还用说吗，万国英同志？你积极、负责的动机是谁也不能否认的。问题是既然大家提了这些意见，咱们管理方面就该冷静地研究一下——

万国英　（极不冷静地）当然要研究！……是的，要彻底研究！……这不只是因为今天工人们给我提了这些意见，而且因为这也是一个我们争论了很久的问题啦。事情发展到了今天，如果再不弄清是非，我看我这助理员简直也没法做下去啦！

彭　刚　（无可奈何）……好吧，万国英同志，你还是先把大家的意见看一看吧。有什么不同意的地方，咱们回头再细谈，我先到那边去照顾一下工作。

万国英　（激情地）好，你去吧！

〔彭刚下。

万国英　（苦闷地）把我满腔热血，一片苦心，叫作什么“态度不好”“官僚主义”，这、这不完全是颠倒黑白的说法吗？！……哼！（气向工务室下）

〔哨声，老刘喊声：“络纱工开会啦，第六段的络纱工开会啦！”

美兰声　金芳，叫咱们开会啦！

金　芳　好！（向车当）月香，仙妮，你们有意见没有？

月仙声　没有！

金　芳　大梅，你哪？

大　梅　有——还是我那个意见，我提议一部车一组，叫管理员好好考虑一下（接头下）

金　芳　好！——小美姑！

小美姑　（没好气）没有！

金　芳　（向车当）马芬姐，你有意见没有？

马芬姐　（尖刻地）我又不是积极分子，我还敢有意见？！

金　芳　（一笑）……

美　兰　（上）走吧，金芳！（取笑小美姑）小蘑菇，好好看车，少出点白花吧，别再掉到茅坑里去啦！

金　芳　（制止）美兰！（推美兰向左前下）

小美姑　（见美兰下，跑到美兰车头）他妈的赵美兰！我出白花扣我的分，关你什么事呵，你给我闹这个难看？！（说着，从围腰兜中掏出一团白花，吐上唾沫，扔在地上，恨恨地用脚踩成泥）他妈的，看你们还说我白花多，看你们还说我白花多！……

〔大声：小蘑菇！

小美姑　（大吃一惊，以为被发现了，支吾地）干什么？

〔大梅上。

大　梅　你这个锭带儿断啦！

小美姑　（松一口气）我把升带牌儿支起来得啦。

〔马芬姐上，在后面观望。

大　梅　光支起来就行啦？这么大个厂子，哪年才等到扎锭带儿的来呀，这四个锭子就叫它空着管儿呵？！

小美姑　那你叫我怎么办哪？

大　梅　怎么办？——（将小美姑一推）我叫你找扎锭带儿的去！（欲下）

马芬姐　（上前）哎，张大梅，你又欺侮小孩儿啦？

大　梅　我怎么又欺侮小孩儿啦？

马芬姐　你叫她找扎锭带儿的去，你给她说好啦，你推她干什么？——老实告诉你，我不在这儿你欺侮她我说不了，我在这儿你再欺侮她呀，那就办不到！

大　梅　我就是推啦，我就是推啦，她要再不去我还推哪，怎么样？！（理直气壮，冲上前又将小美姑一推）去！

小美姑　（见势不好，拉马芬姐）芬姐，芬姐。

大　梅　哼，今天你还想骑在我脖子上拉屎呵？你做错了梦啦！（气下）

马芬姐　哼，我看你简直要封王啦！你不推呀，我也许叫她去哪；你这么一推呀，就是不叫她去啦！——美姑，把升带牌儿支起来算啦，扎锭带儿的来就来，不来少纺四个管儿正好少出白花，这么大个厂子，你打哪儿去给她找哇！

小美姑　他妈的，我又不是你们（指大梅）狗使的奴才！

马芬姐　对，不理她！（无意中看见地上自己的泥鞋）哼，让她们耽搁得咱连鞋都没刷了。

小美姑　芬姐，我先刷鞋去吧！

马芬姐　去吧，连我的也带去刷刷。

小美姑　嗯！（提鞋向右前下）（马芬姐上车，下）

仙　妮　（自车当急上，向小美姑去的方向看看，回头向里）大梅，小蘑菇又跑车啦！

大　梅　（轻松地笑着上）噢，不是，是我叫她找扎锭带儿的去啦！

仙　妮　不是，她刷鞋去啦，你看她那鞋都没有啦！

大　梅　（一看果然没有了，怒）可不，这家伙真可恶！（跑到四十号车头小美姑工作处看看，而后跑到右前方对小美姑去的方向大叫）练——完——啦！（回自己车）跑车吧，反正我看我这二十根毛棍儿完事，你练翻了车我也不管，看管理员来了说谁！（上车）

仙　妮　对，就不用给她看！（上车）

万国英　（自工务室急上，不耐烦地）又嚷什么？又嚷什么？

大　梅　助理员！你看刚开了车，小蘑菇这个锭带儿断啦，我叫她找扎锭带儿的去，她又跑出去刷鞋啦！

万国英　你们车上怎么老是出事儿？！

大　梅　谁愿意出事儿哪，她跑车，光练疙瘩，还耽误我们达不到标准数哪！

万国英　你先帮她接一下！

大　梅　我才不给她接哪，我净干点子没名没利的黑活，也得不上红旗！

万国英　你先替她接上，我去捉她去！（大梅下，自语）像你们这样的工人，整天价处罚都制不服哪，还能给你们讲民主？哼！（向右前方走）

〔小美姑自右前方上，见万国英，怔住，把鞋背在后面。马芬姐上，在万国英背后偷看。

万国英　（官僚地）小美姑，你还想干不想干哪？

小美姑　（可怜地）我怎么不想干哪……

万国英　想干？……想干你早不捣蛋啦，大梅叫你干什么去啦？

小美姑　叫我找扎锭带儿的去啦……

万国英　那你为什么跑车哪？

小美姑　我……（答不上来，看马芬姐）

马芬姐　（上前）助理员，她不是跑车！

万国英　（回头对马芬姐）没有你的话说，去！（马芬姐退后，万国英转对小美姑）说，你干什么去啦？

马芬姐　（在万国英后面向小美姑示意，作肚痛状）……

小美姑　（抱肚子蹲下）我不是跑车，我是上茅房去啦，我肚子痛……

万国英　（不耐烦于小美姑的谎话）肚子疼请假！

小美姑　（带哭地）我真是肚子疼，昨天晚上没盖好被子，冻着啦……

万国英　哼，岂有此理，给你画个跑车号！（往黑板上画）

小美姑　给我画个跑车号？

万国英　嗯！画个跑车号，扣你一分！要是在解放以前哪，官僚资本家们早把你开除啦！——去吧，看车去吧！

〔在万国英画时，小美姑屡屡向马芬姐努嘴，意思是问怎么办。仙妮上，在背后偷看。

马芬姐　（上前）助理员，许我提个意见吧？

万国英　（回头）什么意见？

马芬姐　人家肚子痛，跑一趟茅房就不行呵？

万国英　跑茅房？

马芬姐　嗯！管理人员肚子痛也不能不跑茅房吧，怎么工人跑趟茅房还画个跑车号哪？

万国英　谁说她跑茅房啦？

马芬姐　人家不是说得清清楚楚啦，昨天晚上没盖好被子，冻着肚子啦，您没听清楚哇？

万国英　你听清楚啦？

马芬姐　嗯，不听清楚我就说啦？

万国英　听清楚？！——听清楚了也给你画一个！（又画）

马芬姐　也给我画一个？

万国英　嗯！画你劳动态度不好、画你包庇错误，跟她受同样处分，也扣一分！

马芬姐　包庇错误？！

万国英　嗯！她不是肚子疼，她是装傻！——大梅叫她找扎锭带儿的去，她跑去刷鞋啦，你知道吗？

马芬姐　噢，我不知道……

万国英　不知道你可多嘴？

马芬姐　噢……助理员，不知不为过嘛，就算我错啦，顶多也是因为我不知道哇，你也不该给我——

万国英　像你这样糊涂，顺嘴胡扯，就是干涉行政管理，就是不遵守劳动纪律，就是包庇落后，就是错误，就该画！

马芬姐　好，你不让提意见，你就画吧！反正画了是你的错，不是我的错！

万国英　不是你的错？

马芬姐　嗯，谁叫你随便画哪？

万国英　（大吼）粉笔在我手里，我要画就画！——你再说，你再说我还给你画一个！

小美姑　（推马芬姐）芬姐！芬姐！

马芬姐　好，好，我不说啦，我不说啦。（被小美姑拖下）

万国英　哼！——怎么就有你们这样不争气的工人？！解放啦，工厂提高了你们的生活，共产党对你们这么好，你们没学会一点儿正经的，倒光学会提意见啦！就凭你们成天光拿厂里的钱，不想给厂里干活儿，还有资格给我提意见？！……哼，提意见、提意见，我一听提意见就头痛！（愤然向右前下）

小美姑　（见万国英下，大胆起来，跑到右前方，对万国英去的方向）呸！你当助理员怎么样，也不能不讲民主！

仙　妮　都扣两分啦，你还讲民主哪！

〔马芬姐见万国英走，也上。

小美姑　就是不讲民主，什么竞赛呀，简直是人管人！

仙　妮　像你这样死顽固，就得管着点儿，从前给国民党干活儿，你偷懒、泡蘑菇行了，今天工厂是咱们自个儿的——

马芬姐　（上前推仙妮）什么自个儿不自个儿的？！——小豆豆，才几天不穿开裆裤哇，就学会了卖膏药？！

仙　妮　今天解放了，工厂就是咱们自个儿的——

马芬姐　是自个儿的可不让你随便拿一捆纱，可不让工人随便多歇会儿，可不让你把细纱车分半截抬到你家去？

小美姑　是自个儿的，你叫它，它可不答应？

仙　妮　（急了）就是自个儿的，就是自个儿的，你们再不好好干活就不行！

小美姑　（逼仙妮）就不是自个儿的，就不是自个儿的，要是自个儿的，我刷鞋去助理员就不给我画跑车号啦！

仙　妮　（被马芬姐、小美姑逼急，向车当大叫）大梅！大梅！快点完！快点儿！

〔马芬姐溜下。

〔大梅上。

仙　妮　大梅，小蘑菇刷鞋去，又画了个跑车号，不知道为什么也给马芬姐画了一个，怎么办？怎么办？

大　梅　真的吗？

仙　妮　（指黑板）真的，真的，你看，你看！

大　梅　（气急）好，你不要管，我来收拾她们！

仙　妮　对，狠狠地收拾她们！（下）

大　梅　（急得浑身发抖，几乎说不出话来）好！小美姑，你刷鞋，我们不刷鞋，你的鞋值钱，厂里的纱不如你那鞋值钱！

小美姑 我那鞋是漂白布的，挺贵的，弄脏了回家我娘又说我呀！

大　梅 （过度气愤，反而说不出什么来，声音也喊不高了）好，好，好，小蘑菇，我们惹不起你们，我们怕你们了，（推小美姑）你们请出去吧！请出去吧！

小美姑 （退，惊异）请出去？

大　梅 反正我好话也给你们说完啦，我也再没劲儿跟你们吵啦，把你们开除完事儿。——你们请出去！

小美姑 （大惊）开除？

大　梅 嗯！以前我劝过你们多少回，叫你们进步，叫你别老跟在死顽固屁股后头跑，你不听，到这会儿要开除你们啦，我再也没法儿救你啦！

小美姑 （急得要哭）谁要开除我们，谁要开除我们？

大　梅 （声音突然高起来）我们！我们要开除你们！

小美姑 你们？！

大　梅 嗯！我们！（向四下看看，无人，大声）金芳、月香、仙妮，我们刚才在西段开会决定的，你们要再不好好看车，多出了白花，影响我们达到标准数，我们全组要求管理员开除你们！

小美姑 这是真的吗，连月香也赞成？！

大　梅 嗯，你们别觉着月香跟你们住同院儿，以前跟你们好，可今天人家进步啦，她也完全同意开除你们，连外组的美兰也赞成开除你们。还有，我敢说，保险连助理员也赞成开除你们！

小美姑 （跺脚，哭）呵——

大　梅 哎！小蘑菇，你哭什么？——有本事你去捣蛋吧，这会儿我们欢迎你们捣蛋——

小美姑　（哭声更高）呵——

大　梅　去吧，找你马芬姐去吧。（报复地）小蘑菇，这会儿我倒要看看她死顽固马蜂窝有多大的道行哪。（下）

小美姑　（哭着）芬姐，芬姐！

〔马芬姐上。

马芬姐　（阴沉地）哭什么？

小美姑　芬姐，他们要开除咱们啦，连月香也赞成！

马芬姐　别说啦！我什么都听见啦。

小美姑　什么，你都听见啦？

马芬姐　嗯！……

小美姑　芬姐，那怎么办，怎么办哪？

马芬姐　……（受到严重的打击——悲怨和仇恨纠结在一起，沉重地，慢慢地）哼，竞赛才不过两个星期，总共也只有二十天，就让你们弄得我站没站处，立没立处，没处藏，也没处躲？！……你们把我当成大粪车子似的，谁见了谁恨，走到哪儿哪儿臭？！……连月香这原先跟我靠得近的也走远啦，连金芳这看着老实的也跟我下了狠心，连美兰这外组的也来趁雷打鼓看笑话——

小美姑　（打断马芬姐，也是提醒马芬姐）大梅说连助理员也赞成哪！

马芬姐　（继续地）是啊！连助理员也还是跟解放以前那样欺侮我，你们上上下下、远远近近地结成伙儿来欺侮我，你们——

小美姑　（听着不是味儿了）怎么，芬姐，你怕了她们啦？

马芬姐　（茫然如石沉大海）怕？

小美姑　（失去了主宰，抱怨，哭）芬姐，你刚才还不如不叫我刷鞋去哪，你刚才还不如不叫我刷鞋去哪！

马芬姐 （被刺痛，悔恨地）别说啦，你放这马后炮还有什么用！

小美姑 （大哭）呵——

美兰声 金芳，我看你们那马蜂窝跟小蘑菇就欠开除啦！

金芳声 美兰，不许随便瞎说！

〔马芬姐急退回车上，小美姑伏三十九号车头哭，金芳、美兰自左前上，仙妮跟在后边。

小美姑 （哭，不语）……

美　兰 （上前看黑板）可不，不多不少整两分呵！

仙　妮 金芳姐，这星期头一天就扣两分，我看挂红旗又完蛋啦！

金　芳 去吧，干活儿去吧，仙妮，我来说她们。

美　兰 （打趣小美姑）小蘑菇，你跟马芬姐可真是好到家啦，领配卖面在一块儿领，画跑车号又跑一块儿画去啦！

〔女工乙上。

金　芳 美兰，看你的电去吧！

女工乙 （也上前打趣小美姑）我看看这是谁哭得这么痛呵？——哟，是小蘑菇哇！

美　兰 （也凑上去）呸！——就那么好哭，拿着流泪呀，比吐唾沫还容易哪！

金　芳 美兰，你们怎么这么顽皮不听话？！

美　兰 金芳，马芬姐跟小蘑菇哇，这才是秤杆离不了秤砣哪！（与女工乙大笑下）

金　芳 （拉小美姑）小美姑，你跑车，扣了分儿，连累全组工友，你该不该受批评？

小美姑 （哭，咳嗽）……

金　芳 （极诚恳地，有些怨愤）别人都把工厂当成自个儿的，疯了似的积极生产，只有你们落后，人家说你，你说怨谁呀？

小美姑 （哭，咳嗽声变高）——

金　芳　别哭啦，把嗓子都哭干啦！赶紧接头儿吧，我给你倒碗水喝。（拉小美姑上车，小美姑止哭；金芳拿碗到美兰车头，正要倒水，低头见美兰斗中白花，赞叹地）哎呀，美兰，开车这么半天，你们才这么点儿白花呀？（一手将白花举起，回头对小美姑）美姑，你看人家这组多齐心哪，你快别哭啦！

〔金芳放下白花，倒水。女工乙接头上。

女工乙　我们六个人又不打架，又不吵嘴，光夯拉着脑袋接头，怎么就出了白花啦？（接头下）（美兰接头上）

美　兰　是呵，我们又没有马蜂窝，又没有狗腿子！——哎，金芳，你倒水给谁喝呀？要是给小蘑菇，我可不乐意呀！

金　芳　别贫气啦！（美兰下）（端回给小美姑）小美姑，快喝点儿，好好干活儿吧！

小美姑　我不喝！她不愿意叫我喝，我还嫌她夜壶里那水臊哪，我不喝！

〔络纱哨响。

金　芳　小美姑，我去络纱去，你不许再跑车啦！（对车当）大梅，她们要再跑车，你给她们报告管理员，不许再跟她们闹啦！

大　梅　（上）是呵，有管理员在，我还跟她们闹干什么，我才不那么傻哪！（下）

〔金芳欲走，仙妮上。

仙　妮　金芳姐，刚才助理员给她们画的跑车号怎么办哪？还叫咱跟她们打利钱哪？

金　芳　等我络纱回来，找管理员来解决，好好干活去吧！

仙　妮　对！叫管理员来解决她们！（下）

〔金芳向左前下。金芳声：美兰，去络纱啦！

〔小美姑伏车头哭，马芬姐上。

马芬姐 （愤，制止小美姑）没出息，哭什么？！

小美姑 （迫切地，急得跺脚）芬姐，你听她们都说找管理员去，她们可真是成心害咱啦！

马芬姐 （坚决）打破头了不怕扇子扇，她们要这样叫咱过不去，我也要叫她们看看咱们不是好惹的！你出多少白花啦？（掏小美姑兜中的白花）

小美姑 （意外地）怎么，把白花？（指美兰车头）

马芬姐 嗯，都扔到她斗里！

小美姑 不行，芬姐，她们要看出来了哪？

马芬姐 扔进去给她搅和搅和，怎么就看出来啦？！（又掏自己的）

小美姑 不行，芬姐，我怕！——

马芬姐 （训斥）房子塌了有我给你扛大梁哪，你怕什么？——刚才给咱画了跑车号，这会儿又出了这么多白花，开除咱你就不怕啦？！——去，给我看着人去！

小美姑 （不怕了）嗯！

〔小美姑乖乖地看着左前方和右前方。

〔马芬姐看看本组，见无人，奋力将白花投入美兰斗中，而后急转回车当。小美姑见马芬姐扔得很过瘾，于是自己又到自己车斗中取出一把白花，顽皮地向美兰斗扔去。

马芬姐 （急喊止）美姑！你别扔啦，快回来！

小美姑 （调皮地）不，让她精灵鬼扣一分！

〔小美姑正搅和，月香急自四十号车后上。

月　香 小蘑菇，你干什么？！

小美姑 不用你管！（仍搅和）

月　香 （急取花）这不行，这不行！

马芬姐　（急上，冷冷地）月香！——告诉你，少管闲事！

月　香　这不行！……

〔扎带车响声，马芬姐急退下，小美姑跑回三十九号车头，月香畏缩在美兰车头前。

〔扎带工上。

扎带工　几号车锭带断啦？

小美姑　四十号！

〔扎带工由三十九号、四十号车中间下。小美姑、月香下。

〔静场。

〔彭刚自右前上。

彭　刚　（向左前摆手）老刘，老刘！

〔老刘上。

彭　刚　老刘，我现在就要到工会开会去，刚才络纱工开会有些什么意见？

老　刘　有两个意见，一个是说竞赛两部车一组不好，有一两个人落后，累得全组得不上红旗，太不公平，提议一部车一组……我说这不行！

彭　刚　（往小本上记）嗯，还有呢？

老　刘　还有就是说比白花不好，虽然能叫工人紧接头，多出数，可是有些不老实的工人把白花往地上，往别人车上乱扔，糟蹋东西，又生是非，不如把比白花这项取消。

彭　刚　对，这些意见都很好。

老　刘　别的没有啦，请你把这些问题在今天常委会上研究一下吧！——那边还有一排纱没落，我先络纱去。（下）

彭　刚　好！（由大门下）

〔马芬姐出，偷看，闻人声，急退下。

美兰声 你看她们那段儿白花也是多得不行——车真难看呵！

金芳声 可不，恐怕还属你的白花少哪！

〔金芳、美兰上。

美　兰 真的，还许数我们组白花少哪！

金　芳 （跑到自己车上）咱们加油吧！刚才我们络纱去，见她们那段也着急得不行，紧接紧练，慢接慢练，出白花可多哪！

美　兰 （得意地看着自己的花斗，而后惊异地大叫）哎，你们谁跑车啦？

〔女工乙及另一车工上。

女工乙 没有哇！

车　工 真的没有，怎么啦？

美　兰 你们谁也没跑车，那我走了这么一会儿，怎么就出这么多白花啦？

女工乙 （掏出自己兜里的白花）美兰，你看，这是我的白花，还没有掏出来哪！

美　兰 你们都没扔，这是有了鬼啦？（金芳上）

金　芳 怎么啦，怎么啦？

美　兰 有人给我们扔白花啦！

车工、女工乙 你看，你看！——这怎么办，怎么办？！

金　芳 美兰，你们不要慌，咱们调查一下，看是谁扔的！

女工乙 调查什么，走，我们到工务室报告去！走，走走！

金　芳 管理员到工会开会去啦。不要着急，这事儿咱们自个儿解决得了，不用报告去啦！

美　兰 （向车工、女工乙）刚才有人到咱们车上来过没有？

车工、女工乙 没有，谁也没来过！

金　芳 （好意地）你们想想，也许谁来过，你们忘了吧？

女工乙 （见金芳说，忽然想起）噢，我想起来啦！

众　人 谁呀？

女工乙 （注视金芳，生气不语）……

美　兰 看你真急死人，是谁呀，你只管说！

女工乙 （盯了金芳一眼，嘴一落）哼，谁扔了谁自个儿知道！

〔众眼光集中在金芳身上。

美　兰 （不信地对乙指金芳）你说她？

女工乙 错不了！

金　芳 （一怔）你这是什么意思？

女工乙 自个儿扔了，自个儿就承认吧！

金　芳 （如晴天霹雳）呵，你说是我？

女工乙 你刚才倒水来，摸我们的白花，你说，你扔了没有？

车　工 对啦，这么半天，除了你，别人连挨都没有挨过我们的车哪！这会儿倒来装好人，给我们调查？

金　芳 （急）美兰，你要把事情弄清楚，不要听她们诬赖人！

〔大梅、月香、仙妮、小美姑、马芬姐先后急上，小美姑、马芬姐拼命把月香拖往一边。

大　梅 怎么啦，怎么啦？

金　芳 大梅，她们说我给她们扔白花啦！

车工 / 女工乙 你们金芳给我们扔白花啦！

大　梅 你们可不能诬赖好人哪！

女工乙 就是你们金芳，没有别人来过，不是她是谁？

老　刘 （自左后急跑上）怎么啦，怎么啦？

大梅 / 仙妮 她们诬赖金芳给她们扔白花啦！

女工乙 就是她扔的！

老　刘 （制止地）别吵啦，别吵啦——你们姐妹平常那么好，怎么也闹起这个事儿来啦?

美　兰　(不大相信是金芳)是呵,金芳,咱们姐妹平常可不错呀!

金　芳　(哭)美兰,平常咱们姐妹没犯过脸红,你想为这么把白花,我就学这么小气吗?我怎么能办这事儿呵!(跺脚哭)

月　香　(从小美姑手中挣脱,上前扑向组长)组长——(张口欲说)

马芬姐　(突然袭击,压倒月香)组长,错不了,保险是她们自个儿扔的!

月　香　(痛哭跑下)呵……

车工/女工乙　(推马芬姐)你胡说,你胡说!

老　刘　(茫然)这到底是怎么回事儿?这到底是怎么回事儿?

〔万国英自右前急上。

万国英　怎么,又有了问题啦?

老　刘　她们两组为白花又出了事啦?

大梅、小美姑、仙妮　助理员,她们诬赖我们金芳!

车工/女工乙　就是她们金芳给我们扔的!

大梅、小美姑、仙妮　助理员,你得给我们弄清楚!

车工/女工乙　助理员,你得给我们弄明白!

万国英　(火急,大吼)够啦,够啦,够啦!……(哑场片刻,极度认真而痛苦地,拷问着自己,也拷问着世界)哎——!这叫什么红旗竞赛!这叫什么民主管理?!——这简直是惹是生非,自找麻烦嘛!!!

——幕急落——

第二幕

◉时 间

紧接第一幕。

◉地 点

工务室。

◉布 景

左右各一门，均通细纱间。（左门是上幕所看见的右门）正面墙上有窗，两边墙上有生产竞赛的各种图表，及工人名牌。室内有管理员、助理员的办公桌。

〔开幕，万国英、金芳、美兰、大梅、小美姑、女工乙等俱在。美兰及女工乙在一边，金芳及大梅在另一边，小美姑则躲在一个角落里。众无言，万国英在进行训话。

万国英 （在人群中走跳着）……就像你们这些工人，天天没事儿找事儿，惹是生非，还不许管？！……真正为了生产，不同意你们把正经事儿耽误了，去打哈哈、搞竞赛，就是“官僚主义”“不民主”？！……哼，我真不明白，我真想不通！！（不耐烦地）好吧，咱们光实事求是地解决问题，我先不训你们啦，说多了又是得罪你们，哎……（痛苦地坐下对女工乙）你说，金芳往你们车上扔白花啦？

女工乙 扔啦！

万国英 你见了没有？

女工乙 见啦！

大　梅　（急插嘴，对女工乙）放屁，你整个胡说八道！

万国英　（制止大梅）不许你说！（对女工乙）说，你见她怎么扔啦？

女工乙　那会儿小蘑菇啼哭，金芳拿个茶碗到我们车上去给她倒水，装着说我们白花少，偷着就给我们扔了一大把。

大　梅　你胡说！我们的人都死绝了你这么诬赖我们行了，这会儿我们都在这儿，你这样随便放屁就不行！

万国英　不许你说！……再说要重重地罚你。

女工乙　（做一个下狠心的表情，捏造地）还有，我看得清清楚楚，金芳扔的白花就是大梅给她的，要不她就这么护短啦！

大　梅　（无法无天地）助理员，你看她们要逼死人啦！你再不叫我们说话我们就不干啦！——（猛力往前推小美姑）小美姑，金芳给你倒水去，给她们扔了没有你都看见啦，你死啦你不说话？你那蘑菇嘴光会给我们要厉害呀？！

小美姑　（畏缩地）助理员，我看她们说话连一点味儿都没有，鸟儿飞过还得有个影儿哪，她们两片嘴一碰就说金芳给她们白花啦？……我看得清清楚楚，金芳连挨都没挨她们的白花！

女工乙　没挨？！——哪个狗娘养的摸我们的白花啦，摸了不承认让她们全组烂手指头！

万国英　不许胡骂人！

大　梅　（同时）你，净骂你自己，净黑你自己！

万国英　（拍案）不许吵啦，不许吵啦，先让我想一想再说，先让我想一想再说。（又苦恼地走跳起来）

小美姑　（装蒜）哼，为了给我倒水，让人家金芳背这么大伤，我怎么对得起人家呀！

万国英　（并未听到小美姑的话，仍在苦恼地走跳）哼……

大　梅　（追着万国英）助理员，一把白花是小事儿，人的脸面是大事儿，她们这么随便破坏我们的名誉，你说怎么办哪？

万国英　（停住，苦恼）那你说白花不是金芳扔的？！（坐下）

大　梅　不是，不是，一百个不是！——金芳干活儿好，是全厂有了名儿的，就是因为她好，上星期才把她调到我们这组来，助理员你也不是不知道哇！——我们一辈子得不上红旗儿行了，也办不出这见不得人的事儿来！

万国英　那你有什么证据哪？

大　梅　（非常自信）不用证据，金芳人强就是证据！金芳压根儿就办不出这不要脸的事儿来，太阳儿还会打西边儿出来呀？

万国英　人家有事实根据，你知道吗？

大　梅　狗嘴里吐不出象牙来，那都是她们胡编的！

美兰、女工乙　你才胡编哪，你才胡编哪！

万国英　不许吵！（对大梅）那你说是谁哪，你给我指出个人来。

大　梅　（指女工乙）她们！她们扔的！准是美兰络纱去的时候，她们跑了趟茅房，多出了白花，怕美兰说她们，才赖到我们金芳。

女工乙　（急了）哈！你们真厉害呀，扔了白花不承认吧，还倒打一耙？

大梅 / 小美姑　你们诬赖我们，我们承认什么？！

女工乙　（受到大梅、小美姑包围，急）美兰！你没长着嘴呀，你不出头儿？我为了全组的工作受人家欺侮，你倒装好人哪？！

美　兰　（原不敢咬定是金芳，但现在骑虎难下，只得硬着头皮作了）诬赖？！——我们怎么不诬赖别人，单诬赖你们金芳？！

大　梅　你们看人家金芳老实，你们可不敢说我！

美兰 / 女工乙　你们要无赖！

大梅 / 小美姑　你们要流氓！

万国英 （这一团纷乱，使他更纷乱了）不许吵！这到底是怎么回事儿，这到底是怎么回事儿？！——你们实话实说，不要挽这么大圈套好不好，不要挽这么大圈套好不好？！（苦思）

金　芳 大梅，咱们有理说理，不给她们吵！

小美姑 （趁着混乱）谁不知道你美兰精灵鬼，得了红旗自夸自大，恐怕我们把红旗夺过来了，见我们吵架就来拱火儿，这会儿又来给我们安赃！

女工乙 你胡扯，你给我们安赃！

大梅 / 小美姑 你给我们安赃！

〔双方又吵成一团。

万国英 （猛力拍桌，大叫）别吵啦，别吵啦，叫你们把我的头都吵大啦！（又暴跳地走动起来，竭力压制自己，想从乱麻里找出头绪来；最后停下来，对女工乙）你说，美兰络纱去的时候，你们跑茅房没有？

女工乙 没有！——不信你把我们车工都叫来问问！

万国英 （对大梅、小美姑）你们说，金芳到她们车上去倒水，说她们白花少了没有？

大梅 / 小美姑 说啦！

万国英 （逼问）用手摸来没有？

大　梅 （急说）摸是摸啦，可也没有往里扔呵！

万国英 嗯！……哎，金芳摸过了她们的白花，又有别人到她斗车上去过没有？

美兰 / 女工乙 没有！

大　梅 去不去我们不知道，都各干各的活儿哪，谁光注意她们哪！

小美姑 我又不是她们当差的！

万国英 嗯！（又走跳起来，低头苦思，研究情况，最后，好像非常果断，又非常冷静地对大梅、小美姑）你们看，第一，她们（指女工乙）没跑茅房；第二，金芳摸过她们的白花；第三，金芳去过以后再没有人去过。你们说，你们说这白花是谁扔的？！

金芳 / 大梅 / 小美姑 什么？

万国英 （又急躁起来）是呵，你们说白花是谁扔的，你们说！

金　芳 不是我，助理员，你没调查清楚，我不能承认！……

万国英 就是你！！——你看，要物证有那把白花在，要人证有她们车工在，（指美兰、女工乙）这么些人在你跟前吵了这么半天，人对人，口对口，真赃实犯，难道谁还能冤枉你吗？

小美姑 （内心痛苦地）她们诬赖金芳，不是她！

大　梅 （暴躁如雷）不是金芳！不是金芳！不是我们金芳！

万国英 是你们金芳！——除了你们金芳没有第二个人，违反竞赛纪律，扣你们两分！

大　梅 扣我们两分？

万国英 嗯！为这么点小事儿，耽误这么多时间，给找这么多麻烦，扣你们两分还不便宜呀！

金　芳 （诚恳请求）助理员，你不能这样处理问题！这样硬逼着叫我承认，我怎么能心服哪！

万国英 （急躁）哎，刚才大家讲的话，字字句句你都听见啦，我没有给你添枝儿，也没有给你加叶儿，完全是公事公办，有一句算一句，你还叫我调查什么？你还叫我调查什么？

〔哨响，老刘自右门上。

老　刘 金芳，美兰，络纱啦！

万国英 去吧，没说的啦！

〔美兰、女工乙下。

大　梅　哼，金芳跟我们在一组算遭了罪啦！打上星期调到我们组里以后，每天不络纱了就看车，为了团结工作央告了这个又劝那个，落不了个好吧，还受这冤枉气！

老　刘　怎么？（看看众人，明白了）噢，大梅，有什么话回头再说，这样发脾气有什么用哪？走吧，金芳，别耽误了工作。

金　芳　助理员，我不能为我一个人的事儿耽误工作，我先络纱去，可你还得调查一下！

万国英　（急，发怒）哈！连你也学得这么刁啦？！难道我连这点儿判断力也没有吗，你还叫我调查什么，你说！

〔金芳无可奈何下。

大　梅　（跺脚）不干啦！死也不干啦！（下）

万国英　（同时）去！（急得又苦恼地走跳起来）……

老　刘　怎么，助理员，白花真是金芳扔的吗？

万国英　是金芳扔的！

老　刘　不会吧，金芳平常是很老实可靠的呀，我看她不会——

万国英　（气愤）是呵，这不就是什么红旗竞赛、民主管理的结果吗，连金芳这样的老实人都捣起鬼来啦！

老　刘　助理员，这样处理问题不大好，我看还是先调查一下，也听听大家的意见——

万国英　意见？！——哼，我正要问你哪，老刘，工人同志们那些意见是你拿来的吗？

老　刘　是！（沉一下）你看过啦？

万国英　嗯，看过啦！

老　刘　怎么样？

万国英　怎么样？——哼，倒是挺可笑的！

老　刘　怎么，可笑？

万国英　（有力地）嗯！……（又热情地走跳起来）老刘，解放以前咱们在一块儿干了两年，解放以后眼看又快半年啦；在这两年半里边，我助理员万国英的人品怎么样，十成你也看个七八成吧？

老　刘　我看得很清楚，助理员。

万国英　嗯！……老刘，我万国英是个学生出身，靠自个儿的本事干活吃饭；解放以前在这个纱厂干了两年，没有给哪个科长、经理送过一份年礼，也没有随便欺压过任何一个工人，我姓万的不媚上、不欺下，为人是清白的，这一点你也不能不承认吧？

老　刘　是的，是这样，万国英同志。

万国英　可是你看看解放以后哪，老刘？！

老　刘　解放以后，你很要强，很想积极负责，这一点我也常跟彭刚同志谈到。

万国英　（兴奋地）是呵，因为我觉得共产党好哇！……第一，上边派来的干部刻苦、清廉，工作在前、享受在后，跟国民党的贪污、腐化完全不一样；第二，他们尊重我万国英的人格，比如彭刚同志，他纺织学上的专门技术比我懂得少，他就甘心向我学习。所有这些情况，又把我读书时候那种“工业救国”的理想给鼓舞起来啦，于是我觉得英雄找到了用武之地，我开始了积极的工作——老刘，这一点也不是我万国英往自个儿脸上贴金吧？！

老　刘　是的，这都是事实，万国英同志，可是——

万国英　（更激动）是呵，可是结果哪？——工人们倒把我怪下来啦！你看这些意见，连我哪次谈话声音太高啦，哪次眼睛睁得太圆啦，也都记得这么清楚；连我脑子里不同意竞赛也列为罪状，说是反生产观点；看样子连我晚上做的什么梦，脑袋上长着多少根头发都要来问一问哪，你想，她们还有什么精力来注意生产？！这不是让她们搞竞赛搞得玩儿荒啦，民主管理把她们惯坏啦，这还是什么？！

老 刘 万国英同志，说到你现在工作卖力气，打心眼儿里想把工作搞好，我完全同意；可要说到大家不该给你提意见，我可就有两句话要说啦。你想，凭着你脑子里不同意竞赛，就大吵大闹地随便给工人画跑车号，凭着你反对民主管理，不耐心教育，有错不管大小，遇事儿不问真假，上去叮当扑哧就训一通，惹得小闺女儿们这个啼哭，那个叫唤，这不就实实在在影响她们生产啦，比如刚才——

万国英 （急）老刘，我看你这话还是留着骗鬼吧！提起刚才的事情更叫我难以忍受，你看，为了一把白花，从车间吵、吵、吵，一直吵到工务室来，费了这么大工夫，伤了这么大脑筋，结果怎么样，还不是又从工务室吵到车间去啦？……你想，叫张大梅这样原来就不老实的工人更会发脾气、闹态度；叫金芳这样原来很老实的工人学得胡捣蛋、扔白花；把马芬姐这样原来就很捣蛋的工人容忍下来继续捣蛋，却美其名叫作说服教育；你想，这叫什么竞赛？这叫什么民主管理？这是谁在影响生产？这是谁该给谁提意见？！

老 刘 （要解释）万国英同志，这——

万国英 （截住老刘，更激动）老实说吧，共产党的政策我样样拥护，就是什么民主管理、生产竞赛我不敢领教！因为你们就不想想，工人就是想多挣钱、少干活儿，管理上就是想增加产量、提高质量、降低成本，管理和工人根本是矛盾的，你想她们怎么能会没有意见？

老　刘　万国英同志，解放以前，我们给官僚资本家干活的时候，你这个道理说得很对；可是现在解放啦，工厂是咱们自个儿的啦，就应该启发大家的觉悟，让我们自个儿来管理自个儿——

万国英　（不耐烦地）不要太相信工人的觉悟吧，老刘！你觉得那些女工为了一个红旗吵吵闹闹就是阶级觉悟吗？……哼，再让我斗胆地说一声吧，真要提高生产，达到标准数，只要管理上订计划、下命令、有魄力、有信心、勤查勤管、有错就罚，就会完成任务，根本用不着发动群众，根本用不着让她们自个儿管理自个儿！不然你看，扔白花、你吵我闹，这不是叫工人之间惹是生非、行政管理上自找麻烦还是什么？！

老　刘　（无奈）万国英同志，说半天你还是不接受大家的意见啦？

万国英　她们的意见都是错误的，你叫我怎么接受？！

老　刘　那刚才的问题，你也不打算重新处理啦？

万国英　（气愤）还要重新处理？刚才问了那么半天才决定下来的，还会有错？！

老　刘　（要辩解）万国英同志，这——

万国英　（厌恶地制止）好好好，老刘，咱不谈不谈，我知道三两句话也给你搞不通，我今天谈话的目的主要是请你把我的意见转达给大家。她们不是讲民主吗？请她们把我的意见也考虑考虑！——好，我也该到车间去看看啦，说不定又要出什么乱子哪！哼，可笑！（向右门下）

老　刘　（见万国英已下，苦笑）唉，这个一榔头砸不开的死脑袋瓜子！（欲向右门下）

〔彭刚自右门匆匆上，几与老刘碰个满怀。

老　刘　噢，彭管理员，你开会回来啦？

彭　刚　嗯，老刘，我正要找你研究一下扔白花的事情哪！

老　刘　怎么，你知道啦？

彭　刚　嗯！刚才我一进门，仙妮赶上来给我说了一下。老刘，听说金芳她们都不同意助理员的处理，是吗？

老　刘　同意？！——助理员他不调查，不研究，光听美兰跟大梅她们吵了一顿，就判定是金芳扔的，这怎么能叫她们同意哪？！

彭　刚　噢！

老　刘　刚才我就是给他说这个理哪，可他倒反过来把我教训了一顿！

彭　刚　噢！……

老　刘　彭管理员，我看这事情得赶紧重新处理一下。

彭　刚　当然要重新处理。……哎，老刘，你听到有什么新的线索没有？

老　刘　没有，我还没来得及打听一下哪，就让助理员给“生米煮成熟饭”啦。

彭　刚　那这样，咱们先到车间找工友们谈谈，要依靠群众才能把问题解决得好！——走吧！

老　刘　走！

〔二人全下到右门口，金芳自左门上。

金　芳　管理员！

彭　刚　噢，金芳！——老刘，那你先去吧，我先同金芳谈谈！

老　刘　好！——金芳，别难过啦，好好地跟管理员谈谈吧！

〔向右门下。

金　芳　彭刚同志，扔白花的事情到底怎么办哪？

彭　刚　（沉默很久，而后）金芳，白花到底是不是你扔的？

金　芳　不是我！

彭　刚　（严肃）金芳，虽然你是党员，你很能服从党的纪律，接受党的任务，可是你还年轻，你还是个小孩儿，如果一时没想通，犯了小孩儿脾气……

金　芳　彭刚同志，你说我——

彭　刚　（截断金芳）嗯！比如像挂红旗以前我叫你来这儿谈的一样，是不是因为你们组没有挂上红旗，大梅跟马芬姐吵哇、闹哇，逼得你没有办法，结果弄得你手忙脚乱——

金　芳　（激动）彭刚同志，你想，红旗竞赛是我们响应党的号召自动发起的，帮助大梅，改造马芬姐、小美姑的任务是我自愿接受的，大梅要把马芬姐跟小美姑调走，又是我坚持留下的；像这些工作我成天价忙到不吃饭不睡觉，往一块儿成全还成全不来哪，我还能给自个儿拆台？！（抽噎）

彭　刚　（严肃）那怎么竟会有人说是你哪？！——金芳，今天党还没有公开，群众不知道你是党员；可是，如果你真要这样做了，这实际是在影响党的威信，因为党要求我们每一个共产党员，在一切工作里，只能做群众的模范！

金　芳　（伏案哭）彭刚同志，我想不到这会儿连党也不能完全相信我……

彭　刚　金芳，不要哭！

金　芳　（站起来，抹去眼泪，勇敢地要求自己）彭刚同志，我知道我的工作应该检讨，打上星期把我调到这组以后，我要能多想办法，叫美兰她们也都转变了，那今天她们就不会怀疑到我身上……（又抹泪）

彭　刚　（亲切）不要哭啦，金芳，你放心，党相信你对党是忠诚的，但在事情没有弄清楚以前，党更不能不严格要求你！

金　芳　我知道。

彭　刚　金芳，群众的眼睛是亮的，只要你平常的工作得到了大家的拥护，她们会起来帮你摘掉这顶冤枉帽子的。

金　芳　彭刚同志，我以后一定会加强工作，拿事实来证明我是一个好党员！

〔老刘自左门兴奋地上。

老　刘　（兴奋地）管理员，事情有点儿门儿啦，许多络纱的小闺女们正在那儿三一堆两一伙地谈论哪，都想把事情弄清楚。

彭　刚　（也兴奋地）嗯，怎么样？

金　芳　（兴奋地期望着）……

老　刘　她们一共提供了两个情况，一个是有根据的，一个是没根据的。管理员，咱们去跟她们研究研究吧！

彭　刚　好——金芳，咱们一块儿去吧。

金　芳　嗯！

〔老刘与彭刚低谈着三人同由左门下。

〔月香自右门上。

月　香　（躲躲闪闪地急喊上）管理员！管理员！（一看无人，焦急地）哎，管理员哪？（跑至左门口，外望）

〔马芬姐自右门上。

马芬姐　（从右门探进头来，见彭刚不在，急上）月香！

月　香　（猛回头）谁呀？噢，芬姐！……你干什么来啦？

马芬姐　（非常不在乎地）我找管理员来啦，他不是正在打听扔白花的事情吗，我有话给他报告！

月　香　噢，管理员不在……

马芬姐　管理员不在——（阴毒地）我找你也行！

月　香　找我？

马芬姐 嗯！——（狠狠地）月香，我问你，干什么好事儿来啦？

月　香 （畏缩地）我……我……

马芬姐 别装蒜啦，你那两手儿少在我面前要！——月香，我知道你干什么来啦，我也明白你知道我干什么来啦，既然咱们谁心里都有谁，为什么不打开窗子说亮话，痛痛快快地谈谈哪？

月　香 谈谈？

马芬姐 （有力地）嗯！——月香，明人不做暗事，你有胆儿，你想把小美姑怎么样，就直截了当地给我说吧，还这么鬼头鬼脑地干什么？

月　香 （痛苦无助）芬姐！

马芬姐 （又突然软下来）月香，我刚才也给你说清啦，是你，是我，是小美姑咱们三个亲，不是别人；你不能过了河就拆桥，你不能这样没良心！

月　香 芬姐，你这是什么意思？

马芬姐 不错，这些日子你是进步啦，特别是竞赛以后，你常上课，常开会，常跟大梅她们一块儿谈话，一块儿玩——

月　香 （急切地）芬姐，你说这干什么？

马芬姐 我说这话，不是嫌你进步啦，我们要拦住你，我是说这一回小蘑菇扔了白花，她错啦，你先给她瞒过去；美姑年纪小，咱们要不给她挡风遮雨，还有谁肯护着她哪？

月　香 芬姐，你是说这回就冤枉人家金芳，叫我昧着良心装哑巴，见死不救哇？！

马芬姐 （坚决而诚恳地）不，咱们一定不能冤枉金芳！……（内疚地）金芳人强，我也知道……

月　香 那你说怎么办哪？

马芬姐 （困惑，痛苦）怎么办？……（沉默。而后，突然肯定地）

月香，咱们就说是美兰她们车工自个儿扔的！

月　香　说人家自个儿？

马芬姐　嗯，大梅不也是这样说吗，咱们大伙儿要都这么说，管理员也就信实啦！

月　香　（认真地）可……可这真是小蘑菇扔的嘛！

马芬姐　月香，你别这么傻！

月　香　（坚持地赌气）人家金芳人强，人家是为了工作，咱不能看着——

马芬姐　（真心恳求地）月香，你芬姐长这么大，还没有这样低声下气地央告过谁哪，你得摸着胸脯想一想！

月　香　我……（勇敢地）我非说不可！！（转身欲向右门冲下）

马芬姐　（翻脸，一把将月香抓回）月香！我好话给你说了三千六，听不听在你，反正一天三八廿四个钟点，你不能光在厂里待着，回了家呀，大梅、金芳她们谁也不能成天价陪着你！万一小美姑有个差错儿，不能上班了，你得把她请到你家去，敬着她、养着她、供她吃、供她穿！

〔外边有人声。

马芬姐　（推月香）走，到车间说去！（推月香向右门下）

〔彭刚、大梅自左门上。

彭　刚　大梅，别光要意气啦！

大　梅　不，不干了也是一样，我非把事情弄清楚不可！

彭　刚　（给大梅倒杯水）大梅，坐下慢慢说。

大　梅　（坐下）管理员，我们为了生产，发动竞赛，不怕干活儿紧，累死累活都受了，就是受不了这冤枉气！

彭　刚　怎么是受冤枉哪？

大　梅　（毫不客气地）助理员！助理员他不问青红皂白，不弄清谁是谁非，光坐在屋子里拍桌子、打板凳，逼着我们承认，扣我们两分儿，这不是冤枉人哪？！

彭　刚　你说不该扣你们的分？

大　梅　（理直气壮）不该！不用说扣两分，扣半分儿也不该！——平常我们要得九十四分半，差半分不到九十五分，还得不上红旗哪，他扣我们两分儿，我们更拉不过来啦，死也不干啦！

彭　刚　大梅，你说白花不是金芳扔的？

大　梅　（气，起立，奇怪地）管理员，你也相信助理员的话呀！（坚决）金芳人实惠，是全厂出了名的啦！特别是解放以后，又积极，又肯帮助人，把她调到哪车上，哪车上哈哈笑；把她打哪车上调走，哪车上就噘嘴啼哭；别看我还叫她生过气，可我敢保险，隔着皮儿我就看透她瓤儿啦，金芳肚子里就没有这坏心眼子！

彭　刚　那你说是谁哪？

大　梅　美兰！——美兰她们车工扔的，不敢承认才诬赖金芳！

彭　刚　你有什么证据哪？

大　梅　（主观特强）我想着就是这样哪，还要什么证据呀！

彭　刚　（笑）大梅，这就不对啦！你说不是金芳，我有点儿信，因为金芳平常人强；可你要说，你想着是美兰她们自个儿扔的，就不好说啦。因为你跟金芳好，美兰她们跟金芳也没有仇哇！

大　梅　她们见金芳摸她们的白花啦！

彭　刚　是呵，她们见金芳摸她们的白花才诬赖金芳，总比你想的那样还有点儿根据吧？

大　梅　那，那……（一时想不通气闷）……那到底是谁哪？！

彭　刚　（说服）是呵，问题就在这里，在事情没弄明白以前，先不要吵吵闹闹弄得厂里昏天黑地，影响大家生产——（老刘自左

门上）

老　刘　管理员，刚才的事情又调查啦，还是只有扎锭带的看见的那两个人有根据。

彭　刚　（思索地）噢！……

老　刘　怎么样，我把她们叫来吧？

彭　刚　叫来吧。

老　刘　先叫一个哪，还是两个都叫？

彭　刚　（考虑一下）先叫一个吧，随便哪个都可以。

老　刘　行！

〔向右门下。

彭　刚　（继续）所以现在不要闹什么“不干啦”“不干啦”！如果错扣了你们的分，等事情弄明白了，自然会给你们修改过来的。

大　梅　（听话了）嗯！……（气愤地）管理员，等你把扔白花的这个人逮住了，咱们非狠狠地斗争她一顿不可！

彭　刚　不，要好好教育她一顿。

大　梅　不，要好好斗争她一顿！还给她登上黑板报，让她光荣光荣！

仙妮声　走哇，你怎么又不进去啦？！

彭　刚　谁呀，进来吧！

〔仙妮推月香自右门上。

仙　妮　看你这么大人啦，老这么抽抽爽爽的，一辈子也成不了事儿！

大　梅　（好事地）月香，你们干什么来啦？

彭　刚　我叫她们来了解一下情况，大梅，你先下去看车去吧，也帮我调查着点儿。

大　梅　嗯！（热诚地）月香，仙妮，给管理员说完了后快回来吧，你看今天耽误咱们多少活儿啦，呵！

〔向右门下。

彭　刚　（对月香）月香，是组长叫你来的吧？

月　香　是！……

彭　刚　（对仙妮）仙妮，组长也叫你来啦？

仙　妮　（干脆地）没有，组长叫月香来，她老磨磨蹭蹭不愿意来，我陪她来的！（多话地）管理员，你看月香这生成的鸡儿骨头兔子胆儿，你说一个树叶儿掉下来呀，她也怕砸破了脑袋；刚才见美兰她们吵着说金芳给她们扔白花啦，就把月香吓哭啦！

月　香　（低头）我没哭……

仙　妮　别装傻啦，那会儿那么多人谁没有见你哭哇，刚才你在车上还哭哪！管理员，你看吓得她连哭都不敢承认啦！

月　香　我就是没哭嘛！

仙　妮　没哭？！组长他们谁没看见哪！

月　香　（顽强）看见？！——看见也没哭！

彭　刚　仙妮，月香已经进步啦，你不能再拿以前的眼光来看她啦。

仙　妮　她？！——哼，生就的骨头长就的肉，她且不容易改哪！

彭　刚　好，仙妮，你先回去看车去吧。

仙　妮　嗯！（欲下又回）管理员，你是真不知道，月香就是这么块废物点心，三竿子打不出个屁来！

月　香　（要打仙妮）去你的！

〔仙妮向右门跑下。

彭　刚　（耐心地）你怕什么，月香？

月　香　（内心非常痛苦）我是，我是——

彭　刚　你是心里有事吧？！——月香，你该痛痛快快地说出来，我知道你心里有事。

月　香　（胆虚）管理员，你是说扔白花的事情？

彭　刚　是呵，怎么有人说是你扔的哪？

月　香　（冤屈）我扔的？——（颓然而哭）呵，我知道是谁说的……

彭　刚　谁说的？……

月　香　（痛苦着大声地）那个扎锭带儿的，她看见啦！

彭　刚　你知道扎锭带的看见啦，你为什么还不承认？

月　香　（哭着）不是我！

彭　刚　不是你？——是谁？

月　香　是小蘑菇！

彭　刚　是小蘑菇一个人，没有你？

月　香　没有我！——管理员，是我见小蘑菇往美兰斗里扔白花啦，我怕出事儿，要把白花拿出来，马芬姐吓唬我，不叫我拿！

彭　刚　怎么，马芬姐？

月　香　嗯，马芬姐不光不叫我拿，还不叫我报告，刚才我鼓着劲儿来找你报告，又叫她一把给抓住啦！她拿软话儿来拢我，拿硬话儿来吓唬我，后来不容分说地就又逼着我走啦！……

彭　刚　噢！……她为什么不叫你来报告哪？

月　香　管理员，你不知道马芬姐跟小美姑亲哪！马芬姐净护着小蘑菇！

彭　刚　噢……

月　香　管理员，不信你问金芳，我这人是不是心眼儿实在，我怎能给人家扔白花，怎么能办出这么大胆的事儿来？

彭　刚　嗯！——月香，因为你平常工作很踏实，上级本来就没有完全相信是你扔的，不过既然有人说你，当然要问清楚，你说对吗？

月　香　嗯！——事情到了这会儿，天塌下来我也不怕啦，马芬姐她成心隐瞒小蘑菇的错误行了，我可不能成心看着金芳为了工作受冤枉，弄得跳到黄河里也洗不清！

彭　刚　对，你报告得对，月香，最近你真是大有进步啦，以后更要积极起来！……好，你先回去吧。

月　香　嗯！……（走，又回）管理员，我报告是来报告，你可别为这事儿开除小蘑菇哇！

彭　刚　怎么，开除？

月　香　嗯，马芬姐说，要因为我来报告，你把小蘑菇开除了，就让我养着小蘑菇！

彭　刚　（笑了）你放心，月香，不会为这点小事儿把小美姑开除的，你不用害怕。

月　香　嗯！

〔老刘、小美姑自右门上，月香向右门下。

彭　刚　（低声）组长，已经证实啦，月香没有扔。

老　刘　噢！……

彭　刚　小美姑，你看刚才助理员对白花问题的处理对不对？

小美姑　不对。

彭　刚　怎么不对？

小美姑　压根儿就不是金芳扔的，你们没听见大伙儿在外头说呀！（故意把问题扯远）组长，你看刚才络纱的时候，金芳那两眼哭得像铃铛似的，都是冤的她，要不人家就哭啦？

彭　刚　你说是谁扔的？

小美姑　美兰她们自个儿扔的……

彭　刚　（紧逼）你见啦？

小美姑　我……（答不上来）

彭　刚　你没见为什么说人家扔的？

小美姑 ……（狼狈，但顽强推脱）我不知道，这是大梅这样说的！

彭　刚 （沉了一下，严肃地）小美姑，你知道大梅她们为什么要求把金芳调到你们这组来帮车吗？

小美姑 ……为了……

彭　刚 嗯，为什么？

小美姑 为了大梅她们嫌……嫌马芬姐我们不好……叫……叫金芳来帮助改造……

彭　刚 可是你们不听金芳的劝告，还是不好好干活，马芬姐还旷工，你还跑车，累得她们得不上红旗，人家都不想要你们啦，你知道吗？

小美姑 知道！……

彭　刚 知道？！知道你为什么还扔白花？

小美姑 我扔？

老　刘 小美姑，没有不透风的墙，你想你扔白花就没有个人看见啦？

小美姑 谁看见啦？

老　刘 我看见啦，扎锭带儿的看见啦，你还有什么说的？！

小美姑 （大哭）噢！……不是我，是马芬姐！……

老　刘 怎么，是马芬姐？

小美姑 是，是我不敢扔，马芬姐扔啦，我才敢扔！……

彭　刚 小美姑，真是马芬姐先扔的吗？

老　刘 小美姑，你不要看马芬姐比你更落后，你就把什么事情都推到她身上去呀！

小美姑 真的，真的是她，要不她就不叫月香来给你报告啦！连刚才刷鞋都是她叫我去的，要不画了跑车号她就着急啦！……

彭　刚 噢！……

老　刘　（有些明知故问地）小美姑，你说的都是实话吗？这一回你要再说瞎话，可就不原谅你啦！

小美姑　我再不说瞎话啦，我再不说瞎话啦，都是马芬姐不好，连我刷鞋回来装肚子痛都是她教我的。

彭　刚　好，美姑，你能认识到这一点很好，以后要听金芳的劝告，不要再跟马芬姐学。去吧，看车去吧！

小美姑　嗯！……（向右门下）

彭　刚　（松一口气）嗯，总算找出头绪来啦！

老　刘　管理员，你可别太乐观了，马芬姐恐怕且不容易承认哪！工友们不是都叫她顽固堡垒吗？

彭　刚　（思索着）嗯，她是带有很多旧思想的工人，同时过去我们对她的帮助教育也很不够……

老　刘　怎么办？

彭　刚　好，你把她叫来，咱们来诚诚恳恳地说服她。

老　刘　好！（向右门下）

〔彭刚踱了几圈，刚欲坐下，外面人声嘈杂：

——老刘：大家不要吵，不要吵！

——络纱工甲：哼，就是你扔的，你还不赶快承认！

——络纱工乙：叫金芳为你背黑锅，你好狠心哪！

——络纱工丙：叫她坦白，叫她坦白！

——马芬姐（大吼）：放屁！你们整个地放屁！说，你们谁看见啦，说出个板眼来！

——众人：我们看见啦！就是我们看见啦！

——老刘（大声）：大家不要吵！大家不要吵！回去干活儿去吧！

彭　刚　（上前推开右门）同志们，回去干活儿去吧，这样没根没据地瞎吵，是要受严厉批评的！

众　声　好，让管理员问她去吧，咱们回头再来！

彭　刚　（对外）马芬姐，到里边来吧！（退回）

老刘声　里边来吧，马芬姐！（上）

马芬姐　（怒气冲冲上，一边谩骂着）哼，我才不信她们哪个敢咬我一口哪！

老　刘　这是什么话，马芬姐？——管理员不是说过她们啦！

彭　刚　马芬姐，不要着急，不要着急，坐下，坐下。

马芬姐　（对立一旁，顽抗地）管理员，你得给我弄清楚，她们这算怎么回事，这算怎么回事？！

彭　刚　（和气地）对，对，对，回头我一定好好批评她们。——马芬姐，咱们先谈谈今天你犯的错误吧！

马芬姐　（强硬地）我犯的错误？！

彭　刚　（温和地）嗯，刚才你没有扔白花吗？

马芬姐　（凶恶地）我扔白花？！——管理员，你们就听那些络纱工随便胡扯一顿，就说是我扔的呀？！

老　刘　马芬姐，不要再硬赖啦，刚才证据不确凿的时候，我不敢说，这会儿是白菜剥心，一层层地把你剥出来啦，你还有什么话讲？！

彭　刚　是呵，马芬姐，我们已经调查清楚啦，白花不是你先扔的吗？

马芬姐　（仍想赖）她们说我？！

老　刘　（进逼）嗯，还要把扎锭带儿的、月香、小美姑叫来，对证一下，来个三堂会审吗？

马芬姐　（看看无法抵赖，泼辣地）好，就算是我吧！

彭　刚　（奇怪）怎么，就算是你？！

老　刘　（同时，惊异）……

马芬姐　嗯，好汉做事好汉当，我扔白花，我引的小美姑扔白花，我都承认，可这都是张大梅叫我们扔的呀！

彭刚／老刘　大梅？！

马芬姐　嗯，大梅叫我们扔的，要不我怎么说就算是我扔的哪！

老　刘　（困惑地）这，这，这到底是怎么回事？

彭　刚　（苦闷）是呵，这到底是怎么回事儿？！……噢，马芬姐，你说大梅今天——

〔大梅自右门冲上。

大　梅　（气冲冲地）管理员，闹半天白花是马蜂窝她们扔的呀？！（转脸见马芬姐）闹半天白花是你们扔的呀！

老　刘　大梅，不要吵！

大　梅　我吵？——小蘑菇都给她翻出来啦，车间里也都闹动啦，还不叫我吵？（对马芬姐）刚才我跟美兰吵了那么半天，这会儿又叫人家畅快我，这都是你办的好事儿！

马芬姐　我办的好事儿？我们扔白花还不是你叫我们扔的！

大　梅　（意外）我叫你们扔的？！

马芬姐　嗯，就是你张大梅！

大　梅　（急得跺脚）你胡说，怎么是我叫你们扔的？！

马芬姐　管理员，这事儿只有小美姑知道，让她上来做个见证吧！

大　梅　（气得浑身发抖）好，管理员，快快快，你快把小蘑菇叫来问问吧！她这样给我造谣，这不是成心要气死我呀！

彭　刚　不要着急，大梅！——好，把小美姑再叫来问问。

老　刘　（乐观地打趣）我看这简直比走山道儿还难哪，眼看走到头儿啦，一拐弯儿——又远啦！……马芬姐，你们哪，（摇头笑）哎！……（向右门下）

大　梅　管理员，你看这是祸打天上来不，她说是我叫她们扔的！

马芬姐　我才是祸打天上来哪，要不是你呀，今天就没有这回事儿！

彭　刚　先等一下再说吧！

〔小美姑、老刘上。

大、马　（急喊）小美姑！——

彭　刚　（急制止）不许乱说。——小美姑，你说刚才你们扔白花到底是怎么回事儿？

小美姑　（一愣）怎么回事？

马芬姐　说，小美姑，咱们扔白花是不是她大梅叫咱们扔的？

大　梅　（对马芬姐）放屁！——（对小美姑）你说，我叫你们扔，是怎么说的，怎么讲的，谁看见啦，谁听见啦，你找出个地点时刻来！

小美姑　噢，管理员、组长，你看我倒忘啦，刚才你们问我，急得我心里转不过弯儿来，我就说了一半——我们扔白花都是为了怕开除！

彭刚／老刘　开除？！

彭　刚　谁要开除你们？

马芬姐　（泼辣地）你，管理员，你要开除我们！

彭　刚　我要开除你们？！

马芬姐　嗯，这都是她张大梅说的！

小美姑　大梅说她和金芳、月香、仙妮她们三个商量好啦，连美兰也赞成，要求管理员开除我们！

老　刘　管理员，这是怎么回事儿，金芳给你说过没有？

彭　刚　没有哇，金芳没有说过！——大梅，这是什么时候？

小美姑　这是刚才挂过红旗了，管理员你训了她们，她们不服气，才到西段开了个会决定的！

彭　刚　怎么，真有这么回事儿吗，大梅？

大　梅　（不语）……

马芬姐　说呀！张大梅，这正是你称英雄道好汉的时候呵！

小美姑　你刚才逼我的时候那么有劲儿，怎么一下子就泄气啦？

老　刘　怎么回事儿，你说呀，大梅！（大梅不语）管理员，叫金芳她们上来问问吧？（欲下）

大　梅　（急制止）管理员，组长，不用问啦，是我说的！

刘、彭　真是你说的？

马、小　看我们没说瞎话吧！

大　梅　（勇敢地）都是我一个人说的，金芳、月香、仙妮她们都不知道！

彭　刚　她们都不知道？

马、小　（更吃惊）怎么，就你一个人？

大　梅　金芳、月香、仙妮、美兰她们都不知道，是我一个人怕她们多出白花，拿开除来吓唬她们的！

小美姑　好家伙，闹了半天是你一个人吓唬我们的呀？——芬姐，要早知道是她吓唬咱们的，咱们早不扔啦！

马芬姐　（发觉自己被欺骗得如此之惨，羞愤至极，疯狂大叫）好家伙，闹半天是你张大梅一个人的事儿，闹半天是你一个人吓唬我们的呀？

彭　刚　马芬姐，不许乱吵！

马芬姐　好家伙，张大梅，为了怕我们多出白花，就拿大伙儿来吓唬我们，就拿管理员来吓唬我们，就把我们当成三岁小孩儿拿开除来吓唬我们哪？！——管理员，你们说这是谁造谣，你们说这是谁造谣？！

彭　刚　（严厉）马芬姐，你不要这样歪曲！大梅她逼你，她有错，可她还是为了生产哪！你们哪，你们不光不为了生产，还破坏生产，这就更不对啦！

马芬姐　她为了生产，她应该讲理，也不该吓唬我们哪！

大　梅　（抢着）我拿开除来吓唬你们，也没叫你们这两位姑奶奶去给人家扔白花呀？

小美姑　（多嘴地）你说再多出了白花开除我们就行啦，还用着你姐姐妹妹地捏着耳朵嘱咐哇！

彭　刚　大梅，你逼她们，你也应该深刻检讨！（对马芬姐）那么我问你，马芬姐，你们为什么扔到美兰车上哪？

小美姑　谁让美兰个精灵鬼光说风凉话，笑话我们哪！

〔马芬姐张口欲说，被老刘制止。

彭　刚　好，现在问题已经明白啦，咱们有理说理，不许再吵啦！——老刘，你带大梅、小美姑工作去吧，等一会儿叫金芳、美兰来，我先跟马芬姐谈谈。

老　刘　好！

大　梅　（欲走，又回）哼，肚里没病死不了人，你们要不多出白花呀，我说你们也扔不了！

老　刘　够啦，大梅！（推大梅、小美姑向右门下）

〔空气沉寂。彭刚在室内来回踱着。深思地，很久很久地踱着。

马芬姐　（憋不住了）管理员，有什么话你就说吧，老这么溜达干什么？

彭　刚　不要紧，你先歇一会儿，消消气儿再谈！（还走）

马芬姐　管理员，我早就不生气啦，你说吧！

彭　刚　不，你还在火头上哪！（还走）

马芬姐　管理员，你说吧！

彭　刚　你不生气啦？

马芬姐　我不生气啦！

彭　刚　（停下）好，你不生气了，咱们说了才有用。马芬姐，刚才扔白花的事情想通了没有？

马芬姐　张大梅逼我扔的呀！

彭　刚　谁的错误多？！——比如说，你好好看车，少出白花，不影响她们得红旗，她还能逼你吗？……大梅说的有道理，肚里没病死不了人！

马芬姐　我有错？！——我有错，她逼我，她一样有错呀！

彭　刚　嗯！……可是话再说回来，马芬姐，刚才助理员给你画跑车号是怎么回事儿？

马芬姐　（仍倔强）他胡画的呀！

彭　刚　嗯，就算是他胡画的吧，可是，马芬姐，你想想，是谁叫小美姑去刷鞋的？！

马芬姐　（欲赖无语）……

彭　刚　好，你说扔白花是大梅逼你犯的错误，我也同意有一部分理由；可是你想想，别人都在紧张生产，你叫小美姑去刷鞋，这是谁逼你犯的错误？！

马芬姐　（不语）……

彭　刚　小美姑刷鞋回来，你叫她装肚子痛，欺骗助理员，这又是谁逼你犯的错误？！

马芬姐　（不语）……

彭　刚　刚才我开会回来你就找我，说助理员给你错画了跑车号，不说就是你叫小美姑刷鞋去的，这样来欺骗我，这又是谁逼你犯的错误？！

马芬姐 （在彭刚步步逼近下，内心步步败退，痛苦异常无话可说）……

彭　刚 为什么刚才月香来报告，你吓唬她，为自己掩护，还说是为小美姑，这又是谁逼你犯的错误？！

马芬姐 （不语）……

彭　刚 马芬姐，我也不给你发脾气，我也不给你闹态度，你刚才嫌大梅逼你，不是要讲理吗，现在你就先跟我讲讲理吧！

马芬姐 （不语）……

彭　刚 马芬姐，你不是很有理由吗，你为什么不说话呀？！

马芬姐 （挣扎起来）行啦，管理员，你别说啦！反正我里里外外都叫你看穿啦，我也就不用瞒着你啦，要打、要罚、要记过、要开除，全由你去，我二话不说，可是这笔账我要——

彭　刚 （沉痛地）马芬姐，这不是说把你里里外外看穿啦，要打你、要罚你、要记过、要开除的问题！——扔白花是小事，主要的是你对咱们今天的工厂一直抱着成见化不开——

马芬姐 （截断彭刚）我抱成见？！

彭　刚 （严肃、诚恳）马芬姐，检讨起来，我也很对不起你——

马芬姐 （惊异）怎么，你对不起我？！

彭　刚 嗯，过去由于工作上的忙乱，我这当管理员的一直没有根据你的具体情况，和你好好谈谈，解释一些你不了解的问题，我对你的帮助是很不够的！

马芬姐 （不知怎么说才好）管理员，你，你这是——

彭　刚 （亲切地）我知道，你是一个七八年的老工人，过去受过很多苦……比如解放以前，国民党开除你，是助理员万国英给你挂的牌儿，解放以后他还是那样看不起工人，你也就一直跟他记着仇，越结越深，我也没有很快地给你解决——

马芬姐 （有点心酸，不愿让提起）管理员，你提这干什么？

彭　刚 还有，你的老娘有病，我以前不知道，没有早些照顾你，其实我早该叫你领大娘到厂里的医院来看看，可是我——

马芬姐 管理员，你别说这些啦！

彭　刚 还有，你跟大梅的问题——

马芬姐 行啦，管理员，你别说啦！你人强，你把我当人看，这我算知道了一点，要是提到别人，哼，你又不是人家肚子里的蛔虫！

彭　刚 不，马芬姐，这也不是我个人强不强的问题，我是说今天解放啦，咱们工人生活改善啦，工人地位提高啦，生产竞赛是为了支援前线打蒋介石，是为了建设咱们的新国家，助理员跟大梅他们对你的态度虽然有些不好，可也是为了叫你觉悟，叫你进步！——

马芬姐 （不听）管理员，你别说啦！我刚才不是说过啦，你人强，你把我当人看，我服你；要提到工作，提到助理员，提到大梅——哼，他们眼里看见一只蚂蚁了，也看不见我马芬姐！

彭　刚 （深感困难）……马芬姐，自从解放了以后，你觉得厂里一点好处也没有吗？就因为助理员、大梅他们态度不好，你就什么都不承认吗？厂里低价配卖米、面、布匹，工人生活改善了吧？！你说他们对你不好，可厂里别人对你态度怎么样？

马芬姐 （彭刚的话触到了内心痛处，竭力躲避）行啦，行啦，管理员，你别说啦！你要真看得起我，那你就给我捎个信儿给金芳，说她为我受了冤枉，我对不起她！

彭　刚 （感动地）对，你应该深刻地检讨自己——

〔金芳上。

金　芳 你不是叫我来吗，彭刚同志？

马芬姐 （上前一把抓住金芳手）金芳，我对不起你……（低头，哭泣）

金　芳 （安慰）芬姐！……

〔沉默。美兰、仙妮自右门跑上。

美兰/仙妮 （且喊且上）管理员，白花是马蜂窝——

彭　刚 （制止）……

马芬姐 （见美兰、仙妮，急抹去眼泪，倔傲地）金芳，我实在对不起你，可我也得给你说清楚，这都是她张大梅害的我，我才连累了你！

〔急向右门下。

美兰/仙妮 （急问）管理员，真是马蜂窝、小蘑菇扔的呀？

彭　刚 嗯，她们已经承认啦！

仙　妮 （上前抱住金芳欢跳）金芳姐，她们可承认啦！

美　兰 （难为情地）金芳姐，我对不起你，恕我小孩儿脾气，金芳姐！……

仙　妮 （不平地）管理员，看你刚才还逼着金芳姐检讨哪！

彭　刚 （笑）那时候还没弄清楚哇，（对金芳）金芳，现在你的冤枉帽子也摘下来了吧？

美　兰 金芳姐，恕我太冒失啦，你别跟我一样……

金　芳 （笑，拉美兰手）以后可要听话啦，美兰！

彭　刚 （在一旁笑着，不语）……

仙　妮 （责备）哼！美兰你个精灵鬼，看见一把白花就红了眼啦，疯狗似的乱咬一阵子，也不认清好歹人！

美　兰 （吞吞吐吐）我那会儿也信不准是金芳姐扔的呀！……

仙　妮 （抢白）信不准你可说？！

美　兰 （狡赖）我们车工逼的我！

仙　妮　（鄙视地）什么呀，就算你眼里不下沙子就是啦，你还嘴硬！

彭　刚　美兰，你知道马芬姐她们为什么把白花扔到你车上吗？

美　兰　（羞愧）不知道……

彭　刚　你平时对她们的态度怎么样？

美　兰　我？

彭　刚　嗯，你想想。

美　兰　（难为情地）我就是嘴尖点儿……

仙　妮　美兰这个积极分子呵，也真是太精啦，光往里积极，可不往外积极！

美　兰　（不高兴）我怎么光往里积极，不往外积极呀？

仙　妮　不是呵，你在你们组里挺会团结人儿的，哄得你们那车工滴溜转，对我们外组的呀，就东烧一把火，西吹一口气儿，恐怕我们那大火着不到房顶子上！

美　兰　不用你小丫头子多嘴！

彭　刚　美兰，仙妮说得很对，你在你们组里很能团结，可是不能团结外组的工友，光怕别人把自己超过去了，是吗？

美　兰　（痛苦地）……是……

彭　刚　好，现在事情已经明白啦，把刚才助理员扣金芳的分取消；金芳、仙妮，你们组扣马芬姐两分，扣小美姑、大梅各一分；美兰，也扣你一分！

美　兰　也扣我一分儿？

彭　刚　嗯，以后要好好改正你的本位主义！

仙　妮　（噘嘴）管理员，这星期头一天就扣我们这么多分儿，累死也得不上红旗啦！

彭　刚　不要紧，只要你们把马芬姐她们团结好了，全组特别积极工作，还是可以加分的。

金　芳　对，仙妮，只要咱们把她们团结好，还能补过来！

仙　妮　哼，真讨厌……

〔大梅自右门冲上。

大　梅　管理员，我不干啦，你看马蜂窝又在车上骂我哪！

彭　刚　噢，大梅，你来得正好，我正要找你谈谈哪！——坐下！

仙　妮　大梅姐，开车以前管理员劝咱别再要求把马芬姐她们调走啦，你说你有办法，闹半天是这么个“二百五”的办法儿啦？

美　兰　是呵，你这个办法可真妙，闹出了这么大事儿，让我也平白无故地跟金芳姐撒了半天赖，叫我脸上多挂不住哇！

彭　刚　大梅，你说，你对马芬姐跟小美姑这一味打击的态度，到底是为什么哪？

大　梅　（理直气壮地）为了少出白花少扣分儿啦！——谁叫你不答应把她们调走哪！

彭　刚　噢，这么说好像你做得蛮有道理吗？！——大梅，我不答应你把她们调走，是要你首先检讨自己，改正对马芬姐她们的态度和看法，不是叫你去假造大家的意见，拿开除来吓唬她们！

美　兰　是呵，为了怕吓唬不倒她们，还把金芳、月香、仙妮，我们四个人拉上当你陪绑的，你可真阔气呀！

金　芳　（制止）美兰！

大　梅　（不语）……

彭　刚　大梅，这种假造上级命令、假造大家意见的事情，本来应该受到严厉处罚的，只是看你平时工作积极，先原谅你一次。注意以后可要好好劝她们啦，她们不听可以向组长，向我来报告。

大　梅　（不服）反正我是为了工作好！

彭　刚　可是结果你把工作做坏啦！你为了少扣分儿，逼得她扔了白花，倒多扣了分儿啦！

仙　妮　是呵，你看这还不是咱们自个儿吃亏吗？

美　兰　大梅，这才是弄巧成拙，自个儿搬石头砸自个儿的脚哪！

彭　刚　对，大家说得都很对，常说人急造反，狗急跳墙，你这么一逼不要紧，又让她多走了二里冤枉路，本来她们对工厂、对工作、对你们的好意，就一点儿也不了解，这一下叫她误会更深，更不容易觉悟啦！

大　梅　（有些故意不讲理）那你还是把她们调到别的车上去吧，我不跟她们在一块儿啦，叫人家这会儿还在那儿数茄子道黄瓜地骂我哪，我还干活儿不干哪？！

彭　刚　大梅，你怎么还是这么固执呵？为了工作少说两句不要紧，重要的不是你干不干的问题，而是哪个车上都有落后分子，你必须想法儿改造她们，也想法儿改造你自己的问题！——你想，假如全厂工友都像你们这样积极，不是根本就用不着开展竞赛啦？

金　芳　大梅，要是不团结改造，光打击，那跟官僚资本家对咱工人还有什么两样哪！

仙　妮　对啦，大梅姐，有时候我就想，我想你要不改你这牛脾气，真要有一天叫你当了干部哇，准跟助理员一样的官僚！

大　梅　（打仙妮）不用你放屁！

众　人　（笑）……

美　兰　哎，管理员，我说马蜂窝这家伙也真是个怪物，你说她落后吧，她是大错儿不犯；说她不落后吧，又是死顽固，小错儿不断；她出个坏主意，光让小蘑菇出头儿，咱一点儿也抓不住她的短处！

仙　妮　这才是黏皮虱子咬死人哪，她那个不紧不慢的劲儿，就叫你干着急，可不出汗！

彭　刚　对呀，正因为她不是有意地破坏生产，只是因为不觉悟，才不好好干活儿的，咱们才更要团结改造她呀！

仙妮／美兰　好，大梅，咱们一块儿来团结改造她们吧！

金　芳　以后再不要逼她啦，大梅。

彭　刚　大梅，真要把她改造好了，她会跟你们一样积极起来的！

大　梅　（赌气地）好，你们说是我逼的她，那我以后不逼她好啦！

〔络纱工人七八人急上。

众络纱工　（急喊上）管理员，听说扔白花的事情弄清楚啦？

络纱工甲　管理员，白花是马蜂窝她们扔的吧？

彭　刚　（笑）嗯，是马芬姐她们扔的。

众　人　（围抱金芳）金芳姐，我们就知道不是你扔的！（笑跳）哈哈哈……

彭　刚　（莫名其妙）怎么，你们是有什么事情吗？

络纱工甲　我们就是问你来啦，刚才我们络纱去，金芳姐哭得两眼通红，听说助理员判定是她扔的，我们就知道，保险又是助理员合着两大眼给弄错啦！

络纱工丙　那会儿我们就猜着是马芬姐扔的哪！

〔万国英推右门上，众并未发现。

仙　妮　要不是管理员给弄清楚哇，人家金芳姐冤死了，还不知道怎么死的哪！

络纱工甲　（莽撞地）冤死了找助理员偿命去！

〔万国英急退下。

络纱工丙　对啦，助理员这么糊里糊涂地处理问题，咱们应该再给他提个意见！

金　芳　哎，管理员，助理员看了我们给他提的意见，他说什么？

彭　刚　还不知道，我把意见给他以后，还没有跟他见面哪。

络纱工乙　金芳，我知道，刚才听分会主任说他还不大接受哪！

络纱工甲　听说他不光不接受，还老是咬住死理不撒嘴，说什么他是真心为生产，还倒过来把分会主任给训了一顿哪！

彭　刚　是吗，不会吧？（为万国英遮瞒）不会，不会！

络纱工丙　准是，我看咱们就找他去算啦！

仙　妮　对，我也赞成，你们是不知道，刚才他给马芬姐画跑车号那官僚劲儿多大，（模仿着万国英的神态）他说："粉笔在我手里，要画就画"！——吓得我连动也不敢动，恐怕他一高兴，顺手一带也给我画一个！

彭　刚　（制止）大家不必找他去，这样无组织无纪律的行动是错误的，我把这意见转达给他好啦！

金　芳　（笑着）对，咱们先工作去吧，让管理员给他谈过了再回答咱们。

众　人　好，管理员，你可得好好地检讨检讨他！（欲走）

彭　刚　哎，刚才工会开会给咱的竞赛办法，做了几个新的决定，等会儿有时间了你们集合一下，叫我去讲一讲！

众　人　好！

仙　妮　哎，管理员，我看助理员跟马芬姐一样，都该好好改造一下！

众　人　对，都改造一下！（哄笑而下）

彭　刚　（送众工人至左门，回来）

〔静场。

〔万国英垂头丧气，但也因受了工人这样大"愚弄"而满怀气愤地自右门上。

彭　刚　（回头）噢，万国英同志！

万国英　嗯……

彭　刚　（考虑着怎样来说服万国英）万国英同志，刚才的事情有些变化，白花不是金芳扔的！

万国英　（羞愤，厌恶，躲避的心情）噢……

彭　刚　白花是——

万国英　（不愿彭刚说下去）噢，噢，噢……

彭　刚　（不明何故）怎么样，万国英同志，你不舒服吗？看你精神不大好。

万国英　我刚才在门外边什么都听见啦，我——

彭　刚　（明了地）噢……（知道万国英正在极不冷静的情况下，觉得难以说通，所以沉默了很久。但是问题到了实在不能不解决的关头，于是又试探着，但也是坚持地，提出自己的意见）万国英同志，通过今天你对白花问题的处理，我觉得咱们的确应该彻底谈谈啦。

万国英　（气愤地，甚至有些讥讽地）你是说，还要耐心说服下去吗？！

彭　刚　正是这样！……比如马芬姐的落后，虽然她本身有很多错误，但是我们领导上不正确的管工作风，也应该负很大责任；而且她的技术是很好的，所以我们更要——

万国英　请你相信，彭刚同志，我从来也是很重视马芬姐的技术的；但是我们不能因为她技术好就姑息、迁就她，因为全厂像她这样有技术而非常落后的工人实在不在少数！

彭　刚　正是因为像她这样有技术而非常落后的工友不在少数，我们才更有必要坚持教育改造、耐心说服的方针呵！因为我们不管改造好了她们中间的任何一个，那对其他人都会起很大影响的，因为她们时时刻刻都在想知道我们到底对她们抱的什么态度！

万国英 （不服气地）这……

络纱工声 彭管理员，我们都集合啦，你来给我们报告吧！

彭　刚 （向外）好，我就来！……（本来想继续争论下去，但一方面外面众人在等着，另一方面考虑到谈下去效果不一定好，所以犹豫了一下，而后肯定地）好，万国英同志，我知道你心里不大愉快，你先自己想一想也好，等我报告回来咱们再谈吧。

万国英 （没好气地）嗯。

彭　刚 （欲走，又回）噢，万国英同志，刚才工会常委会决议，把咱们红旗竞赛的物质奖品，由在年底发，改到每月发一次，从下星期竞赛第一阶段总结大会开始实行；另外关于竞赛的制度，决定取消比白花一项，把这项的分数加到出数上来，你有什么意见吗？

万国英 我……没，没意见，没意见……

彭　刚 好，咱们回头再谈吧。（下）

万国英 （站起来，烦躁地思索着踱来踱去）哼，耐心说服！……耐心说服！……

〔仙妮急上。

仙　妮 （急喊上）管理员，管理员！

万国英 （猛回头）又嚷什么，又嚷什么？！

仙　妮 （见不是彭刚，欲不说，但又不能不说）助理员，马芬姐跟大梅又吵起来啦！

万国英 （意外地）怎么，又吵起来啦？

仙　妮 （急）嗯，真的，又吵起来啦！

万国英 （困恼，急得跺脚）哼！

仙　妮　助理员，你看马芬姐那嘴老是不干不净地骂大梅，起先大梅不惹她，后来她把大梅骂急啦，大梅就找金芳去啦，偏巧没找着，不知道金芳到哪儿开会去啦，马芬姐硬说大梅是报告她去的，这会儿两人儿又吵到一块儿啦！——怎么办，助理员，怎么办？

万国英　（厌恶地向仙妮摆手）好，让她们进来，让她们进来！

马芬姐 / 大梅　（场外音）走，找管理员讲理去，走……

仙　妮　助理员，你听她们来啦，她们来啦！

万国英　让她们来，让她们来！（仙妮下）

〔马芬姐、大梅二人彼此急急推扭而上。

马芬姐 / 大梅　（边上边喊）管理员，管理员！

万国英　（竭力认真压抑自己）吵，吵，就没个完啦，就没个完啦？！

马芬姐　（一见是万国英，失望地，但也是凶凶地）管理员哪儿去啦？

万国英　（力求诚恳，压抑自己）管理员？

马芬姐　嗯，我们是找管理员来的！

万国英　（负责地）管理员不在，有什么事儿，给我说也是一样！

大　梅　（对马芬姐）对，有理走遍天下，给谁说也是一样，咱们就跟助理员说吧！——助理员，反正你得管她，你不能再叫她回车上去骂我！

马芬姐　（锋利而快）张大梅，你胡说！

万国英　（对马芬姐）今天咱们有理说理，你不要吵！

大　梅　（抢说）刚才管理员问出来白花是她扔的啦，兜了她的老底儿啦，打这儿往后，她披不住她那光棍皮啦，她不能再在我们面前晃来晃去充人啦，她就——

马芬姐　（截断大梅）张大梅，你胡说！

万国英 （对马芬姐）你先不要说！

马芬姐 （凶恶地）不叫我说？！

万国英 嗯，一个人说了，再一个人说。

大　梅 （仍抢说）她骂我，我不搭理她。刚才彭管理员跟金芳她们批评了我，我听话，我让着她，我去找金芳来说理，可她就骂我是告她去啦！

马芬姐 （大吼）你就是告我去啦，你就是告我去啦！你仗着你是工厂的亲闺女，你去告我，你去搬兵！你——

万国英 （被马芬姐激得有点压不住火了）马芬姐，你不许吵！

大　梅 （气极）助理员，你听她顺嘴胡扯！

马芬姐 （猛烈进攻）不是吗，你是积极分子，你可以随便吓唬我们，要笑我们，把我们推个四脚朝天，叫大伙儿拍着巴掌看笑话，还怪我们落后！

万国英 （仍然竭全力压抑自己，免于爆发）马芬姐，你有理说理，不要这样乱吵！

马芬姐 （成见地）你不叫我吵？！——好，我不跟你说，我找管理员去！（扭身欲走）

大　梅 （急挡住）马蜂窝，你想得倒不错，你骂了半天人，你要跑，你要找管理员去？

万国英 （仍然有些耐心）马芬姐，你有理说理呀，你走干什么？

马芬姐 （大叫）你不是不叫我说吗，我在这儿干什么？！

万国英 我叫你有理说理，我叫你说正经的，你不要随便胡扯！

马芬姐 嘿，叫我说也是你，不叫我说也是你，你就这么随便哪？！——我才不说哪，我就不是找你来的！

万国英 （怒）马芬姐，我先给你说清楚，（强调）现在我对你用的完全是“耐心说服”的办法，我可是完全放弃了成见，我可没有不把你当人看哪，你得认清这一点！

马芬姐 呸！我早就看透你啦，你压根儿就没把我当人看过，你还有资格耐心说服我？！——不听你这一套，我找管理员去！（走）

万国英 （爆发）哎，马芬姐，你这么不知道好歹，你这么看不起我万国英呵？！好，给你好你不要好，我也就没好啦，咱们就算个清楚！——说，你为什么给我捣蛋，你为什么找我的别扭，你为什么这样看不起我？

大　梅 助理员，她看起过谁呀，她连工厂的竞赛都说是哄小孩儿的！

马芬姐 我就是看不起你，我就是不给你说，我就不是找你来的，我走！（欲走）

万国英 你走？！——你走不了，你想得倒便宜，你骂了这么半天人你走，说，在我面前承认你的错误！

马芬姐 我就不承认错误，我就走，我就要找管理员去！

万国英 找管理员？！——哼，管理员也得叫我来处理你的问题！刚才为小美姑跑车你跟我捣那么半天蛋，为扔白花又给我下那么大圈套，这会儿你又要跑到管理员那儿去承认错误？！不行，你这样看不起我就办不到！

马芬姐 办不到？！——（受到两重打击，不免神伤）好，你们两个来欺侮我呀？！

万国英 / 大梅 谁欺侮你？！

马芬姐 （锋利，快）你们，你们，你们欺侮我，你们两个人欺侮我一个，你助理员欺侮我，你张大梅仗着助理员欺侮我，你狗仗人势！！！

大　梅 （跺脚）助理员，我不干啦，我不干啦，我受不了她这样骂我！

马芬姐 你不干？——哼，你不干，我还不干哪，我就不再受你们这欺侮，我马芬姐有骨气，饿死也再不受你们这欺侮！

万国英 （怒火万丈）你不干？！

马芬姐 嗯，我不干，我豁出来不吃你们这碗饭，我不干！

万国英 好，不干，不干你滚蛋！

马芬姐 （意外万国英竟说出这种话）滚蛋？

万国英 嗯，你有骨气你滚蛋，像你这种工人早该滚蛋，你欺侮上级，你不服从管理，你破坏生产，你还血口喷人，我这助理员根本管不了你嘛，这个厂里根本容不下你嘛，你滚蛋，你滚蛋！

马芬姐 好，不干就不干！（摘围腰、证章）日本鬼子的气我受过，国民党的压迫我没怕过，我老子娘还不敢把我怎么样哪，你来欺侮我呀？！你以前仗着国民党来欺侮我，你今天还仗着共产党来欺侮我呀？！不行啦，我长大啦，我离开你这个厂子有饭吃，我不吃你这一套！（把围腰、证章摔地上）你们的围腰！你们的证章！都给你，都给你！（向外冲至右门口，猛回头，对大梅）好，张大梅，你等着！（跑下）

〔哑场很久。

万国英 （见马芬姐真去，颓然而伫）……

大　梅 （逐渐从混乱中清醒过来）助理员，她走啦，她真走啦！

万国英 （呆然，不语）……

大　梅 （急）助理员，这不行呵，这就是开除了吧？！

万国英 （呆然，不语）……

大　梅 助理员，她回不来啦，这真是开除啦，这——

万国英 （清醒，突然起立，慌张地）呵，她真走啦？！

大　梅 嗯，她走啦，她真走啦！

〔沉默。

万国英 （突然肯定地）好，就是开除她！就是叫她走！（去摘工人名牌中马芬姐那个牌）

大　梅 （意外）啊，就是叫她走？！——不，这不对，助理员，我不是想把她……

万国英 （把牌甩在桌上）就是叫她走，叫她饿两天！

大　梅 饿？！——不，助理员，这不对，家里她老娘指着她上班吃饭哪！

万国英 （烦躁万状）去吧，去吧，去吧！

大　梅 不行呵，助理员，这就是我害了她啦！

万国英 （拍案）去吧，什么你害她，去吧！

大　梅 （掩面大哭）呵，我错啦！我错啦！……（跑下）

万国英 （暴烈地将地上围腰、证章拾起甩在桌上，一边吼叫着）不干！不干……

〔彭刚自右门上。

万国英 （抬头见彭刚，痛苦地）彭刚同志，这叫我怎么干，叫我怎么干？！

彭　刚 （莫名其妙）怎么啦，怎么啦！

万国英 （指桌上围腰证章）你看，你看！

彭　刚 这是谁的呀？

万国英 马芬姐，马芬姐！

彭　刚 万国英同志，这？

〔金芳手持面袋急自右门上。

金　芳 （慌张地）管理员，管理员，你看大梅在车上哭，马芬姐跑出厂去啦！

彭　刚 已经跑出厂去啦？

金　芳　嗯，已经跑出厂去啦，你看她这面口袋跟配卖票还丢在这儿！

万国英　她不干？！——好，我干不了，我也不干啦！（要走）

彭　刚　（上前急拉万国英）万国英同志！万国英同志！

万国英　不，彭刚同志，我没能力，我不配当这助理员，我干不了不干，我干不了不干！（从彭刚手中挣脱，向左门冲下）

彭　刚　（追上前）万国英同志，万国英同志！（万国英已下，彭刚回头）

金　芳　彭刚同志，你看事情越闹越大啦，这到底应该谁负责任？！这到底应该谁负责任？！

彭　刚　（严肃而镇定）不要抱怨，金芳，困难还多得很，但是我们共产党员绝不会害怕，绝不向困难低头！！

——幕　落——

第三幕

◉**时 间**

次日，上午八点左右。

◉**地 点**

马芬姐家。

◉**布 景**

一般的北方城市的工人住宅。台右是马芬姐的住屋，有门窗，檐下有炉灶。台左是月香家住屋的后墙，由左前可通往。正面是一道短墙，有大门通外面。小美姑，很可能就住在大门对面的人家。院里有树，树下有饭桌、小凳等家庭用具。外面远处，是电杆、烟囱、楼房等构成的都市远景。

〔开幕，马芬姐伏在桌边低泣，娘站在她的一旁数落着，抹着眼泪。桌上饭菜均已摆好。

娘 （继续的语气，数落着）……可不，才说厂里配卖四十斤面，咱们早点儿预备过八月节吧，你这一闹可好，面也甭领啦，节也甭过啦，连面口袋也丢给人家啦！……

马芬姐 （低泣，不语）……

娘 （伤心地）芬姐，你娘这苦老婆子，跟前没有五男二女，外头没有三亲六友，可就守着你这么一个老闺女呀！……

马芬姐 （低泣，不语）……

娘　芬姐，说不定哪天你娘这心口痛的老病一重，一合眼就看不见你啦；你老娘再也累不了你几天啦，你该孝顺你娘，叫你娘舒舒心！

马芬姐　（泣声高，不语）……

娘　（渐渐压抑不住气愤，有些激动起来）芬姐，要是你心里还想着你娘一点儿，你昨天下午为什么还把你那围腰证章扔了哪？！

马芬姐　（哭声更高，不语）……

娘　（知道说中了女儿的短处，更激动，责难地）芬姐，要是你心里还想着你娘一点儿，你压根儿就该忍气吞声地待下去，压根就不该在人家助理员面前充硬汉子、去找碴儿、去闯祸呀，芬姐！！（哭）……

马芬姐　（突然站起来，忍住眼泪，激愤而悲伤地）娘，你别说啦！就算你上辈子没修好，养下了我这个造孽的闺女，叫你成天担惊受怕，生气受罪！……可是你放心，娘，你闺女就算是没出息，当个要饭的花子到大街去讨吃要吃，也不能叫你老人家像以前那样挨饿受冻；再说你闺女今天也长大啦，还有着这么一个丢不掉的手艺……（伤心地抹泪，说不下去）

娘　（见女儿伤心，自己更疼爱起来）丫头，娘不是不心疼你，可是娘实在后悔你不该——

马芬姐　（悲痛地打断娘）是啊，咱把围腰证章扔都扔出去啦，就是后悔死也拿不回来啦……

娘　（疼爱地）好，不说啦，我不说啦……

马芬姐　（拔腿欲向外走）

娘　芬姐，你干吗去呀？

马芬姐　我找王所长去，看看他把事儿给我找好了没有！

〔月香自家门匆匆上。

月　香　大娘，怎么大清早起来就嚷开啦？（上前对马芬姐）芬姐，昨天晚上下了班我就来看你——

马芬姐　（截断月香）看什么看？！——开除都开除啦，还用着你们这菩萨心黑天半夜惊动我的门子来看我！（向外门走）

娘　（拦止）芬姐，你先吃饭！这么一大早起，连口水还没喝哪。

马芬姐　我不饿！——你也快到我干妹妹家去吧！

娘　嗯，我立时就去！——你还是吃了饭再去吧？

马芬姐　不，我吃不下去！（对月香）人活着的时候你们烧香咒他死，人死了你们又烧纸哭他该活啦！哼……（急向外门下）

月　香　（茫然地）大娘，你看昨天晚上芬姐不见我，今儿个早上还生我的气哪！

娘　行啦，月香，不用管她生不生你的气啦，你要真对你芬姐还有点真心诚意，你就赶紧到厂里给她求求情去吧！

月　香　我怎么不去哪，要不我起这么早啦。

娘　（心急地）那你为什么还不走，真急死我啦！

月　香　去，我去，大娘。昨天晚上咱娘儿俩商量好了，我就像烙饼似的，翻过来、掉过去，半宿没睡着，我是想今天进厂去，怎么给彭管理员跟金芳姐他们说——

娘　（更不耐烦地）怎么好听怎么说，怎么央告得人家心眼儿里喜欢，不开除你芬姐怎么说！月香，这你还用问吗？！

月　香　不是，大娘，不是这个！

娘　（着急地）那你说是什么哪？

月　香　我是说，我还摸不清芬姐到底安心怎么样，没法儿给彭管理员他们报告，因为你不是说，芬姐昨天下午打厂里回来就托人找事儿去啦？

娘　她到派出所去啦，王所长说，让她今天早晨去听回信。

月　香　她不是还叫你找她干妹妹去吗?

娘　嗯，她干妹妹不是在恒大纱厂上班吗?

月　香　嗯!……(学会了调查研究)哎，大娘，她要在外头找着事儿了哪?

娘　找着了再说!……(自知失言)噢，不，反正我是一心想叫她回你们厂去，你赶紧去吧，月香!

〔小美姑自家门上。

小美姑　(赌气地)你干什么来啦，月香?大娘，昨天晚上我不是就给你说啦，芬姐这事儿就怨月香!

月　香　怎么怨我呀，芬姐是你供出来的，又不是我。

小美姑　你要不先把我供出来，我就供不出芬姐来，你就是这坏事儿的祸根苗!

月　香　(吵)你才是坏事儿的祸根苗哪，芬姐要不是为了护着你——

娘　(制止)行啦，行啦，别吵啦，这不是你们打糊涂官司的时候，你们俩要有一个有良心的，昨天给你芬姐遮瞒两句，也不会有今儿个!——去吧，月香，去吧!

小美姑　(责怪地)哎呀，大娘，你才认死理啦，开除都开除啦，再讲情去还不是白跑道!

月　香　开除也没挂牌儿啦!

小美姑　(抢白)没挂牌也开除啦!(对娘)芬姐给人家扔了围腰证章，算是把自个儿的饭碗给扔啦，按解放以前的老规矩，还能不开除?

月　香　(动摇，同时说出自己内心的不满)是呵，大娘，我也是觉着有这个短处，你想，像你芬姐这个没有王法的劲儿，谁还敢要哇，恐怕只有出厂的道儿，没有进厂的道儿啦。

小美姑　对呀，没挂牌也跟挂牌一样，昨天晚上助理员在工务室吵了半宿，说芬姐简直是造反，他也闹着不干啦，下班的时候听说都吵到厂长那儿去啦。

娘 （被月香、小美姑等吓到）这……这可怎么办，这可怎么办？（胃忽然痛起来）哎哟，心口又痛起来啦……芬姐，你就折磨死你娘啦！……

月　香 （见娘状，忽然安慰地）大娘，不要紧，咱们穷人面前没有走绝了的道，我去，大娘，你等着，我去啦，呵！

〔向大门下。

娘 （胃痛得轻了，痛苦地舒一口气）哎……

小美姑 （认真地）大娘，你别看月香以前腼腆得不行，这会儿学得可俏啦！

娘 （一面忍受着胃痛，并不太经心地听）嗯！

小美姑 别听她嘴里大娘长、大娘短，叫得挺甜，她心里可是跟咱们走远啦！

娘 嗯……

小美姑 别看她装得那么厚道，说什么给芬姐讲情去，我看她不添油加醋地把芬姐告状就是好的！

娘 （埋怨地）人心隔肚皮，随人家去吧，反正这会儿是咱们求着人家啦。

小美姑 大娘，我说芬姐开除都是月香的过，一点也不假；以前她常跟芬姐我们在一块儿玩，可打竞赛以后，她就常跟大梅她们一块儿玩啦；她也常上课，常开会，碰对了还疯子似的撅着屁股扭秧歌，芬姐我们看不上她，她还觉着一美一美的是进步哪！

娘 （感叹地）嗯，这是世道、人心都要变啦！

小美姑 哎，大娘，芬姐的事儿找好了没有？

娘　还没有。

小美姑　（犹豫一下）大娘，让芬姐找两个事儿吧，也给我找一个。

娘　给你也找一个？

小美姑　嗯，我——

女人声　哟，她金芳姐来啦，来坐坐吧！

〔金芳应声。

小美姑　大娘，你听，金芳来啦？

娘　金芳？

小美姑　嗯，金芳心眼儿挺实在，咱们快来跟她打听一下芬姐的事儿吧。（扶娘）

娘　（打起精神来）嗯，咱们快打听一下。（与小美姑同向大门迎去）

小美姑　（慌张地）哎，大娘，我叫芬姐找事的话你可别给金芳说。

娘　嗯，我不说。她金芳姐！她金芳姐！……

〔金芳自大门上。

金　芳　（欢笑地）大娘，我看你来啦！……噢，小美姑也在这儿。

娘　（殷切地）嗯，她金芳姐，你来啦，快来坐，快来坐。

金　芳　嗯！大娘，咱们娘儿俩快有半月不见面啦，听说你那心口痛的老病又犯啦？

娘　不要紧，这回不厉害，还吃下去了。

金　芳　嗯，这就好。

小美姑　（迫不及待地）金芳姐，芬姐还回厂上班不？

娘　（更急地）是呵，她金芳姐，芬姐叫厂里开除了吧？

金　芳　不要紧，大娘！

娘 / 小美姑　（惊异地）不要紧？不开除？

金　芳　嗯，厂里正开会讨论哪，我看不要紧，大娘！

小美姑　（顽固地）不要紧？……哼，我看比钉儿钉得还准哪，给人家扔了围腰证章还不开除？

女人声 美姑，你个死丫头还不来吃饭哪！——我要等着刷碗啦！

小美姑 来啦，来啦！（向自己家门下）

娘 （激动地）她金芳姐，真的不要紧？——听月香、小美姑她们说，助理员那个坏东西不是非闹着要开除她？

金　芳 就是因为助理员闹着要开除她，才开会讨论哪！——不要紧，真的不要紧。

娘 不，她金芳姐，我知道你心眼儿好，你怕我们难受；可真要开除了，也就别瞒着我们啦，我们好重打算盘另找事儿。

金　芳 不瞒你，大娘，我就是给你送信儿来啦，还能糊弄你老人家？——你放心吧，大娘！

娘 （感动得突然哭起来）哎，老天爷，你保佑，真要不开除我芬姐，赶八月十五给你摆五花大供……

金　芳 别乱想啦，大娘，我给你送信儿来啦，你怎么还哭哪？

娘 （抹一把泪，长叹）哎——她金芳姐，你是不知道，芬姐以前叫厂里开除那两回，把我们娘儿俩吓惊啦！……

金　芳 嗯，那两回开除都是厂里冤枉咱！

娘 （激愤起来，控诉地）是啊，她金芳姐，你评评这个理，他们凭什么开除我芬姐？！你看，那头一回还是给日本鬼子干的时候，（紧张而快，短促地呼吸）说是工人们净跑茅房去歇着，可她刚上班一年，才十七岁，可不敢那样做。有一回当头儿的去检查啦，人家玩的人都跑啦，就她一个人真在那儿解手没起来，当头儿的就说她是成心怠工，就把她开除啦！……

金　芳 嗯，大娘，别生气啦，过去的事咱不提啦。

娘 （遏制不住的激情）她金芳姐，你是不知道，那一回更没道理哪——那一回是国民党刚来，芬姐她爹临死的时候，芬姐要请假回来守着她爹，当科长的不准她，说：“你那么愿意叫你爹死啊，你非守着他！”气得芬姐就骂了他一句：“你才愿意叫你爹死哪！”也就叫人家给开除啦……还有，给芬姐当场挂牌的就是这个助理员！

金　芳　（同情，愤慨地抹泪）大娘，那都是日本鬼子、国民党害咱们！

娘　（更高声地，激动地倾诉）她金芳姐，芬姐那两回开除，都是我们拿着膝盖当脚走，给人家磕头、求情，卖了她的棉袍、她爹留下的排子车，给人家送鸡、送酒才又上的班，要不芬姐就给厂里记下这么大仇啦？要不她一下班就往家走，那会儿也不肯在厂里多待会儿？！……

金　芳　（坚信地）嗯，大娘，你放心，今天是共产党，是咱们一家人，保险不能那样冤枉咱！……大娘，解放快半年啦，你就不觉着共产党比日本鬼子，比国民党对咱好吗？

娘　（渐缓和）嗯，我也觉着共产党配卖米面布匹，照顾咱们生活，比日本鬼子、国民党强得多，可共产党真要叫工人翻身，怎么还叫以前开除芬姐的那个助理员在厂里横行霸道哪？

金　芳　大娘，这个助理员还是一个好心人，就是态度不好，要不今儿个就开会批评他啦？

娘　嗯，要真是这样可就好啦！……（渐渐平息下来）哎，她金芳姐，刚才我打发月香找你去啦，你见到她没有？

金　芳　见啦，我正好碰到她在胡同口儿上，我叫她去找大梅啦。

娘　（意外地）大梅？

金　芳　嗯，叫大梅来跟芬姐和好，叫她们都检讨一下，互相认个错！

娘　（怒）认错？！……不，她金芳姐，这不行，我芬姐不跟她检讨，我芬姐没有错！

金　芳　不，大娘，不——

娘　（不听）不，你不用说，金芳！大梅她不常来我这儿玩，我那回不是给她买上半斤花生还觉得对不起她，可她就不想想，你们姐妹都是给人家干活，都是干活吃饭，你凭什么跟人家管工的合起来欺侮你芬姐？！她这是夺我们的饭碗子，金芳，我不去找她娘算账就够给她脸啦，她不能来气我！

金　芳　不，大娘，芬姐也有错，你不是也常嫌芬姐太别扭吗？

娘　不，就算芬姐有错，有我这脏老婆子活着，也轮不着她张大梅来管教哇！——不，你不能叫她来，金芳，她要把我这心口痛的病气出个好歹来，我可叫她们一家子安生不了！……

金　芳　好，好，大娘，不叫她来！你累啦，到屋里歇会儿去吧！（扶娘向屋门走，娘被金芳扶着气哼哼地下）

〔静场。

仙妮声　走哇，大梅姐，你可进去呀！

大梅声　嚷什么，小死丫头子！

〔仙妮、月香推大梅自外门上。仙妮左臂上还挎着小书包，里面装有未做好的慰问袋。

〔大梅进门后便向月香门冲去，被仙妮、月香拦住。

月　香　不行，大梅，金芳姐叫你到芬姐家来的，你不能到我家去！

仙　妮　（同时）不行，不行！

月　香　（按大梅坐下）好，你就在院里坐会吧。你可不许再跑啦，大梅，你跑了我们可给金芳姐交不了差啦。

〔屋里有金芳、娘谈话声。

仙　妮　哎，月香，你听金芳姐跟芬姐她娘说话哪！（指屋方向）

大　梅　（惊）她娘？！

月　香　那正好，金芳姐就是叫你先见见她娘哪！

大　梅　（挣扎）不，我不见她娘！（起立要跑）

仙　妮　（紧拖大梅，急喊）金芳姐，你看大梅不愿意见大娘，她要跑啦！

月　香　（抱着大梅，同时）大梅，大梅！

大　梅　（将月香、仙妮猛推，向月香家门跑下，仙妮被推倒在地）

月　香　（同时）大梅，大梅！（追下）

金　芳　（同时自屋门上）大梅！

仙　妮　（坐地上，弹动着两腿，噘嘴）金芳姐，我不干啦！我不干啦！

金　芳　（急将仙妮抱起）怎么又不干啦？

仙　妮　你看大梅这家伙多难斗哇！

金　芳　怎么啦？

仙　妮　看她昨天下午在车上哭，你说她，她多听话呀，撇着个小嘴儿跟小绵羊似的，可过了这一宿，她又变卦啦！

金　芳　你怎么知道她变卦啦？

仙　妮　（立刻恢复了原来活泼的情绪）咳，她这个变卦呀，也是我们早就算出来了的！刚才你不是叫月香找我去啦，我们走着道就想，她要是钻在屋里不出来可怎么办哪？哼，走着走着，我们就想出来了一个计策！

金　芳　小丫头子心眼儿真多，什么计策呀？

仙　妮　你听我说呀！——我们到了她家门口，故意不进去，月香就装个生人叫："张大梅在家吗？——纱厂里的张大梅！"听着是她走道的声儿，我们就在门两边一躲，赶她走出来啦，我们就这样把她一抱——

金　芳　（高兴地）是呵，这不挺好吗？

仙　妮　（又噘嘴）好什么好？！——她一看是我们，扭头就往回跑，我抱她太紧啦，（用胳膊比画着）她使劲这么一甩，就摔了我个屁股蹲儿！（生气地）哼，摔得我这会儿还痛哪！

金　芳　（笑）好仙妮，为了团结工作，再摔十个也值得，你赶紧看着大梅去吧，怕月香那面条手一个人看不住她！

仙　妮　（听话地）嗯！……（又生气）哼，要不是为了团结工作呀，我才不吃她这一套哪！（欲向月香门下，又回）哎，金芳姐，刚才你跟月香说，美兰她们在厂里干什么哪？

金　芳　我说刚才我来的时候，美兰，还有咱们分工会的许多工友，都找分会主任去提意见啦，坚决反对助理员开除马芬姐。

仙　妮　（兴奋地）大家都这么卖力气呀？

金　芳　是呵，大家都这么卖力气，咱们就更不应该怕困难啦！

仙　妮　（更高兴）对，不怕困难，叫他官僚主义也看看（拍胸脯，伸大拇指）咱们群众的力量！（向月香家门欢跳下）

〔娘上。

娘　你跟谁说话啦，她金芳姐？

金　芳　我跟仙妮说话哪，大娘。

娘　我听你们说什么大梅哪？——金芳，大梅她就不用打算登我的门边！

金　芳　大娘，你这样做可就不对啦，她来了也可以给你认个错嘛！

娘　不用她来！要是她给厂里讲讲情，叫芬姐上了班，她再来认错我才见她！

金　芳　大娘，你小声点，她就在月香屋里，叫她听见了不大好！

娘　（故意大声）我就是故意叫她听见的！不用她来！反正我们娘儿

俩谁也不见她，我们不认得她张大梅是谁家的闺女！（要走）

〔仙妮手持慰劳袋着急跑上。

仙　妮　（边上边喊）金芳姐，金芳组，你叫大梅——

金　芳　（急制止仙妮）……（对娘）大娘，你哪儿去呀？

娘　我出去一下就来！——她金芳姐，芬姐也快回来啦，你就在家等她吧，我也就不锁门啦。

金　芳　大娘，你还是先别出去吧，等一会儿芬姐回来了，咱们俩好一块儿来说她呀！

娘　她金芳姐，刚才我在屋里又想了想，我还是去找她干妹妹一趟。

金　芳　大娘，刚说好啦，怎么又不信啦？

娘　我不是不信你，丫头，我是说，遇事儿不要光往好处里想，这会儿厂里也说着，外头也找着，骑着马找马，比什么都保险。

金　芳　用不着，大娘——

娘　不，金芳，你别拦着我。万一厂里开除了，外边的事儿也耽误了，那你的好心可就成了坏意啦！（顽固地向外门下）

金　芳　（无可奈何地）哎！……（转对仙妮）小丫头子没眼色，又嚷什么呀？

仙　妮　我是让你叫大娘说话声儿小一点，大梅都不高兴啦！

金　芳　大娘的话你们都听清楚啦？

仙　妮　听清是听不清，反正听着粗声粗气的，觉出是气话来了；月香我们正守着她做慰劳袋哪，她听见大娘嚷啦，拔腿就要跑，我一挡她，她把我一推，差点儿把我的慰劳袋给撕了。——金芳姐，你还不赶紧劝劝她去！

金　芳　嗯，那你就在这儿看着门吧，别出去，呵！——小丫头子勤快的，出来还拿着慰劳袋！

仙　妮　（不服气地）嗯，光拉她们狗打架，我就不做慰劳袋儿啦？！

〔金芳笑向月香家下。

仙　妮　（四下看望，见桌上的绣花绷子，拿起端详）哎，凤凰单展翅，自由线，就是好看！（和自己的比）……比我的可好看多啦，这家伙，你要把这绣花枕头改成慰劳袋，送给前方战士该多好哇！

〔小美姑上。

小美姑　（趴在门口看看，见只有仙妮一人，娇怒地上前）小豆豆，你一个人在这儿偷人家什么东西啦？

仙　妮　你放屁！我看马蜂窝这绣花枕头哪，谁偷东西啦？

小美姑　绣花枕头？！——（将枕头一把夺回）不叫你看！让你们闹得把我芬姐都开除啦，你们还有脸进人家的院儿？

仙　妮　（忽然灵机一动地）哟，小蘑菇，你可真跟你马芬姐学会啦，我还没张嘴哪，你倒先跟我开了火儿啦！

小美姑　我怎么先跟你开了火儿啦？

仙　妮　闲话少说，小蘑菇，你来得正好，咱们坐下谈谈！

小美姑　（莫名其妙地）谈谈？

仙　妮　（理直气壮）嗯，我早就想好啦，今儿个一定找机会教育你一顿！

小美姑　教育我一顿？！——放屁，你敢教育我一顿？

仙　妮　嗯，小蘑菇，我问你，你看马蜂窝以前光给别人耍来耍去地逞能，今儿个把她自个儿耍住啦，你心里怎么想？

小美姑　我愿意怎么想怎么想，你铁路巡警，管不着我这一段儿！

仙　妮　（俨然一副大人的模样）我就是管着了！看以前金芳姐跟我们劝过你多少回，叫你学习月香，叫你常上课学点道理，叫你跟月香团结起来改造马芬姐，叫你别腿子似的老跟在马蜂窝的屁股后头跑，你听过一句没有？你劝过马芬姐几回？

小美姑 这能怨我吗，我一说她，她就骂我，她还教我不搭理你们哪。

仙　妮 这怨她，也怨你自个儿！你自个儿要真想进步，她不听你的话你就跟她分开呀！她扔白花你不扔，你去报告给金芳姐，不就什么事儿都没有啦！——你说，这会儿你心里想通了没有？

小美姑 （无话可说，要跑）不，不用你管，我不听你放屁，我走！

仙　妮 （追小美姑）你跑什么跑，你跑了和尚还跑不了庙哪，你跑到家去我也非帮你搞通思想不可——说，你什么时候改邪归正？！

小美姑 （挣扎着）不用你管！——我们不干啦，把我芬姐开除了，我也不想去啦，你还给我说这干什么？

仙　妮 开除？！——照我看厂里才不开除你们哪，厂里硬是要好好教育你们！……咳，小蘑菇，你小心点儿，那个顽固堡垒要打垮了，你个狗腿子就要当解放战士啦！

小美姑 （挣扎，喊）小豆豆，王八羔子！王八羔子！

仙　妮 （掐腰对峙）有理说理，你骂人干什么？！

〔马芬姐自外门上，形色更见烦躁。

马芬姐 捣什么乱啦，你们两个黄毛丫头？！

小美姑 （放弃对垒，哑静）……

马芬姐 （对小美姑）我娘上哪儿去啦？

小美姑 我不知道。

仙　妮 （快嘴）我知道，找你干妹妹去啦！

马芬姐 （沉一下）小豆豆，你跑到我家来干什么，找死呵？

仙　妮 （理直气壮地）等你来啦！

马芬姐 等我？！——谁叫你等我？

仙　妮 金芳姐！

马芬姐 金芳？！——（倒抽一口气）

仙　妮 （快）嗯，金芳姐叫我等你啦，要等不着你啊，我就不走啦！

马芬姐 （惶愧，混乱，低头不语）……

仙　妮 （误会地）哟，听说金芳姐来啦，你倒不高兴啦，真是狗咬吕洞宾——你不识好人心哪！打你昨天下午扔了围腰证章以后，金芳姐就忙着找管理员，为你说好话；回到车上又劝大梅，叫她跟你和好；今儿个早起金芳一爬起来就又去找管理员跟分会主任，为你快把脚后跟都跑掉啦，你还不知情啊？！——等着吧，大梅也来啦，我们就是给你们做这团结工作哪，要不是为了团结你们哪，狗才到这儿来受这洋罪哪！（向月香家门跑下）

马芬姐 （气愤）大梅？！——滚，滚，滚！

小美姑 （上前）芬姐，你——

仙　妮 （又突然跑上）等着呵，你跑了可不行！（急向月香家门跑下）

小美姑 芬姐，你刚才到派出所去，人家怎么说？

马芬姐 （焦躁不安）你也滚蛋！

小美姑 （想了想，说谎）不是，芬姐，刚才大娘出去的时候，叫我问问你。

马芬姐 派出所的人吃饭去啦，没见到。——你问这干什么？

小美姑 （悄悄地偎近在马芬姐的身边）芬姐，刚才我给大娘说啦，大娘也答应啦，叫你也给我找个事。

马芬姐 给你也找个事儿？

小美姑 （亲近地）嗯！芬姐，反正我是离不开你，你走到哪儿我就跟到你哪儿，你要不在这个厂里干了，大梅她们欺侮我，就没人护着我啦。

马芬姐 （听完小美姑的话语，知道她小美姑的心灵也受到了创伤，自己不免更难过，更沉重起来。不语）……

小美姑 芬姐，你答应我，一定也给我找个事儿，呵！

马芬姐 （突然回转身）不，美姑，你回厂去吧。

小美姑 怎么，芬姐，你叫我回厂去？

马芬姐 嗯！——（凄凉地）洒水容易收水难，你想出这个厂好出，可再想进这个厂就难啦，你看这会儿我想找个事儿多么不容易呀！

小美姑 （难过起来）芬姐！

马芬姐 这回你回厂去，上了班一定要好好干，少跑车，少旷工，这样大梅她们也就不敢再欺侮你啦。……再说，人家厂里花钱买着咱们不就是要咱们给人家多干活吗！

小美姑 （伤心地哭起来）芬姐……

马芬姐 别难受，小美姑，你芬姐这些话都是为了你好……

〔金芳自月香家门上，小美姑哭向家门下。

马芬姐 （上前，拉金芳手，惶愧、感激地）金芳！……

金　芳 芬姐！……

马芬姐 （长久低头不语）……

金　芳 芬姐，你想什么？

马芬姐 （痛苦地）金芳，你走吧。

金　芳 （吃惊地）怎么，芬姐，你叫我走？

马芬姐 嗯，你回去吧，金芳。

金　芳 （不理解）怎么，芬姐，连我也把你得罪啦？

马芬姐 （痛苦不语）……

金　芳 芬姐，（难过地）打这儿往后，咱们姐妹们就算谁也不认得谁，就算谁也没有跟谁见过面？

马芬姐 （痛苦，歉疚）不是，金芳。我是说你这个好心眼子，看得起我，昨天我扔白花冤枉了你，你不光没抱怨我，反过来你倒为我从昨天下午一直跑到今儿个早起，我没什么好东西致谢你，可我也实在不忍心再叫你为我受苦啦。我说你该回去多休息会儿，免得下午上班累呀！

金　芳 不，芬姐，我不累，我是找你来谈谈你扔围腰证章的事儿。

马芬姐 谈扔围腰证章的事儿？……（觉得没有必要）

金　芳 嗯！……（听出马芬姐之痛苦，不由得沉默了一下。而后）芬姐，听说刚才你出去找事儿去啦？

马芬姐 （充满了对工厂的仇恨情绪）鸟儿起飞还得找个落处哪，厂里不要我啦，我不找事儿干什么？

金　芳 不，芬姐，厂里还没有开除你！

马芬姐 还没有开除？……（不信地）哼！

金　芳 嗯，厂里还没有开除你；是助理员嫌你昨天扔围腰证章态度太不好，昨天下午你走了，他也就闹到工务科长那儿去啦，他的意思是厂里要留你他就不干，要他干就得开除你——

马芬姐 （紧盯）是呵，这不正好开除吗？！

金　芳 还没有，芬姐！刚才我打厂里来的时候，管理员跟分会主任就一块儿到工会里找总会主任去啦，连工务科长也跟他们一块儿去了哪。

马芬姐 （冷冷地一笑）哎，为了“开销”我这么一个奴才工人，连工务科长这大将都出了马啦？——我可真够派头呵！

金　芳 （知道马芬姐想扭了）不是，芬姐！他们是开会专门讨论你们的事儿去啦，去批评说服助理员！你胡思乱想到哪儿去啦，芬姐？

马芬姐 （意想不到地）去批评说服助理员？！……

金　芳　嗯！他们在厂里批评助理员，叫我到这儿来跟你谈谈；管理员说你的态度也太不好啦，叫你好好检讨一下！

马芬姐　（想不到自己竟猜错了，矛盾着。沉默）……

金　芳　芬姐，检讨一下你自个儿的错误，也跟大梅和好！

马芬姐　（气）大梅？！——哼，我们两个人的闲事儿你们就不用管啦！

金　芳　不，咱们是为了工作，为了大伙儿，这不光是你们两个人的事儿。

马芬姐　为了工作也用不着啦！

金　芳　为什么？

马芬姐　因为我不回厂上班啦呀！

金　芳　怎么，芬姐，你不回厂上班啦？

马芬姐　（倔强地，但也充满内心的感伤）我正打外头找事儿哪，有两个厂子我都托人去说啦；好好歹歹在我面前还摆着两条道，我就不信拿着我马芬姐八年的手艺还找不出一碗饭吃来！

金　芳　别这么想，芬姐！我不是跟你说啦，厂里还没有开除你。就因为你平常干活就不强，昨天对助理员态度又那么坏，错误太大啦，管理员他们才不得不说服助理员再叫你上班。管理员也说啦，你的错误一定要受处分，可助理员也有错，不能拿开除你来了事！

马芬姐　（极固执地）我说金芳，你怎么这么傻呀？——你想，我给人家当助理员的扔了围腰证章，算是惹着阎王爷啦；要论罪嘛，除了开除没有第二条道！再说助理员在解放以前就开除过我，解放以后也一直暗算我半年啦，这一回不正对他的心思？！

金　芳　芬姐，你看错啦！国民党时候当科长的开除你，叫助理员给你挂牌，你不能全怪他；那时候他给人家干活儿，也是受人家使唤哪。——可今儿个咱们工人提高啦，就是他助理员一个人主张开除你，事情却不能由他啦，要不工务科长他们就去开会批评他啦？……噢，还有，我忘记告你说啦，咱们工友们也往上反映意见啦，坚决反对开除你。

马芬姐 （觉得金芳的话有些道理，所以沉默下来。但是世故极深的她，是不易轻信的）哎，金芳，我看批评恐怕也是白批评，工友们反映意见恐怕也是白给人家凑热闹吧？！（强调地）胳膊肘儿只能往里拐，哪有往外拐的呀？——我干了这八年工，叫厂里开除过两回，没有哪一回厂里不是向着管工的，还能向着咱们穷工人？！

金　芳 芬姐，你真是太糊涂啦，你就是吃了你糊涂的亏啦，今天共产党是把咱们当成兄弟姐妹教育咱，不是随便打骂、开除，平常你没上过课，这些事儿你都不知道！

马芬姐 不一定我就不知道，金芳！——好歹我比你大两岁，比你多吃了两年纱厂饭，比你多吃了几斤棉花毛，我看什么事儿也就比你眼明一点儿。别看我没上过课，可什么事儿我一猜就猜它个七八成。我也知道共产党比日本鬼子、国民党办法好，比如吧，日本鬼子、国民党叫咱冻着饿着，共产党来了给咱配卖米面布匹打八折——

金　芳 （抓住机会）是呵，知道好你为什么还不相信呢？！

马芬姐 （顽强地）看，办法好是办法好，谁知道人家心眼里怎么样哪？！（激愤地）你们倒也常说，今天解放啦，叫咱们工人翻身啦，可是工人还不是穷工人，助理员还不是助理员，人家还不是把咱当成拉套的牲口？！

金　芳 芬姐，不是这样！助理员不好是他一个人不好，要不就开会批评他啦？可是你不能因为一个灯不亮就说全厂黑，你就不看看别人，看看咱们管理员？

马芬姐 （诚恳，感激地）管理员人强是人强，我一辈子也忘不了他！……其实他人强又有什么用哪？又不是他家开的厂子，他也做不了主。再说要人家为咱的事儿去得罪助理员哪，哼，咱压根就不该这么想！

金　芳 芬姐，你错就错在这儿啦！以前我给你说过多少哪，今天工厂是咱们国家的，是咱们工人的，管理员他们是代表咱们工人管厂的，这不是他一个人强！……芬姐，半年以前没解放的时候，咱们不是常盼着有这么一天，工人受了欺侮厂里给咱撑腰，管工的犯了错误厂里不护着他吗？——咱们盼的这一天早来啦！

马芬姐 （迟疑地）这一天早来啦？……

金　芳 是呵，芬姐！你想想：要不是这一天早来啦，昨天你扔了白花，管理员不光没像官僚资本家那样打咱、骂咱，反倒给咱平起平坐地谈半天话，给咱一五一十地讲半天道理？

马芬姐 （想着）……

金　芳 芬姐，要不是这一天早来啦，你跟助理员闹事儿扔了围腰，厂里就给咱说两面理，就去批评助理员，去专门开会，连工务科长都亲自参加？！

马芬姐 （考虑着，不语）……

金　芳 芬姐，要不是这一天早来啦，要不是共产党爱护咱们工人，今儿个就专门派我到你家来给你送信儿，就叫我恨不得把心都掏给你似的左说、右劝，叫你觉悟、叫你高兴？！……

马芬姐 （心中有所动摇，觉得金芳的话有些道理，不语）……

金　芳 芬姐，你想想，今儿个这么些个好事儿，要是在解放以前，咱把脑袋磕破也求不来，送鸡送酒也换不来吧？——你干了这八年工，八年里头有谁像今儿个共产党这样把你当人看过？！

马芬姐 （内心激荡着，感动着）金芳！……

金　芳 （更恳切，更激昂）芬姐，就因为你太认死理啦，才害得你什么也不想听，什么也不相信，害得你什么也不想睁眼看，害得你在解放了这半年里头还是跟解放以前一样的苦！

马芬姐 （激烈地斗争，痛苦）金芳！……

金　芳 芬姐，别看平常你什么话都吃在肚里、烂在心里不给我们说，可是你的鬼思想我们样样清楚。我知道你看见我们拼命地干活就暗地里生气，你觉着咱们今儿个还应该是当一天和尚撞一天钟，干一个工拿一个工的钱。

马芬姐 （金芳的话句句击中要害，激烈地制止）金芳！

金　芳 还有，就因为我们搞竞赛、争红旗，你就骂我们是傻瓜蛋；大梅叫你觉悟、叫你进步，你就骂她是工人不向咱工人，你就跟她翻脸为仇。

马芬姐 （慌愧地）金芳！金芳！你——

金　芳 芬姐，你错啦，你错的真怕人！你害苦了你自个儿，你还想害别人；你对不起你自个儿，你也——

马芬姐 （哀求地，急制止）金芳，你别说啦，你别说啦，你——（说不下去了，急忙躲到一个角落去；激烈的内心斗争）……

〔哑场很久，很久。

月香声 大梅，大梅！

仙妮声 金芳姐，你看大梅不进去！

金　芳 （对月香她们）大梅，大梅，到这儿来！

马芬姐 大梅？！

金　芳 嗯，芬姐，你们两个应该相互检讨一下，和好！（拖住马芬姐）

马芬姐 （痛苦地）不，金芳，你先不要让我见她！

金　芳 不，芬姐，是我叫她到这儿来的，你不见她你对不起我！（拉住马芬姐）

马芬姐 （哀求地）不，金芳，我求你放开我，我心里乱得很……

〔自金芳手中挣脱向里屋下。

〔月香、仙妮推大梅上。

仙　妮 进来吧，进来吧！

金　芳 （责难地）大梅，你诚不诚心团结？！

大　梅 （愠怒地）我怎么不诚心团结呀，我要不诚心团结我早回家去啦！

金　芳 那你为什么还这么别别扭扭的，想来又不想来哪？——你觉着这样拉拉扯扯的好看吗？

仙　妮 （快嘴）可不，叫你进来活像要杀你似的，拉着你呀，比拉个老牛还费劲哪！

金　芳 仙妮，少贱嘴！

月　香 大梅不是不想来。金芳，是我们听你跟她说话，她（指马芬姐屋）老那么大声小气地嚷，大梅当她不高兴哪。

大　梅 （抱怨地）是呵，和好这事儿嘛，要两好合一好才行；以前谁都有错，今儿个谁都该认错！——可你们老按着我的脑袋批评我，活像事情闹到这一步，就我一个人有错似的！

金　芳 谁说你一个人错啦，大梅？你不知道我到这儿来就是批评她来啦，你还伸着舌头瞎说？

仙　妮 是呵，你听刚才她（指马芬姐）那么大声小气地嚷，那就是金芳姐按着她的脑袋，批评她来着！

大　梅 （不语）……

金　芳 大梅，以前我劝过你多少回，叫你改改你那牛脾气，你不听；这回闹了这么大事儿，你还这么任性；你真是不到黄河不死心？

大　梅　（不语）……

月　香　金芳，你刚才给她（指马芬姐）谈得怎么样啦，她信了没有？

金　芳　（转轻松地）差不多啦！

仙　妮　（高兴）差不多啦？

金　芳　（也不免兴奋起来）嗯，刚才我就是一口气给她争了这么半天，把她的心里话都给她掏出来啦。（松了一口气）哎呀，给她谈话简直像打仗，你们看，急得我出了这么两手大汗！（张手给月香等看）

仙　妮　（不觉兴奋地喊出来）嗨，你就是在打仗嘛！金芳姐，拿顽固堡垒还不是打仗？！

金　芳　（急制止）仙妮！

仙　妮　（吐舌，做一鬼脸）……

月　香　（兴奋地）金芳姐，她的心比死人心还死哪，你把她劝过来了，这简直是把死人说活啦！

金　芳　是呵，她心里真动啦，你们刚才进来的时候，她就是因为撑不住，避进屋里去啦。——好，大梅，这会儿就单看你的啦！

仙　妮　大梅姐，顽固堡垒都动摇啦，看你怎么办吧！

月　香　是呵，大梅姐，要打铁可得趁热呀！

大　梅　（矜持不语）……

金　芳　（诚恳而严肃地）大梅，我们知道马芬姐的错误比你大得多，你的好处她简直不能比；可是为了生产、为了竞赛、（更深刻而庄严）为了达到标准数、为了团结争红旗，趁这会儿她心里动啦，我提议你还要受点委屈，先张嘴给她低个头、认个错！

大　梅　（难以接受地）我先张嘴，给她低个头、认个错？

月　香　（紧上前）大梅，昨天下午金芳姐不是还在车上给咱们说，为了工作，先给她低个头、认个错，是光荣吗？

仙　妮　是呵，大梅姐，咱们这积极分子，就该起个带头作用呵！

大　梅　可你们也得让她检讨，叫她认清自己的错，要不她还是觉悟不了，还是不能进步哇！

金　芳　没问题，大梅，咱们叫你先给她说话，正是为了教育她呀！

月　香　对呀，大梅，你要先开口检讨，动了她的心，她也就跟上来啦！

大　梅　（坚决地）好吧，以前我错啦，我今儿个对她承认错误！

月香 / 仙妮　（高兴地跳起来）好，好！

金　芳　好，月香，咱们这儿说好啦，你再回厂去看看吧，问问管理员跟分会主任他们把事情确定了没有！

月　香　（兴奋地）好，早确定了早成功，我去！（向大门跑下）

金　芳　（也兴奋地）大梅，你看美兰她们许多工友在厂里也为咱们帮忙，掉了心似的发动大家提意见，反对开除马芬姐，你要再有一点三心二意，可就对不住大家啦！

仙　妮　对啦，大梅姐，不管她（指马芬姐屋）态度好坏，你可也别变卦啦！

大　梅　（坚决、勇敢）反正为了工作，你们叫我怎么做，我怎么做好啦！

娘　声　芬姐，芬姐！

金　芳　大娘来啦，咱们就先跟她谈谈吧！

〔娘上。

娘 （急急慌慌地边上边减）芬姐！芬姐！——（见大梅，怒目而视）金芳，这是来干什么？

金　芳 大娘，我叫大梅来给你们——

娘 走，走，走！把我芬姐都开除啦，你还不解气呀，还到我家来找账？

〔马芬姐自屋门上。

金　芳 （正直地）大娘，你这就不对啦，是我叫她来给你们认错的！

马芬姐 金芳，这会儿我心里难受，要给我娘说句话；你先到月香家去歇会吧，等会儿我去找你！

金　芳 （考虑了一下）好吧，我们一会再来。（与大梅等向月香家门下）

娘 （对大梅背影）哼，说得倒容易，认错？！

马芬姐 （急切地）娘，你见着我干妹妹没有？

娘 （同样急慌地）见啦！——你到派出所去王所长怎么说？

马芬姐 王所长吃饭去啦，没见到。我干妹妹怎么说？

娘 （不愿直接说出不好的结论来，但内心的急慌是掩不住的）我去了，你干妹妹刚下了夜班打厂里回来，她说她昨天晚上特意早进厂跟她们会主任谈了一下，添人是添人——

马芬姐 （急促地）添人？！

娘 （紧补充）添人是添人，可就是得开个介绍信！

马芬姐 开什么介绍信？

娘 （急促地）说是派出所的介绍信！——你干妹妹说，她们工会主任打听得可清楚哪，什么是个新手还是老手，在哪个厂干过，干了几年啦……你干妹妹说，人家一听你是个七八年的老工人，挺高兴；可又一打听是刚不干的，就又犯了疑惑啦！

马芬姐　（怒）他妈的，她们也打听得这么清楚！——开介绍信干什么？！

娘　人家说派出所知道你的底细，开个介绍信，算是给你担保！

马芬姐　（怒冲冲）那我到派出所开信去！（要走）

娘　（拦阻）芬姐！

马芬姐　干什么？

娘　芬姐，刚才金芳来说，厂里还没有——

马芬姐　（截断娘）哪儿有那么便宜！——又说这干什么？

娘　芬姐，我是说另找个事儿又这么难，你不如回厂里说说情——

马芬姐　娘，你别啰唆啦，你闺女还有什么脸进人家那个门哪！（急向大门走）

王所长声　马芬姐在家吗？

娘 / 马芬姐　在家，你来吧，王所长！（迎至门口）

娘　来吧，来吧，进来坐坐！

〔王所长上。

王所长　（边上边说，胸有成竹地）马芬姐，你让我给你找工作，到底是怎么回事儿呵？

马芬姐　（吃惊于王的质问，知道不是好的预兆）怎么回事儿？！

王所长　嗯，我不大清楚，你再给我说说。

马芬姐　（说假话）没什么，就是我想换换口味，打这个厂里告退啦，想另换个厂子干干。

王所长　（笑）不，不是吧？

马芬姐　（故作坦然）噢，那就算不是我告退，是厂里把我开除啦！

王所长　开除？——也不是吧？

马芬姐　（耐不住了）王所长，你不用问这个那个啦，你说把事情给我找好没有吧！

王所长 工作是有，昨天下午你给我说了，我就给裕民纱厂打电话啦，人家说也欢迎你这样的老手；今天早晨我就给你们厂去电话，了解你的情况，可是你猜你们厂回电话怎么说？

马芬姐 （急问）怎么说？

王所长 他们说叫我们先不要管你的事儿！

马芬姐 先不叫你们管？！——王所长，是谁接的电话？

王所长 是一个什么主——（想，想不起来）接的电话——

马芬姐 （急问）是助理员吧？

王所长 我，我没听清楚，许是助理员吧。他说他们正开会，没空儿给我细说，急急慌慌地说了两句，就把电话给挂啦——

马芬姐 （迫不及待）王所长，他真说不叫你们管？！

王所长 是呵，他说你的问题还没弄清楚，叫我们先不要管……马芬姐，他叫我们先不要管，我们就不能管哪！你想，你是工人，有工会管你们的事儿，我们再插手，不就把事情搞乱了吗？

马芬姐 （不语）……

王所长 马芬姐，他说不叫我们管，就是厂里还管你的事儿，我看厂里一定没有开除你，你还是回厂去看看吧！

马芬姐 （不语）……

王所长 马芬姐，你先回厂看看去吧，真需要工作，我再来给你介绍！——好，我还有事儿，我先回去啦。（向大门下）

〔哑场。马芬姐茫然，娘惊呆。

娘 （慢慢地，提起勇气来）丫，丫头，怎么，助理员？！

马芬姐 （呆）嗯，一定是助理员打电话来啦，不叫派出所管！

娘 （清醒，急）这，这是怎么回事儿？！

马芬姐 （愤怒地含泪）这你还不明白吗，他把咱开除啦，还不叫派出所管，叫咱离了他厂子也不能到别厂去上班，把咱冻起来、饿起来，叫咱喝西北风！

娘 （含泪）这，这……

马芬姐 （不语）……

娘 （逼近）芬姐，这……

马芬姐 （不语）……

娘 （抽噎，慢）芬姐，我知道你心里难受，我知道你心里苦……要有一分奈何，我也不非叫你去给人家说好话，不非叫你回这个厂去上班……你没见我刚才也跑到你干妹妹那儿去找事儿？

马芬姐 （不语）……

娘 （高一些）芬姐，可这会儿实在没办法，眼看就要秋凉啦，缸里的米面吃不久，你老娘的病……

马芬姐 （不语）……

娘 （正面、有力地）芬姐，你要觉着空着手不好张嘴，就拿上你刚开支的钱，打街里买上两瓶白兰地，买上几筒那美国罐头，给你们那管理员、助理员一个人送上一份！……他们吃了、喝了，嘴就软啦，以前开除你那两回不都是这样上的班？……

马芬姐 （不语）……

娘 （深沉，痛苦）芬姐，你觉着这样还不行，那就给他们说，这回叫咱上了班，给他们白干一个月不拿钱也行！……还有，跟他们说，咱们那一袋配卖面也不领啦，就算咱自个儿罚自个儿……（哭泣）

马芬姐 （不语）……

娘 （激奋）芬姐，要这样你自个儿还实在拉不下脸来，那你娘这苦老婆子替你求情去也行，叫金芳、月香她们领着我……

马芬姐 （不语）……

娘　（不可忍耐地摇着马芬姐）芬姐，芬姐，你怎么不说话呀？！……你难为死你老娘啦，芬姐！芬姐！芬姐！（失声大哭）

马芬姐　（咬紧牙关，跺脚）娘，你别说啦，娘，你别说啦！

〔金芳急上。

金　芳　怎么啦，芬姐，又嚷什么？——大娘，怎么又哭啦？

马芬姐　（狂野地将金芳一把抓住）金芳，走，陪我进厂去！

金　芳　（莫名其妙）干什么？！干什么？！

马芬姐　找助理员磕头认错去，求他饶我这一回！

金　芳　芬姐，怎么啦？！怎么啦？！

马芬姐　哼，他三尺的城门，我五尺的汉子，我不能再不低头，算咱胳膊拧不过人家大腿！

金　芳　芬姐，怎么啦，你胡说！

马芬姐　（激愤地）反正刀把儿在人家手里攥着哪，我还有什么话讲？！我要给人家说好话去，我不愿说也得说，为了我老娘也得说，为了我挣人家几个钱吃饭也得说！——

金　芳　（截断马芬姐）芬姐，你胡说！到底是怎么回事儿？！到底是怎么回事儿？

马芬姐　人有脸，树有皮，我要不是个穷工人，我也不愿意跟人家说好话呀！——走吧，金芳，你不是心疼我吗，管理员不是人强吗，走，帮我给助理员说好话去，这回我什么错都承认，叫我立下个字据攥在他手心里我也答应，叫我给大梅认错我也答应，叫我给吃屎的孩子认错我也答应，走，走，走！

金　芳　芬姐，你疯啦？你疯啦？！

马芬姐　不，我不疯，金芳，我比你明白得多！我刚才差一点儿信了你的话，我想也许今儿个工厂真对咱好，我想也许咱们工人出头的日子真来啦！可是我错啦！金芳，你也错啦，刚才厂里

都把电话打来啦，我不能再不给人家磕头赔礼去！——走，金芳，走！（拖金芳将至大门口）

金　芳　（猛转身挡住门，将马芬姐拼力一推——马芬姐扑向娘——声嘶力竭）马芬姐，你胡说！咱们共产党是不兴这样磕头赔礼的，你这是侮辱咱们共产党！！！

〔马芬姐伏在娘肩头，仇恨和痛苦绞成一团混乱，哭不出声来。

金　芳　大娘，到底怎么回事儿？谁打电话来啦？

娘　（泣不成声）助理员！助理员！……

金　芳　没有的事，这都是你们脑子里有鬼！——我往厂里打电话问问去！（跑下）

〔汽车声、喇叭声。

月香声　（兴奋地）到啦，组长，到啦！——金芳，仙妮，组长来啦！

〔仙妮、小美姑，各从己门跑上、欢叫："组长！组长！"跑下。

〔马芬姐、娘，在众声的动荡里不知是凶是吉。

〔老刘随金芳急上。

金　芳　（急切地，边上边问）组长，闹半天电话是你打来的呀？

老　刘　是呵，我们正开会，电话来了，我说了两句就挂上啦！（见马芬姐、娘状，开朗、开心而急切地）怎么，大娘，你们还在难受哇？——哎，真是太死心眼儿啦！你们就不想想，芬姐犯了错误该受处分是不成问题的，可怎么能随随便便谈到开除哪？！

娘　（惊呆）这——

老　刘　（开朗而较快的节拍）嗯，放心吧，大娘，没开除！我们就怕你们着急，特别先到你们这儿来的。看，（示以手中的围腰、证章）这是芬姐的围腰，（对马芬姐）芬姐，这是你的围腰、证章，都拿去吧！（一面用手帕擦着汗）哎，你们真是太死心眼啦，今天一大早就叫金芳给你们送信儿来，你们偏多心，还疑神疑鬼地叫派出所给我们打电话。你们想，咱们自个儿能解决的事儿还叫派出所干什么？你们说，还麻烦人家派出所干什么？！

〔月香、仙妮抬面上。

月香／仙妮 （兴奋地）大娘，你们的配卖面也送来啦！

老　刘 对啦，还有，这是你们的配卖面，没零没整四十斤！

娘 （惊呆）分会主任，这——

老　刘 行啦，大娘，我走啦，我还要照顾着给别的工友家送面去！仙妮，你的面我直接送到你家去吧？

仙　妮 行！

老　刘 金芳，一会儿彭管理员就来啦，汽车在外边等着哪，我就走啦！

娘 分会主任，这——

老　刘 噢，我还忘记说啦——大娘，下午你跟芬姐到厂里的医院里去看看你那心口痛的病吧，去了先找我开个家属证。——好，我走啦，芬姐，你也准备上班去吧！——（打趣地）你那围腰、证章，怎么摘下来的还怎么戴上吧！（匆匆下）

〔在老刘说话时，月香、仙妮又先后下场，月香搬上自己的一袋面，仙妮帮小美姑搬上。小美姑放下面，匆匆跑上前。

小美姑 （大惊小怪地）哎呀，大娘，组长把芬姐的围腰、证章都送来啦？——真好，还有配卖面，这可真是百年不遇的大喜事呵，真没有开除！

娘 （抓住金芳手）她金芳姐，这到底是怎么回事儿？这是不是做梦，她金芳姐？！（已逐渐清醒）

金　芳 真的，大娘，真的！我不是早给你说过啦，今天解放啦，工厂不像日本鬼子、国民党那样看不起咱工人，这会儿你都看到了吧？！

娘 （神经质地颓然而哭）噢——真的，真的，都是真的，这都是真的……（止哭，对马芬姐）芬姐，你看你的围腰，你的证章，还有这一袋配卖面，都是真的！

〔再来说话时，月香已下，又拉大梅上。

〔马芬姐惊呆如木偶。

仙　妮 （上前，天真地）芬姐，你这家伙别装蒜啦，厂里把你的围腰、证章，还有你的配卖面都送来啦，你还不说话呀？

马芬姐 （不语，含泪）……

小美姑 （天真地）芬姐，闹半天厂里真是把咱当人看，没听助理员的话开除咱，你快别找事儿啦，也别给我找事儿啦！

马芬姐 （不语）……

娘 （着急地）芬姐，芬姐，你醒醒，你醒醒！这都是真的，芬姐，你还愣着干什么？

仙　妮 （抱怨地）大娘，你看芬姐这个蒸不熟、煮不烂的脑袋瓜子，她还不高兴哪！——芬姐，你别不知足啦！你看组长亲自跑腿来给你送围腰、证章，叫你去上班，你还摆的什么神气呀？你还非叫工务科长来请你，叫助理员来给你赔不是呵？

小美姑 （有感情地）芬姐，芬姐……

马芬姐 （不语）……

金　芳 （上前，严厉地）马芬姐，事情到了这一步，你什么也该看清啦；我也再没有什么话给你说啦，也用不着我再说什么啦；我就希望你好好检讨一下，你以前对工厂的态度对不对，你对大梅的态度对不对——

大　梅 （抢上前，制止金芳）金芳姐，你别说啦！……都……都怨我，怨我不对！……我有错，我对芬姐态度不好，金芳姐一回也没打击过我，没黑过我，哪会儿都是把我当亲妹妹似的捧着手儿嘱咐我；可我对芬姐哪，哪会儿也没有当成亲姐姐似的耐心劝说过……就因为我这自个儿管不了自个儿的炮筒子脾气，才闯下昨天这场大祸，让大娘跟芬姐担惊受怕；要不是咱工厂好，真要把芬姐开除了，那我的错误就更大啦！（上前，对马芬姐）芬姐，你别记我的仇！

马芬姐 （痛苦，不语）……

金　芳 （更严厉）芬姐，大梅也承认自己的错误啦，你还想不通吗？……芬姐，芬姐，你可说话呀？！

马芬姐 （知道这一切都是真的了，信了，知道自己完全错了。像山崩一样的痛苦向她压下来，她猛然压抑地叫了一声，向屋里冲下）呵——

众　人 （急切地）芬姐，芬姐！

〔众正欲下，外面传来美兰等的欢叫声："马芬姐！金芳！管理员来啦！"

众　人 （欢叫）管理员来啦，管理员来啦！

〔彭刚、美兰及另外四五个或七八个女工迎头上。两支"大军"的会师，带来了舞台上的热烈和欢腾，女工们像多少年不见面似的互相拉扯着，问候着，跳跃着。

金芳/月香/仙妮/小美姑等 （欢叫）管理员，你可来啦！——美兰你们也来啦！

娘 （也上前）管理员，你来啦！

彭　刚 （急匆匆，兴奋地）嗯！——马芬姐哪？

娘 （兴奋地）芬姐在屋里哪！

仙、小 （高兴地抢说）管理员，马芬姐都哭啦！

彭　刚　怎么，马芬姐还在哭哇？

金　芳　嗯，刚才我正批评她，大梅也跟她检讨啦！

彭　刚　噢，这很好，这很好！

娘　管理员，你坐着，我把芬姐叫出来！

女工等　对，咱们看看芬姐去！（向屋走）

彭　刚　（急制止娘、美兰等）不，她不是正在哭吗，不要叫她出来，也先不要着急看她去吧，本来我打算来了要好好地跟她谈谈哪，既然她这一天多太紧张啦，太累啦，叫她自己休息一会儿也好。

金　芳　管理员，助理员的问题怎么处理哪？

彭　刚　噢，提起助理员来，这倒是一个喜讯儿——今天上午，经过我们工务科长、工会主任的批评、说服，助理员也不再闹着不干啦，并且承认昨天对马芬姐的态度不好——

金芳／娘／月香／仙妮／小美姑等　（欢叫）他也承认对马芬姐态度不好！？

美兰等　（兴奋地抢说）他不光承认昨天对马芬姐态度不好，还承认以前对咱们全体工友们态度都不好哪！

金芳／仙妮／月香／小美姑等　（欢叫）好！……

彭　刚　（有力地）嗯，以后他也要决心改正——最后我们决定给马芬姐记一次过，给助理员记一个批评——

仙妮／小美姑／月香　（欢跳着）好！……（情不自禁地向屋里喊）芬姐，也给助理员记了一个批评！

娘　管理员，这是真的，也罚助理员个批评？

彭　刚　嗯，今天咱们工人跟管工人员地位完全是平等的，谁犯了多大错误，就要受多大处分！

〔马芬姐突然从屋门奔上。

马芬姐 （满面热泪，激动状）管——管理员——

彭　刚 （上前）嗯，给你记了一过，给助理员记了一次批评，你和助理员的错误都同样受到了处分！

〔静。绝对的沉寂。

马芬姐 管理员，厂里真不开除我？！

彭　刚 嗯，希望你通过这一次的处分，好好地改正自己的错误。过去你的落后虽然领导上应该负主要责任，但是你的错误也给工作带来了不少的损失，希望你以后在工作里好好表现，拿出你熟练的手艺来，为咱们自己的工厂积极工作！

马芬姐 （惶愧万状，心痛欲碎。看看金芳，看看大梅，看看彭刚、娘、工友等每一个人，自己都无话可说。最后，含着满眶痛苦又羞愧的热泪，突然抓起桌上的围腰、证章，冲开重围，向大门跑去）……

众　人 （追上去，以大梅为首，拖住马芬姐）芬姐！芬姐！

马芬姐 （恳求，甚至几乎是哀求的）你们不要管我！我要回厂去！

〔跑下。

——**幕急落**——

第四幕

◉**时 间**

第三幕后十天，早晨八点后。

◉**地 点**

工会俱乐部，工人文娱室中的一间。

◉**布 景**

正面靠右一门通往车间。进门往左，即舞台整个正面，是一条由低到高，直通楼上礼堂的大楼梯。左前一门通往工会。室内有长方桌，可能是素日的乒乓球台。右墙上有高大的毛主席像。小桌上有电话。

〔开幕，外面有扭秧歌的锣鼓声。金芳、仙妮二人坐在长桌旁，在埋头往一红布横条上缝字。

〔半分钟后。

金 芳 仙妮，快缝呵，我这儿就缝好啦。

仙 妮 我这儿也快缝好啦……哎，金芳姐，咱们可一定得想法儿叫马芬姐跟大梅把她们的团结经过报告好哇。

金 芳 嗯，一定让她们报告好。她们要把这个团结报告做好了，非成了今天大会上最精彩的节目不可。

仙 妮 是呵，她们要把报告做好了，咱们的工作也就百分之百地完成啦。

〔老刘与女工甲、女工乙自楼上匆匆下。

老　刘　缝好了没有，金芳？

金　芳　好啦，好啦！（缝完最后一针，收起针线）组长，你们来检阅下吧。

老　刘　（高兴地）对，检阅检阅！

女工甲 / 女工乙　（玩闹地）是呵，看看这字儿有脑袋朝下的没有。

仙　妮　（娇气地）你放心，我们不能像你们似的，瞪着两大眼，连屁股脑袋都分不清！（一面和金芳把横条拉开，各执一端）

女工甲 / 女工乙　别吹牛，看看再说！（二人齐念，一字一顿）甲、班、细、纱、组、红、旗、竞、赛、第、一、阶、段、总、结、发、奖、大、会——嘿，小豆豆缝得就是不错！

老　刘　好，真好，（对女工甲、女工乙）去吧，赶紧挂上去吧！

女工甲 / 女工乙　好，挂上去！（接过横条）

女工甲　哎，金芳，你们组马芬姐跟大梅的团结报告准备好了没有？

女工乙　是呵，我们可是都支棱着耳朵，单等着听哪！

金　芳　等着吧，管保你们听得上！

仙　妮　（多嘴地取闹）管保给你们个“狗喜欢”！

〔甲、乙追打仙妮。

老　刘　（劝解）去吧，快挂上去吧。

女工甲 / 女工乙　算是组长救了你！（一边笑闹着跑上楼去）

老　刘　金芳，马芬姐跟大梅她们在哪儿哪？

金　芳　她们不是正跟乙班加点吗？

老　刘　不，咱们班给乙班加点的工友都放回来啦。

金　芳　（奇怪）都放回来啦？——这可奇怪啦，那马芬姐她们怎么还不回来哪？

仙　妮　（急切地）是呵，那马芬姐她们到哪儿去啦？

老　刘　（思索，而后）好，我来打电话问一下。（取耳机，拨号）喂，你乙班工务室吗？……你王管理员吗？……我俱乐部，我是老刘。喂，我问你呀，王管理员，我们甲班给你们加点的工友不是都放回来了吗？……（着重地）那马芬姐她们哪？——（更强调）嗯，马芬姐她们！……什么，她们自动留下，继续加点？！——不，这不行，我们这儿马上就要开会啦！对，请你叫她们马上回来吧，叫她们一定回来！……对，马上回来！（挂电话）

芳、仙　（急切地）怎么，她们自动留下，继续加点？！

老　刘　是啊，怪不得我见别人都回来啦，可看不见她们哪。

〔彭刚自正门匆匆上，腋下挟有在即将开始的大会上用的总结文稿等。

彭　刚　（边上边问）老刘，大家要求万国英同志在大会上讲话的事情，你跟他谈过没有？

老　刘　谈过啦，他不答应！

彭　刚　他不答应？

老　刘　嗯！——我跟他说，反正这是工友同志们的好意，请他好好考虑，他说他要找你来谈哪。

彭　刚　噢！——金芳，马芬姐跟大梅她们准备得怎么样啦？

金　芳　马芬姐她们还跟乙班加点哪，组长刚给王管理员打了电话，叫她们回来。

彭　刚　怎么，我不是跟你说叫马芬姐跟大梅好好商量一下吗，你怎么还叫她加点哪？

仙　妮　（不平地）管理员，这是马芬姐自个儿死乞白赖要加的呀，哪是金芳姐叫她们加的哪！

金　芳　是哪，刚才我们下班的时候，乙班的王管理员说，今天花太不好纺，他们乙班的手艺软，叫咱们多留几个人帮他们做一会儿，马芬姐头一个就报名要留下。起先我不答应，我说她该跟大梅商量一下怎么报告，她说工作着也可以商量嘛。没办法，我才叫大梅、月香也留下，叫她们一面干活一面商量。

彭　刚　噢！

仙　妮　（天真地担心）管理员，你看这里边不会有什么问题吧？

彭　刚　（因仙妮的天真而笑着）哪会有什么问题！——金芳，这些天大梅对马芬姐不是很好吗？

金　芳　是呵，这回马芬姐一上班就积极工作，大梅可高兴啦；大梅见她不吃饭，不喝水，死守着车干活儿，可是心疼的；找着给她说话，慌掉了心似的劝她吃饭，劝她多歇会儿——

仙　妮　（打断金芳）可是她对大梅姐就不一样啦，她老是那么阴头阴脑的，大梅姐问上她十句，她也不一定回人家一句！

金　芳　倒是这样，芬姐对大梅可是不如大梅对她那样好。

彭　刚　噢！

老　刘　（乐观而莫解地）管理员，这事情叫我也有点糊涂啦！说马芬姐跟助理员这两个人以前奇怪吧，可打上星期闹了扔围腰证章的事儿以后就更奇怪啦！……（自己给自己解释）哎，就算助理员他固执，搞不通，因为给他记了公开的批评他闹情绪、不说话，总还有点道理，可是马芬姐哪？——班也叫她上啦，处罚也不大，她也疯了似的积极干活儿啦，可就还是不愿意跟大梅说话，你们说（憨笑着）她这包子里到底是装的什么馅儿哪？

彭　刚　不，不会有什么问题。

金　芳　问题倒不一定有什么问题，我看就是马芬姐觉着自个儿以前对大梅太不好啦，脸上磨不开，一下子转不过这个弯儿来！

仙　妮　是呵，管理员，我们算知道啦，马芬姐才真是死要面子哪！

彭　刚　嗯！（考虑，而后）你们不是打电话叫她们回来吗，等她们回来看看怎么样再说吧，我先找助理员去。

〔男工急促的喊声："别闹啦，别闹啦，小心花盆，小心花盆！"两个男工各捧花盆，互相追逐着，自左门跑上。

男工甲　（惊奇地）呀，管理员你在这儿啦，助理员正各处找你哪！

彭　刚　助理员？

男工甲　（气喘着）嗯，刚才我们端着花盆水的时候碰见他，他问我们管理员哪儿去啦，我们说不知道，他扭头就走啦！

男工乙　（顽皮地）咳，管理员，我见助理员老不说话，我就故意说了一句："助理员，今天欢迎你给我们讲话！"你猜他怎么样？——哈，活像撒了气的皮球似的，他把脑袋一耷拉，走得更快啦！

众　人　（大笑）……

彭　刚　（急切地）他现在到哪儿去啦？（要走）

男工甲　（指左前方）他到那边去啦，看样儿准是到宿舍里找你去啦，你打图书馆里穿过去吧！（指左门）

彭　刚　好，我就去！老刘，那你就照顾一下马芬姐她们的问题吧。（向左门下）

男工甲　哎，组长，看我们差点忘记给你说啦，参加咱们大会的工人家属都来啦，人家要见分会主任哪！

老　刘　是吗？

男工乙　是呵！——哎，仙妮，我看见你娘也来啦，快去看看吧。（甲乙持花盆上楼）

老　刘　金芳，你再打个电话，问问他们到底来了没有；我先到工会去看一下，有事情随时去叫我！——仙妮，你也去看看你娘吧。

仙　妮　（认真地）那咱这儿这一摊子事儿怎么办？

金　芳　不要紧，我来管。——见了你娘替我问个好！

仙　妮　谢谢你！——好，我去一下就来！（与老刘向左门下）

金　芳　（打电话）

〔大梅急喊声："金芳！金芳！"自正门气上。

大　梅　（一边抹着眼泪、生气而委屈地）金芳，我，我……我再也不当这下三烂啦！（背对金芳而立）

金　芳　（急上前劝抚）大梅，怎么啦，怎么哭起来啦？

大　梅　金芳姐，在家里我对我老子娘都没有这样低三下四地央告过，可在厂里倒叫马芬姐，马芬姐——（抽噎得说不出来）

金　芳　大梅，别发火嘛！——你快说，马芬姐哪？

大　梅　（不哭了，气得无可奈何地跺着脚）人家不来，人家不来，我这小香火请不下人家这大神灵来，人家怎么也不沾我的边儿！

金　芳　大梅，别生气，你说，你怎么跟她商量的？

大　梅　她不来，她还要加点，我说"芬姐，咱们商量商量吧"，她说"你自个儿讲吧"，我说"芬姐，你这是什么意思？"她说"你别逼我吧，你别逼我吧！"——金芳姐，你看，我要跟人家和好，人家倒说是我逼人家，你说，我这是图什么，我这是图什么？！

金　芳　大梅，你不要这样着急，你先坐下歇歇，听我给你谈谈好不好？

大　梅　（不可忍受地）金芳姐，你说这怎么不叫我着急？这怎么不叫我着急？——你想想，第一回，我逼得她扔了白花，你们批评我，我接受；第二回，她骂我，我吵得她扔了围腰，你们把我揪到她家去给她认错，我照办；这一回她到厂里来上班，干活儿积极啦，可还是不愿意跟我说话，你叫我问她我哪儿检讨得不深刻，叫她指出来，帮我改正，我也听话；我这样火盆似的对她，她老那样冷冰冰地对我；我这炮筒子脾气，快叫马芬姐捻得比咱纺得细纱还细啦，可她还说是我逼她。你说说，这叫我还有什么办法，她跟我还有和好的一天没有？

金　芳　大梅，你别这么误会，她不是不愿意跟你和好；你放心，她顶多是因为以前太对不起你，不好意思跟你说话就是啦。——你想，有几个像你这样直出直入的直肠子人哪！

大　梅　（截断金芳）不，不是这样，金芳姐；她什么不好意思呵，她就是死记我一个人的仇就算啦！……哼，反正过去我错啦，人家记我一辈子仇也应该，只要她现在对厂里好了就行！——金芳姐，这么些天，我跟她闹来闹去还不是为了叫她积极生产吗，既然人家积极生产啦，我还非逼着人家跟我和好干什么？！

金　芳　不，大梅，这样你就错啦。马芬姐的进步，你对她的帮助很大，你应该继续帮助她；就是她还有点对你不了解，可是离完全了解也只隔一层窗户纸啦——大梅，大山大海都过去啦，剩下这小坡小沟你倒害怕了吗？

大　梅　（正直而激昂）金芳姐，这还用你说吗？——打竞赛以后，我没怕跟马芬姐大吵大闹过，我也没怕给她低头认错过！可剩下这小坡小沟，人家非不让我过去，叫我还怎么着哪？

金　芳　有办法，大梅，只要你咬一咬牙，让自己多受点委屈就行啦！——你过去在竞赛里进步很大，你今天也应该在竞赛里更提高一步哇！……去，大梅，赶紧把她找来，我来帮你说服她！

大　梅　不，我不去啦，我知道我空着手去还得空着手回来，她不会听我的话！

金　芳　不，大梅，我跟你一块儿去，咱们两个去。

〔月香声，急喘地："金芳！金芳！"自正门跑上。

月　香　（急迫地，喘得说不上话来）金芳，大梅，坏啦，坏啦！

金　芳　怎么啦，月香，这样大惊小怪的？

月　香　坏啦，坏啦，马芬姐跑啦！

金　芳　别胡扯，怎么是跑了哪？

月　香　（急促地）真的跑了嘛，你们怎么还不信哪！——刚才大梅来了，她还是在车上加点，后来我叫乙班工友帮我劝她，才硬逼得她跟我来啦；我跟在她后头走着，一边细声细气地劝她，她也哼呵哈地答应；等快走到俱乐部这里啦，她说她要上茅房，叫我先头里走；我有心说"你可别跑呵"，又怕惹烦了她，我就到前头等她来啦；可是一等也不来，两等也不来，等着等着连个人影儿也没有啦。你们说，她这不是跑啦，还是怎么回事？

大　梅　（听罢，失望而焦躁地）看，金芳姐，人家一个劲儿地看不上我，还非叫人家来干什么？！人家看不上我，还非叫人家来干什么？！

金　芳　（镇定地）别这么瞎着急，大梅！——月香，你想她是不是回家去了哪？

月　香　是啊，说不定是回家去啦。

小美姑声　金芳姐，大娘来啦！

〔小美姑拉娘自正门上。

小美姑　金芳姐，大娘来啦。

芳、月　大娘，你开会来啦？

娘　嗯，参加你们的庆祝大会来啦。

金　芳　是芬姐叫你来的吧？

娘　（快乐地责备）她？！——要靠她呀，我连知道都不知道，这是昨天月香通知我的……哎，芬姐哪？

金　芳　芬姐正加点哪，大娘。

娘　加点？

金　芳　嗯，因为花太坏，不好纺，我们七点下了班，帮乙班做一会儿。

娘　（高兴）噢，这说，芬姐真是变得勤快啦？

金　芳　是呵，芬姐快成了头号积极分子啦！

小美姑　大娘，芬姐积极得连上茅房都怕耽误工夫哪！

娘　嗯，越积极越好，这一下我可就放心啦！——哎，你们是不知道，打上星期芬姐又上了班以后，这十天里头没有正经地跟我说过一句痛快话，老是耷拉着个脑袋给自个儿算账；回了家除了做慰劳袋就是蒙着被子睡觉，呼噜呼噜的跟死猪似的，我可真怕她再不知道好歹，不好好干哪！……（忽然看见角落里对墙面立的大梅）哎，那不是大梅吗？（上前去）大梅！

大　梅　（也不好意思地回过头来，上前招呼）大娘！

娘　（极关切地对大梅）听月香说，芬姐这个“阴阳头”还是不愿意跟你说话，是吗，丫头？

金　芳　（劝慰地）没有什么，大娘。

娘　不，这可不行，丫头们，芬姐她可不能再这样对待人家大梅！——大梅这丫头心眼多直正呵，可上星期让我冤枉得人家喘不过气来……哎，金芳，想起来我恨不得一头扎进个尿缸里去淹死呵，你说我那会儿怎么就那么糊涂啦？！

金芳/大梅　（感动地）大娘！

娘　（热诚地）对，咱们这样吧，大梅，一会儿等芬姐开会来了，我就揪着她跟你说话；你自个儿也当面出头，来逼她、问她！（不禁幸福地开着玩笑）要这样她再不搭理你呀，大梅你就一把揪住她，狠狠地捶她两下子！——你就是捶她两下子我也不再怪你啦，这回我这糊涂老婆子可明白啦！

芳、月 （笑了）好，就这样办，大娘！

〔连大梅也不禁破涕为笑了。

娘 对，就这么办！——小美姑，把芬姐那两个慰劳袋交给金芳吧。

小美姑 （把慰劳袋给金芳）金芳姐，月香，你们看这就是芬姐那绣花儿枕头改的慰劳袋，这个花儿就是那“凤凰单展翅”！

娘 嗯，这里头装着花生、糖、香烟、罐头，东西可也不少。——咱们也走吧，美姑。

金　芳 你上哪儿去呀，大娘？

娘 外头工友们不是在扭秧歌吗，小美姑叫我去看扭秧歌的。

金　芳 去吧，大娘，许多工人家属都到啦，像你这样的老太太可多哪！

娘 对，小美姑，快领我去看吧，叫我也开开眼！（高兴地走去，又回头对大梅、玩笑也是认真地）大梅，记着呵，芬姐要再不搭理你，你就狠狠地捶她两下子！（笑与小美姑向正门下）

月　香 （急）金芳姐，你看家里也没有她，她到底跑哪儿去啦？

金　芳 （坚决地）咱们找她去！

〔仙妮、美兰自左门上，彭刚、万国英同时自正门上。

仙、兰 金芳姐，马芬姐来了没有？

彭　刚 （几乎同时）怎么样，马芬姐回来没有？

金　芳 彭管理员，马芬姐打厂里出来，不知道跑到哪儿去啦；她娘来参加大会啦，反正她也没回家，我们分开四下里找她去！——仙妮，咱们找她去吧！

彭　刚 对，打工会里、宿舍里、车间里都去找一找！——金芳，你到车间去找吧，同时告诉王管理员，说咱们就要开会啦，请她准时到！

金　芳　好！——大梅，月香，仙妮，咱们走吧！

美　兰　金芳姐，还有我哪？不叫我去吗？

金　芳　我们四个人就够啦，你忙别的去吧，美兰！（与月香、大梅、仙妮向正门下）

美　兰　（顽皮地）管理员，这可是她们不叫我帮忙，我可是改了我的本位主义啦！

彭　刚　（笑着）对，你们都进步啦！——哎，美兰，奖品在工会办公室搁着哪，你找几个工友去搬来吧！

美　兰　（高兴地跳起来）我们搬奖品去呀？

彭　刚　嗯，把红旗也都拿来！

美　兰　好，把红旗也拿来！（转身向左门跑下）

〔美兰声："走哇，工友们，搬奖品去呀！搬奖品去呀！"众欢呼声："走哇！走哇！"

万国英　（半低着头，痛苦而认真地，继续的口气）不，彭刚同志，无论如何你不要叫我讲话，我心里实在没有讲话的要求！

彭　刚　（感到困难）噢！……哎，万国英同志，刚才你不是说，你愿意来参加这个大会吗，怎么能没有话说哪？

万国英　不，最初我是根本不想来参加的；只是后来我一想，像工人同志们这样重视的一个发奖大会，如果我不来参加，虽然你不会误会我是消极怠工，但工友们是不会理解我的；而且，真要是不来，我自觉到也太对不起他们！

彭　刚　对，万国英同志，你考虑得很周到；你想，主要负责的就老刘咱们三个人，你要不来帮忙，怎么能把会开得更好哪？

万国英　是呵，所以我决定来参加！——可是我只是来听听，来看看，要是叫我讲话——

彭　刚　（截断万国英）不，万国英同志。这一星期以来，细纱间的工友们都反映，说你的态度，你的管工作风都大有改进啦，所以他们才——

万国英　（认真而固执）不，不是改进！——与其说是改进，倒不如说这十天以来我简直没有做什么工作；特别是最近几天，我几乎到了一种自顾不暇的状态，我花在自己给自己解答问题上的精力，比我花在工作上的精力多得多；（自责地）所以偶尔清醒一下，我发现我这几天也太不负责任啦！——是的，彭刚同志，我太不负责任啦！

彭　刚　（体谅地）万国英同志，你放心，我完全理解你的心情。

万国英　是呵，既然你很理解我的心情，你就该答应不叫我讲啦！

彭　刚　不，正因为我知道你最近想得很多，所以才更该请你讲呵！同时工友同志们也都很想知道你在苦心孤诣地想些什么，比如你对马芬姐最近的工作——

万国英　（不愿触到内心痛处，有意简单了事）马芬姐最近的工作很积极，我看得很清楚，从她的工作情况，我的确理解到厂里对她的宽大并没有落空，她今天的工作成绩足以报答厂里的恩情的——

彭　刚　（插入，奇怪地）什么，恩情？！

万国英　嗯，我最近深深感到马芬姐这个工人还是很有良心的，她对厂里的恩情感激很深，她知道应该记着厂里的好处，并且要以更多的东西和这好处交换——此外，我就没有什么可说的啦！

彭　刚　（逼近）比如你对她最近的觉悟，和你过去的管工方法？

万国英　（不同意地）她的“觉悟”，和我的管工方法？——这，这……

〔彭刚正等待万国英的答案，群众喊声叫成一片："奖品来了！奖品来了！"男女工人七八人抱奖品自左门跑上。上场后逐个把奖品放在台中的大桌子上，并逐个兴奋地喊着。

男　工　（一面放着）毛巾！

男　工　（同上）毛巾！

女　工　（同上）肥皂！

女　工　（同上）肥皂！

男　工　（同上）练习本！——铅笔！

女　工　（同上）毛巾！

女　工　（同上）铅笔！——练习本！

美　兰　（最后上）红旗来了，红旗来了！——（也放上）红旗！

〔刹那间桌上显现一座奖品的小山，红旗插在上面像满山红花。

众　人　（拍手叫好）管理员，你看跟山一样，比山还高哪！

男　工　管理员，有我们的没有？

女　工　管理员，我不要毛巾，我要练习本！

〔围着彭刚，吵成一团。

彭　刚　有，有，得过红旗的都有！没得过红旗可是干活积极的也有！——我正跟助理员谈话哪，你们先安静一下。

众　人　（又上前将万国英围住，喊成一团）噢，助理员，你一定给我们讲话！

——讲你对马芬姐的感想！

——讲你这些天想的什么心事！

万国英　（在众围中后退）我……我……我……

月香声　（急喘地）金芳！金芳！

〔众静。

月　香　（自左门跑上）金芳！——噢，管理员，我没找到马芬姐！

彭　刚　你到哪儿去找她的？

月　香　（急喘地）我打工会去找她的！——我打秘书室找到文教部，打文教部找到劳保部，反正挨门挨户都找遍啦，连工人子弟小学都找遍啦，有的地方还跑了两趟，可连马芬姐的味儿都没闻到一点儿！

彭　刚　不要慌，月香，你先坐下歇歇，等金芳来了再说。

月　香　（担心地）管理员，要不我再到别的地方去找找吧，你看老是找不到她，可别出了什么岔儿啦！

彭　刚　（被月香的胆小逗笑了）不要紧，月香，没有什么问题，一定能找得到，你先坐下歇歇！

〔大梅自正门匆匆上。

大　梅　（进门后气冲冲地一站）金芳回来了没有？！

月　香　（胆战心惊地）还没有！

大　梅　哼！（气冲冲地一坐）

月　香　（上前）大梅，宿舍里也没有马芬姐呀？

大　梅　（不语）……

彭　刚　大梅，你到宿舍去找的吗？你——

〔老刘及另外一些男女工人自楼上下来，娘、小美姑自左门上。

老　刘　管理员，还有五分钟开会！

彭　刚　（有些慌乱了）还有五分钟开会？

老　刘　嗯！工会主任、工务科长、许多工友和工人家属都到会场里（一面指楼上）去等着开会啦！

娘　（也上前）管理员，你可真忙呵，我还没见你哪！

彭　刚　嗯！（心不在焉地）大娘，你身体好了吧？（要去打电话）

娘　（急拉住彭刚）管理员，可真要谢谢你们，我这心口痛的老病，吃了咱们厂里的药见轻多啦！——管理员，就是芬姐这丫头这些天没心搭理我，叫我不舒心……哎，管理员，你们可多包涵着她点儿！

彭　刚　嗯，大娘，你先坐坐，我来打个电话！（焦躁地打电话）喂，王管理员吗？金芳上你们那儿没有？（着急地）嗯，我们班的金芳同志到你那儿去没有——

〔仙妮自正门急跑上。

仙　妮　（急促而严肃地）来啦，来啦，大家注意呵，就来啦！

众　人　谁呀？！

仙　妮　马芬姐，马芬姐！

彭　刚　（对电话）来啦！来啦！（放下电话）打哪儿找到她的？！

仙　妮　（严肃地）哼，我们四街找了她三街，才打车间里把她找出来，闹半天她又跑去给乙班加点啦！——她怎么也不来，我们许多人硬把她拖来的！（看门外）来啦！来啦！

〔众齐向正门一拥，而后紧退开。以金芳为首，群众拥马芬姐上，马芬姐满头满身花毛，低头不语。

娘　（上前疼爱地）芬姐！

〔静场。

彭　刚　（感动地责备着）马芬姐，怎么你又跑去给乙班加点啦？连着干了一宿，你就不累吗？——快开会啦，赶紧坐下歇歇吧！

马芬姐　（低头不语）……

娘　（忍不住了）芬姐，你怎么还不愿意跟人家大梅说话呢？

大　梅　（怒气冲冲，上前）马芬姐，你说你到底要把我怎么样吧！

彭　刚　（上前关照）大梅！

马芬姐　（低头不语）……

大　梅　马芬姐，以前你落后的时候记我的仇，这会儿你成了积极分子啦，你还记我的仇，你打算给我记到哪年、记到哪月？！

马芬姐 （低头不语）……

大　梅 （由冲动变成感动）芬姐，这十天你进步啦，你不吃饭，不喝水，守着车死命地干活，我真心疼你；我觉着咱们真亲，我觉着咱们就像没闹过别扭一样；我光愿意守着你、跟着你、看着你，给你端水、给你取饭，我心里痛你、爱你，我恐怕你受一点委屈；可是芬姐，你对我怎么样哪？（抹泪）

娘 是呵，芬姐，你到底安的什么心哪？

马芬姐 （抹泪不语）……

大　梅 （恳切，深挚）芬姐，你觉着你这样闷着头干活给我看我就乐意呀？你错啦，芬姐！你这样比骂我祖宗还叫我难受，比以前你跑车、捣蛋、恨我、气我，还叫我难受！

马芬姐 （低泣不语）……

大　梅 芬姐，你觉着我哪儿检讨不深刻，我哪儿还有对不起你的地方，你就说，我当面认错，行不行？！

马芬姐 （低泣不语）……

大　梅 （激动得全身发抖）芬姐，芬姐，有什么话你可说呀！芬姐，你憋得住我可憋不住啦！！！（跺脚大哭）呵——

马芬姐 （泣声渐高，不语）……

芳、月 （扶大梅）大梅！

彭　刚 （深沉地）芬姐，工厂对你的好处，工友们对你的好处，你已经完全看清楚啦！

马芬姐 （低泣不语）……

彭　刚 芬姐，十天以前你是细纱间有名的落后工友，十天以后到今天你又是细纱间有名的积极分子啦；你的进步是非常惊人的，这里面大梅她们对你的帮助是非常大的；虽然她过去对你的态度不够好，但是如果现在你还记着她的仇，那是完全不应该的；

而且，像你们这些新旧积极分子们团结起来，你们的力量是会更大的！

马芬姐 （低泣不语）……

彭　刚 马芬姐，你们应该团结起来啦——由于你上星期特别积极工作，你们终于得到了红旗——

马芬姐 （猛地抬起头来，含泪的眼光，惊异地望着彭刚）什么，我们得到了红旗？！

彭　刚 （着重地）嗯，得到了红旗！

马芬姐 （不信，激动地，高度紧张地）不，管理员，上星期因为美姑我们刷鞋、扔白花已经扣了六分啦，扣得不到九十五分啦，我们再也得不到红旗啦！

彭　刚 不，（着重地）由于你特别积极工作，昨天分会主任我们总结分数的时候，按照竞赛制度给你加了三分，把你们刷鞋、扔白花扣的分拉过来啦！

马芬姐 （抢问）管理员，这，这是真的？！

彭　刚 嗯，这是真的！——而且，由于你特别积极看车，你们组最近每天的出数都超过了标准数，和前几天平均起来，你们上周也达到了标准数——

马芬姐 （更为惊诧）管理员，我们也达到了标准数？！

彭　刚 嗯，达到了我们竞赛第一阶段的要求，你们组并没有落后！——你看，那些红旗、奖品里面就有你们组的一份！

马芬姐 管理员，管理员，这，这——（激动得说不上来）

彭　刚 （明白了马芬姐的意思）嗯，这完全是真的，都是真的，马芬姐！

马芬姐 （突然转向大梅）大梅，你都听清楚没有？！

大　梅 （感动地）听清啦，芬姐，咱们也得到红旗，达到标准数

啦！（上前紧握马芬姐手）

马芬姐 （泪眼闪光，呆望大梅）大梅！……（而后突然拥抱大梅，放声大哭）大梅！……

众　人 （上前急扶马芬姐）芬姐，芬姐！

娘 （也上前）丫头，芬姐！

彭　刚 不要难受，芬姐！

老　刘 有话说话，不要哭，苏姐！

马芬姐 （在最高度的悲与喜的交集里，在最高度的阶级友爱的感动下，用最大的努力压抑着自己的激动，慢慢地抬起头来，坚强有力地）我不哭，我不是难受，我是高兴！……我要说，我心里有多少话要说，我早就想说呀！……（泣不成声，顿。而后，严肃地、沉痛而慢地回忆）打上星期分会主任、管理员你们给我送去围腰、证章以后，我就知道，我错啦！……以前什么都怨我的过，大梅、金芳你们做得都对，你们没有一点儿错！……（逐渐高昂）今天解放啦，生产是为自个儿，我还当是为别人；我不好好干活，我也恨别的工友们好好干活；我落后捣蛋，我也拖着美姑陪着我落后捣蛋；月香，你进步啦，我骂你是投降啦，说你没出息；大梅你们积极生产、发动竞赛，我说你是给厂里抱粗腿，拍马屁；你叫我进步觉悟、改正错误，我把你当成冤家对头；（逐渐加快，有力）我的心术坏，我什么都不信，我没有信过金芳跟管理员你们的话；工厂对我好，工友们对我好，我有眼无珠看不见，我把大家的好心当成驴肝肺，我把亲人当成仇人，（激动而沉痛）我该死，我不是人，我不配厂里对我这么好——（又大哭，泣不成声）

众　人 （痛切地）芬姐，芬姐！

马芬姐 （挣扎起来，较慢，恳切地）以前我恨红旗，恨标准数，可打这回上班以后，我多么想红旗，想标准数呵！……（激昂起来）可是眼看月底就到啦，眼看红旗竞赛第一阶段的总结发奖大会就到啦，我们这组还没有得到过一次红旗，还没有一次达到过标准数。就是这一星期我们想得红旗也来不及啦，因为这一星期头一天美姑我们刷鞋、扔白花就扣了六分，扣得不到九十五分啦。在第一阶段总结发奖大会以前，我再也没法儿把你们为我落后受的损失补过来啦，我再也没法把我的罪过赎过来啦，我恨，我恨死我自个儿，我没脸见人，我不能空口说白话求你们原谅，我马芬姐不是那样一个不值钱的工人！……（抹泪，顿。而后，更坚决，短促，而快地）我不敢来参加这个会，我不敢想金芳、大梅、月香、仙妮你们看着别人高高兴兴地领奖，你们自个儿生闷气；就在昨天大家叫我报告跟大梅的团结经过以后，我想走，我想跑，我想请假，我想不进厂来，我想躲开这个大会！……（忽然更坚定地）可是我不能！（激动，赶快地）我不能躲，我不能跑，我不能请假！我舍不得咱们的工厂，我舍不得我的姐妹们，我舍不得咱们的细纱车呀！——（哭）

众　人　芬姐，芬姐！

万国英　（突然上前，激动得几乎要握马芬姐的手，大声）马芬姐，我对不起你！现在我才完全明白，以前你的落后我该负多大的责任呵！就因为我脑子里有官僚资本家的剥削思想，不把工友们当成自己的阶级兄弟姐妹，才产生了我那样的官僚主义！而且这种思想又是多么顽强呵，就在刚才，在你没讲话以前，我还怀疑你的积极工作，可能是单纯地为了报答厂里的恩情，可是现在我知道啦，这完全是伟大的民主管理的精神提高了你的阶级觉悟，恢复了你的人格！——马芬姐，我错啦，请你原谅我！（突然转向彭刚，紧握彭刚手）彭刚同志，以前我错啦，我

错得多么严重，多么可怕呵！（摇头自叹）

彭　刚　（面对着自己艰辛缔造的结果，不能压抑住自己的兴奋了，高兴大叫）同志们！马芬姐转变啦，助理员进步啦！咱们的阶级兄弟姐妹真正回到咱们自己的队伍里来啦，咱们应该高兴，让咱们大家高兴起来吧！

众　人　（欢呼，跳跃）好！好……

马芬姐　（解放地，轻松地笑着）彭刚管理员，同志们！我高兴，我要说，我要到会场去大声给大家说！（激动地跑上楼梯，站在楼梯中腰）我说我知道了共产党是咱们工人的党，我说我知道了今天咱们是工厂的主人，我说我马芬姐有手艺，我要拿出七八年不卖的力气来给咱们自个儿干活，我要把解放这半年不好好干活的损失补过来，我要把竞赛以后金芳、大梅你们白流的汗补过来，我要跟金芳、大梅一块儿把我们全组团结成一个人，让红旗永远插在我们的车上，我们要向全细纱间的工友们挑战！

众　人　（高声欢呼）好……我们应战！我们应战！

〔铃声高响。

彭　刚　同志们，铃响啦，让我们开我们的胜利大会去，让我们胜利地开始我们第二阶段的竞赛！

众　人　（欢呼）胜利地开始第二阶段竞赛！

〔幕后，扬起充溢着生产热情的欢乐的歌。

——全剧完——

一九四九年八月七日夜半，改写完于口字楼。

一九五〇年六月廿九日，重改完于创作室。

作品赏析

《红旗歌》是一部集体创作的四幕剧，创作于1948年，首演于1949年4月，是第一部正面反映工人生产的话剧。出场人物虽然众多，却形象鲜明、层次丰富。即便是对立人物，也未落脸谱化的窠臼，有相对完整的冷弧和暖弧，是生动可信的人物，而非抽象概念的图解。于鲜活人物的基础上构建戏剧情境，整出戏也显得真实可信。

第一幕开场便交代了人物所处的环境是纱厂的细纱车间，以及存在两组有戏剧冲突的人物关系：一是负责实际生产的工人们与生产助理员万国英之间的矛盾；二是金芳负责的生产小组中，积极分子大梅和消极怠工的马芬姐之间的矛盾。作为一部站在工人阶级立场上创作的作品，本剧不可避免地将共产党员和辛勤工作的工人们作为相对正面的一方，将带有官僚主义气息的万国英和偷懒耍滑的马芬姐当作反面人物。然而，与多数立场既定、主题先行的戏剧不同，本剧在塑造反面人物时，相当注重人物的立体性。

首先，是对主要反面人物马芬姐的刻画。在马芬姐尚未出场时，剧作者便借旁人的嘴，将她描述成“顽固堡垒”“落后分子”和“马蜂窝”，又通过两个年纪稍小的女工仙妮和小美姑的争执，替马芬姐亮明她对流动红旗的态度——“净是糊弄你们小孩儿玩，捉你们大头的”。这两番铺垫，已将马芬姐的形象彻底推向负面。直至马芬姐登场，她的言谈举止更是直接体现出她的蛮横、泼辣和尖酸刻薄。然而在刻画马芬姐的尖酸刻薄时，剧作者又为她安排了生动幽默的语言——“我昨天晚上做梦挨狗咬啦，我找谁去说呀”——使观者在忍俊不禁的同时，也能感受到马芬姐这个彻底的负面人物身上的机智和幽默。在本该十分可恨的反派角色身上，增添一丝可爱，却又不破坏人物设定的统一性，既能让观众与剧中人物产生情感上的连接，又能够为人物弧光的后续展现提供铺垫和合理性。在马芬姐做出一系列动作之后，她与以大梅为首的众工友间的冲突已然激化到不得不解决的地步，亦即正义必将战胜邪恶。在诸多同类型剧作中，这个过程是在人物与人物之间完成的，即正义人物在行动上战胜邪恶人物。但在本剧中，这一过程则完成于人物的意志层面，用剧中人的话说，是完成了对马芬姐的“改造”，人物弧线在此找到落点。从思想信仰层面上谈，这样的转变符合共产党一以贯之的策略。从剧本创作层面上谈，剧作者为马芬姐这一人物的转变，提供了更真实，也更符合人性的动因。以正在发生的事情，牵扯出使马芬姐的人物性格剧变的两次被开除的经历，使观者能从人性和情感的角度，理解一个人被无理的苦难折磨后，产生消极思想的可能性；同时，也认同一个遭受过不公的人，在获得公正对待后，思想发生重大转变的合理性。

除马芬姐外，其他反面人物如万国英，也具有立体性，不仅展现他官僚主义、武断、精英思想的一面，也展现他积极认错、积极改变的一面。这种复杂和多元，便是人物真实可信的重要根源。

不仅反面人物如此，本剧中的正面人物也处处体现出这样真实的复杂性。如积极分子大梅，她虽有一定的思想觉悟，爽直勤劳，但在处理有关马芬姐的事情时，时常急躁过火，以致矛盾越发激化，致使马芬姐和小美姑的错误一步步加重，从偶尔偷懒，发展到将纺坏的白花放到其他生产组的篓子里。

总而言之，《红旗歌》作为一部群像剧，在展现善恶两方斗争时，巧妙地抓住了戏剧应有的核心——真实可信的人物，将冲突的起承转合建立在复杂多元的人物之上，使本剧生动自然，具有可看性。